FLEURY VINDRY

Les Demoiselles
de Saint-Cyr

(1686-1793)

PARIS

LIBRAIRIE HONORÉ CHAMPION

5, Quai Malaquais, 5

1908

LES DEMOISELLES

DE SAINT-CYR

(1686-1793)

DU MÊME AUTEUR

Dictionnaire de l'État-Major Français au XVIᵉ siècle, Paris 1903, 2 vol. in-4° et in-8°.

Les Ambassadeurs Français Permanents au XVIᵉ siècle, Paris 1905, in-4°.

Lyon. — Imprimerie A. REY, 4, rue Gentil. — 47727

LES DEMOISELLES

DE SAINT-CYR

(1686 — 1793)

PAR

FLEURY VINDRY

Ancien élève des Facultés Catholiques de Lyon

PARIS

LIBRAIRIE HONORÉ CHAMPION

5, QUAI MALAQUAIS, 5

—

1908

PRÉFACE

Il a été publié, sur la maison de Saint-Cyr, fondée par Madame de Maintenon, et qui dura, avec des fortunes diverses, jusqu'à la Révolution, bien des livres intéressants. Qu'il nous suffise de signaler, tout d'abord, le célèbre ouvrage de Théophile Lavallée : *Madame de Maintenon et la maison de Saint-Cyr*, dont la seconde édition (Paris, Plon, 1862, in-8°), renferme une liste d'élèves, malheureusement désignées par leur nom de famille seulement, qui nous a été de la plus grande utilité et demeure une des bases importantes de notre travail. Un érudit versaillais, M. Achille Taphanel, à la suite de son intéressant volume : *le Théâtre de Saint-Cyr* (Paris-Versailles, 1876, in-8°) a inséré une liste des anciennes élèves de Saint-Cyr, d'après le fonds de Saint-Cyr, des Archives de Seine-et-Oise, que l'aimable et savant archiviste de Seine-et-Oise, M. Coüard, devait inventorier, il y a trois ans, de si magistrale et lumineuse façon. M. le comte de Riocourt, auquel nous adressons ici nos plus vifs remerciements, pour les excellents renseignements qu'il a bien voulu nous communiquer, publia, en 1880, une simple liste, d'après les *Preuves de Saint-Cyr*, de la Bibliothèque nationale, des élèves, reçues (ou mieux *présentées*) à Saint-Cyr, jusqu'en 1766. — Toutes ces publications nous ont été du plus grand secours et nous tenons à en remercier ici publiquement les auteurs, tous encore, à cette date (29 décembre 1907) heureusement vivants, hormis, toutefois, Théophile Lavallée. Mais, pour dresser un catalogue complet des anciennes « *Saint-Cyriennes* » et, surtout, pour les suivre, dans la mesure du possible, à travers l'existence, après leur sortie de Saint-Cyr, il fallait élargir le cadre de ces travaux. Tout d'abord, outre le fonds Saint-Cyr, aux Archives de Seine-et-Oise, que nous avons examiné, *à fond*, il importait de consulter les deux importants registres obituaires déposés à la mairie de Saint-Cyr (Seine-et-Oise). C'est ce que nous avons fait. Puis, pour la période qui s'étend de 1766 à 1793, il a fallu dépouiller les dossiers des Collections généalogiques de la Bibliothèque nationale : *Carrés d'Hozier, Cabinet d'Hozier, Nouveau d'Hozier, Chérin*. Je note, pour mémoire, les excursions à faire dans les *Nobiliaires* imprimés et *Généalogies* imprimées, comprises, aux *Imprimés* de la Bibliothèque, dans les sections *L m²* et *supplément*. Comme beaucoup d'anciennes « Saint-Cyriennes » entrèrent, à leur sortie de l'Ecole, au couvent, force nous a été de feuilleter quelques centaines de monographies relatives à des couvents de femmes françaises du XVIIIᵉ siècle. Nous avons, également, parcouru les cent cinquante volumes de « *Circulaires* », que les Visitandines ont lancées, à travers la chrétienté, au cours des XVIIᵉ et XVIIIᵉ siècles. Des voyages spéciaux dans certaines localités (Evreux, Pontoise, Senlis, Vernon, etc., etc.), nous ont permis de retrouver, soit dans les mairies, soit dans les greffes, des détails inédits. Un millier de lettres, adressées à MM. les secrétaires de mairie, chefs de bureau d'état-civil, archivistes municipaux, de diverses communes, nous ont ouvert une autre source de documentation. Parfois, sur une enquête, menée de notre chef, et sur nos inductions ou présomptions, est venue s'en greffer une autre, très fructueuse, due à l'initiative intelligente de nos correspondants. Nous saisissons l'occasion pour les remercier ici, « en bloc » (on trouvera les noms de beaucoup d'entre eux au courant de ce travail). L'amabilité, le zèle, la perspicacité dont ont fait preuve, à notre égard et en notre faveur, ces modestes travailleurs, nous paraissent au-dessus de tout éloge.

Il nous restait encore une source d'informations, à laquelle nous avons largement puisé : les descendants ou collatéraux actuels des Saint-Cyriennes. Qu'il nous soit permis d'exprimer ici notre gratitude à tous nos aimables collaborateurs de cet ordre. Nous devons, hélas ! nous borner à nommer ici les principaux, car ils sont légion, et, du reste, on retrouvera aussi leurs noms au cours de l'ouvrage. Nommons donc : MM. le commandeur Henry Le Court, le très érudit généalogiste de Trouville, le savant abbé Tricoire, ancien curé d'Hiersac (Charente), MM. le comte de Mondion, Paul de Faucher, Dr de Ribier, marquis de Maussabré, Louis et Charles de Longevialle, comte David de Riocourt, M. et Mme de la Charie, Mlle de Bizemont, MM. Louis Bossu, substitut du Procureur général, à Douai, vicomte d'Avout, général de Quincerot, baron de Fournas, marquis de Moy-Sons, marquis de Dax-Axat, qui a mis à notre disposition copie du précieux carnet de Mlle de Dax, réplique partielle des listes Lavallée, chevalier d'Apchon, Mmes la duchesse d'Auërstaedt, comtesse de Meckenheim, de Monet de la Marck, MM. le marquis de Cardaillac, le comte de Béjarry, sénateur, le comte Siméon de Bruchard, le comte Fleury, Frédéric Masson, de l'Académie française, le comte de Lesquen, de Boissieu, député, comte et marquis d'Elbée, vicomte de Calonne-Avesnes, le savant historien amiénois; Louis Régnier, d'Evreux ; Doublet, professeur au Lycée de Nice, O. de Mullot-Villenaut, marquis de Vandeuil, de Panthou, ancien procureur général, l'abbé Pagot, curé de Marville-Moutiers-Brûlé, Mme du Boys, comtesse de Charry, M. Bourrilly, professeur au Lycée de Toulon, Mlle de Rado du Matz, MM. le marquis de Lambertye, de Florimond, A. de Lenferna, comte E. du Tertre, comte Xavier de Gourcy, comte d'Ozouville des Nos, vicomte de Bonald, abbé Tripied, curé de Nocé (Orne), comte de Roquigny, marquis de Chambray, vicomte d'Amphernet, vicomte d'Anterroches, Mme la comtesse Aymer de la Chevalerie, MM. le marquis de Sinéty, le marquis de Barral-Arènes, le marquis de Baynast-Septfontaines, le comte de Beaufranchet, abbé Lefebvre, curé-doyen de Louviers, le comte

Léon de la Bigne, le baron du Blaisel, Antoine Roussat, de Saint-Pourcain ; le marquis de Bonnay-Nonancourt, le comte de Botherel, Niquet, bibliothécaire de la ville d'Amiens, comte de la Bourdonnaye, Maquest, archiviste municipal de Moulins, vicomte de Sainte-Suzanne, comte Joseph de Beaurepaire-Louvagny, vicomte de Prunelé, comte de Karnazet, de Beauvais de Lainsecq, comte Raphaël de Casabianca, comte de Castéras, comte de Guitaut, comte de Charpin-Feugerolles, Mᵐᵉ la comtesse de Guinaumont, MM. le marquis des Roys, Albert Ojardias, R. de Vaublanc, vicomte de Coupigny, de Coux, avocat à la Cour d'appel de Paris, Mᵐᵉ la baronne de Tersannes, MM. G. de Witasse, comte Ferdinand de Divonne, baron de Saint-Pern, marquis de Goulaine, député, vicomte de Grouchy, Ludovic de Guillebon, comte de Guillebon, marquis d'Harcourt, comte de Hédouville, comte de Hercé, Mᵐᵉ la vicomtesse de Beauchaine, MM. le général marquis de Moulins-Rochefort, marquis de Mascureau, comte Olivier d'Elva, comte de Liniers, lieutenant-colonel de Martimprey, R. de Saint-Venant, marquis de Monspey, colonel comte de Montarby Dʳ d'Aurelle de Paladines, F. de Labroute, comte G. de Mun, capitaine de Tarragon, comte de Vanssay, de Fozières, de Truchis, Ch. du Verne, comte de Boisgelin, comte de la Panouse, Henri de Sailly, Mᵐᵉ de Pierres, MM. de Sazilly, marquis de Piolenc, comte de Saint-Périer, baron Ch. de la Pomélie, vicomte d'Iray, marquis de Quinemont, marquis de Raigecourt, Raoul d'Allard, comte de Sabran-Pontevès, marquis de Sarcus, duc de la Salle-Rochemaure, comte de Villoutreys, comte de Saint-Saud, marquis de Pins, député ; de Luppé, comte A. de Prunelé, vicomte du Breil-Pontbriand, baron de Wildenberg et cinquante autres que nous oublions et auxquels nous devons les plus importants et les plus utiles renseignements.

Nous avons divisé notre travail en deux parties : *Saint-Cyriennes certaines* et *Saint-Cyriennes probables*. Hâtons-nous de dire que c'est un simple scrupule qui nous a fait agir ainsi et qu'il y a beaucoup de raisons de penser (leur inscription

sur les listes de Lavallée, entre autres) que nos Saint-Cyriennes *probables* ont été *réellement* à Saint-Cyr. Mais nos recherches n'ayant pu nous en donner la preuve *décisive*, nous avons
cru devoir maintenir cette division [1].

Puisse ce travail qui, en dépit de trois années de recherches
et de labeur, n'est ni complet, ni définitif, éveiller quelque intérêt auprès des chercheurs ! Notre ambition ne va pas plus
loin. Inutile de répéter, comme nous l'avons fait pour d'autres
précédentes publications, que nous accueillerons, avec plaisir
et reconnaissance, toutes rectifications et additions, basées sur
documents certains, que l'on voudra bien nous fournir.

Francheville (Rhône), 29 décembre 1907.

FLEURY VINDRY.

---

[1] Outre le fonds Saint-Cyr, nous avons encore consulté, aux Archives de Seine-
et-Oise, l'Inventaire de sortie et les trois cartons de sortie (série Q) de Saint-Cyr
(fonds non classés) et les fonds (non classés) de tous les couvents de la région.

EXPLICATION DES ABRÉVIATIONS

Pr. — Date des *preuves* (Bibliothèque nationale Fr. 32.125 et sqq.). Cette date fixe, *approximativement*, l'entrée des élèves à Saint-Cyr. [1]

B. S. — Billet de sortie. — Billet, signé par l'élève, âgée de ou d'environ vingt ans, à sa sortie de Saint-Cyr (Arch. de Seine-et-Oise, fonds Saint-Cyr. D. 181 et sqq. *passim*).

Crécy. — Billet de sortie, signé par Mme de Crécy, maîtresse de classes, lors de l'expulsion de 1792-93 (Arch. de Seine-et-Oise, série Q).

Invent. — Date d'entrée de l'élève, suivant l'inventaire des dernières Saint-Cyriennes (Arch. de Seine-et-Oise, fonds non classés).

---

[1] Parfois, la preuve n'est pas à la série 32.125 et sqq. (qui ne dépasse pas l'année 1766), mais elle est tirée du recueil dit : *Nouveau d'Hozier*, dossier du nom de l'élève

LES DEMOISELLES

DE SAINT-CYR

SAINT-CYRIENNES CERTAINES

Marie-Françoise d'Abancourt, née 28 novembre, baptisée 8 décembre 1672, à Saint-Martin-du-Tertre (Seine-et-Oise), diocèse de Beauvais, fille de François d'Abancourt et de Marie de Gouaix. — Pr. 20 mai 1686. Actrice d'*Esther* (rôle d'Aman). — Visitandine.

Marie-Angélique d'Abillon-Savignac, née 31 mars, baptisée 1er avril 1696, à (Saint-Pierre) Plassac (Gironde), diocèse de Bordeaux, fille de Joachim d'Abillon et de Marie-Suzanne-Angélique de Béchade-Thodias. — Pr. 10 février 1707. B. S. 6 avril 1716. — Dot 27 juillet 1715.

Marie-Alexie d'Abonde-Vulaines, baptisée 1er novembre 1700, à (Saint-Antoine) Vulaines-sur-Vanne (Aube), diocèse de Sens (communic. de M. le secrétaire de la m. de Vulaines), fille de Charles-Alexis d'Abonde et de Marie Moreau. — Pr. 20 décembre 1709. B. S. 4 nov. 1720. — Dot 18 février 1721.

Louise-Marguerite d'Abonde-Vulaines, née 6, baptisée 7 mars 1706, à (Saint-Antoine) Vulaines-sur-Vanne (Aube), diocèse de Sens (commun. de M. le secrétaire de la m. de Vulaines), fille de Charles-Alexis d'Abonde et de Marie-Moreau. Pr. 3 février 1718. B. S. 5 décembre 1728. Dot 7 septembre 1730. Relig. à la Joie près Nemours (25 mars 1759), prieure (3 septembre 1769-19 février 1781). (Arch. S.-et-O., fonds abbaye de la Joie, titres non classés.)

Marie-Louise d'Abos-Saint-Hilarion, née et baptisée 14 janvier 1675, à (Saint-Hilaire-du-Mont) Paris, fille de Louis d'Abos et de Marie Le Tellier. — Pr. 14 août 1687.

Madeleine Absolu de la Gastine, née 14, baptisée 27 juillet 1681, à (Saint-Nicolas) Villeneuve-en-Chevrie (Seine-et-Oise), diocèse de Chartres, fille de Jacques Absolu et de Marie Charpy. — Pr. septembre 1692. Morte, le 28 novembre 1695, à Saint-Cyr (mairie de Saint-Cyr).

Marie-Marthe Absolu de la Gastine, née 8, baptisée 10 avril 1686, à Villeneuve-en-Chevrie (Seine-et-Marne), fille de Jacques Absolu et de Marie Charpy (commun. de M. Gatelais, sec. de la m. de la Villeneuve-en-Chevrie). Relig. à Gomerfontaine (31 mai 1706, 31 mai 1707). B. S. 7 décembre 1706.

Marie-Claire d'Abzac-Sarrazac-Limeyrac, née 28 décembre 1740, baptisée 2 janvier 1741, à Mayac en Périgord (Dordogne), fille d'Henri d'Abzac et de Jeanne de la Causse de Bailhieu. — Pr. 28 novembre 1752. B. S. 29 septembre 1763. — Dot 11 juin 1767. Vivante 22 décembre 1771.

Madeleine d'Abzac, née et baptisée 12 juillet 1755, à Castillonnès-en-Agenais (Lot-et-Garonne), fille d'Antoine d'Abzac et de Françoise-Elisabeth d'Albert-Laval. — Pr. 29 juillet 1766. B. S. 18 avril 1775. — Dot 23 mai 1776.

Marie-Catherine-Agathe Acary de la Rivière, née et baptisée 9 janvier 1742, à (Saint-Pierre) Montreuil-sur-Mer (Pas-de-Calais), fille de Charles Acary et de Madeleine de Régnier-Esquincourt. — Pr. 9 juillet 1753. B. S. 27 juin 1763. — Dot 25 octobre 1766. Elle épouse (29 juillet 1769) Pierre-Antonin-François de la Pasture-Verchocq (vivant 28 janvier 1772), vivante 28 janvier 1772.

Elisabeth-Marie des Achards-la-Baume, née et baptisée 8 mai 1728, à (Saint-Didier) Avignon (Vaucluse), fille de Loup-Jacques-Philippe des Achards et de Diane-Marie de Brun. — Pr. 9 mai 1735. B. S. 12 mai 1748. — Dot 17 juillet 1749.

Marie-Anne d'Aché-Marbeuf, baptisé 1er juillet 1677, à Evreux (Saint-Denis), fille de Gabriel d'Aché et de Catherine de Baudry. — Pr. 10 décembre 1686.

Marguerite-Catherine d'Adhémar-Monfalcon, née et baptisée le 6 octobre 1682, à (Saint-Maclou) Pontoise (Seine-et-Oise), fille de Balthazar d'Adhémar et de Jeanne d'Agneau. — Pr. 30 avril 1693. B. S. 29 août 1702. — Dot 16 octobre 1702. Elle ép. N. Dormac.

Jeanne-Angélique d'Adhémar-la-Garinie, baptisée 21 janvier 1689 (communic. de M. Soulière, sec. de la m. de Pontoise) à (Saint-Maclou) Pontoise (Seine-et-Oise), fille de Balthazar d'Adhémar et de Jeanne d'Agneau. — Pr. 7 mars 1695. Morte, le 12 mai 1697 (mairie de Saint-Cyr).

Jeanne d'Adhémar-Monfalcon, baptisée 8 mars 1696, fille de Balthazar d'Adhémar et de Jeanne d'Agneau. — Pr. janvier 1703. — Dot 14 mars 1716.

Marie-Catherine d'Adhémar de Lantagnac, née 17, baptisée 19 juillet 1744, à (Saint-Michel) Menton (Alpes-Maritimes), fille de Louis-Antoine d'Adhémar et de Françoise de Voisines. — Pr. 1er février 1756. B. S. 22 avril 1763. — Dot 25 octobre 1766. Elle épouse Augustin Maccari. Vivante 20 novembre 1771.

Rose-Anne-Françoise d'Adhémar-Montagnac, née et baptisée 13 janvier 1771, à (Saint-Michel) Menton (Alpes-Maritimes), fille de Pierre-Antoine-Alexandre d'Adhémar et d'Anne-Marie-Rose Daniel. — Pr. 16 octobre 1780. B. S. 29 décembre 1790. — Dot 3 février 1791. Elle épouse (12 octobre 1799) Jean-Baptiste Bottini de Saint-Agnès († 17 janvier 1828, à Menton) et mourut, à Menton, le 20 octobre 1846. (De Boisgelin : *Recherches sur les familles de Provence*, 1900, in-4°.)

Madeleine-Angélique d'Adouville, née 19, baptisée 22 juillet 1683, à Nangeville en Beauce (Loiret), diocèse de Sens, fille de Pierre d'Adonville et de Marie de Neufcarre. — Pr. 25 mai 1694. B. S. 22 juillet 1703. — Dot 20 juillet 1703.

Elisabeth-Louise d'Agard-Oulins, née et baptisée 4 octobre 1686, à (Saint-Pierre) Oulins (Eure-et-Loir), diocèse de Chartres, fille de Louis-François d'Agard et de Marie-Elisabeth du Bois. — Pr. 30 juillet 1698. B. S. 17 décembre 1706. — Dot 23 décembre 1706.

Marie-Marguerite d'Agis-Mélicourt, née et baptisée 17 décembre 1740, à (Saint-Ouen) Mélicourt (Eure), fille de Louis d'Agis et de Marguerite-Renée d'Orville. — Pr. 20 avril 1752. B. S. 5 novembre 1763. — Dot 25 octobre 1766.

Eugénie-Julie-Urbaine d'Agrain, née 22, baptisée 23 février 1775, à (Saint-Sauveur) Aix-en-Provence, fille de Jean-Baptiste-Charles d'Agrain et de Séraphine-Marie de Martini à Saint-Jean. — Pr. 16 mai 1782. Entrée

25 mai 1782 (Invent.) Sortie 13 avril 1793 (Crécy). Elle mourut, s. alliance, à Bagnols, le 14 mai 1849 (R. Le Sourd, *Revue du Vivarais*, 16 décembre 1903). Communic. du sec. de la m. de Bagnols.

Marie-Joséphine d'Aguisy, née et baptisée 10 février 1766, à Mainbresson (Ardennes) (communic. de M. Lefebvre, sec. de la m. de Mainbresson), fille de Jean-Antoine d'Aguisy et de Marguerite-Louise de Saint-Vincent. B. S. 12 décembre 1785. — Dot 20 juin 1786. — Religieuse.

Marie-Marguerite d'Agulhac-Soulages, née et baptisée 19 avril 1753, à Auroux-en-Gévaudan (Lozère), fille de Gaspard d'Agulhac et de Marie-Jeanne de Jourda de Vaux. — Pr. 12 mars 1764. B. S. 15 avril 1773. — Dot 6 mai 1773.

Marie-Charlotte-Eugénie-Caroline d'Aigneville-Millancourt, née et baptisée 3 novembre 1714, à (Saint-Waast) Cambrai (Nord), fille de François d'Aigneville et de Marie-Louise Dreux de Morsan. — Pr. 25 octobre 1723. B. S. 19 janvier 1735. — Dot 15 janvier 1737. Elle épousa Joseph-Gabriel de Monaldy.

Marie-Anne d'Aigremont-Benneville, née 14, baptisée 17 août 1699, à Valognes (Manche), diocèse de Coutances, fille de François d'Aigremont et d'Anne Bernard de Maisons. — Pr. 7 janvier 1710. Morte à Saint-Cyr, le 17 juin 1710 (mairie de Saint-Cyr).

Françoise d'Aigremont-Benneville, née 27 septembre, baptisée 22 octobre 1701, à Audouville-la-Hubert (Manche), diocèse de Coutances, fille de François-d'Aigremont et d'Anne Bernard de Maisons. — Pr. février 1710. B. S. 28 septembre 1721. — Dot. 18 février 1721.

Marie-Thérèse d'Aigremont-Forge, née 6, baptisée 7 septembre 1700, au Vicel (Manche), diocèse de Coutances, fille de Pierre-Gabriel d'Aigremont et de Jeanne-Françoise du Hamel. — Pr. 28 avril 1710. Morte à Saint-Cyr, le 12 avril 1711 (mairie de Saint-Cyr).

Anne-Marie d'Aigurande-Poligny, baptisée 4 février 1737, à Pouligny-Notre-Dame (Indre), diocèse de Bourges, fille de François d'Aigurande et de Marie de la Celle. — Pr. 12 janvier 1749. Morte à Saint-Cyr, le 2 février 1753 (mairie de Saint-Cyr).

Marie-Charlotte d'Ailly-Annery, née 1er, baptisée 5 août 1692, à (Saint-Severin) Paris, fille de Jacques d'Ailly et de Joséphine Gouffier. Pr. 9 août 1702. B. S. 13 avril 1712. — Dot 13 avril 1712. — Chanoinesse.

Catherine-Michelle d'Albiac, née et baptisée 29 septembre 1746 à (Saint-Genix) Clermont-Ferrand, fille de Pierre d'Albiac et de Jacqueline Barbat. Pr. 24 mai 1758. B. S. 29 septembre 1766. — Dot 15 décembre 1767. Vivante 28 janvier 1772.

Anne-Elisabeth d'Albignac Triadou-Montal, née 20, baptisée 26 août 1730, à (la paroisse) Millau (Aveyron), dioc. de Rodez, fille de Louis d'Albignac et d'Elisabeth de Gualy. — Pr. 27 juillet 1742. Morte à Saint-Cyr, le 4 novembre 1745 (mairie de Saint-Cyr).

Marie-Anne d'Albignac-Montal, née 25, baptisée 27 mars 1743, à (Notre-Dame-de-Lespinasse) Millau (Aveyron), fille de Louis d'Albignac et d'Elisabeth de Gualy. B. S. 12 novembre 1763. — Dot 25 octobre 1766. Vivante 28 janvier 1772. — Visitandine.

Anne d'Albon-Abrest, baptisée le 7 février 1705, à Abrest (Allier), diocèse de Clermont-Ferrand, fille de François d'Albon et d'Antoinette Chardon. Pr. 7 janvier 1713. B. S. 8 février 1725. — Dot 18 janvier 1727. Vivante 4 mars 1741, épousa avant 4 mars 1741, Gilbert de la Souche (vivant 4 mars 1741).

Elisabeth-Marie-Anne d'Aldart-Melleville, née et baptisée 1er juillet 1723 à Mareau-au-Bois (Loiret) (Saint-Georges), diocèse d'Orléans, fille de Jacques d'Aldart et de Marie-Françoise d'Autri. B. S. 6 juin 1743. — Dot 13 nov. 1747. Elle épousa (24 octobre 1747) Joseph-Louis-Michel de Rochechouart (vivant 13 nov. 1747).

Anne-Henriette d'Aldeguier, née et baptisée 18 août 1743, à (Notre-Dame de la Dalbade) Toulouse, fille de Géraud d'Aldeguier et de Marie de Prohenques. — Pr. 15 octobre 1750. Morte à Saint-Cyr, le 15 janvier 1752 (mairie de Saint-Cyr).

Marie-Edmée d'Alès-Corbet, baptisée le 21 juin 1673, à Membrolles (Loir-et-Cher), diocèse de Blois, fille de Jacques d'Alès et de Louise-Edmée de Patay-Cléreau. — Pr. 19 avril 1686. — Bénédictine à Juvigny près Stenay.

Anne d'Alexandre-Hannaches-Rafont, née 20, baptisée 26 mai 1675, à Hannaches (Oise), diocèse de Beauvais, fille d'Hugues d'Alexandre et d'Anne de Gouaix. — Pr. 4 juillet 1686. — Religieuse de Fontevrault, à la Flèche (Sarthe). Elle y fut prieure (17 février 1729-14 mai 1733) et (1er janvier 1741-29 décembre 1743). Du 17 février 1729 au 29 décembre 1743, elle reçut, de Saint-Cyr, une pension alimentaire (Arch. de S.-et-O. D. 192. *passim*).

Elisabeth d'Alexandre de Hannaches, née 28 janvier, baptisée 2 février 1687, à Hannaches (Oise), diocèse de Beauvais, fille d'Hughes d'Alexandre et d'Anne de Gouaix. Morte à Saint-Cyr, le 19 octobre 1706 (Mairie de Saint-Cyr).

Henriette-Suzanne d'Alexandre de Hannaches, née 5, baptisée 7 mai 1702, à Hannaches (Oise), diocèse de Beauvais, fille de Hugues d'Alexandre et de Marie-Pierrotte Léger. Morte le 4 mai 1715 (Arch. de S.-et-O. En 1715, il est payé 112 livres 10 sols « pour 6 mois de sa pension, frais de maladie et enterrement »). Elle dut mourir hors de Saint-Cyr, car son nom ne figure pas dans l'Obituaire de la mairie de Saint-Cyr. Le 26 décembre 1714, elle reçut une pension alimentaire.

Jeanne d'Alichamp-Epagne, née et baptisée le 13 octobre 1686, à Epagne (Aube), diosèse de Troyes, fille de François Honoré d'Alichamp et de Jeanne de Guignes. — Pr. 25 septembre 1697. B. S. 26 octobre 1706. — Dot 26 octobre 1706. Elle épousa (5 juin 1713) Claude-Louis du Pont-Bourgneuf. Vivante 4 novembre 1721. Elle eut une fille à Saint-Cyr.

Marie-Madeleine d'Allard-Rioset, née 16, baptisée 18 octobre 1731, à (Saint-Apollinaire) Valence en Dauphiné (Drôme), fille d'Hughes-Charles Allard et de Marie de Montchenu. — Pr. 2 mars 1739. — Dot 15 octobre 1751. — Dot 15 mai 1753.

Marguerite-Julie-Joséphe d'Allard-Rioset, née 6, baptisée 7 novembre 1733, à (Saint-Hughes) Grenoble, fille d'Hughes-Charles d'Allard et de Marie-Louise de Montchenu. B. S. 5 novembre 1763. Dot 8 juillet 1766.

Madeleine d'Alorge-Senneville, née 9, baptisée 10 août 1694, à (Saint-Sulpice) Foret (Foret-la-Folie) (Seine-Inférieure), diocèse de Rouen, fille d'Edmond d'Alorge et d'Elisabeth de Guisancourt. — Pr. 9 décembre 1702. B. S. 9 août 1714. — Dot 11 février 1715.

Ursule d'Amblard-Las-Mastres, née et baptisée, le 21 octobre 1692, à (Saint-Christophe) Champlitte (Haute-Saône[1]), dioc. de Langres, fille de Frix-Antoine d'Amblard et de Jeanne-Marguerite Bavelier. — Pr. 26 novembre 1701. B. S. 21 octobre 1712. — Dot 23 novembre 1712. Religieuse.

Jeanne-Reine d'Amblard-Las-Mastres, née 25, baptisée 30 août 1700, à Champlitte (Haute-Saône) (communic. de M. Courtois, sec. de la mairie de Champlitte), fille de Frix-Antoine d'Amblard et de Jeanne-Marguerite Bavelier. — Pr. novembre 1707. B. S. 29 août 1720. — Dot 15 mai 1723.

Marie-Anne d'Amblard-Las-Mastres, née 21, baptisée 22 décembre 1701, à (Notre-Dame) Versailles (Seine-et-Oise[2]), diocèse de Paris, fille de Frix-Antoine d'Amblard et de Jeanne-Marguerite Bavelier. — Pr. 3 septembre 1709. B. S. 12 août 1722. – Dot 18 février 1721.

Louise-Elisabeth d'Ambly-les-Ayvelles, née 3 février, baptisée 6 mars 1707, et 1er janvier 1708, à (Notre-Dame) Chauvirey-le-Châtel (Haute-Saône). diocèse de Langres, fille de Philippe-François d'Ambly et de Marie-Béatrix du Châtelet. — Pr. 4 mai 1717. B. S. 3 mars 1727. — Dot 13 avril 1728.

Anne-Louise d'Ambly-les-Ayvelles, née 13, baptisée 14 mai 1719, aux (Saint-Rémy) Ayvelles (Ardennes), diocèse de Reims, fille de Antoine-François d'Ambly et d'Agnès-Eléonore de Bressei. — Pr. 6 octobre 1730. — Dot 27 juin 1739. Elle ép. (23 juillet 1741) Marie-Michel de Thoisy.

Marguerite-Charlotte-Amelin de Beaurepaire, née et baptisée le 30 septembre 1731, à Puyguilhem (Dordogne), diocèse de Sarlat, fille de Florent Amelin et de Marguerite Monicart. — Pr. 28 septembre 1743. B. S. 4 septembre 1751. — Dot 24 mai 1753.

Marie-Marguerite-Louise Amelin de Beaurepaire, née 24, baptisée 22 décembre 1758, à (Saint-Livier) Metz, fille de François Amelin et de Françoise-Philippine Mersac. → Pr. 6 février 1770. B. S. 15 janvier 1779. — Dot 5 janvier 1779.

Louise-Perrine d'Amphernet-Pontbellanger, baptisée le 16 avril 1741, au Pont-Bellanger (Calvados), bailliage de Vire, fille de Gabriel d'Am-

---

[1] Elle fut baptisée à Saint-Christophe-de-Champlitte, et non à Saint-Christophe-de-Champlitte-la-Ville (communic. de M. l'abbé Lachassine, curé de Champlitte).
[2] Etat-civil de Versailles. Par. N.-D. 1701; t. II, p. 63.

phernet et de Madeleine-Victoire-Aimable-Bonne de Guernon. — Pr.
2 avril 1753. B. S. 29 juin 1763. — Dot 25 octobre 1766. Elle ép. (avril 1769)
Claude-Théophile-Gilbert Colbert de Chabannais (né à Paris, le 28 février
1734, mort, le 10 décembre 1789, à Fontenay-Trésigny). Elle mourut,
le 28 décembre 1798, à Londres. (Renseignement fourni par M. le vicomte
d'Amphernet.)

Marie-Anne des Ancherins-Saint-Maurice, née et baptisée 25 avril 1735,
à Lunéville (Meurthe-et-Moselle), diocèse de Toul, fille de Joseph des
Ancherins et d'Anne Cossu. Pr. 7 mai 1745. B. S. 24 avril 1755. — Dot
22 mars 1759.

Barbe-Françoise des Ancherins-Saint-Maurice, née et baptisée le
12 septembre 1739, à (Saint-Jacques) Lunéville (Meurthe-et-Moselle),
diocèse de Nancy, fille de Joseph-Paul des Ancherins et d'Anne Cossu.
B. S. 3 octobre 1759. — Dot 1er janvier 1766.

Anne-Marie-Hélène des Ancherins-Saint-Maurice, née 23, baptisée
24 mai 1748, à (Saint-Jacques) Lunéville, diocèse de Nancy (Meurthe-
et-Moselle), fille de Joseph-Paul des Ancherins et d'Anne Cossu. B. S.
1er mai 1768. — Dot 26 juin 1769.

Marie-Antoinette Andras du Montoy, née et baptisée 19 mars 1722 à
Buccy-en-Othe (Aube), diocèse de Troyes, fille de Philippe Andras et
d'Antoinette Le Lieur. — Pr. 10 novembre 1732. B. S. 30 mars 1742. —
Dot 16 décembre 1744. Pens. alim. 25 mars 1743. 1er octobre-29 novembre 1744.

Rose-Marie-Victoire Andras du Montoy, née 28, baptisée 29 mai 1763,
à (Notre-Dame) Balnot-la-Grange (diocèse de Langres), fille de Louis-
André Audras et de Marie Barême. — Pr. 16 novembre 1774. B. S. 1784.
— Visitandine à Alençon.

Marguerite-Rose-Clémentine André du Homme, née 20, baptisée
21 avril 1782, à Rye (Calvados) (communic. de M. Jeannin, sec. de la
mairie de Bayeux), fille de Jean-Baptiste André du Homme et de Marie-
Marguerite-Henriette-Pauline Morin de Vaulaville. Entrée 19 avril 1792.
Sortie 4 avril 1793 (Crécy). Elle épousa, en 1803, le 26 floréal, Pierre
Hervieu (né 26 septembre 1770, à Caen) (communic. de M. Villard,
sec. de la mairie de Ryes).

Marie-Anne d'Anglars-Crézancey, née 30 octobre, baptisée 4 novembre 1714, à (Saint-Aignan) Veaugues (Cher), diocèse de Bourges, fille de Jacques d'Anglars et de Françoise Sergent. — Pr. 6 décembre 1725. B. S. 8 novembre 1734. — Dot 26 mai 1736.

Marie-Hyonne-Romaine d'Anglars du Claux, née 2, baptisée 3 avril 1716, à (Saint-Etienne) Eyvignes (Dordogne), diocèse de Cahors, fille de Joseph d'Anglars et de Marie-Jeanne d'Estresses. — Pr. 18 mai 1725. B. S. 23 février 1736. — Dot 26 septembre 1737.

Gabrielle d'Anglars du Claux, née et baptisée le 20 décembre 1739, à Eyvignes (Dordogne), diocèse de Cahors, fille de Joseph d'Anglars et de Marie d'Estresses. B. S. 10 décembre 1759. — Dot 22 mai 1756.

Adrienne d'Anglars du Claux, née 4, baptisée 5 février 1767, à Eyvignes (Dordogne) (Saint-Etienne), fille de Louis d'Anglars et d'Isabeau de Termes. — Pr. 14 novembre 1776. B. S. 26 septembre 1788. — Dot 10 mars 1788.

Célinie-Fébronie d'Anglebermer-Laigny, baptisée 3 septembre 1674 (née 22 août), à Juvincourt (Aisne), diocèse de Laon, fille de Robert d'Anglebermer et d'Anne de Clermont. — Pr. 30 juin 1686. — Novice (21 novembre 1693), puis (23 novembre 1695) religieuse à Saint-Cyr. Morte, le 6 avril 1748 (mairie de Saint-Cyr).

Anne-Louise d'Anglebermer Laigny, née 16 juin 1675, baptisée 14 avril 1677, à Laigny (Aisne) (communic. de M. Tournier, sec. de la m. de Laigny), diocèse de Laon, fille de Robert d'Anglebermer et d'Anne de Clermont. — Pr. 30 juin 1686. — Bénédictine.

Marie-Madeleine d'Anglos du Hamel, née et baptisée 11 septembre 1692, au Hamel (Oise), diocèse de Beauvais, fille de Nicolas d'Anglos et de Madeleine Lemaire. — Pr. 20 juillet 1702. B. S. — Religieuse à Saint-Paul-de-Beauvais (1715).

Françoise d'Angui de Monteuillon, née 1er, baptisée 3 juin 1702, à Luzy (Nièvre), diocèse d'Autun, fille de Philibert d'Angui et de Marie-Françoise de Courvol. — Pr. 11 août 1712. Morte à Saint-Cyr, le 30 juillet 1713 (mairie de Saint-Cyr).

Lucie Anjorrant de la Croix, née et baptisée 17 février 1708, à (N.-D. du Fourchaut) Bourges, fille de Guillaume Anjorrant et de Jeanne

Heurtaut. — Pr. 29 octobre 1718. B. S. 24 février 1728. — Dot 7 décembre 1730.

Hyacinthe-Brigitte Anjorrant, née 12, baptisée 13 janvier 1709, à (N.-D. du Fourchaut) Bourges, fille de Guillaume Anjorrant et de Jeanne Heurtaut. — Pr. février 1720-10 août 1729. — Dot 27 novembre 1730.

Sophie Agnès d'Anneville-Beaunay, née en 1781 (probablement entre le 30 mai et le 29 juillet). Entrée, selon l'Inv., le 19 avril 1791. Sortie 17 octobre 1792 (Crécy).

Catherine-Charlotte d'Anterroches, née et baptisée le 30 novembre 1757, à (Saint-Etienne) Puydarnac (Corrèze), fille de Jean-Pierre d'Anterroches et de Jeanne-Françoise Texier de Chaunac. — Pr. 25 mai 1767. B. S. 3 juin 1778. — Dot 24 novembre 1778. Elle mourut, sans alliance, le 18 mai 1814, à Puydarnac (Corrèze) (communic. de la m. de Puydarnac).

Marie-Marguerite d'Antin-Saint-Pé, née et baptisée 11 avril 1688, à (cathédrale) Dax (Landes), fille d'Henri d'Antin et de Marguerite de Pinton-Pemalie. — Pr. 28 juin 1698. Morte à Saint-Cyr, le 4 mars 1700 (mairie de Saint-Cyr).

Aimée-Angélique-Françoise d'Apchon, née 18, baptisée 20 janvier 1776, à Ancenis (Loire-Inférieure), fille d'Arnaud Jean-Baptiste d'Apchon et de Françoise-Hélène Eustace. — Pr. 24 novembre 1782. Entrée, selon l'Inv., le 10 novembre 1785. Sortie le 12 mars 1793 (Crécy). Elle épousa (23 novembre 1801) René de Maubert-Coisbré (mort au Plessis-Thiors, commune de Saint-Georges des Sept-Voies (Maine-et-Loire), le 7 novembre 1836). Elle mourut, le 20 décembre 1839, à Angers (communic. de M. le Chevalier d'Apchon et de la mairie d'Angers).

Marie-Geneviève Aprix de Morienne, née 26, baptisée 28 avril 1700, à (Saint-Nicolas) Pomméréval (Seine-Inférieure), diocèse de Rouen, fille de Louis Aprix et de Madeleine Bourgoise. — Pr. 22 juin 1708. B. S. 24 mai 1720. — Dot 27 mai 1720 (communic. de M. Ridet, sec. de la m. de Pomméréval).

Jeanne-Françoise Aprix de Morienne, née et baptisée 24 décembre 1723, à Pusy (Haute-Saône) (communic. de M. Cardot, sec. de la m. de Pusy), fille de Nicolas Aprix et de Claudinette Bardenet. — Pr. 7 mars 1723. B. S. 16 juillet 1744. — Dot 27 juillet 1744. Pens. pour infirm. (15 février 1739-23 mai 1744).

Anne-Françoise Aprix de Morienne, née 26, baptisée le 27 novembre 1724, à Pusy (Haute-Saône) (communic. de M. Cardot, sec. de la m. de Pusy), diocèse de Besançon, fille de Nicolas Aprix et de Claudinette Bardenet. — Pr. 7 mars 1733. Morte à Saint-Cyr, le 19 septembre 1738 (m. de Saint-Cyr).

Françoise-Madeleine-Olympe Aprix de Bonnières, née 26, baptisée 28 février 1726, à (Saint-Thomas) Evreux, fille de René Aprix et de Madeleine-Angélique de Bence. — Pr. 11 février 1738. B. S. 17 janvier 1746. — Dot 1ᵉʳ juillet 1748. — Bénédictine.

Jeanne-Angélique-Anne Aprix de Bonnières, née 21, baptisée 22 octobre 1732, à (Saint-Jean) Verneuil (Eure), diocèse d'Evreux, fille de René Aprix et de Madeleine-Angélique de Bence. Morte, le 23 mai 1752, à Saint-Cyr (mairie de Saint-Cyr).

Marie-Ursule Aprix de Morienne, née et baptisée 31 mars 1741, à (Saint-Jacques) Dieppe, diocèse de Rouen, fille de Louis-Emery Aprix et de Marie-Anne-Catherine Caulier. — Pr. 8 mai 1749. B. S. 27 septembre 1763. — Dot 25 octobre 1766. Viv. 28 janvier 1772.

Jean-Baptiste d'Apvrieulx-la-Balme, née et baptisée 3 septembre 1755, à (Notre-Dame) Izernore-en-Bugey (Ain), fille de Gilbert d'Apvrieulx et de Marie-Simone André. — Pr. 1ᵉʳ juillet 1767. B. S. 25 septembre 1775. — Dot 24 avril 1777.

Marie-Françoise d'Arandel, née et baptisée 26 octobre 1739, à Guémicourt (Somme), diocèse d'Amiens, fille d'Alexis d'Arandel et de Françoise Cotte. — Pr. 21 juillet 1749. B. S. 23 décembre 1759. — Dot 8 juillet 1765.

Marie-Anne-Julie d'Arandel, née 23, baptisée 24 mai 1778 à (Sainte-Marguerite) Vieilles-Landes (comm. des Landes-Vieilles et Jeunes (Seine-Inférieure), diocèse de Rouen, fille de Louis-Jacques d'Arandel et de Marie-Anne-Françoise-Philippine de Miannay. — Pr. 10 septembre 1788. Entrée selon l'Inv. le 11 octobre 1787. Sortie 11 mars 1793 (Crécy).

Louise d'Arces-Domène, née 16, baptisée 18 octobre 1688, à Domène près Grenoble (Isère), diocèse de Grenoble, fille de Louis d'Arces et de Françoise-Barbe de Pelegrin. — Pr. 13 février 1699. B. S. 24 octobre 1708. — Dot 24 octobre 1708. — Bénédictine.

Thérèse-Alexandrine d'Arces-Domène, née et baptisée 18 octobre 1765, à (Saint-Hughes) Grenoble, fille de Louis-Antoine d'Arces et de Denise-Catherine Rousset. — Pr. 3o septembre 1773. B. S. 13 août 1785. — Dot 25 juillet 1786.

Marie-Anne d'Arci-Montfriol, née 5, baptisée 7 juillet 1705, à Chambost-en-Beaujolais (Rhône), diocèse de Lyon, fille de Pierre d'Arci et de Marie-Edmée Queste. — Pr. 17 décembre 1714. B. S. 14 octobre 1725. — Dot 10 janvier 1727. — Chanoinesse.

Marie-Rosseline d'Arci-la-Varenne, née et ondoyée 3, baptisée 5 décembre 1726, à (Saint-Louis), Toulon-en-Provence (Var), fille d'Antoine-Joseph d'Arci et de Claudine-Thérèse de Villeneuve-Vence. — Pr. 15 mars 1738. B. S. 1er décembre 1746. — Dot 3 avril 1749.

Marie des Ardens-Gumery, née et baptisée 25 février 1715, à (Sainte-Sévère) Gumery (Aube), diocèse de Sens, fille d'Hector des Ardens et de Louise Vaillant. — Pr. 3 octobre 1724. Morte, le 2 février 1725, à Saint-Cyr (mairie de Saint-Cyr).

Colombe des Ardens-Gumery, baptisée le 1er décembre 1717, à Gumery (Aube), diocèse de Sens, fille d'Edme-Hector des Ardens et de Louise de Vaillant. B. S. 10 octobre 1737. — Dot 10 septembre 1738. Ne pouvant, pour cause de santé, être religieuse à l'abbaye de N.-D.-de-Sens, elle y reste, en attendant, pensionnaire (31 juillet 1738).

Françoise-Marguerite d'Arères-la-Tour, baptisée 5 janvier 1676, à (Saint-Martin) Le Thuit (Eure), près les Andelys, diocèse de Rouen, fille de Jean-Baptiste d'Arères et de Marie Le Grand. — Pr. 28 août 1686. — Carmélite.

Marie-Anne d'Argennes-Montmirel, née 9, baptisée 11 septembre 1695, à (N.-D.-des-Champs) Avranches (Manche), fille d'Antoine d'Argennes et d'Anne Vivien de la Champagne. — Pr. 22 mars 1706. B. S. 17 septembre 1715. — Dot 16 septembre 1715.

Catherine d'Argouges, née 27, baptisée 28 décembre 1751, à Cormolain (Calvados), fille d'Olivier d'Argouges et de Catherine de Chanteloup. — Pr. 2 juin 1762. B. S. 20 janvier 1772. — Dot 14 avril 1774.

Anne-Josèphe d'Arlanges-Courcelles, née 23, baptisée 24 juillet 1740, à (Sainte-Anne) Le Gault (Eure-et-Loir), diocèse de Chartres, fille de

Joseph d'Arlanges et d'Henriette Marie-Françoise de Cosne. — Pr.
12 juillet 1752. B. S. 15 novembre 1763. — Dot 25 octobre 1766. Vivante
28 janvier 1772.

Edmée-Marie d'Arlanges, née 7, baptisée 18 avril 1754, à (Notre-Dame
et Sainte-Anne) Le Gault (Eure-et-Loir), diocèse de Chartres, fille de
Joseph d'Arlanges et de Marie-Henriette de Cosne-Rouvray. B. S. 28 mars
1774. — Dot 31 mai 1775.

Jeanne-Marie d'Arlos-la-Servette, née 9, baptisée 12 novembre 1695,
à (Saint-Jean-Baptiste) Leyment (Ain), fille d'Antoine d'Arlos et de
Sibylle-Catherine du Moutet. — Pr. 14 août 1705. B. S. 25 novembre
1715. — Dot 26 novembre 1715. — Religieuse.

Gabrielle d'Arnault de Sarrazignac, née 8, baptisée 9 février 1724, à
(Saint-Pantaléon) Valeuil (Dordogne), diocèse de Périgueux, fille de
Jean d'Arnault et d'Armoise de Champagnac. B. S. 5 mai 1735. B. S.
29 octobre 1744. — Dot 10 février 1747.

Ambroise-Marie d'Arnault-Sarrazignac, née et baptisée 27 octobre 1761,
à (Saint-Pantaléon) Valeuil (Dordogne), diocèse de Périgueux, fille de
Jean-François d'Arnault et de Marie-Jeanne de Portzmoguer. — Pr.
3 septembre 1773. B. S. 21 septembre 1781. — Dot 21 novembre 1781.

Marie-Jeanne-Renée d'Arnault-Sarrazignac, née 5, baptisée 6 décembre 1768, à Plouarzel (Finistère), évêché de Léon, fille de Jean-François
d'Arnault et de Marie-Jeanne de Portzmoguer. B. S. 8 décembre 1788.
— Dot 20 décembre 1778.

Catherine d'Arnoult-Fontenay, née 1er, baptisée 2 avril 1755, à Fou-
vent-le-Châtel (Haute-Saône), diocèse de Langres, fille d'Armand-Jean-
Baptiste Arnoult et de Jeanne-Françoise Ponselin. — Pr. 5 juin 1766.
— Voyage 11 octobre 1774.

Nicole-Henriette-Josèphe d'Arras-Haudrecy, née 14, baptisée 16 juillet
1703, à Haudrecy (Ardennes), diocèse de Reims, fille de Achin d'Arras et
de Marguerite Maréchal. — Pr. 17 février 1713. B. S. 15 juillet 1723. —
Dot 15 juillet 1723.

Françoise-Rosalie d'Arras-Prouilly, baptisée 31 janvier 1719, à (Notre-
Dame) Jouy (Marne), diocèse de Reims, fille de Philippe d'Arras et de

Françoise Duchesne. — Pr. 3o août 1728. B. S. 5 février 1739. — Dot 19 décembre 1741. Novice à Saint-Pierre-d'Avenay (vêture 26 décembre 1741), puis religieuse (Sœur Sainte Victoire), encore vivante, le 7 janvier 1791. (Cf. Louis Paris: *Hist. de l'abb. d'Avenay*, Paris, 1879, 2 vol. in-8°).

Marie-Françoise d'Arras-Haudrecy, née 14, baptisée 15 octobre 1755, à (Saint-Michel) Orléans, fille de Robert d'Arras et de Rose-Françoise France. — Pr. 7 novembre 1768. B. S. 14 juillet 1775. — Dot 13 janvier 1777.

Agnès-Anne d'Arsonval des Tournelles, baptisée et née 19 novembre 1683, à (Saint-André) Belleu (Aisne), diocèse de Soissons, fille de Jean d'Arsonval et de Marie Catherine d'Amazanches. — Pr. 5 avril 1695. B. S. 1er décembre 1703. — Dot 29 juillet 1703.

Marie-Marthe-Charlotte d'Artigues, née et baptisée, le 2 mars 1747, à (Saint-Denis) Coulommiers (Seine-et-Marne), fille d'Alexandre d'Artigues et de Marthe-Marguerite Houllier. — Pr. 9 février 1759. B. S. 27 mars 1767. — Dot 14 mars 1769. Épousa (2 mars 1769) Jean-Baptiste Maron (vivant 1769). Elle fut condamnée à mort et guillotinée, le 7 thermidor an II (25 juillet 1794). (Prudhomme: *Dictionnaire des personnes envoyées à la mort sous la Révolution*, v° d'Artigues; Wallon: *Histoire du Tribunal révolutionnaire de Paris*), le même jour qu'André Chénier et que Roucher.

Sébastienne-Alexandrine-Monique d'Artigues-Osseaulx, née 3, baptisée 4 juin 1775, à Aire (Landes), fille de Jean-Baptiste d'Artigues et de Marie-Josèphe de la Lutère. — Pr. 11 décembre 1784. Sortie 3 avril 1793 (Crécy). Entrée selon Inv.: 13 décembre 1784.

Louise-Christine d'Arzac-du-Caila, née 10, baptisée 12 novembre 1716, à Sébazac-lès-Rodez, commune de Concourès (Aveyron), diocèse de Rodez, fille de Giou d'Arzac et de Marie de Peironenc-Saint-Chamarand. — Pr. 13 octobre 1728. Morte, le 3 septembre 1730, à Saint-Cyr (mairie de Saint-Cyr).

Isabeau d'Arzac-du-Caila, née 17, baptisée 19 décembre 1719, à Sébazac-lès-Rodez, commune de Concourès (Aveyron), diocèse de Rodez, fille de Giou d'Arzac et de Marie de la Roque-Peironenc. B. S. 24 septembre 1739. — Dot 3 février 1741.

Jeanne-Madeleine-Charlotte d'Assas, née 4, baptisée 5 mars 1761, au Vigan (Gard) (égl. Saint-Pierre), fille de François d'Assas et de Marie-Anne-Charlotte de Ginestoux, nièce du chevalier d'Assas. Morte à Saint-Cyr, le 4 avril 1776 (mairie de Saint-Cyr). — Pr. 29 janvier 1771.

Anne-Rose d'Assi-Vierzac, née 16, baptisée 20 août 1687, à Cluis-Dessus (Indre), diocèse de Bourges, fille de Sylvain d'Assi et de Gabrielle d'Areau-Puidaufon. — Pr. 24 décembre 1695. Novice (1er juin 1706). Religieuse (2 juin 1708) à Saint-Cyr. Morte, le 22 août 1710 (mairie de Saint-Cyr).

Judith d'Assigny-Lain, née 13, baptisée 14 septembre 1747, à (Notre-Dame) Lain (Yonne), diocèse d'Auxerre, fille de Louis-Charles d'Assigny et de Hyacinthe-Elisabeth de Corvol. — Pr. 23 août 1759. B. S. 6 octobre 1767. — Dot 26 juillet 1768. Vivante 28 janvier 1772.

Marie d'Astorg-Chaludet, née et baptisée 4 mars 1686, à Saint-Priest-des-Champs (Puy-de-Dôme), diocèse de Clermont, fille de Jean d'Astorg et de Gilberte d'Anglars. — Pr. 22 janvier 1698. B. S. 4 mars 1706. — Dot 5 mars 1706. — Elle épousa (4 octobre 1710) Philibert de Combes († 9 juillet 1752) et mourut à Versailles, le 10 août 1761 (Versailles. Etat civil. Sépultures par. N. Dame, an 1761, fol. 49 recto).

Catherine-Françoise Aubaud du Perron, née 5, baptisée 26 février 1702, à (Saint-Nicolas-des-Champs) Paris, fille de Gilles Aubaud et de Françoise Picard. — Pr. 30 mai 1713. Relig. Régale à Saint-Louis-de-Poissy. — Professe (6 novembre 1728). Vivante 18 novembre 1763. (Arch. S.-et-O., fds Saint-Louis-de-Poissy.)

Clémence-Désirée Auber-Daubeuf, baptisée 30 avril 1676, à Aubeuf-le-Sec, diocèse de Rouen (aujourd'hui Daubeuf-Serville, Seine-Inférieure), fille de René Auber et de Marguerite Boulenc. — Pr. 3 juillet 1687.

Thérèse-Hyacinte-Henriette Aubert de Courserac, née 30, baptisée 31 juillet 1721, à Brest, diocèse de Léon, fille de Charles Aubert et de Marie-Anne de Longueville.— Pr. 9 avril 1729. Voy. s. d. — Dot 28 janvier 1744.

Marie-Claudine-Henriette Aubert du Petit-Thouars, née 3, baptisée 4 juin 1754, à Strasbourg (Saint-Louis-de-la-Citadelle), fille de Louis-Henri-Georges Aubert et de Marie-Anne-Jeanne Desmé du Buisson. —

Pr. 29 février 1764. B. S. 2 juin 1774. — Dot 30 mars 1775. — Elle épousa (10 juillet 1775) Jacques-Claude-René Grimouard.

Marie-Louise-Françoise Aubin du Botcouard, ondoyée 22 octobre 1756, à Fougeray (Ille-et-Vilaine), diocèse de Vannes, fille de Louis-François Aubin et d'Ursule Alano du Botcouard. — Pr. 7 avril 1764. B. S. 30 août 1776. — Dot 26 mars 1778.

Angélique d'Aubourg-Wambez, baptisée 23 mai 1714, à Wambez (Oise), diocèse de Beauvais, fille de Jérôme-Alexandre d'Aubourg et d'Angélique de la Rue. — Pr. 1er juin 1722. B. S. 2 mai 1734. — Dot 12 janvier 1736. — Religieuse.

Jeanne-Agnès d'Aubusson-Castelnouvel, née 15, baptisée 18 janvier 1687, à (Saint-Julien) Varetz (Corrèze), diocèse de Périgueux, fille de Godefroy d'Aubusson et de Anne de Chauveron. — Pr. 30 décembre 1695. B. S. 16 janvier 1708. — Dot 16 janvier 1708. — Elle épousa Gabriel de la Baume-Forsac.

Marguerite d'Audrieu-la Houssaye, née 12, baptisée 13 novembre 1713, à (Saint-Pierre) Abondant (Eure-et-Loir), diocèse de Chartres, fille de J.-B. d'Audrieu et de Marianne de Trousseauville. — Pr. 22 juillet 1722. B. S. 13 novembre 1733. — Dot 18 janvier 1736.

Madeleine d'Auga-Moussay, née 22, baptisée 24 septembre 1723, à (Saint-Laurent) Auga (Basses-Pyrénées), diocèse de Lescar, fille de Bernard d'Auga et de Marie de Poymiro. — Pr. 16 juin 1733. Morte à Saint-Cyr, le 12 avril 1734 (mairie de Saint-Cyr).

Anne-Adélaïde d'Aulnay-Rege, née et baptisée à (Saint-Leu) Viapres-le-Grand (Aube), diocèse de Troyes, le 24 août 1759, fille de Jean-Christophe d'Aulnay et de Françoise-Laurence Pictory. Novice (25 février 1780). Relig. (18 mars 1782) à Saint-Cyr. Sortie à la suppr. Morte à Rhèges (Aube), le 4 complémentaire, an XII (commun. de M. Tassin, secr. de la mairie de Viâpres).

Marie-Louise d'Aumale-Quesnoy, baptisée le 20 avril 1673, à (Saint-Martin) Boisrouault (Somme), diocèse d'Amiens, fille de Charles d'Aumale et d'Eléonore-Henriette de Saint-Just. — Pr. 1er février 1686. — Elle épousa (16 juin 1693) François de Calonne-Avesnes (né 2 octobre 1665, † 22 mars 1731) et mourut à Avesnes-Chaussoy (Somme), le 13 mars 1709 (commun. de M. Billoré, secr. de la mairie d'Avesnes-Chaussoy). Elle eut deux filles à Saint-Cyr.

Marie-Jeanne d'Aumale-Mareuil, baptisée 4 juillet 1683, à Vergies (Somme), diocèse d'Amiens, fille de Jacques d'Aumale et de Suzanne de Courcelles. — Pr. 29 novembre 1690. B. S. 5 juillet 1703. — Dot 20 juillet 1703. — Secrét. de Mme de Maintenon, pleine d'esprit et d'enjouement. Elle a laissé des *Mémoires* manuscrits que Th. Lavallée se proposait de publier et que MM. d'Haussonville et Hanotaux ont publiés (Paris, 1902-1903, 2 vol. in-8°), ainsi que de charmantes lettres de la même et une notice biographique sur elle. Elle mourut, en 1756, à Soissons (décembre). Maîtresse adjointe à Saint-Cyr (14 septembre 1704). M. Asselin a publié (Arras, 1875, in-8°) quelques lettres d'elle.

Charlotte d'Aumale-Mareuil, née 25 décembre 1684, à Vergies (Somme), diocèse d'Amiens, fille de Jacques d'Aumale et de Suzanne de Courcelles. — Pr. 27 janvier 1692. Maîtresse adjointe à Saint-Cyr (14 septembre 1704). B. S. 7 janvier 1705. — Dot 25 décembre 1704. Religieuse. Vivante 7 juillet 1705.

Françoise d'Aumale-Mont-Notre-Dame-Comin, née et baptisée 24 février 1703, à Mont-Notre-Dame (Aisne), diocèse de Soissons, fille de Louis d'Aumale et de Marie-Charlotte Doucet. — Pr. avril 1714. B. S. 23 février 1723. — Dot 5 octobre 1723.

Marie-Louise d'Aumale-Yvrencheux, née 23, baptisée 25 avril 1707, à Yvrencheux, diocèse d'Amiens (Somme), fille d'André d'Aumale et de Marguerite Hémart. — Pr. 12 décembre 1714. Morte à Saint-Cyr, le 7 janvier 1715 (mairie de Saint-Cyr).

Marie-Marguerite-Charlotte d'Aumale-Mareuil, née 26, baptisée 27 août 1717, à Beaucourt (Somme, canton d'Albert), diocèse de Cambrai, fille de Charles d'Aumale et de Marie-Marguerite-Joséphine Blocquel de Croix. — Pr. août 1727. Morte à Saint-Cyr, le 3 juillet 1735 (mairie de Saint-Cyr).

Louise-Thérèse d'Aumale-Mont-Notre-Dame, née 17, baptisée 18 avril 1720, à (Saint-Timothée et Saint-Apollinaire) Gueux (Marne), diocèse de Reims, fille de Michel d'Aumale et de Marie-Anne Oudan de Gribouval. — Pr. 24 avril 1729. B. S. 15 avril 1740. — Dot 2 juillet 1740. Morte s. all.

Scolastique-Florence d'Aumale-Liévin, baptisée 22 mars 1722, à (Sainte-Croix) Arras (Pas-de-Calais), fille de Charles d'Aumale et de Marie-

Marguerite-Josèphe Blocquel. — Pr. 28 août 1732. B. S. 12 février 1742.
Dot 14 janvier 1744. — Religieuse.

Louise-Victoire d'Aumale-Murtin, née et baptisée le 21 octobre 1728, à
(Saint-Germain-l'Auxerrois) Paris, fille de Jacques-Antoine d'Aumale et
d'Henriette-Françoise de Polastron-la-Hillière. — Pr. 11 septembre 1736,
novice (29 mars 1749), relig. (31 mars 1751) à Saint-Cyr, en présence des
4 filles de Louis XV, de Madame Sophie et de l'ambassadrice d'Espagne.
Morte relig. à Saint-Cyr, le 30 décembre 1775 (mairie de Saint-Cyr).

Françoise-Félicité d'Aumale-Murtin, née et baptisée 29 septembre 1731.
à (Saint-Germain-l'Auxerrois) Paris, fille de Jacques-Antoine d'Aumale
et d'Henriette-Françoise de Polastron-la-Hillière. — Pr. 26 février
1739. B. S. 10 septembre 1751. — Dot 28 juillet 1753.

Marie-Henriette-Edouarde-Rosalie d'Aumale-Mareuil, née 2 mars et
baptisée 2 mars 1733, (à Notre-Dame) Vergies (Somme), diocèse d'Amiens,
fille de Jacques d'Aumale et d'Henriette-Françoise de Polastron. — Pr.
30 décembre 1740. — Sous-gouvernante des Enfants de France. Elle
épousa Louis-Anne d'Aumale. M. N.-Dame. († 18 juin 1822). B. S. 25 février 1753. — Dot 29 avril 1755. † au 18 juin 1822.

Marie-Angélique-Armande-Augustine d'Aumale-Quesnoy, née et baptisée, le 23 mai 1735 à (Notre-Dame) Vergies (Somme), diocèse d'Amiens,
fille de Jacques d'Aumale et de Françoise-Henriette de Polastron-la-
Hillière. — B. S. 30 avril 1755. — Dot 5 juin 1758. Elle épousa (8 juillet
1763) Gabriel-Florent de la Tour-Lauraguais et mourut le 7 février 1774,
à Auzeville (Haute-Garonne) *(Gén. de la m. de La Tour-Lauraguais.*
Paris, 1778, petit in-4°, pp. 96-98 et *Gazette de France*, n°. du 25 février
1774 et communic. mairie d'Auzeville).

Charlotte-Denise-Louise-Pauline d'Aumale-Murtin, baptisée 3 juin
1738, à (Notre-Dame) Vergies (Somme), diocèse d'Amiens, fille de Jean-
Jacques-Antoine d'Aumale et d'Henriette-Françoise de Polastron-la-
Hillière. — B. S. 23 mai 1758. — Dot 5 juillet 1763. Elle mourut, le
4 décembre 1807 (A. Asselin, *Lettres inédites de Mme d'Havrincourt et de
Mlle d'Aumale.* Arras 1875, in-8°, p. 13, note. Confirmé par lettre de
M. Glachant, sec. de la m. de Vergies).

Marie-Nicole d'Aunay-Fuligny, née 30 mars, baptisée 1er avril 1704, à
Fuligny (Aube), bailliage de Soulaines, diocèse de Troyes, fille de Char-

les d'Aunay et de Madeleine de Lenharé. — Pr. 18 janvier 1711. Morte,
le 21 avril 1714, à Saint-Cyr (Mairie de Saint-Cyr).

Marie-Catherine-Denise d'Autane-Vilars, ondoyée à Colmar, le 19 octobre 1726, baptisée au Fort-Mortier (diocèse de Bâle), le 8 février 1727,
fille de Jean-Baptiste d'Autane et de Marie-Anne Ferrand. — Pr. 26 février 1738. B. S. 31 décembre 1746. — Dot 3 janvier 1749.

Maria-Olympe-Anne d'Autard de Bragard, née et baptisée 5 juin 1769,
à Orpierre (Hautes-Alpes), fille de François-Alexandre d'Autard et de
Marie-Marguerite Maigre de Fronteinière. — Pr. 20 mars 1779. B. S.
8 juin 1789. — Dot 10 juin 1789.

Marie du Authier de la Bastide-la-Faye, née 20, baptisée 28 février
1707, à Quinsac (Quinsac, commune Saint-Yrieix (Haute-Vienne), diocèse
de Limoges, fille d'Antoine de Authier et de Marie Hugon du Prat. —
Pr. 24 octobre 1718. B. S. 1728. — Dot 18 juin 1729. Elle épousa Jean-
Baptiste de la Grange-Reignac.

Elisabeth-Françoise d'Autry-la-Mivoye, née et ondoyée 13, baptisée
16 septembre 1721, à (Saint-Martin) Nogent-sur-Vernisson (Loiret), diocèse de Sens, fille de Joseph-Adalbert d'Autry et d'Elisabeth de Menou.
— Pr. 16 janvier 1733. B. S. 12 juillet 1742. Novice à Saint-Cyr 25 juin
1741. — Dot 2 avril 1744.

Marie-Louise-Jacqueline d'Autry-la Mivoye, née 22 (à minuit), baptisée
26 février 1723, à Nogent-sur-Vernisson (Loiret), (comm. de M. Besnard,
sec. de la mairie de Nogent-sur-Vernisson), fille de Joseph-Adalbert
d'Autry et d'Elisabeth de Menou. B. S. 12 juillet 1742. — Dot 2 avril
1744.

Ursule d'Auvergne-Gagny, baptisée 3 juillet 1661 à (Saint-Lucien)
Méru-en-Beauvoisis (Oise), fille de Lucien d'Auvergne et de Marie de
Hanus. — Pr. 16 mars 1686.

Agnès d'Auvergne-Gagny-Lestang, baptisée 13 mars 1663 à (Saint-
Lucien) Méru (Oise), fille de Lucien d'Auvergne et de Marie de Hanus.
— Pr. 16 mars 1686. Elle ép. François de Colombe.

Madeleine d'Auvergne-Gagny, baptisée 23 août 1664, à (Saint-Lucien)
Méru (Oise), fille de Lucien d'Auvergne et de Marie de Hanus. — Pr.

16 mars 1686. Morte, religieuse converse (professe 10 juillet 1686), à Saint-Cyr, le 3 octobre 1687 (mairie de Saint-Cyr).

Marie-Thérèse d'Auvergne-Gagny-Louville, baptisée le 1er avril 1670, à (Saint-Lucien) Méru–en-Beauvoisis (Oise), fille de Lucien d'Auvergne et de Marie de Hanus. — Pr. 16 mars 1686. Elle ép. Jacques de la Rozière-la Gennevraye et mourut avant le 27 mai 1711 (Fr. 32.589. fol. 782).

Claire d'Auvergne-Gagny, baptisée 8 septembre 1696, à (Saint-Louis) Port-Royal (Martinique), fille d'Alexandre d'Auvergne et de Marie Robert. — Pr. 20 avril 1708. P. S. 8 septembre 1716. — Dot 6 mars 1717. Elle ép. Samuel-Antoine-Martin de Pike.

Madeleine d'Auvergne, née et baptisée 6 avril 1770, à (Saint-Pierre du Gros-Caillou) Paris, fille de Jacques-Amable d'Auvergne et d'Innocente de Bongars. — Pr. 24 décembre 1779. B. S. 7 mars 1790. — Dot 23 décembre 1790.

Thérèse d'Auvergne, née et baptisée 15 avril 1774, à (Saint-Christophe du Gros-Caillou) Paris, fille de Jacques-Amable d'Auvergne et d'Isidore-Vincente de Bongars. Entrée selon l'Inv., le 11 février 1794. Sortie le 6 octobre 1792.

Victoire Madeleine d'Auvergne-Meusnes, née 4, baptisée 5 mai 1777, à (Saint-Pierre) Meusnes (Indre), diocèse de Bourges, (comm. de M. Rivery, sec. de la m. de Meusnes), fille d'Hyppolyte d'Auvergne et de Françoise-Julie du Chesne du Plessy. — Pr. 23 avril 1787. Entrée, selon l'Inv., le 26 avril 1787. Sortie 6 octobre 1792.

Marie-Prudence d'Auvergne-les-Cognies, née 16, baptisée 17 avril 1780, à Luçay-le-Mâle (Indre), diocèse de Bourges, fille de Florimond d'Auvergne et de Madeleine de Baillon. — Pr. 16 mars 1790. Entrée, selon l'Inv. le 25 mars 1790. Sortie 6 octobre 1792.

Elisabeth-Henriette Auvray de Cocquerel, née et baptisée 20 novembre 1739, à Notre-Dame-de-Cenilly (Manche), en Normandie, fille d'Henri-Robert Auvray et de Françoise Davy. — Pr. 5 janvier 1752. B. S. 12 juillet 1768. — Dot 11 août 1764.

Marie-Suzanne Auvray de Cocquerel, née 5, baptisée 6 mai 1743, à Notre-Dame-de-Cenilly (Manche), en Normandie, fille d'Henri-Robert Auvray et de Françoise Davy. B. S. 1767. — Dot 30 mars 1767.

Marie d'Auxais-Menil-Vénéron, née 3, baptisée 7 juillet 1675, à Mesnil-Vénéron (Manche), diocèse de Coutances, fille de Philippe d'Auxais et de Julienne Guérin. — Pr. 19 mai 1687.

Charlotte-Jacqueline d'Auxais-Mesnil-Vénéron (Manche), née 29 novembre 1677, baptisée 11 janvier 1678, à Mesnil-Vénéron (Manche), diocèse de Coutances, fille de Philippe d'Auxais et de Julienne Guérin. — Pr. 19 mai 1687. — Ursuline.

Marie-Catherine-Clotilde d'Averton-Soisy, née et baptisée 21 mai 1735, à (Saint-Aignan), Soisy-sur-École (Seine-et-Oise), diocèse de Sens, fille de Jean-Nicolas d'Averton et de Marie-Catherine Rousseau. — Pr. 26 avril 1746. B. S. 10 mai 1755. — Dot 7 février 1759. — Bénédictine.

Anne-Victoire-Catherine-Louise .d'Averton-Soisy, née 9, baptisée 11 octobre 1757, à Milly en Gâtinais (Seine-et-Oise), fille de Louis-Marc-Antoine d'Averton et de Jeanne-Catherine de Bienvenu-Arcy. — Pr. 23 avril 1766. B. S. 12 novembre 1777. — Dot 2 juin 1778.

Catherine-Elisabeth d'Avesgo-Valheureux, née 9, baptisée 10 novembre 1695, à (Saint-Germain), Argentan (Orne), diocèse de Seèz, fille de Charles d'Avesgo et de Marguerite-Suzanne de Bortaris. — Pr. 29 décembre 1706. B. S. 17 novembre 1715. — Dot 20 décembre 1715.

Rose-Catherine-Suzanne d'Avoine-Luzanes, née 11, baptisée 12 août 1780, à Combrée (Maine-et-Loire), diocèse d'Angers, fille de François-Armand-Joseph d'Avoine et d'Elisabeth-Rose de la Motte. Entrée, selon l'Inv., le 26 juin 1790. Sortie 15 septembre 1792.

Antoinette-Louise d'Avout des Vignes, née 22, baptisée 23 février 1721, à Préporché (Nièvre), diocèse de Nevers, fille de Jean-Nicolas d'Avout et de Marie-Barthélemie Poterlot. — Pr. 9 août 1731. B. S. 3 mars 1741. — Dot 28 octobre 1744. Elle mourut, sans alliance, à Préporché (Nièvre), le 6 janvier 1773 (Renseignement fourni par M. le vicomte d'Avout et communic. m. Préporché).

Pierrette-Louise d'Avout de Cursy, née et baptisée le 6 octobre 1763, à (Saint-Pierre), Avallon (Yonne), fille de Jacques d'Avout et de Catherine-Colombe Drouart. Morte à Saint-Cyr, le 15 octobre 1777 (mairie de Saint-Cyr).

Julie-Catherine-Charlotte-Françoise d'Avout, née 15, baptisée 16 avril 1771, à (Saint-Fal), Etivey (Yonne), fille de Jean-François d'Avout et d'Adélaïde-Françoise Minard de Velars. — Pr. 21 octobre 1780. — Dot. 5 mai 1791. Sœur du maréchal Davoust. Elle épousa (10 juillet 1801) Marc-Antoine de la Bonninière de Beaumont (né 23 septembre 1760, mort le 4 février 1830). Elle mourut, à Paris, le 30 avril 1846 (Renseignement fourni par M. le vicomte d'Avout). (Cf. Borel d'Hauterive, *Annuaire de la noblesse française*, 1847.)

Claude-Jeanne Aymé des Roches-Noyant, née 13, baptisée 14 février 1752, à Saint-Saturnin-la-Cheyre (Saint-Saturnin (Puy-de-Dôme), fille de Gilbert Aymé et de Claude Champclaux. — Pr. 2 juin 1763. Morte, le 16 novembre 1764, à Saint-Cyr (mairie de Saint-Cyr).

Monique-Catherine Aymer de la Chevalerie, née 21, baptisée 22 septembre 1734, à Saint-Georges-de-Noisné (Deux-Sèvres), diocèse de Poitiers, fille de Louis Aymer et de Florence Girardon. — Pr. 15 avril 1746. B. S. 24 septembre 1754. — Dot 4 octobre 1757. Elle testa, le 4 février 1801. Elle mourut, sans alliance, à Saint-Maixent (Deux-Sèvres), le 14 prairial an IX. (Renseignement fourni par Mme la comtesse Aymer de la Chevalerie. Bulletin fourni par M. Salinque, secrétaire de la mairie de Saint-Maixent.)

Jeanne-Louise d'Aymery, baptisée 9 avril 1756, à (Saint-Etienne) la Besace près Rancourt (Ardennes), fille de François-Gabriel-Théodore d'Aymery et de Marie-Charlotte de Paillart. — Pr. 23 mai 1767. B. S. 15 février 1776. — Dot 24 mars 1777.

Joséphine-Bernarde-Georgette d'Aymery-Viroflay Malmy, née à Viroflay (Seine-et-Oise) le 24 octobre 1762 (Etat civil de Viroflay), baptisée à (Saint-Louis) Versailles (Seine-et-Oise), le 25 octobre 1762 (Etat civil de Versailles. Eglise Saint-Louis, année 1762, fol. 72), fille de François-Gabriel-Théodore d'Aymery et de Marie-Charlotte de Paillart-Grandvilliers. B. S. 24 novembre 1782. — Dot. 10 février 1783.

Marie-Marguerite d'Aymini-Mablau, née 25, baptisée 27 novembre 1755, à (Saint-Pierre ès Liens) Laredorte (Aude), diocèse de Narbonne, fille d'Alexandre d'Aymini et de Madeleine de Fogasse-Chateaubran. — Pr. 26 mars 1765. B. S. 1775. — Pension pour infirmité (6 décembre 1770-2 juin 1775).

Françoise-Catherine d'Azincourt-Hardicourt, née 15, baptisée 24 mai 1682, à Marest près Compiègne (Marest sur Matz (Oise), fille de Robert d'Azincourt et de Jeanne de Pastour. — Pr. 25 avril 1693. Morte à Saint-Cyr, le 20 janvier 1696 (mairie de Saint-Cyr).

Jeanne des Ayvelles-Jantes, née 13, baptisée 15 octobre 1706, à Bancigny-les-Nampcelles (Saint-Nicolas) (Aisne) diocèse de Laon, fille de Jean des Ayvelles et de Marie de Lenoncourt. — Pr. 20 septembre 1718. B. S. 22 septembre 1726. — Dot 19 décembre 1727.

Marie-Jeanne-Henriette de Bachelier-Outreville, née 3 juin, baptisée 1er juillet 1703, à Londres, naturalisée française (23 septembre 1713), fille d'Henri de Bachelier et de Jeanne du Four. — Pr. 16 novembre 1713. B. S. 19 mai 1723. — Dot 17 juin 1723. — Sœur de Charité.

Louise-Charlotte Bachoué de Barraute, née et baptisée le 18 décembre 1756, à Montréal (Canada), fille de Jean-Pierre Bachoué et d'Anne-Marguerite Soumande. — Pr. 30 avril 1764. B. S. 25 septembre 1776. — Dot 2 juin 1778.

Françoise-Angélique Le Bacle-Pouy-Argenteuil, née 16, baptisée 22 novembre 1674, à Pouy (Aube), diocèse de Sens, fille de Louis Le Bacle et de Françoise de Pontville. — Pr. 10 juillet 1687.

Jeanne-Agathe Le Bacle-Pouy-Argenteuil, née 14, baptisée 22 mai 1676, à Pouy (Aube), diocèse de Sens, fille de Louis Le Bacle et de Françoise de Pontville. — Pr. 10 juillet 1687.

Anne-Louise-Madeleine de Badel, née et baptisée le 19 avril 1751, à (Saint-Thomas) Privas (Ardèche), fille d'Antoine de Badel et de Catherine Vidal. — Pr. 23 octobre 1751. B. S. 2 mai 1773. — Dot 23 avril 1774. — Novice à Saint-Cyr (28 juin 1771) devant la comtesse de Provence.

Suzanne-Renée de Bailleul-Orcisses, née 29, baptisée 30 mai 1710, à Larchamp (Mayenne), diocèse du Mans, fille de Julien-Laurent de Bailleul et de Suzanne de Chappedelaine. — Pr. 22 avril 1721. B. S. 7 mai 1730. — Dot 7 juin 1731.

Marie-Anne de Baillon-Timécourt, née 28 juillet 1672, baptisée 30 juin 1673, à Epinay-Champlâtreux (Seine-et-Oise), diocèse de Paris, et Saint-

Damien de Luzarche, fille de Claude de Baillon et de Françoise de Berei. — Pr. 22 juin 1686.

Jeanne-Elisabeth de Baillon-Forges, née 11, baptisée 28 septembre 1674, à (Saint-Damien) Luzarches (Seine-et-Oise), diocèse de Paris, fille de Claude de Baillon et de Françoise de Berei. — Pr. 22 juin 1686.

Louise-Marie-Jeanne de Bailly-Saint-Marc, née et ondoyée 22 juillet 1778, baptisée 24 juillet 1778, au Mans (Saint-Benoît), fille de Pierre-Louis-Gabriel de Bailly et de Marie-Louise de Phlines. — Entrée selon Inv. 20 mai 1788. Sortie 1er décembre 1792 (Crécy).

Jeanne-Julie de Balathier-Lantage, née et baptisée, le 30 janvier 1761, à Villargoix (Côte-d'Or), diocèse d'Autun, fille d'Elie-Antoine de Balathier et de Catherine Feydeau. — Pr. 19 avril 1768. B. S. s. d. — Dot 19 janvier 1782. Elle ép. (1785) Antoine de Balathier-Gouffier.

Julie-Louise de Balathier, née 5 février 1782, à Bastia (Corse), fille d'Antoine-Anne de Balathier et de Marie de Franchesse. — Pr. 12 septembre 1790. — Entrée selon l'Inv. 20 août 1790. Sortie 1er avril 1793 (Crécy).

Gabrielle de Balazuc-Montréal, née 11, baptisée 15 mars 1683, à Chomérac (Ardèche), diocèse de Privas, fille de Jean de Balazuc et de Claudine de Hautvilar. — Pr. 24 octobre 1694. — Morte, à Saint-Cyr, le 8 février 1702 (mairie de Saint-Cyr).

Henriette-Gasparine de Ballay, née 16, baptisée 18 novembre 1746, à Poligny (Jura), diocèse de Besançon, fille d'Henri-Adrien de Ballay et de Marie-Césarine-Hyacinthe de Ballay. — Pr. 15 octobre 1758. B. S. 8 octobre 1766. — Dot 16 juillet 1768. — Vivante, 28 janvier 1772.

Marguerite de Banne-Avéjan-Montgros, née 1er, baptisée 3 juillet 1719, à Blanzac (Gard), diocèse d'Uzès, fille de Charles de Banne et de Marie-Anne Fraissines. — Pr. 13 décembre 1730. B. S. 7 juin 1739. — Dot 12 septembre 1739. Elle ép. N. d'Anglas.

Marie-Anne de Banne-Montgros-Avéjan, née 10, baptisée 22 mars 1722, à (Notre-Dame) Blanzac (Gard), diocèse de Nîmes, fille de Charles de Banne et de Marie-Anne Fraissines. — Pr. 4 décembre 1733. B. S. 30 mars 1742. — Dot 11 octobre 1743.

Marie-Anne de Bar-Grimonville, baptisée le 20 février 1679, à Feux (Cher), diocèse de Bourges, fille de Pierre de Bar et d'Anne-Henriette de Lamet. — Pr. 8 avril 1686.

Marie-Elise de Bar-la-Garde, née à Gannat, le 27 novembre 1762, paroisse Saint-Etienne, fille de Gabriel de Bar-la-Garde et de Marie Mollet de la Baune. — Novice à Saint-Cyr (1er avril 1784) professe (1er avril 1786) devant Mme Elisabeth. Sortie à la suppression. Voyage 12 juin 1780.

Marie-Anne de Bar-la-Condamine, née en 1769 (probablement en septembre). Reçoit une pension alimentaire (28 mai 1781-15 décembre 1785).

Marguerite-Thérèse de Barat-Boncourt, née 13, baptisée 14 août 1727, à Boncourt (Meurthe-et-Moselle) (communic. de M. le secrétaire de la m. de Boncourt[1]), fille de Joseph Florimond de Barat et de Catherine d'Escrots-Estrées. — Pr. 23 mai 1740. B. S. s. d. Voy. s. d. — Dot 13 février 1750.

Marie-Cécile de Barat-Boncourt, née et baptisée le 18 septembre 1732, à Boncourt (Meurthe-et-Moselle), diocèse de Verdun (communic. de M. le sec. de la m. de Boncourt), fille de Joseph-Florimond de Barat et de Catherine d'Escrots-Estrées. B. S. 1er septembre 1752. — Dot 20 octobre 1755.

Louise-Françoise Baraudin de Mauvière-Manthelan, née et baptisée 3 avril 1714, à (Saint-Ours) Loches (Indre-et-Loire), fille de Louis Baraudin et de Françoise Mesnard. — Pr. 18 mars 1724. — Voyage 6 janvier 1736. — Dot 1er août 1736.

Marguerite Barbarin du Chambon, née et baptisée 7 décembre 1704, à (Saint-Maxime) Confolens (Charente), fille de François Barbarin et de Françoise Dassier des Brosses. — Pr. 18 avril 1715. — Voy. 17 novembre 1724. B. S. 10 mai 1726. — Dot 3 septembre 1727. — Religieuse.

Marie-Louise Barbarin du Monteil, née et baptisée le 1er novembre 1753, à (Notre-Dame du Moutier) Saint-Junien en Limousin (ch.-l. de c. Haute-Vienne), diocèse de Limoges, fille d'Etienne Barbarin et de

---

[1] Les registres de Boncourt et les Preuves de d'Hozier diffèrent d'un an (Les Preuves disent : 1728, au lieu de 1727). Cela se comprend : le 23 mai 1740, Marguerite-Thérèse, si l'on eût produit son acte de naissance, avec la date réelle, 1727, aurait eu plus de douze ans et n'aurait pu entrer à Saint-Cyr. On mit donc 1728.

Catherine du Solier. — Pr. 26 avril 1762. B. S. 3 octobre 1773. — Dot 3 mai 1775. — Bénédictine.

Victoire Barbe des Roches, née 11, baptisée 12 octobre 1749, à (Saint-Etienne) Le Blanc (Indre), diocèse de Bourges, fille de Silvain Barbe et de Rose Rabault. — Pr. 12 juin 1761. — B. S. 1er août 1769. — Dot 4 juin 1770.

Anne-Marie-Madeleine Barberot d'Antel, née et baptisée le 17 mai 1749, à Saint-Dizier (Notre-Dame) (Haute-Marne), diocèse de Châlons en Champagne, fille de Joseph-Philippe Barberot et de Marie-Reine Le Comte. — Pr. 29 août 1760. B. S. 27 mai 1769. — Dot 20 juin 1769.

Marie-Marguerite Le Barbier de Bezu, née 22, baptisée 23 mars 1724, à Villegats (Eure) diocèse d'Evreux, fille de Robert Le Barbier et de Catherine de Feuquerolles. — Pr. 15 septembre 1734. Morte à Saint-Cyr, le 3 mars 1739 (mairie de Saint-Cyr).

Jeanne-Françoise Bardon de Ségonzac, née 19 novembre 1743, baptisée à Ségonzac (Dordogne) le même jour, diocèse de Périgueux, fille de Marc Bardon et de Marie-Antoinette de Gunies. Morte à Saint-Cyr, le 30 mai 1756 (mairie de Saint-Cyr).

Marie-Anne Bardon de Ségonzac, née et baptisée 30 octobre 1690, à Ségonzac (Dordogne), fille de Marc de Bardon et de Jeanne de Lestrade-la-Cousse. — Pr. 16 octobre 1698. B. S. 7 octobre 1710. — Dot 19 mai 1715. — Novice aux Capucines de Paris (16 mai 1715).

Marie-Adélaïde de Bardon-Ségonzac, née 20, baptisée 22 octobre 1693, à Ségonzac (Dordogne), fille de Marc de Bardon et de Jeanne de Lestrade. — Pr. 29 décembre 1701. Sortie, en 1712, pour infirmité. Novice aux Capucines de Paris, puis postulante aux Annonciades. Visitandine à Montargis (1715-1718), professe (21 avril 1715) à Périgueux (1718-1740), supérieure à Saint-Céré (1740-1746). Morte, à Périgueux, le 28 mars 1757, à 11 heures du soir (Bibl. Nat. Impr. Ld[173] 2, tome 107). — Dot 3 mai 1715. B. S. 9 octobre 1713.

Marie-Geneviève de Bardoux-Vauxfel, baptisée 6 novembre 1692, à Fel (Orne), diocèse de Séez, fille de Pierre Bardoux et de Marie-Anne Le Prévost. — Pr. 11 juin 1704. B. S. 2 décembre 1712. — Dot 2 décembre 1712.

Marthe-Thérèse de Bardoux-Tournai, ondoyée 19 janvier, baptisée 26 août 1704, à Tournay-sur-Dives (Orne), diocèse de Séez, fille de Louis-Antoine de Bardoux et de Louise de Paulmier. — Pr. 14 septembre 1714. Morte à Saint-Cyr, le 7 février 1722 (mairie de Saint-Cyr).

Elisabeth-Suzanne de Barentin des Minières-Monchal, née 4, baptisée 5 avril 1715, à (Cathédrale) Toulon (Var), fille de Joseph de Barentin et Elisabeth Laugier. — Pr. 23 novembre 1723. B. S. 20 avril 1735. — Dot 30 juillet 1743. — Religieuse.

Elisabeth-Marie-Anne-Antoinette de Barentin, née et baptisée le 9 juillet 1756, à Toulon (Var), fille de Joseph-François-de-Paule de Barentin et de Marie-Antoinette de Brunet. — Pr. 5 mai 1768. B. S. 1er mai 1775. — Dot 30 juin 1778.

Antoinette-Marie-Louise-Joséphine-Elisabeth-Baptistine de Barentin, née et baptisée 24 juin 1780, à Toulon (Var), fille de Charles-Toussaint-Joseph-François-de-Paule de Barentin et de Marie-Catherine-Lucie de Sinéty. — Pr. 17 octobre 1789. Entrée, selon l'inv., le 20 novembre 1789. Sortie 1er avril 1793 (Crécy).

Marie-Marguerite de Bargeton-Mordon, née et baptisée 16 décembre 1732, à Belfort (territ. de Belfort), diocèse de Besançon, fille de Mathieu-Denis de Bargeton et de Claudine-Antoinette du Faux. — Pr. 7 janvier 1741. Morte, à Saint-Cyr, le 29 juin 1744 (mairie de Saint-Cyr).

Louise-Antoinette de Bargeton, née et baptisée 4 novembre 1736, à Belfort (territ. de Belfort), fille de Denis de Bargeton et d'Anne-Antoinette du Faux. B. S. 5 août 1754. — Dot 25 novembre 1756.

Marie-Jeanne de Baritault, née 16 juin 1781, à Sainte-Croix-du-Mont (Gironde), fille d'Augustin de Baritault et de Marie du Temple. Entrée, selon l'inv., le 26 avril 1790. Sortie le 3 avril 1793 (Crécy).

Marie-Madeleine de Barjot-Carville-Auneuil, baptisée le 15 juillet 1673, à Montcresson (Loiret), diocèse de Sens, fille de Louis de Barjot et de Marthe de la Croix. — Pr. 7 mai 1686.

Anne-Thérèse Baron du Saussat, née 15, baptisée 16 août 1748, à

Bazugues (Gers), diocèse d'Auch[1], fille de Charles-Joseph Baron et de
Marie de Médrano. — Pr. 28 juillet 1760. B. S. 15 août 1768. — Dot
30 septembre 1769.

Jeanne-Louise de Barral-Arènes, née 8, baptisée 10 octobre 1757, à
(Saint-Pierre) le Vigan (Gard), diocèse d'Alais, fille de Théodore de
Barral et d'Anne-Françoise de la Cour-la-Gardiole. — Pr. 4 avril 1765.
B. S. 9 septembre 1777. — Dot 11 août 1778. Elle mourut, sans alliance,
à Pézenas (Hérault), le 2 mars 1829. (Renseignement fourni par M. le
marquis de Barral-Arènes et communic. de la m. de Pézenas.)

Catherine-Charlotte de Barral-Arènes, née 5, baptisée 8 mars 1762, à
(Saint-Pierre) Le Vigan (Gard), fille de Théodore de Barral et de
Françoise de la Cour-la-Gardiole. Entrée, à Saint-Cyr, le 19 janvier 1772
(Renseignement de M. le marquis de Barral-Arènes). B. S. 2 octobre 1781.
— Dot 16 janvier 1783. Elle mourut, le 12 décembre 1825, à Pézenas
(Hérault). (Renseignement fourni par M. le marquis de Barral-Arènes
et communic. de la m. de Pézenas.)

Marguerite-Henriette de la Barre-Arbouville, baptisée 25 juin 1677, à
Hattonville en Beauce (commune d'Allainville, Seine-et-Oise), fille de
Paul de la Barre et de Catherine Doufrère. — Pr. 18 avril 1687.

Madeleine de la Barre-Gérigny, née 8, baptisée 14 novembre 1689 à
(Saint-Étienne) le Gravier (commune de la Guerche-sur-Aubois, Cher),
diocèse de Bourges, fille d'Edme de la Barre et de Madeleine Bonnet. —
Pr. 7 septembre 1697. B. S. 12 novembre 1709. — Dot 12 novembre 1709.

Madeleine-Victoire de la Barre-Martigny, née 3, baptisée 4 juin 1694,
à Saint-Georges-en-Brie; diocèse de Meaux (auj. Bussy-Saint-Georges)
(Seine-et-Marne), fille de François de la Barre et de Marguerite Moussot.
— Pr. 7 août 1702. B. S. 3 juin 1714. — Dot 16 juillet 1714. — Religieuse.

Charlotte-Françoise-Marguerite de la Barre-Montigny, née 4, baptisée
6 février 1723, à (Notre-Dame) Crécy-en-Brie (Seine-et-Marne), diocèse
de Meaux, fille d'Antoine de la Barre et de Marie-Françoise Sautereau.
— Pr. 27 octobre 1732. — Morte à Saint-Cyr, le 8 juillet 1734 (mairie de
Saint-Cyr).

[1] Communic. de la mairie de Bazugues. Elle y est nommée Anne-Thérèse de
Sanssot.

Elisabeth de la Barre-Martigny, née 2, baptisée 5 décembre 1740, à Saint-Germain-lès-Couilly (Seine-et-Marne), diocèse de Meaux, fille de Jean-Baptiste de la Barre et de Catherine-Hélène de Lauzières. — Pr. 7 septembre 1750. B. S. 6 avril 1761. Elle épousa (3 juin 1763) Auguste-Jean-François-Antoine de la Broue-Vareilles (vivant 19 juillet 1766). — Dot 19 juillet 1766.

Marie-Victoire de la Barre-Laage, née 13, baptisée 14 septembre 1751, à (Saint-André) Bonnes (Vienne) en Poitou, fille de Joseph-François de la Barre et de Jeanne de Blom. — Pr. 3 juin 1761. Morte, le 26 novembre 1765, à Saint-Cyr (mairie de Saint-Cyr).

Gabrielle-Charlotte-Marie-Amédée de la Barre, née 27 mars, ondoyée 28 mars 1773, baptisée 5 mai 1777, à Châteaugontier (Mayenne), fille de François de la Barre et de Marie-Agathe de la Lande-Tertien. — Pr. 13 mars 1782. Entrée, selon l'Inv., le 3 juillet 1782. Sortie 16 septembre 1792, selon l'Inv.

Apolline de Barrin-la-Galissonnière, née 20, baptisée 21 janvier 1745, à Saint-Bonnet-de-Rochefort (Allier), fille de Vincent de Barrin et de Marie-Madeleine Barrin. Morte, le 14 novembre 1756, à Saint-Cyr (mairie de Saint-Cyr).

Marie de Bars-la-Faurie, baptisée 11 mai 1727, à Paulin (Dordogne), diocèse de Cahors, fille d'Antoine de Bars et de Clémence de la Porte. — Pr. 3 mai 1739. B.S. 31 mai 1747. — Dot 16 janvier 1750. — Chanoinesse.

Marie de la Barthe-Vezat, née et ondoyée 3 mars, baptisée 20 avril 1735, à (Sainte-Marie) Sarlat (Dordogne), fille de Marc de la Barthe et de Marie-Madeleine Bart. — Pr. 11 août 1746. B. S. 11 mars 1755. — Dot 21 juillet 1757. Elle épousa (17 février 1756) François de Roffignac-Carbonnier. (Vivant 21 juillet 1757.)

Suzanne-Louise-Marguerite de Bartomier, née 3 mars, baptisée 9 décembre 1676, à Maulette (Seine-et-Oise) diocèse de Chartres, fille d'Epiphane de Bartomier et de Marguerite d'Ervogne. — Pr. 28 avril 1687. Morte, 20 mai 1688, à Saint-Cyr (mairie de Saint-Cyr).

Madeleine-Bonne de Barville-Nocé, ondoyée 10 août 1705, baptisée 22 octobre 1705, à Nocé (Orne), diocèse de Séez, fille de André de Barville et de Marie-Madeleine Secache. — Pr. 16 juin 1714. B. S.

1ᵉʳ août 1726. — Dot 22 octobre 1727. Elle épousa (20 février 1727) Charles de la Houssaye-Gaillon. Vivante 24 novembre 1742. Fille à Saint-Cyr.

Marie de Barville-la-Gastine-le-Chastellier, née 11, baptisée 15 août 1709, à (Saint-Jacques-du-Fort) Meulan (Seine-et-Oise), diocèse de Chartres, fille de Pierre de Barville et de Marie-Anne Brissart. — Pr. 26 février 1717. B. S. 10 août 1729. — Dot 27 novembre 1730. — Religieuse.

Gabrielle-Agnès de Barville-la-Gatine, née 21, baptisée 23 avril 1715, à (Saint-Jacques-du-Fort) Meulan (Seine-et-Oise), fille de Pierre de Barville et de Marie-Anne Brissart. — Pr. 11 avril 1727. B. S. 23 avril 1735. — Dot 18 mai 1737. — Religieuse aux Filles de la Croix, à Paris (29 avril 1757).

Marie-Anne-Marguerite de Barville-la-Gatine, née 16, baptisée 18 avril 1716, à (Saint-Jacques-du-Fort) Meulan (Seine-et-Oise) (communic. de M. Bataille, sec. de la m. de Meulan) fille de Pierre-Isidore de Barville et de Marie-Anne Brissart. B. S. 16 avril 1736. — Dot 30 avril 1738.

Anne-Louise de Barville-Puiselet, née 1ᵉʳ, baptisée 2 novembre 1722, à Puiselet-le-Marais (Seine-et-Oise), diocèse de Sens, fille de Jules de Barville et de Charlotte-Louise Le Goulx de Clermont. — Pr. 20 mars 1733. Novice (15 juillet 1743) religieuse (26 juillet 1745) à Saint-Cyr. Sortie à la suppression. Morte à Versailles, le (6 Brumaire, an V) 28 octobre 1796 (Versailles. Etat-civil. Décès : année 1796).

Antoinette de Barville du Chatellier, née 26, baptisée 27 septembre 1724, à (Saint-Jacques-du-Fort) Meulan (Seine-et-Oise), fille de Pierre de Barville et de Marie Brissart. Morte le 22 août 1735, à Saint-Cyr (mairie de Saint-Cyr).

Madeleine-Renée de Barville-Bonneville, née et baptisée le 3 novembre 1724, à (Notre-Dame) Mamers (Sarthe), diocèse du Mans, fille de René-Gaspard de Barville et de Madeleine Charbonnier de Champray. — Pr. 3 mars 1733. Morte à Saint-Cyr, le 25 septembre 1740 (mairie de Saint-Cyr).

Jeanne-Madeleine de Barville-Puiselet, née et baptisée, le 26 septembre 1728, à Puiselet-le-Marais (Seine-et-Oise) diocèse de Sens, fille d'André-Jules de Barville et de Louise de Clermont. B. S. 19 septembre 1748. — Dot 21 avril 1750. Vivante, célibataire, en 1765.

Marie-Anne de Barville, Nocé-Chatellier, née et baptisée le 13 avril
1732, à (Saint-Jacques, dans l'île du Fort), à Meulan (Seine-et-Oise), dio-
cèse de Chartres, fille de Pierre de Barville et de Marguerite Le Pelletier.
— Pr. 15 décembre 1740. B. S. 16 mai 1752. — Dot 6 décembre 1753.
— Novice (28 septembre 1752). Religieuse (10 octobre 1753) à Saint-
Louis de Poissy. Encore vivante premier février 1780 (Archives Seine-et-
Oise, fonds Saint-Louis de Poissy).

Jeanne-Marguerite-Bernarde Bataille de Mandelot, née 18, ondoyée
20 octobre 1718, baptisée 30 mai 1719, à (Saint-Martin) Mavilly (Côte-
d'Or), diocèse d'Autun, bailliage de Beaune, fille de Philippe Bataille et
de Louise-Josèphe de Vellerot. — Pr. 11 août 1730. Morte, le 13 septembre 1736, à Saint-Cyr (mairie de Saint-Cyr).

Rose de Batz, née et baptisée 22 août 1740, à Saint-Sever (Landes),
diocèse d'Aire, fille de Jean-Pierre de Batz et de Catherine Gérard de
Captan. — Pr. 21 juin 1751. B. S. 13 novembre 1763. — Dot 22 décembre
1766. Vivante 28 janvier 1772. — Religieuse.

Elisabeth Baudard, née 8, baptisée 15 août 1674, à (Saint-Sulpice)
Paris, fille de Jean-Baptiste Baudard et de Claude Gangnard, novice à
Saint-Cyr (16 août 1694. Sortie 1695) carmélite au faubourg Saint-Ger-
main. — Pr. 13 mars 1686.

Marie-Françoise Baudart des Landelles, née et baptisée 26 décembre
1696, à (Saint-Nicolas) Neauphle-Pontchartrain (Seine-et-Oise), diocèse
de Chartres, fille d'Henri-Auguste Baudart et de Marie-Madeleine Hamelin. B. S, 1716, 30 décembre. — Dot 7 juin 1717.

Marie-Anne Baudart des Landelles, née 2 octobre 1702 à (Saint-Nicolas) Neauphle le Château (Seine-et-Oise) diocèse de Chartres, fille d'Henri-
Auguste Baudart et de Marie-Madeleine Hamelin. — Pens. pour infirmité (18 avril 1719-17 mai 1722). Ursuline à Paris, rue Saint-Jacques
(1725). — Dot 17-19 mai 1725.

Charlotte-Renée-Marie de Baudéan, née le 13, baptisée le 18 avril 1771,
à Ruca (Côtes-du-Nord), évêché de Saint-Brieuc, fille de Joseph de Baudéan et de Marie Le Forestier. — Pr. 21 juin 1780. — Dot 5 mai 1791.
Elle épousa un cabaretier, avant le 10 mai 1801 (lettre de Mlle du Pac
à Mme du Chassan) (Communication de M. Ch. de Longevialle).

Marie Baudinot de la Salle, née 7, baptisée 8 mars 1734, à (Notre-Dame) Tourzy, bailliage de Roanne (église voisine et sur la commune de la Pacaudière (Loire), fille de Claude-Palamèdes Baudinot et de Madeleine Cadier. — Pr. 3 juin 1741. Morte, le 27 juin 1751, à Saint-Cyr (mairie de Saint-Cyr).

Madeleine-Elisabeth Baudouin-d'Espins, née et baptisée 13 février 1701, à Espins (Calvados), diocèse de Bayeux, fille de Bernard-Baptiste Baudouin et de Marie-Anne Bellet. — Pr. 26 mars 1708. B. S. 17 mars 1721. — Dot 18 février 1721.

Madeleine-Catherine Baudouin-d'Espins-Croisilles, née et baptisée 17 octobre 1728, à Espins (Calvados), diocèse de Bayeux, fille de Bernard-Baptiste-Olivier Baudouin et de Marie-Catherine de Tournebu — Pr. 23 mars 1739. B. S. s. d. Voy. s. d. — Dot 30 janvier 1750.

Louise-Charlotte Baudouin de Graudouy, ondoyée 30 mars 1736, baptisée 11 septembre 1737, à Angeville (Calvados)[1] diocèse de Bayeux, fille de Jean-Gabriel de Baudouin et de Jeanne-Françoise de Grimoult. — Pr. 16 décembre 1745. B. S. 17 mars 1756. — Dot 17 octobre 1761. — Visitandine.

Marie-Françoise-Agathe de Baudouin-Espins, baptisée 7 mai 1737, à Espins (Calvados), fille de Bertrand-Baptiste-Olivier de Baudouin et de Marie-Catherine de Tournebu. Morte, le 27 janvier 1755, à Saint-Cyr (mairie de Saint-Cyr).

Claire-Louise-Dominique de Baudre-Baven; née 23, baptisée 24 janvier 1758, à Asnières (Calvados), diocèse de Bayeux, fille d'Augustin de Baudre et de Louise-Marguerite Le Patou. — Pr. 24 novembre 1767. B. S. 14 janvier 1778. — Dot 24 novembre 1778.

Marie-Madeleine-Eléonore de Bauquemare-Putot, née et baptisée le 8 mai 1709, à (Saint-Germain) Lisieux (Calvados), fille de Jean-Baptiste de Bauquemare et de Catherine d'Aché. — Pr. 25 octobre 1718. Retirée avant vingt ans par ses parents pour raison de famille. Elle épousa Rémy Le Bas de Fresnes (Insin. de Lisieux. T. V. Reg. XXXIV). (Comm. de M. H. Le Court.)

---

[1] M. l'abbé Briard, curé de Martainville et M. le maire d'Angeville ont bien voulu faire des recherches pour nous et ont retrouvé, aux Archives d'Angeville, l'acte d'ondoiement de Mlle de Baudouin-Grandouy (Calvados).

Marie-Madeleine de Baussancourt du Magny; née 12, baptisée 14 mai
1725, à Magny-Fouchard (Aube), diocèse de Langres, fille de Louis-
Marcel de Baussancourt et de Jeanne-Françoise Perry. B. S. 23 mars
1745. Bénédictine à Notre-Dame de Troyes. — Dot 24 octobre 1747.

Marie-Anne de Baussancourt-Magny, née 24, baptisée 26 juin 1713, à
(Sainte-Marie-Madeleine) Magny-Fouchard (Aube), diocèse de Langres,
fille de Louis-Marcel de Baussancourt et de Jeanne-Françoise Perry. —
Pr. 25 mai 1725. Novice (28 décembre 1732), religieuse (9 janvier 1735)
devant la reine de Pologne, à Saint-Cyr. Morte à Saint-Cyr, le 5 juillet
1758 (mairie de Saint-Cyr).

Edmée-Louise de Bauvière, née 12, baptisée 13 octobre 1676, à Villers-
aux-Bois (Marne), diocèse de Châlons-sur-Marne, fille de Charles-Etienne
de Bauvière et de Françoise Héron. — Pr. 18 mai 1686. — Religieuse
bernardine à Grenoble (8 décembre 1714 - 1er janvier 1754), elle recevait
une pension alimentaire. Morte le 4 juin 1754, à Grenoble. (Arch. de
l'Isère, série H. fonds des Bernardines, dossier 1.)

Marie de Bayly-la-Richardie, née et baptisée 16 septembre 1771, à
Guitres (Gironde), fille de Louis de Bayly et de Marie-Paule de Lauvergnac. — Dot 12 juillet 1791.

Marie-Claire de Bayly-la-Richardie, née 13, baptisée 14 juillet 1774, à
(Saint-Front) Périgueux, fille de Louis de Bayly et de Marie-Paule de
Lauvergnac. Entrée, selon l'Inventaire, le 19 avril 1784. Sortie 12 décem-
bre 1792 (Crécy).

Marie-Anne de Baynast-Pomeras-Domart, née 16, baptisée 18 juillet
1674, à Domart-sur-la-Luce (Somme), diocèse d'Amiens, fille d'Albert
de Baynast et de Marie de Lignier. — Pr. 7 juillet 1687.

Marie-Josèphe-Austreberthe de Baynast-Septfontaines, née 6 janvier,
baptisée 7 janvier 1714, à (Saint-Nicolas-de-la-Basse-Ville) Boulogne-sur-
Mer, fille de Charles-François de Baynast et de Benoîte-Thérèse Acary.
— Pr. 4 juillet 1725. B. S. 6 janvier 1734. — Dot 2 octobre 1735. Elle
épousa Alexandre-Denis Roussel de Préville († avant 1762). Elle vivait
encore en l'an VI, à Arras, où elle mourut en l'an VI. (Renseignements
fournis par M. le marquis de Baynast-Septfontaines.)

Thère-Maximilienne de Baynast-Septfontaines, née en 1726 (probablement en novembre), fille de Charles-François de Baynast et de Benoîte-

Thérèse Acary. B. S. 1ᵉʳ juillet 1747. — Dot 11 janvier 1750. Encore
vivante, le 8 février 1787. (Renseignement fourni par M. le marquis de
Baynast-Septfontaines.) Le 7 pluviôse an V, mourut à Arras (communic.
de M. le Sec. de la m. d'Arras), une *Thérèse Bainast, âgée de 68 ans.*
Serait-ce point elle ?

Agnès-Madeleine de Beaucaire, née et baptisée 10 août 1776, à Toulon
(Var), fille de Antoine-Charles de Beaucaire et de Madeleine du Château.
— Pr. 25 juillet 1786. — Entrée, selon l'Inv., le 29 juillet 1786. Sortie,
6 mars 1793 (Crécy).

Marie-Anne de Beaufort-la-Naux, née 5, baptisée 6 mai 1710, à (Saint-
Trezain) Avenay (Marne), élection d'Epernay, diocèse de Reims, fille de
Gérard de Beaufort et de Marie-Françoise Corvisart. — Pr. 6 mai 1721.
B. S. 2 mai 1730. — Dot 7 mai 1731. Elle ép. (22 octobre 1742) Nicolas-
Ignace de Failly. — Vivante 16 juin 1751. Fille à Saint-Cyr.

Marie-Anne-Claude de Beaufort-Lesparre, née 19, baptisée 26 décembre 1763, à (Saint Pierre). Gondoulès en Quercy (Gondoulès, comm.
Montpezat-en-Quercy (Tarn-et Garonne), fille de Jean-Baptiste de Beaufort et de Marianne Romiguières. — Pr. 4 mars 1775. B. S. 17 mai 1784.
— Dot 14 avril 1785. — Novice à Saint-Cyr (2 octobre 1783). Sortie (mai
1784). — Chanoinesse.

Marie-Paule de Beaufort-Lesparre, née 28, baptisée 29 avril 1768, à
(Saint-Pierre) Gondoulès (commune Montpezat-en-Quercy) (Tarn-et-
Garonne) et Lesparre (commune de Montfermier (Tarn-et-Garonne), fille
de Jean-Baptiste de Beaufort et de Marie-Anne de Romiguières. B. S.
14 mai 1788. B. S. 5 mai 1789.

Amable-Françoise-Catherine de Beaufranchet-Ayat, née et baptisée à
Ayat (Puy-de-Dôme), diocèse de Clermont-Ferrand, le 13 juillet 1723,
fille d'Amable de Beaufranchet et de Françoise-Antoinette de Sirmond.
B. S. 31 juillet 1743. — Dot 14 mai 1745. Elle ép. (26 juin 1744) Alexandre
de Guilhen-Verrières. Tante du général Desaix. (Renseignements fournis
par M. le comte de Beaufranchet.)

Françoise-Antoinette de Beaufranchet-Ayat, née 16 avril 1734, à Riom
(communic. de M. le comte de Beaufranchet), fille d'Amable de Beaufranchet et de Françoise-Antoinette de Sirmond. B. S. 11 avril 1764.
— Dot 29 septembre 1756. Elle ép. (1ᵉʳ mars 1756) Jean de Servières.

Madeleine-Charlotte de Beaujeu-Jaulge, née 3, baptisée 4 novembre 1712, à (Saint-Jean-Baptiste) Chaumont-en-Bassigny (Haute-Marne), diocèse de Langres, fille de Charles-Louis de Beaujeu et de Françoise de Pallas. — Pr. 18 avril 1724. Voyage 15 octobre 1732. — Religieuse à Jouarre (1734).

Marie-Anne-Ursule de Beaujeu-Jauge, née et baptisée le 21 octobre 1715, à (Saint-Jean-Baptiste), Chaumont-en-Bassigny (Haute-Marne), diocèse de Langres, fille de Charles-Louis de Beaujeu et de Françoise de Pallas. — Pr. 5 mai 1727. B. S. 17 octobre 1735. — Dot 24 mars 1738. — Ursuline à Dieppe.

Anne-Françoise de Beaujeu-Jaulge, née et baptisée le 24 octobre 1720, à (Saint-Jean-Baptiste) Chaumont-en-Bassigny (Haute-Marne), fille de Charles-Louis de Beaujeu et de Françoise de Pallas. — Pr. 20 novembre 1731. B. S. 10 octobre 1740. — Novice (30 juillet 1742) à la Joye en sortit le 2 février 1745 (Archives de S.-et-O. fonds de l'abbaye de la Joye. Titres non classés). — Dot 16 décembre 1741.

Marie-Madeleine de Beaujeu-Nailly, née 23, baptisée 24 septembre 1744, à Mézilles (Yonne), diocèse d'Auxerre, fille d'Edme-Henri de Beau-jeu et d'Angélique d'Estutt. — Pr. 18 août 1755. B. S. 10 octobre 1764. — Dot 25 octobre 1766. — Vivante 28 janvier 1772.

Isabelle-Charlotte-Honorée-Justine de Beaulaincourt, née 28, baptisée 29 mars 1764, à (Sainte-Croix) Béthune (Pas-de-Calais), fille de Philippe-Alexandre de Beaulaincourt et de Marie-Charlotte Sapin. — Pr. 6 novembre 1775. B. S. 3 mars 1784. — Dot 22 septembre 1784. — Elle épousa (20 janvier 1788) Louis-François-de-Paule Tillette de Mautort, qui émigra : elle resta en France. Un de ses cousins, Théodore-Jean-Joseph de la Porte-Remaisnil, qui l'aimait, réussit à lui persuader que M. de Mautort était mort, et à l'épouser, le 27 pluviôse, an II. Ils eurent deux enfants. En 1802, M. de Mautort revint d'émigration. En le revoyant, son ex-femme éprouva une telle émotion, qu'elle mourut quelques jours après, d'une fièvre de lait. M. de Mautort, dans ses très intéressants *Mémoires*, publiés chez Plon (1895. in-8), ne souffle mot — et cela se conçoit — de l'aventure, mais Mme de la Charie-Beaulaincourt, à la gracieuse obligeance de laquelle nous devons tous les détails ci-dessus, nous affirme la persistance de la tradition et la parfaite authenticité de l'anecdote. Avant d'entrer à Saint-Cyr, Mlle de Beaulaincourt avait passé par la maison de

la *Sainte et Noble Famille* de Lille, où elle fut admise le 6 avril 1771.
(Rens. de Mme de la Charie. Cf. aussi : *Souvenirs de la Flandre Wallonne*
VII. 138. Douai, 1887, in-8)

Henriette de Beaulieu-Tivas-Gourville, née et baptisée 27 février 1708,
à Dunkerque (Nord), fille de Maximilien-Henri de Beaulieu et de Marguerite-Françoise de Querel. — Pr. 8 février 1718. B.S. 12 mars 1728.
— Dot 5 juin 1728. — Religieuse.

Claire de Beaulieu, née et ondoyée 10 juillet 1724, baptisée 29 mars
1727, à (Saint-Louis), Toulon en Provence (Var), fille de Toussaint-
Augustin de Beaulieu et de Thérèse-Victoire de Gombert. — Pr. 7 juillet 1736. B. S. 20 juillet 1744. — Dot 1er juillet 1748. — Religieuse.

Marie-Louise de Beaumaître-Menonvilliers, née 11, baptisée 12 avril
1683, à (Saint-Pierre) Dreux (Eure-et-Loir), diocèse de Chartres, fille de
Louis de Beaumaître et de Marie Copin. — Pr. 4 novembre 1694.
B. S. 11 avril 1703. — Dot 19 avril 1703. — Bernardine.

Charlotte-Françoise de Beaumaître-Menonvilliers, née 5, baptisée
12 janvier 1688, à (Saint-Pierre) Dreux (Eure-et-Loir) (communic. de
M. le Sec. de la m. de Dreux), fille de Louis de Beaumaître et de Marie-
Louise Copin. B. S. 7 janvier 1708. — Dot 26 septembre 1707.

Marie-Jeanne-Elisabeth-Léontine de Beaumont, baptisée 22 août 1781,
à Marignac (Charente-Inférieure), fille de Léon de Beaumont et de
Jeanne La Faurie (communic. de M. le sec. de la m. de Marignac). —
Elle épousa (13 floréal an X) Charles d'Aignières (communic. de M. le
sec. de la m. de Saintes). — Pr. 20 août 1791. — Sortie 14 avril 1793
(Crécy).

Françoise-Etiennette-Adélaïde de Beaupoil-Saint-Aulaire, née 21,
baptisée 22 avril 1764, à (Saint-Gervais et Saint-Protais) Jonzac (Charente-Inférieure), fille de Claude de Beaupoil et de Françoise-Etiennette
de Belot. — Pr. 27 mars 1772. Morte à Saint-Cyr, le 21 mai 1777
(mairie de Saint-Cyr).

Marie-Henriette de Beaurepaire-Louvagny, née 24 décembre 1684,
baptisée 14 février 1686, à (Saint-Séverin) Paris, fille d'Henri-François
de Beaurepaire et d'Anne Le Sens de Folleville. — Pr. 16 février 1696.
B. S. 20 décembre 1704. — Dot 28 décembre 1704. Elle épousa N...
de la Béraudière.

Antoinette-Hélène-Jeanne de Beaurepaire-Pontfol, née et baptisée 12 août 1735, à (Saint-Martin-le-Haut) Chezy-l'Abbaye (Aisne), diocèse de Soissons, fille de Louis-Pierre-Antoine de Beaurepaire et de Jeanne Rousselet. — Pr. 30 avril 1746. B. S. 7 juin 1755. — Dot 8 mars 1759. — Visitandine.

Marie-Jeanne-Thérèse de Beauroire-Villac, née 29 novembre, baptisée 15 décembre 1709, à Saint-Robert (Corrèze), diocèse de Limoges, fille de Jean de Beauroire et de Gabrielle-Thérèse Coustin du Masnadau. — Pr. 29 mai 1720. Pens. alim. 1er janvier 1722-23 juin 1733. B. S. 17 octobre 1729. — Dot 21 novembre 1736. — Carmélite à Limoges.

Marie de Beauroire-Villac, née 2, baptisée 15 septembre 1712, à Saint-Robert-en-Limousin (Corrèze), fille de Jean de Beauroire et de Gabrielle-Thérèse Coustin du Masnadau. Morte à Saint-Cyr, le 27 mai 1724 (mairie de Saint-Cyr).

Claire-Marguerite de Beauvais-La Cossonière, née 29 mai, baptisée 27 juin 1697, à Saint-Flovier (Indre-et-Loire), diocèse de Tours, fille de René de Beauvais et de Marguerite de Sanson. — Pr. 18 janvier 1707. B. S. 30 mai 1717. — Dot 30 mai 1717.

Catherine-Jeanne-Denise de Beauvais-La Cossonnière, née 22, baptisée 23 octobre 1755, à Fléré-la-Rivière (Indre), diocèse de Bourges, fille de Philippe-Emmanuel de Beauvais et de Catherine Franquelin. — B. S. 21 octobre 1775. — Dot 25 novembre 1776.

Marie-Marthe-Rose de Beauvais-Vouty, née 20, baptisée 21 juin 1725, à (Saint-Pierre) Nullemont (Seine-Inférieure), diocèse de Rouen, fille de Charles-François de Beauvais et de Marie-Anne Le Ver.— Pr. 22 mai 1735. B. S. 22 avril 1745. — Dot 17 août 1746. — Novice à Saint-Louis-de-Vernon (sœur Sainte-Adélaïde). Morte à Vernon, le 19 décembre 1752 (mairie de Vernon).

Marie de Beauvolier-les Malardières, baptisée le 22 juillet 1671, à (Saint-Léger) Beuxes-en-Loudunais (Vienne), fille de François de Beauvolier et de Dina de Cordouan. — Pr. 25 juin 1687. — Hospitalière à la Roquette (sœur Sainte-Thaïs) (12 juin 1702-10 mai 1723). Ne paraît plus au chapitre, dès le 7 juin 1726 (Arch. nat., LL, 1695).

Marie-Félicité de Béchillon, née et baptisée le 23 mars 1752, à (Saint-Hilaire) Jardres (Vienne), fille de Jacques-Charles de Béchillon et de

Sylvie-Rosalie Dury. — Pr. 7 septembre 1763. B. S. 29 avril 1772. — Dot 29 juillet 1772. Elle épousa Louis Boscal de Réals et mourut à Saintes, le 21 février 1829 (communic. de la m. de Saintes).

Marie-Louise de Béchon-Caussade, née 18, baptisée 23 décembre 1721, à Saint-Front de Colori (Saint-Front et Couze, commune de Lalinde (Dordogne), fille de Jean de Béchon et de Charlotte Pati. — Pr. 18 novembre 1732. B. S. 16 octobre 1741. — Dot 25 novembre 1743.

Catherine Becq de la Motte-Saint-Vincent, baptisée 24 août 1706, à (Saint-Etienne) Roanne (Loire), diocèse de Lyon, fille de Louis Becq et de Elisabeth-Marguerite de la Mure-Chanlon. — Pr. 12 juillet 1715. B. S. 3 septembre 1726. — Dot 11 novembre 1730. — Religieuse à la Sainte-Trinité de Montdidier (18 septembre 1730).

Renée-Marguerite de Becq-la-Motte-Saint-Vincent, baptisée 28 juillet 1708 à (Saint-Etienne) Roanne (Loire), diocèse de Lyon, fille de Louis de Becq et d'Elisabeth-Marguerite de la Mure-Chanlon. — Pr. octobre 1719. B. S. 22 mai 1728. — Dot 29 mars 1730. Elle épousa (26 mai 1731) Claude Michon de Chancé (de Jouvencel, l'*Assemblée de la nobl. de la Sénéch. de Lyon*, p. 176).

Françoise-Pétronille-Geneviève de Bédée-Boisbras, née et baptisée le 8 novembre 1779, à Laon, fille de Hyacinthe-François de Bédée et de Jeanne-Marie-Anne-Félicité Croyer. — Pr. 21 août 1789. Entrée, selon l'Inv., le 27 septembre 1789. Sortie 13 avril 1793 (Crécy).

Elisabeth de Bédorède-Saint-Laurent, née et baptisée 25 octobre 1686, à Saint-Laurent (Landes), diocèse de Dax, fille de Jean de Bédorède et de Madeleine de Betbeder. — Pr. 19 janvier 1696. B. S. 7 novembre 1706. — Dot 1er mars 1707. — Novice à Gomerfontaine (7 novembre 1706).

Antoinette-Françoise de Bédorède-Montolieu, née 21, baptisée 23 novembre 1714, à Questrecques-lès-Wirvignes (Pas-de-Calais), diocèse de Boulogne-sur-Mer, fille de Gaspard de Bédorède et d'Agnès Lesseline. — Pr. 30 mars 1724. B. S. 7 juillet 1734. — Dot 22 mai 1737. — Religieuse.

Agnès-Benoîte-Alexandrine de Bédorède-Montolieu, née et baptisée 15 décembre 1719, à (Saint-Martin) Samer en Boulonnais (Pas-de-Calais), fille de Gaspard de Bédorède et de Agnès-Benoîte de Lesseline. — Pr. 7 décembre 1731. B. S. 24 septembre 1739. — Dot 10 juillet 1741.

Marie-Scolastique Bégon de la Rouzière, née et baptisée 14 mars 1746, à Saint-Pons en Bourbonnais (Allier), fille de François Bégon et de Marie-Antoinette du Bec. — Pr. 15 mars 1755. B. S. 25 octobre 1765. — Dot 31 juillet 1767.

Françoise-Agathe de Béjarry, née et baptisée le 15 avril 1774, à (Saint-Mathurin) Luçon (Vendée), fille de Charles-François de Béjarry et de Françoise-de-Paule de Régnon-Chaligny. — Pr. 19 février 1784. Entrée, selon l'Inv., 26 février 1784. Sortie 3 novembre 1792 (Crécy). Voici la note que M. le Comte de Béjarry a bien voulu nous communiquer à son sujet : « Filleule de la marquise de Lescure, mère du célèbre général « vendéen, elle suivit, avec ses sœurs, la campagne de l'armée vendéenne « au delà de la Loire. Cachée, pendant plusieurs mois, après la bataille de « Savenay, elle rentra en Vendée, après le traité de la Jaunaye, se fixa, « avec ses sœurs et son frère Amédée, au château ruiné de la Roche- « Louherie, où elle a passé toute sa vie, dans la pratique de la charité et « de la piété. Elle mourut, en ce lieu, paroisse de Saint-Vincent-Puy- « maufrai (Vendée). Elle était d'une santé délicate, peut-être à cause des « épreuves qu'elle avait subies et de la vie de misère qu'elle avait menée « pendant la Révolution. Elle mourut sans alliance. Son frère, Amédée, « ancien divisionnaire de l'armée de Royrand, député en 1816, puis sous- « préfet de Beaupréau, auquel elle était fort attachée, fut un des chefs « les plus distingués de l'armée vendéenne. » Elle mourut, le 21 août 1846, à 4 heures du matin (communic. du sec. de la m. de Saint-Vincent-Puymaufrai).

Anne-Antoinette de Belcastel-Escairac, née 29 septembre, baptisée 1er octobre 1732, à (Notre-Dame) Caussade (Tarn-et-Garonne), diocèse de Cahors, fille de François de Belcastel et de Jeanne-Nicolas de la Tourille. — Pr. 14 octobre 1741. Pens. pour infirmité, 1745. Voyage 27 octobre 1747.

Marie-Louise de Belcastel-Escairac-Montvaillant, née 12, baptisée 14 avril 1735, à (Notre-Dame) Caussade (Tarn-et-Garonne), diocèse de Cahors, fille de François de Belcastel et de Jeanne-Nicolas de la Tourille. — Pr. 19 juin 1745. B. S. 18 mars 1755. — Dot 17 décembre 1757.

Marie-Anne de Belcastel, née et baptisée le 31 juin 1743, à (Saint-Louis) Sarrelouis (Alsace), fille d'Antoine de Belcastel et de Jacobé Léonardy. — Pr. 20 juin 1755. Morte, le 29 juin 1761, à Saint-Cyr (mairie de Saint-Cyr).

Marie-Anne de Belcyer-Gensac, née 19 à Mattecoulon, baptisée 26 juillet 1712, à Montpeyroux (Dordogne), diocèse de Périgueux, fille d'Henri de Belcyer et de Madeleine de Peiruchaud. — Pr. 14 juillet 1722. B. S. 7 décembre 1732. Dot 21 juillet 1734, novice à Saint-Cyr (8 juillet 1731). Novice génovéfaine à N.-D. de la Paix à Chaillot.

Jeanne-Louise-Marie-Hélène-Eléonore de Bellanger-Rebourseaux, née et baptisée, le 3 novembre 1779, à Ruages (Nièvre), diocèse d'Autun, fille de Pierre-Charles de Bellanger et de Marie-Louise de Vathaire. Entrée, selon l'Inventaire, le 14 août 1789. Sortie, 8 avril 1793 (Crécy). Elle mourut, à Rebourseaux (Yonne), le 26 pluviôse an V (Communic. de M. Solas, sec. de la m. de Rebourseaux).

Adélaïde-Rose-Henriette de Bellanger-Thourotte née en 1781. Entrée 18 avril 1792. Sortie 13 avril 1793 (Crécy).

Marie-Marthe-Etiennette-Madeleine du Bellay-Ternay, née 22 juin, baptisée 1er octobre 1684, à (Saint-Bernard) Les Haies-en-Vendômois (Loir-et-Cher), diocèse du Mans, fille de François du Bellay et de Marie du Tillet. — Pr. 13 août 1695. Morte, le 18 avril 1701, à Saint-Cyr (m. de Saint-Cyr).

Marie-Louise du Bellay-Ternay, née en 1689 (probablement entre 3 juin et 28 novembre), fille de François du Bellay et de Marie du Tillet, B. S. 28 novembre 1709. — Ursuline (1713).

Antoinette-Madeleine-Angélique de Bellemare-Chalonge, née et baptisée le 6 août 1757, à (Saint-Pierre) les Frétils (Eure), diocèse d'Evreux, fille de Philippe-Charles de Bellemare et de Madeleine d'Escajeul. — Pr. 22 juillet 1769. B. S. 23 juin 1777. — Dot 30 juin 1778.

Marie de Bellivier du Palais, née 17 avril, baptisée 4 mai 1706, à Bussière-Boffy (Haute-Vienne), diocèse de Limoges, fille de Pierre de Bellivier et d'Isabeau de Chantillac. — Pr. 23 juin 1716. B. S. 29 avril 1726. — Dot 15 octobre 1731. — Ursuline à Mantes.

Thècle-Thérèse de Belloy-Morangle, née et baptisée 26 août 1686, à (Sainte-Marie-Madeleine) Morangle (Oise), diocèse de Beauvais, fille de Philippe-Sébastien de Belloy et de Marguerite-Thérèse Le Picart. — Pr. 28 février 1695. B. S. 29 août 1706. — Dot 21 août 1706. — Religieuse franciscaine à Cires-lès-Mello.

Marguerite-Thérèse de Belloy-Morangle, née 20, baptisée 21 août 1691, à (Sainte-Madeleine) Morangle (Oise), fille de Philippe-Sébastien de Belloy et de Marguerite Le Picart. — Pr. 22 août 1698. B. S. 19 août 1711. — Relig. à la Présentation de Senlis.

Marie-Françoise de Belloy-Pondemetz, née 5, baptisée 6 juillet 1695, à Betancourt-Saint-Firmin (Saint-Firmin, commune du Crotoy (Somme), Cf. Paul Decagny. *Etat général de l'ancien diocèse d'Amiens*, p. 116. Amiens, 1866, in-8°.) Fille de Philippe de Belloy et de Marie-Françoise de Saint-Martin. — Pr. 6 juillet 1702. Elle mourut, le 13 octobre 1711, à Saint-Cyr (m. de Saint-Cyr).

Elisabeth de Belloy-Buire, née 12, baptisée 14 février 1697, à Epagnette-Vauchelles (Epagnette, commune d'Epagne et Vauchelles-lès-Quesnoy (Somme), fille de Nicolas de Belloy et d'Anne de Fontaines. — Pr. 12 juillet 1704. B. S. 13 février 1717. Elle ép. (24 août 1718), Philippe-Joseph de Gargan-Rollepot. — Dot 15 février 1717.

Pulchérie-Angélique de Belloy-Morangles, née 1er, baptisée 4 septembre 1701, à Morangles (Oise), diocèse de Beauvais, fille de Philippe-Sébastien de Belloy et de Jeanne-Louise d'Auchy. — Pr. 28 novembre 1712. — Religieuse à Malnoue (1723).

Bibiane-Elisabeth de Belloy-Morangles, née et baptisée 6 décembre 1704, à (Sainte-Marie-Madeleine) Morangles (Oise), fille de Philippe-Sébastien de Belloy et de Jeanne-Louise d'Auchy. — Pr. 30 janvier 1715. B. S. 6 décembre 1724. — Dot 24 juin 1726. Elle épousa (8 décembre 1744) Paul-Augustin Le Boulanger du Tilleul.

Thècle-Mélanie de Belloy-Morangle, née le. . . . ., baptisée le 19 février 1715, à (Sainte-Marie-Madeleine) Morangles (Oise), fille de Philippe-Sébastien de Belloy et de Jeanne-Louise d'Auchy. B. S. 8 février 1735. — Dot 27 avril 1736. Elle épousa (18 avril 1744) Claude-Alexandre de Rieux.

Suzanne de Belloy-Morangle, née 13, baptisée 14 juillet 1718, à (Notre-Dame) Chambly (Oise), diocèse de Beauvais, fille de Philippe-Sébastien de Belloy et Louise-Jeanne d'Auchy. — Pr. 8 juillet 1730. B. S. 29 mai 1738. — Dot 19 février 1739.

Angélique-Madeleine de Bence-Garembourg, née 27, baptisée 29 avril 1697, à Guichainville (Eure), diocèse d'Evreux, fille de Jacques de Bence

et de Françoise de Nocei. — Pr. 4 janvier 1707. B.S. 28 avril 1717. — Dot
21 mars 1717. Vivante 26 février 1726. Elle épousa (18 juin 1722) René
Aprix et eut une fille à Saint-Cyr.

Louise-Eléonore de Béranger-Hérauguerville, baptisée 16 août 1730, à
Orglandes (Manche), diocèse de Coutances, fille d'Henri-Scipion de Bé-
ranger et de Marie-Louise-Anne-Renée Le Roy. — Pr. 4 juillet 1740.
B. S. 18 juillet 1750. — Dot 5 avril 1753.

Jeanne (Marie, disent les Arch. de S.-et-O., mais l'identité n'est pas
douteuse, car les époques de naissance et de sortie concordent dans tous
les documents, et il n'y a jamais eu à Saint-Cyr d'autre élève du nom
de Béranger) de Bérenger-Puygiron, née 15, baptisée 17 septembre 1687
à (Sainte-Croix) Montélimar, fille de Adrien de Bérenger et de Constance
Seigneuret. — Pr. 15 février 1696. B. S. 24 octobre 1707. — Dot 24 octobre 1707. — Capucine.

Marie-Françoise de Bérard-Pinchinet, née et baptisée 12 juin 1717, à
Cucuron (Vaucluse), diocèse d'Aix, fille de Gaspard de Bérard et de Jeanne-
Françoise de Bosco. — Pr. 27 janvier 1725. B. S. 23 avril 1737. — Dot
29 décembre 1738. Novice (27 novembre 1737), professe (23 janvier 1739)
à Saint-Louis de Poissy. Encore vivante, le 3 novembre 1790 (Arch.
S.-et-O. fonds Saint-Louis de Poissy).

Marie-Bernardine de Bérard, née et ondoyée 17 septembre, baptisée
10 novembre 1724, à (Saint-Pons) Sommières (Gard), diocèse de Nîmes,
fille de Louis-Armand de Bérard et de Marie de Planc. — Pr. 15 septembre 1736. B. S. 1er juillet 1744. — Dot 22 février 1747. Elle épousa
(24 novembre 1745) Robert-Gabriel de Préaux. Reçut pens. pour
infirm. (31 décembre 1738-5 février 1744).

Marie-Fortunée-Henriette de Bérard-Montalet-Alais, née et baptisée
5 avril 1759, à Alais (Saint-Jean-Baptiste) (Gard), fille de Christophe de
Bérard et de Jeanne-Françoise de la Croix-Mérargues. — Pr. 19 mars
1771. B. S. n. d. — Dot 23 avril 1779.

Catherine Béraud de Courville, née et baptisée 15 avril 1698, à (Saint-
Martin) Montmédy (Meuse), en pays de Luxembourg, fille de Michel
Béraud et de Jeanne Vilemard, novice (13 décembre 1716), religieuse
(8 janvier 1719) à Saint-Cyr. Y meurt, le 8 décembre 1727 (mairie de
Saint-Cyr).

Barbe-Louise de Béraud-Courville-Sannois, née 18, baptisée 19 octobre 1713, à (Saint-Martin) Montmédy (Meuse), fille de Michel de Béraud et de Jeanne Wilmart. B. S. 4 septembre 1733. — Dot 30 septembre 1735.

Henriette de Béraudin de Pusay, baptisée 23 mars 1676, à (Saint-Hilaire) Cuhon (Vienne), diocèse de Poitiers, fille d'Henri de Béraudin et de Marie Poitevin. — Pr. 18 juin 1688.

Charlotte de Béraudin-Pusay, née en 1682 (probablement mars ou avril), fille d'Henri de Béraudin et de Marie Poitevin. B. S. 15 mars 1702. — Dot 27 mars 1702. — Religieuse de Fontevrault.

Nicole de Berci ou Berei, baptisée le 12 août 1678, à Villemoyenne (Aube), diocèse de Troyes, fille de Jean de Berci ou Berei et de Louise Morot. — Pr. 28 septembre 1686. Morte, le 22 août 1687, à Saint-Cyr (mairie de Saint-Cyr).

Charlotte-Joséphine de Bercy, née et baptisée le 4 août 1775, à Vaudes (Aube), diocèse de Troyes, fille de Pierre-Charles de Bercy et d'Anne-Henriette Ranchin de Montaran. — Pr. et entrée, selon l'inv., 3 juin 1785. Sortie 22 mars 1793. Pens. pour infirm. (10 mai 1787-5 novembre 1790).

Louise-Henriette de Bercy-Vaudes, née 8, baptisée 10 mars 1777, à Vaudes (Aube) (Rens. fourni par M. l'abbé Fortin, curé de Vaudes), fille de Pierre-Charles de Bercy et d'Henriette-Anne Ranchin de Montaran. Entrée, selon l'inv., 23 avril 1787. Sortie 30 mars 1793 (Crécy).

Jeanne Berger des Rivières, née 8, baptisée 11 février 1700, à Saint-Gengoux, en Nivernais (Saint-Gengoult, commune de la Roche-Millay) (Nièvre), diocèse d'Autun, fille de Gilbert Berger et de Jeanne Baslenet. Pr. 17 mai 1709. B. S. 8 février 1720. — Dot 8 mars 1720. — Religieuse.

Marie de Berle-Guignicourt, née et baptisée 3 janvier 1697, à (Saint-Mammès) Thieffrain (Aube), diocèse de Langres, fille de Nicolas-François de Berle et de Marie-Charlotte de Boudoire. — Pr. 15 janvier 1707. B. S. 5 janvier 1717. — Dot 14 janvier 1717. — Religieuse.

Marie de Bermond-Bressolles-Vergnaud, née 8, baptisée 11 février 1686, à Ids en Bourbonnais (Cher), fille de Pierre de Bressoles et d'Anne de Villars. — Pr. 20 mai 1697. B. S. 9 février 1706. — Dot 9 février 1706. Ursuline à Gisors (1708-1749) (Sœur Saint-Cyr) (abbé Pétrus Lefeb-

vre, *Mém. Soc. hist. de Pontoise et du Vexin*, t. X, p. 27). Dépositaire
(1734-36), maîtresse des novices (1741-43), dépositaire (1746-47) (Renseignements fournis par M. Louis Régnier).

Louise-Marie de Bermondet-Cromières-Vivonne, née 1er, ondoyée
2 janvier, baptisée 22 juillet 1734, à (Saint-Pierre) Cussac (Haute-Vienne),
diocèse de Limoges, fille d'Armand-Charles de Bermondet et de Marie-
Anne de Vivonne. — Pr. 28 mai 1745. B. S. 15 février 1754. — Dot 30 avril
1757. Vivante célibataire, le 23 février 1777 (Nadaud. *Nobil. de Limousin*, I).

Jacqueline-Marie-Françoise de Bernard-Marigny, née 18, baptisée
19 mai 1736, à (Saint-Gervais) Séez (Orne), fille de Charles-Gaspard de
Bernard et de Marie-Françoise Le Coutellier-Guespré. — Pr. 13 février
1744. Morte à Saint-Cyr, le 7 mars 1745 (Mairie de Saint-Cyr).

Marie-Louise-Flore de Bernard-Marigny, née 3, ondoyée 4 septembre
1756, baptisée 28 juillet 1757, à (Saint-Louis) Rochefort (Charente-Inférieure), fille de Gaspard-Alexandre-Pierre Bernard de Marigny et de
Marie-Agathe-Monique de Raymond. — Pr. 4 juillet 1767. B. S. 20 janvier 1778. — Dot 6 juin 1777. Elle épousa (1785) Joseph-Bernard-Elisabeth
de Montdebenque. Pens. pour infirmité (13 juillet 1772 — 1er février 1776).

Louise-Constance-Victoire-Adélaïde de Bernard-la Hallière-la Carbon-
nière, née et baptisée le 15 janvier 1759, à (Saint-Martin) Chartres, fille
de Pierre-Michel François de Bernard et de Françoise-Constance Fresneau. — Pr. 7 mai 1770. B. S. 14 janvier 1779. — Dot 9 mars 1780.

Judith-Eléonore de Bernard d'Astugue-Luchet, née et baptisée 13 jan-
vier 1762, à Tarbes (Hautes-Pyrénées), fille de Charles de Bernard et de
Charlotte de Durfort. — Pr. 13 octobre 1773. B. S. 31 décembre 1781. —
Dot 13 juin 1782. Elle épousa, avant 13 juin 1782, Bernard d'Angosse-
Siarrouy (vive 13 juin 1782).

Anne-Cécile-Pélagie de Bernard-la Carbonnière-la Hallière, née et baptisée 17 octobre 1767, à (Saint-André) Chartres, fille de Pierre-Michel-
François de Bernard et de Françoise-Constance Fresneau. B. S. 1787.

Marie-Anne-Thérèse de Bernardi-Sigoyer, née et baptisée 2 juin 1712,
à Sault (Vaucluse), diocèse d'Apt, fille de François de Bernardi et de

Victoire-Ursule Alard. — Pr. 3 novembre 1723. B. S. 18 mars 1732. —
Dot 12 novembre 1733.

Marie-Louise-Austreberthe de Bernes-Orival, née 9, baptisée 26 septembre 1711 à (par. de la Basse-Ville), Boulogne-sur-Mer, fille de Louis-
François de Bernes et d'Antoinette de Monlezun-Busca. — Pr. 7 novembre 1722. Morte, à Saint-Cyr, le 15 septembre 1729 (mairie de Saint-
Cyr).

Marie-Louise-Antoinette de Bernes-Orival, née 24, baptisée 25 juin
1740 à (Notre-Dame) Calais (Pas-de-Calais), fille d'Antoine-Gabriel-Fran-
çois de Bernes et de Marie-Anne Le Marchand. — Pr. 9 mai 1752. B. S.
25 octobre 1763. — Dot 18 novembre 1766. Elle épousa (30 janvier 1762)
Marc-Benoit-Ghislain Deny du Canton (vivant 28 janvier 1772). Vivante
28 janvier 1772.

Catherine-Françoise-Philippine de Bernes-Longvilliers, née et baptisée
le 18 novembre 1762 à (Notre-Dame) Montreuil-sur-Mer, fille d'Antoine-
François-Marie de Bernes et de Catherine de Salperwick. — Pr. novembre
1773. B. S. 3 décembre 1782. — Dot 27 février 1786. Elle épousa (17 janvier 1789) Jean Loisel Le Gaucher (Borel d'Hauterive, *Arch. de la noblesse*, année 1889.)

Marie de Bernets, née 1er, baptisée 6 février 1677, à Pronleroy (Oise),
diocèse de Beauvais, fille de Michel-Emmanuel de Bernets et d'Elisabeth
de Lancry. — Pr. 28 septembre 1686.

Elisabeth de Bernets-Boutdubois, baptisée 25 septembre 1678 (née 19)
à Neufvi-sur-Aronde (Oise), diocèse d'Amiens, fille de Michel-Emmanuel
de Bernets et d'Elisabeth de Lancry. — Pr. 28 septembre 1686. Morte, le
8 décembre 1687, à Saint-Cyr (mairie de Saint-Cyr).

Thérèse-Sophie-Fortunée Bernier de Pierrevert, née 5, ondoyée 6 décembre 1752, baptisée 5 juin 1753, à Pierrevert en Provence (Basses-
Alpes) fille de Paul-Auguste de Bernier et de Marie-Madeleine-Euphro-
sine de Suffren-Saint-Tropez. — Pr. 21 juillet 1763. B. S. 7 décembre
1772. — Dot 13 mars 1773.

Marie-Jeanne de Bernier, baptisée 3 juillet 1759 à Ammeville (Calvados),
diocèse de Lisieux, fille de Charles de Bernier et de Marie-Angélique de
Louvigny. — Pr. 22 mai 1771. B. S. s. d. — Dot 9 septembre 1779.

Marguerite de Bertet-la-Clue, née 28 septembre, baptisée 1ᵉʳ octobre 1792 à Moustiers-Sainte-Marie (Basses-Alpes), fille de Joseph de Bertet et d'Anne de Rabins-Thorenc. — Pr. 18 octobre 1740. B. S. 19 avril 1749. — Dot 17 décembre 1750.

Marie-Anne de Berthé-Chailly, baptisée 13 février 1673 à (Saint-Florentin) Amboise (Indre-et-Loire), diocèse de Tours, fille de Charles de Berthé et de Marie Tettereau. — Pr. 12 juin 1686. Morte à Saint-Cyr, le 18 février 1689 (mairie de Saint-Cyr).

Fortunée-Louise-Hippolyte Berthelot du Gage, ondoyée 3 mai, baptisée 22 septembre 1760, à Quessoy près Saint-Brieuc (Côtes-du-Nord), fille de Jérôme-Cyprien Berthelot et d'Angélique-Claude de Frion. — Pr. 24 mars 1772. B. S. 4 mai 1780. — Dotée 15 décembre 1780.

Rose-Angélique-Elisabeth Berthelot du Gage, née 11, baptisée 12 mars 1763, à Quessoy (Côtes-du-Nord), fille de Jérôme-Cyprien de Berthelot et d'Angélique-Claude Berthelot. B. S. 10 mars 1783. — Dotée 1ᵉʳ mai 1783.

Jeanne Berthelot du Courret, née 7, baptisée 8 octobre 1776, à Salles de Barbezieux (Charente), fille de Pierre Berthelot et de Jeanne-Henriette de Saint-Martin. — Pr. 9 décembre 1783. Entrée, selon l'Inv., 13 novembre 1783. Sortie 15 avril 1793 (Crécy).

Marie-Edmée-Claude Berthier de Grandry, née 18, baptisée 19 juillet 1753, à Châtel-Censoir (Yonne), diocèse d'Autun, fille de Jacques Berthier et de Claudine Chevanne. — Pr. 22 octobre 1764. B. S. 23 juin 1773. — Dot 10 septembre 1773.

Marie-Pierre-Simone Le Berthon de Rausanne, née 10, ondoyée 11 mai 1745, baptisée 24 avril 1746, à Saint-Palais-lès-Saintes (ancienne paroisse voisine de Saintes (Charente-Inférieure), à l'O.), fille de François-Alexandre Le Berthon et de Françoise-Hélène Frotier. — Pr. 4 mai 1757. B. S. 10 mai 1765. — Dot 25 octobre 1766. Religieuse à N.-D des Anges, à Saint-Maixent (28 janvier 1772).

Bonne-Françoise de Bertier-Chassy, née 1ᵉʳ, baptisée 5 décembre 1682, au Veuillin, (commune d'Apremont (Cher), diocèse de Nevers, fille de Laurent de Bertier et de Françoise Bertier. — Pr. 15 mai 1691. B. S. 1ᵉʳ décembre 1702. — Dot 18 novembre 1702.

Marie-Angélique-Ursule de Bertoul-Hautecloque, née 17, baptisée 18 novembre 1699, à Hautecloque en Artois (Pas-de-Calais), diocèse de Boulogne-sur-Mer, fille d'Adrien-Louis-François de Bertoul et de Marie-Françoise-Antoinette-Léocadie de Frasneau. — Pr. 9 mai 1711. B. S. 11 juillet 1719. — Novice dominicaine à Merville (13 décembre 1719) (Sœur Léocadie). Sortie pour infirmité en 1714, elle reçut pension du 9 octobre 1714 au 12 juin 1718. — Dot 13 décembre 1719.

Robertine-Aldegonde de Bertoul-Hautecloque, née et baptisée 2 septembre 1707, à Hautecloque (Pas-de-Calais), diocèse de Boulogne-sur-Mer, fille d'Adrien-Louis-François de Bertoul et de Marie-Françoise Antoinette-Léocadie de Frasneau. — B. S. 7 novembre 1727. — Dot 9 avril 1729. — Religieuse à Chelles.

Marie-Charlotte-Hubertine de Bertraudy, née 29, baptisée 30 août 1766 à (Saint-Denis) Saint-Omer (Pas-de-Calais), fille de Charles-François-César de Bertrandy et de Marie-Thérèse-Perrine de Kerret. — Pr. 6 février 1777. B. S. 2 septembre 1787. — Dot 20 avril 1787. — Chanoinesse.

Marie-Louise de Besson-Mondiol, née 25, baptisée 26 février 1723, à (Notre-Dame) Versailles (Seine-et-Oise), diocèse de Paris, fille de Jean-Charles de Besson et de Jeanne Bacelier de Boridel. — Pr. 5 avril 1731. Pens. alimentaire : 8 mai 1744-27 nov. 1747. — Dot 10 décembre 1749. Religieuse Ursuline à Digne (10 décembre 1749). Novice (28 mai 1747). B. S. 27 février 1743.

Jeanne de Béthoulat-Ranchoux, née et baptisée 24 octobre 1675, à Neuvy Saint-Sépulchre (Indre), diocèse de Bourges, fille de François de Béthoulat et de Marie Peltier. — Pr. 7 janvier 1687. Novice à Saint-Cyr (6 mars 1696). Sortie 1697. — Bernardine.

Catherine de Béthoulat-Ranchoux, née le 8 novembre 1681, selon l'Obituaire de Saint-Cyr, fille de François de Béthoulat et de Marie Peltier. Entrée : juin 1694. Elle mourut, le 8 octobre 1695, à Saint-Cyr (mairie de Saint-Cyr).

Marie de Béthoulat, née 12, baptisée 14 novembre 1685, fille de François de Béthoulat et de Marie Peltier. — Pr. février 1696.

Marie-Paule de Béthune, née 24 mai, baptisée 6 juin 1677, à (Saint-Louis) Fontainebleau (Seine-et-Marne), fille d'Henri de Béthune et de

Marie-Anne Daudet. Morte dans un incendie, à l'abbaye N.-D.-des-Prés.
— Pr. 26 février 1691.

Claudine-Françoise-Suzanne de Bey-Lanceillette-Meligny, née en 1781
(probablement en juin ou juillet), fille de N... de Bey et d'Anne-Rosalie-
Germaine de .... Entrée 15 janvier 1790. Sortie 7 mars 1793 (Crécy).

Jeanne-Françoise de Biaudos-Castéja, née et baptisée le 18 décembre
1672, à Villiers-Tournelles (Somme), diocèse d'Amiens, fille de Fiacre de
Biaudos et de Jeanne-Françoise de Guillerme. — Pr. 8 novembre 1688.
Elle épousa Jacques-de-Salamon-La-Lande-Poulard, fut dame d'atours de
Madame, sous-gouvernante des Enfants de France, et mourut à Versailles,
le 13 avril 1761 (Versailles. Etat-civil. Sépult. par Notre-Dame an 1761,
fol. 26, recto). Cf. aussi *Gazette de France*, n° du 25 avril 1761).

Françoise-Mélanie de Biaudos-Castéja, née en 1716 (probablement en
mars ou avril). B. S. 11 janvier 1737. — Dot 9 janvier 1739. Vivante
28 août 1742 (doss. Bourdin, au fonds Saint-Cyr).

Henriette-Suzanne de Bideran-la-Mongie, née et baptisée le 27 janvier
1767, à Vendôme (Loir-et-Cher) (égl. Saint-Martin), fille de Jacques de
Bideran et d'Henriette Bodineau. — Pr. 14 janvier 1778. — Dot
16 février 1787, Novice (7 septembre 1784), professe (19 mars 1787) à
N.-D. de la Virginité, près Montoire (Saint-Saud. o. c. p. 136). Pens.
pour infirm. (29 juin 1783-28 janvier 1787).

Marguerite-Marie, dite *Bironne* de Bideran-Saint-Surin, baptisée le
17 février 1768, à (Saint-Pierre) Castillonnès (Lot-et-Garonne), diocèse
d'Agen, fille de François de Bideran et de Louise de Salvan. — Pr.
10 novembre 1775. B. S. 17 septembre 1787-24 mai 1788. Elle mourut,
à Castillonnès, sans alliance, non pas, comme le dit M. de Saint-Saud
(*gén. de Bideran*, p. 74) après 1820, mais le 21 mai 1812 (Etat-civil de
Castillonnès. Année 1812, n° 51).

Emilie-Jeanne de Bideran-la-Mongie, née 27, baptisée 28 avril 1774, à
(la Trinité) Vendôme (Loir-et-Cher) (Renseignement fourni par M. l'abbé
Gougeon, curé de Vendôme), fille de Jacques de Bideran et d'Henriette
Bodineau. Entrée selon l'Inv., le 7 novembre 1782. Sortie le 30 mars 1793
(Crécy).

Marie-Marguerite de Biencourt-Poitrincourt, née 7 novembre 1729, à
(Sainte-Sévère) Gumery (Aube), diocèse de Sens, fille d'Auguste-Christian

de Biencourt et de Marie-Antoinette du Parc. — Pr. 6 février 1738.
Novice (13 avril 1750) à Saint-Cyr devant la Reine et Mesdames, religieuse (4 mars 1752) devant Mme Louise de France. Morte à Saint-Cyr,
le 19 février 1759 (mairie de Saint-Cyr).

Apolline de Biencourt-Poitrincourt, née 27, baptisée 28 mars 1764, à
(Sainte-Croix) Sens (Yonne), fille de Christophe-Augustin de Biencourt et
de Marie-Jeanne-Victoire Sendrier. — Pr. 12 mai 1772. B. S. 19 mars
1784. Dot 29 octobre 1785. Visitandine, rue Saint-Antoine à Paris
(1785) (sœur Thérèse). — Professe 27 octobre 1787 (Arch .Nat. LL 1718).

Marie-Louise Le Bienvenu du Buc, née 2, baptisée 4 mars 1780, à Saint-
Denis-des-Monts (Eure), diocèse de Rouen, fille de Charles-Augustin Le
Bienvenu et de Marie-Madeleine Février. Entrée selon l'Inv. le 7 février
1790, Sortie le 14 avril 1793 (Crécy).

Marie-Anne de Bigant-Aubermesnil, née 16, baptisée 20 novembre 1700,
à Aubermesnil, diocèse de Rouen (Aubermesnil, canton de Blangy,
Seine-Inférieure), fille de François de Bigant et de Marie Courtois — Pr.
23 octobre 1708. B. S. 28 novembre 1720. — Dot 18 février 1721.
M. Sery, sec. de la m. d'Aubermesnil, a relevé pour nous, sur les registres
d'Aubermesnil, le nom d'une sœur de la précédente, *de mêmes prénoms
qu'elle, née le 2, baptisée le 4 juillet 1699*. Il n'a pu retrouver l'acte
signalé par les *Preuves*.

Jeanne-Louise Bigault de Grandrut, née 16, baptisée 17 janvier 1746, à
Vienne-le-Château (Marne), diocèse de Reims, fille de Charles-François
de Bigault et de Marie-Thérèse de Finance. — Pr. 30 septembre 1757.
B. S. 31 décembre 1766. — Dot 15 décembre 1767. Vivante 28 janvier 1772.

Marie-Anne-Louise de Bigault-Granrut, née et ondoyée 5 septembre
1764, baptisée 6 septembre 1764, à Vienne-le-Château (Marne), diocèse
de Reims, fille de Jean-Louis-de-Bigault et de Marie-Anne de Bigault-
Troisfontaines — Pr. 20 septembre 1773. B. S. 16 septembre 1784. —
Dot 28 décembre 1785.

Marie-Françoise de la Bigne, née 25, baptisée 27 août 1730, à Clécy
(Calvados), diocèse de Bayeux, fille de Guillaume-Jacques de la Bigne et
de Marie-Anne-Elisabeth de Buats. — Pr. 22 août 1741. B. S. 30 mai
(1750). — Dot 15 janvier 1752.

Marie-Madeleine de la Bigne-Mesnil, née 25, baptisée 28 août 1739, à (Saint-Exupère) Bayeux (Calvados), fille de Jean-Baptiste de la Bigne et de Marie-Catherine-Charlotte Le Quesne. — Pr. 28 juillet 1750. B. S. 1er juillet (1759). — Dot 1er mars 1765. Elle épousa N. . de Baudre (Renseignement fourni par M. le comte Léon de la Bigne).

Françoise Emmanuelle de la Bigne-Saint-Christophe, née et baptisée le 25 mai 1749, à Saint-Christophe d'Anfernet (commune d'Ouilly le Basset) (Calvados), diocèse de Bayeux, fille de Jacques-François de la Bigne et de Marie-Catherine-Françoise Lambert. — Pr. 18 décembre 1760. B. S. 30 mars 1769. — Dot 26 août 1769.

Suzanne-Luce-Françoise-Marie-Gabrielle de la Bigne, née et baptisée 4 août 1751, à Lingèvres (Calvados), diocèse de Caen, fille de Jean-Baptiste de la Bigne et de Catherine-Charlotte du Quesnoy. Morte, le 2 décembre 1762, à Saint-Cyr (mairie de Saint-Cyr).

Marie-Jeanne-Françoise-Charlotte de la Bigne, née et baptisée 19 mars 1758, à (Saint-Exupère) Bayeux (Calvados), fille de Jean-Baptiste de la Bigne et de Catherine-Charlotte du Quesnoy. Morte, le 22 janvier 1770, à Saint-Cyr (mairie de Saint-Cyr).

Anne-Catherine-Charlotte de Bigot, née et baptisée le 25 novembre, 1777, à Valay (Haute-Saône), diocèse de Besançon, fille de Louis-Joseph Bigot et de Françoise Renaudot. — Pr. 25 novembre 1786. Entrée selon l'Inv., le 27 novembre 1786. Sortie, le 20 mars 1793 (Crécy).

Marie-Louise-Eléonore de Billeheust-Saint-Georges, née 3 avril, baptisée 22 juin 1711, aux Loges (Les Loges sous Brécey (Manche) (communic. de M. le sec. de la m. des Loges sous Brécey), fille de Jean-Baptiste-Léonor de Billeheust et de Louise-Henriette Taillepied. — Pr. 3 juillet 1720. B. S. 29 mars 1731. — Dot 6 février 1733.

Marie-Léonore de Billeheust, née 28, baptisée 29 décembre 1774, à (Saint-Nicolas) Granville (Manche), fille de Rodolphe-Henri de Billeheust et de Jeanne-Charlotte de Péronne. — Pr. 22 décembre 1784. Entrée, selon l'inv. 25 décembre 1784. Sortie, 22 avril 1793 (Crécy).

Marie-Anne de Billy, née 2, baptisée 6 juillet 1687, à (Saint-Laurent) Vezaponin (Aisne), diocèse de Soissons, fille d'Anne de Billy et de Charlotte Coquillet. — Pr. 12 décembre 1694. Morte, à Saint-Cyr, le 27 novembre 1696 (mairie de Saint-Cyr).

Madeleine-Sophie de Biottière, née 21 avril, baptisée 22 avril 1777, à (Saint-Georges) Saint-Pourçain (Allier), fille d'Antoine Gilbert de Biottière et de Anne de Rosline du Fé. — Pr. 8 janvier 1787. Entrée, selon l'Inv. 7 février 1787. Sortie, 17 mars 1793 (Crécy).

Nicole-Aimée-Adélaïde de Bizemont, née 22, baptisée 23 décembre 1750, à (Saint-Pierre) Tignonville (Loiret), diocèse de Sens, fille de Nicolas-Balthazar-Melchior de Bizemont et de Marie-Anne-Adélaïde de Prunelé. — Pr. 6 octobre 1760. B. S. 23 décembre 1770. — Dot 30 mars 1771. Chanoinesse de Saint-Martin-de-Salles en Beaujolais (31 décembre 1782), elle épousa (12 août 1797), Baptiste Mangin d'Ouince, et mourut, à Saint-Sauveur-des-Landes (Ille-et-Vilaine), le 25 janvier 1827 (Renseignements dus à Mlle de Bizemont et communic. du Sec. de la m. de Saint-Sauveur), lieu du Bois-Nouault. Son mari était maire de la commune. M. le comte A. de Prunelé nous a indiqué une plaquette *(Archives de la Société Française des Collectionneurs d'ex-libris*, Mâcon 1900), où il est dit que Mme Mangin d'Ouince composait avec grâce et facilité de petites pièces de vers, des comédies en prose et vers, jouées en famille. Ses œuvres furent réunies en un petit volume manuscrit, relié par Derôme jeune. Il porte pour titre : « *OEuvres diverses de Mme la Comtesse Adélaïde de Bizemont-Prunelé, chanoinesse de Saint-Martin-de-Salles en Beaujolais* ». Il est dédié à sa mère et donné à sa sœur, Françoise-Léontine de Bizemont.

Jeanne-Constance-Louise de Bizemont-Gironville, née 27 avril 1752, baptisée....... à (Saint-Pierre) Gironville-sous-Buno (Seine-et-Oise), diocèse de Sens, fille d'André-Victor de Bizemont et d'Angélique-Isidore de Launay. — Pr. 20 juin 1763. Morte, à Saint-Cyr, le 14 septembre 1768 (mairie de Saint-Cyr).

Marie-Charlotte-Reine de Bizemont, née et ondoyée 5 janvier, baptisée 12 mai 1763, à (Saint-Pierre) Tignonville (Loiret), diocèse de Sens, fille de Nicolas-Balthazar-Melchior de Bizemont et de Marie Anne-Adélaïde de Prunelé. B. S. 12 décembre 1784. — Dot 27 mai 1784. Elle épousa X... Mangin d'Ouince et mourut, le 9 avril 1804 (Renseignements de Mlle de Bizemont).

Anne-Marguerite du Blaisel-la-Neuville, née 20, baptisée 22 juillet 1686, à (Saint-Charles) Sedan (Ardennes), fille d'Antoine du Blaisel et de Nicole-Ernestine de Lardenois. — Pr. 4 janvier 1696. B. S. 7 décembre 1706. — Dot 15 septembre 1706. — Bernardine à Gomerfontaine.

Anne-Claude-Antoinette du Blaisel-la Neuville, née et baptisée 11 août 1718, à la Neuville-près-Stenay (Laneuville-sur-Meuse (Meuse), diocèse de Trèves, fille d'Antoine du Blaisel et de Marie-Charlotte d'Yves. — Pr. 2 septembre 1727. — Dot 10 octobre 1740. B. S. 23 septembre 1738. Elle mourut sans alliance, le 7 mars 1742 (Renseignements fournis par M. le baron du Blaisel).

Antoinette Charlotte-Albertine du Blaisel-la Neuville, née et baptisée 4 février 1722, à Laneuville-sur-Meuse (Meuse), fille de Antoine du Blaisel et de Charlotte d'Yves. — Pr. 28 février 1733. Morte, le 6 avril 1740, à Saint-Cyr (m. de Saint-Cyr).

Marie-Elisabeth-Claudine du Blaisel-Olincthun, née 11, baptisée 12 février 1723, à (par. de la Haute-Ville), Boulogne-sur-Mer (Pas-de-Calais), fille d'Antoine du Blaisel et de Jacqueline-Suzanne de Fresnoy. — Pr. 25 juin 1733. B. S. 16 février 1743. Morte, le 9 décembre 1815 (Renseignement fourni par M. le baron du Blaisel). — Dot 10 février 1745.

Marie-Anne-Françoise-Mélanie du Blaisel, née 12, baptisée 13 mars 1733, à Boulogne-sur-Mer, fille d'Antoine-Claude du Blaisel et de Suzanne-Jacqueline de Fresnoy. B. S. 23 avril 1753. — Dot 29 août 1755 Pens. pour infirmités (6 mai 1744 au 7 janv. 1753).

Marguerite de Blanc-Saint-Just, née et baptisée le 12 mars 1755, à Sorges (Dordogne) en Périgord, fille de Jean de Blanc et de Marguerite d'Alesme. — Pr. 15 avril 1766. B. S. 24 mars 1775. — Dot 7 juillet 1775. Elle épousa (1778) Martial Rossignol des Limognes. Vivante 3 messidor an XI.

Louise de Blanc-Saint-Just, née et baptisée 16 avril 1767, à Sorges en Périgord (Dordogne), fille de Jean Le Blanc et de Marguerite d'Alesme. B. S. 1787. — Dot 17 juin 1787.

Marie-Madeleine Le Blanc de Ferrières, née et baptisée le 22 juillet 1768, à Saint-Valery-en-Caux (Seine-Inférieure), fille de Charles Le Blanc et de Marie-Anne du Chemin. Pr. 7 août 1777. B. S. 13 avril 1788. — Dot 22 décembre 1788.

Françoise-Madeleine-Jeanne de Blanchard-Saint-Bauzile, née 19, baptisée 28 janvier 1687 à (Saint-Gervais) Falaise (Orne), diocèse de Séez, fille de Jean-Enguerrand Blanchard et de Marie de Beauvais. — Pr. 21

septembre 1695. B. S. 19 janvier 1707. — Dot 12 avril 1707. — Relig. à la Présentation de Senlis (1710).

Marguerite-Félicité Blanchard du Val, baptisée 23 novembre 1769, à (Saint-Ours) Loches (Indre-et-Loire), fille de Louis-René Blanchard du Val et de Charlotte-Renée de Noyelle. — Pr. 18 mars 1778. B. S. 11 novembre 1789. — Dot 10 avril 1790.

Ambroisine-Louise-Thérèse de Blois-Rubentel, née en 1779 (dans la première quinzaine de juillet, probablement). Entrée 6 juillet 1789, sortie 27 avril 1793.

Marie-Anne de Blondel-Rye, née 11, baptisée 16 août 1684, à Rye (Calvados), diocèse de Bayeux, fille de Jacques Blondel et d'Anne Renard. — Pr. 18 février 1696. Morte à Saint-Cyr le 9 décembre 1697 (mairie de Saint-Cyr).

Jeanne de Blosset-Précy, baptisée 2 décembre 1682, comme huguenote, à Corbigny (Nièvre), fille d'Isaac de Blosset et de Jeanne Armet. — Pr. 12 septembre 1692. B. S. 6 septembre 1702. Elle mourut, sans alliance, le 11 mars 1714. — Dot 6 décembre 1702.

Antoinette-Louise de Blosset, née 26, baptisée 27 août 1687 (selon l'Obituaire de Saint-Cyr), fille d'Isaac de Blosset et de Jeanne Armet. Entrée décembre 1695. Elle mourut, le 11 mai 1697, à Saint-Cyr (mairie de Saint-Cyr).

Adélaïde-Victoire de Blotteau du Breuil, née 20, baptisée 21 octobre 1768, à (Saint-Martin) (Communic. du sec. de la m. de l'Home-Chamondot), l'Home-Chamondot (Orne), fille de Jean-Charles de Blotteau et de Marguerite-Françoise de Bellemare. — Pr. 5 août 1777. B. S. 28 septembre 1788. — Dot 21 février 1789.

Hélène-Françoise de Blotteau du Breuil, née et baptisée 10 novembre 1735, à (Saint-Martin), du Vieux Verneuil (Eure)[1], diocèse de Chartres, fille de Jean-Charles de Blotteau et d'Elisabeth-Charlotte de Vattetot. — Pr. 25 mars 1747. B. S. s. d. Voyage 15 novembre 1755. — Dot 5 mai 1761.

Antoinette-Françoise de Blou, née et baptisée 18 octobre 1776, à Nancy, fille de Jean-Antoine de Blou et de Françoise Bourlon de Lixière. Entrée, selon l'Inv., 30 décembre 1785. Sortie 23 septembre 1792.

[1] En face de Verneuil, sur la r. dr. de l'Avre.

Jeanne-Anne Le Bloy de Vitray, baptisée 18 novembre 1741, à (Saint-Germain) Vitray (commune Saint-Hippolyte, Indre-et-Loire) diocèse de Tours, fille de Pierre-Fiacre Le Bloy et de Jeanne Capelle. — Pr. 3 novembre 1753. B. S. 1ᵉʳ novembre 1763. — Dot 7 juillet 1766.

Françoise-Jeanne du Boberil-Cherville, née 16, ondoyée 17, baptisée 18 mai 1751, à Moigné (Ille-et-Vilaine), diocèse de Rennes, fille de René-François-Marie du Boberil et de Marie-Lucrèce de la Villéon. — Pr. 3 juin 1760. Morte, à Saint Cyr, le 23 mai 1761 (mairie de Saint-Cyr).

Blanche-Marie-Françoise Bodard de Buire, née et ondoyée 20 février, baptisée 17 avril 1774, à (Notre-Dame) Pihen (Pas-de-Calais), diocèse de Boulogne-sur-Mer, fille de Louis-Marc Bodard et d'Anne-Thérèse Conrart de Cornillon. — Pr. 30 octobre 1783. Entrée, selon l'Inv. le 5 novembre 1783. Sortie, le 16 octobre 1792 (Crécy).

Marie-Anne-Thérèse de la Boderie, née 26, baptisée 28 janvier 1743, à Clécy (Calvados), diocèse de Bayeux, fille de Nicolas-Antoine de la Boderie et de Marie-Anne de la Bigne. — Pr. 19 décembre 1754. B. S. 6 novembre 1763. — Dot 22 mai 1767. Vivante 28 janvier 1772.

Marie-Thérèse Bodin de Boisrenard-Vaux née 14, baptisée 15 janvier 1716, à Autainville (Loir-et-Cher), diocèse de Blois, fille de François Bodin et de Sidonie-Elisabeth de Villeneuve. — Pr. 10 novembre 1723, B. S. 30 janvier 1736. — Dot 24 avril 1736. Elle mourut, en 1785, à Chantecaille, près Mer (Loir-et-Cher), selon le généalogiste, très peu sûr, d'Auriac. Nos recherches n'ont pu arriver à découvrir l'acte de décès.

Marie-Madeleine de Boffles, née le 6 novembre 1686, selon l'Obituaire de Saint-Cyr, fille de Jean de Boffles et de Marie de Harlus. Elle mourut, à Saint-Cyr, le 6 mars 1706 (mairie de Saint-Cyr).

Marie Jacqueline de Boffles, née en 1684 (probablement en mai ou juin), fille de Jean de Boffles et de Marie de Harlus. B. S. 14 novembre 1704. — Dot 7 novembre 1704. Elle épousa (13 février 1719) Jacques-Louis de Boffles-Himbraine.

Marie-René Boinet de la Fremaudière, née 11 janvier 1678, baptisée 24 février 1683, à Saint-Maurice (Saint-Maurice-de-Gençay) (Vienne) diocèse de Poitiers, fille de Louis François Boinet et d'Anne Boinet de Fressinet. — Pr. avril 1688. — Religieuse à Mirebeau, près Richelieu (1704).

Marie-Marguerite-Alexandrine du Bois-Hoves-Herignies, née et baptisée 20 mars 1717 à (Sainte-Catherine) Lille (Nord), fille de Philippe-Marie du Bois et de Marie-Ignace de Gilleman. — Pr. 23 juillet 1727. B. S. 24 février 1737. — Dot 4 octobre 1738. Carmélite à Douai (Sœur Hubertine-Thérèse de Sainte-Marie).

Elisabeth du Bois du Fresne-Libersac, née et baptisée le 12 décembre 1719 à (Saint-Caprais) Cahuzac (Lot-et-Garonne), diocèse de Sarlat, fille de François du Bois-Fresne et de Marie-Anne Béraud. — Pr. 5 août 1729. B. S. 30 août 1739. — Dot 19 janvier 1742. — Religieuse.

Anne-Julienne Françoise de Boisbilly-Beaumanoir, née et baptisée à Plémet (Côtes-du-Nord), le 17 novembre 1750, fille de Mathurin-René de Boisbilly et de Françoise Brunet. — Pr. 30 août 1762. B. S. 16 janvier 1771. — Dot 27 juillet 1772.

Anne-Jeanne-Claude-Pélagie de Boisgelin-Kersac, née 14, baptisée 20 août 1694, à Ploubazlanec (Côtes-du-Nord), diocèse de Saint-Brieuc, fille de Gilles de Boisgelin et de Françoise-Pélagie Jallet des Plantes. — Pr. 31 août 1703. B. S. 4 août 1714. —Dot 1er décembre 1714.

Marguerite-Camille de Boisgelin-Kergomar, née 18, baptisée 19 février 1721, à Monaco (Saint-Nicolas), fille de Pierre-Antoine de Boisgelin et de Rose Adhémar de Lantagnac. — Pr. 12 décembre 1730. B. S. 2 mars 1741. — Dot. 15 mars 1742.

Marie-Charlotte de Boisguérin-Bernecourt, née 10, baptisée 12 mars 1764, à Chaumont-sur-Aire (Meuse), diocèse de Verdun, fille de Jacques Charles de Boisguérin et de Thérèse-Ursule Vassé. — Pr. 18 septembre 1775. B. S. 10 mars 1784. — Dot 29 octobre 1785. — Carmélite, rue de Grenelle (1785).

Louise-Henriette de Boisguyon-Grandhoux, née 10, baptisée 12 décembre 1703, à Théligny, diocèse du Mans (Sarthe), fille de Louis de Boisguyon et d'Henriette de Gallot. Vivante 4 novembre 1742, épouse François-Ferdinand de Pronsac-Lainville (Vivant 4 novembre 1742). — Pr. 24 novembre 1714. B. S. 13 décembre 1723. — Dot 10 février 1724.

Marie-Gabrielle-Suzanne de Boisguyon-Hauteclairs, née 3, baptisée le 6 avril 1764, à Nogent-le-Bernard (Sarthe), fille d'Henri de Boisguyon et de Suzanne-Andrée de Taillefumier. — Pr. 17 février 1775. Morte, à Saint-Cyr, le 28 mars 1777 (mairie de Saint-Cyr).

Françoise-Renée-Madeleine de Boisjourdan-Chanay, baptisée 4 janvier 1722, à Grez-en-Bouère (Mayenne), diocèse du Mans, fille de Louis de Boisjourdan et de Françoise-Thérèse Gautier de Brûlon. — Pr. 20 mai 1733. B. S. 16 octobre 1741. — Dot 29 décembre 1742.

Henriette Émilie-Charlotte de Boisjourdan, née et baptisée 2 avril 1778, à (Saint-Martin) Grez-en-Bouère (Mayenne), diocèse du Mans, fille de Louis-Marie de Boisjourdan et de Françoise-Victoire Louis de Pierres. — Pr. 10 octobre 1787. Entrée selon l'Inv. 11 octobre 1787. Sortie 12 mars 1793 (Crécy).

Gabrielle-Marie-Anne Boislève du Plantis, née 15, baptisée 17 août 1716, à Saint-Martin de la Place (Maine-et-Loire), diocèse d'Angers, fille d'Anne-Jacques Boylesve et de Marie-Félice Eveillon. — Pr. 27 juillet 1728. B. S. 21 mai 1736. — Dot 12 août 1738.

Marie-Madeleine de Boislinards-Foix, née 27, baptisée 28 août 1740, à Rivarennes (Indre), diocèse de Bourges, fille de Jean de Boislinards et de Madeleine-Angélique Turpin de Crissé. — Pr. 31 mars 1751. B. S. 10 mai 1763. — Dot 24 novembre 1766. Vivante 28 janvier 1772.

Marie de Boislinards-Vergnaud, née et baptisée 7 août 1775, à Oulches (Indre), diocèse de Bourges, fille de Pierre Henri-Sylvain de Boislinards et de Louise de Launay. — Pr. 20 juillet 1785. Sortie 20 avril 1793 (Crécy). Entrée selon l'Inv. 22 juillet 1785.

Françoise-Scholastique du Bois-Piron-Dangy, née et ondoyée 1er juin 1699, baptisée 11 janvier 1707, à Dangy (Manche), diocèse de Coutances, fille de Guillaume du Bois et de Maximilienne-Angélique de Bourdonné. — Pr. 17 février 1707. B. S. 29 mai 1719. — Dot 10 novembre 1719.

Marthe de Boispiron-Dangy, baptisée le 16 juillet 1701, à Dangy (Manche), fille de Guillaume de Boispiron et de Maximilienne-Angélique de Bourdonné (communic de M. Legros, sec. de la m. de Dangy). B. S. 15 juillet 1721. — Dot 18 février 1721. Vivante 27 février 1745.

Sophie Boisseau de la Galernerie, née et ondoyée 1er octobre, baptisée 18 novembre 1759, à (Saint-Martin) Taillant (Charente-Inférieure), diocèse de Saintes, fille de Louis Boisseau et d'Elisabeth de Gannes. — Pr. 27 août 1770. B. S. 30 juillet 1779. — Dot 5 janvier 1779.

Marie de Boisseuilh, née 16, ondoyée 23 août 1727, baptisée 21 juillet
1730, à Boisseuilh en Bas-Limousin (Dordogne), fille de Charles de Boisseuilh et de Marthe d'Abzac. — Pr. 21 avril 1739. B. S. 4 novembre 1747.
— Dot 15 mai 1750.

Madeleine de Boisseuilh, née 11, baptisée 13 juin 1741, à Boisseuilh
en Périgord (Dordogne), fille de Charles de Boisseuilh et de Marthe
d'Abzac. B. S. 23 novembre 1763. — Dot 25 octobre 1766. Elle épousa
av. 28 janvier 1772, Pasquet de la Roche (vivant 28 janvier 1772). Vivante
28 janvier 1772.

Gillette de la Boissière-Rosvéguen, née 16, baptisée 17 avril 1686, à
(Saint-Étienne) Rennes, fille de Louis de la Boissière et de Julienne
Chevrier. — Pr. 12 mars 1697. — Ursuline à Mantes.

Jeanne de la Boissière-Relaix, née 12, baptisée 13 septembre 1706, à
Langoat (Côtes-du-Nord), diocèse de Tréguier, fille de Guillaume de la
Boissière et d'Isabeau de Kerbouric. — Pr. 20 novembre 1717. B. S.
21 août 1726. — Dot 14 avril 1728. — Religieuse.

Marie-Madeleine-Thérèse de Boissières, née 14, baptisée 15 octobre
1767, à (Notre-Dame) Rodez (Aveyron), fille de Dalmas de Boissières et
d'Henriette-Thérèse de Mérigaud. — Pr. 10 juin 1776. B. S. 1er juillet
1788. — Dot 7 juillet 1789. Elle épousa (21 avril 1788) Jean-François-
Joseph de Saunhac-Talespues (14 mars 1826) et mourut, le 14 novembre
1857. (Renseignement de M. le vicomte de Bonald).

Marguerite de Boissieu-la-Valette, née 17 avril, baptisée 31 juillet 1724,
à Desges (Haute-Loire), diocèse de Saint-Flour, fille de Joseph de
Boissieu et de Marie-Anne Brun. — Pr. 17 septembre 1735. B. S. 27 mai
1744. — Dot 24 mars 1747. Dame de compagnie de la comtesse de Toulouse, mère du duc de Penthièvre (1758). Elle épousa (17 mai 1766)
Mathieu de Ricouart-Hérouville et mourut au Bois-Noir, paroisse de
Desges (Haute-Loire), le 19 avril 1804 (communic., par l'aimable entremise de M. Louis de Longevialle, de M. Charles de Longevialle).

Marie-Thérèse de Boissieu-Salvaing, née 17, baptisée 18 avril 1763, à
Langeac (Haute-Loire), diocèse de Saint-Flour, fille de Maurice de
Boissieu et de Marie Falcon de Longevialle. — Pr. 15 février 1775. B. S.
20 avril 1783. — Dot 1er août 1783. Elle épousa (10 juillet 1797) Antoine
de Ponsonailhes-Chassan, et mourut, le 13 avril 1817, au Chateau-du-Fort

(Lozère) (Renseignement fourni, par l'aimable entremise de M. Louis de Longevialle, par M. Charles de Longevialle). Mme du Chassan était une femme d'une haute intelligence et d'un grand cœur qui fut universellement regrettée (Item).

Gabrielle-Marie-Catherine Boisson de la Guerche, née 30, baptisée 31 août 1709, à Saint-Mars-la-Réorthe (Vendée)(communic. de M. Eveins, sec. de la m. et de M. l'abbé Martineau, curé), fille d'Urbain Boisson et de Marie-Perrine-Marguerite Bourceau. — Pr. 18 mars 1721. B. S. 6 octobre 1729. — Dot 3 mars 1730.

Marie-Charlotte de Boisvilliers, baptisée 13 mars 1768, à (Saint-Étienne) Fontenay (Indre), diocèse de Bourges, fille de Charles-François de Boisvilliers et de Madeleine-Apolline de Rolland — Pr. 26 février 1778. B. S. 1788. — Religieuse. Pension pour infirmité (8 janvier 1786-21 avril 1790).

Emmanuelle de Boitouzet-Ormenans, née et baptisée 12 juillet 1733, à Loulans (Haute-Saône), diocèse de Besançon, fille de Pierre-Désiré de Boitouzet et d'Antoinette Perrot. — Pr. 9 janvier 1744. B. S. 7 mai 1753. — Novice (20 janvier 1755) religieuse (7 février 1757) supérieure (13 mai 1788-6 juillet 1793) à Saint-Cyr. Morte le (26 germinal, an IV) 15 avril 1796, à Versailles (Versailles. État-civil. Décès. an IV, folio 157).

Josèphe-Irénée de Boitouzet-Ormenans, née et ondoyée 26 mai, baptisée 2 août 1760, au château de Loulans (comm. Montbozon (Haute-Saône), paroisse Saint-Martin de Guiseuil (commun. Cenans (Haute-Saône), fille de Marie Alexis-Dominique de Boitouzet et de Louise-Désirée Marchant du Puch. — Pr. 22 décembre 1769. B. S. 12 avril 1780. — Dot 12 juin 1780. — Chanoinesse.

Françoise-Louise de Boitouzet-Ormenans-Fougerolles, née et baptisée 8 juin 1762, à Guiseuil (comm. de Cenans, Haute-Saône), fille de Marie-Dominique-Alexis de Boitouzet et de Louise-Désirée Marchant du Puch. — Pr. 8 avril 1773. B. S. 20 mai 1782. — Dot 21 janvier 1783.

Charlotte-Baptiste de Boitouzet-Ormenans-Cenans, née en septembre 1764, à Loulans (Haute-Saône), près Guiseuil (comm. de Cenans (Haute-Saône), fille de Marie-Dominique-Alexis de Boitouzet et de Louise-Désirée Marchant du Puch. B. S. 14 mars 1784. — Dot 18 décembre 1787. Novice (7 mars 1786) à Saint-Cyr, devant Mme Elisabeth.

Louise-Angélique-Antoinette de Bombelles, née et ondoyée 20 février, baptisée 1ᵉʳ août 1743, à Albefeuille (Albefeuille et la Garde (Tarn-et-Garonne), diocèse de Montauban, fille de François-Gabriel de Bombelles et de Jeanne-Catherine de Zoller. — Pr. 2 juillet 1751. B. S. 13 nov. 1763. — Dot 25 octobre 1766.

Jeanne-Marque-Henriette-Victoire de Bombelles, née 22, ondoyée 23 octobre 1750, baptisée 14 août 1751, à Bitche (Lorraine Allemande), diocèse de Metz, fille d'Henri-François de Bombelles et de Geneviève-Charlotte de Badens. — Pr. 25 mai 1759. — Dot 27 octobre 1770. Elle épousa (1776) Constantin de Hesse-Rhinfels (mort, 30 septembre 1778) puis (14 janvier 1782) Louis-Sophie Le Tellier de Louvois (mort le 5 août 1785). Elle mourut, le 28 novembre 1822 (Pottier de Courcy). Titrée comtesse de Reichemberg. Cf. sur elle : *Angélique de Mackau*, par le comte Fleury, Paris in-12 : *les Dernières années du marquis et de la marquise de Bombelles*, Paris, 1906, in-12.

Marie-Jeanne-Renée de Bombelles-Orangis, née 3, ondoyée 4, baptisée 17 mai 1753, à Bitche (Lorraine Allemande), fille d'Henri-François de Bombelles et de Geneviève-Charlotte de Badens. B. S. 9 juin 1773. — Dot 5 juillet 1773. Elle épousa (18 novembre 1779) Jean de Bourguet, marquis de Travanet *(Gazette de France)*. Elle fut une des dames de la maison de Mᵐᵉ Elisabeth et elle est l'auteur de la célèbre romance du *Pauvre Jacques*. Elle accompagna son frère, le marquis de Bombelles, en Portugal (1786-1788) et en émigration. Elle mourut, à Paris, le 4 mai 1828, et fut enterrée au cimetière du Mont-Valérien (Robert Hénard : *le Mont Valérien*, Paris 1907, in-8°, p. 176). Cf. sur cette charmante femme, les deux livres, cités plus haut, de M. le comte Fleury.

Françoise-Marguerite de Bombelles, née 20, baptisée 21 avril 1757, à (Saint-Simon de la Ville-Neuve), Metz, fille d'Antoine de Bombelles et de Marguerite Maujean. — Pr. 15 avril 1769. B. S. 9 avril 1777. — Dot 2 juin 1778. — Visitandine.

Marie-Marguerite de Bonal, baptisée 30 juin 1738, à Saint-Léger, juridiction de Penne, diocèse d'Agen (Saint-Léger, commune de Montastruc (Lot-et-Garonne), fille de Jean de Bonal et de Catherine de Méalet. — Pr. 18 octobre 1748. B. S. 4 juin 1756. — Dot 14 février 1764. Elle épousa (10 décembre 1764) Charles-François d'Hébrard-Saint-Sulpice.

Marie-Madeleine de Bongards, née 28, baptisée 30 août 1702, à Réalcamp (Seine-Inférieure), diocèse de Rouen, fille de Jean-Joachim de

Bongards et de Catherine de Caulières. — Pr. 4 octobre 1712. B. S. 7 septembre 1722. — Dot 11 septembre 1722.

Marie-Thérèse de Bongards-Montgarnois-Caulières, née et baptisée 18 octobre 1704, à Foucarmont (Seine-Inférieure), diocèse de Rouen, fille de Joachim-Charles de Bongards et de Catherine de Caulières. B. S. 19 octobre 1724. — Dot 12 novembre 1734.

Rosalie-Josèphe de Bongards-Vendeleau, née et baptisée 21 juin 1777, à Fontainebleau (Saint-Louis), fille de Joseph-Jean de Bongards et de Rosalie de la Brière. — Pr. 25 novembre 1786. Entrée selon l'Inv. 30 novembre 1786. Sortie 23 mars 1793 (Crécy).

Marie-Françoise de Bongars, née 7, baptisée 8 mars 1779, à Saint-Pourçain-sur-Sioule (Allier[1]), fille de Jean de Bongars et de Marie de la Codre. Entrée, selon l'Inv. 7 nov. 1786. Sortie 11 mars 1793 (Crécy).

Marie-Alexandrine de Boniface, née 17, baptisée 18 mars 1772, à Bosc-le-Hard (Seine-Inférieure), diocèse de Rouen, fille d'Alexandre-François-Dominique de Boniface et de Marie-Renée-Cécile du Quesnay.— Pr. 13 octobre 1781. Morte, le 21 octobre 1786, à Saint-Cyr (mairie de Saint-Cyr).

Madeleine-Françoise de Bonloc, née 12, baptisée 17 novembre 1684, à Montech (Tarn-et-Garonne) diocèse de Montauban, fille de Joseph de Bonloc et de Catherine de Noyers. — Pr. 5 novembre 1696. B. S. 12 novembre 1704. — Dot 14 novembre 1704.

Marie-Elisabeth-Charlotte de Bonnay-Nonancourt, née 28, baptisée 29 juin 1740, à Souhesmes-la-Grande (Meuse), diocèse de Verdun, fille de François de Bonnay et de Marguerite de Mercy. — Pr. 9 mars 1752. Dot 26 mars 1766. Elle épousa (19 mars 1765) Simon de Brégeot (vivant 26 mars 1766).

Marie-Madeleine-Charlotte-Caroline de Bonnay-Nonancourt, née 4, baptisée 5 juillet 1745, à Souhesmes-la-Grande (Meuse), fille de François de Bonnay et de Marguerite de Mercy. B. S. 18 juillet 1765. — Dot 6 février 1767, étant novice visitandine, rue du Bac, à Paris.

[1] Renseignement dû à l'obligeance de M. Antoine Roussat, conseiller municipal de Saint-Pourçain.

Charlotte-Marguerite de Bonnay-Lagrange, née et ondoyée le 28 octobre, baptisée le 5 novembre 1753, à Cossaye en Nivernais (Nièvre), fille de Marc-Antoine de Bonnay et de Françoise-Gabrielle de Marcellanges. — Pr. 23 août 1763. Morte, à Saint-Cyr, le 7 avril 1773 (mairie de Saint-Cyr).

Marie-Louise-Madeleine de Bonnay-Belvaux, baptisée 18 juin 1766, à Vienne-le-Château (Marne), fille de Claude de Bonnay et de Marie-Madeleine de Condé-Parfouru. — Pr. 23 mai 1778. B. S. 4 septembre 1786. Religieuse. Pension alimentaire (10 novembre 1779-30 septembre 1786). — Dot 25 septembre 1786.

Julie de Bonnefoy-Bretauville, née et baptisée 7 novembre 1766, à (Saint-Romain) Chassors-en-Angoumois (Charente), diocèse de Saintes, fille de Isaac de Bonnefoy et de Françoise-Madeleine de Laisné.

Jeanne de Bonnefoy-Bretauville, née et baptisée 30 septembre 1769, à (Saint-Romain) Chassors (Charente), diocèse de Saintes, fille d'Isaac de Bonnefoy et de Françoise-Madeleine de Laîné. B. S. 30 juillet 1790. — Dot 20 octobre 1789.

Catherine de Bonneguise, née 20, baptisée 21 septembre 1726, à (Saint-Martin) Badefols d'Ans (Dordogne), diocèse de Périgueux, fille de François de Bonneguise et de Rose-Claude de Royère-Badefols. — Pr. 7 juin 1738. Morte, le 19 octobre 1740, à Saint-Cyr (mairie de Saint-Cyr).

Benoîte de Bonneguise-la-Martinie, née 16, baptisée 18 avril 1735, à Nedde (Haute-Vienne), diocèse de Limoges, fille de Jean de Bonneguise et de Marie Gravière. — Pr. 14 avril 1746. B. S. 11 mars 1755. — Dot 15 mai 1758.

Marie-Angélique Bonnet de Sainte-Foy, née 18, baptisée 17 novembre 1728, à (Saint-Etienne du Mont) Paris, fille de Georges-François Bonnet et d'Antoinette-Jacqueline Auger. — Pr. 2 janvier 1737. Morte à Saint-Cyr, le 19 mars 1740 (mairie de Saint-Cyr).

Anne-Elisabeth Bonnet de Sainte-Foy, née 19, baptisée 20 août 1732, à Paris (Saint-Etienne-du-Mont), fille de François Bonnet et d'Anne-Angélique Auger. — Pr. 30 janvier 1741. B. S. 9 juillet 1752. — Dot 25 septembre 1754.

Marie-Françoise-Catherine Bonnet de Demouville-Sainte-Croix, née 8, baptisée 13 octobre 1743, à Demouville près Caen (Calvados) (Notre-

Dame et Sainte-Anne), fille d'Alexandre Bonnet et de Suzanne-Catherine de Liée-Belleau. — Pr. 15 décembre 1752. Novice (28 avril 1764) à Saint-Cyr, Y morte, le 3 février 1765 (mairie de Saint-Cyr).

Louise-Aurore Bonnet de Mézeray, née et baptisée le 7 août 1778, à (Saint-Martin) Néauphe-sur-Dives (Orne), diocèse de Séez, fille de Charles-Louis de Bonnet et d'Henriette-Elisabeth du Thon. — Pr. 11 juillet 1788. Entrée selon l'Inv., le 15 juillet 1788. Sortie 7 novembre 1793 (Crécy).

Marianne de Bonnetie-Saint-Ruth, née 6, baptisée le 7 janvier 1709, aux Fosses (Deux-Sèvres), diocèse de Poitiers, fille de Jacques de Bonnetie et de Marie-Anne Thébaut. — Pr. 6 avril 1716. B. S. 6 octobre 1729. — Dot 5 avril 1732. Religieuse de Saint-Joseph (21 mars-26 juillet 1731).

Marie-Antoinette de Bonnetie-Saint-Ruth, baptisée 13 avril 1744, à (Saint-Martin) Neuvicq (Charente-Inférieure), fille de Jacques de Bonnetie et de Jacquette Babin de Rencogne. — Pr. 13 janvier 1755. Morte, le 30 novembre 1756, à Saint-Cyr (mairie de Saint-Cyr).

Anne-Josèphe-Amélie de Bonneval, née 7, baptisée 8 mars 1751, à (Notre-Dame) Versailles (Seine-et-Oise), diocèse de Paris, fille de Paul de Bonneval et de Marie-Jacqueline de la Haye. — Pr. 22 juillet 1762. B. S. 5 mars 1771. — Dot 24 novembre 1773. — Religieuse aux Filles-Dieu à Paris, novice (9 novembre 1772), professe (25 novembre 1773) (Arch. Nat. 1656).

Marie de Bonsens-Courcy-les Espinais, née et baptisée 15 octobre 1698, à Lesneven (Finistère), évêché de Léon, fille de Claude de Bonsens et de Guillemette du Poulpry. — Pr. 7 novembre 1707. Morte, à Saint-Cyr, le 21 décembre 1711 (mairie de Saint-Cyr).

Françoise-Elisabeth de Bonvoust, née 16, baptisée 17 février 1735, à Busloup (Loir-et-Cher), diocèse de Blois, fille de Claude de Bonvoust et de Françoise de Giraudeau. — Pr. 15 août 1742. B. S. 27 février 1755. — Dot 6 avril 1756. Novice visitandine à Avallon (8 mai 1755). Professe (8 juin 1756) (Arch. de l'Yonne, H. 2058. Arch. d'Avallon, GG. 113).

Marie-Madeleine Bony de la Vergne, née et baptisée le 12 mai 1714, à (Saint-Remy) Amiens, fille de Jean Bony et d'Honorée Béal. — Pr. 17 juillet 1725. B. S. 27 avril 1734. — Dot 7 juillet 1736.

Anne Bordin de la Saussaie, née et baptisée 8 novembre 1714, à (Notre-Dame) Alençon (Orne), diocèse de Séez, fille de Gaspard Bordin et de Marie-Anne Bidon. — Pr. 12 février 1726. B. S. 8 novembre 1734. — Dot 18 juin 1736.

Jeanne-Charlotte de Borel-Chamouillet-la-Grange, née 28, baptisée 29 avril 1722, à (Saint-Gervais et Saint-Protais) Mende (Lozère), fille de Jean-Baptiste de Borel et de Françoise Quinsson.— Pr. 31 mars 1734. B. S. 16 juillet 1742. — Dot 1er avril 1744.

Marie-Adélaïde de Borel-la-Grange, née et baptisée le 1er avril 1760, à Mende (Lozère), fille de Thomas-Urbain de Borel et de Jeanne-Marie de Voys. — Pr. 18 juin 1771. B. S. 1er avril 1780. — Dot 25 janvier 1781. Elle épousa (14 décembre 1798) Jean-Baptiste-Prosper de Florit-la-Grange.

Victoire-Marie de Borel-la-Grange, née et baptisée le 23 août 1762, à Mende (Lozère), fille de Thomas-Urbain de Borel et de Jeanne-Marie de Voys. B. S. 5 septembre 1782. — Dot 1er février 1783.

Madeleine de Borie-Pomarède, née 15, baptisée 16 février 1769, à (Notre-Dame) Saint-Dizier (Haute-Marne), diocèse de Châlons-en-Champagne, fille de Jean-Félix de Borie et de Catherine de Fresne. — Pr. 9 février 1779. B. S. 14 octobre 1788. Dot 13 mai 1789.

Marie-Madeleine-Armande de Borstel, ondoyée 2 août 1686, à Tours, baptisée 26 juillet 1693, à (Saint-Paul) Paris, fille d'Adolphe-Hardouin de Borstel et de Madeleine Taschereau. — Pr. 20 août 1693. B. S. 23 août 1706. — Dot 23 août 1706. Novice au Carmel de Saint-Germain des Prés (23 août 1706) rue de Grenelle. (Sœur Marie-Charlotte-Emilie de Jésus). Elle y était supérieure, le 20 décembre 1748, et vivait encore, le 18 juin 1754.

Madeleine-Léonide du Bosc-Hernival, née 18 décembre 1674, baptisée 19 octobre 1682, à (Notre-Dame) Laon (Aisne), fille de François du Bosc et d'Anne Le Duc. — Pr. 26 août 1686.

Marie-Louise-Cécile du Bosc-la-Romerie, née et baptisée 23 juin 1768 à (Saint-Amand) Toul (Meuse), fille de Louis du Bosc et de Geneviève de Noyers-Bréchainville. — Pr. décembre 1777, B. S. 23 mai 1788.— Dot 17 septembre 1789. Novice carmélite à Croncels-lès-Troyes (Sœur Thérèse-Emmanuelle, 1789).

Anne-Claire de Bosredon, née 10, baptisée 11 novembre 1693, à Bosbière, près Saint-Avit (Puy-de-Dôme), diocèse de Clermont, fille de Gabriel
de Bosredon et de Gilberte du Plantadis. — Pr. 30 juin 1704. — Novice
(10 décembre 1711) religieuse (12 décembre 1713) à Saint-Cyr. Y morte, le
11 juillet 1780 (mairie de Saint-Cyr).

Louise de Bosredon-Bosbière, née 15, baptisée 16 février 1695, à Saint-
Avit (Puy-de-Dôme), diocèse de Clermont-Ferrand, fille de Gabriel de
Bosredon et de Gilberte du Plantadis. — Pr. 24 juin 1706. B. S. 10 février
1715. Novice à Saint-Cyr (29 mars 1713). Elle épousa (1er août 1719)
Jérôme-Marien de Bosredon.— Dot 5 juin 1715. Vivante 9 septembre 1722.
Eut une fille à Saint-Cyr.

Marie-Jeanne de Bosredon, née et baptisée le 12 août 1702, à Bosbière
près Saint-Avit (Puy-de-Dôme), diocèse de Clermont-Ferrand, fille de
Gabriel de Bosredon et de Gilberte du Plantadis. — Pr. 27 mai 1714.
B. S. 10 août 1722. Novice à Saint-Cyr (27 août 1730). Religieuse
(27 août 1732). Morte à Saint-Cyr, le 9 avril 1775 (mairie du Saint-Cyr).
— Dot 7 septembre 1722.

Marie-Catherine de Bosredon-Bosbière, née dern. février, baptisée
1er mars 1706, à Saint-Avit (Puy-de-Dôme), (communic. du sec. de la m.
de Saint-Avit), fille de Gabriel de Bosredon et de Gilberte de Plantadis.
— B. S. 1er avril 1726. — Dot 12 juin 1726.

Françoise de Bosredon-Vieuxvoisin, née au château de Vieuxvoisin, le
9 septembre 1722, baptisée le même jour à Mérinchal (Creuse), diocèse de
Clermont-Ferrand, fille de Jérôme-Marien de Bosredon et de Louise de
Bosredon du Châtelet. — Pr. 8 février 1732. B. S. 29 juin 1743. Epousa
(28 février 1748) Jean de Durat du Mazeau (vivant 1750). Elle vivait en
1761 (Tardieu, o. c.). Novice à Saint-Cyr (29 avril 1742). — Dot
12 janvier 1751.

Marie-Rose de Bosredon du Poirier, née 10 juillet, au château du Poirier, baptisée 21 juillet 1730 à (Saint-Bonnet) Miremont (Puy-de-Dôme),
diocèse de Clermont-Ferrand, fille de Joseph-Alexandre de Bosredon et
de Catherine de Mâcon. — Pr. 20 avril 1739. Pension pour voyage, 1750.
— Dot 9 août 1753. Elle épousa (17 septembre 1770) Louis de Bosredon et
mourut avant le 28 janvier 1782 (Tardieu, *Histoire de la Maison de Bosredon*).

Thérèse de Bosredon-Ligny, née et baptisée 10 novembre 1734 à (Saint-
Bonnet) Miremont (Puy-de-Dôme), diocèse de Clermont-Ferrand, fille de

de Joseph-Alexandre de Bosredon et de Catherine de Macon. B. S. 16 octobre 1754. — Dot 23 mars 1757.

Catherine de Bosredon, née et baptisée, le 1er décembre 1746 à Saint-Quintin, canton de Menat (Puy-de-Dôme), diocèse de Clermond-Ferrand, fille de François de Bosredon et de Marie-Anne de Chauvigny-Blot. Novice (5 novembre 1766) religieuse (30 septembre 1768) à Saint-Cyr, devant Madame. Sortie 1793. Elle mourut en 1807, selon Lavallée.

Anne de Bosredon, née 16, baptisée 17 septembre 1753, à Saint-Avit (Puy-de-Dôme), diocèse de Clermont-Ferrand, fille de Françoise de Bosredon et de Marie-Aune de Chauvigny-Blot. — B. S. 11 septembre 1773. — Dot 23 septembre 1773.

Catherine de Bosredon-Bosbière, née 9, baptisée 10 septembre 1770, à (Saint-Martin) Condat près Hermant (Puy-de-Dôme), fille de Gabriel de Bosredon et de Jeanne de Boucherol. — Pr. septembre 1778. B. S. 9 juillet 1790. — Dot 6 mars 1791.

Marie du Bost-Boivert, née et baptisée 1er avril 1692, à Feurs en Forez (Loire), diocèse de Lyon, fille de Louis du Bost et de Marguerite Tissier, — Pr. 14 juillet 1699. B. S. 17 mai 1712. — Dot 17 mai 1712.

Catherine-Pauline-Ursule du Botdéru, née 15, baptisée 18 octobre 1728, à Hennebont (N.-D. du Paradis) (Morbihan), diocèse de Vannes, fille de Jacques de Botdéru et de Claude-Agathe du Bois-Brûlé-Bressan. — Pr. 15 février 1739. B. S. 4 novembre 1748. — Dot 11 août 1750. Elle épousa, avant le 11 août 1750, André de Buttet (vivant 11 août 1750).

Marie Botherel de la Bretonnière, née et ondoyée le 5 août 1777, à Saint-Louis de la Martinique, baptisée le 19 août 1779, fille d'Anne-Claude-Hilarion-Charles-Luc Botherel et d'Antoinette-Ignace Ferreira. — Pr. 5 novembre 1786. Entrée, selon l'Inventaire, le 11 décembre 1786. Sortie le 26 mars 1793 (Crécy). Elle épousa Pierre-Marie Thierry et mourut à Dinan, le 6 mai 1831 (Renseignements fournis par M. le Comte de Botherel, et communic. de M. le sec. de la m. de Dinan).

Jeanne-Angélique de Boubers-Meliève, née 1er, baptisée 7 juin 1688, à (Saint-Martin) Mélicoq (Oise), diocèse de Beauvais, fille de Louis de Boubers et de Charlotte de Monginot. — Pr. 23 septembre 1695. B. S. 2 juin 1708. — Dot 2 juin 1708.

Marie-Louise de Boubers-Bernâtre, née 11, baptisée 12 juin 1733, à (Saint-Pierre) Miannay (Somme) près Lambercourt, doyenné de Mons, diocèse d'Amiens, fille de Marc-Daniel-Hyacinthe de Boubers et de Marie-Louise Carpentin. — Pr. 25 mars 1745. Morte à Saint-Cyr, le 27 mai 1745 (Mairie de Saint-Cyr).

Anne-Nicole-Marie-Josèphe de 'Boubers-Bernâtre, née 1er, baptisée 2 février 1754, à (Saint-Médard) Lihons (Somme), diocèse d'Amiens, fille de Nicolas-Benjamin de Boubers et de Françoise-Marie-Madeleine de la Houssaye. — Pr. 5 juin 1763. B. S. 20 novembre 1773 et 2 février 1774. — Dot 15 janvier 1775.

Marie-Aleth de Boubers-Boismont, née 19 août 1757, baptisée 9 janvier 1758, à (Saint-Jean-Baptiste) Houelbourg (Guadeloupe), fille de Louis-Antoine de Boubers et de Marie-Françoise de Vipart. — Pr. 14 juillet 1769.— B.S. 12 août 1777.— Dot 2 juin 1778. — Elle épousa (24 avril 1786) Pierre-Quentin Rousseau.

Suzanne-Ignace de Boubers, née 16, baptisée 19 janvier 1770, au (la Trinité) Lamantin (Guadeloupe), fille de Charles-Jean-Baptiste de Boubers et de Suzanne-Elisabeth-Marie Le Mercier — Pr. 11 décembre 1779. Morte à Saint-Cyr, le 3 mai 1783 (mairie de Saint-Cyr).

Catherine-Jacques-Charlotte Bouchard de Ravenel, née et baptisée 10 juin 1700, à Ravenel (Oise), diocèse de Beauvais, fille de Guillaume Bouchard et d'Antoinette-Jeanne-Charlotte Le Sart. — Pr. 25 mai 1712. — Dot 10 juillet 1720.

Marie-Catherine Boucher de Flogny, née 19, baptisée 20 juin 1684, à (Saint-Léger) Flogny (Yonne), diocèse de Langres, fille de Pierre-François de Boucher et de Françoise-Virginie de Clermont-Tonnerre. — Pr. 29 octobre 1695. B. S. 23 juin 1704. — Dot 23 juin 1704. Ursuline au Val-de-Grâce, puis carmélite à Troyes.

Marie-Anne de Boucher-Orsay-Marolles, née 25, baptisée 30 avril 1693, (supplément de baptême 30 novembre 1694) à l'Hay-Chevilly (Seine) près Paris, diocèse de Paris, fille de Jean-Claude Boucher et de Marie-Jeanne Aubin. — Pr. 27 novembre 1703. B. S. 2 juin 1711. — Dot 2 juin 1711. — Religieuse.

Françoise-Virginie de Boucher-Flogny, née et baptisée 8 février 1698 à (Saint-Léger) Flogny (Yonne) diocèse de Langres, fille de Pierre-Fran-

çois de Boucher et de Françoise-Virginie de Clermont-Tonnerre.—
Pr. 11 février 1705. B. S. 27 juillet 1718.— Dot 27 juillet 1718.—
Ursuline à Tonnerre.

Marie-Madeleine Boucher de Marolles-Orsay, née 2, baptisée 21 mars
1700, à (Saint-Léonard) l'Hay (Seine) (communic. de M. Gerspacher,
sec. de la m. de l'Hay,) fille de Claude-Jean Boucher de Marolles et de
Marie-Jeanne Aubin.— Pr. 25 décembre 1711. B. S. 6 mars 1720.— Dot
7 avril 1720, morte décembre 1737, à Doullens.

Thérèse-Françoise Boucher de Maroles-Orsay, baptisée le 1er novembre
1706, à (Saint-Léonard) L'Hay (Seine) (communic. de M. Gerspacher,
sec. de la m. de l'Hay), fille de Jean-Claude Boucher et de Marie-Jeanne-
Aubin. Morte, le 23 août 1722, à Saint-Cyr (mairie de Saint-Cyr).

Marie-Anne Boucher de Milly, née et baptisée 27 avril 1720, à (Saint-
Sébastien) Milly (Yonne), diocèse de Langres, fille d'Edme-Antoine-
Claude Boucher et de Catherine Gautier.— Pr. 18 mars 1731. B. S.
25 avril 1740.— Dot 19 août 1741. -- Religieuse.

Gabrielle-Marie-Renée de la Boucherie-Lastic, baptisée le 22 avril 1674,
à Parcé (Sarthe), diocèse d'Angers, fille de Jean de la Boucherie et de
Madeleine de Noiret. — Pr. 15 mai 1686. Actrice d'Esther. Novice
(2 avril 1694) à Saint-Cyr. Sortie 1695.— Carmélite. Elle était très belle.
Lorsque Adélaïde de Savoie, future duchesse de Bourgogne, venait à
Saint-Cyr avec Mme de Maintenon, elle portait l'habit des élèves et
répondait au pseudonyme de Mlle de Lastic (communic. de M. le comte
des Salles).

Anne de Boucheron-Ambrugeac, née 21, baptisée 25 janvier 1708, à
Egletons (Corrèze), diocèse de Limoges, fille de Gilbert de Boucheron et
de Jacquette Dodet.— Pr. 9 avril 1716. Morte à Saint-Cyr, le 4 mai
1724 (mairie de Saint-Cyr).

Marie-Josèphe du Bouchet-Courtezé, née et baptisée, le 10 août 1754,
à Azay (Loir-et-Cher), diocèse de Blois, fille de Charles-Louis du Bouchet et d'Elisabeth-Charlotte d'Albouin. — Pr. 5 juillet 1763. B. S.
20 juin 1747. — Dot 10 octobre 1774.

Marie-Jeanne Bouet du Portal, née 23 janvier, ondoyée 2 février 1737,
baptisée 12 octobre 1738, à (Saint-Martin) le Chay (Charente-Inférieure)

diocèse de Saintes, fille de François Bouet et Aimée de Luchet.— Pr. 3 octobre 1746. B. S. 23 mars 1757. — Dot 2 avril 1763. Pens. pour infirm. 22 août 1751-11 septembre 1756. Elle sortit, le 11 novembre 1752, pour infirmité.

Madeleine-Nicolle Bouette de Blémur, née 26, baptisée 27 juillet 1711, à Piscop (Seine-et-Oise), diocèse de Paris, fille de Jean-Baptiste Bouette et de Françoise-Julienne Talon.— Pr. 6 avril 1720. B. S. 26 juillet 1731. — Dot 13 mai 1733. — Religieuse.

Catherine de Bouette-Blémur, née 24, baptisée 25 novembre 1716, à (Notre-Dame) Piscop (Seine-et-Oise), diocèse de Paris, fille de Jean de Bouette et de Françoise-Julienne Talon.— Pr. 7 mai 1727. B. S. 26 novembre 1736. Dot 1er avril 1738. Novice à Saint-Louis-de-Poissy (14 avril 1737), professe (15 avril 1738), encore vivante 3 novembre 1790 (Arch. Seine-et-Oise, fonds Saint-Louis de Poissy).

Adrienne-Elisabeth de Boufflers-Rouverel, née 26, baptisée 29 octobre 1675, à Savignies (Oise) diocèse de Beauvais, fille de François de Boufflers et de Marie-Anne du Biez.— Pr. 3 mai 1686.— Carmélite (20 janvier 1695).

Marie-Anne de Boufflers-Cuigy, baptisée 30 janvier 1676 (née même jour), à (Saint-Aignan) Amiens, fille de René de Boufflers et d'Anne Caboche.— Pr. 20 décembre 1686. Morte à Saint-Cyr, le 8 novembre 1691 (mairie de Saint-Cyr).

Marie-Charlotte de Boufflers-Remiencourt, née 3, baptisée 5 janvier 1679, à Amiens (Somme), fille de Charles de Boufflers et de Marie du Bos-Drancourt. — Pr. 30 décembre 1686. Morte, à Saint-Cyr, le 11 juin 1694 (mairie de Saint-Cyr).

Clotilde-Anne de Boufflers-Rouverel née 12 avril 1681, fille de François de Boufflers et de Marie-Anne du Biez. B. S. 31 mars 1701. — Dot 15 janvier 1700. Elle épousa (11 juillet 1713) René-Nicolas Le Mouton de Boisdeffre (Bibl. Nat. Fr. 32589).

Jeanne-Françoise de Boufflers-Remiencourt, née le 30 octobre 1682, à Remiencourt (Somme), baptisée le 31 octobre 1682 (comm. de M. le sec. de la m. de Remiencourt et de M. Niquet, bibliothécaire de la ville d'Amiens) diocèse d'Amiens, fille de Charles de Boufflers et de Marie-Honorée du Bos. Entrée à Saint-Cyr, le 13 décembre 1694, novice (23 décembre 1701), religieuse (29 décembre 1703), supérieure (2 juin 1735-26 mai 1741). Morte, à Saint-Cyr, le 12 mai 1751 (mairie de Saint-Cyr).

Marie-Renée de Boufflers-Remiencourt, née 23, baptisée 26 février 1697, à Remiencourt (Somme) (communic. de M. le sec. de la m. de Remiencourt), fille de Charles de Boufflers et de Marie du Bos. — Pr. avril 1705. B. S. 24 février 1717. — Dot 24 février 1717. Elle épousa (25 octobre 1718) Jacques-Antoine de Rune et mourut, le 2 juillet 1752, à Guerbigny (Somme) (Laîné, *Gén. de la m. de Rune*). (Communic. de la m. de Guerbigny.)

Nota. — Ne pas la confondre avec une de ses sœurs, *de mêmes prénoms qu'elle*, qui fut moniale à Estrun, abbesse de Saint-Michel de Doullens (novembre 1723-1728), puis d'Andechy (1728), où elle mourut, le 13 avril 1746. La liste des Dames de Saint-Cyr, publiée par Lavallée, dit formellement que Mlle de Boufflers, née en 1697, se maria. (Cf. aussi *Gazette de France*, n° du 7 mai 1746.)

Marie-Rose de Bougi-la-Fortemaison née 25, baptisée 26 septembre 1716, à Pithiviers-le-Vieil (Loiret), fille de Jacques-René de Bougi et de Charlotte Grignon. — Pr. 4 janvier 1726. B. S. 16 août 1736. — Dot 22 octobre 1739. Elle épousa (23 août 1739) Jacques Le Fort des Porteaux. (Vivant 22 octobre 1739.)

Marie-Louise de Bouillé-Hattonières, née 27, baptisée 28 juin 1732, au (N.-D. de la Couture) Mans, fille de Pierre-Nicolas-Urbain de Bouillé et de Marie-Madeleine Bouvet. — Pr. 10 juin 1740. B. S. 18 juin 1752. — Dot 17 mai 1754.

Maximilienne-Charlotte-Claire de Bouillé, née 12, baptisée 13 août 1739, au Mans (N.-D. de la Couture), fille de Pierre-Nicolas-Urbain de Bouillé et de Marie-Madeleine Bouvet. Morte, le 9 novembre 1749, à Saint-Cyr (mairie de Saint-Cyr).

Marie-Hélène Anicet de Bouillé, née 4, baptisée 5 mars 1771, à Paris, (Saint-Eustache), fille de Charles-Antoine de Bouillé et de Marie-Françoise Le Chat. — Pr. 6 avril 1780. — Dot 5 mai 1791.

Marie-Gillette du Bouillonney-Orgères, baptisée 6 juin 1731, à Saint-Maurice-lès-Charencei (Orne), diocèse de Chartres, fille de Jacques-Henri du Bouillonney et de Marie-Louise-Geneviève Le Vaillant. — Pr. 31 mai 1743. B. S. 29 mai 1751. — Dot 12 janvier 1752. Elle épousa André-Louis-

Nicolas de Malville, puis (10 août 1763) François de Saint-Denis-la-Barde (communic. de M. Henry Le Court. Archives de Lierremont).

Marie-Louise du Bouillonney-Orgères, née 29, baptisée 30 août 1736, à Saint-Maurice-lès-Charencei (Orne) · (autrefois Saint-Maurice-du-Vieux-Charencé), diocèse de Chartres, fille de Henri de Bouillonney et de Marie-Louise-Germaine Le Vaillant. Morte, le 6 mai 1751, à Saint-Cyr (mairie de Saint-Cyr).

Marie-Françoise du Bouillonney-Orgères, née 6, baptisée 7 novembre 1741, à Saint-Maurice-les-Charencei (Orne), diocèse de Chartres, fille de Jacques-Henri du Bouillonney et de Marie-Louise-Geneviève Le Vaillant. Elle épousa (10 août 1763) Jean-Joseph de Saint-Denis-Vervaine et mourut, le 30 juillet 1764, à Saint-Maurice-lès-Charencei (Orne) (Arch. de Seine-et-Oise, D. 197) (communic. de M. Pelletier, sec. de la m. de Saint-Maurice-de-Charencé). B. S. 1er novembre 1763. La dot fut versée à son mari, le 4 avril 1767.

Madeleine-Geneviève de Bouju-Fonteny, née 10 septembre, baptisée 16 octobre 1669, à (Saint-Denis) Berville-en-Vexin (Seine-et-Oise), diocèse de Rouen, fille de Gabriel de Bouju et de Marie-Geneviève Drouart. — Pr. 31 octobre 1687. — Religieuse.

Marie-Anne de Bouju-Mongrard, baptisée 24 mai 1673, à (Notre-Dame) Champagne (Seine-et-Oise), diocèse de Beauvais, fille de Claude de Bouju et de Madeleine Le Beau. — Pr. 3 mai 1688. — Novice (7 décembre 1692), religieuse (9 décembre 1694) à Saint-Cyr. Elle y mourut, le 27 avril 1712 (mairie de Saint-Cyr).

Louise de Bouju-Montgrard, baptisée 6 mars 1676, à (Notre-Dame) Champagne (Seine-et-Oise) (communic. de la m. de Champagne), diocèse de Beauvais, fille de Claude de Bouju et de Madeleine Le Beau.

Geneviève-Françoise de Bouju-Montgrard, née et baptisée le 15 septembre 1677, à (Saint-Denis) Berville-en-Vexin (Seine-et Oise), fille de Gabriel de Bouju et de Marie-Geneviève Drouart. — Pr. 31 octobre 1687.

Marie-Elisabeth-Angélique de Bouju-Montgrard, née et baptisée le 23 avril 1692, à (Notre-Dame) Champagne (Seine-et-Oise), diocèse de Beauvais, fille de Claude-Gabriel de Bouju et de Marie-Anne de Godefroy. — Pr. 23 février 1704. B. S. 19 avril 1712. — Dot 17 juin 1712.

Marie-Geneviève de Bouju-Fonteny, née et baptisée 23 juin 1693, à (Saint-Pierre) Landrecies (Nord), diocèse de Cambrai, fille de Claude Louis de Bouju et de Marguerite du Pont.—Pr. 18 février 1701. Elle mourut, le 28 janvier 1704, à Saint-Cyr (mairie de Saint-Cyr).

Marie-Catherine de Bouju-la-Croix, née 10, baptisée 14 février 1697, à Anglesqueville-sur-Seine (Seine-Inférieure), diocèse de Rouen, fille d'Antoine-François de Bouju et de Marie du Mesnil. — Pr. 15 mars 1706. B. S. 8 février 1717. — Dot 11 février. — Religieuse.

Claude de Boulainvilliers-Chepoix, née 25 juillet, baptisée 6 août 1673, à Menucourt, près Meulan (Seine-et-Oise), diocèse de Rouen, fille de Nicolas de Boulainvilliers et de Françoise-Charlotte Guéroult. — Pr. 27 avril 1686. — Religieuse capucine.

Marie-Françoise de Boulainvilliers, née 11 août, baptisée 18 septembre 1674, à Menucourt (Seine-et-Oise), près Meulan, fille de Nicolas de Boulainvilliers et de Charlotte Guéroult. — Pr. 26 avril 1686. Annonciade à Meulan (Sœur Sainte-Anne). Examen pour la profession (12 juillet 1700). Vivante 9 mars 1737 (Arch. Seine-et-Oise, G. 150).

Louise-Angélique de Boulainvilliers, née 20 octobre, baptisée 20 novembre 1675, à Menucourt, près Meulan (Seine-et-Oise), fille de Nicolas de Boulainvilliers et de Charlotte Guéroult. — Pr. 27 avril 1696. — Cordelière.

Marie-Jeanne-Thérèse de Boulainvilliers-Saint-Céré, née et baptisée 7 mars 1678, à Neuchâtel (Seine-Inférieure), diocèse de Rouen. fille de Jean de Boulainvilliers et de Marie-Gabrielle Mulot-d'Aptuit. — Pr. 9 juin 1688. Morte à Saint-Cyr, le 23 septembre 1691 (mairie de Saint-Cyr).

Louise de Boulainvilliers-Feuquerolles, née et baptisée 13 avril 1684, à Séran-en-Vexin (Sérans-le-Bouteiller, Oise), diocèse de Rouen, fille de Claude de Boulainvilliers et de Louise-Marie de Guiry. — Pr. 3 juillet 1695. B. S. 12 avril 1704. — Dot 23 avril 1704.

Marie-Constance de Boulainvilliers-Chepoix, née et baptisée 29 octobre 1687, à Menucourt, près Meulan (Seine-et-Oise), fille de Nicolas de Boulainvilliers et de Françoise-Charlotte Guéroult. B. S. 2 septembre 1707. — Dot 9 septembre 1707.

Claude de Boulainvilliers-Norreuil, baptisée 31 mars 1692, à Clais (Seine-Inférieure, canton de Londinières), diocèse de Rouen, fille de Jacques-Arnaud de Boulainvilliers et de Claudine Chevalier. — Pr. 9 janvier 1704. Morte, le 27 décembre 1710, à Saint-Cyr (mairie de Saint-Cyr).

Catherine-Marguerite de Bonlainvilliers-Norreuil, née 17, baptisée 18 avril 1705, à Clais (Seine-Inférieure), fille de Jacques-Armand de Boulainvilliers et de Claude Chevalier. Morte, le 26 juin 1714, à Saint-Cyr (mairie de Saint-Cyr).

Silvie-Elisabeth de Boulainvilliers-Chepoix, née et baptisée 1er octobre 1756, à Brest (Finistère), fille d'Henri-Louis de Boulainvilliers et de Marie-Elisabeth du Plessis-Grénédan. — Pr. 4 septembre 1768. B. S. 30 août 1776. — Dot 2 juin 1778.

Madeleine Le Boulanger du Teilleul, née 15, baptisée 17 février 1692, à (Saint-Ouen) Pont-Audemer (Eure), diocèse de Lisieux, fille de Jean-François Le Boulanger et de Madeleine Guérin. — Pr. 27 juin 1702. B. S. 19 février 1712. — Dot 19 février 1712.

Hyacinthe-Adélaïde de Boulard, née 20, baptisée 21 février 1774, à Saint-Etienne d'Aligre (ci-devant Marans en Aunis (Charente-Inférieure), diocèse de la Rochelle, fille de Nicolas de Boulard et de Marthe d'Aguin. — Pr. 13 février 1784. Entrée selon l'Inv. le 10 février 1784. Sortie 11 avril 1793 (Crécy).

Julienne-Monique-Etienne Valère de la Boulaye, née et baptisée 4 juin 1779, à Etroussat (Allier), diocèse de Clermont-Ferrând, fille de Charles-Joseph-Nicolas de la Boulaye et de Jacquette-Geneviève-Françoise Le Turcq. — Pr. 13 novembre 1787. Entrée selon l'Inv. le 16 novembre 1787. Sortie 14 mars 1793 (Crécy).

Suzanne-Marie du Boulet-Bonneuil, née 21, baptisée 23 juillet 1776, à Villiers-Saint-Frambourg (Oise), diocèse de Senlis, fille d'Etienne du Boulet et de Suzanne Frarin de la Boissière. — Pr. 21 juin 1786. Entrée selon l'Inv. 23 juin 1786. Sortie 20 octobre 1792, selon l'Inv.

Jeanne-Henriette Le Bouleur du Guay, née 3, baptisée 5 mai 1738, à Monceaux (Orne), diocèse de Chartres, fille de Nicolas Le Bouleur et d'Henriette de Lespinay. — Pr. 25 avril 1750. B. S. 3 mars 1758. — Dot 15 juillet 1763. Elle épousa (22 septembre 1767) Rodolphe d'Escorches-La-

Moisière, et mourut, le 21 juillet 1813, à Bizou (Orne). (Godet et de Roma-
net : *Gén. d'Escorches*, pp. 25-26, Mortagne en Perche, 1894-96, in-8°, et
communic. de la m. de Bizou.)

Marie-Victoire Le Bouleur, née 13, baptisée 14 octobre 1775, à Sec-
Mesnil (Eure-et-Loir), diocèse d'Evreux, fille de Nicolas-François Le
Bouleur et de Marie Postel. — Pr. 22 juillet 1785. Morte, le 7 mai 1786,
à Saint-Cyr (mairie de Saint-Cyr).

Marguerite de Bouliers-Villeneuve, baptisée le 18 mars 1679, à Saint-
Chély-d'Apcher (Lozère), diocèse de Mende, fille de Jacques de Bouliers
et de Catherine Chastang. — Pr. 9 octobre 1687. Morte, à Saint-Cyr, le
4 août 1695 (mairie de Saint-Cyr).

Louise de Bouliers-Vaugines, née et baptisée, le 17 octobre 1684, à Vau-
gines (Vaucluse), diocèse d'Aix, fille de Joseph de Bouliers et de Catherine de Chabert. — Pr. 12 octobre 1696. B. S. s. d. — Dot 10 novembre 1704.

Madeleine de Bouracher-Launay-Janval, née 16 mai 1673, baptisée
11 septembre 1675, à Launay (anc. par. commune d'Ernemont (Seine-
Inférieure), diocèse de Rouen, fille de François Le Bouracher et de
Madeleine de Bordeaux. — Pr. 17 février 1687.

Madeleine-Clotilde de Bourbel-Montpinçon, née 7, baptisée 8 septembre
1674, à Hugleville-sur-Pie (Hugleville-en-Caux) (Seine-Inférieure), fille
de Jacob de Bourbel et de Charlotte de la Mothe. — Pr. 8 juillet 1686. —
Religieuse hospitalière à Neufchâtel-en-Bray (8 décembre 1704-1er août
1707). Pens. alimentaire (8 décembre 1704-1er août 1707). Elle mourut,
le 20 décembre 1707 (Arch. S.-et-O. D. 186).

Françoise de Bourdeilles, née 14 juillet 1686, baptisée le 4 juillet 1694,
à Ezanville (Seine-et-Oise), fille de Claude de Bourdeilles et de Marie
Bourdet. B. S. 19 juillet 1706. Elle épousa (6 mars 1712) Gabriel de la
Cropte-Chantérac. Vivante 18 octobre 1714.

Madeleine Bourdin de Villaines, née et baptisée 11 mars 1686, à Vitry-
le-François-en-Champagne (Marne), fille de Charles-Nicolas Bourdin et
de Madeleine Hinsselin. — Pr. 27 novembre 1695. B. S. 30 mars 1706.
— Dot 30 mars 1706.

Elisabeth-Louise-Françoise Bourdin de Monsures, née 28, baptisée
29 avril 1717, à (Saint-Léger) Monsures (Somme), diocèse d'Amiens, fille

d'Adrien-Pierre-Aimé Bourdin et d'Elisabeth de Gueului-Rumigny. —
Pr. 19 février 1729. B. S. 15 mai 1737. — Dot 28 août 1742.

Marie-Florimonde Bourdin de Monssures, née 20, baptisée 21 novembre
1722, à Flai (diocèse de Beauvais) (jadis Fleix-Notre-Dame, aujourd'hui
Fly, commune de Saint-Germer (Oise), fille d'Adrien-Pierre-Aimé Bourdin et d'Elisabeth de Villepoix. — Pr. 3 septembre 1734. B. S. 10 octobre
1742. — Dot 14 juillet 1745. — Hospitalière.

Marie-Louise de la Bourdonnaye-Boisry, née 10, ondoyée 12 mai 1723,
baptisée 3 novembre 1724, à Ruffiac près Vannes (Morbihan), fille de
Jean de la Bourdonnaye et de Jeanne-Gabrielle Hudelor. — Pr. 18 novembre 1731. B. S. 5 juillet 1743. — Dot 7 juillet 1745. Religieuse à
l'abbaye de Saint-Cyr (Renseignement fourni par M. le comte de
la Bourdonnaye).

Marie-Louise-Victoire de la Bourdonnaye-Boisry, née 5, ondoyée
8 septembre 1733, à Ruffiac (Morbihan), baptisée 24 mars 1741, fille de
Jean de la Bourdonnaye et de Jeanne-Gabrielle Hudelor. B. S. 5 septembre
1753. — Dot 7 juin 1756.

Louise-Victoire de la Bourdonnaye-Boisry-la-Morlière, née 6, baptisée
25 septembre 1735, à Ruffiac (Morbihan), fille de Jean de la Bourdonnaye et de Jeanne-Gabrielle Hudelor. B. S. 9 septembre 1755. — Dot
18 août 1756.

Françoise-Catherine-Scolastique de Bourdonné-Champigny, née 23 février, baptisée 8 mars 1673, à (Saint-Martin) Levesville (Eure-et-Loir),
diocèse de Chartres, fille de Maximilien de Bourdonné et de Catherine
Garrault. — Pr. 30 mars 1685. Novice (7 décembre 1692). Religieuse
(9 décembre 1694), à Saint-Cyr. Morte à Saint-Cyr, le 5 avril 1742
(Mairie de Saint-Cyr).

Louise-Edmée Le Bourgeois de Vitray, née 20, baptisée 31 mars 1725,
à Saint-Pierre-des-Ys, diocèse de Chartres (Les Ys, commune des
Corvées-les-Ys) (Eure-et-Loir), fille de François Le Bourgeois et d'Edmée
de Traguy. — Pr. 26 décembre 1736. Morte, à Saint-Cyr, le 9 juin 1738
(mairie de Saint-Cyr).

Marie-Anne de Bourgneuf-Clamecy, née et baptisée 30 août 1765, à
Selles-en-Berry (Selles-sur-Cher (Cher) (communic. de M. le sec. de la
m. de Selles-sur-Cher), fille de Vincent-Louis de Bourgneuf et d'Antoi-

nette-Julienne Piard. — Pr. 26 août 1777. B. S. 30 août 1785. — Dot 5 octobre 1786.

Louise-Philippine de Bourgoing, baptisée 31 décembre 1778, à Varennes près Nevers(Nièvre), fille de Jean-François de Bourgoing et d'Anne Giraud. Entrée selon Inv., 26 octobre 1788. Sortie, 3 avril 1793 (Crécy).

Madeleine-Hippolyte de Bourguignon-la-Mure, née 4, baptisée 13 décembre 1723, à (Saint-Martin) Marseille, fille de Jean de Bourguignon et de Marie-Anne d'Audiffret-Beauchamps. — Pr. 1er septembre 1734. Morte, le 23 août 1744, à Paris (Saint-Eustache) (Arch. S.-et-O. D. 191). — La dot fut versée le 1er juin 1745.

Marie-Louise-Etiennette de Bournonville, née et baptisée 24 mai 1742, à Paris (Saint-Eustache), fille de Jérôme de Bournonville et de Marie-Louise Le Picard. — Pr. 3 mai 1754. B. S. 4 novembre 1763. — Dot 25 octobre 1766. Vivante 28 janvier 1772.

Gabrielle-Ursule-Alexandrine de Bousies, née 31 mai, baptisée 1er juin 1768, à Champvans-lès-Gray (Haute-Saône), fille de Claude-Joseph de Bousies et de Charlotte-Françoise de Rosières-Sorans. — Pr. 2 mai 1778. B. S. 28 février 1788. — Dot 7 mars 1789.

Jeanne-Elisabeth de la Boussardière-Chesnay, baptisée 8 avril 1729, à (Saint-Jean-Baptiste) Charbonnières (Eure-et-Loir), diocèse de Chartres, fille de Robert de la Boussardière et de Jeanne du Bouchet. — Pr. 9 septembre 1738. Voyage 23 mai 1749. — Dot 5 janvier 1751.

Marie-Jacqueline-Louise de la Boussardière, née et baptisée, le 22 février 1736, à (Saint-Martin) Réveillon (Orne), diocèse de Séez, fille de Pierre-Charles de la Boussardière et de Louise-Marguerite Abot. — Pr. 21 décembre 1747. Morte à Saint-Cyr, le 12 février 1752 (mairie de Saint-Cyr).

Françoise-Eléonore-Elisabeth de la Boussardière-Beaurepos, née 2, baptisée 3 janvier 1741, à (Saint-Pierre) Eperrais (Orne), diocèse de Séez, fille de François-Marc de la Boussardière et de Gabrielle-Françoise-Elisabeth de Mauny. — Pr. 6 mai 1751. B. S. 9 novembre 1763. Epousa (28 juillet 1763) Pierre de Villereau (vivant 28 janvier 1772). — Dot 17 novembre 1766. Vivante 28 janvier 1772.

Marie-Jeanne-Sophie de la Boussardière-Beaurepos, née 7, baptisée 8 décembre 1775, à Saint-Cyr (Saint-Cyr-la-Rosière (Orne), diocèse de

Séez, fille de Guy-François-Marc de la Boussardière et de Marie-Rose
Tiercelin. — Pr. 23 mai 1784. Entrée, selon l'Inv., le 26 mai 1784. Sortie
9 mars 1793 (Crécy).

Anne-Elisabeth Boutet de Sazeret, née et baptisée 3 mai 1717, à (Saint-
Martin) Sazeret (Allier), diocèse de Bourges, fille de Gilbert Boutet et de
Marguerite de Fontis. — Pr. 5 juin 1727. B. S. 21 mai 1737. — Dot
6 février 1739. Professe à Beaulieu-lès-Loches (3 février 1739). Morte à
Beaulieu, le 2 avril 1765 (Edmond Gautier : *les Religieuses Viantaises.*
Bulletin Soc. Archéol. de Touraine, 1886-88).

Madeleine Boutet de la Motte-Roland, née 27, baptisée 29 mars 1746,
à (Saint-Blaise) Chareil (Allier), fille de François Boutet et de Charlotte
Granger. — Pr. 6 novembre 1755. B. S. 12 mars 1766. Novice bénédict.
à Notre-Dame-de-Cusset (26 février 1768).

Catherine de Bouthillier-Campagne-Longueville, née 22, baptisée
24 mai 1683, à (Saint-Nicolas-des-Champs) Paris, fille de Gabriel de Bou-
thillier-Campagne et de Catherine Touillet. — Pr. 28 octobre 1691. B. S.
29 mai 1703. — Dot 8 juin 1703.

Marguerite-Anne-Louise de Bouvard-Rossieu, née 29, baptisée 30 mars
1711, au Buis (Drôme), diocèse de Vaison, fille de Léonard de Bouvard et
de Catherine de la Tour. — Pr. 9 octobre 1722. B. S. 31 mars 1731. —
Dot 14 août 1731.

Marie-Françoise-Claire de Bouvet, née et baptisée le 12 janvier 1743,
à Bar-le-Duc (Meuse), diocèse de Toul, fille de Charles de Bouvet et de
Marie-Françoise-Claude de Romécourt. — Pr. 21 décembre 1754. B. S.
8 novembre 1763. — Dot 25 octobre 1766. Chanoinesse de Malte. Elle
mourut, sans alliance, à Bar-le-Duc, le 20 février 1827 (Baron de Dumast,
Chambre des comptes de Bar, p. 298) (communic. de M. Vigor, chef de
bur. de l'ét. civ. à la m. de Bar-le-Duc).

Antoinette du Bouy, née au château du Bouy, le 29, baptisée le 30 décembre 1728, à Marcillat (Allier), diocèse de Clermont-Ferrand, fille
d'Antoine du Bouy et de Jeanne de Durat. — Pr. 11 décembre 1740.
B. S. 31 décembre 1748. — Dot 14 août 1750. Novice à Notre-Dame de
Sens. Abbesse.

Jeanne-Marguerite-Augustine du Bouzet, née et baptisée 6 mars 1775,
à Lauret-Corné en Armagnac (Lauret, comm. Maravat (Gers), Corné,

comm. Sainte-Gemme (Gers), fille de Charles-Maurice-Denis du Bouzet et de Marie-Louise de Percin-Lilange. — Pr. 1er mars 1785. Entrée, selon l'Inv., le 5 mars 1785. Sortie 23 mars 1793 (Crécy).

Anne de Brach-Montussan, née et baptisée le 25 mars 1742, à (Saint-Martin) Montussan (Gironde), fille de François-Elie de Brach et de Marie-Cécile de Binet. — Pr. 9 mai 1752. B. S. 25 novembre 1763. — Dot 25 octobre 1766. Vivante 28 janvier 1772.

Marie-Christine-Césarine de Brachet-Saint-Andeux, née 31 août, baptisée 2 septembre 1734, à Saint-Andeux (Côte-d'Or), diocèse d'Autun, fille de Jean-Baptiste de Brachet et de Marie Traveau. — Pr. 25 mai 1743. B. S. 31 août 1757. — Dot 8 novembre 1757 (Remerciem. à M. l'abbé Gonon, curé de Saint-Andeux).

Marie-Elisabeth de Brachet-la-Bastide, née et baptisée 8 juillet 1762, à Lubersac (Corrèze), diocèse de Limoges, fille de Louis de Brachet et de Marguerite Colomb. — Pr. 23 juillet 1774. B. S. s. d. Voyage 16 juin 1782. — Dot 15 septembre 1783. Elle épousa (7 octobre 1793) Jean-Joseph de Corbier (né 14 février 1763, † à Rabaud près Masseret (Corrèze), le 4 février 1796), puis Charles de Foucault, puis François de Machat-Pompadour. Elle mourut à Lubersac (Corrèze), le 21 mars 1837 (Th. Courtaux. *Gén. de la m. de Corbier* et communic. de M. Descubes, sec. de la m. de Lubersac).

Françoise-Elisabeth de Brachet, née 30 juillet, baptisée 8 août 1773, à Lubersac (Corrèze), diocèse de Limoges, fille de Louis Brachet et de Marguerite Colomb. — Pr. 12 octobre 1782. Sortie 5 novembre 1792 (Crécy).

Louise-Denise de Braque du Parc, née le 10 octobre 1695, fille de Louis de Braque et d'Antoinette-Denise de Line. Pr. 9 mars 1706. B. S. 10 octobre 1715. — Dot 27 juillet 1715.

Françoise-Elisabeth-Clotilde de Brasdefer, né 29, baptisée 31 décembre 1745, à (Saint-Claude) Merry (Orne), diocèse de Séez, fille de François-Agnan de Brasdefer et de Jeanne-Marthe Cucu de Vallaunay.— Pr. 9 novembre 1757. B. S. 8 décembre 1765.— Dot 22 mai 1767. Elle épousa avant 28 janvier 1772, Louis-François Robin de la Girouardière (vivant 28 janvier 1772). Vivante 28 janvier 1772.

Françoise-Marie-Anne de Brasdefer-Morteaux, née 12, baptisée 13 décembre 1760, à Damblainville (Calvados), fille de François-Louis de Bras-

defer et de Marie de Gautier. — Pr. 27 juin 1769. B. S. 1er septembre
1780. — Dot 5 janvier 1779.

Marie-Anne Louise de Brasdefer, née 7, baptisée 8 novembre 1761, à
Damblainville (Calvados), fille de Louis-François de Brasdefer et de
Marie de Gautier. — Pr. 27 juin 1769. Morte, à Saint-Cyr, le 29 juillet
1777 (mairie de Saint-Cyr).

Françoise-Charlotte-Victoire de Brasdefer-Moutiers, née et baptisée le
18 juin 1777, à (Saint-Gervais) les Moutiers-en-Auge (Calvados), fille de
François de Brasdefer et de Françoise-Marie-Jeanne-Marthe de Maurey.
— Pr. 27 août 1786. Sortie 11 avril 1793 (Crécy).

Marie-Rose-Thérèse de Brasdefer-Marais, née 27, baptisée 28 octobre
1780, à (Saint-Germain) Le Marais (Le Marais-la-Chapelle) (Calvados),
diocèse de Séez, fille de Raphaël-Jacques-Elisée de Brasdefer et de Marie
de Boutigny. — Pr. 21 septembre 1789. Entrée, selon l'Inv., le 27 août
1789. Sortie 11 avril 1793 (Crécy). — Elle épousa Jean-Nicolas Ramette et
mourut, le 2 octobre 1839, à Cintheaux (Calvados). (Communic de M. H.
Le Court et du sec. de la m. de Cintheaux.)

Antoinette Brassier de la Plane, née et baptisée 28 janvier 1695, à Tou-
get en Gascogne (Gers), fille de Bernard Brassier et de Diane de Sentex.
— Pr. 12 mars 1706. Morte, le 7 juin 1708, à Saint-Cyr (mairie de Saint-
Cyr).

Anne-Marie-Charlotte de Braux-Anglure, baptisée 21 mai 1744, à Saint-
Dizier-en-Weiller (diocèse de Bâle), fille de Charles-Ignace de Braux et
d'Anne-Marie Schaub. Pr. 20 mai 1755. Morte, à Paris, aux Filles de la
Croix, le 3 septembre 1765. (Arch. de S.-et-O. D. 196). B. S. 10 novembre 1763. Elle semble avoir passé par les Ursulines de Saint-Germain-en-
Laye, soit comme pensionnaire, soit comme religieuse. — La dot fut versée, le 13 décembre 1769.

Agathe-Noëlle de Bréal des Chapelles, née 20, baptisée 21 mars 1749, à
(Toussaints) Rennes, fille d'Armand-Eléonor de Bréal et de Marie-Jeanne-
Madeleine-Félicité Arnaud. — Pr. 26 octobre 1759. B. S. 1er mars 1769.
— Dot 26 août 1769.

Geneviève-Camille-Suzanne de Brébeuf, née 3, baptisée 4 janvier 1761,
à (Saint-Nicolas) Coutances (Manche), fille de François-René-Pierre de
Brébeuf et de Marie-Thérèse Martin. — Pr. 13 juin 1772 Novice (23 août

1782), relig. (23 août 1784) à Saint-Cyr, devant Mme Elisabeth. Sortie à
la suppression. B. S. 3 décembre... (1780). — Dot 10 novembre 1781.
Elle mourut à Orléans, 1, faubourg Bannier (auj. hôtel Saint-Aignan),
le 6 septembre 1808. (Etat civil d'Orléans, année 1808, n° 1177.— Comm.
de M. le Chef de bureau de l'état civil de la m. d'Orléans).

Marie-Gabrielle du Breil-Pontbriand, née et baptisée, le 22 septembre
1672, à Pouilly (Oise) (communic. de M. le vicomte du Breil-Pontbriand),
fille de François-Armand du Breil et de Marie-Hélène de Faoucq-Mon-
tarlan, carmélite (sœur Marie-Elisée de Jésus) à Pontoise (1692). Elle
mourut le 25 juin 1741 à Pontoise (Greffe de Pontoise).

Marie-Angélique Marciouille du Breil-Pontbriand, née 8, baptisée
10 novembre 1725, à Corseul (Côtes-du-Nord), diocèse de Saint-Malo,
fille de François-Louis du Breil-Pontbriand et de Marie-Anne de Saint-
Gilles.— Pr. 10 janvier 1735. B. S. 19 novembre 1745. — Dot 12 avril
1747. Pens. pour infirm. 12 août 1744. Elle mourut, sans alliance, à Dinan,
le 27 août 1803 (His. gén. de la m. du Breil. Rennes, 1889, in 4°. p.
236), 9 fructidor an XI (communic. mairie de Dinan).

Marie de Bresdoul-Authie-Arc, née et baptisée 10 décembre 1699, à
(Notre-Dame) Conchy-les-Temple (Pas-de-Calais), diocèse d'Amiens, fille
de Gabriel-François de Bresdoul et de Suzanne de Charlet. — Pr. 10 décembre 1710. B. S. 10 décembre 1719. — Dot 22 juillet 1720.

Marguerite-Henriette de Bresdoul-Authie, née 21, baptisée 22 février
1705, à (Notre-Dame) Conchy-le-Temple (Pas-de-Calais), diocèse d'Amiens,
fille de Gabriel-François de Bresdoul et de Suzanne Charlet de Saint-
Aignan (communic. de M. Maurice, sec. de la m. de Conchy-le-Temple).
B. S. 4 février 1727. — Dot 15 avril 1727. — Religieuse.

Anne-Charlotte de Brestel-Hiermont, née 13, baptisée 14 mars 1709, à
(Notre-Dame) Tailly (Somme), diocèse d'Amiens, fille de Charles-Antoine
de Brestel et de Charlotte Godard. — Pr. 26 mars 1720. B. S. 14 décembre 1730.— Dot 13 janvier 1731. Religieuse à Poissy. Professe (18 juillet 1732), vivante 20 août 1742 (Arch. de S.-et-O. Fonds Saint-Louis de
Poissy).

Anne-Placide de Brettes, née et baptisée 4 août 1741, à (Saint-Martial)
Cieux (Haute-Vienne), diocèse de Limoges, fille de Joseph-Martial de
Brettes et d'Anne-Placide de Cognac. — Pr. 14 avril 1752. B. S. 12 juil-

let 1761. Novice aux Carmélites, rue Saint-Jacques (26 décembre 1762). — Dot 26 décembre 1762.

Anne de Brettes du Cros, née 8, baptisée 9 mai 1746, à (Saint-Martial) Cieux (Haute-Vienne), fille de Joseph-Martial de Brettes et d'Anne-Placide de Cognac. B. S. 19 mai 1767. — Dot 15 décembre 1767. Vivante 28 janvier 1772.

Catherine du Breuil-Lordouer, née 12, baptisée 19 novembre 1697, à Lourdoueix-Saint-Pierre en Marche (Creuse), diocèse de Limoges, fille de Joseph du Breuil et d'Anne André. — Pr. 26 avril 1707. B. S. 29 novembre 1717. — Dot 29 novembre 1717.

Jeanne du Breuil-la Brosse, née et baptisée 31 août 1729, à Lavault-Saint-Anne (Allier), diocèse de Bourges, fille d'Etienne du Breuil et d'Elisabeth-Marie de Salvert — Pr. 4 avril 1740. Morte, à Saint-Cyr, le 2 août 1743 (mairie de Saint-Cyr).

Anne-Gabrielle-Eulalie-Séraphine du Breuil des Marchais, née 17, baptisée 18 mars 1736, à (Saint-François) le Havre, fille de Dominique-Alexis du Breuil et de Gabrielle Michel — Pr. 20 mai 1746. B. S. 15 mai 1756. — Dot 4 juillet 1761.

Marie-Elisabeth de Brevedent du Plessis, née 26, baptisée 27 février 1750, à (Saint-Ouen) Genneville (Calvados), fille d'André-Joseph de Brévedent et d'Anne-Françoise Halley. — Pr. 23 février 1761. B. S. 6 mars 1770. — Dot 23 mai 1770. Elle épousa Gédéon de Myr et était morte au 13 messidor an XIII(renseignement fourni par M. le Commandeur Henri Le Court).

Anne de Bridat de la Barrière, née 26, baptisée 27 juillet 1732, à Rouffignac (Rouffignac de Laye (Dordogne), diocèse de Périgueux, fille de Louis de Bridat de la Barrière et de Rose Simon. — Pr. 24 août 1743. B. S. 31 mai 1752. — Dot 12 septembre 1755.

Suzanne de Bridat-la-Barrière, née 6, baptisée 11 juillet 1757, à Fanlac (Dordogne), diocèse de Périgueux, fille de Jean de Bridat et de Marie Durand. B. S. 3 juin 1777. — Dot 15 janvier 1778.

Marie-Jeanne-Marguerite de Bridieu-la-Baron, née et baptisée le 23 novembre 1724, à (Saint-Cybard) Poitiers, fille de Charles-Paul-

Jacques-Joseph de Bridieu et de Marie-Armande-Claude Bergeron de la
Goupillière. — Pr. 19 juillet 1735. Morte, à Saint-Cyr, le 3 février 1747
(mairie de Saint-Cyr).

Charlotte-Catherine-Louise de Brie, née 8, baptisée 12 juin 1707, à
(Saint-André) Montenils (Seine-et-Marne), diocèse de Troyes (communic.
m. de Montenils), fille de Jacques-Louis de Brie et de Charlotte de la
Roère. — Pr. 22 août 1718. B. S. 21 juillet 1727. — Dot 31 janvier 1733.
Novice (Sœur Saint-Pierre) rue Bellechasse, à Paris (20 février 1730)
(Arch. Nat. LL. 1596).

Françoise de Brie-Soumagnac, née 9, baptisée 12 février 1724, à Gorre
(Haute-Vienne), diocèse de Limoges, fille de Jean de Brie et de Françoise
de la Breuille. — Pr. 5 août 1733. B. S. 29 octobre 1743. — Dot
25 avril 1747.

Marie-Anne de Brie-Soumagnac, née 23, baptisée 24 novembre 1729,
à Gorre (Haute-Vienne), diocèse de Limoges, fille de Jean-Baptiste de
Brie et de Françoise de la Breuille. B. S. 22 mars 1750. Dot 29 août 1752.

Marie de Brie-Soumagnac, née 2 avril 1735, à Soumagnac (commune
Saint-Auvent) (Haute-Vienne), baptisée à (Saint-Laurent) Gorre (Haute-
Vienne), fille de Jean de Brie et de Françoise de la Breuille. B. S.
10 avril 1755. Novice aux Annonciades de Sens (9 juin 1756). — Dot
30 juin 1756. Pens. pour infirm. (31 décembre 1748-22 mars 1750).

Anne-Geneviève-Esther de Brillac-la-Garnerie, née 9, baptisée 10 janvier 1686, à (Saint-Pierre) Vouneuil-sous-Biard (Vienne), diocèse de
Poitiers, fille de Charles-Emmanuel de Brillac et de Geneviève-Esther de
Carlouet. — Pr. 4 décembre 1697. B. S. 7 janvier 1706. — Dot 7 janvier 1706.

Marie-Madeleine de Brinon, née et baptisée 26 juin 1756, à (Saint-
Pierre) Moulins (Allier), fille de Jean-Camille de Brinon et de Marie-
Anne Cadier. — Pr. 25 juin 1768. B. S. 28 juin 1776. — Dot 2 juin 1778.
— Chanoinesse. Elle épousa (18 novembre 1784) Jean-Baptiste Maréchal
(Arch. munic. de Moulins. Reg. 488, fol. 145). Elle mourut à Moulins,
le 31 décembre 1823, à 7 heures du soir (Etat-civil de Moulins. Décès.
Année 1824, n° 1) (communic. de M. Maquest, arch. munic. à Moulins).

Anne-Marie de Brinon-Mérolles, née 14, baptisée 15 novembre 1763, à
(Saint-Pierre) Moulins, fille de Jean-Camille de Brinon et de Marie-Anne

Cadier (communic. de M. Maquest, bibliothéc. de la ville de Moulins).
B. S. 3o août 1783. — Dot 3 mars 1784. — Chanoinesse.

Elisabeth-Marguerite de Briou-la-Touche, née 10, baptisée 13 septembre 1697, à Rocé-en-Vendômois (Loir-et-Cher), diocèse de Blois, fille
de Louis de Briou et de Marie Vaumour. — Pr. 25 novembre 1707. B. S.
13 septembre 1717. — Dot 13 septembre 1717.

Madeleine-Emilie de Broc-la-Ville-au-Fourrier, née 18, baptisée 19 novembre 1718, à Vernoil-le-Fourrier (Maine-et-Loire), diocèse d'Angers,
fille de Victor de Broc et de Françoise de la Barre. — Pr. 23 août 1727.
B. S. 20 octobre 1738. — Dot 22 septembre 1742. Elle mourut, le 16 juillet 1788, sans alliance, au château de la Cour de Broc, commune de Dissé-
sous-le-Lude (Sarthe) (communic. de M. le sec. de la m. de Dissé).

Marie-Jeanne de Brons, née et baptisée à (Saint-Vincent) Marminiac
(Lot), le 17 novembre 1777, fille d'Amand-Jean-Louis de Brons et de
Jeanne de Fabin. — Pr. 17 avril 1787. Entrée selon l'Inv. 23 avril 1787.
Sortie 6 avril 1793 (Crécy).

Marie-Hélène des Brosses-Bellegarde, baptisée 11 octobre 1673, à
(Saint-Martin) le Goulet (commune Saint-Pierre-de-Bailleul (Eure), dio-
cèse d'Evreux, fille de Nicolas des Brosses et de Marguerite de Baignard.
— Pr. 23 août 1686. — Bernardine.

Louise-Marie des Brosses-Goulet, baptisée 19 mars 1675, à Ezy (Eure),
diocèse d'Evreux, fille de François des Brosses et de Marguerite de
Baignard. — Pr. 23 août 1686. — Bénédictine.

Elisabeth-Louise-Xavière des Brosses-Goulet, née 27 février 1717,
baptisée 12 avril 1724, au Goulet (Orne), diocèse de Séez, fille de René-
Nicolas des Brosses et de Françoise-Henriette de la Grange, novice
(21 avril 1738), professe (5 mars 1739), visitandine à Sainte-Marie
d'Alençon. Supérieure (15 mai 1780). B. S. 11 février 1737. — Dot
7 avril 1739.

Anne Brossin de Méré, née 21 septembre 1688, baptisée 6 mars 1689 à
(Notre-Dame) Berthegon (Vienne), diocèse de Poitiers, fille de Jean de
Brossin et d'Anne Haincque. — Pr. 22 juin 1700. B. S. 21 septembre
1708. — Dot 20 septembre 1708. Elle mourut, le 3o avril 1715, sans
alliance, à Berthegon (Vienne) (communic. de M. Frappier, sec. de la m.
de Berthegon).

Elisabeth-Louise de Brossin-Méré, née en 1694 (probablement entre 16 mars et 8 mai), fille de Jean de Brossin et d'Anne Haincque. B. S. 1er octobre 1714. Elle mourut au couvent de Montz en Loudunois, entre le 1er décembre 1714 et le 23 mai 1715 (Arch. de S.-et-O.).

Félicité de Brossin-Méré, née 16, baptisée 17 novembre 1728, à (Notre-Dame) Berthegon (Vienne), diocèse de Poitiers, fille de Jean de Brossin et de Charlotte Le Bol. — Pr. 31 mars 1739. Morte, à Saint-Cyr, le 12 août 1741 (mairie de Saint-Cyr).

Marie-Emilie de Brossin-Méré, née et baptisée 6 janvier 1735, à (Notre-Dame) Berthegon (Vienne) (communic. de M. Frappier, sec. de la m. de Berthegon), fille de Jean de Brossin et de Charlotte Le Bol. B. S. 16 avril 1755. — Dot 27 juillet 1756.

Louise-Charlotte-Dorothée de la Broue-Vareilles, née et ondoyée le 13 janvier 1764, baptisée le 12 septembre 1769, à Montry (Seine-et-Marne), diocèse de Meaux, fille de Nicolas-Marie de la Broue-Vareilles et de Louise-Julie-Adélaïde Langlois. — Pr. 29 août 1774. B. S. 19 décembre 1783. — Dot 1er février 1784. Elle épousa Pierre-Alexandre-César-Céris (vivante 20 mai 1829) et mourut, à Poitiers, le 20 mai 1829 (Etat civil de Poitiers).

Perrine-Anne-Félicité de Bruc, née 28, baptisée 29 septembre 1763, à (Saint-Denis) Mantes (Seine-et-Oise), fille de Pierre-François-Sébastien de Bruc et de Marie-Germaine Roger. — Pr. 26 mai 1773. B. S. 20 septembre 1783. — Dot 23 décembre 1783.

Marie-Thérèse de Bruchard-la-Pomélie, née 1er, baptisée 3 février 1751, à (Saint-Michel-des-Lions) Limoges, fille de Philibert-François de Bruchard et de Françoise de Léonard-Saint-Cyr. — Pr. 11 mai 1762. B. S. 30 novembre 1770. — Dot 19 mars 1771.

Anne de Bruchard-la-Pomélie, née et baptisée le 14 octobre 1757, à Saint-Genest (Haute-Vienne), diocèse de Limoges, fille de François-Philibert de Bruchard et de Françoise de Léonard de Saint-Cyr. B. S. 25 septembre 1777. — Dot 2 juin 1778. Elle vivait, le 5 juillet 1785 (Renseignement fourni par M. de Bruchard).

Jeanne de Bruchard-la-Pomélie, baptisée 29 septembre 1778, à Saint-Paul, diocèse de Limoges (Saint-Paul-d'Eyjeaux (Haute-Vienne), fille de Jean-Jacques de Bruchard et d'Elisabeth Colomb. — Pr. 17 mars 1788.

Entrée selon l'Inv., le 27 mars 1788. Sortie 18 septembre 1792. Elle mourut, à Limoges, le 29 juin 1853 (Renseignement fourni par M. de Bruchard). Elle épousa Charles-Gabriel de Mallevault. M. le comte Siméon de Bruchard a eu l'extrême amabilité de nous envoyer copie de l'acte de baptême et M. le sec. de la m. de Limoges nous a délivré un bulletin de décès.

Marie-Clémentine-Louise-Antoinette-Victoire-Marguerite de Brueys-Souvignargues, née et ondoyée 14 juillet, baptisée 20 septembre 1781, à Verdun-sur-Garonne (Tarn-et-Garonne) (communic. de la m. de Verdun), fille de Louis-Rose de Brueys et de Marie-Josèphe-Marguerite de la Magdeleine. Entrée, le 20 juin 1791, selon l'Inv. Sortie 4 avril 1793 (Crécy).

Marguerite de Brugier-d'Andelat, née et baptisée 1er février 1752, à Saint-Flour (Cantal), fille d'Henri de Brugier et de Marie-Madeleine de Quessac. — Pr. 28 juin 1763. Morte à Saint-Cyr, le 17 décembre 1769 (mairie de Saint-Cyr).

Marie-Charlotte Brunel de la Chapelle, née et baptisée 24 mars 1722, à Saint-Quentin en Dauphiné, diocèse de Vienne (Saint-Quentin-Fallavier (Isère), fille de Jean Brunel et de Marguerite-Fleurie Bert. — Pr. 26 juin 1733. B. S. 12 avril 1742. — Dot 26 mars 1746.

Marie-Charlotte de Brunet-Neuilly, baptisée 18 février 1685, à (Saint-Denis) Neuilly-en-Vexin (Seine-et-Oise), fille de Jean-Charles de Brunet et d'Anne de la Selle. — Pr. 12 août 1694. B. S. 14 février 1705. — Dot 17 février 1705. Ursuline à Mantes.

Catherine-Cécile de Brunet-Neuilly, baptisée 26 novembre 1691, à Neuilly-en-Vexin (Seine-et-Oise) (communic de M. Beauval. sec. de la m. de Neuilly-en-Vexin), fille de Jean-Charles de Brunet et d'Anne de la Salle. B. S. 13 novembre 1711. Vivante 1717. — Dot 28 novembre 1711.

Geneviève de Brunet-Neuilly, baptisée 21 novembre 1729, à (Saint-Denis) Neuilly-en-Vexin (Seine-et-Oise), diocèse de Rouen, fille de Jean-Baptiste-François de Brunet et de Euphémie-Angélique Hébert. — Pr. 12 janvier 1739. Morte, à Saint-Cyr, le 21 mars 1740 (mairie de Saint-Cyr).

Euphémie de Brunet, née et baptisée le 28 août 1774, à Plichancourt (Marne), fille de Charles-François de Brunet et de Marie-Anne de Combles.

— Pr. 19 juillet 1784. Entrée selon l'Inv., 26 juillet 1784. Sortie
10 octobre 1792 (inv.).

Geneviève-Françoise Bruneteau de Sainte-Suzanne, née 18, baptisée
19 décembre 1765, à Sainte-Suzanne (Le Mothé-Sainte-Suzanne, commune de Poivres (Aube), diocèse de Troyes, fille de Louis-Gilles de
Bruneteau-Sainte-Suzanne et de Françoise de la Motte. Elle était sœur
du général de Sainte-Suzanne. — Pr. 22 juin 1776. B. S. 6 novembre
1785. — Dot 8 juillet 1786. Elle mourut, célibataire, le 7 janvier 1855
(Renseignement fourni par M. le Vicomte de Sainte-Suzanne) à Poivres
(Aube) (communic. de M. le Sec. de la m. de Poivres), dans une petite
maison construite par sa sœur Rose, où elle vécut avec de modiques res-
sources (15 à 1.800 francs de rente), avec une femme, moitié servante,
moitié confidente, Mme Borrel, parente du peintre Dominique Ingres
(Renseignement de M. le Vicomte de Sainte-Suzanne).

Angélique-Sophie de Bruneteau, née et baptisée 18 mars 1774, à Sainte-
Suzanne (Le Mothé-Sainte-Suzanne, commune de Poivres (Aube), diocèse
de Troyes, sœur du général de Sainte-Suzanne, fille de Louis-Gilles de
Bruneteau et de Françoise de la Mothe. Entrée, selon l'Inv., le 21 octobre
1783. Sortie 26 mars 1793 (Crécy). Elle épousa Charles du Rupt de
Baleine-Ambreville, et mourut, le 27 mars 1825 (Renseignement donné
par Mme de la Charie).

Marie-Josèphe de la Bruyère-Moncet, baptisée 13 août 1703 (par.
de Romain-Siège Royal (Saint-Timothée) à Fismes, diocèse de Reims
(Marne), fille de Jacques de la Bruyère et d'Anne-Thérèse de Navaille. —
Pr. 7 décembre 1714. B. S. 11 août 1723. — Dot 27 août 1723. Novice à
Saint-Cyr (16 mars 1728).

Louise-Thérèse de la Bruyère-Moncet, baptisée 8 août 1707, à Romain
(Marne), diocèse de Reims, fille de Jacques de la Bruyère et de Anne-
Thérèse de Navailles. — Pr. 18 février 1718. — B. S. 23 août 1727.
Pens. alim. (10 novembre 1731-1er septembre 1734). — Dot 19 octobre
1734.

Marie-Madeleine de la Bruyère-Moncet, baptisée le 4 mai 1717, à
Romain (Marne) (communic. de M. Ulysse Trailin, sec. de la m. de
Romain), fille de Jacques de la Bruyère et d'Anne-Thérèse de Navailles.
— Pr. 2 juin 1725. B. S. 24 avril 1737. — Dot 20 juin 1738.

Jeanne-Marguerite-Elisabeth de la Bruyère de Moncet, née et ondoyée 26 août, baptisée 28 août 1751, à (Saint-Pierre) Pargny (Marne), diocèse de Reims, fille d'Adrien-Joseph de la Bruyère et d'Elisabeth Bourgoin. — Pr. 19 août 1762. B. S. 28 août 1771. — Dot 27 mai 1773. Religieuse bénédictine (sœur Saint-Louis) à Saint-Pierre-d'Avenay. Vivante le ¦7 janvier 1791. (L. Paris, *Hist. de l'abb. d'Avenay*, Paris, 1879, 2 vol. in-8°.)

Catherine du Buat-Garnetot, née 10, baptisée 17 mars 1695, à Garnetot (Calvados), diocèse de Séez, fille de Félix du Buat et d'Elisabeth de Cherville. — Pr. 22 janvier 1707. B. S. 30 mars 1715. — Dot 26 juin 1715. Elle épousa N. de Nollet-Mallevoue (Renseignement fourni par M. H. Le Court)

Marie du Buc-Richard-Lommoye, baptisée 7 avril 1697, à Lommoye (Seine-et-Oise). diocèse de Chartres, fille de Robert du Buc-Richard et de Marie du Croc-Ville moyen. — Pr. 13 avril 1708. B. S. 7 avril 1717. — Dot 7 avril 1717.

Isabelle de Buci-Selonne, née et baptisée 15 mai 1691, à Estrées-lès-Crécy (Somme), diocèse d'Amiens, fille de Charles de Buci et d'Elisabeth-Madeleine de Cormin. — Pr. 3 mai 1700. Religieuse à l'*Ave Maria* (23 mai 1712). B. S. 13 mai 1711.

Geneviève de Bugard-la-Salle, née 20, baptisée 22 août 1715, à Grugny, doyenné de Pavilly (Seine-Inférieure), diocèse de Rouen, fille de Nicolas-Pierre de Bugard et d'Anne Rossignol. — Pr. mars 1726. B. S. 30 septembre 1735. — Dot 31 août 1737.

Marie-Marguerite Bugnot de Farémont, née 11, baptisée 12 octobre 1743, à Bar-le-Duc (Meuse), diocèse de Toul, fille de Guillaume Bugnot et de Barbe Drouin. — Pr. 18 décembre 1754. B. S. 14 novembre 1763. — Dot 25 octobre 1766. Elle mourut, sans alliance, religieuse noble, en Lorraine (renseignement fourni par M. le comte de Riocourt). Vivante 28 janvier 1772.

Anne-Henriette-Gabrielle de Bugnot-Farémont, née et baptisée 17 février 1777, à Bar-le-Duc (renseignement dû à l'obligeance de de M. l'abbé Toussaint, curé de Notre-Dame, à Bar-le-Duc), fille de Pierre-Charles de Bugnot et d'Anne-Joséphine du Mesnil. Entrée, selon l'Inv., le 29 juin 1784. Sortie 13 mars 1793 (Crécy). Morte, sans alliance, à Bar-le-Duc, 36, Grande-Rue, le 25 novembre 1849 (renseignement fourni par M. le comte de Riocourt et communic. de la m. de Bar-le-Duc).

Marie-Isabelle-Thérèse de Buisson-de-Bauteville, née 19, baptisée
20 avril 1688, à (Sainte-Madeleine) Tournay (Belgique-Hainaut) (communic. de M. Bernard, sec. de la m. de Tournay), fille de Jean-Jacques de
Buisson et de Marie-Isabelle d'Hoost. — Pr. 16 avril 1700. B. S. 11 août
1708. — Dot 5 octobre 1708. — Hospitalière.

Marie-Louise-Charlotte-Euphémie du Buisson, née 16, baptisée 18 décembre 1754, à Treban (Allier), diocèse de Bourges, fille de Pierre du
Buisson et d'Anne-Charlotte de Monestay. — Pr. 23 février 1765 B. S.
4 juin 1775. — Dot 12 juillet 1775. Elle épousa Jean-Baptiste de Soualhat-
Fontalard.

Marie-Anne Buonaparte, née et baptisée à Ajaccio, le 3 janvier 1777,
fille de Charles Buonaparte et de Laetitia Ramolino. — Pr. 22 juin 1784.
Entrée, selon l'Inv., 29 juin 1784. Sortie 1er septembre 1792. Elle épousa
(5 mai 1797) Félix Bacciochi (né 18 mai 1762, mort 28 avril 1841, à Bologne), fut grande-duchesse de Lucca, Piombino, Toscane (10 juillet 1805),
et mourut, le 7 août 1820, villa Vincentini, à Santa-Andrea, près Trieste.

Marie-Charlotte du Bus-Wailly, baptisée 8 octobre 1703, à (Saint-
Pierre) Wailly-Beaucamp (Pas-de-Calais) (communic. de M. Garbe, sec.
de la m.), fille de Jean-François du Bus et d'Agnès Tillette. — Pr. 26 juin
1715. B. S. 14 juin 1723. — Dot 3 janvier 1723. Voyage 30 septembre 1723.

Claude-Louise de Busseul-Saint-Sernin, née 26, baptisée 27 janvier
1702, au Perroir (commune de Simard (Saône-et-Loire), diocèse d'Autun,
fille de François de Busseul et d'Eléonore de Dyo. — Pr. 29 avril 1712.
B. S. 29 mars 1723. — Dot 18 février 1721. Elle fut demoiselle d'honneur
de la princesse de Conti, et mourut, le 9 août 1783, à Paris *(Gazette de
France).*

Suzanne de la Bussière-la-Bauberdière, ondoyée le 13 juin 1672, à
Saint-Remy-sur-Creuse (Vienne) et Notre-Dame du Péroux, diocèse de
Poitiers, fille de Jacques de la Bussière et de Claude Négrier. — Pr.
15 février 1686. Ursuline à Noisy.

Marie de la Bussière-les-Bordes, née 16, baptisée 17 avril 1675, à
Saint-Remy-sur-Creuse (Vienne) et Notre-Dame du Péroux, diocèse de
Poitiers, fille de Jacques de la Bussière et de Claude Négrier de la Paire.
— Pr. 15 février 1686. Religieuse à Noisy.

Anne-Camille-Gabrielle-Françoise de la Bussière-Guédelou, née et baptisée le 3 juillet 1755, à (Saint-Symphorien) Treigny-en-Puisaye (Yonne), généralité d'Orléans, élection de Gien, diocèse d'Auxerre, fille de Louis de la Bussière et de Marie-Louise Coutaud de Coulange. — Pr. 31 juillet 1765. B. S. 26 avril 1775. — Dot 1ᵉʳ avril 1776.

Marguerite-Louise de Bussy, née 28, baptisée 29 août 1746, à (Saint-Pierre-du-Marché) Loudun (Vienne), fille de François-Louis-Marc-Antoine de Bussy et de Louise-Antoinette de Fargeon. — Pr. 4 mai 1757. B. S. 24 avril 1766. — Dot 15 décembre 1767. Elle mourut, ursuline, à Thouars (Deux-Sèvres), le 11 septembre 1769. (Arch. S.-et-O., D. 197).

Maria-Saveria Buttafoco, baptisée à (Saint-Martin) Vescovato (Corse), le 15 mai 1781 (renseignement dû à l'obligeance de M. l'abbé Giamarchi, curé de Vescovato), fille de Giuseppe-Maria Buttafoco et de Angela-Castarina Colonna. — Pr. 14 mars 1789. Sortie 27 septembre 1793 (Crécy).

Marie-Suzanne-Charlotte de Buzelet-Bagneux, née et baptisée le 5 octobre 1734, à (Saint-Croix) Metz, fille de Dominique-Jacques-César de Buzelet et de Catherine de la Croix. — Pr. 4 août 1746. B. S. 24 août 1754. — Dot 10 octobre 1758.

Marie-Charlotte-Henriette-Louise-Auguste de Buzelet, née à Vernéville (canton de Gorze, Lorraine Allemande), diocèse de Metz, le 21, baptisée le 22 septembre 1738, fille de Dominique-Jacques-César de Buzelet et de Catherine de la Croix. B. S. 29 septembre 1758. — Dot 14 avril 1764.

Marie-Barbe-Luce de Buzelet, née et baptisée 7 août 1769, à (Sainte-Sigolène) Metz, fille de Charles-Adrien de Buzelet et de Marie-Philippe Georgin. — Pr. 4 juin 1779. Pensionnaire libre aux Ursulines de Metz (1790). B. S. 18 septembre 1789-27 juin 1790. — Dot 3 juillet 1790.

Antoinette Caboche de Laval, baptisée 25 avril 1676, à Saint-Aignan, diocèse d'Amiens (aujourd'hui Saint-Aignan, église de la commune de Grivesnes (Somme), fille d'Antoine Caboche et de Anne Roussin. — Pr. 12 octobre 1686.

Agathe-Suzanne de Caboche du Fossé, née 11, baptisée 12 janvier 1730, à (Notre-Dame) Chambly (Oise), diocèse de Beauvais, fille de Joseph-Alexis de Caboche et de Françoise-Agathe d'Auchy. — Pr. 6 mars 1741. B. S. 26 novembre 1749. — Dot 16 juin 1752.

Marie-Marguerite-Ursule Cachedenier de Vassimont, née 12, baptisée 13 juillet 1744, à Bar-le-Duc (Meuse), diocèse de Toul, fille de Benoît Cachedenier et de Jeanne-Henriette de Soisy. — Pr. 2 mai 1754. B. S. 15 juillet 1764. — Dot 25 octobre 1766. Vivante 28 janvier 1772.

Louise-Josèphe-Charlotte Cachedenier de Vassimont, née et baptisée 26 février 1771, à Nancy (Saint-Roch), fille de François-Sébastien Cachedenier et de Marie-Louise Viot. — Pr. 14 juillet 1780. — Dot 30 avril 1791. Vivante, 18 septembre 1792. Elle épousa Louis-Gabriel-Marie de Vallerot (né 1756, mort à Nancy, 30 mars 1842).

Marie-Françoise-Agathe de Cacheleu-Bouillancourt, baptisée 30 janvier 1712, à Bouillancourt-sous-Miannay (Somme), fille de Charles de Cacheleu et de Jeanne-Henriette-Agathe de Louvencourt. — Pr. 30 mars 1724. B. S. 18 janvier 1732. — Dot 25 juin 1733. Elle mourut, sans alliance, à Bouillancourt, non pas le 15 novembre 1790, *(Généalogie de la famille de Cacheleu-Amiens*, 1877, in-8°, chez Delattre-Lenoël. Préface, signée C. B.), mais le 12 janvier 1791. (Communication de M. Gry, sec. de la m. de Moyenneville).

Marie-Anne de Cacqueray-Champéroux, baptisée 22 février 1696, à Maucomble (Seine-Inférieure), diocèse de Rouen, fille de Charles de Cacqueray et de Suzanne Le Maire. — Pr. 17 décembre 1703. Morte, le 24 février 1712, à Saint Cyr (mairie de Saint-Cyr).

Marguerite de Cacqueray-Champéroux, née et baptisée 5 novembre 1697, à Maucomble (Seine-Inférieure) (communic. du sec. de la m. de Maucomble), fille de Charles de Cacqueray et de Suzanne Le Maire. Pens. pour infirmité (19 mars 1712-12 juin 1716). B. S. 14 décembre 1717. — Dot 14 décembre 1717.

Servane-Antoinette de Cacqueray des Landes, née 9, baptisée 11 mars 1700, à Marpiré (Ille-et-Vilaine), diocèse de Rennes, fille d'Alexandre de Cacqueray et de Charlotte Le Vaillant. — Pr. 6 mars 1712. B. S. 8 mars 1720. — Dot 13 avril 1720. — Religieuse.

Anne-Françoise de Cacqueray-les-Landes-Vadancourt, née et baptisée le 20 août 1705, à (Saint-Martin) Longchamps (Eure), diocèse de Rouen, fille d'Alexandre de Cacqueray et de Jeanne-Françoise Grandin. — Pr. 15 mai 1714. B. S. 25 septembre 1725. — Dot 16 juin 1727. Religieuse à la Présentation-Notre-Dame, rue des Postes, Paris (4 juillet 1723).

Marie-Catherine de Cacqueray-Vadancourt, née 12 novembre 1713, baptisée le... novembre 1713, à (Saint-Aubin) Bezancourt (Seine-Inférieure), diocèse de Rouen, fille d'Alexandre de Cacqueray et de Jeanne-Françoise Grandin. — Pr. 21 avril 1724. B. S. 19 février 1734. — Dot 31 août 1736.

Marie-Anne de Caqueray-la-Salle, née 5, baptisée 6 janvier 1716, à Saint-Riquier-en-Rivière (Seine-Inférieure), élect. de Neufchâtel, doyenné de Foucarmont, diocèse de Rouen, fille de Adrien de Cacquerai et de Marie-Françoise de Bongards. — Pr. 2 janvier 1728. B. S. 7 janvier 1736. — Dot 31 mai 1738.

Marie-Elisabeth de Cacqueray-Vadancourt, née 17, baptisée 18 août 1733, à (Notre-Dame) Caulé (Seine-Inférieure), diocèse de Rouen, fille d'André-Louis-Philippe de Cacqueray et de Antoinette-Elisabeth de Cacqueray. — Pr. 7 mars 1741. B. S. 10 juin 1753. Religieuse à l'abbaye de Saint-Cyr (4 septembre 1755) (sœur Sainte-Thaïs).

Suzanne-Jacqueline de Caqueray-Fontenelles-la-Vergne, née 5, baptisée 9 septembre 1741, à Rieux (Seine-Inférieure), comté d'Eu, diocèse de Rouen, fille de Pierre-Ferdinand de Cacqueray et de Suzanne-Françoise Le Fournier d'Yanville. — Pr. 14 avril 1749. B. S. 17 décembre 1763. — Dot 25 octobre 1766. Elle mourut, sans alliance, à Maucomble (Seine-Inférieure), diocèse de Rouen, le 30 décembre 1771 (Arch. de Seine-et-Oise, D. 197 et communic. de la m. de Maucomble).

Catherine de Cacqueray-Beaupré, née, ondoyée et baptisée le 9 septembre 1741, à Rieux (Seine-Inférieure), née jumelle de Suzanne-Jacqueline (communic. de M. Pincet, sec. de la m. de Rieux), fille de Pierre-Ferdinand de Cacqueray et de Suzanne Le Fournier d'Yanville. B. S. 1er août 1760. Dot 25 octobre 1766. Elle épousa (18 mai 1767) Charles-Parfait de Cacqueray-Montval et mourut, aux Ventes-Saint-Remy (Seine-Inférieure), le 6 août 1768 (communic. de M. Lamétrie, sec. de la m. des Ventes).

Marie-Anne-Barbe de Cacqueray-Vadancourt, née 23, baptisée 24 septembre 1741, à (Saint-Michel) Boschyons (Seine-Inférieure), diocèse de Rouen, fille de Charles-Philippe-David de Cacqueray et de Marie-Catherine de la Potterie. — Pr. 27 janvier 1752. — Dot 17 octobre 1761. Carmélite rue Saint-Jacques.

Louise-Bathilde de Cacqueray-Gaillouet-Saint-Amand, née et baptisée 31 mai 1742, à (Saint-Michel) Boschyons (Seine-Inférieure), diocèse de Rouen, fille de Antoine-David de Cacqueray et de Marguerite-Françoise Le Chevalier. — Pr. 29 mai 1754. B. S. 21 septembre 1763. Vivante 28 janvier 1772. — Dot 25 octobre 1766.

Marie-Julie de Cacqueray, née, et baptisée à Vatierville (Seine-Inférieure), diocèse de Rouen, le 11 janvier 1754 (communic. de M. le Sec. de la m. de Vatierville), fille de Ferdinand de Cacqueray et de Suzanne Le Fournier. Morte, le 11 avril 1764, à Saint-Cyr (mairie de Saint-Cyr).

Suzanne-Françoise-Thérèse de Cacqueray-Saint-Quentin, fille d'Antoine-Nicolas de Cacqueray et de Marie-Anne-Suzanne de Cacqueray-Auleux. B. S. 7 juillet 1773. — Dot 5 juillet 1774. Elle fut élevée, sous les noms de sa sœur Catherine-Théodore-Joachime-Charlotte, qui naquit le 15 et fut baptisée le 17 juillet 1753, à Réalcamp (Seine-Inférieure), diocèse de Rouen. Quant à Suzanne-Françoise-Thérèse, elle naquit, à Réalcamp, le 13 juin 1752, et fut baptisée le lendemain (communic. de M. Vallet, sec. de la m. de Réalcamp).

Antoinette-Elisabeth de Cacqueray-Vadancourt, née et baptisée le 25 septembre 1768, à Beaussault (Seine-Inférieure), diocèse de Rouen, fille de François-Louis-Auguste de Cacqueray et d'Agathe Le Vaillant. — Pr. 10 janvier 1776. Morte, à Saint-Cyr, le 20 octobre 1777 (mairie de Saint-Cyr).

Charlotte Cadot de Sebeville-Bouteville, née 24, baptisée 25 juillet 1710, à Lambézellec (Finistère), diocèse de Léon, fille de Georges-François Cadot et de Jeanne de Kéréziou. — Pr. 1er juin 1720. Morte à Saint-Cyr, le 19 septembre 1725 (mairie de Saint-Cyr).

Jeanne-Françoise Cadot de Sebeville-Bouteville, née et baptisée 25 décembre 1716, à Brest (Finistère), fille de Georges-François Cadot et de Jeanne de Kéréziou. — Pr. 14 juin 1728. B. S. 14 décembre 1736. — Dot 29 avril 1739.

Louise de Cahors-la-Sarladie, née 23, baptisée 24 octobre 1675, à Montvalent (Lot), diocèse de Cahors, fille de Pierre de Cahors et de Marthe de la Garde-Saignes. — Pr. 24 mars 1687. Relig. maltaise à Toulouse. Sortie octobre 1695.

Louise de Cahors-la-Salardie, née 18 février 1684, fille de Pierre de

Cahors et de Marthe de la Garde. — Pr. 18 février 1704. — Dot 13 mars 1704.

Marie-Marthe de Cahors-la-Sarladie, baptisée 17 mai 1704, à (Sainte-Exupérie) Saint-Céré (Lot), diocèse de Cahors, vicomté de Turenne, fille de Jean-Bertrand de Cahors et de Marguerite de Tremeuilles. — Pr. 1er août 1715. B. S. 26 mai 1724. — Dot 28 juillet 1724.

Marguerite de Cahors-la-Sarladie, née 23, baptisée 25 février 1716, à Saint-Céré (Lot), diocèse de Cahors, fille de Jean-Bertrand de Cahors et de Marguerite de Trémeuilles. — Pr. 6 septembre 1727. B. S. 23 février 1736. — Dot 27 juin 1738.

Marguerite de Cahors-la-Sarladie, née et baptisée le 26 septembre 1774, à (Saint-Vincent) Marminiac (Lot), fille de Louis-Laurent de Cahors et de Thérèse de Celse. — Pr. 13 juillet 1784. Morte, à Saint-Cyr, le 25 novembre 1786 (mairie de Saint-Cyr).

Jeanne Caignet de Friancourt, née 27, baptisée 28 avril 1699, à (Saint-Waast) Angicourt (Oise), diocèse de Beauvais, fille de Waast Caignet et de Jeanne d'Ers. — Pr. 22 mai 1708. B. S. 16 mars 1719. — Dot 18 février 1721.

Madeleine-Charlote Caillard d'Aillières, baptisée 30 octobre 1706, à Aillières (Sarthe), diocèse du Mans, fille d'Abraham Caillard et d'Anne Drouin. — Pr. 13 juin 1715. Morte, à Saint-Cyr, le 11 septembre 1719 (mairie de Saint-Cyr).

Marie Caillard de Beauvais, baptisée 2 octobre 1718, à (Notre-Dame) Mamers (Sarthe), dioc. du Mans, fille de René Caillard et de Marie Caussin. — Pr. 29 juin 1727. Morte, le 8 avril 1732, à Saint-Cyr (mairie de Saint-Cyr).

Françoise-Jeanne-Marie de Cairon-la-Motte, née, 16, baptisée 19 août 1712, à Audrieu (Calvados) diocèse de Bayeux, fille de François de Cairon et de Catherine Brazard. — Pr. 2 octobre 1723. B. S. 18 août 1732.— Dot 30 décembre 1733.

Jeanne-Charlotte-Catherine de Cairon-la-Motte, née 25 janvier, baptisée 31 mai 1717, à Audrieu (Calvados). Communication de M. le secrétaire de la mairie d'Audrieu), fille de François de Cairon et de Catherine Brazard. B. S. 24 janvier 1737. — Dot 6 février 1740. Novice visitandine à Caen.

Marie-Geneviève de Cairon-Lamotte, baptisée le 8 mai 1721, à Audrieu (Calvados), diocèse de Bayeux, fille de François de Cairon et de Catherine Brazard. B. S. 28 avril 1741. — Dot 1er octobre 1744. Novice à Saint-Laurent-de-Cordillon (1er octobre 1744). Professe (20 oct. 1744) (Sœur Saint-Bernard). Elle demeura à Cordillon jusqu'en 1792, et mourut, à Vaux-la-Campagne (commune de Magny-la-Campagne, Calvados), le 24 nivôse an VII (Cadet de Gassicourt : *Hist. de l'abb. de Cordillon*, p. 173, Caen, 1906, in-4°, et communic. de M. Lemercier, sec. de la mairie de Magny-la-Campagne).

Marie-Louise-Marguerite-Elisabeth de Cairon-Crocy, née 2, baptisée 4 juillet 1731, à (Saint-Hilaire) Crocy (Calvados), diocèse de Séez, fille de Louis de Cairon et de Claude-Marguerite Bricault. — Pr. 8 mars 1741. B. S. 24 juin 1751. — Dot 4 avril 1753. Elle épousa (24 janvier 1761) Jean-Louis de Baudre (communication de M. Henri le Court. Arch. de Lierremont).

Charlotte-Eléonore de Cairon-Saint-Vigor-Crocy, née 29, baptisée 31 mai 1735, à (Saint-Hilaire) Crocy (Calvados), fille de Louis de Cairon et de Claude-Marguerite Bricault. B. S. 4 juin 1755. — Dot 10 mai 1760. Novice à la Charité de Bayeux (10 mai 1760).

Marie-Hélène-Louise de Cairon, née et baptisée le 28 mai 1771, à (Saint-Martin) Neauphe-sur-Dives (Orne), fille de Jacques-Pierre-Gratien de Cairon et de Marie-Françoise-Joséphine-Angélique-Charlotte Le Prévost. — Pr. 27 mars 1781. Religieuse à Saint-Cyr (1er avril 1791)

Marie-Anne de Callouët, baptisée 31 juillet 1677, à Pont-Saint-Mard (Aisne), diocèse de Soissons, fille de Louis de Callouët et d'Anne d'Allemain. — Pr. 15 juillet 1686.

Louise-Madeleine de Calonne-Avesnes, née et baptisée, le 8 mai 1694, à (Saint-Denis) Avesnes-Chaussoy (Somme). (Communication de M. Billoré, sec. de la m. d'Avesnes-Chaussoy), fille de François de Calonne et de Marie-Louise d'Aumale. — Pr. 17 décembre 1701. B. S. 23 mai 1714. — Dot 27 septembre 1715. Elle épousa (13 février 1737) André de Bures-Brouilly, puis (17 septembre 1762) Henri de Dampierre.

Jeanne-Marie de Calonne-Avesnes, née et baptisée le 20 juillet 1702, à Avesnes-Chaussoy (Somme.) (Communication de M. Billoré, secr. de la m. d'Avesnes-Chaussoy), fille de François de Calonne et de Marie-Louise d'Aumale. Reçue à Saint-Cyr, le 21 mai 1710, elle y mourut, le 22 septembre 1711 (mairie de Saint-Cyr).

Mathurine-Geneviève de Calonne-Avesne, née et ondoyée 26 juin 1761, baptisée 3 décembre 1761, à (Saint-Jean) Troyes, fille de Charles-François de Calonne et de Marie-Louise-Antoinette de Vavray. — Pr. 4 avril 1772. B. S. 26 mai 1781. — Dot 4 juillet 1781.

Marie-Madeleine de Calonne-Rageaud, baptisée 7 octobre 1767, à Saint-Cernin (Cantal), diocèse de Saint-Flour, fille de François-Joseph de Calonne et de Marie-Julienne Rode. — Pr. 12 septembre 1777. B. S. 23 août 1787. — Dot 28 avril 1789. Probablement chanoinesse de Blesle (16 mai 1789). (Comte de Saint-Poncy : *Notice sur Blesle*, le Puy, 1869, in-8°).

Charlotte-Hippolyte de Calonne-Avesnes, née 30, baptisée 31 août 1769, à (Saint-Barthélemy) Mesnil-Eudin (Somme), diocèse d'Amiens (Renseignements dus à M. le vicomte de Calonne), fille de Charles-François de Calonne et de Marie-Louise-Antoinette de Vavray. Morte, le 29 octobre 1787, à Saint-Cyr (Mairie de Saint-Cyr).

Julie-Pauline-Agathe de Calvière, baptisée 7 septembre 1774, à Vitrolles (Bouches-du-Rhône), fille de Louis-François de Calvière et de Marie-Dorothée-Géronime d'Arnaud. — Pr. 9 septembre 1784. Entrée selon l'inventaire 12 septembre 1784. Sortie 26 janvier 1793 (Crécy).

Marie de Cambis-Fons, née. 24, baptisée 26 juin 1709, à (N. D. des Tables) Montpellier, fille de Jean-Louis de Cambis et de Gabrielle Ranchin. — Pr. 26 novembre 1718. B. S. 5 avril 1729. — Dot 9 février 1730. Elle épousa (29 avril 1735) Balthazar d'Adhémar Montfalcon. Vivante 10 février 1736.

Marie-Félice de Cambis-Arleux, née 30 octobre, baptisée 6 novembre 1733, à (Saint-Pierre) Lézan (Gard), diocèse de Nîmes, fille de Jean de Cambis et d'Anne de Piloty. — Pr. 12 juin 1741. Morte, à Saint-Cyr, le 17 décembre 1745 (Mairie de Saint-Cyr).

Marie de Cambis, née 1er, baptisée 2 septembre 1746, à Briançon, diocèse de Glandèves (Briançonnet, Alpes-Maritimes) fille de François de Cambis et de Marie de Grasse. — Pr. 22 mai 1755. Novice (5 novembre 1766), religieuse (30 octobre 1768) à Saint-Cyr. Sortie 1793.

Anne-Elisabeth-Charlotte de Cameron, née et baptisée 30 août 1757, à (Saint-Nicolas) Boulogne-sur-Mer (Pas-de-Calais), fille de Jean de

Cameron et d'Elisabeth Hamilton. — Pr. 2 août 1765. — B. S. 12 août 1777. — Dot 2 juin 1778.

Marie Madeleine de Campagne du Portal, née 1er, baptisée 3 décembre 1684, fille d'Antoine de Campagne et de Catherine de Cerf. B. S. 29 novembre 1704. — Dot 1er décembre 1704.

Isabelle-Aimée-Victoire de Campbell, née 23, baptisée 24 juin 1766, à (S. S. Pierre et Paul) Landrecies (Nord), fille de Guillaume de Campbell et de Marie-Angélique Robart. B. S. 15 juin 1786. — Dot 30 juillet 1787.

Aimée-Louise-Marguerite de Campbell, née et baptisée le 1er mai 1775, (S. S. Pierre et Paul) à Landrecies (Nord), fille de Guillaume de Campbell et de Marie-Angélique Robart. Entrée 9 avril 1785 (Inv.). Sortie, le 19 mars 1793 (Crécy.)

Marie-Anne de Campion du Mesnil, née 30, baptisée 31 août 1687, à Saint-Germain de Tallevende (Calvados), diocèse de Coutances, fille de René de Campion et de Marie-Anne Bichot. — Pr. 30 octobre 1698. B. S. 1er septembre 1707. — Dot 1er septembre 1707.

Benoîte-Claudine de Cannesson-Mortiers-Waringueval, née 28, baptisée 29 septembre 1701, à Bourthes (Pas-de-Calais), diocèse de Boulogne-sur-Mer, fille de Robert de Cannesson et de Louise de la Barre. — Pr. 7 juillet 1711. B. S. 14 mars 1722. — Dot 6 mai 1723.

Gabrièlle-Jacqueline de Cannesson-Wuaringheval-Mortiers, née et baptisée 23 septembre 1703, à Zoteux (Pas-de-Calais), diocèse de Boulogne-sur-Mer, fille de Robert de Cannesson et de Louise de la Barre. — Pr. 25 juillet 1711. B. S. 1er octobre 1723. — Dot 4 mai 1724.

Catherine de Cantwell, née 17, baptisée 21 mai 1777, à Aï en Champagne (Marne), fille d'André-Michel de Cantwell et de Marie-Antoinette de la Bassée. — Pr. 13 juin 1786. Entrée 21 juin 1786. Sortie 4 octobre 1793.

Marie-Thérèse-Marguerite de Capdeville, née et baptisée le 20 avril 1735, à (Saint-Girons) Hagetmau (Landes), diocèse d'Aire, fille d'Antoine de Capdeville et de Marie-Thérèse-Apolline de la Goeyte. — Pr. 28 août 1742. — B. S. 22 avril 1755. — Dot 23 novembre 1757.

Louise-Valérie de Capdeville-Aribans, née et baptisée, le 15 mars 1740, à Saint-Girons en Guyenne (commune de Hagetmau (Landes) fille d'Antoine de Capdeville et de Thérèse de Lagoueite. B. S. 18 novembre 1759. — Dot 6 mai 1766. Elle épousa (13 décembre 1763) Bernard de Mélet-la-Barthe.

Anne de la Caraulie, née 21, baptisée 23 mars 1739, à Saint-Cyprien (Dordogne), diocèse de Sarlat, fille de François de la Caraulie et d'Antoinette de la Vergne. — Pr. 5 mars 1751. B. S. 21 avril 1759. — Dot 26 avril 1765.

Marie-Henrie de Carbonnié-Lys, née 7, baptisée 8 mai 1780, à (Saint-Germain) la Sauvetat de Caumont (aujourd'hui la Sauvetat du Dropt, Lot-et-Garonne), diocèse d'Agen, fille de François de Carbonnié et d'Anne-Thérèse de Bavié. Entrée, selon l'Inventaire, le 6 juillet 1790. Sortie 22 mars 1793 (Crécy.)

Jeanne de Carbonnières, née 14, baptisée 16 septembre 1738, à Saint-Denis-des-Murs (Haute-Vienne), diocèse de Limoges, fille de François de Carbonnières et Marguerite de Guytard. — Pr. 1er avril 1749. B. S. 2 septembre 1758. — Dot 26 mars 1765. Elle épousa (7 décembre 1766) Jean-Baptiste Germain de la Pomélie-Chennevières. Elle mourut, le 6 germinal an XIII, à 4 heures du soir, à Saint-Denis-des-Murs (communic. de la m. de Saint-Denis-des-Murs).

Jeanne-Françoise de Cardaillac, née et baptisée, le 10 mars 1768, à (Saint-Georges) Meyraguet (communes de Lacave et Pinsac (Lot), diocèse de Cahors, fille de François-Emmanuel de Cardaillac et de Jeanne de Montalembert. — Pr. 18 décembre 1775. B. S. 18 mars 1778. — Dot 30 mars 1789. M. le marquis de Cardaillac nous a fait l'honneur de nous adresser une longue lettre, relative à son arrière grand'tante. Nous en résumons ici les points principaux. Elle était sœur du professeur de philosophie à la Sorbonne, Jacques de Cardaillac, et fut enfermée avec lui, leurs cinq sœurs, un cousin et des cousines, dans les prisons de Martel (Lot), pendant la Terreur, comme suspects et parents d'émigrés. Les prisonniers avaient emmené avec eux une colombe apprivoisée, qui leur permit de communiquer entre eux pendant quelque temps, jusqu'à ce que le manège fut découvert par le gardien Fraysse, qui tua la colombe. Jeanne-Françoise de Cardaillac avait été, après la fuite de Varennes, otage, ainsi que ses sœurs Hélène et Suzanne, de la reine Marie-Antoinette, et reçut, pour ce fait, du 25 mars 1825 à 1830, 150 livres par an. A leur sortie de prison, les membres de la famille de Cardaillac, ruinés et spoliés par les Jacobins, eurent à franchir de pénibles années de misère. Ils trouvèrent quelque assistance auprès des anciens fournisseurs de la maison, ce qui leur permit d'atteindre des temps meilleurs. Lors de leur arrestation, les délégués des *Amis de la Constitution*, qui l'étaient aussi des biens du prochain, leur enlevèrent des couverts d'argent sur leur propre table. Le frère aîné de M. et de Mlle de Cardaillac ayant émigré, on avait séquestré leurs biens et on les gardait à vue, avant leur incarcération définitive, et ce, à leurs frais. De plus, on les accablait, suivant la coutume de cette joviale époque, de visites domiciliaires. Jeanne-Françoise de Cardaillac mourut à Latrayne (commune de Pinsac) (Lot), le 8 septembre 1837, à 9 heures du matin (communic. de la m. de Pinsac). Ses dernières paroles furent pour remercier sa nièce, Mme de Cardaillac, des bontés et des soins dont elle l'avait entourée. Elle mourut sans alliance.

Anne-Joséphine-Claudine de Cardon-Vidampierre, née 25, baptisée 26 novembre 1770, à (Saint-Roch) Nancy, fille de Jean-Joseph-Antoine de Cardon et de Marguerite Floquet. — Dot 5 mai 1791.

Madeleine de Carel-Mercey, née 5, baptisée 7 mai 1679, à Mercey (Eure) (communic. de M. Marrot, sec. de la m. de Mercey), fille de Jacques de Carel et de Madeleine de Croismare. — Pr. 8 octobre 1686.

Madeleine de Carel-Mercey, née 5, baptisée 6 janvier 1690, à Mercey (Eure) (communic. de M. Marrot, sec. de la m. de Mercey), fille de Jacques de Carel et de Madeleine de Croismare. B. S. 8 janvier 1710. — Dot 8 janvier 1710. Religieuse à Saint-Louis de Vernon, professe (1711) (sœur Saint-Antoine). Morte, le 24 août 1754, à Vernon (mairie de Vernon).

Anne de Carles, née 27, baptisée 28 avril 1755, à Blasimont (Gironde), diocèse de Bazas, fille d'Alexandre de Carles et de Jeanne Soulas. — Pr. 24 mai 1764. B. S. 31 mars 1775. — Dot 3 juillet 1775.

Marie-Anne-Thérèse de Carnazet-Saint-Vrain, née et baptisée 8 juin 1740, à (Saint-Pierre) Miermaigne (Eure-et-Loir), diocèse de Chartres, fille de Pierre-Guillaume de Karnazet et de Geneviève de Mézangé. — Pr. 13 janvier 1749. B. S. 12 septembre 1763. Elle épousa (1779 Montargis) Théodore de Roquelaure (renseignement fourni par M. le comte de Karnazet).— Dot 5 novembre 1766.

Perrine-Corentine-Marie de Carné-Carnavalet, baptisée le 11 juillet 1752, à Brest, fille de Louis-Joseph de Carné et de Marie-Michelle de Kermasten. — Pr. 22 avril 1762. B. S. 28 mai 1772. — Dot 5 décembre 1772 Visitandine à Rennes (Sœur Marie-Sidoine). Morte, à Rennes, le 11 décembre 1839 (communic. de la m. de Rennes).

Louise-Barthélemie de Carondelet-Noyelle, née et baptisée le 12 mars 1750, à Noyelle-sur-Selle (Nord), diocèse de Cambrai, fille de Jean-Louis de Carondelet et de Marie-Angélique Bernard de Rasoir. — Pr. 10 octobre 1760. B. S 11 mars 1770. — Dot 13 juillet 1770. — Religieuse hospitalière.

Josèphe-Simone de Carondelet-Potelles, née et ondoyée le 16 février, baptisée le 16 mai 1758, à (Saint-Géry) Villereau-en-Cambrésis (Nord), fille de Maximilien-Joseph-Alexandre-Dominique de Carondelet et de Marie-Josèphe-Thérèse de Millancourt. — Pr. 24 avril 1767. B. S. 5 février 1778. — Dot 24 novembre 1778.

Henriette-Françoise de Carondelet, née 19, baptisée 22 septembre 1774, à Beaudignies (Nord), diocèse de Cambrai, fille de Charles de Carondelet et de Marie-Louise-Françoise Montaigle de Madrid. — Pr. 7 juillet 1784. Entrée, selon l'Inv. 9 juillet 1784. Sortie 27 novembre 1792 (Inv.).

Suzanne de Carpentin d'Elcourt, née 9, baptisée 10 mars 1695, à Biencourt en Vimeu (Somme), fille de Louis de Carpentin et de Blanche de Rambures. — Pr. 19 juillet 1706. B. S. 17 octobre 1715. — Dot 11 octobre 1714. — Religieuse.

Catherine-Elisabeth-Aimée de Carpentin-Bertheville, née 3, baptisée 12 mars 1736, à (Sainte-Marie) Valines près Frauleu (Somme), diocèse d'Amiens, fille de Auguste-César de Carpentin et de Françoise-Claudine-Charlotte de Rambures. — Pr. 26 avril 1746. Morte, à Saint-Cyr, le 25 octobre 1747 (mairie de Saint-Cyr).

Agnès-Emerantienne de Carpentin-Elcourt, née et baptisée 12 décembre 1737, à (Saint-Gilles) Abbeville (Somme), diocèse d'Amiens, fille de César-Auguste de Carpentin et de Françoise-Claudine-Charlotte de Rambures. Morte, à Saint-Cyr, le 5 juin 1754 (mairie de Saint-Cyr).

Reine-Elisabeth-Anne de Carpentin-Elcourt, née 27 octobre, baptisée 2 novembre 1744, à (Sainte-Marie) Valines (Somme), diocèse d'Amiens, fille d'Auguste-César de Carpentin et de Claudine-Marie-Françoise de Rambures. — Pr. décembre 1755. B. S. 22 septembre 1764. — Dot 25 octobre 1766. Elle épousa N. de Riencourt-Linières. Vivante 28 janvier 1772.

Marguerite de Carrey-Bellemare, née 12, baptisée 14 mai 1717, à Assé-le-Riboul (Sarthe), diocèse du Mans, fille de Pierre de Carrey et de Marguerite de Boudonnei-Parence. — Pr. 4 mai 1727. Morte à Saint-Cyr, le 18 octobre 1733 (mairie de Saint-Cyr).

Antoinette-Étiennette-Claire de Carrey-Bellemare-Toussant, née et baptisée 12 août 1766, au Mans, fille de Jean-Antoine de Carrey et de Marie-Étiennette-Louise Jaunart de Medemanche. — Pr. 25 juin 1777. B. S. 13 juillet 1786. — Dot 6 septembre 1786. Elle épousa (1800) François Bellard.

Victoire Le Caruyer de Lainsecq, née à Auxerre, le 26 novembre 1780, fille d'Edme-Guillaume Le Caruyer et d'Anne-Marie-Robinet de Grenou. Entrée, selon l'Inv., 28 août 1790. Sortie 26 mars 1793 (Crécy). Morte, sans alliance, à Auxerre, le 11 septembre 1846, petite rue Neuve (renseignements fournis par M. de Beauvais de Lainsecq et communic. de la m. d'Auxerre).

Hélène-Charlotte de Carvoisin-Aché, née 16, baptisée 24 novembre 1674, à (Saint-Nicolas-des-Champs) Paris, fille de Pierre de Carvoisin et de Charlotte-Marguerite de Parisis. — Pr. 15 octobre 1688. Religieuse (1712) au Précieux Sang.

Catherine-Anne de Carvoisin-Sassey, baptisée le 23 septembre 1679, à (Saint-Pierre) Evreux, fille de Louis de Carvoisin et de Louise-Marguerite de Portepain. — Pr. 1er juin 1688. Morte, à Saint-Cyr, le 10 mars 1695 (mairie de Saint-Cyr).

Charlotte-Marguerite de Carvoisin-Belloy, née 20, baptisée 21 septembre 1698, à (Saint-Martin) Noyon (Oise) (communic. de M. Roussin, sec. de la m. de Noyon), fille de César de Carvoisin et d'Éléonore Scarron. B. S. 24 septembre 1718. — Dot 13 décembre 1718.

Marie-Éléonore-Elisabeth de Carvoisin-Belloy, née 16, ondoyée 17 avril 1732, baptisée 22 juillet 1733, à Glaignes (Oise), diocèse de Senlis, fille d'Alexandre-César de Carvoisin et de Marie-Anne de Hangest. — Pr. 26 décembre 1739. B. S. 25 avril 1752. — Dot 18 juin 1754. Carmélite à

Paris, rue de Grenelle. Condamnée à mort et exécutée, le 9 février 1794 (Prudhomme, Guillon). M. Wallon affirme qu'elle fut seulement condamnée à la déportation.

Marie-Françoise de Carvoisin-Belloy, née 11 mars 1736, baptisée 13 octobre 1737, à Glaignes (Oise) (communic. de M. le sec. de la m. de Glaignes), fille d'Alexandre-César de Carvoisin et de Marie-Anne de Hangest. — Dot 19 mai 1761.

Charlotte-Elisabeth de Carvoisin, née et baptisée le 23 octobre 1770, à Chateauneuf-en-Thimerais (Eure-et-Loir), fille de Jean-Baptiste-Mathieu de Carvoisin et d'Elisabeth-Julie Clouet. — Pr. 18 septembre 1780. B. S. 12 octobre 1790. — Dot 30 octobre 1790.

Marie-Anne de Casabianca, née 17, baptisée 19 juillet 1777, à (Saint-Martin) Vescovato (Corse) (communic. de la m. de Vescovato), fille de Raphaël de Casabianca et de Maria-Orsa de Biguglia. Sortie 27 novembre 1792. Elle épousa N. de Suzzoni (renseignements de M. le comte Raphaël de Casabianca).

Maria-Antonia-Santa de Casabianca, baptisée le 1er novembre 1781, à Bastia (communic. de M. Poli, sec. gén. de la mairie), fille de François de Casabianca et de Marie-Véronique Cardi. Entrée, selon l'Inv., le 1er novembre 1788. Sortie, le 9 mars 1793 (Arch. S.-et-O., fonds Saint-Cyr non classé. Cartons de sortie). Elle épousa N. de Casella (renseignement fourni par M. le comte de Casabianca).

Marie-Thérèse-Gabrielle de Casamajor-Montclarel, née et baptisée 2 octobre 1737, à Ivoy (auj. Carignan) (Ardennes), diocèse de Trèves, fille de Joseph de Casamajor et de Luce-Louise du Liège. — Pr. 15 mai 1748. B. S. 30 septembre 1757. — Dot 5 mai 1763. Elle désirait entrer à Fontevrault, dès le 31 mars 1754 (Arch. S.-et-O., fonds Saint-Cyr, D. 182).

Henriette-Angélique de Casamajor-Montclarel-la-Noue, née et baptisée 7 août 1746, à Carignan en Luxembourg, (Carignan (Ardennes), fille de Joseph de Casamajor et de Luce-Louise du Liège. B. S. 16 juillet 1766. — Dot 15 décembre 1767. Vivante 28 janvier 1772.

Marguerite-Louise de Casaux-Vignaud, née 6, baptisée 7 juillet 1720, à (Saint-Etienne) Toulouse, fille de Jean-Baptiste de Casaux et de Marie-Françoise Benoist. — Pr. 8 septembre 1729. B. S. 29 juin 1740. — Dot 13 septembre 1741.

Nicole de la Cassagne-Saint-Laurent, née et baptisée 8 mars 1733, à Varennes (comm. de Courtemont-Varennes (Aisne), diocèse de Reims, fille de Chrétien de la Cassagne et d'Anne-Marguerite Godinet. — Pr. 30 mars 1743. B. S. 2 avril 1753. — Dot 11 août 1755. Elle épousa (24 novembre 1754) Michel de Saint-Pé-Bugnet. Vivante 24 février 1759.

Geneviève-Elisabeth de Cassant-Chateaupré, née et baptisée, le 12 juillet 1720, à (Saint-Martin) l'Isle-Adam (Seine-et-Oise), diocèse de Beauvais, fille de François de Cassant et de Reine-Germaine Bergeret. — Pr. 21 avril 1731. B. S. 22 juillet 1740. — Dot 23 août 1741. Annonciade à Gisors. Professe (1er octobre 1743) (Arch. de l'Eure, II. 1442). (Sœur Sainte-Julie), discrète (1763-66, 1771), supérieure (1775 et 1784), vice-gérante (1784-·87), discrète (1787-89), vice-gérante (1790). Elle mourut, à Gisors, le 18 avril 1806 (renseignements fournis par M. Louis Régnier et communic. de la m. de Gisors).

Jeanne-Rose-Catherine du Castanier-Sainte-Foy, née 26, baptisée 31 janvier 1734, à Sainte-Juliette-Saint-Fort (Saint-Fort est sur la comm. de Lauzerte (Tarn-et-Garonne), diocèse de Cahors, fille de Charles du Castanier et de Jeanne des Hans. — Pr. 3 décembre 1745. B. S. 4 janvier 1754. — Dot 27 juin 1755. — Annonciade à Sens.

Marie-Anne de Castellane-la-Valette, née et baptisée le 18 décembre 1718, à Draguignan (Var), diocèse de Fréjus, fille de Louis de Castellane et d'Elisabeth de Castellane-Majastrès. — Pr. 14 juin 1728. B. S. 26 avril 1730. Expulsée pour mauvaise conduite (1731). — Religieuse.

Luce-Marguerite-Thérèse-Louise de Castéras-Montesquiou-Sourniac, née 13, baptisée 14 décembre 1755, à Perpignan (Saint-Jean-Baptiste), fille de Joseph de Castéras et de Josèphe-Thérèse d'Arros. — Pr. 8 juin 1765. B. S. 16 septembre 1775. — Dot 3 septembre 1777. Elle épousa (1773) François de Pins-Montbrun et mourut en 1813 (renseignements fournis par M. le comte de Castéras).

Claire-Marguerite de Castillon, née et ondoyée 28 décembre 1736, baptisée 27 février 1737, à (Cathédrale) Toulon en Provence (Var), fille de François de Castillon et de Claire-Madeleine de Léotaud. — Pr. 8 octobre 1746. B. S. 11 juillet 1757. — Dot 18 novembre 1762.

Louise-Jeanne-Marie de Castillon, née et baptisée 2 novembre 1762, à (Saint-Jean) Mezin (Lot-et-Garonne), diocèse de Condom, fille de Michel

de Castillon et de Marie de Campagne. — Pr. 5 août 1773. Morte, à Saint-
Cyr, le 7 juin 1778 (mairie de Saint-Cyr).

Marie-Anne de Castillon-Monchamp, née 27 août 1767, à (Saint-Jean)
Mezin (Lot-et-Garonne), diocèse de Condom, fille de Michel de Castillon
et de Marie de Campagne. B. S. 11 avril 1787. — Dot 27 mai 1789. Elle
épousa (19 novembre 1805) Jean-Amable-Balthazar de Loppinot-la-
Barrère.

Jeanne-Anne-Marguerite de Castre-Arzilli, née 24, baptisée 27 décembre 1717, à Crézancy (Aisne), diocèse de Soissons, fille de Charles de
Castre et de Louise-Françoise Chebœuf. — Pr. 12 avril 1727. B. S.
16 décembre 1737. — Dot 4 février 1740. Relig. à Notre-Dame de la
Haute-Bruyère.

Jeanne-Rosalie de Castre-Neuvisy, née 23, baptisée 24 juin 1749, à
(Saint-Jean) Martigny-en-Thiérache (Aisne), diocèse de Laon, fille de
Jean-Baptiste de Castre et de Louise-Jeanne-Catherine du Fay. — Pr.
19 mai 1761. B. S. 28 juin 1769. — Dot 14 septembre 1769.

Marie-Catherine Cattanio, née 20 mars, baptisée 8 avril 1779 (Saint-
Jean-Baptiste de Terravecchia), à Bastia (communic. de M. Poli, sec. gén.
de la m.), fille de Charles-Baptiste Cattanio et de Marie-Rose Giugali.
Entrée, selon l'Inv., 13 décembre 1787 et sortie 1er octobre 1792 (Cartons
de sortie. Fonds Saint-Cyr non classé. Arch. S.-et-O.). Vivante 20 mars
1793 (Item).

Jeanne-Angélique de Caumont-Bout-du-Bois, née 7, baptisée 8 février
1689, à Paris (Saint-Nicolas-du-Chardonnet), fille de Louis-Gabriel de
Caumont et de Marie-Jeanne de Guersant. — Pr. 7 février 1700. B. S.
7 février 1709. — Dot 7 février 1709.

Sybille-Honorine-Louise-Julie de Caumont-Renneville, née 27, baptisée
28 février 1748, à la Chapelle-lès-Poix (Somme), diocèse d'Amiens, fille
de Nicolas-Gabriel de Caumont et de Marie-Thérèse de Fay. — Pr.
10 mai 1757. B. S. 20 février 1768. — Dot 5 septembre 1769. Novice
bénédictine à Saint-Paul-lès-Beauvais (5 septembre 1769).

Geneviève-Pétronille-Guillemette de Cauvigny, née 4, baptisée 5 juillet
1716, à (Saint-Hilaire) Bavent (Calvados), diocèse de Bayeux, fille de
Pierre de Cauvigny et de Geneviève-Pétronille du Touchet. — Pr. 18 juin
1728. B. S. 24 juin 1736. — Dot 11 décembre 1737. — Religieuse.

Madeleine Cavelier de Saint-Jacques, née et baptisée 22 juillet 1693, à (Notre-Dame) Brouage (comm. d'Hiers-Brouage (Charente-Inférieure), diocèse de Saintes, fille de Pierre Cavelier et de Jeanne-Uranie de Bachou. — Pr. 13 juillet 1702. B. S. 15 novembre 1713. — Dot 22 novembre 1713.

Henriette-Anne de Certieux-la-Maronnière, née 13, baptisée 15 septembre 1695, à (Notre-Dame) Théligny (Sarthe), diocèse du Mans, fille de Denis de Certieux et de Henriette de Gallot. — Pr. 26 septembre 1705. B. S. 27 octobre 1715. — Dot 30 octobre 1715. — Religieuse. Pens. 18 février 1717.

Henriette de Chabannes-Mariol, née 18, ondoyée 22 novembre 1681, à Mariol (Allier), diocèse de Clermont-Ferrand, baptisée 28 décembre 1681, fille d'Anne-Marie de Chabannes et d'Henriette Coiffier, vivante 12 septembre 1765. — Pr. 10 septembre 1689. B. S. 18 novembre 1701. — Dot 26 novembre 1701. Elle fut novice à Cusset (18 février 1710). Elle épousa (18 avril 1719), François Feydeau de Demoux, puis, *à 83 ans et demi*, le 2 juin 1764, Pierre-Augustin Valette de Bosredon (né 1722).

Anne-Josèphe de Chabannes-Pionsat, née 16, baptisée 17 octobre 1690, à Pionsat (Puy-de-Dôme), diocèse de Clermont, fille de Gilbert de Chabannes et d'Anne-Françoise de Lutzelbourg. — Pr. 20 janvier 1699. B. S. 20 décembre 1710. — Dot 20 décembre 1710. Elle épousa (27 mai 1713), François de Laqueuille (mort le 29 août 1754) et mourut, le 29 décembre 1756, à Clermont-Ferrand (Cf. de Chabannes. *Hist. de la maison de Chabannes).*

Marie-Françoise de Chabannes-Nouzerolles, née 3, baptisée 4 décembre 1727, à Nouzerolles (Creuse), diocèse de Limoges, fille de Louis de Chabannes et de Léonarde-Françoise Galland. — Pr. 28 juin 1738. Morte, à Saint-Cyr, le 23 octobre 1740 (mairie de Saint-Cyr).

Marie-Gabrielle de Chabans, baptisée 10 juin 1768, à Epeluche en Périgord (Epeluche, comm. de Comberauche (Dordogne), fille de Jean de Chabans et de Marie-Charlotte-Quitterie de Villars. — Pr. 21 janvier 1777. B. S. 27 juin 1788. — Dot 6 mars 1789.

Marguerite-Josèphe de Chabert-Burgues, née et baptisée 15 décembre 1753, à (Saint-Louis) Toulon-en-Provence (Bouches-du-Rhône), fille de Michel-Annibal de Chabert et d'Anne-Marguerite Chapelle. — Pr. 27 février 1764. B. S. 14 décembre 1773. — Dot 31 décembre 1774.

Louise-Elisabeth de Chabestan-Ribeires, née 17, baptisée 19 novembre
1732, à (Cathédrale) Orange (Vaucluse), fille de Joseph-François de
Chabestan et de Marie de Serres. — Pr. 4 octobre 1741. B. S. 19 novembre 1752. — Dot 17 mai 1755. Elle épousa (12 mars 1755), Charles-
Arnoult de Martin-Champoléon (vivant 1754).

Marguerite-Jeanne de Chabot-Fontenelle, née 12 février 1671, baptisée
24 mars 1680, à Lignières-la-Carelle (Sarthe), diocèse du Mans, fille de
Jacques de Chabot et de Marguerite Estienne. — Pr. 20 juillet 1686.
Chanoinesse de Remiremont.

Marie-Madeleine de Chabot-Boisgirard, née 15 juillet 1674, baptisée
24 mars 1684, à Lignières-la-Carelle (Sarthe), diocèse du Mans, fille de
Jacques de Chabot et de Marguerite Estienne.

Marie-Madeleine Chabot de Linières, née 26, baptisée 27 mai 1685, à
(Saint-Léger) Lucheux (Somme), diocèse d'Arras, fille de François Chabot
et de Louise-Angélique de Porquier. — Pr. 5 septembre 1695. B. S.
25 mai 1705. — Dot 5 juin 1705.

Louise-Marie Chabot de Montgaudry, née 29 avril, baptisée 3 mai 1699,
à Contilly (Sarthe), diocèse du Mans, fille d'Antoine Chabot et d'Anne
Chrétien. — Pr. 12 avril 1708. B. S. 28 avril 1719. — Dot 16 août 1719.

Catherine-Suzanne Chabot de Montgaudry, née 2, baptisée 4 février
1701, à Montgaudry (Orne), diocèse de Séez, fille d'Antoine Chabot et
d'Anne Chrestien. — Pr. mai 1712. B. S. 22 mars 1721. — Dot 18 février 1721. — Religieuse.

Marie-Adélaïde de Chabot de Souville, née et baptisée 28 octobre 1736,
à Theuville (Eure-et-Loir), diocèse de Chartres, fille de François de
Chabot et de Marie-Madeleine-Françoise d'Estrez-Theuville. — Pr. 15 mai
1748. B. S. 24 août 1756. — Dot 1er septembre 1762.

Adélaïde-Marie-Antoinette de Challanges, née et ondoyée, le 26 septembre 1772, à (Saint-Georges) Aubevoye-en-Normandie (Eure), fille de
Pierre-Eléonor de Challanges et de Marie-Françoise Lambert. — Pr.
15 juillet 1782. Morte, le 15 mars 1790, à Saint-Cyr (mairie de Saint-
Cyr).

Marie-Marthe de Challemaison-Soissons, née 15, baptisée 16 février
1734, à (Saint-Loup), Villeneuve-la-Lionne (Marne), diocèse de Troyes,

fille de Charles-Hyacinthe-Marc de Challemaison et de Marguerite-Charlotte d'Espinas. — Pr. 7 novembre 1742. B. S. 16 octobre 1754. — Dot 16 septembre 1756.

Marguerite-Marie-Françoise de Challemaison-Soissons, née 17 novembre, baptisée 3 décembre 1736, à (Saint-Loup) Villeneuve-la-Lionne (Marne), diocèse de Troyes, fille de Charles-Hyacinthe-Marc de Challemaison et de Marguerite-Charlotte d'Espinas. Morte, le 5 novembre 1749, à Saint-Cyr (mairie de Saint-Cyr).

Marie-Josèphe de Challemaison, née et baptisée, le 31 octobre 1770, à Troyes (Saint-Nizier), fille de Benjamin-Hyacinthe-Ferdinand de Challemaison et de Marie-Brigitte Pernet de Blercourt. — Pr. 19 juillet 1780. B. S. 10 août 1790. — Dot 14 décembre 1790.

Adélaïde-Éléonore-Louise-Emilie de Challemaison, née et ondoyée, le 25 août 1777, baptisée 18 février 1778, à (Saint-Loup) Villeneuve-la-Lionne (Marne), diocèse de Troyes, fille de Benjamin-Hyacinthe-Ferdinand de Challemaison et de Brigitte-Marie Pernet de Blercourt. Entrée selon l'Inv., le 28 mai 1787. Sortie 7 mars 1793 (Crécy.).

Marie-Françoise-Victoire de Challet-Chausseville, née 8, ondoyée 9 juillet, baptisée 6 août 1724, à Villeau (Eure-et-Loir), diocèse de Chartres, fille de Philippe de Challet et de Françoise de Pontbriand. — Pr. 3 janvier 1735. B. S. 20 février 1744. Religieuse à Saint-Louis de Poissy (novembre 1745-1790) novice (12 janvier 1745.) Professe (16 février 1746). Encore vivante 17 février 1790. (Arch. Seine-et-Oise, fonds Saint-Louis de Poissy et fonds Saint-Cyr D. 201). Pension (17 février 1746-19 février 1790).

Marie Françoise de Châlus-Cousan, née 25, baptisée 26 octobre 1716, à (Saint-Maurice) Vebret (Cantal) diocèse de Clermont-Ferrand, fille de Charles de Châlus et de Catherine de Lentilhac. — Pr. 30 août 1728. B. S. 19 mai 1736. — Dot 3 juin 1738.

Rose de Chalvet-Rochemonteix-Nastrac, baptisée 9 octobre 1726, à Saint-Just près Brioude (Haute-Loire), diocèse de Saint-Flour, fille de Claude de Chalvet et de Marie de Léotoing. — Pr. juin 1737. B. S. 8 octobre 1746. — Dot 18 avril 1749. Visitandine à Aurillac, novice (1er février 1747).

Gilberte de Chambaud-Jonchère, née et baptisée le 4 octobre 1747, à (Saint-Agnan) Beaune (Allier) en Bourbonnais, diocèse de Bourges, fille de Gilbert de Chambaud et de Françoise Varin. — Pr. 27 mai 1758. B. S. 4 octobre 1767. — Dot 7 décembre 1768. Vivante 28 janvier 1772.

Antoinette-Marie-Silvie de Chambon-Marcillat, née 2, baptisée 4 novembre 1726, à Marcillat en Bourbonnais, fille de Jacques de Chambon et de Marie de Biottière. Pr. 11 mars 1733. B. S. 9 octobre 1746. — Dot 15 janvier 1749.

Anne-Thérèse de Chamborant-Boucheron, née à la Cormenière, et baptisée 16 juin 1691, à Aussac (Charente), diocèse de Poitiers, fille de Jacques de Chamborant et d'Anne Guyot de la Mirande. — Pr. 29 novembre 1702. B. S. 25 octobre 1711. — Dot 25 octobre 1711. Elle épousa N..., de Couhé-la-Saludie. Elle fut novice à Saint-Cyr (14 septembre 1710). Voyage 17 août 1712.

Christine-Elisabeth de Chamborant-Villevert, née et baptisée 29 janvier 1742, à (Notre-Dame) Attigny (Ardennes) diocèse de Reims, fille de Jean de Chamborant et d'Elisabeth-Catherine Le Tanneur. — Pr. 11 août 1753. B. S. 1er novembre 1763. — Dot 6 juin 1767. Vivante, célibataire, à Reims, en 1783.

Hélène-Marthe de Chambray, baptisée 9 août 1682, à (Saint-Denis) Evreux (Eure), fille de Nicolas de Chambray et d'Anne Le Doulx de Melleville.— Pr. 25 février 1691. B. S. 19 janvier 1703. B. S. 27 août 1702.— Dot 30 janvier 1703. Novice (16 juin 1711). Professe (26 juin 1712) à la Trinité de Caen. Abbesse d'Almenesches (23 août 1723-22 août 1755). Elle mourut, le 12 décembre 1772 (Renseignement fourni par M. le marquis de Chambray).

Marie-Henriette de Chambray, née 2, baptisée 3 mars 1711, à (Saint-Jean-Baptiste) Gouville (Eure), diocèse d'Evreux, fille de François-Nicolas de Chambray et de Marie-Louise de Folleville. — Pr. 1er février 1721. B. S. 26 février 1731. — Dot 23 février 1734. Novice à Saint-Cyr (27 août 1732). Y tombe malade. Séjourne chez elle (1732-1735). Religieuse à Saint-Sauveur d'Evreux (1737).

Marie-Anne-Espérance de Chambray-Morsan, baptisée 7 juillet 1720, à Morsan (Eure), diocèse d'Evreux, fille d'Henri-Nicolas de Chambray et d'Anne-Espérance Le Pellerin. — Pr. 25 juin 1732. B. S. 22 juin 1740. —

Dot 25 août 1741. Elle épousa (27 février 1739) Jean-Baptistite Le Bœuf d'Osmoy (mort au 22 novembre) et mourut avant 22 novembre 1764. (Communic. de M. Henri Le Court. Archives de Lierremont. Ch d'Hozier. Registre VII. vol. XI. Paris 1847, in 8°.)

Louise-Gabrielle de Chamisso, baptisée 16 septembre 1777, à (N. D.) Villiers-en-Argonne (Meuse), fille de Marc-Antoine de Chamisso et de Louise Bonjour. — Pr. 22 décembre 1786. Entrée, selon l'Inv. 16 décembre 1786. Sortie 27 octobre 1792 (Crécy).

Françoise de Champ-Salorge, ondoyée 3 avril 1707, baptisée 17 décembre 1709, à Rouy (Nièvre), diocèse de Nevers, fille de Jacques de Champ et d'Anne Le Breton. — Pr. 7 juillet 1716. B. S. 22 mars 1727. — Dot 16 décembre 1728. Elle épousa (19 avril 1728) Pierre-Marie des Ulmes-Montifaux (vivante 16 décembre 1728).

Marie-Anne-Antoinette de Champ-Salorge, née 21 février, ondoyée 24 février, baptisée 23 septembre 1717, à Rouy (Nièvre), fille de Jacques de Champ et d'Anne Le Breton. (Communic. de M. Lemoine, secr. de la mairie de Rouy.) B. S. s. d. — Dot 30 mai 1742.

Victoire-Charlotte du Champ-d'Assault, née et baptisée, le 7 juin 1757, à Dôle, (Jura) fille de Jean-Baptiste du Champ et Louise du Tillet. B. S. 24 avril 1777. — Dot 21 mai 1778. Elle épousa (31 mai 1786) Jean-Baptiste-Louis de Pechpeirou (né 26 septembre 1759, mort à Époisses, le 9 mars 1835) et mourut, le 19 février 1840, à Époisses (de Saint-Pern: *la Parenté de mes enfants*, t. II. 468. Bergerac, 1901, 2 vol. in 4°.) (Communic. de M. le secr. de la Mairie d'Époisses.) M. le comte de Guitaut, son arrière-petit-fils, possède son portrait, âgée. (Communic. de M. le comte de Guitaut.)

Marie de Champagnac-du-Breuil, née 25, baptisée 26 décembre 1777, à Saint-Pardoux-la-Rivière, en Périgord (Dordogne), fille de Jean de Champagnac et de Marie-Anne-Louise Guitard. — Pr. 25 septembre 1787. Entrée, selon l'Inv. 26 septembre 1787. Sortie 5 avril 1793 (Crécy.)

Angélique-Bénigne-Henriette de Champagne-Morsains, née 29 mars, baptisée 3 avril 1704, à Morsains (Marne), diocèse de Troyes, fille d'Henri-Claude de Champagne et de Marie-Françoise de Saint-Maurice. — Pr. 30 avril 1715. B. S. 28 mars 1724. — Dot 30 mars 1724. Vivante 1er juin 1737. Elle épousa (21 mars 1734) Jacques-Christophe de Mongeot-Armouville. Fille à Saint-Cyr.

Charlotte-Françoise-Louise de Champagne-Hantes, née et baptisée, le 22 janvier 1742, à (Saint-Nicolas) Bertoncourt (Ardennes), diocèse de Reims, fille de Louis-Joseph-Aubert-Nicolas de Champagne et de Anne-Radegonde de Chartogne. — Pr. 3 décembre 1749. B. S. 1er novembre 1763. — Dot 25 otobre 1766. Morte vers 1771, sans alliance.

Angélique-Radegonde de Champagne-Morsins-du-Chesne-Hantes, née le 18 novembre 1748, au Chesne, près Vantelay (Marne), fille de Louis-Joseph-Aubert-Nicolas de Champagne et d'Anne Radegonde de Chartogne. — Pr. 30 janvier 1760. B. S. 4 octobre 1768. — Dot 22 mai 1770. Elle épousa (30 octobre 1775) Louis-Agathon-Rémy de Flavigny-Monampteuil (né 8 octobre 1765, à Monampteuil, mort à Dresde, le 23 mars 1800), et mourut, le 19 décembre 1810, à Montmirail en Brie (Marne). B. N. (Impr. Lm³ 186 A. Plaquette de Charles d'Hozier s. l. n. d. et communic. de la m. de Montmirail). Elle avait émigré à Namur (1794) Parme (1795-96) Brunswick et Dresde (1797-1801). Elle rentra en France sous le Consulat (Ch. d'Hozier. *Armorial* Registre VII, vol XI. Paris. 1847, in-8°).

Charlotte-Catherine de Champagné, baptisée 16 août 1677, à Courléon (Maine-et-Loire), diocèse d'Angers, fille de Charles de Champagné et de Catherine de l'Epinay. — Pr. 23 novembre 1686. Morte en 1716, ursuline à Pontoise.

Elisabeth Champion de Cicé, née et ondoyée 9 novembre 1730, baptisée 28 mai 1731, à Rennes (Saint-Aubin), fille de Jérôme Champion de Cicé et de Marie-Rose de Varennes. — Pr. 29 mai 1742. B. S. 4 août 1740. — Dot 1er août 1752. Novice bénédictine à N.-D. des Anges de Saint-Cyr.

Marie-Françoise de Champlais-la-Masserie, baptisée 12 janvier 1673, à (Saint-Pierre) Fay (Sarthe) (2e canton du Mans) (communic. de la m. de Fay), fille de François de Champlais et d'Anne Dieuxivois. — Pr. 31 août 1686. Bénédictine (1690) à Gif, infirmière (1736). Morte à Gif, le 8 mai 1756 (Bibl. Nat. Fr, 11.660). Elle avait une fort belle voix.

Jacqueline de Champlais, née 14 avril 1688, fille de François de Champlais et d'Anne Dieuxivois. B. S. 25 avril 1708. — Dot 25 avril 1708. Célibataire en **1724**. Chanoinesse de N.-Dame.

Françoise-Emilie de Champlais, née et baptisée 30 août 1714, à (Notre-Dame-du-Paradis) Hennebont (Morbihan), diocèse de Vannes, fille de

François de Champlais et Marie du Bouchet. — Pr. 12 juin 1724. Novice à Saint-Cyr (14 février 1734). Religieuse (26 février 1736). Sortie à la suppression. Morte (11 fructidor an V) 28 août 1797 (Th. Lavallée. *Mme de Maintenon et la maison de Saint-Cyr*. Pièces justificatives). (État civil de Versailles, an V, fol. 141, v° n° 837.) Supérieure (11 avril 1782-13 mai 1788).

Marguerite de Champoyer-la-Brosse, baptisée le 7 juillet 1673, à Amfreville-les-Champs (Seine-Inférieure), diocèse de Rouen, fille de Louis de Champoyer et de Marguerite de Gennes. — Pr. 13 janvier 1686.

Marie-Claire des Champs-Marcilly, baptisée le 15 septembre 1675 (née le 9), à (Notre-Dame) Passy près Paris, diocèse de Paris, fille d'Armand des Champs et d'Elisabeth d'Indret. — Pr. 18 octobre 1686. « Fort jolie » (Dangeau) « autant de vertus que d'agréments (Saint-Lambert). Elle épousa (9 avril 1695) (Fr. 32.590 fol. 133) Philippe Le Valois de Villette (mort le 25 décembre 1707), puis Henri Saint-John-Bolingbroke (né 1er octobre 1678, mort le 15 décembre 1751). Amie de Mlle Aïssé, à laquelle elle rendit de grands services. Elle mourut, le 18 mars 1750, en Angleterre, selon l'édit. des *Lettres* de Mlle Aïssé ; le 15 mai 1750, selon MM. d'Haussonville et Hanotaux.

Elisabeth-Marie des Champs-Marsilly, baptisée 16 janvier 1677, à Villiers-la-Garenne (auj. Paris, avenue de Villiers (Seine), diocèse de Paris, fille d'Antoine des Champs-Marsilly et de Marie-Anne du Blé. — Pr. 27 mai 1687.

Marie-Madeleine de Champs-Lourcières, née et baptisée 21 juillet 1741, à Manzat (Puy-de-Dôme), diocèse de Clermont-Ferrand, fille d'Hughes de Champs et de Marguerite-Agnès de Chauvigny-Blot. — Pr. 24 mai 1752. Novice clarisse à Sainte-Elisabeth de Clermont-Ferrand (30 juillet 1766). B. S. 27 juin 1763. — Dot 30 juillet 1766.

Marie-Françoise des Champs-Lourcière, née 28 novembre, baptisée 30 novembre 1747, à Manzat (Puy-de-Dôme), diocèse de Clermond Ferrand, fille d'Hughes des Champs et de Marguerite-Agnès de Chauvigny-Blot. B. S. 19 octobre 1767. Novice bénédictine à Saint-Léger-de-Préaux près Lisieux (2 mars 1769).

Jeanne de Chantelot-Quirielle-la-Varenne, née et baptisée 6 mars 1720, à Barrais (Barrais-Bussoles) (Allier), diocèse de Clermont en Bourbon-

nais, fille de Gaspard de Chantelot et de Jeanne de James. —
Pr. 17 décembre 1731. B. S. 3 mars 1740. Elle sortit, le 6 mars 1741, de
Saint-Cyr. — Dot 18 août 1743. Pens. alim. 24 juillet 1742. Novice à
Cusset (27 octobre 1741).

Charlotte-Catherine-Nicole de Chantelou-Biéville, née 21, baptisée
28 septembre 1719, à (Saint-Pierre) Bolleville (Manche), diocèse de Coutances, fille de Henri de Chantelou et de Catherine-Françoise Regnard.
— Pr. 24 juillet 1731. B. S. 12 septembre 1739. — Dot 24 août 1740.

Claudine-Antoinette de Chantelou, née en 1781 (probablement entre le
9 septembre et le 1er novembre), fille de Jacques de Chantelou et de
Renée-Clotilde Martin. Entrée, selon l'Inv. le 20 juin 1791. Sortie
4 avril 1793 (Crécy).

Anne de la Chapelle, née 27, baptisée 28 septembre 1731, à Creysse
(Lot), diocèse de Cahors, fille de Pierre de la Chapelle et de Gabrielle de
Simon. — Pr. 23 avril 1739. B. S. 4 septembre 1751. — Dot 4 septem-
bre 1752.

Marie-Anne de Chapelle-Jumilhac-Puyvignaud, née 6 février 1742,
baptisée 7, à Saint-Agnant-de-Versillat (Creuse), diocèse de Limoges, fille
de François Chapelle et d'Anne Moudain de Montortier. — Pr. 30 janvier 1754. B. S. 1er novembre 1763. — Dot 14 mai 1767. Elle épousa
(24 septembre 1766) Jacques-Urbain d'Alesme-Vouhet (vivant 28 janvier 1772). Vivante 28 janvier 1772.

Honorée-Pétronille Chapelle de Jumilhac-Cubjac, née 5, baptisée
6 août 1746, à (Saint-Pierre-ès-Liens) Bourdeilles (Dordogne), (communic.
de M. le sec. de la m. de Bourdeilles), fille d'Antoine-Joseph-Marie-
Macon Chapelle de Jumilhac et de Anne-Constance de Bertin. Morte, le
26 janvier 1764, à Saint-Cyr (mairie de Saint-Cyr).

Marie-Renée Chaplain de Bédos, née 2, baptisée 5 mai 1726, à Notre-
Dame) Versailles (Seine-et-Oise) diocèse de Paris, fille de Paris-François
Chapelain et de Renée Ozanne. — Pr. 22 septembre 1736. Morte, à Saint-
Cyr, le 21 octobre 1745 (mairie de Saint-Cyr).

Jeanne Chappuis de Maubon, née et baptisée le 18 novembre 1746, à
Sainte-Marie-Madeleine) Montbrison (Loire), diocèse de Lyon, fille de
Pierre-Antoine Chappuis et de Marie Girard. — Pr. 15 novembre 1758.

B. S. 15 septembre 1766. — Dot 15 décembre 1767. Elle épousa Gaspard
Odde de Triors. Vivante 28 janvier 1772.

Françoise-Marceline-Louise-Félicité de Charbonnel-Jussac, née et
baptisée, le 26 novembre 1775, à Monistrol-en-Velay (Monistrol-sur-
Loire) (Haute-Loire), fille de Benoît-Michel de Charbonnel et de Marie-
Etiennette de Charbonnel. Entrée, selon l'Inv., le 18 octobre 1785 —
Pr. 11 octobre 1785. B. S. 2 octobre 1792 (Crécy).

Céleste de Charnières, née 15, baptisée 17 mai 1779, à Nantes, fille de
Charles-François-Philippe de Charnières et de Catherine-Louise Portier
de Lantino. Entrée selon Inv. 19 février 1789. Sortie 24 août 1792 (Inv.).

Marie-Gilberte Charpin de Genetines, née 11, baptisée 12 février 1693,
à Genetines, près Saint-Romain-d'Urfé (Loire), diocèse de Lyon, fille de
Jean Charpin et de Marie-Madeleine Jacquet. — Pr. 15 mai 1700. Novice
(21 février 1712). Relig. (24 février 1714) à Saint-Cyr. Morte, 15 janvier
1757, à Saint-Cyr (mairie de Saint-Cyr).

Agnès de Charpin-Genetines, née et baptisée le 22 mai 1702, à Saint-
Romain-sous-Urfé (Loire), diocèse de Lyon, fille de Jean de Charpin et
de Marie-Madeleine Jacquette. — Pr. novembre 1711. B. S. 4 juin 1722.
— Dot 15 juin 1722. Religieuse à Almenesches (5 juillet 1749). Prieure
de N.-D. de Chassignoles, en Auvergne. Se démit, le 8 février 1781. (Rens.
de M. le comte de Charpin-Feugerolles.)

Marie-Jeanne-Antoinette Charpin de Genetines, née 8, baptisée 9 octobre 1711, à (Saint-Etienne) Roanne (Loire), fille d'Antoine-Léonard
Charpin et de Catherine Blanchet de la Chambre. — Pr. 24 juillet 1719.
Novice (28 août 1731). Religieuse (29 août 1733) à Saint-Cyr. Morte, le
1ᵉʳ novembre 1743 (mairie de Saint-Cyr).

Amable-Espérance de Charpin-Feugerolles, née 19, baptisée 20 juin
1734, à (Saint-Georges) Vienne en Dauphiné (Isère), fille de Louis de
Charpin et de Marie-Polixène de Riverie. — Pr. 22 juin 1743. Morte, à
Saint-Cyr, le 10 octobre 1745 (mairie de Saint-Cyr).

Camille-Colombe de Charpin-Feugerolles, baptisée 25 octobre 1736, à
(Notre-Dame) Vienne en Dauphiné (Isère), fille de Louis de Charpin et
de Marie-Polixène de Riverie. — B. S. 27 août 1756. Chanoinesse de
Neuville en Bresse (1763). — Dot 26 juin 1762. Reçue 12 février 1748.
(Rens. de M. le comte de Charpin-Feugerolles.)

Jeanne-Françoise de Charpin-Genetines, née et baptisée 31 mai 1755, à Saint-Romain-d'Urfé (Loire), fille de Jean-Antoine de Charpin et de Louise-Hilaire de Loras. — Pr. 6 mars 1764. B. S. 23 avril 1775. — Dot 31 mai 1776. Chanoinesse à Saint-Antoine-de-Viennois.

Jeanne-Marie-Rose de Charrier-Fléchac, née et baptisée le 17 octobre 1780, à Saint-Amant-la-Cheyre (Cantal), fille d'Antoine-Marie de Charrier et de Geneviève de Luzy. Entrée, selon l'Inv., 7 juillet 1790. Sortie 13 avril 1793 (Crécy). Épouse (1800) Robert-Enjobert de Martillat (mort 11 février 1845, à Saint-Amant-Tallende).

Marie-Jeanne Charron de Brie, née 10, baptisée 12 juin 1721, à Sadillac (Dordogne), diocèse de Sarlat, fille d'Etienne Charron et de Marguerite Viole. — Pr. 14 mars 1731. Morte, 21 avril 1734, à Saint-Cyr (mairie de Saint-Cyr).

Marie-Madeleine Le Charron-Pithurin, née 27 avril, baptisée 2 mai 1723, à Remauville près Nemours (Seine-et-Marne), fille de Claude-Marie Le Charron et d'Henriette-Suzanne de Loisy. — Pr. 7 juillet 1731. B. S. 13 avril 1743. — Dot 21 avril 1746.

Marie-Catherine Le Charron, née 17, baptisée 21 novembre 1726, à Remauville (Seine-et-Marne) près Nemours, diocèse de Sens, fille de Claude Le Charron et de Louise-Henriette-Suzanne de Loisy. Morte, le 3 juillet 1742, à Saint-Cyr (mairie de Saint-Cyr).

Marie-Charlotte-Geneviève Le Charron de Beaupré, née et baptisée le 11 mars 1753, à (Saint-Léger) Leimen près Altkirch (Haute-Alsace), diocèse de Bâle, fille d'Antoine-Henri Le Charron et de Marie-Gabrielle de Gislain. — Pr. 21 février 1765. B. S. 12 mars 1773. — Dot 29 mars 1773. Religieuse. Elle mourut, à Sens, le 8 janvier 1832. (Indication de Mme la comtesse de Guinaumont et communic. de M. L. Bertrand, secr. de la m. de Sens. Etat civil de Sens, année 1832 n° 11.)

Marie-Ursule-Simone Le Charron, née et baptisée 24 février 1762, à (Saint-Léger) Leimen (Haute-Alsace), fille d'Antoine-Henri Le Charron et de Marie-Gabrielle de Gislain. — Pr. 22 mai 1772. B. S 24 février 1782. — Dot 30 mars 1782. Ursuline.

Françoise de Charry-Fourviel, née et ondoyée 13 août 1713, baptisée 9 février 1714, à Saint-Bénin-des-Bois (Nièvre), diocèse de Nevers, fille de Paul de Charry et de Marie-Françoise Berthier de Neulieu. — Pr. 22 mars 1724. Morte, à Saint-Cyr, le 10 novembre 1731 (mairie de Saint-Cyr).

Anne-Nicole de Charry-Giverdy, née 3, baptisée 5 septembre 1728, à Giverdy, comm. de Sainte-Marie-de-Flagelles (Nièvre), fille de Paul de Charry et de Catherine Tricault. — Pr. 12 novembre 1736. Morte, à Saint-Cyr, le 18 février 1740 (mairie de Saint-Cyr).

Anne de Charry, née 8, baptisée 9 mai 1741, à (Saint-Louis) Versailles, fille de Jacques de Charry et de Marie-Françoise Julien. — Pr. 13 novembre 1752. — Dot 22 novembre 1763. Novice 16 novembre 1762. Professe (23 novembre 1763) à Saint-Louis de Poissy. Encore vivante le 12 janvier 1776. (Arch. S.-et-O., titres non classés, fonds Saint-Louis.)

Jeanne de Charry, née en 1747 (probablement entre le 14 janvier et le 9 février), fille de Jacques de Charry et de Marie-Françoise Julien. B. S. 17 janvier 1767. — Dot 26 juillet 1768. Elle épousa (26 janvier 1777) Joseph de Pagany-Eugny. (Renseignements fournis par M. de Mullot-Villenaut.)

Louise de Chassy-Doys, née 24, baptisée 25 août 1726, à (Notre-Dame) Garigny (Cher), diocèse de Bourges, fille d'Edme-Alexandre de Chassy et de Catherine de la Porte-Issertieux. — Pr. 7 mai 1735. B. S. 18 août 1746, — Dot 11 janvier 1749.

Blanche de Chastaing-la-Sizeranne, née et baptisée 10 février 1759, à :Saint-Barnard) Romans (Drôme), fille de Bruno de Chastaing et de Laurence Roux de la Croix. — Pr. 6 décembre 1769. B. S. 31 janvier 1779. — Dot 5 janvier 1779. Elle épousa (31 juillet 1784) Jean-Antoine de Rostaing.

Françoise-Claude de Chasteigner-Rouvre, née 28 avril, baptisée 7 août 1697 à Anché (Vienne), diocèse de Poitiers, fille de Joseph de Chasteigner et de Radegonde Pélisson. — Pr. 14 février 1708. B. S. 20 mai 1717. — Dot 20 mai 1717. Pens. alim. 12 juillet 1715-17 février 1716. Religieuse, ou bien, elle épousa N... de Thianges ?

Marie-Charlotte Chasteigner de Tenessue, ondoyée 17 août 1746, baptisée 18 avril 1747, à Poitiers (Saint-Cybard), fille de Bonaventure-René Chasteigner et d'Anne-Marie Chambellan. — Pr. 10 juin 1758. B. S. 5 août 1766. — Dot 15 décembre 1767. Vivante 28 janvier 1772.

Reine-Mathurine-Marie du Chastel-la-Rouvraye, née le 27, baptisée le 28 août 1754, à Saint-Juvat (Côtes-du-Nord) en Bretagne, fille de François-César du Chastel et de Reine du Chastel la Rouaudrais. — Pr. 5 mars 1764. Morte, à Saint Cyr, le 11 février 1767 (maire de Saint-Cyr).

Jeanne-Françoise-Julie de Chateaubodeau, née, à Clermont-Ferrand, le 11 novembre 1780 (Tardieu : *Gén. de la m. de Bosredon*, p. 255), fille de Sébastien de Chateaubodeau et de Madeleine de Mayet-la-Vilatelle (Cf. dans les pièces de sortie de Saint-Cyr, une lettre de cette dernière à sa fille et les expressions touchantes qu'elle emploie en parlant à « sa petite »). Nous n'avons pu trouver la date d'entrée à Saint-Cyr, restée en blanc dans l'Inventaire. Sortie 27 octobre 1792 (Crécy). Chanoinesse de Malte (1788). Elle épousa N... de Frédi.

Marie-Anne de Chateauchalon, baptisée 11 novembre 1760, à la Celle-Saint-Avant (Indre-et-Loire), diocèse de Tours, fille de Jean de Chateauchalon et de Marie-Anne Coustard. — Pr. 12 août 1772. B. S. 27 octobre 1780. — Dot 19 janvier 1781.

Marthe-Renée de Château-Thierry-la-Noue, née 21, baptisée 23 octobre 1687, à Sainte-Mesme au Perche (Seine-et-Oise), diocèse de Chartres, fille d'Alexandre de Château-Thierry et d'Anne Miolais. — Pr. 9 août 1698. B. S. 28 octobre 1707. — Dot 28 octobre 1707.

Françoise de Châtenay-Lanty, née 21, baptisée 22 septembre 1720, à Echalot (Côte-d'Or), diocèse de Langres, fille de Philippe de Châtenay et de Claude-Marie Giraut. — Pr. 9 février 1731. B. S. 25 août 1740. — Dot 17 juin 1741.

Louise de Chastenay-Lanty, née 31 juillet, baptisée 3 août 1723, à Echallot (Côte d'Or), bailliage de Châtillon-sur-Seine, fille de Philippe de Chastenay et de Claude-Marie Giraut. — Pr. 9 février 1731. B. S. 14 mai 1743. — Dot 14 février 1746.

Marie-Charlotte-Françoise de Châtenay, née 20, baptisée 22 décembre 1726, à (Saint-Pierre-ès-Liens) Bricou (Haute-Marne), diocèse de Langres, fille de Claude-Maurice de Châtenay et de Marie-Charlotte de Raigecourt. — Pr. 24 août 1734. B. S. 22 décembre 1746. — Dot 13 janvier 1749. — Chanoinesse.

Claudine-Thérèse de Chastenay-Lanty, née 2, baptisée 3 novembre 1733, à (Notre-Dame), Dijon, fille de François-Elie de Chastenay et de

Jeanne-Françoise Gardien. — Pr. 21 janvier 1744. B. S. 4 avril 1754. —
Dot 10 juillet 1756.

Marie-Henriette-Julie de Chastenay-Lanty, née 7, ondoyée 8 octobre,
baptisée 29 novembre 1737, à Paris (Saint-Sulpice), fille de François-Elie
de Chastenay et de Jeanne-Françoise Gardien. B. S. 30 septembre 1757.
— Dot 4 avril 1761. Morte, le 19 juillet 1782, religieuse aux Récollets
de Paris.

Marie-Charlotte-Armande-Etiennette de Chastenay-Bricon, née et baptisée le 8 avril 1753, à Polisyen Bourgogne (Aube), fille de Pierre-Fran-
çois-Hubert de Chastenay et de Marie-Armande Henne de Cherisy. —
Pr. 6 août 1763. B. S. 2 mars 1773. — Dot 1er avril 1773.

Céleste-Jeanne Chatton des Morandais, née et baptisée 11 octobre 1764,
à Noyal (Côtes-du-Nord), près Lamballe, fille d'Eugène Chatton des
Morandais et de Jeanne-Thérèse Le Normand. — Pr. 7 février 1776.
B. S. 6 octobre 1784. — Dot 30 décembre 1784.

Pélagie-Modeste Le Chauff, née et baptisée, le 9 septembre 1745, à
Merdrignac (Côtes-du-Nord), fille de Mathurin-René Le Chauff et d'Apolline Posnic. — Pr. 9 mars 1757. B. S. 13 octobre 1765. — Dot 22 mai
1767. Vivante 28 janvier 1772.

Claude-Barbe de Changy, née 15, baptisée 16 novembre 1701, à Saint-
Léger-sous-Beuvray (Saône-et-Loire), diocèse d'Autun, fille de François
de Changy et de Françoise de Chevigny. — Pr. 3 décembre 1708. B. S.
15 novembre 1721. — Dot 18 février 1721.

Gabrielle de Chaunac-Montlogis, née 10, baptisée 13 février 1687, à
(Notre-Dame) Aurillac (Cantal), diocèse de Saint-Flour, fille de Jean de
Chaunac et de Gabrielle de Pagis. — Pr. 19 février 1696. B. S. 12 avril
1707. — Dot 4 avril 1707. Elle épousa (1714) Etienne de Séguy.

Jeanne-Marie de Chaunac-Montlogis, née 2, baptisée 3 août 1733, à
(Notre-Dame) Aurillac (Cantal), fille de Raymond de Chaunac et de
Jeanne de Pagès. — Pr. 30 décembre 1743. B. S. 19 mai 1753. — Dot
29 janvier 1759.

Marie-Françoise de la Chaussée, née 14, baptisée 16 août 1686, à
(Saint-Laurent) Mainterne (Eure-et-Loir) diocèse de Chartres, fille d'Henri

de la Chaussée et de Marie-Charlotte de Nollent. — Pr. 20 avril 1697.
Morte, le 17 août 1703, à Saint-Cyr (mairie de Saint-Cyr).

Henriette-Françoise de la Chaussée, née 23, ondoyée 24 octobre 1688,
baptisée 27 décembre 1691, à (Sainte-Anne) la Saucelle (Eure-et-Loir),
diocèse de Chartres, fille d'Henri-François de la Chaussée et de Marie-
Charlotte de Nollent. — Pr. Juillet 1699. B. S. 23 octobre 1708. — Dot
12 décembre 1708.

Angélique-Anne de la Chaussée, née 10, baptisée 12 juillet 1741, à
(Notre-Dame) Souvigné (Deux-Sèvres) en Poitou, fille de Jacques de la
Chaussée et d'Anne-Bénigne Isambert. — Pr. 30 juin 1753. Morte, le
2 octobre 1753, à Saint-Cyr (mairie de Saint-Cyr).

Marie-Josèphe de la Chaussée-Saint-Aubin, née 5, baptisée 6 janvier
1755, à (Notre-Dame) Montreuil-sur-Mer (Pas-de-Calais), fille de Charles
de la Chaussée et de Marie-Béatrix Moullart. — Pr. 30 avril 1766. B. S.
9 octobre 1774. — Dot 11 mai 1776. Elle épousa Félix-Louis-Joseph
Warnier de Wailly.

Marie-Jeanne Chauvelin de Beauregard née 28, baptisée 30 octobre
1723, à (Saint-Martin) Quéaux (Vienne) [1] diocèse de Poitiers, fille de
François-Sylvain Chauvelin et de Marie-Catherine de Nuchèze. — Pr.
28 décembre 1733. B. S. 29 octobre 1743. — Dot 4 janvier 1746. —
Visitandine à Poitiers.

Marie-Julie Chauvelin, ondoyée 11 janvier 1759, baptisée 8 mai 1760,
à Notre-Dame) Niort (Deux-Sèvres), diocèse de Poitiers, fille de François-
Marie Chauvelin et de Josèphe Chassin de Thierry. — Pr. 6 avril 1769.
— Dot 11 mai 1779. B. S. n. d. Voy. 3 avril 1779. Elle épousa François
Scourions de Boismorand. Elle mourut, le 19 septembre 1749, à midi, chez
les Visitandines, à Poitiers. (Etat-Civil de Poitiers. Décès. Communic.
m. de Poitiers).

Amable de Chauvigny-Blot, née et baptisée le 16 octobre 1741, à
Salles, diocèse de Clermont-Ferrand (Salles, commune de Saint-Germain-
de-Salles (Allier), fille de Joseph de Chauvigny et de Louise de Rollat. —
Pr. 15 avril 1751. B. S. 1er novembre 1763. — Dot 31 juillet 1766. Vivante
28 janvier 1772. Elle épousa (18 mai 1762) Pierre de Saint-Giron-les-
Armonières (vivant 31 juillet 1766).

[1] M. l'abbé Chasteau, curé de Quéaux, m'a envoyé son extrait de baptême.

Amable-Henriette de Chauvigny-Blot, née et baptisée le 26 mars 1756,
à Saint-Bonnet-de-Rochefort (Allier) diocèse de Clermont-Ferrand, fille
de Gilbert-Michel de Chauvigny et de Marie Valette de Bosredon. —
P. R. 6 avril 1763. B. S. 17 juillet 1776. — Dot 30 mars 1778. Elle épousa
François-Aldebert de Sévérac, puis (8 septembre 1797) Claude-Etienne-
Annet des Roys (né à Eschandelys, le 13 septembre 1754, mort à Avrilly,
le 22 septembre 1823) et mourut à Moulins, le 20 novembre 1842, rue de
Paris (Renseignements fournis par M. le marquis des Roys. Bulletin
délivré par la mairie de Moulins).

Anne-Marie-Françoise de Chauvigny-Blot-le-Vivier née 1ᵉʳ, baptisée
10 mars 1769, à Saint-Gal (Puy-de-Dôme) diocèse de Clermont-Ferrand,
fille de Louis de Chauvigny et de Marguerite des Champs. B. S. 5 mars
1789. — Dot 6 septembre 1790. Chanoinesse de Sainte-Marie de Metz
(1790).

Antoinette-Louise de Chauvigny-Blot, née 30 août 1772, à Saint-Gal
(Puy-de-Dôme) diocèse de Clermont-Ferrand (communic. de M. Rollin,
sec. de la m. de Saint-Gal) fille de Louis de Chauvigny et de Marie-Marguerite des Champs. Morte à Saint-Cyr, le 31 décembre 1791 (mairie de
Saint-Cyr).

Marie-Josèphe de Chavigny-Margny, née 29, baptisée 31 mai 1729, à
(Saint-Léger) Janviller (Marne), diocèse de Soissons, fille d'Elie-Vincent
de Chavigny et de Madeleine de Villelongue. — Pr. 27 avril 1741. B. S.
23 mars 1749. — Dot 13 novembre 1750. Novice (20 juin 1752), professe
(28 août 1753) à Saint-Louis de Poissy. Vivante 1ᵉʳ février 1780 (Arch.
Seine-et-Oise, fds. Saint-Louis de Poissy).

Louise-Véronique-Julie de Chavigny-Courbois, née 24, baptisée 30
janvier 1736, à Saint-Cyr-sur-Morin (Saint-Cyr-sur-Morin) (Seine-et-
Marne) fille d'Antoine de Chavigny et de Marie-Catherine Chopin. — Pr.
8 janvier 1748. B. S. 6 février 1756. — Dot 15 février 1762.

Henriette-Marie-Louise de Chavigny-Charmoy-Courbois, née 13, baptisée 14 septembre 1752, à (Saint-Pierre) Jouarre (Seine-et-Marne) diocèse de Meaux, fille de Louis-Antoine-Pierre de Chavigny et de Louise-
Marie-Anne Macquart. — Pr. 21 février 1764. Morte à Saint-Cyr, le 22
décembre 1765 (mairie de Saint-Cyr).

Marie-Anne de Chavigny, née en 1758 (en juillet, probablement) fille de

Louis-Antoine-Pierre de Chavigny et de Louise-Marie-Anne Macquart[1].
B. S. 13 juillet 1778. — Dot 24 novembre 1778.

Jeanne-Claudine de Chavigny-Courbois, née 8, baptisée 10 novembre
1760 à (Saint-Sulpice), Paris, fille d'Esprit-Juvénal de Chavigny et
d'Anne Claude Bonniot. — Pr. 19 février 1772. B. S. 3 octobre 1780.
Chanoinesse. — Dot 29 août 1782.

Marie-Angélique-Françoise de Chavigny-Grandmaison, née et baptisée
3 août 1763, à (Saint-Pierre) Jouarre (Seine-et-Marne), diocèse de Meaux,
fille de Louis-Antoine-Pierre de Chavigny et de Louise-Marie-Anne Jac-
quart. Morte à Saint-Cyr, le 7 novembre 1777 (mairie de Saint-Cyr).

Françoise-Angélique-Suzanne des Cheminades-Lormet, née et ondoyée
6 août, baptisée 30 octobre 1738, à (Saint-Jean) Ceaux (Haute-Loire),
diocèse du Puy, fille de Claude–Dominique des Cheminades et de Catherine de Lescure. — Pr. 8 avril 1749. B. S. 28 novembre 1758. Novice
(sœur Saint-Joseph) à l'Hôtel-Dieu de Mantes. Morte à Mantes, le 12 avril
1774 (mairie de Mantes). — Dot 6 septembre 1759.

Jeanne-Suzanne-Douce Chenu du Souchet, née 14, baptisée 16 janvier
1774, à (Saint-Roch), Paris, fille d'Edme-Roch de Chenu et de Marie-
Nicole Larcher. — Pr. 10 novembre 1783. Entrée selon l'Inv. 11 novembre
1783. Sortie 11 mars 1793 (Crécy).

Marie-Anne de Chéri-Beaumont, née 17, baptisée 19 août 1723, à (Saint-
Avigle) Nevers, (Nièvre), fille de Jean-François-Eustache de Chéri et
d'Anne des Prez-Montigny. — Pr. 7 mars 1733. B. S. 11 juillet 1743. —
Dot 12 août 1746.

Marie-Jeanne de Chermont, baptisée 2 septembre 1738, à Longwy
(Meurthe-et-Moselle), diocèse de Trèves, fille de Nicolas-Claude de Cher-
mont et de Jeanne-Baptiste-Catherine du Moulin. — Pr. 23 juillet 1750.
B. S. 14 novembre (1761). — Dot 5 juillet 1764. Novice bénédictine à
Saint-Nicolas-du-Port, à Nancy (5 novembre 1764).

Anne-Claude de Chermont, née et baptisée le 28 août 1740, à (Saint-
Aignan) Toul (Meurthe-et-Moselle), fille d'Alexandre-Joseph de Cher-

_____

[1] Ils eurent une fille, nommée Marie-Anne, née et baptisée à Jouarre, le 1er avril
1755 (communic. de M. Richard, sec. de la m. de Jouarre). Serait-ce notre saint-
cyrienne?

mont et de Marie-Anne Virla. — Pr. 19 août 1752. B. S. 1758. — Dot 16 novembre 1761. Annonciade à Meulan (Sœur Sainte-Félicité). Entrée (25 juillet 1760). Novice (13 novembre 1760). Professe (22 septembre 1761). Visitandine 9 août 1785 (Arch. S.-et-O. G. 150).

Marie-Elisabeth Chevaleau de Boisragon, née 5 octobre, baptisée 22 novembre 1776, à Saint-Pierre-ès-Liens) la Chapelle-Bâton (Vienne), diocèse de Poitiers, fille de Jean-Baptiste Chevaleau et de Marie de Magne. Entrée, selon l'Inv., le 13 mai 1786. Sortie le 21 mars 1793 (Crécy). Morte, sans alliance, vers 1800, au château de la Chesnaye.

Marie-Elisabeth Chevalier de Cablant, née 15, baptisée 19 septembre 1748, à (Saint-Front) Périgueux (Dordogne), fille de Pierre-Joseph Chevalier et de Suzanne du Lau d'Allemans. — Pr. 28 mai 1760. B. S. 30 septembre 1768. — Dot 17 avril 1769.

Marie-Adélaïde-Angélique Chevalier des Minières, née et baptisée 11 juillet 1765, à Ouanne (Yonne) diocèse d'Auxerre, fille d'Edme-Claude-Charles-Antoine Chevalier et de Marie-Louise-Jeanne de Druys. Morte 7 octobre 1781, à Saint-Cyr (mairie de Saint-Cyr).

Elisabeth du Cheylar-la-Queyrerie, née et baptisée 13 décembre 1779, à Saint-Avit-de-Vialard (Dordogne) (communic. de M. le secrétaire de la mairie de Saint-Avit-Vialard), diocèse de Périgueux, fille de Jean du Cheylar et de Marguerite de Senailhac. Entrée, selon l'Inv., le 21 mai 1787. Sortie, le 20 avril 1793 (Crécy).

Jeanne de Chièvres-Salignac, née 1er mars, baptisée 23 avril 1676, comme huguenote, à Barbezieux (Charente), diocèse de Saintes, fille de Jacob de Chièvres et de Marie Le Maréchal — Pr 29 novembre 1686.

Marie de la Chièze-Briance-Sainte-Sozie, née 3, baptisée 5 juillet 1726, à (Saint-Maur) Martel (Lot), diocèse de Cahors, fille d'Antoine-Philippe de la Chièze et de Marie de Castanet. — Pr. 12 février 1738. B. S. 16 juillet 1746. — Dot 24 mai 1747.

Catherine du Chilleau-Retail, née 21, baptisée 26 mars 1697, à Mouterre-Silly (Vienne), diocèse de Poitiers, fille de Pierre du Chilleau et de Catherine Thérèse Mesmin de Silly. — Pr. 21 décembre 1706. B. S. 22 mars 1717. — Dot 14 mai 1717. Morte, le 31 janvier 1751, au Calvaire de Loudun (de Chabot : *Preuves des demoiselles poitevines entrées à Saint-Cyr*).

Françoise-Espérance de Chivallet-Chamont, née et baptisée 5 janvier 1752, à Eyzin (Isère), fille de Benoît de Chivallet et de Suzanne de Saint-Lager — Pr. 25 mai 1763. B. S. 2 janvier 1772. — Dot 21 mai 1773.

Marie-Henriette de Choiseul-Beaupré, baptisée le 3 juin 1675, à Fremerstrof (diocèse de Trèves), fille de François-Albert de Choiseul et de Marie de Lorraine-Moy. — Pr. 1er juin 1686. Novice à Saint-Cyr (19 mars 1695), vivante en 1719, séparée de François de Lupré-la-Fond, avec lequel elle s'était mésalliée.

Françoise-Christine de Choiseul, née 6, baptisée 7 juillet 1685, à Chassey-Beaupré (Chassey (Meuse), diocèse de Toul, fille de Louis de Choiseul et de Catherine de la Barre. — Pr. 23 novembre 1695. Elle mourut, le 7 février 1702, à Saint-Cyr (mairie de Saint-Cyr).

Madeleine-Françoise de Choiseul-Esguilly, née 5, baptisée 6 mars 1696, à (Saint-Jean) Dijon (Côte-d'Or), fille de François-Léonor de Choiseul et d'Eléonore Thibault de Jussey. — Pr. 20 octobre 1706. B. S. 1er mars 1716. Chanoinesse à Montigny-lès Vesoul (1721). Dot 31 décembre 1715 (Abbé Vannier : *Hist. de l'abb. royale de Montigny-lès-Vesoul* p. 77, Vesoul, 1877, in-8°).

Elisabeth-Claire de Choiseul-Beaupré, née 6, baptisée 8 mai 1720, à Moranville (Meuse), diocèse de Verdun, fille d'Antoine de Choiseul et d'Anne-Charlotte d'Iflot. — Pr. 3 août 1729. B. S. 7 mai 1740. — Dot 17 septembre 1742. Religieuse à l'*Ave-Maria*. Novice à Sainte-Glossinde de Metz (17 septembre 1742). Elle y était religieuse, le 12 octobre 1752 (d'Huart : *Notice sur Sainte-Glossinde)*. Abbesse en 1761 *(Gallia Christ.)*?

Marguerite-Scolastique de Cholet-Longeaux, née 16, baptisée 18 juin 1750, à Longeaux (Meuse), diocèse de Toul, fille de Charles de Cholet et de Marguerite-Scolastique Genin. — Pr. 30 juillet 1761. B. S. 10 juillet 1770. — Dot 13 juillet 1770. Elle épousa Henri-Gédéon de Condé-Avocourt (Mort 1er août 1794). Condamnée à mort par le tribunal révolutionnaire de la Meuse, siégeant à Saint-Mihiel, le 14 thermidor an II (1er août 1794) (Prudhomme), elle fut exécutée, ainsi que son mari, le soir, à 4 heures (Dumont *Histoire de Saint-Mihiel*, II, 269. Paris, 1860-1862. 2 vol. in-8°). M. Moussieux, sec. de la m. de Saint-Mihiel, nous a communiqué un extrait de l'état-civil de Saint-Mihiel, confirmant la date et l'heure,

Louise-Charlotte-Madeleine de Chourses-Piacé, née 5, baptisée 11 décembre 1736, à Piacé (Sarthe), diocèse du Mans, fille de Louis de Chourses et de Louise d'Escorches. — Pr. 26 mai 1746. B. S. 5 décembre 1756. — Dot 17 septembre 1762. Elle épousa (2 juillet 1759) Jean-Charles Claude Champion de la Bougonnière.

Guyonne-Yvonne Chrestien de la Masse, née 7, baptisée 9 juillet 1710, à (Saint-Trémeur) Carhaix (Finistère), diocèse de Quimper, fille d'Alexandre Chrestien de la Masse et de Louise de Kéréraut. — Pr. 5 novembre 1718. Pens. alim. 21 janvier 1732, 31 décembre 1734. — Dot 27 mai 1737, B. S. 21 novembre 1730.

Louise-Paule Cicéri, baptisée 18 avril 1695, à Cavaillon (Vaucluse), fille de Véran Cicéri et de Claude de Calvet. — Pr. 24 mai 1704. B. S. 24 avril 1715. — Dot 11 octobre 1715. Elle épousa N..., sieur de Puygiron (Pithon-Curt).

Jeanne-Cécile de Circourt-Ozerailles, née 6, baptisée 7 août 1730, à (Saint-Cyr) Nancy (Meurthe-et-Moselle), diocèse de Toul, fille de Robert de Circourt et de Marguerite du Houx-Dombasle. — Pr. 13 mars 1739. B. S. 4 août 1750. — Dot 14 août 1753.

Marie-Anne de Cissey-la-Courtinière, née et baptisée 10 août 1686, à (Saint Barthélemy) Le Pin (Orne), diocèse de Séez, fille de Louis de Cissey et de Catherine de Basson. — Pr. 10 janvier 1697. B. S. 8 août 1706. — Dot 9 août 1706.

Marie-Renée-Angélique de Cissey-la-Courtinière, née 23, baptisée 24 septembre 1751, à (Saint-Barthélemy) Le Pin au Perche (Le Pin-la-Garenne) (Orne), fille de Pierre-Barthélemy de Cissey et d'Anne-Renée Erard. — Pr. 26 mai 1761. B. S. 25 septembre 1771. — Dot 19 décembre 1771.

Jeanne-Madeleine-Clément du Wault-Lhéraulle-Courcelles, née 1er, baptisée 2 janvier 1712, à la Neuville-Wault (Oise), diocèse de Beauvais, fille de Charles-Clément du Wault et de Françoise-Albertine Bernard du Bois. — Pr. 21 juillet 1721. B. S. 18 janvier 1732. — Dot 21 février 1733.

Marie-Françoise-Henriette Clément du Wault-Lhéraulle-Courcelles, née et baptisée 30 novembre 1712, à la Neuville-Wault (Oise), diocèse de Beauvais (communic. de M. Mony, sec. de la m. de la Neuville), fille de

Charles Clément du Wault et de Françoise-Albertine Bernard du Bois.
— Pr. février 1724. Novice (8 juillet 1731). Religieuse (12 juillet 1733) à
Saint-Cyr. Sortie à la suppression. Morte en 1795 (Lavallée).

Geneviève-Thérèse Le Clerc de Fleurigny, née 3, baptisée 30 janvier
1713, à Torfou (Seine-et-Oise), diocèse de Paris, fille de Charles-Henri
Le Clerc et de Geneviève-Françoise Le Vignon. — Pr. 30 janvier 1721.
B. S. 3 janvier 1733. — Dot 4 décembre 1739. Elle épousa (22 mars 1746)
Charles-Louis de Vidal-Esserville.

Geneviève-Rosalie Le Clerc de Fleurigny, née et baptisée le 23 mars
1718, à Torfou (Seine-et-Oise) (communic. de M. Charles Rène, sec. de
la m. de Torfou), fille de Charles-Henri Le Clerc de Fleurigny et de
Geneviève Le Vignon. — Pr. août 1725. B. S. 31 janvier 1738. — Dot
20 février 1739.

Suzanne de Clermets-Framicourt, née 12, baptisée 18 avril 1685, à
(Saint-Remi) Ponchon (Oise), diocèse de Beauvais, fille de Charles de
Clermets et d'Anne Seston. — Pr. 10 septembre 1695. B. S. 11 avril 1705.
— Dot 13 avril 1705.

Anne-Françoise de Clermets-la-Mairie, baptisée 5 juillet 1732, à Mor-
tefontaine (canton de Noailles, Oise), diocèse de Beauvais, fille de Pierre
de Clermets et de Jeanne-Françoise de Cœurlit. — Pr. 25 avril 1743.
B. S. 27 août 1752. — Dot 29 juillet 1754.

Marie-Gabrielle-Elisabeth de Clermont-Tonnerre, née 2 février 1678,
baptisée 12 janvier 1687, à (Saint-Germain-l'Auxerrois), Paris, fille de
Charles de Clermont et de Marguerite de Matissart. — Pr. 14 juillet 1687.
Morte, à Paris, vers 1704. Religieuse à Saint-Paul de Beauvais.

Anne de Clermont-Chaste-Gessans, baptisée 15 février 1697, à Saint-
Jean) Châteauneuf-sur-Galaure (Drôme), diocèse de Vienne, fille de
Joseph-Louis de Clermont et de Françoise Boccon. — Pr. 15 mars 1705.
B. S. 8 mars 1717. — Dot 8 mars 1717. Religieuse professe à Chelles
(6 octobre 1722), abbesse de Beaurepaire (juillet 1726-octobre 1734),
abbesse de Chelles (reçue 25 janvier 1735-3 juillet 1789). Morte, le 3 juillet 1789 (Cf. abbé Torchet : Hist. de l'abb. de Chelles II. 155-207. Paris,
1889. 2 vol. in-8° : — Cf. aussi Gazette de France).

Françoise-Claudine de Clermont-Chaste-Gessans, née 13, baptisée 15 octobre 1704, à Châteauneuf-de-Galaure (Drôme), diocèse de Vienne, fille de

Joseph-Louis de Clermont et de Françoise Boccon. — Pr. 20 avril 1715.
B. S. 25 octobre 1724. — Dot 15 juin 1728. Religieuse à Saint-Paul-
d'Izeaux (1728). Chelles (octobre 1734).

Marie-Charlotte de Cléry-Frémainville, née 8 février 1677, baptisée
15 octobre 1684, à (Saint-Clair) Frémainville (Seine-et-Oise), fille de
Charles de Cléry et de Geneviève Bouju. — Pr. 20 août 1687. Morte, le
5 décembre 1687, à Saint-Cyr (mairie de Saint-Cyr).

Anne-Charlotte de Cléry-Frémainville, née en 1686 (probablement
entre le 5 septembre et le 4 octobre), probablement à Frémainville (les
registres de cette commune sont en lacune pour 1686), fille de Charles
de Cléry et de Geneviève de Bouju. B. S. 14 janvier 1707. — Dot 16 janvier 1707. Elle vivait encore, le 22 septembre 1751, à Saint-Gervais-lès-
Magny en Vexin (Car. H. 191, p. 251).

Marie-Françoise de Cléry-Sérans, née 29, baptisée 30 octobre 1698, à
Sérans (Oise) en Vexin (diocèse de Rouen), fille de Charles-François de
Cléry et de Françoise de Troyes. — Pr. 30 décembre 1707. B. S. 23 no-
vembre 1718. — Dot 3 janvier 1719.

Marie-Marguerite de Cléry-Frémainville, née 27 avril, baptisée 1er mai
1701, à Avesnes en Vexin (Avesnes, cant. de Gournay, Seine-Inférieure),
diocèse de Rouen, fille de Charles de Cléry et d'Anne-Gabrielle Le Boucher. — Pr. 9 janvier 1713. Retirée, avant vingt ans, pour raisons de
famille.

Marie-Denise de Cléry-Sérans-Pienne, née et baptisée 9 octobre 1719,
à (Saint-Pierre) Vert-en-Drouais (Eure-et-Loir), près Dreux, diocèse de
Chartres, fille de Godefroy de Cléry et de Marie de Fougeu-Escures. —
Pr. 21 septembre 1730. Pens. p. infirm. 16 janvier 1734-15 février 1739.
B. S. 7 septembre 1741.

Anne-Elisabeth de Cléry, née et baptisée, le 21 décembre 1755, à Saint-
Clair-sur-Epte (Seine-et-Oise), diocèse de Rouen, fille de Charles-Léonor
de Cléry et de Marie-Anne-Louise d'Houetteville. — Pr. 11 mai 1765.
Morte, à Saint-Cyr, le 31 janvier 1769 (mairie de Saint-Cyr).

Adélaïde-Gabrielle-Charlotte de Cléry-Fayel, née et baptisée 12 septembre 1761, à Saint-Clair-sur-Epte (Seine-et-Oise), fille de Charles-Léonor
de Cléry et de Marie-Anne-Louise d'Houetteville. — Pr. avril 1771. B. S.

17 septembre 1781.— Dot 10 novembre 1781. Chanoinesse de Troarn (13 décembre 1787). Elle épousa, à Magny-en-Vexin, le 25 avril 1792, Achille-André Cochin.

Louise-Marguerite de Clinchamp, née 27, baptisée 28 mai 1676, à (Sainte-Croix) Arras (Pas-de-Calais), fille de Jean de Clinchamp et de Marie-Marguerite de France. — Pr. 7 avril 1687. Morte, le 28 mai 1748. Elle épousa (25 novembre 1709) Jacques-François-Théodore de Clinchamp-Bellegarde († 20 novembre 1724, à Perpignan) (Noulens : *Hist. de la m. de Clinchamp*).

Gabrielle-Louise-Rose de Clinchamp-Teille, née et baptisée 16 mars 1740, à Montbizot-en-Maine (Sarthe), fille de Gabriel-Grégoire de Clinchamp et de Marie-Françoise-Jeanne de la Roche. — Pr. 13 août 1750. B. S. 20 février 1760. — Dot 24 décembre 1765. Visitandine au Mans (Arch. de la Sarthe. II. 1747) (Novice 19 janvier 1761).

Marie-Geneviève de Clinchamp-Bellegarde, née et baptisée à (Saint-Denis) Evreux, le 20 juin 1761, fille de Joseph-Albert de Clinchamp et de Marie-Madeleine-Geneviève de Clinchamp. — Pr. 25 avril 1770. B. S. 9 juin 1781. — Dot 18 juillet 1781. Elle mourut, à Eu, le 20 germinal an II (Etat-Civil d'Eu, an II, n° 34).

Barbe de Clinchamp, née 28, baptisée 29 mai 1767, à (Saint-Simon) Metz, fille de Jacques-François-Théodore-Louis de Clinchamp et de Madeleine Moré. — Pr. 22 novembre 1777. B. S. 4 septembre 1787. Chanoinesse à Joursay-en-Forez (1787-1790). — Dot 28 avril 1790. Elle épousa Paul Véronèse.

Marie-Thérèse du Clozel-la Baudinière, baptisée 20 août 1714, à (Saint-Sulpice) Orville (Indre), diocèse de Bourges, fille de Pierre du Clozel et de Marie-Madeleine de la Pivardière. — Pr. 15 mars 1726. B. S. 2 mai 1734. — Dot 20 mars 1736.

Jeanne-Catherine de Cockburn-Villeneuve, née 20, baptisée 21 octobre 1721, à Villeneuve-au-Chemin (Aube), diocèse de Sens, fille de Jean-Baptiste-Louis de Cockburn et de Catherine du Bourg. — Pr. 5 février 1733. Novice (3 janvier 1742), professe (4 janvier 1744) à Saint-Cyr. Morte, le 16 novembre 1792 (Cf., sur sa mort, l'ouvrage de Th. Lavallée. C'est la dernière religieuse morte à Saint-Cyr).

Charlotte Eugénie de Cockburn-Villeneuve, née 11, baptisée 13 avril 1728, à Villeneuve-au-Chemin (Aube) (communic. de M. Masson, secrétaire de la mairie de Villeneuve), fille de Jean-Baptiste de Cockburn et de Catherine du Bourg. B. S. 29 avril 1748. — Dot 17 février 1750. Elle épousa Claude d'Harenguiers.

Anne-Marie de Cohorn-Latour, née et ondoyée 11 mai, baptisée 16 mai 1719, à (la cathédrale) Carpentras (Vaucluse), fille de Charles de Cohorn et d'Anne-Marie Salvatoris. — Pr. 19 août 1728. B. S. 25 mai 1739. — Dot 10 octobre 1741.

Madeleine-Elisabeth-Flavie de Cohorn-la Palu, née 4, baptisée 5 septembre 1726, à (la cathédrale) Carpentras (Vaucluse), fille d'Alexandre-Louis de Cohorn et de Lucrèce de Silvecane-Camaret. — Pr. 2 septembre 1738. B. S. 18 août 1746. — Dot 20 mars 1751.

Geneviève-Cécile de Coigny-Bréauté, née 31 août, baptisée 2 septembre 1674, à Barquet (Eure), diocèse d'Evreux, fille de Basile de Coigny et de Brigitte de Marieux. — Pr. 10 juillet 1686. Religieuse au Val-de-Grâce (sœur des Séraphins). Abbesse de Malnoüe (n. 26 décembre 1719. Reçue 7 mai 1722. Morte, le 11 septembre 1737 *(Gallia Christiana*, VII, 596).

Marie-Marguerite de Coigny-Bréauté, née et baptisée 28 septembre 1691, à Maurepas (Seine-et-Oise), diocèse de Chartres, fille de Louis de Coigny et de Marguerite de Hazeville. — Pr. 27 janvier 1700. Morte. à Saint-Cyr, le 29 mars 1702 (mairie de Saint-Cyr).

Marie-Claude de Colas-Cintré, née 21 mars, baptisée 7 avril et 21 juin 1698, à Champrond-en-Gâtine (Eure-et-Loir), diocèse de Chartres (communic. de M. le sec. de la m. de Champrond-en-Gâtine), fille de Jacques de Colas et de Louise-Marguerite Vivet. — Pr. 23 octobre 1705. B. S. 6 mars 1718. — Dot 18 février 1721.

Françoise-Gabrielle Colasseau de la Machefollière, née 3, baptisée 4 juillet 1734, à (Saint-Marcel) Tiercé (Maine-et-Loire), diocèse d'Angers, fille de César-Prosper-Annibal Colasseau et de Marthe-Catherine de Montplacé. — Pr. 18 septembre 1742. Morte, à Saint-Cyr, le 9 février 1745 (m. de Saint-Cyr).

Claudine-Françoise Colin de Montigny-Champagne, née 27, baptisée 28 janvier 1736, à (Saint-Anatoile) Salins (Jura), diocèse de Besançon, fille de Pierre-Emmanuel Colin et de Suzanne de Boitouset. Pr. 21 décembre 1745. Voyage 6 octobre 1755. — Dot 23 juillet 1761.

Marie-Reine de Colins-Quievrechin, née 3, baptisée 4 septembre 1739, à Quievrechin (Hainaut), fille de Philibert-Antoine de Colins et de Gasparine-Caroline-Michelle de Colins. — Pr. 25 juin 1751. Morte, à Saint-Cyr, le 24 octobre 1756 (m. de Saint-Cyr).

Rose-Pélagie de Collard des Hommes, baptisée 12 décembre 1742, à (Saint-Christophe) Lignac (Indre), diocèse de Bourges, fille de Louis de Collard et de Marie de la Faire. — Pr. 6 juillet 1753. Morte, le 5 novembre 1756, à Saint-Cyr (m. de Saint-Cyr).

Bonne-Madeleine Collas de Longpré, baptisée 10 février 1742, à (Saint-Florent) Besneville (Manche), diocèse de Coutances, fille de Jacques Collas et de Suzanne Françoise-Gabrielle-Antoinette Nicole. — Pr. 7 août 1749. B. S. 1763. Novice visitandine rue du Bac (1763).

Émilie-Collas de la Baronnais, née et baptisée 27 avril 1769, à Saint-Enogat (Ille-et-Vilaine), fille de Pierre Collas et de Renée-Yvonne de Kergu. —.Pr. 16 avril 1779. Novice à Saint-Cyr (27 août 1789). Sortie en 1793.

Agathe-Renée Collas de la Baronnais, née 8, baptisée 10 septembre 1778, à Saint-Enogat (c. Dinard, Ille-et-Vilaine), fille de Pierre Collas et de Renée-Yvonne de Kergu. Entrée, selon Inv., 29 juillet 1788. Sortie 13 avril 1793 (Crécy).

Catherine-Thérèse de Colliquet-Levoncourt, née et baptisée, le 16 octobre 1762, à Bar-le-Duc (Meuse), fille de François de Colliquet et de Catherine de Poirson. — Pr. 31 janvier 1771. B. S. 16 décembre 1782. — Dot 7 janvier 1783. Elle épousa (20 brumaire an II) Charles-Maxe. de Longeaux (né à Bar 15 février 1753) (Baron de Dumast : *Ch. des Comptes de Bar*, pp. 214 et 403).

Béatrix de Colliquet-Levoncourt, née 6, baptisée 7 novembre 1765, à Bar-le-Duc, fille de François de Colliquet et de Catherine de Poirson. B. S. 7 septembre 1785. — Dot 14 janvier 1786. Elle épousa (22 vendémiaire an III) Claude-Isidore Regnault (né à Brémont, le 4 février 1768) Baron de Dumast : *Ch. des Comptes de Bar*, p. 214).

Armande-Louise-Jeanne-Pauline de Combarel-Gibanel-Vernège, née et
baptisée 20 avril 1764, à (Saint-Gildas) Vigny (Seine-et-Oise), diocèse de
Rouen, fille de Pierre-Marie de Combarel et de Jeanne Coustard. B. S.
11 février 1784. — Dot 2 juin 1784.

Charlotte-Angélique de Combaut-Auteuil, née et ondoyée 15 novembre
1694, baptisée 6 avril 1701, à (Saint-Germain) Berneuil (Berneuil-lès-
Auteuil) (Oise), diocèse de Beauvais, fille de Charles-Gilbert de Combaut
et de Marie-Angélique Cotelle. — Pr. 5 juin 1702. B. S. 15 décembre 1714.
— Dot 29 décembre 1716. Religieuse à l'Abbaye-au-Bois (1716), puis
(1720) au Val de Grâce (27 août 1717).

Marie-Louise-Victoire de Combaut-Auteuil, née 16, baptisée 17 mars
1708, fille de Charles-Gilbert de Combaut et de Marie-Angélique Cotelle
de Burci. — Pr. 25 janvier 1720. B. S. 29 mars 1728. — Dot 3 août 1729.
Assomptionniste à Paris, rue des Haudriettes.

Louise-Thérèse de Combaut d'Auteuil, née et ondoyée le 13 juillet 1718,
baptisée 14 octobre 1719, à (Notre-Dame) Chantilly (Oise), diocèse de
Senlis, fille de Louis-César de Combaut et de Louise-Thérèse Le Meunier.
— Pr. 5 juillet 1730. B. S. 10 juillet 1738. — Dot 17 septembre 1739.

Marie-Jeanne de Combes-Miremont, née 14, baptisée 15 décembre
1711, à Miremont (Puy-de-Dôme), diocèse de Clermont-Ferrand, fille de
Philippe de Combes et de Marie d'Astorg. — Pr. 11 novembre 1720. B. S.
9 octobre 1733. — Dot 17 juillet 1732.

Marie de Combes-Miremont, née et baptisée 14 août 1719, à Miremont
(Puy-de-Dôme), fille de Philibert de Combes et de Marie d'Astorg. Reçue
14 septembre 1728. — B. S. 12 décembre 1739. — Dot 12 octobre 1741.

Marie de Combes-Miremont-Pontaumur, née et baptisée 22 novembre
1720, à Miremont (Puy-de-Dôme), fille de Philibert de Combes et de Marie
d'Astorg. Entrée à Saint-Cyr, le 14 août 1731. B. S. 23 décembre 1740.
— Dot 12 octobre 1741.

Marie-Charlotte-Adrienne de Combes-Miremont, née et baptisée le
1er mars 1722, à Miremont (Puy-de-Dôme), fille de Philibert de Combes
et de Marie d'Astorg. — B. S. 4 mars 1742. Religieuse (Sœur Sainte-
Adélaïde), à Yères. Novice (9 septembre 1742). Professe (12 novembre
1743). Prieure (10 octobre 1792) (Cf. Alliot: l'Abbaye d'Yères, 2 vol in-8°,

et Arch. de Seine-et-Oise. Titres non classés : Abbaye d'Yères). Elle reçut
une pension de Saint-Cyr (du 14 juillet 1745 au 5 avril 1787).

Perrette-Marie de Combes-Morelles, née et baptisée, le 19 mai 1728
(au prieuré Saint-Jean), à Riom (Puy-de-Dôme), fille d'Antoine-Gilbert
de Combes et d'Anne Chabre. — Pr. 9 avril 1736. B. S. 1er août 1748.
— Dot 7 mai 1749. Elle épousa (18 mars 1749) Antoine-Amable de
Combes (né 18 octobre 1724). Auteur d'écrits édifiants en vers et en
prose. Elle mourut, le 1er septembre 1771, à Riom (communic. de la m.
de Riom) (Bouillet : *Nobiliaire d'Auvergne*, II, 247, dit, à tort, le
4 septembre), *Auvergne littéraire et historique*, 1904-1905. On a publié
d'elle : *Œuvres spirituelles de Mme de Combes*, Paris, 1778, 2 vol. in-12°
(renseignements fournis par M. Albert Ojardias, de Thiers).

Marie-Antoinette-Clotilde de Combes-les-Morelles, née et baptisée
15 novembre 1778, à Brout (Allier), diocèse de Clermont-Ferrand, fille
d'Antoine-Jacques de Combes et de Marie Bourlin. — Pr. 30 juillet 1788.
Entrée, selon l'Inv., le 1er août 1788. Sortie 11 février 1793 (Crécy).

Elisabeth-Honorée de Comeau, née et baptisée le 16 octobre 1776, à
(Saint-Hilaire) Semur (en Brionnais) (Saône-et-Loire), diocèse d'Autun,
fille de Louis-Melchior de Comeau et d'Anne-Yolande des Forges. Entrée,
selon l'Inv., le 10 juin 1786. Sortie 15 mars 1793 (Crécy).

Françoise de Commargon-Mereglise, baptisée 8 août 1678, née 26 juillet
1675, à la Chapelle-Guillaume (Eure-et-Loire), diocèse de Chartres, fille
de Hugues de Commargon et de Madeleine Le Forestier. — Pr. 10 novembre 1686. Morte, le 14 janvier 1692, à Saint-Cyr (mairie de Saint-Cyr).

Marie-Catherine de Compigny-Ligny-les-Bordes, née 17, baptisée
19 février 1730, à (Saint-Léger) Compigny (Yonne), diocèse de Sens, fille
de Jean-Louis de Compigny et de Marie-Anne de Chapellier. — Pr.
30 avril 1739. B. S. 22 janvier 1750. — Dot 14 juin 1751. Hospitalière à
Mantes. Pens. alim. 1753.

Marie-Barbe de Condé, née et baptisée, le 14 octobre 1764, à Auzeville
(Meuse), diocèse de Verdun, fille de Louis-Nicolas de Condé et de Barbe
de Gaillard. — Pr. 31 janvier 1775. B. S. 13 février 1785. — Dot
10 mars 1785.

Marie-Michelle de Conflans-Saint-Rémy, née 29 septembre 1681, baptisée 9 septembre 1682, à Saint-Rémy (Saint-Rémy-Blanzy (Aisne), dio-

cèse de Soissons, fille de Jean-François de Conflans et de Claire-Louise-Thérèse Doucet. — Pr. juin 1690. B. S. 29 septembre 1704. — Dot 3 octobre 1704.

Anne-Catherine-Louise de Conflans-Saint-Rémy, née 10, baptisée 12 octobre 1684, à Saint-Rémy-Blanzy (Aisne) (communic. de M. le sec. de la m. de Saint-Rémy-Blanzy), fille de Jean-François de Conflans et de Claire-Louise Doucet. B. S. 29 septembre 1704. — Dot 7 décembre 1704. — Visitandine 1725.

Angélique-Louise de Conflans-Enencourt, baptisée 26 février 1689, à Enencourt-le-Sec en Vexin (Oise), fille d'Antoine-Eustache de Conflans et de Renée-Françoise de Conflans. — Pr. 7 mars 1699. B. S. 3 février 1709. — Dot 6 février 1709.

Catherine de Conflans-Champlin, ondoyée 16 septembre 1718, baptisée 16 novembre 1718, à Antheny (Ardennes), diocèse de Reims, fille de Jacob de Conflans et de Catherine-Françoise du Monceau. — Pr. 8 avril 1727. B. S. 9 septembre 1738. — Dot 26 septembre 1740. Novice (22 juillet 1739), professe (25 octobre 1740) à Saint-Louis de Poissy. Vivante 18 novembre 1763 (Arch. S.-et-O., fonds Saint-Louis de Poissy).

Louise-Apolline de Conflans, née et ondoyée 16 juin 1720, baptisée 5 avril 1722, à Antheny (Ardennes), diocèse de Reims, fille de Jacob de Conflans et de Catherine-Françoise du Monceau. Morte, à Saint-Cyr, le 21 mai 1732 (mairie de Saint-Cyr).

Marie-Césarine de Conflans-Champlin, née 19 juillet 1727, baptisée 16 octobre 1728, à (Notre-Dame), Rozoy (Rozoy-sur-Serre, Aisne), fille d'Henri de Conflans et de Catherine-Françoise du Monceau. Morte le 27 juin 1744, à Saint-Cyr (mairie de Saint-Cyr).

Louis-Joséphine de Conflans-Champlin, née 22, ondoyée 24 avril 1733, à Rozoy (Rozoy-sur-Serre, Aisne), baptisée 1er juin 1739, à (Saint-Jean-Baptiste) Morfontaine (Aisne) (communic. de M. le sec. de la m. de Morfontaine) fille d'Henri de Conflans et de Catherine-Françoise de Monceau. B. S. 25 avril 1753. — Dot 3 octobre 1755.

Marie-Anne-Catherine-Charlotte Le Conte de Boisroger, née 17, baptisée 19 mai 1719, à (Notre-Dame) Turqueville (Manche), diocèse de Coutances, fille de Pierre Le Conte et de Marie-Anne-Françoise de Juvigny. — Pr. 17 novembre 1728. B. S. 16 mai 1739. — Dot 3 juillet 1740.

Charlotte-Jacqueline de Conti-Hargicourt, née et baptisée 28 janvier 1694, à Hargicourt (Somme), diocèse d'Amiens, fille d'Antoine-Germain de Conti et de Françoise-Jacqueline de Vendeuil. — Pr. 19 décembre 1703. B. S. 28 janvier 1714. — Dot 8 février 1715.

Jeanne-Henriette de Conti-Argicourt, née et baptisée 7 août 1719, à (Notre-Dame-des-Vignes) Soissons (Aisne), fille d'Henri-César de Conti et de Marie-Marguerite-Elisabeth Mignot. — Pr. 2 novembre 1730. B. S. 1er juillet 1739. — Dot 23 septembre 1740. Religieuse à Origny-Sainte-Benoîte. Elle l'était encore, le 1er janvier 1792 (Poissonnier : *Hist. de l'abb. d'Origny-Sainte-Benoîte*, p. 127. Saint-Quentin, 1888, in-8°).

Jacqueline de Conti-Argicourt, née et baptisée le 5 août 1730, à (Saint-Firmin) Montreuil-sur-Mer, fille d'Henri-César de Conti et de Marie-Marguerite Mignot. B. S. 28 juillet 1750. — Dot 13 novembre 1751. Morte, pensionnaire, le 14 septembre 1773, à l'Hôtel-Dieu de Mantes (Arch. m. de Mantes. Reg. mort. Hôtel-Dieu de Mantes).

Madeleine-Alexie de Corbie-Chevanaux, née 9, baptisée 10 février 1699, à (Saint-Nicaise) Arras (Pas-de-Calais), fille de François-Joseph de Corbie et de Marie-Alexie de Pierregaux. — Pr. 8 février 1711. Morte à Saint-Cyr, le 30 mars 1714 (mairie de Saint-Cyr).

Marguerite-Anne de Corcoral, née 20, baptisée 21 juillet 1751, à (Notre-Dame) Calmels (Aveyron), diocèse de Vabres, fille de François de Corcoral et de Marguerite de Gualy. Pens. pour infir. 1762 (20 mars-15 octobre). — Pr. 8 juillet 1760.

Julie-Elisabeth-Luce de Corcoral, née 6, baptisée 7 août 1779, à Vabres en Auvergne (Cantal), fille de François-Jean-Albert de Corcoral et d'Elisabeth Roblastre de Rhinville. — Pr. 28 mai 1788. Entrée, selon l'Inv., le 30 mai 1788. Sortie 25 avril 1793 (Crécy).

Antonia-Delphine de Cordebœuf-Montgon, née 14, baptisée 15 juin 1754, à Saint-Hippolyte (Saint-Hippolyte-du-Fort (Gard), diocèse d'Alais, fille de François de Cordebœuf-Montgon et de Marguerite-Flore Durant. — Pr. 9 mars 1764. Novice (1er septembre 1774) religieuse (1er septembre 1776), à Saint-Cyr. Sortie 1793.

Barthélemie-Josèphe-Cécile de Cormeilles, née et ondoyée 7 mars 1768, baptisée 27 octobre 1770, fille de Joseph de Cormeilles et de Marie-Cathe-

rine du Jardin. — Pr. 26 octobre 1776. B. S. 5 février 1788. — Chanoinesse.

Louise-Paule de Corn-Queyssac, née 8, baptisée 13 février 1712, à
Queyssac (Corrèze), diocèse de Limoges, fille de Joseph-Mercure de
Corn et de Suzanne de Turenne. — Pr. 25 mai 1720. Morte, à Saint-Cyr,
le 26 janvier 1724 (mairie de Saint-Cyr).

Catherine-Marguerite de Corn-Queyssac, née 26, baptisée 27 juin 1713,
à Queyssac (Corrèze) (communic. de M. Lelièvre, sec. de la m. de Queyssac, qui a réussi, à la suite d'une série d'investigations fort intelligentes,
à retrouver les anciens registres de cette commune), fille de Joseph-Mercure de Corn et de Suzanne de Turenne-Ainac. Retirée par ses parents
(1724), sans doute effrayés de la mort de sa sœur.

Jeanne-Léonarde de Corn-Peyroux, née 5, baptisée 7 novembre 1752,
à (Saint-Martin) Brives (Corrèze), (communic. de M. Comparot de Bercenay, sec. de la m. de Brive), diocèse de Limoges, fille de Jean de Corn
et de Catherine du Roux. — Pr. 25 septembre 1760. Novice (8 novembre
1772), puis (10 novembre 1774). Religieuse à Saint-Cyr. Vivante 1793.

Louise-Angélique de Cornet-Briquessart, née 17, baptisée 23 novembre
1683, à Saint-Martin-le-Vieux, diocèse de Bayeux (ancienne paroisse,
située entre Foulogne et Sainte-Honorine de Ducy (Calvados), fille de
Gilles Cornet et de Catherine Radulph. — Pr. 7 juin 1694. B. S. 16 novembre 1703. — Dot 8 novembre 1703. Elle épousa Olivier-Léonard
d'Orbois. Morte, le 13 février 1750, à Orbois (communic. de M. Ledain,
sec. de la m. d'Orbois et communic. de M. le commandeur Le Court.
Arch. de Lierremont).

Louise-Marie-Marthe Cornet de Saint-Martin-Briquessart, baptisée
18 décembre 1746, à Orbois (Calvados), fille de Jacques Cornet et de
Marie-Scolastique Léonard. — Pr. 27 mai 1758. B. S. 24 février 1767. —
Dot 30 juin 1768.

Louise-Anne-Gabrielle de Cornillon-Sainte-Verge-la-Forest, née 5,
baptisée 6 octobre 1746, à Sainte-Verge (Deux-Sèvres), diocèse de Poitiers, fille de Louis-Paul de Cornillon et de Marie-Gabrielle Mauduit. —
Pr. 20 février 1756. B. S. 7 septembre 1766. — Dot 26 juillet 1768.
Ursuline (sœur Saint-Louis) à Nantes (26 juin 1769-28 janvier 1772)
morte en 1820, à Paris.

Françoise-Monique de Corvol, née 3, baptisée 5 mai 1742, à Saint-Maurice-lès-Saint-Saulge (Nièvre), diocèse de Nevers, fille de Germain de Corvol et de Monique Charpentier. — Pr. 23 septembre 1752, B. S. 20 août 1764. — Dot 21 juin 1766. Elle épousa (18 janvier 1768) Quentin-Ambroise Dorat de Châtelus (communic. de M. Mabilat, sec. de la m. de Saint-Maurice-lès-Saint-Saulge), et mourut, à Bayet (Allier), le 12 mai 1770, vers 10 heures du soir (communic. de M. Hébrard, sec. de la m. de Bayet).

Marie-Anne de Cosnac-Beinat, née 25, baptisée 26 juillet 1751, à (Saint-Martin) Brives (Corrèze) fille de Gabriel-Anne de Cosnac et de Jeanne-Louise Geoffre de Chabrignac. — Pr. 30 mars 1762. B. S. 10 juillet 1771. — Dot 5 octobre 1771.

Madeleine de Cosnac, née et baptisée 24 février 1776, à Turenne (Corrèze), fille de Gabriel-Joseph de Cosnac et de Françoise d'Arnal-Négelle. — Pr. 2 novembre 1785. Entrée, selon l'Invent., 7 novembre 1785. Sortie 14 avril 1793 (Crécy).

Anne-Bonne-Elisabeth de Cosne-Bullou, née 7, baptisée 12 février 1735, à (S. S. Pierre et Paul) Bullou (Eure-et-Loir) diocèse de Chartres, fille de André-François de Cosne et d'Anne-Elisabeth Bailly. — Pr. 6 décembre 1743. Morte à Saint-Cyr, le 22 mai 1750 (mairie de Saint-Cyr).

Françoise-Marie de Cosne, née 27, baptisée 28 juillet 1777, à (Saint-Martin) Chenu (Sarthe), diocèse d'Angers, fille d'André de Cosne et de Françoise de Cherbon. — Pr. 28 août 1786 Morte, le 1er septembre 1786, à Saint-Cyr (mairie de Saint-Cyr).

Marguerite de Cossart-Espiès, née 24 décembre 1676, baptisée 2 janvier 1677, à (Saint-Jean-en-Grève) Paris, fille de Florent de Cossart et de Catherine Chevret de Baillon. — Pr. 5 avril 1686. Religieuse à Fervacques près Saint-Quentin.

Marie-Elisabeth Cosson de la Sudrie, née 20, baptisée 22 août 1755, à Saint-Aquilin en Périgord (Dordogne), fille de Jean-Baptiste de Cosson et de Louise de Beine. — Pr. 1er juillet 1767. B. S. 26 juillet 1775. — Dot 11 janvier 1776.

Angélique de Costard-Saint-Léger, née 1er, baptisée 3 août 1685, à Saint-Léger sur Bonneville (Eure), diocèse de Lisieux, fille de Philippe de

Costard et de Marie de Nollent. — Pr. 18 juin 1697. — Dot. 1er mai 1706. Bénédictine.

Marguerite-Françoise de Couasnon, née et baptisée, le 20 janvier 1778, à (la Trinité) Laval (Mayenne), fille de Jean-César de Couasnon et de Louise-Françoise-Renée du Plessis-Argentré. — Pr. 2 juillet 1787. Entrée selon l'Inv., le 1er août 1787. Sortie 11 mars 1793 (Crécy). Elle épousa (19 février 1805) Michel-Ami du Hamel-la-Bothelière.

Thérèse de Couderc-Antugnac, née 15, baptisée 16 octobre 1684 à (Saint-André) Antugnac (Aude), diocèse d'Alet, fille de François de Couderc et de Marguerite de Villoutreys. — Pr. 11 juillet 1695. B. S. 4 novembre 1704. — Dot 19 août 1705. Novice aux Carmélites de Blois (4 novembre 1704).

Françoise-Henriette-Louise Couet de Lory, née et baptisée le 29 septembre 1772, à (Saint-Maximin) Metz, fille de Nicolas-Marie Couet et de Monique-Nicole de Montigny. — Pr. 27 novembre 1780. Sortie 30 novembre 1792 (Crécy).

Louise de Couhé-la-Voisinière-Pusignan, née 15 novembre 1696, baptisée 20 mai 1699, à Civaux (Vienne), diocèse de Poitiers, fille de François de Couhé et d'Agnès de Ris. — Pr. 12 novembre 1708. B. S. 15 novembre 1716. — Dot 25 mai 1717. Elle épousa Jean-Sylvain Savatte de la Genebrie. Elle reçut une pension (2 octobre 1729-15 mai 1732).

Antoinette-Jeanne-Adélaïde de Couillard de Hautmesnil, née 16, baptisée 18 décembre 1757, à (Saint-Pierre) Roye (Somme), fille de Pierre-André de Couillard et d'Antoinette-Marie-Anne Antoine. —Pr. 7 septembre 1769, B. S. 24 septembre 1777. — Dot 2 juin 1778.

Catherine Coullaud du Vignaud, baptisée 22 juin 1697, à Vaussais (Deux-Sèvres : commune de Sauzé-Vaussais), diocèse de Poitiers, fille de Jean Coullaud et de Catherine de Lugré. — Pr. 13 février 1708. B. S. 21 juin 1717. Religieuse. — Dot 21 juin 1717.

Charlotte-Amable Coulon de Jumonville, née 15, baptisée 16 août 1754, à Montréal (Canada), fille de Joseph Coulon de Jumonville et de Marie-Anne Saumande. — Pr. 17 février 1762. B. S. 22 juillet 1774. — Dot 14 septembre 1774. — Bénédictine.

Eléonore-Dominique de Coupigny, née 8, baptisée 12 janvier 1705, à

Doignies (Nord), diocèse de Cambrai, fille de Jean-François de Coupigny et de Marguerite de Haynin. — Pr. 19 avril 1716. B. S. 25 août 1731. — Dot 16 octobre 1731. Elle mourut, le 7 octobre 1775, à Béthune (Pas-de-Calais (communic. de M. le vicomte de Coupigny et de M. le sec. de la m. de Béthune).

Marguerite-Marie de la Cour-Ingreville, née 12, baptisée 13 juin 1685, à Guilberville (Manche), diocèse de Bayeux, fille de Jean de la Cour et de Marie de Bures. — Pr. 8 décembre 1696. B. S. 24 février 1706. — Dot 4 septembre 1705.

Geneviève-Louise Couraudin de Laudonie, née 5, baptisée 6 mars 1685, à (Notre-Dame) Richelieu (Indre-et-Loire), diocèse de Poitiers, fille de François Couraudin et de Geneviève Le Bas. — Pr. 4 février 1693. B. S 4 mars 1705. — Dot 4 avril 1705.

Agnès Couraudin de Laudonie, baptisée, le 10 octobre 1688, à Richelieu (Indre-et-Loire), fille de François de Couraudin et de Geneviève Le Bas (communic. de M. Henry. sec. de la m. de Richelieu). B. S. 22 octobre 1708. — Dot 22 octobre 1708.

Marie de Courcy-Herville, née 15, baptisée 17 février 1732, à (Saint-Martin) Chataincourt (Eure-et-Loir), diocèse de Chartres, fille de Jacques-François de Courcy et de Marie-Thérèse-Catherine-Françoise Nazareth. — Pr. 20 juin 1742. Pension pour infirmités (5 avril 1748-6 octobre 1751). B. S. 15 février 1752. — Dot 27 mars 1754.

Marie de Cours-Pauliac, née 12, baptisée 13 mars 1725, à Sainte-Livrade (Lot-et-Garonne), diocèse d'Agen, fille de Jacques de Cours et de Marthe de Burin. — Pr. 22 décembre 1735. B. S. 7 novembre 1744. — Dot 31 janvier 1748.

Marie-Louise de Courtais-la-Souche, née 14 janvier, baptisée 4 novembre 1720, à Saussat (Allier) (communic. de M. Péronnet. sec. de la m. de Saussat), diocèse de Bourges, fille d'Henri de Courtais et d'Angélique d'Affry. — Pr. 4 mai 1727. Morte, le 13 juin 1734, à Saint-Cyr (mairie de Saint-Cyr).

Marguerite-Madeleine de Courtemanche-Baspré, baptisée 11 juillet 1680, à (Saint-Jean) Laigle (Orne), diocèse d'Evreux, fille de Sébastien de Courtemanche et de René-Judith Le Hantier. — Pr. 28 mai 1688. B. S. 11 juillet 1700. — Dot 28 avril 1700.

Renée-Madeleine de Courtemanche-Baspré, baptisée 26 avril 1684, à (Saint-Jean) Laigle (Orne)[1], fille de Sébastien de Courtemanche et de Renée-Judith le Hantier. B. S. 23 avril 1704. — Dot 25 août 1704

Anne-Thérèse de Courtemanche-des-Bois, née 18, baptisée 26 février 1688, à Saint-Symphorien-des-Bruyères (Orne), diocèse d'Evreux, fille d'Henri de Courtemanche et de Catherine de Chalet. — Pr. 21 août 1695. B. S. 18 février 1708. — Dot 17 février 1708.

Marie-Renée de Courtemanche-Tuileries-Baspré, née 8, baptisée 11 septembre 1694, à (Notre-Dame) Beaufai-sur-Risle (Orne), diocèse de Lisieux, fille d'Ambroise de Courtemanche et de Renée de Pairot. — Pr. 17 novembre 1703. B. S. 6 septembre 1714. — Dot 15 octobre 1715.

Charlotte-Claire-Marie de Courtille-Saint-Avit, née et baptisée le 29 janvier 1773, à Saint-Avit-le-Pauvre (Creuse), diocèse de Limoges, fille de Pierre de Courtille et de Louise-Agnès de Sarrazin. — Pr. 7 janvier 1783. Sortie, 5 novembre 1792 (Crécy).

Marie-Anne de Courtoux-Noyan, née et ondoyée le 21 juin 1712, baptisée 5 septembre 1712, à Maigné (Sarthe), diocèse du Mans, fille de Simon-Louis de Courtoux et de Marie-Charlotte Mérault. — Pr. 5 juillet 1722. B. S. 2 juillet 1732. — Dot 27 février 1733.

Catherine-Thérèse de Courtoux-Noyan, née 25 mars 1715, à Maigné (Sarthe), diocèse du Mans, fille de Simon-Louis de Courtoux et de Marie-Charlotte Mérault. — Pr. 1er mai 1727. Pens. pour infirmités, 15 juin 1731-1er janvier 1735. B. S. 7 janvier 1736. — Dot 29 mai 1737.

Marie Cousin de la Tour-Fondue, née et baptisée 22 janvier 1711, à Saint-Amand-la-Cheyre (Saint-Amand-Tallende (Puy-de-Dôme), diocèse de Clermont-Ferrand, fille de Gilbert Cousin et de Gabrielle des Ribes. — Pr. 22 avril 1721. B. S. 27 mars 1731. — Dot 14 février 1732. Clarisse à Saint-Amand (26 août 1737).

Brigitte Cousin de la Tour-Fondue, née en 1716 (début d'avril, probablement), très probablement fille de Gilbert Cousin et de Gabrielle des Ribes. B. S. 20 décembre 1715. — Dot 21 octobre 1738. Elle épousa (26 août 1737) François de Mouricaud-Bessières.

---

[1] Comm. de M. Richer, sec. de la m. de Laigle.

Gabrielle Cousin de la Tour-Fondue, née 20, baptisée 21 mai 1737, à Saint-Amand-la-Cheyre (Saint-Amand-Tallende (Puy-de-Dôme), diocèse de Clermont, fille de Claude Cousin et de Gabrielle Bouchard de Murol. — Pr. 21 mai 1744. Novice (devant la reine) (26 octobre 1757), religieuse (29 octobre 1759) à Saint-Cyr. Sortie à la suppression.

Marie-Anne Cousin de la Tour-Fondue, née et baptisée 17 octobre 1739, à Saint-Amand-la-Cheyre (Saint-Amand-Tallende) (Puy-de-Dôme), diocèse de Clermont, fille de Claude Cousin et de Gabrielle Bouchard de Murol. B. S. 14 septembre 1759. — Dot 19 novembre 1765. Elle mourut, le 12 avril 1813, à Saint-Amand Tallende (communic. de la m. de Saint-Amand Tallende).

Jeanne-Thérèse de Coussy, née 21, baptisée 22 août 1748, à (SS. Jacques et Philippe) Lentilles (Aube), fille d'Antoine de Coussy et de Marie de Conyngham. — Pr. 31 juillet 1759. B. S. 7 juillet 1768. — Dot 20 mai 1770. Novice bénédictine à Sainte-Glossinde de Metz (20 mai 1770).

Marie-Françoise Le Couturier-Sainte-Jammes, née et baptisée 27 septembre 1730, à (Saint-Martin) Nocé-en-Perche (Orne), diocèse de Séez, fille de Louis Le Couturier et de Marie des Vaux. — Pr. 27 décembre 1740. Novice (18 janvier 1751) à la visitation du Mans (Arch. de la Sarthe, H. 1746). B. S. 16 juin 1750. — Dot 10 mai 1752.

Rose-Adrienne Le Cousturier de la Mothe-Fréneuse, née et baptisée, le 7 mars 1737, à Gerville (Seine-Inférieure), diocèse de Rouen, fille de Nicolas Le Cousturier et de Marie-Madeleine-Adrienne Le Venois. — Pr. 11 juillet 1744. Morte, à Saint-Cyr, le 11 novembre 1745 (mairie de Saint-Cyr).

Marguerite-Aimée Le Couturier-Sainte-Jammes, née 29, baptisée 30 avril 1768, à (Saint-Jacques) Illiers (Eure-et-Loir), diocèse de Chartres, fille de François Le Couturier et de Louise-Geneviève Jouvet. — Pr. 28 août 1777. B. S. 8 avril 1788. — Dot 10 mai 1789.

Luce de Coux-Châtenet, née 26 février, baptisée 3 mars 1708, à (Saint-Étienne) Lubersac (Corrèze), diocèse de Limoges, fille de Louis de Coux du Bouchet et de Jeanne de Coux-la-Vareille. — Pr. 21 juin 1718. B. S. 7 mai 1728. — Dot 23 août 1730. Elle épousa (7 juillet 1732) Charles-Joseph de la Morélie-Puyredon (Nadaud).

Jeanne de Coux-Châtenet, née et baptisée 19 février 1719, à Lubersac (Corrèze), diocèse de Limoges, fille de Louis de Coux du Bouchet et de Jeanne de Coux-la-Vareille — Pr. 5 juillet 1728. B. S. 3 avril 1739. — Dot 14 avril 1740. Elle épousa (14 janvier 1750) Georges de la Roche-Aymon (Nadand o. c.) et vivait encore, le 9 mars 1765 (d'Estrées : *Gén. de la Roche-Aymon*).

Henriette-Denise de Crécy, née 9, ondoyée 10, baptisée 22 mars 1742, à (Saint-Jean-Baptiste) Besançon, fille de Philippe-Paul de Crécy et de Victoire-Aimée de Mornay, (novice 22 avril 1762) religieuse à Saint-Cyr (12 mai 1764) (les deux cérém. devant la Reine). Sortie 1793. — Pr. 23 avril 1749.

Emmanuelle-Henriette de Crécy-Vincelles, ondoyée 23 mars 1743, baptisée à Montigny-les-Arsures (Jura), diocèse de Besançon, fille de Philippe-Paul de Crécy et de Victoire-Anne de Mornay. B. S. 4 novembre 1763. — Dot 7 octobre 1766. Chanoinesse de Troarn (Grande Prieure, 4 mai 1787).

Aimée-Pauline de Crécy-Chaumergy, née 3, baptisée 4 novembre 1746, à Montigny-les-Arsures (Jura), diocèse de Besançon, fille de Philippe-Paul de Crécy et de Victoire-Anne de Mornay. B. S. 22 novembre 1766. — Dot 17 mars 1767. Chanoinesse.

Marie-Josèphe de Crécy-Bonaiseau, née et baptisée 10 juillet 1748, à Montigny-les-Arsures (Jura), diocèse de Besançon, fille de Philippe-Paul de Crécy et de Victoire-Anne de Mornay. B. S. 7 juillet 1768. — Dot 12 août 1768. Elle épousa, avant 12 août 1768, Jean-François Bourée de Neuilly (vivant 12 août 1768).

Françoise-Louise-Victoire de Crécy-Fierville, née et baptisée, le 24 décembre 1750, à (Saint-Jean) Besançon (Doubs), fille de Philippe-Paul de Crécy et de Victoire-Anne de Mornay. B. S. 30 novembre 1770. — Dot 3 janvier 1771. Chanoinesse.

Henriette-Ursule de Crécy-Vauvillé, née 26, baptisée 27 novembre 1754, à Montigny-les-Arbois (Montigny-les-Arsures (Jura), fille de Philippe-Paul de Crécy et de Victoire-Anne de Mornay. B. S. 6 novembre 1774. — Dot 9 janvier 1775. Chanoinesse.

Marie-Anne-Elisabeth de Crémainville-Tuttigny, née et baptisée 13 janvier 1726 à (Sainte-Anne) Busloup (Loir-et-Cher), diocèse de Blois, fille de Pierre-Nicolas de Crémainville et d'Anne-Geneviève Le Fèvre. — Pr. 8 février 1736. B. S. 14 décembre 1745. — Dot 28 janvier 1748.

Marguerite de Crémille-Gratin, baptisée 7 février 1680, à Clion (Indre), diocèse de Bourges, fille de Louis de Crémille et de Marie des Gantes. — Pr. 31 mai 1688. Morte, à Saint-Cyr, le 12 septembre 1691 (mairie de Saint-Cyr).

Louise-Françoise de Crény-Bailly, baptisée 15 septembre 1676, à Bailly-en-Campagne (commune de Fresnoy-Folny) (Seine-Inférieure), fille de Jacques de Crény et de Marguerite Auber. — Pr. 12 février 1686. Morte à Saint-Cyr, le 7 octobre 1686 (mairie de Saint-Cyr).

Marie-Anne de Crény-Saint-Lieu, née et baptisée 22 avril 1682, à Bailly-en-Campagne (commune de Fresnoy-Folny) (Seine-Inférieure) diocèse de Rouen, fille de Jacques de Crény et de Marguerite Auber. — Pr. 30 octobre 1693. — Dot 12 juillet 1702.

Marie-Anne-Charlotte de Créquy-Vaugicourt, née et baptisée 5 septembre 1686, à Huchenneville en Ponthieu (Somme) diocèse d'Amiens, fille de Robert-Louis de Créquy et de Jeanne-Charlotte Maurin. — Pr. 15 juin 1694. Renvoyée, en 1702, pour mauvaise conduite.

Marie-Thérèse-Victoire de Créquy-Vaugicourt, née et baptisée, le 5 septembre 1691, à Huchenneville en Ponthieu (Somme) (communic. de M. le sec. de la m. d'Huchenneville), fille de Robert-Louis de Créquy et de Jeanne-Charlotte Maurin. — Pr. 15 juin 1694. B. S. 5 novembre 1711. — Dot 7 février 1712.

Catherine-Françoise-Amable du Crest-Chigy, née et baptisée 3 avril 1700, à Tazilly (Nièvre) diocèse d'Autun, fille de François de Crest et d'Anne de Haumaire. — Pr. 17 avril 1708. Morte, à Saint-Cyr, le 12 décembre 1712.

Reine du Crest-Montigny, née et baptisée 20 mai 1721, à Prangey (Haute-Marne) diocèse de Langres, fille de René du Crest et de Marguerite Mugnier. — Pr. 20 mai 1732. B. S. 9 mai 1741. — Dot 22 juin 1741.

Jeanne du Crest-Montigny, née 6, baptisée 7 février 1744, à Saint-Gengoux-le-National (Saône-et-Loire) (communic. de M. Bretin, sec. de la m. de Saint-Gengoux), fille de Antoine-Marie du Crest et de Marie-Antoinette du Bec. — Pr. 24 avril 1755. Elle mourut, le 27 février 1764, à l'abbaye de Beaulieu-lès-Loches (Indre-et-Loire), où elle était pensionnaire (Arch. S.-et-O. D. 196).

Anne-Louise de Crochard, née et ondoyée 19 juillet 1773, baptisée 24 avril 1775, à Cheviré-le-Rouge en Anjou (Maine-et-Loire), fille de Louis-Arnaud de Crochard et de Renée-Scolastique de Foulogne. — Pr. 6 juin 1783. Entrée, selon l'Inv., le 14 juin 1783. Sortie, le 19 octobre 1792 (Crécy).

Charlotte-Françoise de Croisilles-Saussay, née 8 août 1693, à Briouze (Orne) diocèse de Bayeux, fille de François de Croisilles et de Madeleine de Tournebut, novice (10 décembre 1711), religieuse (12 décembre 1713) à Saint-Cyr, Y morte, le 17 mars 1759 (mairie de Saint-Cyr.) — Pr. 8 mars 1705.

Elisabeth de Croisilles, née 28 septembre, baptisée 15 octobre 1695, à la Mousse (commune de Saint-Remy (Calvados) diocèse de Bayeux, fille de Jacques de Croisilles et d'Isabeau Guérin. — Pr. 22 janvier 1707. Religieuse au Val-de-Grâce (1716).

Henriette-Françoise de la Croix-Gaujac-Mairargues, née et baptisée le 31 juillet 1729, à (Saint-Etienne) Uzès (Gard), fille de Jean de la Croix et d'Isabeau de Cabot. — Pr. 13 juin 1741. B. S. 18 avril 1749. — Dot 1er juillet 1751. Elle épousa (1762) François-Joseph de Blottefière.

Adélaïde-Geneviève de la Croix-Orangis, née, ondoyée et baptisée le 16 novembre 1737, à (Saint-Paul) Paris, fille de César-Marie de la Croix et de Geneviève-Elisabeth Lévi. — Pr. 22 mars 1749. B. S. 5 novembre 1757. — Dot 27 juin 1763.

Marguerite-Elisabeth de Croixmare-Richeville, née 4, baptisée 5 juin 1720, à Houlbec-Cocherel (Eure), diocèse d'Evreux, fille de François de Croixmare et de Marguerite Catherine de Brevedent. — Pr. 2 juillet 1727. B. S. 2 juin 1740. — Dot 12 octobre 1741.

Renée-Emilie de Croismare-Richeville, née 19, baptisée 24 avril 1721, à Houlbec-Cocherel (Eure), diocèse d'Evreux, fille de François de Croixmare et de Marguerite-Catherine de Brevedent. — Pr. mai 1731. B. S. 2 avril 1741. — Dot 17 août 1742.

Félice-Dorothée de Crosey, née et ondoyée, le 12 décembre 1756, à Crosey (Doubs) diocèse de Besançon, fille de Pierre-Alexis de Crosey et de Camille-Agathe de Rool. — Pr. 23 novembre 1768. B. S. 19 avril 1777.— Dot 24 novembre 1778.

Angélique-Alexandrine de Crosey, née 12 novembre 1760, baptisée 7 juillet 1761, à Crosey (Doubs), fille de Jean-Alexis de Crosey et de Camille de Rool. B. S. 10 décembre 1780. — Dot 13 mars 1781. Chanoinesse de Troarn (27 novembre 1787).

Marie-Angélique de Croutelle-Escaquelonde, née et baptisée 25 mars 1740, à (Saint-Ouen) Escaquelonde près Smermesuil (Seine-Inférieure), diocèse de Rouen, fille de François-Xavier de Croutelle et de Marie-Anne de Virgile-Montorcier. — Pr. 1747. Novice (15 octobre 1759) devant Mme Victoire, religieuse (2 décembre 1761), devant la Reine à Saint-Cyr. Sortie 1793.

Claire-Marguerite de Cuers-Cogolin, née 18, baptisée 20 juillet 1696, dans le diocèse de Toulon, fille de Joseph-Madelon de Cuers et de Gabrielle Martin. — Pr. 12 mars 1708. B. S. 17 juillet 1716. — Dot 22 juillet 1716.

Marie-Madeleine de Cuers-Cogolin, née 21 juillet 1700, baptisée à (cathédrale) Toulon (Var), fille de Joseph-Madelon de Cuers et de Gabrielle Martin. — Pr. novembre 1711. B. S. 20 mai 1720. B. S. 18 février 1721. Religieuse.

Françoise-Iphigénie de Cuers-Cogolin, née 1er, baptisée 3 décembre 1742, à Pignans (Var) diocèse de Fréjus, fille de Sauveur de Cuers et de Françoise de Fulconis. — Pr. 12 octobre 1753. B. S. 17 octobre 1762. — Dot 25 octobre 1766. Vivante 28 janvier 1772.

Françoise de Cugnac, née 25, baptisée 30 décembre 1676, à Ymonville (Eure-et-Loir), diocèse de Chartres, fille de Charles de Cugnac et d'Anne Boucher d'Orsay. — Pr. 4 novembre 1686.

Louise de Cugnac-Ymonville, née 10 décembre 1685, baptisée 2 février 1686, à Ymonville-le-Grand (Eure-et-Loir) (communic. de M. Sédillot, sec. de la m. d'Ymonville), fille de Charles de Cugnac et d'Anne Boucher d'Orsay. B. S. 10 décembre 1705. — Dot 30 décembre 1705.

Louise-Denise-Françoise de Cugnac-Dampierre-Ymonville, née 13, baptisée 14 janvier 1706, à Ymonville (Eure-et-Loir), diocèse de Chartres,

fille de Charles de Cugnac et de Denise de Fleurigny. — Pr. 8 janvier
1718. B. S. 4 septembre 1726. — Dot 30 août 1726. Elle épousa (3 juillet
1747) Louis de Bruet-la-Chesnaye (communic. de M. Sédillot, sec. de la
m. d'Ymonville).

Elisabeth-Charlotte de Cugnac-Jouy, née et ondoyée 22 octobre, baptisée 28 octobre 1709, à (Saint-Saturnin), Jouy-en-Pithiverais (Loiret), diocèse d'Orléans, fille de Philippe de Cugnac et de Rose Van-Mine. —
Pr. 26 novembre 1719. B. S. 2 août 1729. — Dot 30 janvier 1731. Elle
épousa (21 mai 1749) Jean-Baptiste-Henri-Jacques de Beaurepaire-Louvagny, et mourut avant le 21 octobre 1752 (Borel d'Hauterive: *Annuaire
de la noblesse : Gén. Beaurepaire.*)

Marie-Anne de Cugnac-Tourondel, née et baptisée le 9 avril 1737, à
Capdrot (Dordogne), diocèse de Sarlat, fille de Jean-Guy de Cugnac et de
Jeanne Tardif. — Pr. 4 août 1748. B. S. 8 avril 1757. — Dot 30 octobre
1762.

Elisabeth-Marguerite de Cuigy, née 24, baptisée 26 mars 1756, à Lunéville (Saint-Jacques) (Meurthe-et-Moselle), fille de Louis de Cuigy et de
Jeanne de Kerville. — Pr. 4 mars 1768. B. S. 17 avril 1776. — Dot 2 avril
1777.

Françoise de Culon-la-Charmoye, née 31 mars, baptisée 2 avril 1676, à
(Saint-Aoustrillet) Bourges (communication de M. l'Archiviste municipal
de Bourges), fille de François de Culon et de Catherine Vaillant de Guélis.
— Pr. 12 août 1686. Vivante 17 décembre 1705. Fille à Saint-Cyr. Elle
épousa (22 avril 1699) J.-B. de la Rivière-la-Garde.

Jeanne de Culon-la-Charmoye, née 1685 (en janvier probablement),
fille de François de Culon et de Catherine Vaillant de Guélis. Entrée en
mai 1694. B. S. 8 janvier 1705. — Dot 7 janvier 1705.

Hélène-Jeanne de Cuminges, née et baptisée le 22 juin 1776, à Ville-
neuve-le-Roi (Villeneuve-sur-Yonne (Yonne), diocèse de Sens, fille de
Guillaume de Cuminges et de Françoise Guillemot. — Pr. 18 mars 1786.
Entrée, selon l'Inv., le 21 mars 1786. Sortie 27 mars 1793 (Crécy).

Delphine de Curel, née et baptisée 20 avril 1780, à (Saint-Amant) Toul
(Meurthe-et-Moselle), fille de Nicolas-François de Curel et de Louise de
Baillivy-Fiquelmont. — Pr. 20 juin 1790. Entrée, selon l'Inv.,8 mars 1790.
Sortie 30 mars 1793 (Crécy).

Elisabeth de Cursay-Saint-Maixent, née 17, baptisée 20 janvier 1701, à (Saint-Julien) Cherves de Cognac (Charente), diocèse de Saintes, fille de Jacques de Cursay et de Madeleine Méhée d'Anqueville, — Pr. 16 septembre 1712. Morte à Saint-Cyr, le 18 juillet 1713 (mairie de Saint-Cyr).

Renée de Cussy, née 23 janvier, baptisée 2 février 1722 à Moyon (Manche), diocèse de Coutances, fille de Michel de Cussy et de Louise-Anne Le Valois. — Pr. 30 juin 1731. B. S. 3 octobre 1741. — Dot 30 septembre 1744.

Charlotte-Colombe de Cuverville-Sainte-Colombe, baptisée le 23 juin 1677, à Sainte-Colombe (Seine-Inférieure, canton de Saint-Valery-en-Caux), diocèse de Rouen, fille d'Antoine de Cuverville et de Charlotte Secart. — Pr. 28 octobre 1686.

Marie-Thérèse-Jacqueline de Cuves, née 4, baptisée 8 mai 1676, à Cartigny (Calvados), diocèse de Bayeux, fille de Michel de Cuves et de Jeanne Vaultier. — Pr. 19 juin 1687. Novice à Saint-Cyr (16 août 1694), religieuse (1er novembre 1696). Elle mourut, à Saint-Cyr, le 15 mars 1743 (mairie de Saint-Cyr).

Marie-Anne de Dalle, née dimanche 1er, baptisée le mercredi 4 octobre 1730, à (Sainte-Marie-Magdeleine) Beaurepaire, diocèse de Reims (Beaurepaire, commune d'Olizy (Ardennes) (communic. de M. le sec. de la m. d'Olizy), fille de Louis-Alexandre de Dalle et de Marie-Madeleine de la Tranchée. -- Pr. 23 octobre 1738. B. S. 22 octobre 1750. — Dot 10 avril 1754. Elle épousa (10 septembre 1764) Pierre de la Boullaye et mourut à Grandham (Ardennes), le 30 août 1808, dernière du nom (Louis Bossu : *la Famille de Dalle*. Paris, 1907 in 8°).

Anne-Françoise-Marie de Dalmais-Curnieux, née lundi 20, baptisée mardi 21 septembre 1734, à (Saint-Hippolyte), Paris, fille de Joseph-Antoine Dalmais et de Françoise-Madeleine Barry. — Pr. 25 mai 1746. B. S. 28 juin 1754. B. S. 15 mars 1758.

Marie-Louise-Françoise-Philiberte de Dalmais-Curnieux, née et baptisée, le vendredi 3 août 1742, à Buscourt, diocèse de Noyon (Buscourt), commune de Feuillères (Somme), fille de Joseph-Antoine de Dalmais et de Françoise-Thérèse Barry. B. S. 3 décembre 1763. — Dot 25 octobre 1766. Ursuline. Vivante, 28 janvier 1772.

Marie-Louise-Thérèse de Dalmais de la Maisonfort, née et baptisée samedi 22 février 1744, à (Saint-Jacques) l'Etoile, diocèse d'Amiens (Somme), fille de Joseph-Antoine de Dalmais et de Françoise-Thérèse Barry B. S. 22 février 1764. — Dot 22 mai 1767. Ursuline à Mantes (22 mai 1767-28 janvier 1772).

Rose-Angélique-Sophie de Dalmais de la Seintrie-Curnieux, née et baptisée le vendredi 10 mai 1748, à Dompierre, diocèse de Noyon (Dompierre-en-Santerre (Somme), fille de Joseph-Antoine Dalmais et de Françoise-Thérèse Barry. B. S. 4 avril 1768. Ursuline à Mantes (26 juillet 1768). Vivante 28 janvier 1772.

Marie-Louise-Thérèse de Dalmais de la Maisonfort-Curnieux, née et baptisée mardi 15 avril 1766, à (Saint-Cyr) Issoudun (Indre), fille d'Antoine-Joseph Dalmais et de Marie Gaudin. — Pr. 24 janvier 1776. B. S. 18 mai 1786. — Dot 8 janvier 1787.

Anne-Thérèse Van Dam d'Andegnies, baptisée mercredi 24 octobre 1674, à Isselstein (Hollande), fille de Joseph van Dam et de Anne-Florentine d'Arkel. — Pr. 11 mai 1686. Novice (2 avril 1694) à Saint-Cyr, devant Racine. Sortie 1695.

Marie-Henriette-Léopoldine Van Dam d'Andegnies, baptisée jeudi 20 mai 1677, à Isselstein en Hollande, fille de Joseph Van Dam et de Jeanne-Thérèse d'Arkel. — Pr. 11 mai 1686. Novice (3 janvier 1696). Religieuse (14 mars 1698) à Saint-Cyr. Morte, à Saint-Cyr, 15 janvier 1768 (mairie de Saint-Cyr).

Marie-Mathilde-Caroline-Josèphe Van Dam d'Andegnies, née et baptisée dimanche 1er mars 1711, à (Sainte-Gaugerie) Bruxelles, fille de Jean-Florent Van Dam et de Mathilde-Florentine d'Hardenbroeck. — Pr. 12 août 1722. B. S. 23 juin 1731. — Dot 31 décembre 1731.

Etiennette de Damas-Cormaillon, née et baptisée, le mercredi 4 janvier 1679, à Fain-lès-Montbard (Côte-d'Or), diocèse d'Autun, fille de Charles de Damas et de Marguerite de Grand, novice à Saint-Cyr (25 janvier 1699), sortie (octobre 1700) pour infirmité. B. S. 24 octobre 1700. Dot 19 mai 1700. Elle épousa (22 septembre 1710) Gilbert de Chauvigny-Blot (Fr. 32.589, fol. 108). — Pr. 26 mars 1687.

Catherine-Antoinette-Artémise de Damas, née et baptisée dimanche 8 février 1778, à Saint-Galmier,(Loire) fille de Joseph-Abraham de Damas et de Jeanne-Marie Gonon. — Pr. 25 septembre 1787. Entrée, selon Inv., 26 septembre 1787. Sortie 12 mars 1793 (Crécy).

Anne de Dampierre-Grainville, née vendredi 10, baptisée lundi 20 février 1696, à (Notre-Dame), Londinières (Seine-Inférieure), diocèse de Rouen, fille de Marc de Dampierre et de Thérèse-Françoise Boutchent. — Pr. 8 février 1707. Morte, le 16 février 1711, à Saint-Cyr (mairie de Saint-Cyr).

Angélique-Françoise de Dampierre de Mellencourt, née et baptisée le lundi 1er octobre 1770, à Yzengremer (Somme), fille de François-Eustache de Dampierre et de Françoise de Calonne. — Pr. 20 septembre 1780. B. S. 1er septembre 1790. Voyage en 1791. Epousa N... du Mouchel-Prémare ?

Marie-Madeleine-Josèphe de Dampont, née samedi 22, baptisée dimanche 23 janvier 1757, à (Saint-Marcel) Paris, fille de Philippe de Dampont et d'Anne-Josèphe de Maréchal. — Pr. 27 septembre 1768. B. S. 2 décembre 1776. — Dot 23 janvier 1778. — Religieuse.

Louise-Antoinette-Florimonde Danzel de Boffles-Florimont, née et baptisée le lundi 24 décembre 1721, à Aigneville (Somme) diocèse d'Amiens, fille d'Antoine Danzel et de Marie-Françoise de Coppequesne. B. S. 25 octobre 1741. — Dot 1er avril 1743. Morte, le 6 mai 1797 (de Belleval: *Nobil. de Ponthieu*).

Madeleine-Charlotte-Aldegonde Danzel de Boffles, née mercredi 17, baptisée jeudi 18 novembre 1734, à Maisnières (Somme), diocèse d'Amiens, fille d'Antoine Danzel et de Marie-Françoise de Coppequesne. B. S. 2 janvier 1755. — Dot 10 juin 1757.

Thérèse-Joséphine Danzel de Boffles, née et baptisée mardi 9 février 1762, à Aigneville (Somme), près Maisnières en Ponthieu, diocèse d'Amiens, fille d'Antoine-César Danzel de Boffles et de Marie-Catherine-Françoise Danzel de Linières. — Pr. 22 avril 1771. B. S. 9 février 1782. — Dot 18 mars 1782. Elle épousa (6 octobre 1784) Louis-Antoine Danzel d'Anville (mort le 14 juin 1811).

Elisabeth-Philippine Danzel de Boffles, née et ondoyée mardi 3 février 1767, à Maisnières (Somme), fille d'Antoine-César Danzel et de Marie-Catherine-Françoise Danzel de Lignières. B. S. 20 octobre 1786. — Dot 27 mars 1787.

Julie-Catherine Darot de la Boutrochère, baptisée vendredi 18 août 1741, à (Saint-Hilaire) Azay-sur-Thouet (Deux-Sèvres) en Poitou, fille de Joseph-Jacques-Charles Darot et de Marguerite-Louise-Elisabeth Léger de la Sauvagère. — Pr. 14 août 1753. B. S. 2 décembre 1763. — Dot 11 septembre 1766. Elle épousa (9 mars 1766) Antoine de Ricouart-Hérouville (vivant 28 janvier 1772) (vivante 28 janvier 1772).

Charlotte David de Perdreauville, née dimanche 11, baptisée mercredi 14 novembre 1703, à (Saint-Martin) Perdreauville, en Vexin, diocèse de Chartres (Seine-et-Oise), fille de Maximilien David et de Marie-Madeleine Le Grand. — Pr. 26 août 1714. B. S. 27 novembre 1723. — Dot 25 avril 1725. Semble vivante en 1774 et demeurant à Nonancourt (De Dion et Maquet: *Nobiliaire du comté de Montfort-l'Amaury*. Rambouillet, 1881, in°-8, p. 86).

Madeleine de David-Lastours-la-Bussière, née mardi 20, baptisée samedi 24 février 1731, au Chalard (Haute-Vienne) diocèse de Limoges, fille de Jean-Charles de David et d'Anne de la Tour. — Pr. 28 juin 1742. B. S. 29 décembre 1750. — Dot 26 janvier 1753.

Anne de David-Perdreauville, née vendredi 11, baptisée samedi 12 octobre 1737, à (Saint-Martin) Perdreauville (Seine-et-Oise), diocèse de Chartres, fille de Maximilien-Alphonse de David et d'Anne de Grandchamp. — Pr. 12 avril 1745. B. S. s. d. — Dot 9 juillet 1762. Elle épousa François Henri de Sailly.

Marie-Louise de David-Perdreauville, née mardi 25, baptisée mercredi 26 juin 1743, à (Saint-Martin) Perdreauville (Seine-et-Oise), fille de Maximilien-Alphonse de David et d'Anne de Grandchamp. — Pr. 19 juin 1745. Morte, à Saint-Cyr, le 1er novembre 1762 (mairie de Saint-Cyr).

Marie-Anne-Françoise de David-Venteaux, née et baptisée le lundi 2 juillet 1770, à Saint-Pierre de Rilhac-lès-Tours (Haute-Vienne), fille d'Emmanuel de David et de Catherine de David. — Pr. 1er juillet 1780.

Elle mourut, le 5 novembre 1783, à Versailles (Versailles. Etat-civil : Sépultures par. Saint-Louis, an 1783, fol. 55).

Catherine-Françoise de David-Lastours, née mercredi 7 avril 1773, à Affieux (Corrèze), fille de Charles de David et de Marie Chauveau. — Pr. 23 mars 1781. Pens. pr. infirmité : 5 juin 1784.

Marie-Anne de David-Lastours, née et baptisée le 6 juin 1776, à Affieux (Corrèze), diocèse de Limoges, fille de Charles de David et de Marie Chauveau. — Pr. 17 avril 1783. Entrée selon l'Inv., le 2 juillet 1783. Sortie le 30 mars 1793 (Crécy). Elle épousa Pierre Hugon du Prat.

Marie-Elisabeth-Françoise David des Etangs, née dimanche 12, baptisée lundi 13 octobre 1777, à Nexon en Limousin (Haute-Vienne), fille de Charles de David et de Marguerite de Tourzac. — Pr. 6 septembre 1787. Entrée selon l'Inv. 28 septembre 1787. Sortie 30 mars 1793 (Crécy). Elle épousa Louis Duléry de Peyramont (Nadaud).

Marie-Joséphe Davy de la Paitteterie, née lundi 11, baptisée mercredi 13 juillet 1701, à (Saint-Sulpice) Paris, fille d'Anne-Pierre Davy et de Suzanne Monginot. — Pr. 15 août 1712. B. S. 5 août 1721. — Dot 18 février 1721.

Marie-Françoise Davy du Hautbourg-Marets, née lundi 22, baptisée mercredi 24 mars 1723, à Cenilly, diocèse de Coutances (Notre-Dame de Cenilly) (Manche) [1], fille de Philippe Davy et de Françoise Bernard. — Pr. 1er mars 1735. B. S. 14 novembre 1742. — Dot 3 juin 1746. Pens. alim. 30 octobre 1744.

Catherine-Françoise Davy des Marets, née lundi 5 février 1725, à (Notre-Dame) Cenilly (Manche) (communic. de MM. Fleury et Forget, sec. des deux mairies de Cenilly), fille de Philippe Davy et de Françoise Bernard. — Pr. 1er mars 1735. B. S. 18 février 1745. — Dot 15 juin 1746.

Marie-Catherine-Joséphe de Dax, née samedi 29 septembre, baptisée lundi 1er octobre 1770, à Bouleternère (Pyrénées-Orientales) (communic. de M. Serre, sec. de la mairie d'Ille-sur-Tet), fille de Jean-Baptiste de Dax et de Marie-Thérèse de Chiavari. — Pr. 18 décembre 1780. B. S.

[1] Communic. de MM. Fleury et Forget, sec. des mairies de Notre-Dame de Cenilly et de Saint-Martin de Cenilly.

6-8 août 1790. — Dot 9 novembre 1790. Elle épousa (29 décembre 1790) Joseph Viader-Comalls (communic. de M. le marquis de Dax-Axat) et mourut à Ille, le 3 septembre 1828, à 9 heures du matin (communic. de M. Serre, sec. de la mairie d'Ille-sur-Tet).

Marie du Deffand-d'Ordon, baptisée mardi 15 janvier 1675, à Saint-Loup-d'Ordon (Yonne), diocèse de Sens, fille d'Eustache de Deffand et de Marie de Valans. — Pr. 20 janvier 1687. — Bénédictine.

Marie-Thérèse du Deffand-d'Ordon, baptisée samedi 28 mai 1679, à Saint-Loup-d'Ordon (Yonne), diocèse de Sens, fille d'Eustache du Deffand et de Marie de Valans. — Pr. 20 janvier 1687. Morte, à Saint-Cyr, le 19 janvier 1689 (mairie de Saint-Cyr).

Marie de Dessuslepont-Ru, baptisée samedi 17 février 1674, à (Notre-Dame) Vernon (Eure), fille de Nicolas de Dessuslepont-Ru et d'Anne Le Jeune. — Pr. 24 janvier 1686. — Bénédictine.

Marie-Madeleine de Dessuslepont du Ru, née 28 février, baptisée jeudi 1er mars 1708, à Vernon (Eure), diocèse de Rouen, fille de Charles-Joseph de Dessuslepont et de Marthe Drouet. — Pr. 16 août 1718. B. S. 4 mars 1728. — Dot 7 septembre 1728.

Marie-Victoire-Josèphe de Dessuslepont, née et baptisée le 29 septembre 1763, au fort Saint-François-lès-Aire en Artois (Pas-de-Calais) (commume d'Aire-sur-la-Lys), fille de Jacques-François-Armand de Dessuslepont et de Marie-Jeanne Stéphant. — Pr. 1er septembre 1775. Morte, le 17 août 1776, à Saint-Cyr (mairie de Saint-Cyr).

Marie-Denise-Françoise de Dessuslepont, née et baptisée le mercredi 24 mars 1773, à Quiberon (Morbihan), fille de Jacques-François-Armand de Dessuslepont et de Marie-Jeanne Stéphant. — Entrée 20 juillet 1782, selon l'Inv. — Sortie 25 septembre 1792, selon l'Inv.

Jeanne-Marguerite-Françoise de Devezeau-Chasseneuil, née et ondoyée mercredi 19 novembre 1698, à Chasseneuil (Charente), diocèse d'Angoulème, baptisée 3 janvier 1708, fille de Gilbert-Joseph de Devezeau et de Françoise-Geneviève de Sainte-Maure. — Pr. 23 février 1708. B. S. 9 novembre 1718. — Dot 1er mars 1720. — Elle épousa Pierre-Benjamin de Mazières du Passage. Elle mourut, à la Rochelle, le 22 janvier 1783 (Arch. de la Charente-Inférieure. E. suppl. 554).

Marie-Anne Dexmier de Chenon, née et baptisée, le mercredi 23 mai 1691, à Pioussay (Deux-Sèvres), diocèse de Poitiers, fille de Charles Dexmier et de Marguerite Bonnin. — Pr. 20 juin 1702. B. S. 23 juin 1711. — Dot 23 juin 1711. — Religieuse.

Elisabeth Dodieu de la Borde-Velly, née dimanche 5 mars, baptisée lundi 3 avril 1679, à (Notre-Dame) Montesson (Seine-et-Oise), diocèse de Paris, fille de Claude Dodieu et d'Elisabeth Langlois. — Pr. 16 septembre 1686. — Maîtresse-adjointe à Saint-Cyr (6 mars 1702-20 mai 1703).

Catherine Dodieu de la Borde-Velly, née mercredi 13, ondoyée vendredi 22 novembre 1680, baptisée 8 mai 1681, à Montesson (Seine-et-Oise) (communic. sec. de la m. de Montesson), fille de Claude-Gabriel Dodieu et d'Elisabeth Langlois. — B. S. 11 novembre 1700. Vivante 13 mai 1708.

Marie-Bonne de Dommaigné-la-Roche-Hue, née samedi 20, ondoyée dimanche 21 février 1717, baptisée 21 juin 1717, à Cheviré-le-Rouge (Maine-et-Loire), diocèse d'Angers, fille de Louis de Dommaigné et de Rose-Elisabeth Le Cornu. — Pr. 7 décembre 1728. Morte, le 26 juin 1735, à Saint-Cyr (mairie de Saint-Cyr).

Sara de Dompierre du Bocage-Moussoulens, née vendredi 19 août 1672, baptisée dimanche 21 août 1672, à la huguenote, à Metz, fille de Jean-Louis de Dompierre et de Constance de Bécheveld. — Pr. 22 mai 1686. Elle reçoit une pension alimentaire de 1704 au 8 mai 1741 (Arch. Seine-et-Oise, fonds Saint-Cyr, *passim*).

Jeanne-Marie-Angélique Dorlan de Polignac, née et baptisée jeudi 1er avril 1779, à (Saint-Pierre) Condom (Gers), fille de Antoine Dorlan et de Marie-Françoise d'Aston. — Pr. 13 octobre 1788. — Entrée, selon Inv., 23 octobre 1788. — Sortie 26 mars 1793 (Crécy).

Marie-Jeanne-Pauline Le Douarain de Lémo, née et baptisée le lundi 19 avril 1751, à Augan (Morbihan), diocèse de Saint-Malo, fille de Joseph-Jean-François Le Douarain et de Françoise-Anne-Charlotte de la Fresnaye. — Pr. 14 avril 1762. B. S. 14 avril 1771. — Dot 11 juin 1771.

Marie-Louise Doucet de Courtuis, née 27 février, baptisée jeudi 23 mars 1676, à Filain (Aisne), diocèse de Soissons, fille de Jean Doucet et de Marguerite Denis. — Pr. 2 août 1686. — Bénédictine.

Marguerite Doucet de Courtuis, née mardi 8, baptisée dimanche 20 février 1678 à Filain (Aisne), diocèse de Soissons, fille de Jean Doucet et de Marguerite Denis. — Pr. 2 août 1686. — Visitandine.

Marie-Jacobé-Alexandrine de Douhaut-Aunay-Illiers, née et baptisée 9 avril 1703, à Haringues près Dunkerque (Eringhem, (Nord), diocèse d'Ypres, fille de Jacques-Charles de Douhaut et de Marie de Libersac. — Pr. 8 août 1711. B. S. 24 avril 1723. — Dot 14 mai 1723.

Marie-Louise Drapier de Montgiraud, née en 1782 (entre le 20 avril et le 7 novembre). Entrée, 11 mars 1792, selon l'Inv. Sortie 22 avril 1793 (Crécy).

Marie de Drée-la-Serrée, née jeudi 9, baptisée vendredi 10 février 1736, à (Cathédrale) Toulon-en-Provence (Var), fille d'Antoine de Drée et de Lucrèce-Thérèse de Durand. — Pr. 2 octobre 1744. Morte, le 30 avril 1751, à Saint-Cyr (mairie de Saint-Cyr).

Marie-Henriette Drouart de Lezey, née et baptisée mercredi 20 septembre 1758, à Munster, fille de Joseph Drouart et d'Anne-Marguerite Le Changeur. — Pr. 20 septembre 1709. Morte, le 3 mai 1778, à Saint-Cyr (mairie de Saint-Cyr).

Marie Durand de la Mairie, née samedi 11, baptisée lundi 13 janvier 1676, à Bury (Oise) (communic. de M. Maurice, sec. de la m. de Bury), diocèse de Beauvais (et non d'Amiens, comme les Preuves le disent à tort), fille d'Antoine de Durand et de Marie de Saint-Sauflieu (et non de Saint-Julien, comme le disent les Preuves). — Pr. 29 octobre 1686. Religieuse bénédictine à Bizy (18 mai 1710-30 juin 1711). Prieure de Bisy (16 décembre 1711-29 juin 1725). Pens. alim. 18 mai 1710-29 juin 1725).

Marie-Anne Durand de Nestreville, baptisée le mercredi 17 mai 1747, à (Saint-Germain) Croisy (Eure), diocèse d'Evreux, fille d'Anne-Pierre Durand et de Marie-Catherine Cuvilly. — Pr. 8 novembre 1758. B. S. 26 avril 1767. Bénédictine à Saint-Léger-de-Préaux (1er juin 1768-21 février 1769).

Jeanne Durand du Bastit-Faulac-Auberoche, née 25, baptisée samedi 27 juillet 1754, à (Saint-Pierre) Bars (Dordogne), diocèse de Périgueux, fille d'Emery Durand du Bastit et de Gabrielle Mallet. — Pr. 24 juillet 1764. B. S. 3 juillet 1774. — Dot 13 décembre 1774.

Marie-Elisabeth-Alexandrine-Joachime-Joséphine-Angélique Durand de la Chapelle, née 11, baptisée 12 mars 1777, à Montclar-en-Rouergue (Aveyron), fille de Pierre-Jacques Durand et de Gabrielle-Elisabeth del Puech. — Pr. 5 avril 1785. Entrée, selon l'Inv., 7 avril 1785. Sortie 25 mars 1793 (Crécy).

Marguerite de Durat-Ludaix, née et baptisée 4 juillet 1708, à Marcillat-en-Bourbonnais (Allier), diocèse de Clermont-Ferrand, fille de Sébastien de Durat et de Marie de Rollat. — Pr. 22 décembre 1719. B. S. 6 juin 1728. — Dot 28 septembre 1730. Bénédictine à Nevers (19 janvier 1746).

Louise-Anne de Durat-Ludaix-Gouzolles, née 25, baptisée 30 avril 1753 (communic. de M. Catel, sec. de la m. de Lapeyrouse), à Pérouse, diocèse de Bourges (Lapeyrouse (Puy-de-Dôme), fille de Jacques-Balthazar de Durat et de Marie-Jeanne-Madeleine de Chastagnat. — Pr. 29 janvier 1763. Novice (21 janvier 1774). Religieuse (2 janvier 1776) à Saint-Cyr devant la Dauphine. Sortie à la suppression.

Jeanne-Marguerite de Durat-Gouzolles, née et baptisée 14 février 1758 à (Notre-Dame) Pérouze, diocèse de Bourges (Lapeyrouse (Puy-de-Dôme), fille de Jacques-Balthazar de Durat et de Marie-Madeleine de Chastagnat. B. S. 10 décembre 1777. — Dot 24 novembre 1778. Elle mourut, le 8 juillet 1837 (Tardieu : *Gén. de la m. de Bosredon*, p. 278. Nadaud II, 82).

Marie-Antoinette de Durat-Gouzolles, baptisée 6 novembre 1762, à (Notre-Dame) Pérouse, diocèse de Bourges (Lapeyrouse (Puy-de-Dôme), fille de Jacques-Balthazar de Durat et de Marie-Madeleine de Chastagnat. B. S. s. d. Voy. 25 septembre 1782. — Dot 12 mai 1783.

Marie-Rose de Durfort-Civrac-Deyme-Cousac, née et ondoyée 4 avril 1727, baptisée 22 janvier 1728, à Caujac (Haute-Garonne), diocèse de Rieux, fille de François de Durfort et de Marie de Gautier. — Pr. 21 septembre 1739. B. S. 8 avril 1748. — Dot 21 août 1749.

Marie-Agnès-Marguerite de Durfort, ondoyée 30 novembre 1734, à (Saint-Louis) Montlouis (Pyrénées-Orientales) (communic. de M. Falguère, sec. de la m. de Montlouis), fille de Nicolas de Durfort et d'Agnès de Bourdeville. Novice (20 janvier 1755). Religieuse (7 juin 1757) à Saint-Cyr, devant la Reine. Elle mourut, à Versailles, le 26 mai 1805 (Versailles. Etat-civil décès : 1805, f° 100, n° 593).

Marie-Anne de Durfort-Rousines, née et ondoyée 3 mai 1733, baptisée
6 juillet 1742, à (Saint-Etienne) Toulouse, fille de Pierre de Durfort et
d'Anne Donadieu. — Pr. 22 avril 1745. B. S. 30 avril 1753. — Dot
10 septembre 1756. Elle épousa (9 mars 1758), Charles de Biottière-
Chassincourt.

Emilie-Perrette-Antoinette de Durfort-Rousines, née et baptisée le
25 juin 1754, à (Saint-Sulpice) Paris, fille de Charles-Louis de Durfort et
de Thérèse-Emilie-Antoinette-Eléonore de Porcheresse-Trabonne. — Pr.
2 décembre 1762. B. S. 8 avril-2 juin 1774. — Dot 19 janvier 1776.
Chan. de Neuville-en-Bresse. Elle épousa (1er juin 1781) Emmanuel-
Marie de Toucheboeuf, et mourut, au château de Besse, le 6 avril 1813
(Etat civil de Besse, canton de Villefranche-du-Périgord, arrondissement
de Sarlat).

Anne-Françoise-Adélaïde de Durfort-Rousines, née et baptisée 31 août
1756, à (Saint-Maurice) Besançon, fille de Louis-Charles de Durfort et de
Thérèse-Eléonore de Porcheresse. B. S. 30 août 1776. — Dot 9 janvier
1778. Chan. de Neuville-en-Bresse (1789).

Marie-Anne-Louise-Gabrielle de Durfort-Liobard, née 25, baptisée
26 juillet 1757, à Toulouse, fille de Louis de Durfort et d'Anne Suzanne-
Claire-Madeleine de Monréal-Sorans. B. S. 5 août 1777. — Dot 18 avril
1778. Chan. de Neuville-en-Bresse (1789).

Catherine-Charlotte d'Elbée-Boisguyard, née et baptisée le 31 mars
1731, à Souchamp (Seine-et-Oise), diocèse de Chartres, fille d'Alexandre
d'Elbée et d'Angélique Le Lieur. — Pr. 16 juillet 1742. Indemnité de
voyage (1751) 26 avril. Elle mourut, à Souchamp, le 3 mai 1751 (communic. de M. le comte d'Elbée), sans alliance (extrait, comm. à nous par
M. d'Elbée, de l'ét.-civil de Souchamp).

Marie-Anne-Françoise d'Elbée-la-Grandmaison, née 23, baptisée
24 juin 1745, à Souchamp (Seine-et-Oise), diocèse de Chartres (communic.
de M. Lenoir, sec. de la m. de Souchamp), fille d'Adrien d'Elbée et de
Françoise Creste. — Pr. 28 avril 1757. B. S. 19 juin 1765. — Dot
25 octobre 1766. Bernardine à Panthemont (23 janvier 1770-2 mars 1789)
(Arch. Nat. LL. 1607). Pensionnée par le Roi (1er octobre 1826) (renseignement fourni par M. le comte d'Elbée). Elle mourut, à Saint-Lô, le
22 février 1836 (renseignement fourni par M. le marquis d'Elbée) (Communic. de la m. de Saint-Lô).

Henriette d'Elbée, née 22, baptisée 23 janvier 1778, à (Saint-Grégoire) Stenay (Meuse), fille d'Henri-François d'Elbée et d'Elisabeth-Urbain. — Pr. 31 octobre 1787. Entrée, selon l'Inv., 6 novembre 1787. Sortie, le 2 avril 1793 (Crécy). Elle épousa (22 avril 1807) Pierre-Guillaume (mort 22 juin 1838, à Stenay) (Renseignements fournis par M. le comte d'Elbée et par M. Camus, sec. de la m. de Stenay).

Eléonore L'Empereur de Morfontaine, née et baptisée 8 juillet 1755, à (SS. Etienne et Denis) la Ferté-sous-Jouarre (Seine-et-Marne), fille de Michel L'Empereur et de Marie-Elisabeth Bondeguin. — Pr. 24 janvier 1766. B. S. 26 juillet 1775. — Dot 10 avril 1776.

Bonne-Marie-Charlotte de l'Emperière-Boisguingant, née 24, baptisée 27 janvier 1683, à Gourbesville (Manche) (communic. de M. Crocquevieille, sec. de la m. de Gourbesville), fille de Nicolas de l'Emperière et de Marie-Marguerite de Cléret. B -S. 22 juillet 1703. — Dot 29 juillet 1703.

Suzanne de l'Emperière-Boisguingant, née 11, baptisée 13 avril 1684, à Gourbesville (Manche), diocèse de Coutances, fille de Nicolas de L'Emperière et de Marie-Marguerite de Cleret. — Pr. 10 mai 1693. Morte, le 11 septembre 1694, à Saint-Cyr (mairie de Saint Cyr).

Rose-Thérèse d'Encausse-la-Batut, née et baptisée 22 février 1769, à Saint-André (Haute-Garonne), diocèse de Comminges, fille de Jean-Baptiste d'Encausse et de Marie-Thérèse de la Haille. — Pr. 19 février 1779. B. S. 8 mars 1789. — Dot 30 octobre 1790. Elle mourut, supérieure du Carmel, rue d'Enfer, Paris.

Marie-Elisabeth d'Erneville-Gouttières-Gizay, née et baptisée le 13 août 1709, à Gouttières (Eure), diocèse d'Evreux, fille de Charles-Ambroise d'Erneville et d'Anne Le Picard. — Pr. 5 septembre 1718. B. S. 15 septembre 1729. — Dot 11 février 1730.

Marie-Gastonne d'Erneville-Poligny, née 6, baptisée 7 août 1715, à Vitray-sous-Bresolles (Eure-et-Loir), diocèse de Chartres, fille de René-François d'Erneville et de Rose-Geneviève d'Arquema. — Pr. 7 mai 1727. B. S. 4 octobre 1735. — Dot 31 juillet 1737.

Marie-Rose d'Erneville-Poligny, née 17, baptisée 20 février 1719, à Vitray-sous-Bresolles (Eure-et-Loir) (communic. de M. le sec. de la m. de Vitray), fille de René-François d'Erneville et de Rose-Geneviève

d'Arquema. — Pr. 2 septembre 1728. B. S. 17 février 1739. — Dot
11 juillet 1740.

Marie-Catherine d'Erneville-Poligny, née 10 février 1721, au Chesne
(Eure), diocèse d'Evreux, fille de René-François d'Erneville et de Rose-
Geneviève d'Arquema. — Pr. 19 novembre 1730. B. S. 7 février 1741.
Elle épousa Guillaume Hauvel de Châtillon (communic. de M. H. Le
Court. Insinuat. du dioc. de Lisieux, t. V, p. 387). — Dot 3 janvier 1743.

Marie-Madeleine-Victoire d'Erneville-Gouttières, née 23, baptisée
25 août 1729, à Gouttières (Eure), diocèse d'Evreux, fille de Gaspard-
Pomponne d'Erneville et de Marie-Madeleine Le Cornu. — Pr. 6 avril
1740. B. S. 8 juin 1749. — Dot 14 janvier 1751. Elle épousa Louis-
Antoine de Hudebert du Val (communic. de M. Henry Le Court).

Marie-Françoise d'Erneville-Gouttières, née 3, baptisée 4 août 1735, à
(Notre-Dame) Gouttières (Eure), diocèse d'Evreux, fille de Gaspard-
Pomponne d'Erneville et de Madeleine Le Cornu. B. S. 5 juin 1755. —
Dot 7 mars 1759.

Marie-Louise d'Ernoult-Pressainville, née 14 août, baptisée 18 octobre
1714, à Varize (Eure-et-Loir), diocèse de Chartres, fille de Narcisse
d'Ernoult et de Geneviève du Perron. — Pr. 13 mars 1724. B. S. 2 mai
1734. — Dot 20 juin 1736. Religieuse.

Marie-Barbe-Christine d'Escajeul-Hocquinghen, née 29, baptisée
30 août 1708, à (par. de la Basse-Ville) Boulogne-sur-Mer (Pas-de-Calais),
fille de Jacques d'Escajeul et de Marie-Louise Acari. — Pr. 2 mars 1720.
B. S. 24 octobre 1728. — Dot 24 décembre 1729.

Marie-Anne-Elisabeth d'Escajeul-Hocquinghen-Neufral, née 23,
baptisée 26 novembre 1709, à (Saint-Joseph) Boulogne-sur-Mer (Pas-de-
Calais), fille de Marie-Jacques d'Escajeul et de Louise Acari. — Pr.
4 octobre 1721. B. S. 2 septembre 1729. — Dot 7 février 1731.

Louise-Françoise d'Escajeul-Liancourt, née et baptisée le 19 janvier
1738, à (Saint-Etienne) Bar-sur-Seine (Aube), fille de Louis-Alexandre
d'Escajeul et de Anne-Marianne Hennoque de Quiry. — Pr. 17 mai 1749.
Morte, à Saint-Cyr, le 11 février 1753 (mairie de Saint-Cyr).

Marie-Madeleine d'Escayrac-Vignals, née 5, baptisée 9 septembre 1725, à Lauzerte (Tarn-et-Garonne), diocèse de Cahors, fille de Jean-François d'Escayrac et de Jeanne-Marie de Motes. — Pr. 7 octobre 1735. Pens. p. infirm. 3 juin 1743, 20 octobre 1744-1745. B. S. 29 décembre 1745.— Dot 25 septembre 1748.

Marie d'Escayrac-Montbel, née 28 janvier, baptisée 2 février 1743, à (Notre-Dame) Neveges en Quercy (Tarn-et-Garonne), commune de Labarthe, fille de Raymond d'Escayrac et de Marguerite-Célestine du Breulh. — Pr. 15 janvier 1755. B. S. 6 novembre 1763. — Dot 12 novembre 1766. Elle épousa (12 juin 1765) Pierre-Romain de Constant-Fabel. Vivant 28 janvier 1772 (vivante 28 janvier 1772).

Geneviève, dite Marie-Thaïs d'Esconssales-Montagnet, née 13, baptisée 14 mai 1745, à Durban (Gers), diocèse d'Auch, fille de Jacques d'Esconssales et de Constance Verdier. — Pr. 16 avril 1757. B. S. 10 mai 1765. — Dot 30 juillet 1766. Novice (1er septembre 1765), professe (14 septembre 1766) à N.-D. de Meaux (sœur Marie-Thaïs). (Archives Seine-et-Marne, II. 631.)

Catherine d'Escorailles-Fontanges-Valduchez, née 21, baptisée 25 août 1701, à (Saint-Pierre) Raulhac (Cantal), diocèse de Saint Flour, fille de Jean-Marc d'Escorailles et de Jeanne de Giou-Caylus. — Pr. 21 juillet 1711. Morte, à Saint-Cyr, le 8 février 1712 (mairie de Saint-Cyr).

Françoise d'Escorailles-Salers, née 19, baptisée 20 octobre 1703, à (Saint-Mathieu) Salers (Cantal), diocèse de Clermont-Ferrand, fille de François d'Escorailles et de Françoise de Caissac-Sedaiges. — Pr. 25 septembre 1712. B. S. s. d. — Dot 14 septembre 1724. — Religieuse.

Marie-Thérèse d'Escorailles-Salers, baptisée le 3 mars 1706, à Mazerolles près Salers, commune de Salers (Cantal) (communic. de M. le sec. de la m. de Salers), diocèse de Clermont-Ferrand, fille de François d'Escorailles et de Françoise de Sedaiges. B. S. 29 janvier 1727. — Dot 3 mai 1727. Novice à Saint-Cyr (12 janvier 1726).

Jeanne-Marie-Angélique d'Escorailles-Fontanges-Valduchez, née et baptisée, le 7 octobre 1707, à (Saint-Pierre) Raulhac (Cantal), diocèse de Saint-Flour (communic. de M. Couderc, sec. de la m. de Raulha^), fille de Jean-Marc d'Escorailles et de Jeanne-Catherine de Giou. B. S. 25 septembre 1727. — Dot 23 octobre 1728. Visitandine à Aurillac (29 novembre 1733-17 novembre 1785 (abbé Poulhès, *Raulhac*, t. II, pp. 96 et 274).

Marie-Anne d'Escorailles-Salers-la-Coste, née et baptisée 9 avril 1708, à Aurillac, baptisée 4 janvier 1714, à Ytrac (Cantal), (communic. de M. le secrétaire de la mairie d'Ytrac), fille de François d'Escorailles et d'Anne de Gagnac. — Pr. 9 mai 1719. B. S. 29 mars 1728. Pens. alim. 12 mars 1739. — La dot ne fut versée que le 23 novembre 1740.

Marie-Marguerite d'Escorailles-Chanterelles, née 2, baptisée 5 janvier 1728, à Saint-Vincent (Cantal), diocèse de Clermont-Ferrand, fille de Charles d'Escorailles et de Madeleine du Fayet-la Tour. — Pr. 1er janvier 1740. Morte, le 22 juillet 1745, à Saint-Cyr (mairie de Saint-Cyr).

Marie d'Escorailles, née et baptisée 30 octobre 1762, à Sexcles (Corrèze), diocèse de Tulle (communic. de M. Madelmont, sec. de la m. de Sexcles), fille de Georges d'Escorailles et de Thérèse de Lastic. — Pr. 22 août 1774 (Renseign. fourni par M. de Scorraille). B. S. 25 octobre 1782. — Dot 15 septembre 1783.

Olympe d'Escorches du Vivier-Nobleval, née 11, baptisée 12 mai 1693, à (Saint-Sulpice) Paris, fille de Jacques d'Escorches et de Cécile de Launay. — Pr. 15 mai 1704. Novice (19 août 1713), religieuse (20 août 1715), à Saint-Cyr. Y morte, le 25 décembre 1715 (mairie de Saint-Cyr).

Louise-Charlotte d'Escorches-Mesnil-Sainte-Croix, née 9, baptisée 10 juillet 1706, à la Trinité-sur-Avre, commune de Beaulieu (Orne), diocèse de Chartres, fille de Charles d'Escorches et de Catherine du Val. — Pr. 3 juillet 1716. Voyage 19 juillet 1726. — Dot 10 janvier 1728. — Religieuse.

Charlotte-Angélique d'Escorches-Boutigny, née 13, baptisée 14 septembre 1732, aux Menus (Orne), diocèse de Chartres, fille de Pierre-Alexandre d'Escorches et de Françoise Fourbet. — Pr. 10 novembre 1740. B. S. 6 novembre 1752. — Dot 9 novembre 1754.

Marie-Anne-Françoise d'Escoublant-Tourneville, née 13, baptisée 16 mai 1690, à Clessé (Deux-Sèvres) diocèse de Poitiers, fille de Pierre-Charles d'Escoublant et de Nicole Alain. — Pr. 2 avril 1699. Novice (10 mars 1709). Religieuse (15 mars 1711), à Saint-Cyr. Y morte, le 23 octobre 1765 (mairie de Saint-Cyr).

Marie-Charlotte-Françoise d'Escoublant-Tourneville, née 21, baptisée 22 janvier 1715, à (N.-D. de la Réalle) Perpignan (Pyrénées-Orientales), diocèse d'Elne, fille de Pierre-Charles d'Escoublant et de Suzanne-Françoise Maussant — Pr. 18 décembre 1722. B. S. 20 février 1735. — Dot 25 juillet 1737.

Suzanne-Renée d'Escoublant-la-Rongerie, née 27, baptisée 28 août 1720, à (Saint-Louis) Rochefort (Charente-Inférieure), diocèse de la Rochelle, fille de Gabriel d'Escoublant et de Marie-Suzanne Pichon. — Pr. 5 juillet 1728. B. S. 2 décembre 1740. — Dot 5 septembre 1740. Hospitalière à Loches, (2 décembre 1740).

Marie-Françoise-Suzanne d'Escoublant-la-Rongerie, née 8, baptisée 21 septembre 1737, à (Saint-Sauveur) Cayenne (Guyane), fille de Jean-Gabriel-Alexis d'Escoublant et de Rose Macaye. — Pr. 13 avril 1748. B. S. 11 septembre 1757. — Dot 9 février 1763.

Marie-Anne Escoullant de Henneville née et baptisée le 11 novembre 1713, à Henneville-sur-Mer (Manche), diocèse de Coutances, fille de Toussaint Escoullant et de Marie-Roberte de Gourfaleur. — Pr. 15 juin 1724. Novice (28 décembre 1732). Religieuse (6 janvier 1735), à Saint-Cyr, devant la r. de Pologne. Morte, à Saint-Cyr, le 21 novembre 1780 (mairie de Saint-Cyr).

Marie-Josèphe des Escures-Pontcharrault, née 14, baptisée 15 juin 1726, à Plouzané (Finistère), diocèse de Léon, fille de Constant des Escures et de Catherine-Nicole Dourgui. — Pr. 17 juin 1733. B. S. 1er novembre 1747. — Dot 7 août 1748.

Marie-Reine des Escures, née et baptisé 8 février 1763, à Saussat (Allier), diocèse de Clermont, fille de Gilbert des Escures et de Reine Chambon. — Pr. 4 février 1775. B. S. 2 février 1783. — Dot 8 avril 1783.

Louise-Marthe d'Espagne-Venevelles, née et baptisée 3 septembre 1718, à Luché (Sarthe), diocèse du Mans, fille de Louis-Henri d'Espagne et de Marie-Marthe Ervoil d'Oiré. — Pr. 8 août 1730. B. S. 23 septembre 1738. — Dot 14 novembre 1739. Vivante 21 mars 1757. Elle épousa (1er août 1749) Jean-Timoléon de Rancher-Nogent (vivant 21 mars 1757).

Henriette d'Espagne-Venevelles, née 23 juillet 1722, baptisée à (Saint-Martin) Luché (Sarthe), diocèse du Mans, fille de Louis-Henri d'Espagne et de Marie-Marthe Ervoil d'Oiré. — Pr. 25 juin 1733. Morte, à Saint-Cyr, le 13 juin 1741 (mairie de Saint-Cyr).

Jeanne-Louise d'Espagne, née 1ᵉʳ, baptisée 9 juin 1768, à Cassagna-bère (Haute-Garonne), diocèse de Comminges, fille d'Henri-Bernard d'Espagne et de Claire-Charlotte de Cabalby. Pr. septembre 1777. B. S. 6 juillet 1788. — Dot 25 juillet 1788. — Religieuse.

Marie-Victoire d'Espinay-Saint-Luc, née 30 septembre, baptisée 3 octo-bre 1778, à (Saint-Médard) Couvains (Orne), diocèse d'Evreux, fille de Claude-Louis d'Espinay et de Clotilde de Sanson-la-Siffletière. — Pr. 16 avril 1788. Entrée, selon l'Inv , le 15 mai 1788. Sortie 23 mars 1793 (Crécy).

Caroline-Marie-Henriette-Perette d'Espies, née 5, baptisée 7 septem-bre 1779, à Saint-Lys (Haute-Garonne), diocèse de Toulouse, fille de Barthélemy-André-Michel d'Espies et de Paule-Alexandrine-Antoinette Le Mercier. — Pr. 1ᵉʳ juin 1788. Entrée, selon l'Inv., le 29 juin 1788. Sorti 12 novembre 1792 (Crécy.)

Marie-Thérèse d'Esquincourt-Follemprise, née 29, baptisée 30 avril 1696, à (Sainte-Marguerite) Vieilles-Landes, diocèse de Rouen (Vieilles-Landes, communes de Landes-Vieilles et Jeunes (Seine Inférieure), fille de David d'Esquincourt et de Marie-Anne de la Mairie. Pr. 10 avril 1708. B. S. 9 mai 1716. — Dot 9 mai 1716.

Marie-Thérèse d'Essoffy (dite aussi Marie-Anne-Louise-Florentine), née et baptisée, le 20 août 1755, à Mainvilliers (Amanweiller, canton de Metz, Lorraine-Allemande), diocèse de Metz, fille de Jacques-Charles d'Essoffy et de Marie-Louise de Hellat-Vidame. B. S. 4 août 1775. — Dot 5 juillet 1776. Laîné (Archiv. de la noblesse t. II), Saint-Allais (t. XVI) l'appellent Marie-Thérèse seulement, des prénoms de sa marraine, Marie-Thérèse de Vidame.

Marie-Rose-Charlotte-Félicité d'Essoffy, née 17, baptisée 18 mars 1769, à Bar-le-Duc (Meuse), fille de Jacques-Charles-Marie d'Essoffy et de Marie-Louise de Hellat-Vidame. B. S. 4 octobre 1789. — Dot 28 février 1790. — Religieuse.

Marie-Françoise-Germaine-Elisabeth d'Estagnols, née 24, baptisée 25 juin 1739, à (Saint-Charles) Sedan (Ardennes), fille de Pierre-Louis d'Estagniols et d'Elisabeth Catels. — Pr. 23 juin 1751. B. S. 20 mai 1759. — Dot 30 mars 1765.

Sézanne de l'Estandart-Quenoville, née 9, baptisée 10 octobre 1718, à (Notre-Dame) Esclavelles (Seine-Inférieure), diocèse de Rouen, fille de Louis-François l'Estandart et de Marie-Madeleine-Claude de Mercastel. — Pr. 21 août 1730. B. S. 23 juillet 1738. — Dot 19 septembre 1739.

Marie-Louise de l'Estandard-Quenoville, baptisée 4 juillet 1729, à Esclavelles (Seine-Inférieure), diocèse de Rouen, fille de Louis-François de l'Estandart et de Marguerite-Claude de Mercastel. B. S. 24 mai 1749. — Dot 13 mai 1752. Novice au Carmel, rue de Grenelle (Sœur Marie-Dorothée de Saint-Louis).

Marie-Anne d'Esterhazy, née 9, baptisée 12 octobre 1741, à (Saint-Pierre) Le Vigan (Gard) diocèse d'Alais, fille de Valentin-Joseph Esterhazy et de Philippes la Nougarède-la-Garde. — Pr. 21 juillet 1751. B. S. 10 novembre 1763. — Dot 25 octobre 1766. Vivante 28 janvier 1772.

Anne-Hippolyte d'Estienne-Montplaisir, née et baptisée 24 mars 1766, à Lambesc (Bouches-du-Rhône), diocèse d'Aix, fille de Marc-Antoine-Balthazar d'Estienne et de Marie-Justine de la Taille-Fresnoy. — Pr. 39 juillet 1773. B. S. 26 mars 1786. — Dot 10 mars 1788.

Marie Polixène d'Estienne-Montplaisir, née 5, baptisée 6 avril 1771, à Lambesc (Bouches-du-Rhône), diocèse d'Aix, fille de Marc-Antoine-Balthazar d'Estienne et de Marie-Justine de la Taille-Fresnoy. — Dot 5 mai 1791.

Josèphe-Louise d'Estimauville-Beaumouchet, née 28, baptisée 29 juin 1752, à Louisbourg, diocèse de Québec, fille de Jean-Baptiste-Philippe d'Estimauville et de Marie-Charlotte d'Ailleboust. — Pr. 12 novembre 1761. B. S. 8 juillet 1772. — Dot 20 mars 1773.

Marie-Estourneau de Tersannes, née et baptisée 1er juillet 1710, à Tersannes (Haute-Vienne), diocèse de Limoges, fille de Jacques-Louis Estourneau et de Marie-Geneviève Moreau. — Pr. 19 novembre 1718. B. S. 26 juin 1730. — Dot 8 juillet 1733. Elle épousa (1728) Charles de Marans-la-Bastide. (Renseig. fourni par Mme la baronne de Tersannes).

Marie-Jeanne Josèphe d'Estourneau-Tersannes, née 20, baptisée 21 octobre 1772, à (Saint-Symphorien) Tersannes (Haute-Vienne), diocèse de

Limoges, fille d'Etienne Estourneau et de Jeanne-Julie Belliot. Entrée, selon l'Inv., le 12 octobre 1782. — Pr. 21 octobre 1782. Sortie 26 octobre 1792 (Crécy). Elle épousa Denis-François-Sylvain du Rouet et mourut, le 29 janvier 1864, à 3 heures du soir, à Montmorillon. (Communic. de Mme la baronne de Tersannes et de M. Vernai, sec. en chef de la mairie de Montmorillon.)

Elisabeth-Madeleine d'Estrées-Marnay, née 15, baptisée 16 décembre 1714 à (Saint-Martin) Souville (Loiret), commune d'Yèvre le Chastel, diocèse de Sens, fille de Christophe d'Estrées et de Madeleine de Launoy. — Pr. 14 juillet 1725. B. S. 15 décembre 1734. — Dot 22 juin 1736.

Laurence d'Estutt-Chassy, baptisée 20 avril 1677, à (Sainte-Geneviève) la Montagne (commune Saint-Honoré-les-Bains (Nièvre), diocèse de Nevers, fille de Guy d'Estutt et de Françoise de Bonnin. — Pr. 15 juillet 1688.

Marguerite d'Estutt-Essai, née 25, baptisée 26 octobre 1692, à (Saint-Martin) Arcy-sur-Cure (Yonne), diocèse d'Auxerre, fille de François d'Estutt et d'Antoinette de Loron. — Pr. 16 avril 1700. B. S. 6 septembre 1712. — Religieuse à l'Ave-Maria (20 septembre-10 octobre 1713). Elle y mourut, en 1714 (de la Guère : *Gén. d'Estutt*, p. 73).

Marguerite d'Estutt-Assay, née et baptisée le 29 novembre 1742, à (Saint-Martin) Arcy-sur-Cure (Yonne)[1], diocèse d'Auxerre, fille de François d'Estutt et de Louise-Madeleine-Alphonse de Longueville. — Pr. 13 juillet 1752. B. S. 4 novembre 1763. — Dot 25 octobre 1766. Elle épousa (avril 1770)[2] Thomas d'Island (de la Guère : *Gén. d'Estutt*. p. 94) et vivait encore, le 28 janvier 1772.

Marie d'Estutt-Blanay, née 16 août 1776, à (Saint-Etienne) Vezelay (Yonne), fille de Jacques-François-Gabriel d'Estutt et de Marie-Anne-Geneviève More de Tauxerre. Entrée 12 avril 1786. Sortie 21 mars 1793 (Crécy). Elle mourut, à Vézelay, le 22 février 1831. (Etat-civil de Vézelay. Communic. du sec. de la mairie.)

Nicole-Emilie d'Etanger, née 26, baptisée 27 avril 1773, à (Saint-Gervais) Avranches (Manche), fille de Jacques d'Etanger et de Louise-Char-

---

[1] Arch. d'Arcy-sur-Cure. Année 1742, fol. 76.
[2] La permission de mariage est du 26 avril 1770. (Archives de la mairie d'Arcy-sur-Cure. Année 1770, fol. 19. v°.) Elle avait vingt-sept ans, quatre mois, vingt jours.

lotte Badier. — Pr. 12 novembre 1782. Entrée, selon l'Inv., le 16 novembre 1782. Sortie, le 3 décembre 1793 (Crécy).

Anne-Antoinette-Françoise-Maximilienne de Fabert, née 7, baptisée 8 juin 1766, à Metz (Saint-Simon), fille d'Abraham-François de Fabert et d'Anne-Marie-Madeleine du Balay. B. S. 16 août 1786. — Dot 13 janvier 1787. Elle épousa (31 août 1797) François du Buat, et mourut, à Metz, le 2 octobre 1840 (Bourelly : *le Maréchal de Fabert* II, 390, Paris, in-8°, 1880-1881).

Marie-Clémence-Césarine-Helvienne de Fages, née et ondoyée 15 mai, baptisée 12 juin 1775, à Rochemaure en Languedoc (Ardèche), fille de Pierre-François-César de Fages et de Marie-Madeleine Fargier. — Pr. 26 juillet 1782. Entrée 1er juin 1782 (Invent.). Sortie 10 octobre 1792 (Invent.). Maîtresse de pension (1805-1824), à Montpellier, elle y mourut sans alliance, le 24 août 1824 (R. Le Sourd : *Revue du Vivarais*, 15 décembre 1903).

Marie-Charlotte-Françoise-Césarée de Fages-Vaumale, née en 1781, à Rochemaure (Ardèche), fille de Pierre-François-César de Fages et de Marie-Madeleine du Fargier. Entrée 12 avril 1791 (Invent.), donna à la fabrique de Rochemaure le presbytère actuel, épousa avant 17 mai 1853, Jean Penot (vivant 17 mai 1853) (rens. dus à l'amabilité de M. l'abbé Terrasse, curé de Rochemaure). Elle mourut, à Montpellier, le 4 juin 1862 (R. Le Sourd : *Revue du Vivarais* 19 décembre 1903).

Jeanne-Marie de la Faige, née et baptisée 2 décembre 1776, à Sail près Châteaumorand en Forez (Loire), fille de François-Eléonor de la Faige et de Jeanne-Marie de Briaudet. — Pr. 30 juin 1786. Morte, à Saint-Cyr, le 7 juillet 1791 (mairie de Saint-Cyr).

Suzanne de Failly-Bégni, née 2, baptisée 11 mars 1687, à Herpy-les-Condé (Ardennes), diocèse de Reims, fille de Gabriel de Failly et d'Anne Capelin. — Pr. 2 juin 1697. B. S. 8 avril 1707. — Dot 8 avril 1707.

Marie-Françoise-Claire de Failly-Condé, née 16, baptisée 23 juin 1751, à Condé-les-Herpy (Ardennes), fille de Nicolas-Ignace de Failly et d'Anne de Beaufort. — Pr. 25 juin 1762. B. S. 6 avril 1771. — Dot 24 janvier 1772. Elle mourut à Saint-Cyr et sa mère reçut sa dot.

Marie-Anne de Failly-Condé, baptisée le 15 janvier 1782, à Avenay (Marne) (rens. dû à M. l'abbé Dieudonné, curé d'Avenay), fille de Louis-

Didier de Failly et de Marie-Victoire de Marconville. Entrée (Invent.)
19 décembre 1791. Sortie 14 mars 1793 (Crécy).

Marie de la Faire-Bouchaut, née 4 mars, baptisée 15 mai 1673, à
(Saint-Pierre) la Trimouille (Vienne), diocèse de Poitiers, fille de Claude
de la Faire et de Marie Simonot. — Pr. 31 mai 1686, Carmélite rue de
Grenelle, à Paris (Sœur Marie-Pélagie de Sainte-Thérèse) (14 avril 1733-
3 juin 1750).

Marie de la Faire-Bouchaud, née et baptisée 10 décembre 1722, à
(Notre-Dame) Thollet (Vienne), diocèse de Limoges, fille de François
de la Faire et de Françoise-Dominique Planchet. — Pr. 2 août 1732.
B. S. 10 décembre 1742. — Dot 4 octobre 1743. Novice carmélite à
Paris, rue de Grenelle.

Françoise-Charlotte de la Faire-Bouchaud, née et baptisée le 9 juin
1731, à (Notre-Dame) Thollet en Poitou (Vienne), fille de François de la
Faire et de Dominique-Françoise Planchet. B. S. 26 avril. — Dot
5 mars 1753.

Ursule-Angélique de la Faire-Château-Guillaume-Bouchaud, née 18,
baptisée 20 octobre 1736, à (Saint-Eutrope), Pezay-sur-Creuse (Pezay-le-
Joli, commune d'Oulches (Indre), fille de François de la Faire et de Mar-
guerite-Marthe de Boislinards. — Pr. 7 août 1748. B. S. 10 novembre
1756. — Dot 18 novembre 1762. — Carmélite.

Adélaïde-Paule-Françoise de la Fare, née et baptisée 30 septembre 1753,
à (Saint-Jean) Bessay (Vendée), fille de Louis-Joseph-Dominique de la Fare
et de Gabrielle-Paule-Henriette Gazeau. — Pr. 2 décembre 1762. B. S.
6 juin 1773. — Dot 6 novembre 1773. Elle épousa (1781) Jean-François
Prévost de la Boutelière et mourut, le 1er juin 1823, à Bollène (Vaucluse). Elle a laissé de courts : *Mémoires*, publiés par L. Sandret (Angers,
1884, pet. in-12° de XIII-124 pages) (cf. R. Le Sourd : *Revue du Vivarais*,
15 décembre 1903).

Aimée-Louise de Fars, née 26, baptisée 28 juillet 1746, à (Sainte-
Marie) Coulaures (Dordogne), diocèse de Périgueux, fille d'Elie de Fars
et de Marie de Montferrand-Gontaut. — Pr. 16 septembre 1757. B. S.
13 juin 1766. — Dot 26 juillet 1768. Vivante 28 janvier 1772.

Catherine-Françoise de Fassion-Beauvinay, née 14, baptisée 16 septembre 1708, à Chatonnay (Isère), diocèse de Vienne en Dauphiné, fille

de Mathieu de Fassion et de Marie de Ferron. — Pr. 3 juin 1718. Morte,
à Saint-Cyr, le 9 septembre 1719 (mairie de Saint-Cyr).

Cécile-Séraphine-Marguerite de Faucher-la-Ligerie, née et ondoyée
27 novembre, baptisée :2 décembre 1769, à (Notre-Dame) Jazennes
(Charente-Inférieure), fille de Nicolas de Faucher et de Gabrielle-Julie
Guinot. — Pr. 20 mars 1780. B. S. 6 novembre 1789. — Dot 30 juin
1790.

Jacqueline-Françoise-Guillemette de Faudoas, née 30 mai 1781, à
Saint-Gaudens (Haute-Garonne), fille de Jean-Bertrand de Faudoas et de
Marie-Rose Courdussier. Entrée, s. l'Inv., 18 mars 1791. Sortie 23 mars
1793 (Crécy).

Rose-Catherine de Faudran, née 18, baptisée 19 avril 1770, à (Saint-
Ferréol) Marseille, fille de Jean-Baptiste de Faudran et de Catherine de
Palambre. — Pr. 13 mars 1780. B. S. 17 avril 1790. — Dot 20 mars
1791.

Jeanne-Marguerite de Faulcon, née et baptisée 20 octobre 1732, à
Fourneaux (Calvados), diocèse de Séez, fille de Claude-Yves de Faulcon
et de Marie-Marguerite-Louise de Vallembras. — Pr. 18 octobre 1741. B.
S. 25 octobre 1752. — Dot 26 février 1755.

Elisabeth de Fauquemberghe, baptisée 11 janvier 1676, à (Saint-Remy)
Dieppe (Seine-Inférieure), diocèse de Rouen, fille de Charles-Louis de
Fauquemberghe et d'Angélique Aubert. — Pr. 23 juin 1687. Novice
(2 avril 1694). Religieuse (4 avril 1696), à Saint-Cyr. Prit le voile en pré-
sence de Racine. Morte, le 10 mars 1737, à Saint-Cyr (mairie de Saint-
Cyr).

Victoire-Emilie du Faur-Loubouey, née et baptisée 16 mars 1779, à
(Saint-Martin) Pau, fille de Jean-Raymond de Faur et de Suzanne de
Larrose. — Pr. 11 décembre 1787. Entrée, selon l'Inv., 24 décembre
1787. Sortie 11 février 1793 (Crécy).

Gilberte-Marie-Madeleine du Faur de Chasours-la-Combe, née et baptisée 20 août 1673, à (Saint-Etienne) Gannat (Allier), diocèse de Clermont-Ferrand, fille de François de Faure et de Marie Intrand. — Pr.
4 février 1686. Novice, à Saint-Cyr (7 novembre 1662). Religieuse (9 décembre 1694). Morte, à Saint-Cyr, le 25 mai 1734 (mairie de Saint-Cyr).

Jeanne Faure de la Combe, née 7, baptisée 8 avril 1707, à (Saint-Etienne) Gannat (Allier), diocèse de Clermont-Ferrand, fille de Gaspard Faure et d'Anne Marcelin. — Pr. 13 octobre 1714. B. S. 14 avril 1727. — Dot 6 septembre-16 juillet 1727. Novice, à N.-D. de Gannat, 14 mars 1731.

Jeanne-Geneviève de Fay-Athiès, baptisée 25 août 1724, à (Saint-Jean) Martigny en Thiérache (Aisne), diocèse de Laon, fille de Gabriel-Florimond de Fay et de Catherine de Caruelle. — Pr. 4 mars 1733. B. S. 22 avril 1745. — Dot 12 avril 1747. Novice, à Saint-Cyr (9 décembre 1744). Elle vivait, le 15 février 1769 (Arch. S.-et-D. 196).

Marie-Françoise de Fay-Vis, née et baptisée 31 août 1729, à Saint-Louis du fort de Niculay près Calais (Pas-de-Calais), diocèse de Boulogne-sur-Mer, fille de Roger de Fay et de Françoise-Elisabeth de la Marre. — Pr. 27 août 1741. B. S. 22 août 1749. — Dot 22 octobre 1751. Novice à Panthemont, rue de Grenelle (Paris). Elle y était religieuse dès le 14 août 1765, maîtresse des novices (23 janvier 1770), exerçait les fonctions de dépositaire et vivait encore, le 2 mars 1789 (Arch. nat. L. L. 1807). Ne pas la confondre avec Marie de Fay-Vis (sa sœur probablement) qui fit profession, le 27 avril 1747, fut sous-prieure (9 août 1772-2 mars 1789). (It.)

Marie-Elisabeth-Paule de Fay-Villiers, née 28 décembre 1740, baptisée 1er janvier 1741, à (Sainte-Marie) Collioure (Pyrénées-Orientales), fille de Pierre de Fay et de Marie-Anne Boulier de Bourges. — Pr. 17 novembre 1752. B. S. 28 décembre 1760. — Dot 25 octobre 1766. Vivante 28 janvier 1772.

Georgette-Elisabeth-Anne Fay de Bellemare-Saint-Cyr, née et baptisée le 7 octobre 1745, à (Saint-Nicolas) Mesnil-Vicomte (Orne), diocèse d'Evreux, fille de Cyr-François-Sébastien Fay de Bellemare et d'Elisabeth de Canouville. — Pr. 10 mai 1757. B. S. 4 octobre 1765. — Dot 25 octobre 1766. Vivante 28 janvier 1772.

Marie-Jeanne de Fay-Maisonneuve, née et baptisée 12 octobre 1766, à Saint-Macaire-du-Bois (Maine-et-Loire), diocèse de Poitiers (communic. de la m. de Saint-Macaire), fille de Louis-Léonor de Fay et de Marie-Céleste Blondé. — Pr. 23 mars 1774. B. S. 23 août 1786. — Dot 30 janvier 1787.

Agathe-Luce de Fay-Maisonneuve, née et baptisée 22 septembre 1774, à Saint-Macaire-du-Bois (Maine-et-Loire), fille de Louis-Éléonor de Fay et de Marie-Céleste Blondé. Entrée, selon l'Inv., 28 juillet 1784. Sortie, selon l'Inv., 29 septembre 1792.

Rose-Camille du Fay, née 13, baptisée 14 octobre 1774, à (Saint-Michel) Carcassonne, fille de Jacques-Honoré de Fay et de Jacquette-Antoinette Montaner. — Pr. 23 avril 1784. Entrée, selon l'Inv., 24 avril 1784. Sortie 1er août 1792 (Crécy).

Marie-Anne du Fayel du Moutier, née 27 février, baptisée 1er mars 1708, à Planquery (Saint-André), diocèse de Bayeux (Calvados), fille de Gabriel-Célestin du Fayel et de Marie-Madeleine Maurice. — Pr. 27 août 1718. B. S. 21 février 1728. — Dot 24 juin 1729.

Louise-Geneviève-Fortunée de la Faye-Linemare, née 22, baptisée 28 mars 1720, à (Saint-Pierre) les Damps (Eure), diocèse d'Evreux, fille de Pierre-Auguste de la Faye et de Louise-Angélique Louvel d'Espineville. — Pr. 28 juin 1728. B. S. 16 janvier 1740. — Dot 31 octobre 1740.

Marie-Marguerite-Françoise du Fayet-la-Tour-Clavières, née 22, baptisée 24 mars 1708, au lieu de la Vayssière, près Trizac (Cantal), diocèse de Clermont, fille de Christophe du Fayet et de Marguerite Danjolie. Novice (9 mars 1730), puis (9 mars 1732), religieuse à Saint-Cyr. Morte, à Saint-Cyr, le 7 mars 1760 (mairie de Saint-Cyr).

Marie-Anne-Adélaïde du Fayet-la-Tour-Clavières, née 2, baptisée 5 novembre 1712, à Trizac (Cantal), diocèse de Clermont-Ferrand, fille de Christophe du Fayet, et de Marguerite d'Enjolie. — Pr. octobre 1719. B. S. 13 avril 1733. — Dot 28 février 1734. Elle épousa (17 août 1733) Barthelais de Chavaroche.

Marie-Adélaïde-Thérèse-Claire du Fayet-la-Tour-Trizac-Saignemontet-la-Vayssière, baptisée 25 mars 1740, à Trizac[1] (Cantal), diocèse de Clermont-Ferrand, fille de Jean-Baptiste du Fayet et de Marie-Catherine de Framery. — Pr. 25 juillet 1750. B. S. 3 août 1761. — Dot 26 mai 1766. Novice à Notre-Dame de Salers (1766).

Marie-Jeanne du Fayet-la-Tour-la-Bastide-Peyrissac, née 13, baptisée 17 août 1742, à Liginiac (Corrèze), diocèse de Limoges, fille de Roger du

[1] Communic. de M. Chanut, sec. de la m. de Trizac.

Fayet-la-Tour-la Bastide et de Marie-Angélique Eybrad de Peyrissac. —
Pr. 13 octobre 1753. — Dot 15 avril 1767. B. S. 6 août 1762. Elle épousa,
avant 28 janvier 1772, Masson de Saint-Félix (vivant 28 janvier 1772).
Vivante 28 janvier 1772.

Marie-Anne du Fayet-la-Tour-Mainterolles, née 15, baptisée 16 novembre 1780, à Moussages (Cantal) (communic. de M. Rolland, instituteur
honoraire à Moussages), fille de Christophe du Fayet et de Jeanne de
Ribier. Entrée, selon l'Inv., le 6 octobre 1790. Sortie 15 avril 1793
(Crécy).

Marie-Charlotte de Fayolle-Puyredon, née 13, baptisée 14 juillet 1729,
à Saint-Perdoux, canton d'Issigeac (Dordogne), diocèse de Sarlat, fille de
François de Fayolle et de Madeleine de Buade. — Pr. 4 mai 1741. B. S.
22 octobre 1749. — Dot 31 juillet 1750. Elle épousa N. Roze de la
Coste-Grammont et testa le 20 février 1782. Elle eut pens. pour infirmités (27 mai 1742-22 octobre 1749).

Marie-Charlotte-Gabrielle Le Febvre de la Barre, née 16, baptisée
17 juillet 1739, à (Saint-Germain) Ferrolles (Seine-et-Marne) en Brie,
fille de Jean-Baptiste-Alexandre Le Febvre et de Claudine-Charlotte La
Niepce. — Pr. 7 juillet 1751. Morte, le 24 décembre 1758, à Saint-Cyr
(mairie de Saint-Cyr).

Françoise-Elisabeth de Felins-la-Bouvernelle, née et baptisée 4 octobre
1682, à Villetrun en Vendômois (Loir-et-Cher), fille de Robert de Felins
et de Gabrielle de Vimeur. — Pr. 25 mai 1690. Morte, le 14 janvier 1691,
à Saint-Cyr (mairie de Saint-Cyr).

Elisabeth de Féra-Rouville, née 24, baptisée 26 février 1713, à (Saint-
Pierre) Rouville (commune de Malesherbes (Loiret), diocèse de Sens,
fille de Léon de Féra et de Marie-Catherine Nivert. — Pr. 18 octobre 1720.
B. S. 24 février 1733. — Dot 7 avril 1735. Elle épousa (1746) Gaspard
de Toustain-Frontebosc. Elle mourut, le 1er septembre 1791, à Saint-
Martin-du-Manoir (Seine-Inférieure) (Gazette de France et communic.
de M. Damris, sec. de la m. de Saint-Martin-du-Manoir).

Marie-Anne de Féra-Courtines, née 11, baptisée 12 septembre 1750, à
(Saint-Laurent) Belley (Ain), fille de François de Féra et de Marie-Françoise de Michaud-Corcelles. — Pr. 25 mai 1761. Morte à Saint-Cyr, le
2 octobre 1767 (mairie de Saint-Cyr).

Françoise-Henriette-Catherine de Fériet-Crevy, née et baptisée 24 janvier 1750, à Saint-Mihiel (Meuse), diocèse de Verdun, fille de Jean-Nicolas de Fériet et d'Elisabeth de Montauban. — Pr. 26 novembre 1761. B. S. 29 mai 1770. — Dot 29 décembre 1770. Elle épousa (4 juillet 1772) Paul-Joseph de la Lance.

Jeanne-Marguerite-Félicité de Fermont, née et baptisée le 24 novembre 1765, à Saint-Morel (Ardennes), diocèse de Reims, fille de Nicolas-Louis de Fermont et de Marguerite-Charlotte de Villelongue. — Pr. mars 1777. Morte, à Saint-Cyr, le 14 novembre 1777 (mairie de Saint-Cyr).

Elisabeth-Marie-Emilie-Eléonore de Ferrand, née 19, baptisée 20 mars 1725, à (Saint-Sulpice) Paris, fille de Michel-Guillaume de Ferrand et de Louise-Catherine-Emilie Steits de Gornitz. — Pr. 19 décembre 1736. Novice (26 juillet 1745), religieuse (16 juillet 1747), à Saint-Cyr. Morte, religieuse, le 2 mars 1772, à Saint-Cyr (mairie de Saint-Cyr).

Adèle-Françoise de Ferrand, née et baptisée 6 octobre 1776, à Montignac-en-Agenais (Lot-et-Garonne), fille de Jean de Ferrand et de Marie Ragot. — Pr. 30 juin 1786. Entrée, selon l'Inv., 28 septembre 1786. Sortie 17 novembre 1792 (Crécy).

Symphorienne-Crespine de Ferre-Fontange, née 26, baptisée 28 juin 1748 à (la Cathédrale) Cavaillon (Vaucluse), fille de Charles-François de Ferre et de Jeanne-Crespine de Fayol. — Pr. 22 septembre 1759. B. S. 19 mai 1768. — Dot 3 mai 1769.

Marie de la Ferrière-la-Boulaye, baptisée 4 mai 1681, comme huguenote, (née 30 avril) à Vendôme (Loir-et-Cher), fille d'Hélie de la Ferrière et de Charlotte de Ramsay. — Pr. 10 novembre 1691. B. S. 25 avril 1701. — Dot 15 janvier 1701. — Ursuline.

Gabrielle de Ferrières-Sauvebœuf, née 31 mai, ondoyée 20 octobre, baptisée 29 octobre 1725, à Nonards (Corrèze) vicomté de Turenne, fille de Jean-Angélique de Ferrières et d'Isabeau Pradel. — Pr. 24 mai 1737. B. S. 13 décembre 1745. — Dot 28 novembre 1746. — Religieuse.

Louise de Ferrières-Sauvebœuf-Saint-Bonnet, née au Château du Moulin d'Arnac, le 21 juin, baptisée à Nonards (Corrèze), le 23 juin 1728, fille de Jean-Angélique de Ferrières et d'Isabeau Pradel. B. S. s. d. Voy. s. d. — Dot 25 février 1750.

Cécile-Angélique de Feuquières, née et baptisée 10 mars 1748, à Boissy-le-Sec (Eure-et-Loir) (communic. de M. le sec. de la m.), diocèse de Chartres, fille de Charles-Robert de Feuquières et de Marie-Anne Foucher. — Pr. 8 mars 1759. B. S. 1ᵉʳ janvier 1768. Dot : 3 novembre 1768. Vivante 28 janvier 1772.

Marie-Angélique de Fictes-Souci, née 16, baptisée 17 novembre 1723, à (Saint-Martin) Fontenay-sous-Bois (Seine), diocèse de Paris, fille de Jean-François de Fictes et de Marie-Angélique Jorde de Cabanac. — Pr. 28 mars 1735. B. S. 30 novembre 1743. — Dot 2 août 1746. Elle épousa N. baron de Mackau. Sous-gouvernante des Enfants de France. Morte, le 16 février 1800, à Vitry-sur-Seine. (De Beauchesne : *Madame Elisabeth*, II, 38, note.)

Adélaïde-Anne-Louise de Fictes-Soucy, née 24, baptisée 28 octobre 1757, à Vitry près Paris (Seine) (Saint-Gervais), fille d'Arnaud-François de Fictes et d'Elisabeth-Louise Le Noir. — Pr. 30 septembre 1769. B. S. 21 octobre 1777. — Dot 26 décembre 1777.

Angélique-Elisabeth-Louise de Fictes-Soucy, née et baptisée le 25 juillet 1779, à (Saint-Symphorien) Montreuil, faubourg de Versailles (Seine-et-Oise), fille de François-Louis de Fictes et de Suzanne-Marie-Louise de Mackau. Entrée, selon l'Inv., le 17 septembre 1788. Sortie 11 septembre 1792 (Crécy).

Hélène (Marie, disent les Arch. de Seine-et-Oise, mais l'identité n'est pas douteuse, car les époques d'entrée et de sortie concordent dans tous les documents et, de plus, il n'y eut jamais d'autre élève du nom de Filleul, à Saint-Cyr) Filleul de Freneuse, baptisée 22 février 1687, à (Saint-Nicolas) Rouen, fille de François Filleul et de Marguerite Lucas. — Pr. 12 juin 1696. B. S. 23 février 1707. — Dot 31 mars 1707.

Elisabeth-Joséphine de Finance, née et baptisée le 12 octobre 1764, à Charmes-sur-Moselle (Vosges), fille de Nicolas-François de Finance et de Barbe-Marguerite de Baillivy. — Pr. 28 juin 1776. B. S. 1ᵉʳ octobre 1784. — Dot 17 février, 22 mars 1785. — Carmélite.

Amable-Geneviève de la Fitte-Courteil, née 2, baptisée 3 janvier 1741, à Sainte-Blandine (Deux-Sèvres), diocèse de Poitiers, fille d'Amable de la Fitte et de Marie-Anne de Luen. — Pr. 30 décembre 1748. B. S. 10

novembre 1763. — Dot 22 décembre 1766. Elle épousa (2 février 1763)
Charles de Mériteins-Arros (mort le 14 septembre 1764). Vivante 28 janvier 1772.

Scolastique de la Fitte-Pelleporc, née et baptisée 29 juillet 1758, à (Saint-
Grégoire) Stenay (Meuse), fille de Gabriel-René de la Fitte et de Marie-
Catherine de Chabrignac-Condé. — Pr. 21 mars 1766. B. S. 11 juin 1778.
— Dot 24 novembre 1778. — Chanoinesse.

Reine-Marguerite-Dieudonnée de la Fitte-Pelleporc, née et baptisée
21 avril 1764, à (Saint-Grégoire) Stenay (Meuse), fille de Gabriel-René
de la Fitte et de Marie-Catherine de Chabrignac-Condé. B. S. 19 mars
1784. — Dot 14 avril 1785. — Ursuline.

Jacqueline-Anne de Flavigny-Ribeauvillé-Monampteuil, née et baptisée, le 3 juillet 1688, à Monampteuil (Aisne), fille de Claude de Flavigny
et d'Anne Mauprime. B. S. 4 juillet 1710. — Dot 4 juillet 1710.

Séraphine-Anne de Flavigny-Ribeauvillé-Monampteuil, née 3, baptisée
9 février 1689, à Monampteuil (Aisne), diocèse de Laon, fille de Claude
de Flavigny et d'Anne Mauprime. — Pr. 9 mars 1699. B. S. 3 février
1709. — Dot 4 février 1709. Religieuse bénédictine à Origny-Sainte-
Benoîte. Y mourut, le 15 décembre 1765 (Ch. d'Hozier : *Armorial*. Registre VII, vol. XI, Paris 1847, in-8°).

Anne-Claude de Flavigny-Renansart, née et baptisée 20 novembre
1699, à (Saint-Martin) Renansart (Aisne), fille d'Anne-Claude de Flavigny
et de Marie-Anne de la Fitte. — Pr. décembre 1710. B. S. 20 novembre
1719. — Dot 22 décembre 1719. Bénédictine. Elle mourut, à Cambrai, le
24 février 1770 (Ch. d'Hozier : *Armorial*. Registre VII. Livre XI. Paris,
1847, in-8°).

Marie-Jeanne Fleuriot de la Freulière, née 19, baptisée 20 avril 1741,
à (Saint-Pierre) Ancenis (Loire-Inférieure), fille de Jacques Fleuriot et de
Marie Louvel. Pr. 2 octobre 1752. B. S. 14 novembre 1763. — Dot
25 octobre 1766. Vivante 28 janvier 1772.

Suzanne-Marguerite de Fleury, née 24, baptisée 26 septembre 1682, à
(Saint-Benoît) Paris, fille d'Henri de Fleury et d'Anne Denis. — Pr.
27 mai 1694. — Pr. 1er octobre 1702. — Dot 26 octobre 1702.

Jeanne-Madeleine de Florimond-Montmirey, baptisée 9 août 1713, à Montmirey (Jura), diocèse de Besançon, fille d'Antoine-Joseph de Florimond et d'Anne-Philippe Monnier. — Pr. 7 septembre 1722. B. S. 26 janvier 1734. — Dot 15 mai 1736. Visitandine à Salins.

Claude-Marie de Florimond-Montmirey, née 28, baptisée 29 janvier 1716, à (Notre-Dame) Dôle (Jura), fille d'Antoine-Joseph de Florimond et d'Anne-Philippe Monnier. — Pr. juin 1724. B. S. 18 novembre 1735. — Dot 17 décembre 1737. Novice visitandine, à Salins (6 mai 1736).

Christine-Louise de Flotte, baptisée 23 décembre 1762, au temple de Giessen (Hesse), fille d'Hercules de Flotte et de Charlotte-Augustine de Benning. — Pr. 22 novembre 1770. B. S. 18 mars 1783. — Dot 23 février 1785. Visitandine rue du Bac.

Rose-Madeleine-Julie de Flotte, née 28, baptisée 29 août 1777, à Saint-Martin-d'Argençon (commune de Saint-Pierre-d'Argençon (Hautes-Alpes) en Dauphiné, fille de Joseph de Flotte et d'Henriette-Thérèse de Vitalis. — Pr. 24 décembre 1786. Entrée selon l'Inv. 3 décembre 1786 Sortie 15 mars 1793 (Crécy).

Henriette-Elisabeth de Foissy-Moteux, baptisée 31 mai 1699, à (Saint-Désiré) Lons-le-Saulnier (Jura), diocèse de Besançon, fille de Louis de Foissy et de Marie Mandrot — Pr. 1er octobre 1707. B. S. 15 mai 1719. — Dot 20 mai 1719.

Jeanne-Elisabeth-Gabrielle de Foissy, baptisée 21 novembre 1733, à Lons-le-Saulnier (Jura), diocèse de Besançon, fille de Claude-Gaspard de Foissy et de Claudine-Madeleine de Siffredy. — Pr. 3 avril 1744. B. S. 5 décembre 1733. — Dot 8 octobre 1757. Novice à N.-D. de Saint-Antoine près Sens. — Bénédictine.

Marie-Anne de Foix-Candale, née 13, baptisée 15 janvier 1684, à Duhort (Landes), diocèse d'Aire, fille de Jean de Foix-Candale et de Jeanne de Pechpeirou. — Pr. 23 novembre 1695. Novice à Saint-Cyr (4 mars 1703). B. S. 29 juin 1704. — Dot 30 juin 1704.

Marguerite de Foix-Candale, née 20, baptisée 22 décembre 1685, à Duhort (Landes), diocèse d'Aire, fille de Jean de Foix et de Jeanne de Pechpeirou. — Pr. 23 novembre 1695. B. S. 16 janvier 1706. — Dot 25 janvier 1706. Elle épousa (5 février 1711) Jacques de Lomagne-Ter-

ride (mort 16 novembre 1754, à Simacourbe), et mourut, à Simacourbe
(Basses-Pyrénées), le 14 avril 1758 *(Gazette de France*, n° du 3 juin 1758)
(communic. de M. L. Navarre, sec. de la m. de Simacourbe).

Victoire-Gabrielle de la Folie-la-Mothe, née et baptisée le 21 août 1746,
à Hardinghen (Pas-de-Calais) diocèse de Boulogne-sur-Mer, fille de
Gabriel-Antoine de la Folie et de Gabrielle-Jacqueline de Cannesson. —
Pr. 17 août 1758. B. S. 17 avril 1766. — Dot 26 juillet 1768. Elle épousa
avant 28 janvier 1772, Bruno-Joseph Hanotel de Canchy (vivant 28 janvier 1772). Vivante 28 janvier 1772.

Marie-Jeanne de Fontaine-Woincourt, née 23, baptisée 24 janvier 1701,
à (Saint-Martin) Woincourt (Somme) diocèse d'Amiens, fille de Nicolas-
Joachim de Fontaine et de Léonore-Françoise d'Amerval. — Pr. 12 janvier 1713. B. S. 25 février 1721. — Dot 18 février 1721. Fille à Saint-
Cyr. Elle épousa (29 mai 1723) Louis-Jacques Witasse de Vermandovillers (né 12 septembre 1670, mort le 9 septembre 1740 à Vermandovillers) et mourut, le 25 mai 1769, à Omissy (Aisne) (communic de M. G.
de Witasse et du sec. de la m. d'Omissy).

Renée-Françoise de Fontaine-Boisjosse, née 2, baptisée 3 janvier 1708,
à Boissy le-Sec (Eure-et-Loir), (communic. du sec. de la m. de Boissy)
(Eure-et-Loir) diocèse de Chartres, fille de Samson de Fontaine et de
Jeanne-Françoise Lizet. — Pr. 4 août 1716. B. S. 30 décembre 1727.
— Dot 31 mars 1729.

Madeleine-Françoise de la Fontaine-Bitry-Solare, née 6, baptisée
18 octobre 1688, à Villers-Agron (Aisne), diocèse de Soissons, fille de
Philippe de la Fontaine et de Madeleine de Suzanne-Cardaillac. — Pr.
6 octobre 1698. Novice à Saint-Cyr (28 octobre 1706). Religieuse
(4 novembre 1708). Morte, à Saint-Cyr, le 14 septembre 1736 (mairie de
Saint-Cyr).

Anne-Charlotte de la Fontaine-Solare, née et baptisée, le 1er mars 1692,
fille de Philippe de la Fontaine et de Charlotte-Madeleine de Gaya. — Pr.
mars 1699. Morte, à Saint-Cyr, le 23 août 1699 (mairie de Saint-Cyr).

Françoise-Charlotte de la Fontaine, née 28 septembre 1698, fille de
Philippe de la Fontaine et de Charlotte-Madeleine de Gaya-Tréville. B. S.
29 septembre 1718. — Dot 30 décembre 1718. Elle épousa (20 novembre
1732) Léonor Courtin et mourut, à Paris, le 17 décembre 1749 (De Poli :
Généal. de la m. de Courtin, p. 437, col 1, n° 1222).

Michelle-Charlotte de la Fontaine, née 4 novembre 1701, fille de Philippe de la Fontaine et de Charlotte-Madeleine de Gaya-Tréville. B. S. 16 avril... (1721). — Dot 21 octobre 1722.

Gabrielle de la Fontaine-Saint-Clément, née 9, baptisée 10 août 1733. à Saint-Clément-lès-Morgny (Aisne), diocèse de Laon, fille de Robert-Gabriel de la Fontaine et de Louise-Marthe de Carnel. — Pr. 9 octobre 1743. Morte, à Saint-Cyr, le 11 novembre 1749 (mairie de Saint-Cyr).

Jeanne-Élisabeth-Marie de la Fontaine-Saint-Clément, née et baptisée 23 juillet 1761, à (Notre-Dame) Presle (Presles-Boves, Aisne), diocèse de Soissons, fille de Jean-Gabriel de la Fontaine et de Marie-Louise de Frotté-Lignières. — Pr. 21 mars 1772. B. S. 28 juin 1781. — Dot 27 août 1781.

Suzanne-Julie-Françoise de la Fontaine-Offémont, née et baptisée 24 octobre 1765, à (Notre-Dame) Presles-Boves (Aisne), diocèse de Soissons, fille de Jean-Gabriel de la Fontaine et de Marie-Louise Frotté de Lignières. B. S. 13 décembre 1785. — Dot 10 décembre 1785.

Marguerite-Charlotte de Fontaines-la-Neuville. née et baptisée 12 juin 1695, à (Saint-Gorgon) Metz, fille de Nicolas de Fontaines et de Marie-Louise-Charlotte de Pellart-Givry. — Pr. 16 novembre 1703. Morte, le 18 septembre 1706, à Saint-Cyr, (mairie de Saint-Cyr).

Françoise-Léonore de Fontaines-Ramburelles, née 31 juillet, baptisée 3 août 1696, à Woincourt (Somme), diocèse d'Amiens, fille de Nicolas-Joachim de Fontaines-Ramburelles et de Léonore-Françoise d'Amerval. — Pr. 21 septembre 1705. Morte, le 23 mai 1713, à Saint-Cyr (mairie de Saint-Cyr).

Louise-Marie de Fontaines-Ramburelles-Nelette, née 12, baptisée 15 juillet 1700, à Saint-Martin-le-Gaillard (Seine-Inférieure), diocèse de Rouen, fille de Pierre-Claude de Fontaines et de Marie Bonnet. — Pr. 12 janvier 1710. B. S. 1er juillet 1720. — Dot 1er juillet 1720. Morte sans alliance. Elle vivait encore, le 8 septembre 1731. (Archives de la Somme, B. 408 fol. 22) et en 1773 (communic. de M. G. de Witasse).

Hélène-Nicole de Fontaines-Ramburelles-Bocasselin, née 21, baptisée 22 octobre 1703, à Saint-Martin-le-Gaillard (Seine-Inférieure), diocèse de Rouen, fille d'Hubert de Fontaines et de Marie-Anne Bonnet. — Pr. 12 octobre 1715. B. S. 11 septembre 1723. — Dot 23 mai 1731.

F. V.   12

Marie-Laurette de Fontaines-la-Neuville-Cormont, née 17, baptisée 18 mai 1726, à (Notre-Dame) Montreuil-sur-Mer (Pas-de-Calais), diocèse d'Amiens, fille de François de Fontaines et de Marie-Marguerite de Flahaut-les-Aunois. — Pr. 7 décembre 1736, — B. S. 5 mai 1746. — Dot 7 juin 1749

Marie-Françoise-Suzanne de Fontaines-la-Neuville, née 22, baptisée 23 décembre 1728, à (Saint-Firmin) Montreuil-sur-Mer, fille de François de Fontaines et de Marie-Marguerite de Flahaut. — B. S. 17 juin 1748. — Dot 10 octobre 1749.

Marie-Thérèse de Fontanges-Chambon, née et baptisée le 29 juin 1686, à Saint-Hilaire-Luc (Corrèze), diocèse de Limoges, fille de Charles de Fontanges et de Marguerite de Bonneval. — Pr. 18 juillet 1696. B. S. 22 juillet 1706. — Dot 22 juillet 1706.

Marguerite de Fontanges-Chambon, née 8 octobre 1689, à Saint-Hilaire Luc (Corrèze), diocèse de Limoges, fille de Charles de Fontanges et de Marguerite de Bonneval. — Pr. 14 avril 1700. B. S. 8 octobre 1709. Vivante 29 mai 1715. — Dot 8 octobre 1709. Elle épousa (31 janvier 1714) Charles-Louis du Fraisse. Fille à Saint-Cyr.

Marie de Fontanges-Masclas, née 4, baptisée 10 novembre 1696, à Saint-Germain (Lot), diocèse de Cahors, fille de Jean-François de Fontanges et de Marie de Montal. — Pr. 15 mai 1706. B. S. 8 novembre 1716. — Dot 8 juin 1717. Elle mourut avant 1730 (renseign. fourni par M. de Vaublanc).

Marie-Anne de Fontanges-Masclas-la-Borie, née 2 novembre, au château de Laborie, baptisée 4 novembre 1697, à Saint-Germain-du-Bel-Air (Lot), fille de Jean-François de Fontanges et de Marie de Montal (communic. de M. Verdier, sec. de la m. de Saint-Germain-du-Bel-Air). B. S. 3 novembre 1717. — Dot 15 novembre 1717. Elle mourut, à Cahors, paroisse Saint Maurice, le 24 février 1720 (communic. de M. Verdier, sec. de la m. de Saint-Germain-du-Bel-Air).

Marie-Marguerite de Fontanges, née 25, baptisée 27 avril 1749, à Gannat (Sainte-Croix), diocèse de Clermont-Ferrand, fille d'Hughes de Fontanges et de Marie-Gasparde de Boissieu. — Pr. 19 juin 1756. B. S. 25 avril 1769. — Dot 24 mai 1769. Chanoinesse de Neuville-en-Bresse

(1778), coadjutrice de Bouxières (nommée 12 février 1785, prit possession le 7 décembre 1786 (renseignement fourni par M. R. de Vaublanc). Cf. aussi Lepage (*L'Abbaye de Bouxières*. Nancy, 1859, in-8°), qui place sa nomination au 26 juin 1786.

Louise-Elisabeth-Catherine de Fontanges, née 1er, baptisée 4 novembre 1759, à (Saint-Georges) Saint-Pourçain-sur-Sioule (Allier), fille de François de Fontanges et de Louise-Gilberte de Beauverger. — Pr. 10 novembre 1767. — Dot 31 mars 1780 (communic. du sec. de la m. de Saint-Pourçain-sur-Sioule).

Anne-Françoise Madeleine de Fontanges-Hauteroche, née et baptisée à (Saint-Nicolas) Bayet (Allier), le 30 octobre 1760, selon les archives de S.-et-O., le 7 octobre 1760, selon M. Grégoire (*Excursions dans le canton de Saint-Pourçain*, p. 10)[1] (Moulins 1900, in-8°), fille de François de Fontanges et de Gilberte du Vernay-Beauverger, novice (16 novembre 1780), religieuse (2 novembre 1782) à Saint-Cyr, devant Mme Elisabeth. Sortie à la suppression. Elle mourut à Versailles, le 8 prairial an III (28 mai 1795) (Versailles. Etat civil. Décès an III. fol. 195.)

Marguerite-Louise-Henriette de Fontanges, née 12, baptisée 24 novembre 1774, à (Saint-Maurice) Vebret (Cantal), fille de Charles de Fontanges et d'Antoinette de Chaslus. — Pr. 22 septembre 1784. Entrée, selon l'Inv., le 9 octobre 1784. Sortie 17 mars 1793 (Crécy). Elle mourut, le 10 mars 1835, sans alliance, au château de Couzans, commune de Vebret (Cantal) (communic. de M. le sec. de la m. de Vebret).

Geneviève-Marguerite de Fontenay-Courboyer, née 19, baptisée 20 avril 1676, à (Saint-Sauveur) Bellême (Orne), diocèse de Séez, fille de Pierre de Fontenay et de Marguerite Rivet. — Pr. 24 juin 1686. Carmélite à Grenoble (sœur Marie-Pélagie de la Providence). Professe 15 juin 1697. Elle mourut, le 23 juin 1728, entre 10 et 11 heures du soir (Archives de l'Isère, G. G. 202). Elle reçut une pension alimentaire (15 janvier 1724-15 janvier 1728).

Françoise-Marie du Fontenay du Boistier-la-Châtellenie, née et baptisée 10 juillet 1712, à Saint-Hilaire-de-Soisey, diocèse de Séez (Saint-Hilaire, près Soisey, commune de la Perrière) (Orne), fille de René de Fontenay et de Marie Guéroult. — Pr. 14 septembre 1721. B. S. 19 mai 1752. — Dot 30 septembre 1733.

[1] L'acte est bien du 30 octobre (communic. de M. Hébrard, sec. de la m. de Bayet).

Marie-Thérèse-Charlotte-Clotilde de Fontenay-Saint-Aubin, née et baptisée 3 juin 1742, à (Notre-Dame) Mortagne-en-Perche (Orne), fille de René-Louis de Fontenay et de Marie-Anne-Marguerite Philippes de Beuville. — Pr. 14 octobre 1752. B. S. 4 novembre 1763. — Dot 25 octobre 1766. Vivante 28 janvier 1772.

Marie-Renée-Antoinette-Louise de Fontenay-Saint-Aubin, née et baptisée, le 25 août 1743, à (Notre-Dame) Mortagne-en-Perche (Orne), fille de René-Louis de Fontenay et de Marie-Anne-Marguerite-Philippes de Beuville. B. S. 1er novembre 1763. — Dot 25 octobre 1766. Vivante 28 janvier 1772.

Jacqueline-Jeanne-Marie de Fontenay-Chatellenie, née et baptisée 8 juillet 1752, à Saint-Hilaire-de-Soisey, diocèse de Séez (Saint-Hilaire-lès-Soisey, commune de la Perrière (Orne), fille de Jean-François-César de Fontenay et de Marie-Anne-Louise Savare. — Pr. 10 mars 1764. B. S. 2 juin 1772. — Dot 11 juillet 1773.

Marie-Françoise de Fontenay-la-Guyardière, née et baptisée 9 août 1760, à (Saint-Martin) Vendôme (Loir-et-Cher), fille de François-César de Fontenay et de Marie-Renée de la Fresnaye-Bonrepos. — Pr. 17 avril 1771. B. S. 19 juin 1780. — Dot 19 janvier 1781.

Françoise-Scolastique de Fontenay-la-Bellonière, née et baptisée 19 juillet 1766, à (Saint-Martin) Vendôme (Loir-et-Cher), fille de François de Fontenay et de Marie-Anne-Renée de la Fruglaye. B. S. 20 juillet 1786. — Dot 24 mars 1787.

Marie-Louise-Philippine de Fontlebon, née 13, baptisée 14 janvier 1774, à Rumigny (Ardennes), diocèse de Reims, fille de Jean-Baptiste-Marie de Fontlebon et de Jeanne-Henriette de Beaufort. Entrée, selon l'inventaire, le 30 juillet 1783. Sortie le 14 mars 1793 (Crécy).

Marie-Anne-Adélaïde de Forbin-Gardanne, née 18, ondoyée 19 juin, baptisée 26 juin 1766, à (Saint-Martin) Marseille, fille de Jean-Claude-Palamède de Forbin et de Clotilde-Adélaïde de Félix de la Ferratière. — Pr. 18 décembre 1776. B. S. 21 avril 1786. — Dot 10 mars 1788. — Chanoinesse de Neuville-en-Bresse (1783). Elle épousa (9 décembre 1794) Louis-Vincent Roux-Peyrusse (du Roure : *Gén. de Forbin*, p. 103. Bergerac, 1907, in-4°). « Une des Forbin, mariée à un négociant de Carcassonne, « lequel avait obtenu une place de payeur général, rapportant 24.000 livres « de rente, vient de mourir à Paris, regrettée infiniment de son mari,

« qui l'a rendue très heureuse : elle était utile à tous les malheureux... »
(Lettre de Mlle Louise du Pac à Mme de Chassan, sa condisciple de Saint-
Cyr, 10 mai 1801. Communication de MM. Louis et Charles de Longe-
vialle).

Rosalie-Joséphine de Forbin-Gardanne, née 29, baptisée 30 janvier
1772, à (Saint-Martin) Marseille, fille de Jean-Charles-Palamède de
Forbin et de Clotilde-Adélaïde de Félix. Pension alimentaire 14 septembre 1789.

Françoise-Marie-Marguerite de Forceville, née 16, baptisée 18 octobre
1685, à (Saint-Martin) Oisemont-en-Vimeu (Somme), diocèse d'Amiens,
fille de François de Forceville et de Marie de Riencourt. — Pr. 20 septembre 1695. B. S. 16 décembre 1705. Morte, sans alliance, le 7 novembre
1715. — Dot 28 décembre 1705.

Marie-Louise de Forceville-Groslier, née 3, baptisée 7 septembre 1704,
à Vercourt (Somme), diocèse d'Amiens, fille de Robert de Forceville et
de Marie-Anne Moucque. — Pr. 28 janvier 1714. B. S. 4 septembre
1724. — Dot 12 septembre 1724. Elle épousa Adrien de Courteville-
Boisménil.

Catherine-Josèphe de Forceville-Merlimont, née 1er, baptisée 2 mars
1706, à (Saint-Michel) Amiens, fille de Jean-François de Forceville et de
Catherine Le Vaillant de la Pasture. — Pr. 27 janvier 1714. B. S.
26 novembre 1726. — Dot 5 juillet 1727. Elle épousa (12 août 1736)
Louis du Vernet-Roquefort.

Marie-Marguerite de Forceville-Grosfliers, née 21, baptisée 24 janvier
1763, à Montreuil-sur-Mer (Pas-de-Calais), fille de Louis-Robert de
Forceville et d'Anne-Elisabeth-Ursule d'Heuzé-Hurtevant. Morte, à Saint-
Cyr, le 15 septembre 1776 (Mairie de Saint-Cyr). — Pr. 21 janvier 1775.

Marie-Violante de la Forest-Divonne, née 7, baptisée 8 octobre 1752,
à Divonne-les-Bains (Ain), diocèse de Genève, fille de Claude-Antoine
de la Forest et de Marie-Justine-Antoinette de la Rivoire. — Pr.
26 janvier 1763. B. S. 1er décembre 1772. — Dot 18 janvier 1774. Elle
testa en 1810 (renseignement fourni par M. le comte Ferdinand de
Divonne). Morte sans alliance (Item),

Marie-Louise-Pernette-Sophie de la Forest-Divonne, née 24, baptisée
26 février 1764, à (Saint-Etienne) Divonne (Ain), fille de Claude-Antoine

de la Forest et de Marie-Justine-Antoinette de la Rivoire. B. S. 21 août 1785. — Dot 28 août 1786. Novice à Saint-Cyr (2 octobre 1783). Ch. de Neuville (18 juillet 1764). Elle épousa Clérice-François-Melchior-Elzéar de Vogué (né 1er décembre 1732, mort 16 décembre 1812, à Chevigny-en-Plaine (Côte-d'Or). Elle mourut, le 22 février 1843, à 9 heures du soir, au hameau de Chanteloup, commune d'Hurigny (Saône-et-Loire) (communication de la mairie d'Hurigny).

Blanche-Rosalie-Denise de la Forest-Divonne, née 24, baptisée 25 juin 1764, à (Saint-Jean) Besançon, fille de Gilbert de la Forest et de Blanche-Fortunée de Raymond. — Pr. 25 février 1775. B. S. 11 février 1784. — Dot 24 mai 1784. — Chanoinesse.

Ignace-Gabrielle-Françoise de Foresta, née et baptisée le 2 juin 1723, à Aix-en-Provence (Saint-Sauveur), fille de Lazare-Ignace de Foresta et d'Anne Deydier de Curiol. — Pr. 12 février 1733. B. S. 29 juin 1743. — Dot 5 mai 1748. Pension alimentaire (31 décembre 1746). Abbesse de Vigogne (13 mars 1763). Morte le 24 mai 1768.

Clotilde Le Forestier du Buisson, baptisée 12 novembre 1674, à Foucrainville (Eure), diocèse d'Evreux, fille de Charles Le Forestier et de Marie de Lhommeau. — Pr. 8 août 1686. Bernardine à Sainte-Hoïlde près Bar-le-Duc. Elle mourut, en 1738 (du Buisson : *Gén. des Le Forestier*).

Catherine Le Forestier de Langevinière, née 12 octobre, baptisée 19 novembre 1677, à Cesny, diocèse de Bayeux (Cesny-Bois-Halbout) (Calvados), fille de Daniel Le Forestier et d'Anne-Louise Auvray. — Pr. 7 octobre 1686. Novice à Saint-Cyr (6 mars 1696). Sortie 1697. Pens. (mai 1705).

Marie-Louise-Charlotte Le Forestier du Buisson, baptisée 9 juin 1726, à Foucrainville (Eure), diocèse d'Evreux, fille de Charles-René Le Forestier et de Louise-Marguerite-Françoise de Camps. — Pr. 24 octobre 1736. B. S. 21 mai 1746. — Dot 1er juillet 1748. — Bénédictine.

Marie de Forges-Barreneuve, née et baptisée le 4 août 1740, à Château-vieux (Loir-et-Cher), diocèse de Bourges, fille de Pierre de Forges et de Gabrielle de la Marche. — Pr. 13 avril 1752. B. S. 15 juin 1763. — Dot 4 juin 1767. Elle mourut entre le 9 mars 1767 et le 28 janvier 1772.

Marguerite Forget de la Quantinière, baptisée 23 avril 1701, à Azay-sur-Cher (Indre-et-Loire), diocèse de Tours, fille de Claude Forget et de Marguerite de Renard. — Pr. 19 décembre 1708. B. S. 30 août 1721. — Dot 18 février 1721.

Marie-Louise-Antoinette de Forget-Barst, née 6, baptisée 7 février 1772, à Tincry (canton de Dene, arrondissement Château-Salins. Alsace-Lorraine), diocèse de Metz, fille de Charles-Joseph-Xavier Forget et de Marie-Elisabeth-Charlotte du Rocheret. — Pr. 10 novembre 1781. Entrée, selon l'inventaire, le 14 novembre 1781. Sortie 1er août 1792 (Inventaire).

Angélique Formé de Framicourt, née 27, baptisée 29 août 1692, à Fontaine-sous-Montdidier (Somme), diocèse d'Amiens, fille de Jacques de Formé et de Marie-Renée de Mailly. — Pr. 10 décembre 1703. B. S. 17 septembre 1712. — Dot 17 septembre 1712. Religieuse ursuline à Reims.

Michelle Formé de Framicourt, née et baptisée le 29 septembre 1706, à Fontaines-sous-Montdidier (Somme), diocèse d'Amiens, fille de Jacques Formé et de Marie-Renée de Mailly. — Pr. 23 octobre 1713. B. S. 9 septembre 1726. — Dot 8 avril 1728.

Marguerite-Madeleine-Antoinette du Fornel, née 27, baptisée 29 avril 1764, à (Saint-Pierre) Valeille-en-Forez (Loire), fille d'Alexandre-Laurent du Fornel et d'Antoinette-Laurence de Martinière. — Pr. 22 mai 1771. B. S. 16 avril 1784. — Dot 4 juin 1784.

Catherine-Léonie de Fornier-Pradines, baptisée à (Saint-Louis-en-l'Isle), Paris, le 4 mars 1674 (née 26 février), fille de Charles-Léon de Fornier-Pradines et de Renée-Angélique Le Charon. — Pr. 13 décembre 1686.

Madeleine de Fornier-Romesac, née 2, baptisée 18 juin 1675, à (Saint-Louis-en-l'Isle), Paris, fille de Charles-Léon de Fornier et de Renée-Angélique Le Charon. Visitandine. — Pr. 13 décembre 1686.

Elisabeth de Fornier-Carles-Pradines, née 5, baptisée 10 juillet 1677, à (Saint-Nicolas du Chardonnet) Paris, fille de Charles-Léon de Fornier-Pradines et de Renée-Angélique Le Charon. — Pr. 13 décembre 1686.

Marie-Geneviève-Victoire de Fornol, née 2, baptisée 3 août 1777, à (Saint-Sauveur Notre-Dame) Bellac (Haute-Vienne), fille de Nicolas-

Maurice de Fornol et de Marie de Tessières. — Pr. 29 août 1786. Entrée selon l'Inv., le 30 août 1786. Sortie le 14 mars 1793. (Crécy.)

Marie-Thérèse Fortin de Fierville, baptisée le 1er novembre 1673, au Vey (Calvados) près Falaise, fille de Jean-Jacques Fortin et de Jacqueline de Bouteros. — Pr. 4 janvier 1686. Bernardine à Yères (28 janvier 1735) (Arch. Seine-et-Oise, titres non classés, Yères).

Andrée Angélique de Fortin, baptisée à (Saint-Pierre) Laon (Aisne) le 1er juillet 1679, fille de Jean-Jacques de Fortin et de Jacqueline de Bouteros. — Pr. octobre 1686. Morte, le 22 février 1692, à Saint-Cyr (mairie de Saint-Cyr).

Marguerite de Fortin, née en 1681, fille de Jean-Jacques de Fortin et de Jacqueline de Bouteros. B. S. 18 juin, 9 juillet 1701. — Dot 4 mars 1701.

Catherine de Fortin, née 16 mai, baptisée 19 octobre 1688, fille de Jean-Jacques de Fortin et de Jacqueline de Bouteros. B. S. — Dot 22 mai 1708.

Arthémise-Charlotte des Fossés-Bauvillé, née 8, baptisée 9 octobre 1692, à Saint-Nicolas-aux-Bois (Aisne), diocèse d'Amiens, fille d'Antoine des Fossés et de Marie-Charlotte de Fay. - Pr. 8 juin 1704. B. S. 8 octobre 1712. — Dot 8 octobre 1712.

Marie de Foucault-Lardimalie-Blis-la-Renaudie, née 4, baptisée 5 février 1738, à (Saint-Martin) Bergerac (Dordogne), fille de Léon Foucault et de Suzanne de Teyssières. — Pr. 3 février 1750. B. S. 19 mars 1758. — Dot 27 juillet 1763. Vivante, sans alliance, en 1775.

Jeanne de Foucault-Malembert, née 4, baptisée 5 octobre 1766, à (Saint-Pierre) Saint-Yrieix (Haute-Vienne, sous-préfecture), diocèse de Limoges, fille de Jean-Baptiste de Foucault et de Marguerite de Roger. — Pr. 14 février 1778. — Dot 28 mai 1788. B. S. 30 septembre 1786.

Marie-Louise-Charlotte de Foucault, baptisée 6 juin 1774, à Boucres-en Calaisis (commune de Hames-Boucres (Pas-de-Calais), fille de Louis-Daniel de Foucault et de Jeanne-Pétronille des Essarts. — Pr. 17 mai 1784. Entrée selon l'inv., le 19 mai 1784. Sortie 26 octobre 1792 (Crécy).

Monique-Victoire de Foucault-la-Rochefcucauld-Pontfriand, née et baptisée 14 mai 1780, à (Sainte-Croix) Metz, fille de Louis de Foucault et de Françoise-Fébronie de Belchamps. — Pr. 6 février 1790. Entrée selon l'inv., 8 mars 1790. Sortie 2 novembre 1792 (Crécy).

Anne-Louise-Cécile de Fouchais-la-Faucherie, née 8, baptisée 9 octobre 1744, à (Saint-Martin) La Croix-du-Perche (Eure-et-Loir), diocèse de Chartres, fille de Louis-André de Fouchais et de Cécile de Fouchais. — Pr. 29 septembre 1756. B. S. 30 septembre 1764. — Dot 25 octobre 1766. Vivante 28 janvier 1772.

Françoise-Henriette Foucher de Circé, née et baptisée le 28 octobre 1748, à (Sainte-Radegonde) Vasles (Deux-Sèvres), diocèse de Poitiers, fille d'Henri Foucher et de Françoise-Suzanne Pidoux. — Pr. 12 mai 1760. B. S. 14 octobre 1768. — Dot 3 avril 1770.

Marie-Anne-Cécile de Foudras-Courcenay-Beaulieu, baptisée 22 novembre 1730, à (Saint-Pierre) Bouillon (Belgique), fille de Jacques-François de Foudras et de Jeanne-Charlotte Henri. — Pr. 10 décembre 1740. B. S. 26 septembre 1750. — Dot 22 mai 1753.

Laurence-Claudine de Foudras, née et baptisée le 29 avril 1749, à Châtillon-d'Azergues (Rhône), diocèse de Lyon, fille de François-Augustin de Foudras et de Marie-Anne de Montdor. — Pr. 4 juillet 1760. B. S. 25 avril 1769. — Dot 25 septembre 1769.

Anne-Charlotte de Fougère-Courlandon-la-Baume, née et baptisée le 9 février 1711, à Courlandon (Marne), bailliage de Fismes, diocèse de Reims, fille de Jacques de Fougère et de Madeleine Kilberger. Pension pour infirmité 19 novembre 1729-24 juin 1733. — Pr. 14 mai 1722, 22 juin 1732. B. S. 21 juin et 20 septembre 1731.

Françoise-Henriette de Fougères, née et baptisée 30 mars 1778, à (Saint-Remy) Aure (Ardennes), près Manre-en-Champagne, fille de Charles-François-César de Fougères et de Françoise-Jeanne-Marguerite de Paviot. — Pr. 24 octobre 1787. Entrée, selon l'Inv., le 3 novembre 1787. Sortie 1er avril 1793 (Crécy).

Françoise-Florence de Fougères, née 15 février 1781, à Reims, fille de Louis-Alexandre de Fougères et de Charlotte-Aimée-Suzanne de Montfrabœuf. Entrée, selon l'Inv., le 6 octobre 1790. Sortie, selon l'Inv., 12 octobre 1792. Epousa Louis-François-Anne de Lauvière.

Marie-Catherine de Foulogne-la-Motte, née et baptisée le 17 décembre 1781, à (Notre-Dame) Alençon (renseignement dû à l'obligeance de

M. Ambroise Guérin, curé de N.-D. d'Alençon), fille d'André-Louis-François de Foulogne et de Marie-Marguerite de Beauvais. Entrée (Inv.), 16 décembre 1791. Sortie, 9 mars 1793 (Crécy).

Gabrielle-Catherine-Félicité du Four-Saint-Léger, née 1er, baptisée 2 février 1733, à Saint-Léger-Gautier (commune de Plessis-Sainte-Opportune) (Eure) diocèse d'Evreux, fille de Charles-Gabriel du Four et de Marie-Anne d'Erneville. — Pr. 23 novembre 1743. B. S. s. d. — Dot 5 juillet 1755. Voy. 5 décembre 1752.

Antoinette-Françoise de Fournas-la-Brosse-Feugerolles, née et baptisée, le 5 septembre 1760, à (Notre-Dame de la Major) Narbonne (Aude), fille de Charles de Fournas et de Gabrielle-Joséphine de Gaillac. — Pr. 6 juin 1770. B. S. 9 septembre 1780. — Dot 5 janvier 1779. Elle mourut, à Narbonne, le 18 février 1845 (renseignement fourni par M. le baron de Fournas et communic. de la m. de Narbonne).

Catherine-Caroline-Gaëtane de Fournier-Champvert-Antane, née 7, baptisée 8 août 1759, à Grillon (Vaucluse), diocèse de Saint-Paul-Trois-Châteaux, fille de Jean-Baptiste de Fournier et de Madeleine-Angélique d'Aguimbert. — Pr. 16 mai 1771. B. S. 5 juillet 1779. — Dot 27 janvier 1780.

Adrienne-Suzanne de Fournillon-Butery, baptisée 1er novembre 1682, à (Saint-Nizier) Lyon, fille de Pierre de Fournillon et de Louise d'Ervieu. — Pr. 13 février 1690. — Dot 4 novembre 1702.

Charlotte de Fournillon-Butery, née et ondoyée, le 28 juillet 1691, à (Saint-Nizier) Lyon (Archives munic. de Lyon. Registres de Saint-Nizier, 1689-1691, p. 498), fille de Pierre de Fournillon-Butery et de Louise d'Ervieu. Morte, le 17 avril 1699, à Saint-Cyr (mairie de Saint-Cyr).

Anne-Elisabeth-Guillemette de Foyal-Alonne, baptisée 30 décembre 1736, à (Saint-Martin) Nanteau-sur-Essonne (Seine-et-Marne), diocèse de Sens, fille de Nicolas de Foyal et d'Anne Millain. — Pr. 1er juin 1748. B. S. 14 janvier 1757. — Dot 23 juin 1759.

Jeanne-Marie de Fraigne-Bussières, née et baptisée 20 septembre 1712, à (Saint-Ferréol) Marseille, fille de Gilbert de Fraigne et de Thérèse Daniel. — Pr. 10 avril 1724. B. S. 20 septembre 1732. — Dot 1er juillet 1734.

Marie-Edmée de Fraisse-Beausoleil, née 29, baptisée 30 mai 1715, à Saint-Cernin-de-Larche (Corrèze), diocèse de Limoges, fille de Charles-Louis du Fraisse et de Marguerite de Fontanges. — Pr. 20 avril 1726. B. S. 17 mai 1735. — Dot 27 mai 1737.

Gabrielle-Claire de Framery, née 16, baptisée 17 février 1777, à Châtillon-sur-Seine (Côte-d'Or), fille de Pierre-Jacques de Framery et de Geneviève-Madeleine Etienne. — Pr. 10 février 1786. Entrée, selon l'Inv., 6 février 1786. Sortie 18 mars 1793 (Crécy).

Marie-Françoise Le Franc de Beaulieu, née 14 (à Anet), baptisée 16 avril 1675, à (Saint-Pierre) Saussey (Eure-et-Loir), diocèse de Chartres, fille de Claude Le Franc et de Françoise Patenôtre. — Pr. déc. 1687· Novice (3 janvier 1696). Religieuse (16 janvier 1698) à Saint-Cyr. Morte, le 24 février 1741, à Saint-Cyr (mairie de Saint-Cyr).

Elisabeth-Sophie Le Franc du Fayel, née 21, baptisée 22 mars 1707, à Evreux (Saint-Aquilin), fille de Charles Le Franc et de Marie-Madeleine du Rouil. — Pr. 5 septembre 1718. Voyage en 1727 (25 juin). B. S. 11 juillet 1727. Religieuse au Ronceray (1731).

Geneviève-Césarie Le Franc-Beaulieu-Fayel, née le 10, baptisée le 11 avril 1711, à (Saint-Thomas) Evreux (Eure), probablement, fille de Charles Le Franc et de Marie-Madeleine du Rouil. — Pr. 10 avril 1721. Novice à Jouarre (26 février 1732). — Dot 13 juin 1733. Religieuse à Andechy.

Etiennette-Marie-Antoinette Le Franc de la Salle, née et baptisée 6 novembre 1769, à Manziat-en-Bresse (Ain), fille de Marc-Antoine Le Franc et d'Anne Bollo. — Pr. 4 novembre 1779. Voyage 11 septembre 1789. — Dot 20 janvier 1790.

Anne-Nicole de France-Landal, née et baptisée 22 janvier 1722, à Saint-Malo (Ille-et-Vilaine), fille d'Olivier-Louis-Joseph de France et de Anne-Modeste Gautier. — Pr. 1er juin 1729 B. S. 3 janvier 1742. — Dot 24 mai 1743.

Antoinette-Marguerite-Alexandrine de France, née et baptisée 2 mai 1770, à Magneux-les-Fresnes (Marne), diocèse de Reims, fille d'Alexandre-Césaire-Hyacinthe de France et de Marie-Anne-Aimée-Catherine de Drouart. — Pr. 2 mai 1780. B. S. 18 avril 1790. — Dot 26 septembre 1790.

Marie-Anne de Franssures-Villers, baptisée 19 janvier 1686, à (Saint-Jacques) Villers-Tournelle (Somme), diocèse d'Amiens, fille de François-Roger de Franssures et de Marie de Pestivien. — Pr. 10 août 1692. B. S. 6 février 1706. — Dot 6 février 1706. Novice visitandine à Compiègne (6 février 1706). Religieuse de Fontevrault.

Marie-Louise de Franssures-Villers, baptisée 7 juillet 1695, à Villers-Tournelles (Somme), fille de François-Roger de Franssures et de Marie de de Pestivien (communic. de M. Perret, sec. de la m. de Villiers-Tournelle). Elle fut, en quittant Saint-Cyr, religieuse à l'Abbaye-au-Bois (18 janvier 1716) (Archives de S.-et-O.), puis abbesse de Villers-Canivet, diocèse de Séez. Elle mourut, en son abbaye, le 29 septembre 1775. (*Gazette de France*, n° du 13 octobre 1775).

Anne-Françoise de Franssures, née 13, baptisée 15 mai 1701, à (Saint-Jacques) Villers-Tournelle (Somme), diocèse d'Amiens, fille de François-Roger de Franssures et de Marie Le Pestivien. Morte, le 14 décembre 1713, à Saint-Cyr (mairie de Saint-Cyr).

Marie-Françoise de Franssures, née 7 août 1719, baptisée 22 avril 1721, à (Saint-Georges) Cambrai (Nord), fille de Pierre-René de Franssures et d'Anne-Françoise Pingard. — Pr. 10 juillet 1728. Morte, à Saint-Cyr, le 27 juillet 1738 (mairie de Saint-Cyr).

Rose-Blanche de Franssures-Villers, baptisée 2 février 1722, à Cambrai (Nord), fille de René de Franssures et de Anne-Françoise Pingard. — Pr. avril 1731. B. S. 4 janvier 1742. — Dot 13 juin 1744.

Marie-Josèphe-Eugénie de Franssures, née et baptisée le 7 août 1763, à (Saint-Nicolas) Cambrai (Nord), fille de Nicolas-Joseph de Franssures et de Julie-Constance Fouard. — Pr. 29 juillet 1775. B. S. 30 mai 1783. — Dot 19 décembre 1783.

Marie-Alexandrine-Catherine-Françoise-Julie de Frasans, née 24, baptisée 25 février 1764, à Lyon, fille de Philibert-Claude de Frasans et de Catherine Busset. — Pr. 27 mars 1775. B. S. 1er mars 1784. — Dot 2 avril 1784. Chanoinesse. Elle épousa N. de Villard. Guillotinée le 9 juillet 1794 (21 messidor an II) (Wallon : *Hist. du trib. révolutionnaire*) (Prudhomme).

Marie-Madeleine de Frébourg, née et baptisée 8 juillet 1685, à (Notre-Dame) Contilly-en-Perche (Sarthe), diocèse de Séez, fille de Denis de

Frébourg et de Jeanne d'Arlange. — Pr. 4 février 1696. B. S. 11 juillet 1705. — Dot 15 juillet 1705. Elle fut maîtresse des classes à Saint-Cyr, après sa sortie et y mourut, le 19 juin 1709 (mairie de Saint-Cyr), par accident, en tombant d'une fenêtre (*Généalogie de la maison de Frébourg*, par P. de F. Mamers in-folio). Elle fut maîtresse-adjointe (16 mai 1706).

Marie-Anne-Louise Frédi de Coubertin, née 16, baptisée 17 janvier 1713, à Bazincourt en Barrois (Meuse), diocèse de Toul, fille de Bernard-Maurice Frédi et de Catherine Janowist. — Pr. 5 mars 1721. B. S. 16 janvier 1733. — Dot 2 mars 1734. — Religieuse.

Toussainte-Marie Freslon de Saint-Aubin, née 30 septembre, baptisée 1er octobre 1741, à Pleurtuit (Ille-et-Vilaine), diocèse de Saint-Malo, fille de François-Marie Freslon de Saint-Aubin et de Claire-Thérèse de Roudiers. — Pr. 7 avril 1753. B. S. 3 novembre 1763. — Dot 25 octobre 1766. Vivante 28 janvier 1772.

Marie-Angélique-Reine de la Fresnaye-Saint-Aignan, née 6, baptisée 9 janvier 1716, à Saint-Aignan de Cramesnil (Calvados), diocèse de Bayeux, fille de Jacques-Alexandre de la Fresnaye et de Marie-Anne Néel. — Pr. 1er mai 1727. B. S. 10 février 1736. — Dot 16 septembre 1737. Elle épousa (7 novembre 1752), Jean-Baptiste-Henri-Jacques de Beaurepaire-Louvagny (Inv. des Arch. du Calvados, Série E. Supplément E. I. Page 190, col. 1).

Marie-Angélique de Fresne-Motel, née et ondoyée 27 octobre 1698, baptisée 7 avril 1701, à (Notre-Dame) Neufchâtel (Seine-Inférieure), diocèse de Rouen, fille de Charles du Fresne et d'Angélique de Fry. — Pr. 4 juillet 1706. Morte, à Saint-Cyr, le 31 août 1706 (mairie de Saint-Cyr).

Marie-Thérèse de Fresne-Chevillon, née 2, baptisée 4 juillet 1704, à Chaumont en Bassigny (Saint-Jean-Baptiste) (Haute-Marne), diocèse de Langres, fille d'Alexandre de Fresne et de Marguerite Gaulcher. — Pr. 29 août 1713. B. S. 8 juillet 1724. — Dot 18 août 1724.

Anne du Fresne-la-Tour-Chevillon, née et baptisée 19 septembre 1719, à (Notre-Dame) Saint-Dizier (Haute-Marne), diocèse de Châlons-sur-Marne, fille d'Alexandre du Fresne et de Marguerite Gaulcher. Novice (17 août 1738), Religieuse (13 août 1740) à Saint-Cyr. Sortie à la suppression. Morte en 1801. — Pr. décembre 1730.

Marie-Émilie de Fresne-Chevillon, baptisée 2 février 1754, à (Sainte-Marie-Madeleine) Bar-sur-Aube (Aube), diocèse de Langres, fille de Charles-François de Fresne et de Marie-Jeanne du Chesne. — Pr. 24 septembre 1761. B. S. 14 février 1774. — Dot 5 juillet 1776. Chanoinesse de Troarn (27 novembre 1787).

Alexandrine du Fresne-Cuise, née et baptisée le 14 octobre 1765, à Saint-Dizier (Haute-Marne), diocèse de Châlons-sur-Marne, fille de François-Claude-Nicolas du Fresne et de Marie-Madeleine-Joséphine de Féret. Pens. pour infirmité 1784. — Pr. 4 février 1775. B. S. 24 juin, 9 novembre 1785. — Dot 3 décembre 1786.

Marie-Adélaïde de Fresne-Cuise, née 4, baptisée 5 décembre 1766, à (Notre-Dame) Saint-Dizier (Haute-Marne), diocèse de Châlons-sur-Marne, fille de Claude de Fresne et de Marie-Madeleine-Joséphine de Féret. Pens. pour inf. 3 juillet 1784, 2 mai 1787. — Dot 16 mars 1787.

Françoise-Sophie du Fresne, née 11, baptisée 12 octobre 1780, à Bar-sur-Aube (Aube), fille de Jean-Innocent du Fresne et de Marie-Madeleine Géhier. — Pr. 20 mars 1790. Entrée selon l'Inv., 25 mars 1790. Sortie 22 mars 1793 (Crécy),

Gertrude de Fresnoy, née et baptisée le 7 mars 1695, à Paris (Saint-Paul), fille de François de Fresnoy et de Catherine de la Brousse. — Pr. 18 juin 1703. B. S. 20 décembre 1716. — Dot 29 décembre 1716. Novice à l'abbaye-aux-Bois (1716-26 août 1717).

Louise-Antoinette de Fresnoye, née 11, baptisée 12 août 1747, à Alincthun (Pas-de-Calais), diocèse de Boulogne-sur-Mer, fille de Bertrand-Claude de Fresnoye et de Louise-Etiennette de la Rue. — Pr. 10 avril 1757. Morte à Saint-Cyr, le 19 mars 1766 (mairie de Saint-Cyr).

Louise-Jacqueline-Angélique de Fréville-des-Maretz, née 3, baptisée 4 mai 1730, à Saint-Germain de Clairefeuille (Orne), diocèse de Lisieux, fille de Jacques de Fréville et de Marie-Louise-Gabrielle de Droullin-Ménilglaize. — Pr. 21 mai 1738. B. S. 3 avril 1750. — Dot 19 mai 1753. Visitandine au Mans (1752) (Arch. de la Sarthe. II. 1746). Professe : 4 juin 1753.

Jeanne-Françoise Friant d'Alincourt, née 17, baptisée 18 septembre 1744, à (Saint-Roch) Nancy, fille de Charles-François Friant et de Marie-Françoise Oudot. — Pr. 10 décembre 1755. B. S. 10 octobre 1764 — Dot

29 juillet 1766. Elle épousa (29 juillet 1765) François-Dieudonné Thibault de Montbois (vivant 28 janvier 1772) vivante 28 janvier 1772.

Joséphine-Prudence-Françoise de la Fruglaye, née et baptisée 12 juillet 1779, à Ploguenast (Côtes-du-Nord), fille de Casimir-François-Amat de la Fruglaye et de Jeanne-Louise-Charlotte Poncerot de Richebourg. Entrée, selon l'Inv., le 30 mai 1787. Sortie 29 mars 1793 (Crécy).

Gabrielle-Geneviève-Aimée de Furet-Cernay, née 19, baptisée 20 octobre 1751, à Cernay-la-Ville (Seine-et-Oise) près Chevreuse, diocèse de Paris, fille de Louis-Gaston de Furet et de Geneviève Auboin. — Pr. 14 juillet 1762. B. S. 5 novembre 1771. — Dot 24 décembre 1773.

Hélène Gaillard de Ramburelles, baptisée 10 novembre 1676, à Ramburelles (Somme), diocèse d'Amiens, fille de Charles Gaillard, et de Jeanne Le Bon. — Pr. 30 janvier 1687.

Marie-Madeleine-Alexandrine de Gaillard, née et baptisée 18 décembre 1763, à (Saint-Ferréol) Marseille, fille de Pierre de Gaillard et de Madeleine-Louise-Elisabeth de Mon. B. S. 5 novembre 1783. — Dot 30 septembre 1784.

Marie-Gasparde de Gain-Montagnac, née 2, baptisée 3 octobre 1747, à Saint-Hippolyte (Corrèze) (communic de M. Bergeal, sec. de la m. de Saint-Hippolyte), diocèse de Limoges, fille d'Henri-Joseph de Gain et de Léonarde Le Groing. — Pr. 20 mai 1758. B. S. 30 octobre 1767. — Dot 11 mars 1768.

Marie-Madeleine de Gaing-Coulardières, née 6, baptisée 13 octobre 1683, à (Saint-Nicolas-des-Champs) Paris, fille de Florimond de Gaing et de Marie Charlotte Ferrand. — Pr. 1er septembre 1693. B. S. 9 octobre 1703. — Dot 7 octobre 1703.

Marie-Catherine de Gaissard-Escles, née et baptisée le 4 avril 1733, à Escles (Oise), élect. de Neufchâtel, diocèse de Rouen, fille de Charles de Gaissard et de Marie-Angélique de la Rue. — Pr. 22 mars 1745. B. S. 4 avril 1753. — Dot 16 juin 1755. Novice bénédictine (7 juin 1755) à Sainte-Marie-Madeleine de Bival.

Marie-Julie de Galard-Béarn, née 6, baptisée 7 août 1744, à (Saint-Jean) Angoulême (Charente), fille de Clément de Galard et de Catherine-

Jeanne de Bologne. — Pr. 16 mai 1755. B. S. 31 août 1764. — Dot 25 octobre 1766. Chanoinesse. Est-ce l'abbesse de Notre-Dame des Clairets (1782, 28 mai 1784) ?

Marthe-Madeleine de Galard-Béarn-Argentine, ondoyée à (Saint-Martin) Montignac-sur-Vauclair (commune de Ménestérol-Montignac) (Dordogne), 20 octobre, baptisée 20 novembre 1753, fille de François-Alexandre de Béarn et d'Angélique-Gabrielle de Sufferte-Joumard des Achards. — Pr. 16 mai 1761. B. S. 6 août 1773. — Dot 16 novembre 1773. Chanoinesse.

Marie-Françoise-Josèphe de Galléan-Châteauneuf, née 1er, baptisée 2 janvier 1690, à (Saint-Piat) Tournay (Hainaut), fille de Jean-André de Galléan et de Marie-Michelle-Thérèse de la Grange. — Pr. 24 septembre 1698. B. S. 8 janvier 1710. — Dot 4 juillet 1710.

Hippolyte de Garcin-Pariset-Seyssinet, baptisée 21 septembre 1687, à (Saint-Pierre) Seyssinet (commune de Pariset) (Isère), diocèse de Grenoble, fille de Joseph de Garcin et de Marie de Lespignan. — Pr. 11 avril 1696. B. S. 21 septembre 1707. — Dot 28 janvier 1708.

Marie de la Garde-Saignes-Parlan, née 27 février, baptisée 2 mars 1695, à Parlan (Cantal), diocèse de Saint-Flour, fille de Louis de la Garde et de Jeanne-Catherine de Turenne-Ainac. — Pr. décembre 1706. B. S, 28 février 1715. — Dot 20 mai 1715. Visitandine à Saint-Céré.

Jeanne de la Garde Saint Angel, née 19, baptisée 28 mai 1730, à Saint-Angel (commune de Sceau-Saint-Angel) (Dordogne), diocèse de Périgueux, fille de Nicolas de la Garde et de Renée de la Porte-Lusignan. — Pr. 26 mai 1741. B. S. 20 avril 1750. — Dot 18 février 1752. Bénédictine.

Marie-Rose de la Garde-Bonnecoste, née 5, baptisée 6 avril 1758, à Couzou (Lot), diocèse de Cahors, fille de Laurent de la Garde et de Marguerite de Rey du Peyrat. — Pr. 8 mars 1768. Morte, à Saint-Cyr, le 25 mars 1774 (mairie de Saint-Cyr).

Anne-Suzanne Le Gardeur-Croisilles-Ambly, née 12, baptisée 20 mai 1694, à (Saint-Jean) Caen (Calvados), diocèse de Bayeux, fille de Jean-Baptiste Le Gardeur et de Suzanne Michel. — Pr. 31 janvier 1704. B. S. 20 mai 1712. — Dot 20 mai 1712.

Louise-Elisabeth de Garges-Noroy, née 16 octobre 1676, baptisée
29 décembre 1679, à (Saint-Martin) Noroy (Aisne), diocèse de Soissons,
fille de Hughes de Garges et de Louise-Renée du Bois. — Pr. 23 novembre 1686. Elle épousa N. d'Harzillemont,

Marie-Madeleine de Garges-Ormoy, née et baptisée le 17 décembre
1685, à Ormoy (Ormoy-Villers) (Oise), diocèse de Senlis, fille d'Antoine-
Bernard de Garges et de Marie-Gabrielle de Barenton. — Pr. 10 décembre 1694. B. S. 16 décembre 1705. — Dot 18 décembre 1705.

Henriette-Antoinette de Garges-Ormoy, née et baptisée le 16 octobre
1704, à Ormoy (Ormoy-Villers) (Oise), diocèse de Senlis, fille d'Antoine-
Bernard de Garges et de Marie-Gabrielle de Barenton. — B. S. 2 novembre 1724. — Dot 13 novembre 1724.

Marie-Anne-Colombe Garnier d'Ars, née et baptisée le 30 juin 1754, à
Ars-en-Dombes (Ain), fille de Jean-Louis-Guillaume Garnier et de
Colombe-Madeleine du Pré-Saint-Maur. — Pr. 13 mai 1762. B. S. 13 mai
1774. — Dot 15 janvier 1775. Elle mourut, sans alliance, le 25 décembre
1832 (Guigue : *Généal. de la fam. Garnier des Garets.* Trévoux, 1861,
in-4°, p. 16).

Marie-Eugènie de Garnier-Falletans, née et baptisée 21 juin 1779, à
(Notre-Dame) Dôle (Jura), fille de Pierre-Ferdinand de Garnier et de
Marguerite-Simone de Mesnay. — Pr. 24 mars 1789. Entrée, 28 mars 1789.
Sortie, 11 avril 1793 (Crécy).

Françoise Garrault de Blainville, baptisée 1ᵉʳ janvier 1702, à (Saint-
Pierre) Marville, diocèse de Chartres (Marville-Moûtiers-Brûlé (Eure-et-
Loir), fille de Charles Garrault et de Catherine Le Gras. — Pr. 15 juin
1711. — B. S. 31 décembre 1721. — Dot 18 février 1721.

Eléonore-Catherine Garrault de Blainville, née 5, baptisée 7 décembre
1732, à (Saint-Blaise) Havelu (Eure-et-Loir), diocèse de Chartres, fille de
Bernard Garrault de Blainville et de Marie-Charlotte de Sabrevois. —
Pr. 16 juin 1742. Morte, à Saint-Cyr, le 8 juillet 1751 (mairie de Saint-
Cyr).

Marie de Garreau-la-Méchenie, née 5, baptisée 6 août 1753, à (Notre-
Dame du Moutier) Saint-Yrieix-la-Perche (Haute-Vienne), fille de Gabriel
du Garreau et d'Anne-Lucrèce Chuquet. — Pr. 1ᵉʳ juin 1765. B. S. 3 septembre 1773. — Dot 17 mars 1774. Elle épousa N. de la Romagère
(Beauchet-Filleau).

Elisabeth-Claude de Gast-Lussaut, née 1er août 1673, baptisée 9 novembre 1684, à Saint-Martin-le-Beau (Indre-et-Loire), diocèse de Tours, fille de Jean-Jacques de Gast et d'Elisabeth Mézières. — Pr. 16 mai 1686. Elle épousa (3 décembre 1693), René de Chapuiset-la-Vallée.

Marie-Marguerite de Gastel-Mélicourt, baptisée 6 août 1705, à (Saint-Pierre) Socanne (commune de Couvains) (Eure), diocèse d'Evreux, fille de Jean-René de Gastel et de Marguerite-Louise Le Grand.—Pr. 4 mai 1715. B. S. 27 juillet 1727. — Dot 23 décembre 1729. Religieuse à la Chaise-Dieu.

Antoinette Le Gastelier de la Vanne, née 9, baptisée 10 octobre 1687, à Pont-à-Mousson (Meurthe-et-Moselle). fille de Louis Le Gastelier et d'Antoinette Mazerule. — Pr. 20 novembre 1699. B. S. 9 octobre 1707. — Dot 9 octobre 1707. Chanoinesse de Notre-Dame.

Elisabeth de Gaudechart-Matancourt, née 24 avril 1684, à Paris, baptisée 5 novembre 1684, à Warluis (Oise), diocèse de Beauvais, fille de René de Gaudechart et de Marie de Vion. — Pr. 1er août 1695. Morte, le 19 février 1762. B. S. 23 avril 1704. — Dot 25 avril 1704.

Louise-Anne de Gaudin du Cluseau, née et baptisée le 9 janvier 1767, à Ternant-en-Saintonge (Charente-Inférieure), fille de François de Gaudin et de Marie Charlotte Motin de la Vernette. — Pr. 30 mars 1778. B. S. 10 janvier 1787. — Dot 15 mai 1787. — Elle épousa (17 décembre 1792), Emmanuel-Jean-François Cherpentier de Jauvelle, et vivait encore en 1827 (Beauchet-Filleau, III, 766, colonne 2).

Marie-Anne Gautier de Launay, née et baptisée 10 avril 1683, à (Saint-Jean) Langeais (Indre-et-Loire), diocèse de Tours, fille de Jacques Gautier et de Marie-Antoinette de Launay-Beaulieu. — Pr. 15 février 1695. Novice (7 juin 104), religieuse (8 juin 1706) à Saint-Cyr. Morte, le 15 mai 1716, à Saint-Cyr (mairie de Saint-Cyr).

Charlotte-Marie Gautier de Tresli, née 11, baptisée 12 janvier 1685, à Saint-Nicolas-de-Coutances (Manche), diocèse de Coutances, fille de Jacques Gautier et de Marie Langlois. — Pr. 3 novembre 1695. B. S. 11 janvier 1705. — Dot 10 janvier 1705. Elle épousa (1708) Jacques-Bernardin de Bréard ?

Renée-Madeleine Gautier de Brûlon-Quincé, née et baptisée 23 janvier 1697, à Feneu (Maine-et-Loire), diocèse d'Angers, fille de Geoffroy-

Michel Gautier et de Louise de Boislève. — Pr. 24 septembre 1705. B. S.
1er février 1717. Epousa (26 août 1717) Nicolas Moran de Lespinay (vivant 29 novembre 1717). — Dot 29 novembre 1717.

Marie-Anne Gautier de Launay, baptisée 1er mai 1712, à (Saint-Pierre le Puellier) Tours, fille de Jacques Gautier et de Madeleine de Preuilly. — Pr. 22 juin 1720. B. S. 3 septembre 1732. — Dot 15 octobre 1738.

Anne Gautier de la Ferrière, née 17, baptisée 18 février 1717, à la Ferrière-Harang (Calvados), diocèse de Bayeux, fille de Jean Gautier et de Marie Le Vaillant. — Pr. 7 octobre 1726. B. S. 17 février 1737. — Dot 6 janvier 1739.

Perrine-Marie Gautier de Brûlon-Quincy, ondoyée 26 avril 1724, baptisée 21 juillet 1730, à Feneu (Maine-et-Loire), diocèse d'Angers, fille de Jean-François Gautier et d'Anne du Bout de Ceintres. — Pr. 1er août 1732. B. S. 13 avril 1744. — Dot 2 mai 1746. Novice à Saint-Sulpice de Rennes.

Marie-Anne-Charlotte Gautier de la Motte, née et baptisée 25 juillet 1759, à Strasbourg (Alsace), fille de Louis Gautier et de Marie-Anne Zacquelind. — Pr. 1er décembre 1768. Morte, le 10 mai 1770, à Saint-Cyr (mairie de Saint-Cyr).

Geneviève-Louise-Eléonore Gautier de Mongautier, née et baptisée 10 janvier 1771, à (Saint-Gervais) les Moutiers-en-Auge (Calvados), fille de Charles Gautier et de Marie-Constance-Charlotte-Eléonore Le Barbey. — Pr. 2 janvier 1781. Elle mourut, le 30 mai 1782, à Saint-Cyr (mairie de Saint-Cyr).

Anne-Françoise-Gérardine de Gauville-Pernery, née 3, baptisée 4 octobre 1727, à (Saint-Côme) Paris, fille d'Edme de Gauville et d'Anne-Elisabeth Carbon. — Pr. 13 août 1739. Pens. alim. 2 juillet. 1749 B. S. 16 septembre 1747. — Dot 2 juillet 1749. Visitandine à Caen.

Marie-Charlotte de Gay-Nexon, baptisée 25 mars 1729, à Nexon (Haute-Vienne), diocèse de Limoges, fille de Philippe-Ignace de Gay et de Jeanne de la Grange-Tarnac. — Pr. 19 mai 1740. B. S. 31 décembre 1748. — Dot 17 juillet 1750.

Marie-Anne de Geneste-Malromet, née 19, baptisée 21 février 1708, à Malromet (communic. de Saint-Jean de Duras)(Lot-et-Garonne), diocèse

d'Agen, fille d'Alexandre de Geneste et de Marie-Anne Robert. — Pr.
18 juillet 1715. B. S. 21 mai 1728. — Dot 13 juillet 1729.

Eustache-Emilie de Gentien-Erigné, née 23, à Vaux près Miré, baptisée
28 janvier 1712, à Miré (Maine-et-Loire), diocèse d'Angers, fille de Louis
de Gentien et de Gabrielle Trochon. — Pr. 9 juin 1719. B. S. 16 mai
1732. — Dot 31 décembre 1731, Elle épousa Jean-Jacques-René de Sainte-
Marie d'Agneaux. Elle vivait encore, le 18 mai 1745.

Françoise de Gentil de la Jonchapt, née 30 mars, baptisée 6 avril 1686,
à La Nouaille, faub. de Saint-Yrieix-la-Perche en Limousin (Haute-Vienne),
fille de Léonard Le Gentil et de Marie des Maisons-Bonnefons. — Pr.
15 mars 1696. B. S. 3 avril 1706. — Dot 7 avril 1706. Maîtresse-adjointe
à Saint-Cyr (15 juin 1707).

Elisabeth de Gentil-la-Jonchapt, née 3, baptisée 5 avril 1699, à la
Nouaille, faubourg de Saint-Yrieix (Haute-Vienne), diocèse de Limoges,
fille de Léonard de Gentil et de Marie des Maisons-Bonnefond-Parlant.
— Pr. 15 juin 1709. B. S. 4 mars 1719. — Dot 18 février 1721. — Religieuse.
Vivante, le 22 février 1745 (Carrés d'Hozier, 291, p. 248).

Anne-Françoise de Gentil-la-Jonchapt, née en 1700, fille de Léonard
de Gentil et de Marie des Maisons-Bonnefond. B. S. 9 août 1720. — Dot
18 février 1721. Vivante, le 22 février 1745 (Item).

Thérèse de Geoffroy du Rouret, née et baptisée 26 janvier 1743, à la
cathédrale de Grasse (Var), fille de César de Geoffroy et d'Anne de Ville-
neuve-Bargemont. — Pr. 8 mars 1757. B. S. 26 décembre 1765. — Dot
31 juillet 1767. Vivante 28 janvier 1772.

Marie-Madeleine Gervaise de Froideau, née et baptisée 19 avril 1682, à
(Saint-Médard) Verdun (Meuse), fille de Louis Gervaise et de Madeleine
de Maupassant. — Pr. 29 août 1693. B. S. 20 novembre 1702. — Dot
20 novembre 1702. Capucine à Paris, selon les uns. Se maria, selon
d'autres.

Scolastique-Françoise Gervaise de Froideau, née et baptisée le 4 octobre
1688, à..... fille de Louis Gervaise et de Madeleine de Maupassant. —
Pr. mars 1696. B. S. 1709 Capucine à Paris.

Anne-Angélique Geslin de Bringolo, née et baptisée, le 25 janvier 1723, à Bringolo (Côtes-du-Nord), évêché de Tréguier, fille de Bertrand Geslin et de Françoise-Jacquette Gardon. — Pr. 22 décembre 1734. Morte, à Saint-Cyr, le 7 juin 1738 (mairie de Saint-Cyr).

Marie-Anne de Ghistelles, baptisée le 12 octobre 1684 (née le 11), à Serny-en Artois (comm. d'Enquin. Pas-de-Calais), diocèse de Boulogne-sur-Mer, fille de Louis-Ignace de Ghistelles et de Françoise de Guernonval. — Pr. 3 avril 1694. Morte, à Saint-Cyr, le 2 décembre 1694 (mairie de Saint-Cyr).

Suzanne-Madeleine Gigault de Bellefonds-Marennes, née 19, baptisée 24 janvier 1701, à Civray-sur-Cher (Indre-et-Loire) (communic. de la m. de Civray), fille de Jacques Gigault de Bellefonds et de Suzanne de Planches. — Pr. 21 février 1710. B. S. 6 février 1721. — Dot 18 février 1721.

Marie-Michelle Gigault de Brauville-Bellefonds, baptisée 30 juillet 1732, à (Notre-Dame) Branville (Manche), diocèse de Coutances, fille de Robert Gigault et de Michelle du Puy-Pierreville. — Pr. 26 juin 1744. Morte, à Saint-Cyr, le 16 mai 1751 (mairie dé Saint-Cyr).

Marie Françoise-Marguerite-Christophe de Gineste, née et baptisée 17 octobre 1765, à (Saint-Pierre) Conques (Aude) en Languedoc, fille de Jean-Louis de Gineste et de Bernarde-Bonaventure de Montcassin. — Pr. 22 novembre 1773. Morte, le 14 avril 1778, à Saint-Cyr (mairie de Saint-Cyr).

Jeanne de Ginestoux-Argentières, née 5, baptisée 13 octobre 1720, au Vigan (Gard), diocèse d'Alais, fille de Pierre de Ginestoux et de Françoise Daudé. — Pr. 27 mai 1732. B. S. 8 septembre 1740. — Dot 21 juillet 1741.

Anne de Giniers-Saint-Maurice-Malteste, née 7, baptisée 10 juillet 1681, à (Saint-Pierre) Gramat (Lot), diocèse de Cahors, fille de Louis de Giniers et de Louise de la Grange. — Pr. décembre 1691. B. S. 26 mai, 27 juin 1701. — Dot 20 février 1701.

Jeanne-Marie de Giou-Caylus, née 28 avril, baptisée 1er mai 1698, à (Saint-Roch) Vézac (Cantal), diocèse de Clermont-Ferrand, fille d'Henri-Joseph de Giou et de Jeanne Imbert. — Pr. 10 décembre 1707. B. S. 29 avril 1716. — Dot 8 mai 1716.

Marie-Marthe-Angélique de Giove des Jardins, née 17, baptisée 19 janvier 1721, à (Saint-Louis) Paris, fille de Claude-Charles de Giove et de Jeanne-Louise du Jardin. — Pr. 18 mai 1731. B. S. 17 janvier 1741. — Dot 24 septembre 1742.

Marie-Liée (Adélaïde) de Girard-Merbouton, baptisée 31 décembre 1690, à Moisville (Eure), diocèse d'Evreux, fille de Gaspard de Girard et de Félice de Crémeur. — Pr. 5 juillet 1702. B. S. 1710. Religieuse à Notre-Dame des Clérets, puis abbesse (janvier 1737) de ce monastère. Elle mourut, le 21 septembre 1766 (Arch. de l'Orne. H. 3922).

Catherine-Gabrielle de Girard-Vaugirard, née et baptisée, le 19 décembre 1775, à Montbrison (Sainte-Madeleine), fille de Jean-Baptiste de Girard et de Marie Tardy. — Pr. 20 novembre 1784. Entrée, selon l'Inventaire, 25 novembre 1784. Sortie 11 mars 1793 (Inv.)

Marie-Gabrielle de Gislain-Vertron, née 21 janvier 1719, baptisée à Capelles, près Orbec, diocèse de Lisieux (Capelles-les-Grands (Eure), fille de Jacques-Louis de Gislain et d'Anne-Dorothée du Merle-Blancbuisson. — Pr. 23 août 1730. B. S. 4 juillet 1739. — Dot 23 avril 1740. Vivante 24 février 1762. Elle épousa (20 avril 1749) Antoine-Henri Le Charron.

Marie-Madeleine de Glapion, baptisée 24 octobre 1674, à Marcilly-la-Campagne (Eure), diocèse d'Evreux, fille de Tanneguy de Glapion et de Madeleine du Boquet. — Pr. 23 janvier 1686, novice (21 novembre 1693), religieuse (23 novembre 1695), supérieure (16 décembre 1716-30 mars 1723 et 2 juin-29 septembre 1729) à Saint-Cyr. Morte, le 29 septembre 1729, à Saint-Cyr (mairie de Saint-Cyr). C'est la célèbre amie de Mme de Maintenon, dont MM. Lavallée et d'Haussonville ont longuement parlé.

Marie-Charlotte de Glapion-Veranvilliers, née 20, baptisée 22 juillet 1699, à Crucey (Eure-et-Loir), diocèse de Chartres, fille de Louis de Glapion et de Marie d'Escorches. — Pr. 1er février 1707. Morte, à Saint-Cyr, le 24 octobre 1716 (mairie de Saint-Cyr).

Renée de Glapion du Tutel, née et baptisée le 1er mars 1709, à Saint-Hilaire-sur-Rille (Orne), diocèse de Séez, fille de Nicolas de Glapion et de Renée Robertgel. — Pr. 27 novembre 1719. Morte, à Saint-Cyr, le 21 avril 1722 (mairie de Saint-Cyr).

Marie-Marguerite de Glapion-Ronay, baptisée 1er août 1709[1], à Saint-

[1] 1708, d'après communic. de M. Milcent, Sec. de la m. de Saint-Laurent-aux-Bois.

Laurent-des-Bois (Eure), diocèse d'Evreux, fille de Denis de Glapion et de Marie Le Frère. — Pr. 13 janvier 1718. B. S. 28 août 1729. — Dot 15 novembre 1728.

Jeanne-Marie de Glapion-Ronay, née et baptisée le 16 juin 1714, à Champeaux (Orne), diocèse de Séez, fille de Denis de Glapion et de Marie Le Frère. — Pr. 14 juillet 1725. B. S. 16 mars 1734. — Dot 15 octobre 1736.

Charlotte-Marie de Glapion-Ronay, baptisée 30 octobre 1718, à Champeaux-sur-Sarthe (communic. de Mme Borel, institutrice à Champeaux (Orne), fille de Denis de Glapion et de Marie Le Frère. — Pr. 7 septembre 1730. B. S. 2 septembre 1738. — Dot 30 juin 1739

Thérèse de Glapion des Routis, née 1er, baptisée 2 novembre 1743, à Marcilly-la-Campagne (Eure), diocèse d'Evreux, fille de René-Claude de Glapion et de Marie-Thérèse de Quincarnon. — Pr. 29 octobre 1755. B. S. 29 octobre 1763. — Dot 25 octobre 1766. Vivante 28 janvier 1772.

Catherine-Angélique de Gogué, née 3, baptisée 8 mai 1675, à Saint-Martin) Rohaire (Eure-et-Loir), diocèse de Chartres, fille de René de Gogué et de Barbe de Tibout. — Pr. 27 juin 1686. Carmélite

Marie-Marguerite Gogué de Moussonvilliers, née et baptisée 28 août 1720, à Challet (Eure-et-Loir), diocèse de Chartres, fille de Claude-Robert de Gogué et de Marguerite de Sailly-Berval. — Pr. 14 mars 1731. B. S. 20 septembre 1740. — Dot 6 février 1741.

Marie-Madeleine Gohin de la Cointrie, née et baptisée, le 4 avril 1713, à (Saint-Maurille) Angers, fille de René Gohin et de Marie-Madeleine Paquier. — Pr. 4 septembre 1722. B. S. 27 septembre 1733. — Dot 11 mai 1735.

Louise de Gomer-Quevauvilliers, baptisée 6 janvier 1677, à (Notre-Dame) Quevauvilliers (Somme), diocèse d'Amiens, fille de Gabriel de Gomer et d'Elisabeth du Plessier. — Pr. 26 mai 1686. Encore vivante et célibataire le 8 janvier 1703 (Dossiers bleus 319). Elle épousa Philippe d'Amerval-Asservilliers. Morte sans postérité.

Marie-Rose Le Gonidec-Kerbisien, née et baptisée le 17 décembre 1689, à Plouagat (Côtes-du-Nord), diocèse de Tréguier, fille de François

Le Gonidec et de Marie-Rolande de Meur. — Pr. 25 mai 1699. B. S. 26 décembre 1709. — Dot 26 décembre 1710.

Yvonne Le Gonidec-Kerbisien, née et baptisée le 19 mai 1692, à Plouagat (Côtes-du-Nord), diocèse de Tréguier, fille de François Le Gonidec et de Marie-Rolande de Meur. — Pr. 25 mai 1699. B. S. 20 mai 1712. — Dot 15 juin 1712.

Stéphanie-Marie de la Gonivière, née et baptisée le 17 juillet 1764, à Condé-sur-Vire (Manche), diocèse de Bayeux, fille de Jacques-Guillaume de la Gonivière et de Marguerite Raould. B. S. 11 juillet 1784. — Dot 2 août 1784 Chanoinesse de Troarn (13 décembre 1787).

Elisabeth-Anne de Gonnelieu, née 26 décembre 1674, baptisée 2 septembre 1677, à (Saint-Jacques-de-la-Boucherie) Paris, fille de Jérôme de Gonnelieu et d'Elisabeth-Claude de Brouilly. — Pr. 6 mai 1687. Elle mourut, le 15 avril 1740, à Radepont. Elle épousa Nicolas de Gonnelieu-Radepont (né 1657, mort 9 octobre 1707, à Radepont) (renseignements fournis par M. de Saint-Pern).

Marie-Jeanne-Thérèse Gosselin de Boismontel, née 24, baptisée 27 mars 1734, à Saint-Martin-Saint-Firmin (Eure), diocèse de Lisieux, fille de Jacques Gosselin et de Marie-Thérèse Doynel. — Pr. 7 mars 1744. Morte, à Saint-Cyr, le 12 mai 1751 (mairie de Saint-Cyr).

Charlotte-Louise-Joséphine de Gosson, née et ondoyée 20 août 1769, baptisée 15 octobre 1769, à (Saint-Vaast) Campigneulles-les-Grandes (Pas-de-Calais), diocèse d'Amiens, fille de Barthélemy-Louis-Jacques de Gosson et de Mélanie-Louise-Xavière de Castècle. — Pr. 7 juillet 1779. B. S. 19 avril 1789. — Dot 2 mars-30 avril 1790. Elle épousa N... Saintard de Béquigny (Amédée de Vernas : *Gén. de la famille de Gosson*. Douai 1875, in-8°).

Alexandrine-Augustine de Goudin de la Bory, née 28, baptisée 29 avril 1749, à (Saint-Martin) Gilocourt (Oise), diocèse de Soissons, fille de Louis-Raymond de Goudin et de Marie-Madeleine de Condren. — Pr. 24 novembre 1757. B. S. 5 mai 1769. — Dot 24 juin 1769. Vivante 28 janvier 1772.

Madeleine-Suzanne-Elisabeth de Goudin-Pauliac, née 3, ondoyée 5 novembre 1754, baptisée 11 mars 1756, à Daglan (Dordogne), diocèse de Sarlat, fille de Marc-Joseph de Goudin et de Marie-Josèphe de Maynard. — Pr. 23 juin 1766. B. S. 31 octobre 1774. — Dot 21 novembre 1774.

Marie-Anne de Gouffier de Bonnivet, née et ondoyée le 20 mars 1708, au Havre, baptisée le 8 décembre 1718, à (Saint-Benoît) Paris, fille d'Augustin de Gouffier et d'Elisabeth Godin. — Pr. 11 mars 1719. B. S. 8 juin 1729. — Dot 14 octobre 1730. Religieuse à Gomerfontaine.

Madeleine-Anne-Elisabeth de Gouffier-Bonnivet, née et baptisée le 13 juillet 1709, à (Notre-Dame) Le Havre (communic. de M. Ph. Barral, sec. de la m. du Havre), fille d'Augustin de Gouffier de Bonnivet et d'Elisabeth Godin. — Pr. 4 juin 1721. B. S. 22 juillet 1729.

Marie-Angélique Gouhier de Rouville, baptisée aux Baux-Sainte-Croix près d'Evreux (Eure), diocèse d'Evreux, le 15 avril 1703. — Pr. juin 1714. B. S. 11 avril 1723. — Dot 27 avril 1725. Fille de Robert Gonhier et de Marie Quittrée. Elle épousa (24 juillet 1723), Louis-Jean-Baptiste de Quincarnon-Boissy. Vivante 26 juin 1731. Fille à Saint-Cyr.

Suzanne-Marie de Goulaine-La-Paclais, née 24, baptisée 27 avril 1698, à Saint-Herblain (Loire-Inférieure), diocèse de Nantes, fille de Samuel de Goulaine et de Jeanne-Françoise de Goulaine. — Pr. 22 février 1710. B. S. 23 avril 1718. — Dot 21 juin 1718. Morte sans alliance (renseignement fourni par M. le marquis de Goulaine, député).

Anne-Marie Goulard-d'Arcay, baptisée 31 octobre 1712 à (Saint André) Niort (Deux-Sèvres), diocèse de Poitiers, fille de Pierre Goulard et de N. Cabaret. — Pr. 12 février 1724. Morte, le 10 mai 1729, à Saint-Cyr (mairie de Saint-Cyr).

Marie-Angélique Goulard-d'Arcay, née 18, baptisée 19 mars 1717, à (Notre-Dame) Niort (Deux-Sèvres), diocèse de Poitiers, fille de Pierre Goulard et de Marie Cabaret. — Pr. 1er mai 1727. B. S. 20 mars 1737. — Dot 16 septembre 1739.

Anne-Jeanne-Marguerite-Elisabeth Goulas de Bélair, née 28 juillet, baptisée 20 août 1687, à Montevrain (Seine-et-Marne), diocèse de Paris, fille de Roland Goulas et de Louise Le Noir de Verneuil. — Pr. 20 janvier 1695. B. S. 10 septembre 1707. — Dot 10 septembre 1707.

Perrine de Goulherze-Rulan, née 16 mars 1693, baptisée 22 mai 1693, à Crozon (Finistère), diocèse de Quimper, fille de Joseph de Goulherze et de Renée Henri. — Pr. 27 août 1704. B. S. 29 novembre 1713. — Dot 22 juillet 1714.

Anne-None de Goulherze-Lisle, née 11, baptisée 12 décembre 1694, à Crozon (Finistère), diocèse de Quimper, fille de Corentin de Goulherze et d'Anne-Gilette de Mareil. — Pr. 29 novembre 1706. B. S. 12 décembre 1714. — Dot 27 juillet 1715. — Religieuse.

Marie-Jeanne de Goulherze, née 23, baptisée 29 décembre 1693, à (paroisse des Sept-Saints) Brest (Finistère), fille de Jean de Goulherze et de Perrine Palud. — Pr. 20 juillet 1702. B. S. 25 septembre 1715. — Dot 27 juillet 1715. — Religieuse.

Marie Goumard-Tison d'Argence, née 12, baptisée 13 novembre 1696, à N.-D.-de-la-Paine, diocèse de Limoges, fille de François Goumard et de Marguerite de Forgues-Lavedan. — Pr. 22 juillet 1705. B. S. 3 novembre 1716. — Dot 25 février 1717. Elle épousa (28 août 1725) Charles de la Ramière-Peucharnaud (vivant 4 août 1734). Vivait encore, le 4 août 1734 et eut une fille à Saint-Cyr.

Marie-Louise-Catherine de la Goupillière, née et baptisée le 21 juillet 1725, à (Notre-Dame) Montmirail (Sarthe), diocèse de Chartres, fille de Charles de la Goupillière et de Louise-Catherine Moussu. — Pr. 22 janvier 1737. B. S. 3 juillet 1745. — Dot 17 août 1746. — Religieuse à Saint-Louis de Vernon (sœur Saint-Hyacinthe). Morte, à Vernon, le 1er décembre 1747 (mairie de Vernon).

Anne-Françoise-Charité de la Goupillière-Villiers, née et baptisée 6 mai 1733, à (Saint-Pierre) Bouer (diocèse du Mans), fille de Georges-Pierre de la Goupillière et de Marie-Anne de l'Ecluse. — Pr. 14 mars 1744. B. S. 27 avril 1753. — Dot 28 janvier 1756. — Hospitalière.

Marie-Angélique-Françoise de Gourcy-Charei, née et baptisée le 9 mars 1716, à Charey, par Thiaucourt (Meurthe-et-Moselle) (communic. de M. Christophe, sec. de la m. à Charey, par Thiaucourt), diocèse de Metz, fille de François-André de Gourcy et de Louise Marguerite d'Argenterie-Berzé. — Pr. 10 mai 1723. Reprise par sa famille (1731). Elle épousa (18 mars 1748) André-Mathieu de Gourcy (né 1717, mort le 19 germinal, an X (communic. de M. Simon, sec. la m. de Mairy), 19 avril

1802, à Mainville). Elle mourut à Mainville, le 29 novembre 1805, (le 8 frimaire, an XIV (communic. de M. Simon, sec. de la m. de Mairy) (Renseignements fournis par M. le comte Xavier de Gourcy).

Claire-Françoise de Gourmont-Benzeville, née et baptisée le 28 mai 1721, à (Saint-Lô) Foucarville (Manche), diocèse de Coutances, fille de François de Gourmont et de Claire du Mesnil-Adelée-Draqueville. — Pr. 16 novembre 1728. B. S. 28 avril 1741. — Dot 5 février 1742. Bénédictine à Almenesches. Professe (1744). Régale à l'abb. d'Almenesches (5 juillet 1749-27 juillet 1790).

Marie-Anne-Catherine de Gourmont-Beuzeville, baptisée à Foucarville (Manche), le 25 juillet 1727, fille de François de Gourmont et de Claire du Mesnil-Adelée-Draqueville. B. S. 17 juillet 1747. — Bénédictine.

Françoise-Elisabeth de Gourmont-Beuzeville, née 22, baptisée 23 avril 1729, à (Saint-Lô) Foucarville (Manche), fille de François de Gourmont et de Claire du Mesnil-Adelée-Draqueville. B. S. 23 mars 1749. — Dot 23 décembre 1750. Hospitalière à Mantes (sœur Madeleine). Morte, le 26 novembre 1774, à Mantes (Arch. mairie de Mantes).

Marie-Gabrielle du Gout, née et baptisée, le 28 septembre 1773, à Puygaillard (Tarn-et-Garonne, canton de Lavit), diocèse de Lectoure (communic. de M. Dallet, sec. de la m. de Puygaillard), fille de François-Joseph du Gout et de Thérèse de Sambat. Morte, le 25 avril 1785, à Saint-Cyr (mairie de Saint-Cyr).

Anne-Elisabeth de Gouvets-Fontenelle, née 23, baptisée 25 juin 1686, à (Saint-Aubin) Fontenay-le-Pesnel (Calvados), diocèse de Bayeux, fille de René de Gouvets et de Jeanne Germain. — Pr. 8 décembre 1694. Morte, à Saint-Cyr, le 4 juin 1698 (mairie de Saint-Cyr).

Marie-Françoise-Louise de Gouy-Arsy, née 1er, baptisée 4 août 1686, à (Saint-Médard) Arsy (Oise), diocèse de Beauvais, fille de François de Gouy et de Marie-Elisabeth des Roches. — Pr. 19 septembre 1697. B. S. 5 août 1706.

Louise-Perrine Goyon de Miniac, née et baptisée, le 1er septembre 1695 à Saint-Père-Marc-en-Poulet (Ille-et-Vilaine), diocèse de Saint-Malo, fille de François-Louis de Goyon et de Perrine Videl. — Pr. 9 juillet 1703. B. S. 17 septembre 1715. — Dot 17 septembre 1715.

Charlotte-Claude Goyon du Vaurouault, née 8, baptisée 9 octobre 1696,
à Pléhérel (Côtes-du-Nord), diocèse de Saint-Brieuc, fille de Charles
Goyon et de Françoise-Hyacinthe Boschier. — Pr. 13 décembre 1706.
Morte, le 7 septembre 1711, à Saint-Cyr (mairie de Saint-Cyr).

Pélagie-Agnès de Goyon-Vaurouault, née 20, baptisée 21 janvier 1703,
à Pléhérel (Côtes-du-Nord), fille de Charles de Goyon et de Françoise-
Hyacinthe Boschier. — Pr. 29 avril 1713. Voy. 14 janvier 1723. — Dot
14 juillet 1723 Religieuse à la Joie près Hennebont (1724).

Elisabeth Goyon de Vaux, née et baptisée le 28 avril 1724, à (Notre-
Dame) Versailles (Seine-et-Oise), diocèse de Paris, fille de Guillaume
Goyon et d'Elisabeth-Bibiane d'Assigny. Morte, le 5 août 1736, à Saint-
Cyr. — Pr. 3 mars 1733 (mairie de Saint-Cyr).

Jeanne-Marguerite Le Grand de Saintré, baptisée le 8 décembre 1696,
à Juilley (Manche), diocèse d'Avranches, fille de Guillaume Le Grand et
de Julienne-Marguerite de Bourcin. — Pr. 28 mars 1708. Morte, à Saint-
Cyr, le 12 novembre 1715 (mairie de Saint-Cyr).

Marie-Madeleine de la Grandière-Boisgautier, baptisée 24 septembre
1677, à Civières (Eure), diocèse de Rouen, bailliage de Gisors, fille de
Charles de la Grandière et de Cécile Guillonneau. — Pr. 8 mai 1686.
Bénédictine à Vernon.

Marie-Louise-Charlotte de la Grandière-Grimouval, née 14, baptisée
16 janvier 1705, à Saint-Germain-en-Laye (Seine-et-Oise), diocèse de
Paris, fille de Jacques-Charles de la Grandière et de Cécile Guillonneau.
— Pr. 22 juin 1712. B. S. 14 janvier 1725 — Dot 22 janvier 1725. Elle
épousa un aide de camp du maréchal de Saxe, puis le marquis de
Louesmes.

Ursule-Urbaine de la Grandière, née 8, baptisée 10 novembre 1730, à
Brest (Finistère), diocèse de Léon, fille d'Hubert-Maximilien de la Grandière et de Françoise-Olive Le Picart d'Estelan. — Pr. 4 mai 1739. B. S.
26 septembre 1750. Chanoinesse de Saint-Etienne de Reims (9 février
1753-1er mars 1790).

Urbaine-Marie-Claude de la Grandière, née et baptisée à Brest, le
6 août 1736, fille de Maximilien-Hubert de la Grandière et de Françoise-
Olive Le Picart d'Estelan. B. S. s. d. — Dot 20 juin 1761. Carmélite à
Morlaix (1768). Sous-prieure (septembre 1792). Elle mourut, à Morlaix,

le 18 mars 1820 (Cf. *Gén.* (anonyme) *de la maison de la Grandière.*
Angers, 1894, in-4°, p. 69) et comm. de M. le Goff, de la mairie de
Morlaix).

Anne de la Grandière, née 20, baptisée 21 août 1767, à (Saint-Pierre)
Mazières (Indre-et-Loire), fille de François-Philippe-Palamède de la
Grandière et de Françoise Richer. — Pr. 23 décembre 1777. Morte, le
12 mars 1787, à Saint-Cyr (mairie de Saint-Cyr).

Catherine de la Grange des Murs, née 3, baptisée 4 avril 1705, à
Saint-Albin du Fort de la Scarpe, diocèse d'Arras (Saint-Aubin), commune de Douai (Nord), fille d'Étienne de la Grange et de Marie-Madeleine Turgis. — Pr. 22 février 1713. B. S. 1729.

Henriette-Étiennette-Madeleine de la Grange des Murs, née en 1706
(probablement juillet ou août), fille d'Étienne de la Grange et de Marie-
Madeleine Turgis. B. S. 14 septembre 1726: — Dot 1er avril 1730.

Charlotte Le Gras de Vauberçay, née 11, baptisée 12 juillet 1705, à
Rosson, commune de Dosches (Aube), fille d'Antoine Le Gras et de
Marie-Françoise de Bérulle. — Pr. 3 février 1717. Pens. pour infirmités,
2 mai 1719-novembre 1725. B. S. 22 décembre 1726. — Dot 11 décembre
1726.

Marie-Françoise-Henriette Le Gras de Vauberçay, née et baptisée, le
22 octobre 1766, à (Saint-Rémy) Mongenost (Marne), diocèse de Troyes,
fille de François-Louis-Michel Le Gras et de Françoise-Gabrielle des
Courtils. Elle voyage (19 janvier 1784).

Jeanne-Marque-Josèphe de Grasin d'Héral, née 27, baptisée 28 novembre
1768, à (Saint-Martin) Doulognac (commune de Madaillan) (Lot-et-Garonne), fille de Jean-Joseph de Grasin et de Anne-Jeanne-Adélaïde Pive-
ron de Morlat. B. S. 26 novembre 1788. — Dot 29 janvier 1790. — Religieuse.

Suzanne de Grasse-Montauroux, baptisée le 7 août 1672 à (Notre-Dame
des Accoules) Marseille, fille de Christophe de Grasse et d'Anne de Gas-
pari. — Pr. 28 février 1686.

Marie de Grasse-Briançon, née et baptisée 23 décembre 1723, à Entre-
vaux (Basses-Alpes), diocèse de Glandèves, fille de François-René de
Grasse et de Marie de Chailan. — Pr. 28 mai 1733. B. S. 27 janvier 1744.

Elle épousa (14 août 1745) François de Cambis (vivant 14 septembre 1746). Vivante 14 septembre 1746. Elle eut une fille à Saint-Cyr.

Elisabeth de Grasse, née et baptisée 14 septembre 1732, à Briançon, diocèse de Glandèves (Briançonnet) (Alpes-Maritimes), fille de François-René de Briançon et de Marie de Chailan-Moriès. — Pr. 20 avril 1744. B. S. 1er septembre 1752. — Dot 12 juillet 1755.

Thérèse-Josèphe de Grave, née 3, baptisée 4 janvier 1760, à (Saint-Sébastien) Narbonne (Aude), fille de Jean-Hyacinthe de Grave et de Josèphe-Anne-Thérèse de Boyer-Lorgues. — Pr. 12 avril 1769. B. S. 29 décembre 1779. — Dot 5 janvier 1779.

Marie-Angélique-Françoise du Gravier, née 19, baptisée 20 décembre 1767, à (Saint-Barthélemy) Tournon-d'Agenais (Lot-et-Garonne), diocèse d'Agen, fille de Jean du Gravier et de Jeanne-Louise-Armandine de Bosredon. — Pr. 8 avril 1777. B..S. 20 décembre 1787. — Dot 7 mars 1788. — Religieuse.

Marie-Thérèse de Gray-Flavy, née et baptisée, le 28 décembre 1755, à Briey (Meurthe-et-Moselle), diocèse de Metz, fille de Charles de Gray et de Marie-Sébastienne-Charlotte Le Masson. — Pr. 7 novembre 1764. B. S. 21 octobre 1775. — Dot 29 août 1776.

Marie-Louise-Marguerite de Gréaume-Clairbaudières, baptisée 1er octobre 1716, à Paisay-le-Sec (Vienne) (comm. de M. Clavière, sec. de la m. de Paisay-le-Sec), fille de Gabriel de Gréaume et de Marie-Anne d'Escars. — Pr. 21 juin 1727. Pens. pour infirmité : 30 août 1730-16 décembre 1736. B. S. 16 décembre 1736. — Dot 21 juin 1739. Une religieuse de ce nom vivait, le 4 août 1790, âgée de 71 ans, à l'abb. de Pont-aux-Dames (C. H. Berthault : *l'Abbaye de Pont-aux-Dames*).

Charlotte-Suzanne de Gréaume-la-Chette, née et baptisée 20 novembre 1750, à (Notre-Dame) Razines (Indre-et-Loire), diocèse de Poitiers, fille d'Henri-Louis de Gréaulme et de Marie-Jeanne Huet. — Pr. 6 mai 1761. B. S. 30 novembre 1770. — Dot 24 novembre 1770.

Dorothée-Antoinette-Adélaïde-Marguerite Gréen de Saint-Marsault, née 28, baptisée 29 août 1750, à (Saint-Barthélemy) la Rochelle (Charente-Inférieure), fille de Louis-Henri-Alexandre Gréen de Saint-Marsault et de Madeleine-Suzanne de Compaing. — Pr. 4 mars 1762. B. S. 30 octobre 1770. — Dot 31 octobre 1770.

Henriette de Gréen-Saint-Marsault, née et baptisée 6 juin 1764, à la Chaux (Saône-et-Loire), fille de Claude Gréen et de Claudine Genot. — Pr. 29 avril 1775. B. S. 4 mai 1784. — Dot 10 mars 1785. — Religieuse.

Charlotte-Cécile-Rose Grellier de Concise, née et baptisée, le 14 septembre 1743, à (Notre-Dame) Chambretaud (Vendée), diocèse de la Rochelle, fille de Charles-Philippe Grellier et de Cécile-Catherine-Charlotte des-Merliers. — Pr. 25 juin 1755. B. S. 10 août 1763. Elle épousa avant 28 janvier 1772, Sébastien-Guillaume-Alexandre d'Assailly (vivant 28 janvier 1772). Elle vivait, le 11 janvier 1779. Elle émigra. — Dot 25 octobre 1766.

Marie-Thérèse de la Grené-la-Mothe, baptisée 14 janvier 1693, à Saint-Thibaut (Oise), diocèse d'Amiens, fille de Pierre de la Grené et de Claire de Canteleu. — Pr. 29 juillet 1702. B. S. 16 janvier 1713. — Dot 16 janvier 1713.

Françoise-Adélaïde de Grieu-Bellemare, née 9, ondoyée 15 juillet, baptisée 30 août 1698, à (Notre-Dame) Firfol (Calvados), diocèse de Lisieux, fille de François de Grieu et de Louise-Françoise de Liée. — Pr. 20 février 1706. B. S. 6 juillet 1718. — Dot 17 février 1720.

Marie-Louise-Françoise-Edmée de Grieu-Bellemare, née à Bellemare, le 4, baptisée à (Notre-Dame) Firfol (Calvados), le 6 avril 1707, fille de François de Grieu et de Louise-Françoise-Edmée de Liée-Tonancourt. — Pr. 13 décembre 1714. Elle reçut, en 1727, de l'argent pour un voyage, fut (9 janvier 1729) novice à Saint-Cyr. En 1738, étant pensionnaire à Andechy, elle demanda sa dot, qui lui fut comptée, le 5 mai 1738. Le 26 février 1732, elle reçut une gratification pour les services rendus par elle « aux demoiselles ». Abbesse de Saint-Etienne-de-Reims (9 février 1753-5 mars 1784). Elle était pensionnaire à Andechy (1er février 1732- 8 juillet 1733). Voyage 31 mars 1727. Pens. 26 février 1731.

Marie-Jeanne-Josèphe de Grieu, née et baptisée le 5 janvier 1768, à (Notre-Dame-de-Nantilly) Saumur (Maine-et-Loire), fille de Louis de Grieu et de Christine-Agnès-Renée Gouraud. — Pr. 24 décembre 1777. Morte, le 1er mars 1780, à Saint-Cyr (mairie de Saint-Cyr).

Henriette-Renée Grignard de Champsavoye, née et baptisée, le 4 septembre 1760, à Baulon (Ille-et-Vilaine), diocèse de Saint-Malo, fille de

Joseph-Marie Grignard et de Renée-Louise Milon de Bellevue. — Pr. 7 décembre 1768. B. S. 5 juillet 1780. — Dot 10 mars 1781.

Françoise-Emilie Grignard de Champsavoye, née au hameau de la Muce et baptisée le 11 février 1768, à (Saint-Blaise) Baulon (Ille-et-Vilaine), fille de Joseph-Marie Grignard et de Renée-Louise Milon de Bellevue, religieuse à Saint-Cyr (novice 23 avril 1788). Sortie en 1793.

Jeanne-Gabrielle de Grignon-Pousauges, née 18 décembre 1738, à la Pommeraye-sur-Sèvre (Vendée), diocèse de la Rochelle, baptisée le 27 décembre 1738, à Pouzauges (Vendée), fille de Joseph de Grignon et de Perrine-Gabrielle-Modeste Jameron. — Pr. 27 juillet 1750. B. S. 6 novembre 1758. — Dot 8 juin 1765.

Thérèse-Dauphine-Gabrielle de Grille, née 6, baptisée 7 mai 1737, à (Saint-Martin) Arles (Bouches-du-Rhône), fille de Jean-Augustin de Grille et de Marie-Thérèse des Porcellets. — Pr. 10 novembre 1744. Novice (31 décembre 1773), religieuse (14 janvier 1776) à Saint-Cyr, sortie à la suppression. B. S. 9 mai 1757. — Dot 1er septembre 1762. Morte, le 22 septembre 1802 (V complémentaire au X), à Versailles (Versailles. Etat-civil an X, fol. 138, n° 823. Décès).

Marie-Elisabeth de Grillet-Brissac, baptisée 2 août 1672, à Illiers-l'Evêque (Eure), diocèse d'Evreux, fille de François de Grillet et d'Elisabeth des Estangs. — Pr. 18 avril 1686. — Hospitalière.

Marie-Delphine de Grimaudet-Motheux, née 28, baptisée 29 mai 1747, à Riez (Basses-Alpes), fille de Joseph-Victor de Grimaudet et d'Elisabeth de Sabran. — Pr. 22 mai 1758. B. S. 30 mars 1767. — Dot 26 juillet 1768. Vivante 28 janvier 1772.

Madeleine-Jacqueline Grimoult d'Ablonville, née 8, baptisée 15 mai 1696, à (Notre-Dame) Esson (Calvados), diocèse de Bayeux, fille de Gédéon-Louis Grimoult et d'Elisabeth Gautier. — Pr. 1er avril 1704. B. S. 9 mai 1716. — Dot 9 mai 1716.

Françoise-Thérèse de Grimouville, née et baptisée le 16 mai 1701, à. (Saint-Louis) Rochefort (Charente-Inférieure), fille de Julien de Grimouville et d'Henriette d'Auton-Piennes. — Pr. 20 septembre 1712. B. S. 7 octobre 1721. — Dot 18 février 1721. Elle épousa (26 novembre 1729) Jacques Potier de la Verjusière.

Jeanne-Louise-Angélique de Grimouville-Inville, baptisée 8 février 1719, à (Notre-Dame) Château-d'Oléron (Charente-Inférieure), fille de Thomas de Grimouville et d'Angélique Bonami. — Pr. 29 janvier 1731. Morte, le 8 février 1731, à Saint-Cyr (mairie de Saint-Cyr).

Henriette-Jacqueline de Grimouville-Larchant, née et baptisée 10 octobre 1739, à (Notre-Dame) Martragny (Calvados), fille d'Henri de Grimouville et de Marie-Françoise Brunck. — Pr. 10 juin 1749. B. S. 10 octobre 1759. — Dot 14 février 1766. Elle épousa (1766) Louis-François-Auguste de Ciresme-Beauville.

Eléonore-Françoise-Marie de Grimouville-Larchant, baptisée 25 novembre 1755, à (Saint-Thomas) Saint-Lô (Manche), diocèse de Coutances, fille de Charles-François de Grimouville et d'Elisabeth-Pétronille van Eberbroek, novice (21 septembre 1776), religieuse (21 septembre 1778) à Saint Cyr. Sortie en 1793.

Marie-Françoise de Gripière-Moncroc, née et baptisée 26 juin 1739, à Saint-Trivier-en-Bresse (auj. Saint-Trivier-de-Courtes) (Ain), diocèse de Lyon, fille de Louis-Gaston de Gripière et de Françoise du Pré. — Pr. 1er décembre 1749. B. S. 5 mai 1759. — Dot 14 mars 1764.

Anne de Gripière-Moncroc-Laval, née 19, baptisée 20 janvier 1751, à (Saint-Jean) Mézin (Lot-et-Garonne), diocèse de Condom, fille d'Antoine-Balthazar de Gripière et d'Anne de Betons. — Pr. 7 septembre 1762. B. S. 19 décembre 1770. — Dot 7 mars 1771. Chanoinesse de Troarn (4 novembre 1787).

Catherine Le Groing de la Romagère-Saint-Sauvier, née et baptisée le 19 novembre 1709, à Saint-Sauvier (Allier), diocèse de Bourges, fille de Gilbert Le Groing et de Catherine Le Gay. — Pr. 22 novembre 1718. B. S. 27 novembre 1729. — Dot 24 décembre 1730. Elle épousa (26 avril 1739) Vincent de Magnac-Claux.

Marie-Françoise Le Groing de la Maisonneuve, née et baptisée, le 10 novembre 1730, à (Saint-Pierre) Landogne (Puy-de-Dôme), diocèse de Clermont-Ferrand, fille de Gilbert Le Groing et de Françoise de la Forest. — Pr. 24 novembre 1741. B. S. 30 janvier 1750. Religieuse (sœur Françoise du Sacré-Cœur) au Carmel, rue Saint-Jacques, à Paris (Prieure). — Dot 15 janvier 1752. Elle mourut en 1782.

F. V.   14

Marie-Anne de Grouchy-Greny, baptisée le 22 février 1688 (née
25 novembre 1687) à la Chaussée, près Longueville (Seine-Inférieure),
diocèse de Rouen, fille de Thomas de Grouchy et de Marie de Clercy. —
Pr. 18 mai 1696. B. S. 5 janvier 1708. — Dot 18 janvier 1708. Maîtresse
adjointe à Saint-Cyr (4 décembre 1707). Elle épousa (3 décembre 1717)
Claude de Rémy-Courcelles (renseignements fournis par M. le vicomte
de Grouchy) et mourut, à Rouvray-Catillon (Seine-Inférieure), le 2 mai
1724, à 7 heures du matin (communic. de M. Hurpin, sec. de la m. de
Rouvray-Catillon).

Louise-Renée-Anne-Thérèse de Gruel-Boisemont, née 13, baptisée
14 décembre 1677, à la Briquetière (commune de Ginai) (Orne), diocèse
de Séez, fille de Jacques de Gruel-la-Frette et de Marie Billard du Péron.
— Pr. 15 octobre 1686. Novice (5 décembre 1696). Religieuse (25 juillet
1699) à Saint-Cyr. Morte, le 21 avril 1730, à Saint-Cyr (mairie de
Saint-Cyr).

Marie-Anne de Gruel-Artigny, née en 1680 (février ou mars, probablement), fille de Jacques de Gruel et de Marie Billard. B. S. 3 juin 1700.
— Dot 31 mars 1700. Religieuse à Montfort. Chanoinesse de Notre-Dame.

Anne-Elisabeth de Gruel-Martel, née en 1681 (juillet, probablement),
fille de Jacques de Gruel et de Marie Billard. — B. S. et dot 28 juillet
1701. Elle épousa (6 décembre 1704) Jean-François Michel, dit *La
Brosse*, puis (17 juillet 1713) Armand-Nompar de Caumont-la-Force. Elle
mourut, le 17 mars 1758 (Lachenaye-Desbois).

Marie-Thérèse de Gruel-Boisemont, née 10 mars, baptisée 12 mars
1686, à la Briquetière (commune de Ginai) (Orne), fille de Jacques de
Gruel et de Marie Billard (communic. de Mlle Faby Vendredin, institutrice à Ginai). Morte, le 4 juillet 1695, à Saint-Cyr (mairie de Saint-Cyr).

Marie-Jeanne-Françoise de Grui-Verloin, née 23, baptisée 30 août
1715, à (Saint-Denis) Coulommiers (Seine-et-Marne), fille d'Antoine de
Grui et de Françoise-Hyacinthe Le Comte. — Pr. 2 octobre 1723, B. S.
5 août 1735. — Dot 26 mars 1737.

Christine-Suzanne-Antoinette de Gualy, née 5, baptisée 9 juin 1752, à
(Notre-Dame de Lespinasse) Millau (Aveyron), diocèse de Rodez, fille de
Pierre de Gualy et de Marthe de Bonnefons. — Pr. 18 septembre 1762.
B. S. 12 mai 1773. — Dot 5 février 1773. Annonciade à Rodez. Morte, à

Rodez, le 17 février 1845 (De Barrau) (état-civil de Rodez. Année 1845 n° 51) (communic. du sec. de la m.).

Blanche-Françoise-Nicole de Guénaud, née et baptisée 7 avril 1763, à (Saint-Jean-en-Grève) Paris, fille de Nicolas-Simon de Guénaud et de Jacquette-Louise de Lacvivier. — Pr. 31 mars 1772. B. S. 19 avril 1783. — Dot 4 août 1783.

Françoise-Louise Guenichon de Blumère, née 10, baptisée 12 août 1674, à Bar-sur-Aube (Saint-Pierre) (Aube), diocèse de Langres, fille de Claude Guénichon et de Jeanne Rabigois. — Pr. 9 août 1686.

Marie-Anne de Guérin de Brûlart, née 18, baptisée 21 juillet 1701, à Dunkerque (Nord), diocèse d'Ypres, fille de Robert-Jean de Guérin et de Marie-Madeleine de Courtenay. — Pr. 5 octobre 1712. B. S. 19 juillet 1721. — Dot 18 février 1721.

Gabrielle-Pélagie de Guérin-Brûlart, née et baptisée 5 juin 1707, à Dunkerque (Nord), fille de Jean-Robert de Guérin et de Marie-Madeleine de Courtenay. — Pr. 28 janvier 1718. B. S. 24 mai 1727. — Dot 17 septembre 1728.

Madeleine-Hyacinthe-Claude de Guérin-Fleury, née 17, baptisée 30 juin 1750, à (Saint-Sulpice) Coligny (Marne), diocèse de Châlons-sur-Marne, fille de Pierre-Marc de Guérin et de Marie-Anne-Hyacinthe de Bruneteaux — Pr. 8 juin 1761. B. S. 16 avril 1772. — Dot 29 juin 1772.

Marguerite-Marie-Madeleine de Guéroust-Tréville-Lintz, née 20, baptisée 21 juillet 1733, à (Notre-Dame) Mortagne (Orne), diocèse de Séez, fille de Louis-René de Guéroust et de Jeanne de Fousteau. — Pr. 7 mai 1743. Morte, à Saint-Cyr, le 30 juin 1744 (mairie de Saint-Cyr).

Andrée-Françoise-Catherine de Guéroust-la-Gohière-Saint-Mars, baptisée le 16 mai 1742, à (Saint-Jean) Mortagne-en-Perche (Orne), diocèse de Séez, fille de René-Charles-François de Guéroust et de Catherine Romet. — Pr. 4 mai 1753. B. S. 11 novembre 1763. — Dot 25 octobre 1766. Elle épousa, avant 28 janvier 1772, Jean-Baptiste-Alexis-Marie de Fanjas (vivant 28 janvier 1772), Vivante 28 janvier 1772.

Louise-Françoise-Andrée de Guéroust-la-Gohière, baptisée 20 décembre 1743, à (Saint-Jean) Mortagne-en-Perche (Orne), diocèse de Séez,

fille de Jean-André-Louis de Guéroust et de Françoise-Louise-Agnès du
Chesnay. — Pr. 17 décembre 1755. B. S. 6 janvier 1764. — Dot 25 octobre 1766. Vivante 22 janvier 1772.

Marie-Marguerite de Guéroust-Boisclaireau, née 28, baptisée 29 juin
1751, à (Notre-Dame de Saint- Vincent) le Mans (Sarthe), fille de Paul-
Ignace de Guéroust et de Marie-Marguerite Boutier de Gémarcé. — Pr.
7 avril 1762. Morte, le 7 juillet 1765, à Saint-Cyr (mairie de Saint-Cyr).

Alexandrine-Françoise-Olive de Guéroust-la-Gohière, née et baptisée
2 octobre 1779, à (Sainte-Croix) Mortagne (Orne), fille de Jean-Antoine-
François Guéroust et de Marie-Victoire-Félicité-Aimée de Thibaut. —
Pr. 13 juillet 1788. Morte, le 4 janvier 1792, à Saint-Cyr (mairie de
Saint-Cyr).

Catherine Guerreau de la Boulaye, née 1er, baptisée 3 mars 1686, à
Nullemont (Seine-Inférieure), diocèse de Rouen, fille de Jean de Guerreau et de Louise-Hélène Clément du Wault. — Pr. 20 janvier 1698.
B. S. 1er mars 1706. — Dot 1er mars 1706. Hospitalière à Mantes (27 mai
1751) (Arch. Seine-et-Oise D. 191).

Marie-Louise de Guerreau-Mongodart, née en 1687, fille de Jean de
Guerreau et de Louise-Hélène du Wault. B. S. 2 avril 1707. — Dot
22 juillet 1707.

Madeleine de Guerreau-Mongodart-la-Boulaye, née en 1688, fille de
Jean de Guerreau et de Louise-Hélène de Clément du Wault. — B. S. et
dot 4 juin 1708. Visitandine à Blois. Elle y mourut, le 10 janvier 1758, à
3 heures du matin (B N. Impr. Ld[173] 2).

Anne de Gueuluy-Rumigny, née 1er, baptisée 3 mai 1711, à Doue-la-
Ramée (Seine-et-Marne), diocèse de Meaux, fille de Pierre de Gueuluy
et de Françoise de Florainville. — Pr. 15 février 1720. B. S. 10 mai
1731. — Dot 2 mai 1732.

Pierrette-Marie-Catherine de Gueuluy-Rumigny, née et baptisée le
10 juin 1732, à (Saint-Louis) le Crocq (Oise), diocèse d'Amiens, fille de
Philippe-Antoine de Gueuluy et de Marie-Madeleine de Bragelonne. —
Pr. 19 mai 1742. B. S. 10 juin 1752. — Dot 17 août 1755. Novice bénédictine à Notre-Dame des Anges, à Saint-Cyr.

Marie-Sébastienne de Gueuluy-Rumigny, née 4, ondoyée 9 septembre, baptisée 5 octobre 1739, au Crocq (Oise), diocèse d'Amiens (communic. de M. Legrand, sec. de la m. du Crocq), fille de Philippe-Antoine de Gueuluy et de Marie-Madeleine de Bragelonne. B. S. 2 septembre 1759. — Dot 15 octobre 1763. Novice bénédictine à Saint-Paul près Beauvais (15 octobre 1763).

Michelle-Hyacinthe des Guez-la-Pommeraye, née et baptisée, le 16 mars 1759, à Crucey (Eure), diocèse d'Evreux, fille de Claude de Guez et de Gabrielle-Angélique du Pontavice. — Pr. 18 avril 1770. Morte, le 26 juin 1774, à Saint-Cyr (mairie de Saint-Cyr).

Rosalie de Guibert, baptisée à (Notre-Dame) Sablé (Sarthe), le 11 août 1755, fille de Louis-Alexandre de Guibert et de Marie Richer. — Pr. 10 juin 1766. B. S. 6 août 1775. — Dot 1er février 1777. — Religieuse.

Amable-Françoise de Guilhem-Verrières, née 23, baptisée 24 novembre 1748, à (Saint-Hilaire) Ayat (Puy-de-Dôme), diocèse de Clermont-Ferrand, fille d'Alexandre de Guilhem et d'Amable-Françoise-Catherine de Beaufranchet. — Pr. 10 mai 1758. B. S. 28 juillet 1768 — Dot 18 mars 1772.

Louise-Marie-Charlotte Guillaume de Sermizelles, née et baptisée 27 août 1776, à Sermizelles (Yonne), diocèse d'Autun, fille de Barthélemy Guillaume et d'Elisabeth Le Belin. — Pr. 23 mai 1786. Entrée, selon l'Inv., le 27 mai 1786. Sortie 17 avril 1793 (Crécy).

Marie-Anne-Dorothée de Guillaumet-Lérignac, née 19 janvier, baptisée 20 juin 1673, à Moussac-sur-Vienne (Vienne), diocèse de Poitiers, fille de Gaspard de Guillaumet et de Catherine Frotier de la Messelière. — Pr. 10 avril 1686. Sortie de Saint-Cyr, pour maladie, avant août 1689.

Louise-Elisabeth de Guillaumet-Lérignac, née 14 février 1682, fille de Gaspard de Guillaumet et de Catherine Frotier. B. S. 13 février 1702 — Dot 18 février 1702.

Marie-Louise de Guillebon-Toillier, née 7, baptisée 9 septembre 1690, à Wavignies (Oise), diocèse de Beauvais, fille de Louis de Guillebon et d'Angélique de Morray. — Pr. 14 août 1702. B. S. 12 septembre 1710. — Dot 12 septembre 1710. Elle épousa Louis Scourion de Latoux (renseignement fourni par M. le comte de Guillebon).

Anne-Barbe de Guillebon-Wavignies, née 17, baptisée 20 septembre 1700, à (S.S. Simon et Jude) Wavignies (Oise), diocèse de Beauvais, fille

d'Antoine de Guillebon et de Marguerite Marchand. — Pr. 27 janvier
1708. B. S. 18 septembre 1720. — Dot 9 août 1720. Elle épousa (17 juillet
1725) Jacques de Formé-Framicourt (renseignement fourni par M. le
comte de Guillebon).

Marie-Antoinette-Victoire de Guillebon, née 2, baptisée 4 juin 1759, à
Vaux-sous-Montdidier (commune de Frétoy (Oise), fille de Joseph de
Guillebon et de Marie-Catherine du Mesnil. — Pr. 7 juillet 1770. B. S.
28 avril 1779. — Dot 5 janvier 1779. — Chanoinesse. Elle mourut, sans
alliance, à Montdidier, le 20 avril 1850, à 6 heures du matin (Renseignement fourni par M. le comte de Guillebon et communic. du sec. de la m.
de Montdidier. État-civil de Montdidier, année 1850, n° 36). M. Ludovic
de Guillebon nous a donné aussi quelques détails sur la vie besoigneuse
que mena Mlle de Guillebon, pendant la Révolution. Sa mère avait été
emprisonnée à Amiens, en novembre 1793. Élargie quelque temps après,
« elle végéta », nous écrit M. Lud. de Guillebon, « avec ses enfants, à
« Vaux et à Montdidier, dans une misère cruelle, harcelant les adminis-
« trateurs du département de l'Oise de demandes de secours, dont plu-
« sieurs reçurent, d'ailleurs, un favorable accueil. Après sa mort, Marie-
« Antoinette-Victoire et Gabrielle-Sophie, ses filles aînées, rachetèrent
« le domaine de Vaux (Arch. de l'Oise, série Q, dossier Guillebon).
« Marie-Antoinette-Victoire habita, plus tard, Montdidier, place du
« Marché, avec sa sœur, Gabrielle-Sophie, mariée à leur cousin, François-
« Philippe de Guillebon-Bazentin. Un officier de ses relations, sorti de
« Saint-Cyr plus de trente ans après elle, l'appelait, plaisamment, « ma
« camarade ».

Aimée-Marguerite Guinot de Montconseil-Solignac, née et ondoyée
12 septembre 1719, baptisée 26 mars 1722, à Saint-Saturnin-du-Séchaud
(Charente-Inférieure) (commune de Port-d'Envaux), diocèse de Saintes,
fille de Louis Guinot et de Marguerite d'Averhoult. — Pr. 8 décembre
1730. B. S. 24 septembre 1739. — Dot 4 avril 1742. Elle épousa Jacques
de l'Aage-la-Grange et vivait en 1750.

Marie-Anne-Sidonie-Marguerite-Françoise Guinot de Soulignac, née et
baptisée 15 septembre 1759, à Hagenthal (cant. de Huningue, arrond. de
Mulhouse (Alsace-Lorraine), diocèse de Bâle, fille de Jean-Jacques Guinot
de Soulignac et de Sidonie d'Eptingen. — Pr. 24 septembre 1770. B. S.
4 septembre 1779. — Dot 1er octobre 1780.

Anne-Marie-Antoinette-Philippine-Louise des Guiots, née 25, baptisée
26 mai 1779, à Folcklingen (canton de Forbach)(Alsace-Lorraine), diocèse

de Metz, fille de Jean-François des Guiots et d'Anne-Marie-Elisabeth de Caillou-Valmont. Entrée, selon l'Inv., le 24 mai 1788. Sortie le 14 mars 1793 (Crécy).

Louise de Guiry-Moineville, baptisée 27 septembre 1677, à Reilly-en-Vexin (Oise), diocèse de Rouen, fille de Pierre de Guiry et de Louise de Vion. — Pr. 8 septembre 1687. Sortie en avril 1699. Vivante en 1704.

Angélique-Geneviève de Guiry-Chaumont, née 1er, baptisée 9 mai 1718, à Banthelu (Seine-et-Oise), diocèse de Rouen, fille de Jean-René de Guiry et d'Angélique-Marguerite Pitart. — Pr. 3 avril 1727. — Dot 6 février 1739. B. S. 21 avril 1738.

Madeleine-Anne-Pauline de Guyenro, née 24, baptisée 25 juillet 1779, à Nogent-le-Rotrou (Eure-et-Loir) (Notre-Dame), fille de Joseph de Guyenro et d'Anne Françoise Bidault. — Pr. 26 février 1789. Entrée, selon Inv., 28 février 1789. Sortie 5 janvier 1793 (Crécy).

Catherine Guyot du Dognon, née 28, baptisée 30 juillet 1681, à Saint-Quentin-en-Basse-Marche (Creuse), fille de Jacques Guyot et d'Elisabeth du Pin. — Pr. 20 mai 1691. B. S. 28 juillet-3 septembre 1701. — Dot 11 août 1701.

Marie-Françoise Guyot du Dognon-la-Soudonie, née le 4 septembre 1695, fille de Jacques Guyot et d'Elisabeth du Pin. — Pr. 31 décembre 1702. B. S. et dot 4 septembre 1715. Vivante, le 12 février 1718.

Marie-Madeleine-Catherine Guyot de Saint-Quentin du Dognon, baptisée 17 juillet 1735, à l'Isle-Jourdain-en-Poitou (Vienne), diocèse de Limoges, fille de Marc-Etienne Guyot et de Marie-Madeleine du Pin-Bessac. — Pr. 26 mars 1745. B. S. 22 juin 1755. — Dot 28 avril 1763. Elle mourut à Poitiers, le 30 novembre 1809 (Beauchet-Filleau, II, 198, col. II), et communic. de la m. de Poitiers.

Victoire-Marceline Guyot du Dognon, née 25 mai 1778, à Lesterps (Charente), fille de Mathieu-Alexandre Guyot et de Françoise-Marguerite de la Biche-Reignefort. Entrée 1791 (s. d. précise). Sortie 2 avril 1793 (Crécy), morte à Paris, sœur de Saint-Vincent-de-Paul.

Marie Guyot du Repaire, née 1er, baptisée 3 novembre 1778, à Saint-Preuil-en-Saintonge (Charente), fille de Jean Guyot du Repaire et de Bénigne-Elisabeth Boiteau des Pouges. — Pr. 8 février 1788. Entrée, selon l'Inv., 16 mars 1788. Sortie 27 novembre 1792 (Crécy).

Marie-Madeleine de Hacqueville-Tansart, née 10, baptisée 23 août 1718, à Ozouer-le-Voulgis (Seine-et-Marne), diocèse de Sens, fille de Charles-François de Hacqueville et de Marie Driard. — Pr. 12 avril 1727. B. S. 12 août 1738. — Dot 14 novembre 1739.

Hélène-Claire-Thérèse-Hyacinthe-Jeanne-Françoise du Haffont-Lestrediagat, née 4, ondoyée 5 janvier, baptisée 22 avril 1779, à Saint-Thois (Finistère) près Quimper, fille de Louis-Charles du Haffont et de Thérèse-Françoise du Pays-Kerjégu. — Pr. 2 janvier 1789. Sortie 18 mars 1793 (Crécy).

Marie-Charlotte de Halley-Montchamps, née et baptisée 17 mars 1744, à Vire (Calvados), diocèse de Bayeux, fille de Jacques du Halley et de Charlotte Radulph. —· Pr. 9 septembre 1751. B. S. 13 mars 1764. — Dot 25 octobre 1766. Vivante, célibataire, en 1770, à Vire, chez M. de Corday d'Arclais (communic. de M. Le Court). Vivante 28 janvier 1772.

Madeleine de Hallot-Adouville, née 6 juillet 1672, baptisée 3 septembre 1673, à Mérouville (Eure-et-Loir), diocèse de Chartres, fille de Philippe de Hallot et d'Eléonore de Guitard. — Pr. 24 mars 1686.

Eléonore-Françoise de Hallot-Mérouville-Adouville, née 12, baptisée 13 octobre 1683, à Mérouville (Eure-et-Loir) (communic. de M. Beaunier, sec. de la m. de Mérouville), fille de Philippe de Hallot et d'Eléonore de Guitard. B. S. 22 juillet 1703. B. S. 11 novembre 1703. — Dot 9 novembre 1703. Elle épousa Bernard César du Puy-Aurigny.

Catherine de Hallot-la-Châtre, née et baptisée, le 13 octobre 1690, à Juziers-en-Vexin (Seine-et-Oise), diocèse de Rouen, fille de Charles de Hallot et de Catherine d'Abos. — Pr. 1er juin 1698. Morte, le 10 mai 1710, à Saint-Cyr (mairie de Saint-Cyr).

Marie-Gabrielle de Hallot-la-Châtre, née 6 décembre 1694, à Juziers-en-Vexin (Seine-et-Oise), diocèse de Rouen, fille de Charles de Hallot et de Catherine d'Abos. — Pr. janvier 1704. Morte, le 27 juillet 1706, à Saint-Cyr (mairie de Saint-Cyr).

Geneviève de Hallot-Goussonville, née 28, baptisée 30 septembre 1765, à (Saint Denis) Goussonville (Seine-et-Oise), diocèse de Chartres, fille de Ambroise de Hallot et de Marie-Françoise-Madeleine de Guéret. — Pr. 11 août 1773. Morte, le 4 février 1780, à Saint-Cyr (mairie de Saint-Cyr).

Charlotte-Eléonore de Haly-la-Thomasserie, née 19, baptisée 20 juillet
1779, à Abscon (Nord), fille de Richard de Haly et d'Anastasie-Amarante
Naveleur. — Pr. 15 avril 1788. Entrée selon l'Inv., le 23 avril 1788.
Sortie 7 septembre 1792. Elle épousa (17 avril 1809) (communic. de
M. le sec. de la m. de Vallières-les-Grandes) (Loir-et-Cher) Théophile-
Prosper Lecoy de la Marche et mourut, le 26 septembre 1869, à Château-
Renault (Indre-et-Loir), *dernière survivante des élèves de Saint-Cyr.*
(Borel d'Hauterive : *Annuaire de la noblesse)* (communic. de la m. de
Châteaurenault).

Jeanne-Claude du Hamel-Bourseville, baptisée 19 mars 1676, à Ormoy
(Ormoy-sur-Aube) (Haute-Marne), diocèse de Langres, fille de Louis du
Hamel et de Françoise de Condé. — Pr. 18 septembre 1687.

Marie-Thérèse du Hamel-Canchy, née et baptisée 13 avril 1704, à Can-
chy (Somme), diocèse d'Amiens, fille de Guillaume du Hamel et de
Madeleine du Plessier. — Pr. 16 janvier 1715. B. S. 4 juillet 1724. —
Dot 26 mai 1724.

Marie-Louise-Josèphe du Hamel-Canchy, née 6, baptisée 7 novembre
1764, à (Saint-Martin) Bergues (Nord), diocèse d'Ypres, fille de François-
Louis du Hamel et de Louise-Eulalie-Claudine de la Mamie-Clairac. —
Pr. 3 juillet 1773. B. S. 3 juillet 1784. — Dot 6 février 1787.

Suzanne-Marguerite du Han-Crevecœur, née et baptisée 17 septembre
1701, à (Saint-Laurent) Mazerny (Ardennes), diocèse de Reims, fille de
Daniel du Han et de Marie-Marguerite d'Augé. — Pr. 17 mai 1710.
Novice (14 juillet 1720). Religieuse (12 juillet 1722). Supérieure (13 mai
1755-2 mai 1761 et 29 mai 1767-21 mai 1773) à Saint-Cyr. Morte, à
Saint-Cyr, le 30 octobre 1773 (Mairie de Saint-Cyr).

Marie-Anne du Han-Crevecœur, née 7 janvier 1705, à (Saint-Laurent)
Mazerny (Ardennes), fille de Daniel du Han et de Marguerite d'Augé. —
Pr. 7 avril 1712. B. S. 8 janvier 1725. Elle épousa (14 novembre 1729)
Charles Lescuyer de Montigny. — Dot 4 juin 1725. Elle mourut, le
14 juillet 1754, à Montigny-sur-Vence (Ardennes) (Communic. de
M. Chopplet, sec. de la m. de Montigny). Elle eut une fille à Saint-Cyr.

Marie-Anne-Henriette-Louise du Han-Crevecœur, née et ondoyée, le
1er, baptisée le 8 octobre 1742, à (Saint-Laurent) Mazerny (Ardennes),
diocèse de Reims, fille de Jacques-Guy-Aldonce du Han et de Marie-

Françoise-Claire de Failly. — Pr. 18 septembre 1754. Voyage 28 juillet 1757.

Suzanne-Louise du Han-Crevecœur, née et baptisée 24 mai 1746, à (Saint-Laurent) Mazerny (Ardennes), diocèse de Reims, fille de Guy-Aldonce du Han-Crevecœur et de Françoise-Claire de Failly. B. S. 20 mai 1766. — Dot 19 février 1768. Elle épousa Jean-Baptiste de Bonnay.

Charlotte-Louise du Han-Crevecœur-Mazerny, née et baptisée 10 décembre 1747, à (Saint-Laurent) Mazerny (Ardennes), diocèse de Reims, fille de Guy-Aldonce du Han et de Françoise-Claire de Failly. B. S. 6 décembre 1767. — Dot 14 décembre 1767. Elle épousa Adrien de Verrières-la-Forge.

Marie-Marguerite du Han-Crevecœur, née 28 octobre, baptisée 29 octobre 1749, à (Saint-Laurent) Mazerny (Ardennes), diocèse de Reims, fille de Guy-Aldonce du Han et de Françoise-Claire de Failly. — Pr. 23 juillet 1757. Morte, le 5 septembre 1757, à Saint-Cyr (mairie de Saint-Cyr).

Henriette-Françoise du Han-Mazerny-Crevecœur, née et baptisée le 30 octobre 1752, à (Saint-Laurent) Mazerny (Ardennes), diocèse de Reims, fille de Jacques-Guy-Aldonce du Han et de Marie-Françoise-Claire de Failly. B. S. 7 octobre 1772. — Dot. 27 janvier 1773.

Marguerite-Charlotte-Nicole de Hangest, née 29, baptisée 30 mai 1742, à (Saint-Sulpice) Rumigny (Ardennes), diocèse de Reims, fille de Philippe-Louis-Joseph de Hangest et de Marguerite-Gabrielle d'Arras. — Pr. 21 mai 1754. B. S. 14 juin 1763. — Dot 9 février 1765. Bénédictine à Notre-Dame de Montreuil en Thiérache (1765). D'abord novice à l'Abbaye-au-Bois (20 mars 1763) Arch. Nat. (1594).

Geneviève-Honorée de Hanne-la-Saumonière, née et baptisée 2 juillet 1766, à Moncontour en Poitou (Vienne), fille de François-Armand de Hanne et de Marie-Jeanne-Rose Gruget de la Brottière. — Pr. 11 avril 1776. Morte, le 20 novembre 1777, à Saint-Cyr (mairie de Saint-Cyr).

Jeanne-Elisabeth Hannique d'Erquelinghen, née 17, baptisée 19 septembre 1700, à Isques (Pas-de-Calais), diocèse de Boulogne-sur-Mer, fille de Jean Hannique et de Marie-Anne de Flahaut. — Pr. 22 mai 1708. B. S. 14 septembre 1720. — Dot 17 septembre 1720.

Marie-Thérèse-Simonne Hannicque-d'Erquelinghen, née 8 janvier 1707, à Isques-en-Boulonnais (Pas-de-Calais), fille de Jean Hannicque et de Marie de Flahaut. — Pr. 8 septembre 1718. Morte, le 24 mai 1724, à Saint-Cyr (mairie de Saint-Cyr).

Marie-Thérèse de Haranguier-Quincerot, née 18, au château de Quincerot, baptisée 19 avril 1748, à Saint-Germain-de-Senailly (Côte-d'Or), diocèse de Langres, fille de Joachim Haranguier et de Madeleine de Sennevoy. — Pr. 13 octobre 1758. B. S. 4 avril 1768. — Dot 20 juillet 1768. Elle épousa (1773) Jean-Joseph-Albert de Quesse-Valcour. Veuve à l'époque révolutionnaire, elle se fixa à Montbard, où elle vécut assez tranquillement, hormis une perquisition domiciliaire, le 16 mai 1793. Très bienfaisante pour les malheureux (son épitaphe au cimetière de Montbard le constate) elle mourut, à Montbard, le 6 mars 1824, à 5 heures du matin et elle repose dans le cimetière de cette ville, où on peut lire son épitaphe (Renseignements de M. le général de Quincerot).

Marie-Marguerite de Harcourt-Olonde, baptisée 30 décembre 1675, à Saint-Sauveur-le-Vicomte (Manche), fille de Jacques de Harcourt et de Marguerite des Maires. — Pr. 1er juillet 1688. Probablement morte avant le 22 février 1704 (Renseignement transmis par M. le marquis d'Harcourt).

Jacquine-Angélique-Philippine Hardouin de Chantenay-la-Girouardière, née 25, baptisée 28 février 1710, à Chantenay (Sarthe), diocèse du Mans, fille de Philippe-René Hardouin et d'Angélique-Charlotte de la Saugère. — Pr. 21 juin 1718. B. S. 17 novembre 1729. — Dot 13 octobre 1730.

Marie-Louise-Charlotte-Elisabeth-Catherine de Hauchemail, née et baptisée 2 avril 1748, à Valognes (Manche), diocèse de Coutances, fille de Charles-Guillaume-François de Hauchemail et de Marie-Anne-Jeanne Avice de Tourville. — Pr. 27 novembre 1759. B. S. 23 mars 1767. — Dot 1er août 1770.

Marie-Anne-Reine de Haudoire-Aigreville, née 7, baptisée 8 janvier 1711, à Albert (Somme), diocèse d'Amiens, fille de Jacques-Louis de Haudoire et de Louise Linart. — Pr. 20 décembre 1719. B. S. 31 octobre 1730. — Dot 22 août 1732. — Religieuse.

Anne-Henriette-Marie des Haulles, née et baptisée 11 mai 1753, à (Sainte-Madeleine) Verneuil (Eure) diocèse d'Evreux, fille de Louis des

Haulles et de Marie-Julie-Camille Chevilly. —Pr. 9 décembre 1762. B. S.
11 mai 1773.— Dot 2 août 1773. — Chanoinesse.

Etienette-Jeanne de Haussay-des-Domaines, baptisée 10 décembre
1734, à (S. S. Gervais et Protais) Briouze (Orne) diocèse de Séez, fille de
Jacques-René du Haussay et de Nicole Colson. — Pr. 22 avril 1746. B. S.
10 juin 1754. — Dot 5 septembre 1757. Elle épousa (... juin 1754) Jean-
Nicolas Barrême de Crémille (vivant 5 septembre 1757).

Louise-Anne-Catherine de Haussaye, née 24, baptisée 25 février 1742,
à Lignou (Orne), diocèse de Séez, fille de François-Louis de Haussaye et
d'Anne-Charlotte-Jacqueline Le Forestier. — Pr. 12 février 1754. B. S.
7 novembre 1763. — Dot 8 avril 1767. Elle épousa (29 août 1762) Louis-
François de Thiboust-Bérigny (mort le 2 mars 1763). — Visitandine.

Henriette-Dorothée de Hauteclaire-Gourville, née et ondoyée 23 janvier 1730, baptisée le 6 mars 1738, à Gourville (Charente) diocèse d'Angoulême, fille de François-Philippe de Hauteclaire et de Hyacinthe-Julie
Craste. — Pr. 27 mars 1738. B. S. 22 janvier 1750. — Dot 19 juin 1751.
— Bénédictine.

Marie-Antoinette-Adélaïde d'Hautpoul, née et baptisée 17 décembre
1775, à Toulouse (Saint-Etienne) fille de Joseph-Marie d'Hautpoul et de
Marie d'Hautpoul. — Pr. 21 février 1784. Entrée, selon l'Inv., 12 mars
1784. Sortie 23 avril 1792 (Crécy).

Françoise-Jeanne de la Haye-Martainville-la-Saunerie, née 1er, baptisée
le 2 juillet 1687, à Saint-Vigor des Mezerets (Calvados), diocèse de Bayeux,
fille de Jean de la Haye et de Marie Auvray. — Pr. 25 novembre 1695.
B. S. 22 juillet 1707. — Dot 2 août 1707.

Anne-Thérèse de la Haye-Martainville-la-Saunerie, née en 1691 (probablement entre le 15 et le 23 mai), fille de Jean de la Haye et de Marie
Auvray. B. S. 24 avril 1711. — Dot 28 mai 1711.

Henriette de la Haye-Rigné, baptisée 6 septembre 1731, à Rigné (Deux-
Sèvres), diocèse de Poitiers, fille de François de la Haye et d'Elisabeth
Girard. — Pr. 27 avril 1739. B. S. 26 avril 1751. — Dot 3 décembre 1753.

Charlotte-Louise-Madeleine de la Haye-la-Barre, née et baptisée, le
5 septembre 1755, à Saint-Agnan-sur-Sarthe (Orne), diocèse de Séez, fille

de Louis-Alexandre de la Haye et de Jacqueline-Madeleine du Buat. —
Pr. 18 juillet 1766. B. S. 23 août 1775. — Dot 27 novembre 1776.

Marie-Anne-Eléonore des Hayès-Cric-la-Perrine, née 13, baptisée
14 juillet 1720, à Avoise (Sarthe), diocèse du Mans, fille de Gaston-Jean-
Baptiste des Hayès et de Marie-Anne-Elisabeth de Longueil. — Pr. 31 mai
1732. B. S. 2 juin 1740. — Dot 30 septembre 1740.

Louise des Hayes-Ganne, née et baptisée 17 août 1775, à (Saint-Jean)
Chateaugonthier (Mayenne), fille de Jean-Charles-Philippe des Hayes et
de Marie-Louise-Renée-Henriette de Vaufleury. — Pr. 10 mai 1784.
Entrée, selon l'Inv., 15 mai 1784. Sortie, 11 mars 1793 (Crécy).

Anne-Charlotte-Caroline de Haynin-Cerfontaines, baptisée 15 janvier
1704, à Cerfontaines lès Maubeuge (Nord), diocèse de Cambrai, fille
d'Ernest de Haynin et de Catherine de Ville. — Pr. 27 février 1715. B. S.
28 avril 1724. — Dot 21 avril 1724.

Clotilde-Elisabeth-Charlotte-Joséphine de Hazeville, née 15, baptisée
19 janvier 1776, à Sourdun (Seine-et-Marne) (communic. de M. Huet,
sec. de la m. de Sourdun) ; fille de Charles-René-Jean de Hazeville et de
Marie-Geneviève-Thérèse de Bourgoin-Villepart. Entrée, selon l'Inv.,
le 5 mai 1784. Sortie 13 octobre 1792 (Crécy).

Louise-Henriette Hébert du Boulon, née et baptisée 2 mai 1748, à
(Saint-Jean) Caen (Calvados) (communic. de la m. de Caen), diocèse de
Bayeux, fille d'Henri Hébert et d'Anne-Louise de Ferrier. — Pr. 27 mars
1760. B. S. 13 mai 1768. — Dot 8 avril 1769. Vivante 28 janvier 1772.

Anne-Angélique du Hecquet, baptisée 13 janvier 1701, à (Saint-Godard)
Rouen, fille de Jacques-Léonor du Hecquet et d'Anne-Angélique Le
Velain. — Pr. 1er février 1712. B. S. 13 janvier 1721. — Dot 18 février
1721.

Antoinette-Barnabée-Hélie-Marie Hedelin du Martray, née et baptisée
11 juin 1775, à (Saint-Jean) Nemours (Seine-et-Marne), fille de Charles-
Jacques Hédelin du Martray et de Marie-Louise Lefebvre. — Pr. 12 janvier 1785. Entrée, selon l'Inv., le 13 janvier 1785. Sortie 30 mars 1793
(Crécy).

Antoinette-Anastasie Hédelin du Martray, née et ondoyée 27,
baptisée 28 avril 1780, à (Saint-Jean) Nemours (Seine-et-Marne), fille de

Charles-Jacques Hédelin et de Marie-Louise Lefebvre. Entrée, selon l'Inv., 10 mars 1790. Sortie 30 mars 1793 (Crécy).

Marie-Françoise de Hédouville, née 24, baptisée 25 mars 1731, à Sainte-Croix (Aisne), diocèse de Laon, fille de César-Antoine de Hédouville et de Françoise Chantereau de la Tour. — Pr. 12 mai 1738. B. S. 2 juin 1752. — Dot 17 janvier 1754. Novice à Saint-Cyr (26 juillet 1751). Elle épousa, en 1758, Charles-François de Hédouville-Mervalle (Communic. de M. le comte de Hédouville). Elle était pensionnaire à la Congrég. N.-D. de Soissons (2 juin 1752).

Jeanne-Nicole de Hédouville, née et baptisée 20 août 1742, à (Saint-Hilaire) Montbavin (Aisne) diocèse de Laon, fille de Nicolas de Hédouville et de Jeanne-Madeleine de Hédouville. — Pr. 6 avril 1753. Morte, à Saint-Cyr, le 4 mars 1761 (mairie de Saint-Cyr).

Sophie-Catherine-Antoinette de Hédouville-Mervalle, née 1er août 1765, à Bièvre (Aisne), diocèse de Laon, fille de Théodore-Gabriel de Hédouville et de Marie-Sophie-Josèphe-Félicité de Fariaux. Novice (11 décembre 1785) religieuse (14 mars 1788) à Saint-Cyr. Sortie à la suppression. Chanoinesse. Morte à Montfort sur Meu (Ille-et-Vilaine), le 18 mars 1823, a 2 heures du matin (Indication de M. le comte d'Hédouville et communic. de la m. de Montfort). C'était une sœur du célèbre général Hédouville.

Marguerite-Maurice-Françoise de Heere-Saumaise-Marnay, née et baptisée le 21 août 1694, à (Saint-Jean-Baptiste), Chaumont en Bassigny (Haute-Marne), diocèse de Langres, fille de Claude-Alexis de Heere et de Catherine-Françoise de Grand. — Pr. 15 juin 1702. B. S. 3 octobre 1714.

Catherine-Gabrielle-Clémence de Heere-Saumaise-Marnay, née et baptisée 23 mai 1711, à (Saint-Jean-Baptiste) Chaumont en Bassigny (Haute-Marne), diocèse de Langres, fille de Claude-Alexis de Heere et de Catherine-Françoise de Grand-Marnay. — Pr. 5 août 1721. B. S. 28 mai 1731. — Dot 14 avril 1733. Carmélite à Paris, rue de Grenelle.

Rose-Henriette d'Hélie-Saint-André, née 26, baptisée 28 novembre 1769, à Saint-André de Villeromet (anc. par. commune de Pieusse (Aude), diocèse de Narbonne, fille de Jean-Henri d'Hélie et de Marie-Charlotte de Grave. — Pr. 3 novembre 1778. B. S. 2 novembre 1789. 28 avril 1790. Pens. pour infirm. 14 mai 1788, 21 juillet 1789.

Julie d'Hémery-la-Borde, baptisée, comme huguenote, le 29 novembre 1676, au Plessis-Marly (commune de Longvilliers) (Seine-et-Oise), diocèse de Chartres, fille d'Isaac d'Hemery et d'Élisabeth des Couraux. — Pr. 27 octobre 1686. Morte, le 27 décembre 1691, à Saint-Cyr (mairie de Saint-Cyr).

Jeanne-Pélagie Hémery de la Fontaine-Saint-Pern, née et baptisée le 15 septembre 1745, à Collinée en Bretagne (Côtes-du-Nord), fille de Jean-Baptiste Hémery et de Thérèse Huet. — Pr. 26 décembre 1754. B. S. 15 septembre 1765. — Dot 9 janvier 1768.

Marie d'Hémery-Saint-Pern, née et baptisée 7 juin 1756, à Bioussac (Charente) en Angoumois, fille de Mathurin d'Hémery et de Marie Massacré. — Pr. 26 avril 1766. B. S. 30 août 1776. — Dot 2 juin 1778.

Geneviève de Hénaut, née 3, baptisée 5 janvier 1701, à (Saint-Pierre) Jaux (Oise), diocèse de Beauvais, fille de Jean de Hénaut et de Gertrude Laurent. — Pr. 3 mai 1710. B. S. 2 février 1721. — Dot 18 février 1721.

Louise-Alexie de Hennault, née 21, baptisée 22 septembre 1747, à (Saint-Eustache) Paris, fille de Charles-Alexandre de Hennault et de Claudine-Thérèse Magnin. — Pr. 13 août 1759. B. S. 7 septembre 1767. — Dot 26 juillet 1768. Vivante 28 janvier 1772.

Marie-Louise-Jeanne-Françoise-Michelle de Hennault-Amegicourt, baptisée 1er juin 1752, à (Saint-Pierre) Jaux (Oise), diocèse de Beauvais, fille de Jean-Baptiste de Hennault et d'Anne-Françoise de la Roche-la-Barthe. — Pr. 2 mars 1762. Morte, à Saint-Cyr, le 18 janvier 1764 (mairie de Saint-Cyr).

Madeleine-Thérèse d'Hennequin-Herbouville, née 9, baptisée 10 novembre 1694, à Saint-Aubin du Vieil-Evreux (comm. de Vieil-Evreux) (Eure), diocèse de Séez, fille de Godefroy-Maurice d'Hennequin et de Catherine de Montagne. — Pr. 17 mai 1706. Morte, à Saint-Cyr, le 3 juillet 1709 (mairie de Saint-Cyr).

Marie-Anne de Hennequin-Herbouville, née et baptisée 9 octobre 1696, à (Saint-Aubin) Vieil-Evreux (commune du Vieil-Evreux, Eure), diocèse de Séez, fille de Godefroy-Maurice Hennequin et de Marie-Madeleine de Hazeville. — Pr. 11 avril 1708. B. S. 8 octobre 1716. — Dot

17 février 1717. Elle épousa, avant 1722, Jean-Joseph de Saint-Denis du Pavillon (communic. de M^r Le Court) et mourut avant 1731.

Marie-Françoise de Hennequin-Soyre-Lespine, née 16, baptisée 18 juillet 1699, à (Saint-Sulpice) Paris, fille de Louis Hennequin et de Marie Profinet. — Pr. 7 avril 1711. B. S. 13 juillet 1720. Dot 5 août 1720.

Marie-Thérèse-Renée Henry de Beauchamps, née 5, baptisée 6 août 1762, à (Saint-Michel) Saint-Brieuc (Côtes du Nord), fille de Claude-Anne Henry et de Françoise-Tréfine du Fou. — Pr. 27 septembre 1770. B. S. n. d. 1782. Dot 26 août 1782.

Françoise-Charlotte de Hercé du Plessis, née 19, baptisée 20 juin 1723, à (Notre-Dame) Mayenne (Mayenne), diocèse du Mans, fille de Jean-Baptiste de Hercé et de Françoise Tanquerel. — Pr. 13 décembre 1732. B. S. 5 juillet 1743. — Dot 13 avril 1745. Elle habita Dol, de 1769 à 1792, et s'y rendit populaire sous le surnom de " la bonne demoiselle ", puis elle revint à Mayenne. Sous la Terreur, elle fut emprisonnée à Chartres : la chute de Robespierre la sauva (renseignements fournis par M. le comte de Hercé). Après une longue maladie, elle mourut, à Mayenne (Item). le 14 fructidor an VI (communic. de M. le sec. de la m. de Mayenne.

Jeanne-Eulalie Hervieu des Rosiers, née 10, baptisée 12 août 1699, à Surtainville (Manche), diocèse de Coutances, fille de Louis Hervieu et de Jeanne-Françoise Beaugendre. — Pr. 9 juillet 1710. Morte, à Saint-Cyr, le 22 avril 1714 (mairie de Saint-Cyr).

Françoise de Hesbert, née 23, baptisée 24 novembre 1699, à (Notre-Dame) Versailles (Seine-et-Oise), diocèse de Paris, fille d'André de Hesbert et de Marie-Anne de Mailly. — Pr. 14 janvier 1708. Morte, à Saint-Cyr, le 13 avril 1713 (mairie de Saint-Cyr).

Françoise-Louise de Hetehou du Saussay, baptisée 18 avril 1685, à Gourbesville (Manche), diocèse de Coutances, fille de Jean de Hetehou du Saussay et de Jeanne de Tesson. — Pr. 4 mai 1691. Ursuline à Mantes.

Marie-Elisabeth de Hetehou du Saussay, née 26, baptisée 27 mai 1687, à Réville (commune de la Trinité de Réville (Eure), fille de Charles de Hetehou et de Marguerite d'Irlande. Religieuse à l'Abbaye-au-Bois (1708), Bernardine (9 janvier 1715-29 décembre 1716).

Anne-Marguerite de Hetehou-Saussay, née et baptisée 9 juin 1694, à Réville, commune de la Trinité de Réville (Eure), diocèse de Lisieux, fille de Charles de Hetehou et de Marguerite d'Irlande. — Pr. 24 janvier 1702. Morte, le 3 octobre 1703, à Saint-Cyr (mairie de Saint-Cyr).

Marie-Charlotte de Heudéi-Pommainville, née et baptisée, le 7 novembre 1708, à (Saint-Cyr) Pommainville, commune d'Occagnes (Orne), diocèse de Séez, fille d'Etienne de Heudéi et de Charlotte du Tour. — Pr. 20 janvier 1717. B. S. 4 octobre 1728. — Dot 12 mai 1729. Elle épousa (18 février 1743) Jean-Jacques de Mecflet-la-Ruelle, et mourut, le 14 février 1767 (communic. de M. le commandeur Henri Le Court. Archives de Lierremont).

Marie-Anne Hibon de Bagni, née 22 août 1687, baptisée 21 avril 1688, à (Saint-Roch) Paris, fille de Pierre-Alexandre Hibon et de Marie Catherine Morel. — Pr. 30 novembre 1695. B. S. 20 septembre 1707. — Dot 4 janvier 1708. Religieuse (sœur Marie-Françoise de l'Assomption) récollette (Immaculée Conception) rue du Bac, dès 1710. Morte, le 30 octobre 1729 (Carrés Hozier 340. fol. 285) à Paris.

Catherine-Thérèse Hibon de Bagny, née 25 octobre, baptisée 2 novembre 1688, à (Saint-Roch) Paris, fille de Pierre-Alexandre Hibon de Bagny et de Marie-Catherine Morel. — Pr. 1er octobre 1697. B. S. 26 octobre 1708. — Dot 26 octobre 1708. Morte, à Paris (Saint-Sulpice), le 19 février 1733 (Carrès Hozier. 340. fol. 286).

Marie-Catherine de Honcourt-Laudigeois, née et baptisée le 27 mai 1765, à Escames (Oise), diocèse de Beauvais, fille de Charles de Honcourt et de Marie-Michelle Le Vaillant de Thelle. B. S. 1er juin 1785. — Dot 10 mars 1788.

Gabrielle-Julie-Marie-Anne Honorati, née 25, baptisée 26 mai 1778, à (Saint-Jean) Le Puy-en-Velay (Haute-Loire), fille de Louis-Marie-Marc-Hilaire Honorati et de Louise-Victoire-Urbaine d'Agrain. — Pr. 15 avril 1788. Entrée, selon l'Inv., le 28 avril 1788. Sortie 8 avril 1793 (Crécy).

Anne de Houdan des Landes, baptisée 27 juillet 1700, à Vernon-l'Archevêque (Indre-et-Loire), diocèse de Tours, fille d'Henri de Houdan et de Philippe Mercier. — Pr. 28 mai 1712. B. S. 2 juillet 1720. — Dot 30 août 1720. — Religieuse.

Madeleine de Houdan des Landes, née 20, baptisée 29 mai 1706, à Vernon-l'Archevêque (Indre-et-Loire), diocèse de Tours, fille d'Henri de Houdan et de Philippes Mercier. Pr. décembre 1714. B.S. 15 mai 1726. Religieuse au pr. la Mère de Dieu, à Beaulieu, près Loches (30 juin 1729-26 mars 1731) (novice 18 mars 1732), y est morte, le 23 novembre 1762. Edmond Gautier : *les Religieuses Viantaises. Bulletin de la Société Archéol. de Touraine*, 1886-88.)

Marie-Thérèse de Houdetot, née et baptisée le 6 octobre 1761, à Oisemont (Somme) (communic. de la mairie d'Oisemont)[1], fille de François-Bernard de Houdetot et de Catherine de Maisniel-Applaincourt. B. S. 15 septembre 1781. — Dot 19 janvier 1782. Chanoinesse de Troarn (13 novembre 1787).

Charlotte-Félicité de Houetteville-Magnitot, née et ondoyée 10 décembre 1738, baptisée 5 juin 1739, à Saint-Gervais (Seine-et-Oise), diocèse de Rouen, fille de Louis de Houetteville et de Marie-Anne de Brossard. — Pr. 24 janvier 1746. Morte, à Saint-Cyr, le 25 décembre 1748 (mairie de Saint-Cyr).

Marie-Louise du Houlley-Gouvis, née et baptisée 15 novembre 1715, à Courtomer-le-Meurdrac (Orne), diocèse de Lisieux, fille de Nicolas du Houlley et de Marie-Louise de Giverville. — Pr. 3 avril 1726. B. S. 18 novembre 1735. — Dot 14 novembre 1736. Elle épousa (24 novembre 1753) Guillaume Rioult des Champeaux (Ins. de Lisieux. IV. p. 168. Communic. de M. H. Le Court.)

Marie-Madeleine de la Houssaye-Bourdonné, née 12, baptisée 15 janvier 1689, à Hauville (Eure), diocèse de Rouen, fille de Jean de la Houssaye et de Marie Doré. — Pr. 20 juin 1698. B. S. 4 février 1709. — Dot 4 février 1709.

Bonne-Marie-Antoinette de la Houssaye-Montéan, née 23, baptisée 24 novembre 1742, à Dammarie (Eure-et-Loir), en Normandie, fille de Charles de la Houssaye et de Marie-Madeleine-Bonne de Barville. — Pr. 2 novembre 1752. B. S. 10 septembre 1764. Vivante 28 janvier 1772. — Dot 25 octobre 1766.

Marie-Marthe-Adélaïde de la Houssaye-Maizicourt, née et baptisée, le 9 mars 1771, à (Notre-Dame) Maizicourt (Somme), diocèse d'Amiens,

[1] D'Hozier (*Armorial Général*. Reg. VII) indique, à tort, le 13 octobre 1761.

fille de Louis-François de la Houssaye et de Marie-Catherine François. — Dot 5 mai 1791. — Pr. 12 avril 1781.

Marie-Charlotte-Catherine du Houx-Vioménil, née et baptisée le 26 novembre 1730, à Rupt (Ruppes) (Vosges), diocèse de Toul, fille de François-Hyacinthe du Houx et de Marie-Antoinette Gillet de la Vallée. — Pr. 15 septembre 1742. B. S. 27 septembre 1750. — Dot 17 avril 1753. Elle épousa François Maximilien-Xavier d'Olonne et mourut, le 5 mars 1810 (De Courcelles : *Dictionnaire des pairs*, tome X).

Marguerite-Charlotte du Houx-Hauterive, née 10, baptisée 11 juin 1750, au Neufour-en-Clermontois (Meuse), fille de Jean du Houx et de Charlotte de Julliot. — Pr. 2 juin 1762. B. S. 27 avril 1770. — Dot 13 juillet 1770. Elle épousa (17 novembre 1788) le célèbre généralissime vendéen Maurice-Joseph-Louis d'Elbée (21 mars 1752-9 janvier 1794). Cette « femme d'esprit et de mérite », très belle, supporta, avec un dévouement remarquable, les vicissitudes de la campagne de Vendée. Elle fut exécutée le 29 janvier 1794, à Noirmoutiers, vingt jours après son mari, dont elle partagea, avec un courage sublime, les épreuves et le douloureux sort. (Renseignements fournis par M. le Marquis d'Elbée.)

Marguerite-Charlotte d'Hozier, née 18, baptisée 19 juin 1682, à (Saint-Jacques-de-la-Boucherie) Paris, fille de Louis-Roger d'Hozier et de Madeleine de Bourgeois-la-Fosse. — Pr. 9 janvier 1690, B. S. 18 juin 1702. — Dot 19 juin 1702. Elle épousa (7 novembre 1710) Antoine de Vessart (né 23 mars 1683, mort à Bar, le 13 septembre 1748), et mourut à Bar le-Duc, le 30 septembre 1721.

Marie-Charlotte d'Hozier-Lagarde, née 12, baptisée 15 septembre 1711, à (Saint-Laurent) Paris, fille de Jean d'Hozier et de Marie Forestier. — Pr. 1er février 1721. B. S. 12 septembre 1731. — Dot 27 juin 1732. Elle épousa (17 décembre 1735) Jean-François d'Entraigues.

Anne-Louise d'Hozier-Sérigny, née et baptisée le 28 septembre 1735, à (Saint-Gervais) Paris, fille de Louis-Pierre d'Hozier et de Marie-Anne de Robillard. — Pr. 12 décembre 1743. B. S. 9 août 1755. — Dot 3 mai 1758.

Anne Huault de Bernay, née 11, baptisée 12 janvier 1732, à (Saint-Sulpice) Paris, fille de Barthélemy-Nicolas Huault et de Marie-Marguerite du Temple. — Pr. 13 novembre 1743. B. S. 1er février 1752. — Dot

17 novembre 1753. Elle épousa (28 juin 1752) Anne-François de Campagne-Avricourt (vivant 17 novembre 1753).

Louise-Hyacinthe-Marie Huchet de la Besneraye, née et baptisée à (Saint-Germain) Rennes, le 23 janvier 1753, fille de Joseph Huchet et de Marie-Gabrielle de la Bourdonnaye. — Pr. 5 novembre 1764. B. S. 3 janvier 1773. — Dot 30 octobre 1776.

Marie-Angélique-Victoire Hue de la Colombe, née et baptisée 14 octobre 1773, à Cussy-en-Normandie (Calvados), fille de René Hue de la Colombe et de Marie-Madeleine-Ursule de la Cour. — Pr. 16 août 1783. Entrée, selon l'Inv., 20 août 1783. Sortie 18 mars 1793 (Crécy).

Geneviève-Renée-Colombe Hue de la Colombe, baptisée le 7 novembre 1782, à Cussy-en-Normandie (Calvados) (communic. de M. l'abbé Baihard, curé de Cottun (Calvados), fille de René Hue et de Madeleine-Ursule de la Cour. Entrée à Saint-Cyr, le 1er mars 1792. Sortie, le 18 mars 1793 (Crécy). Vivante 22 octobre 1818, épousa, avant 22 octobre 1818, Antoine Lespoupinelle (vivant 22 octobre 1818).

Françoise d'Huei-Vougré, née 25, baptisée 27 décembre 1685, à Essoyes (Aube), diocèse de Langres, fille d'Henri d'Huei et de Marguerite Potier de Bellépine. — Pr. 20 mars 1695. B. S. 28 décembre 1705.

Françoise Hugon du Prat, née 15, baptisée 20 avril 1714, à (Saint-Martin) Soudaine (Corrèze), diocèse de Limoges, fille de Claude Hugon et de Marie de Boisse. — Pr. 2 septembre 1722. B. S. 5 janvier 1734. — Dot 8 mars 1738. — Religieuse.

Catherine-Bénigne d'Huissel-la-Ferté, née 10, baptisée 11 novembre 1720, à (Saint Michel) Villebernier (commune de Fontgombault, Indre), diocèse de Bourges, fille de Charles d'Huissel et de Bénigne de la Châtre-Paray. — Pr. 19 mai 1732. B. S. 29 octobre 1740. — Dot 23 avril 1743.

Augustine-Louise-Rosalie Hunault de la Chevallerie, née et baptisée le 7 septembre 1778, à (Saint-André), Chartres, fille de René-François Hunault et de Jeanne-Louise Meunier de Fonteny. Entrée, selon l'Inv., 5 juin 1788. Sortie 26 mars 1793 (Crécy).

Françoise Hurault de Saint-Denis, née 4 avril 1675, à Marigny-sur-Niort (Deux-Sèvres), baptisée le 3 octobre 1682, à (Saint-Louis) Chambord (Loir-et-Cher) près Blois, fille de Florimond Hurault et de Catherine Molen de Rochebrune, — Pr. 15 octobre 1687.

Marie-Catherine Hurault de Saint-Denis, née 14, baptisée 15 mars 1712, à (Sainte-Solenne) Blois, fille de Florimond Hurault et de Catherine-Claude Pissonnet de Bellefonds. — Pr. 31 janvier 1720. B. S. 7 mars 1732. — Dot 1er janvier-3 mars 1733.

Françoise-Jeanne-Philippe Hurault de Saint-Denis, née 12, ondoyée 13 décembre 1726, baptisée 14 septembre 1728, à Saint-Denis-sur-Loire (Loir-et-Cher), diocèse de Blois, fille de David-Nicolas Hurault et de Marie-Anne-Jeanne de la Bonninière. — Pr. 24 avril 1738. B. S. 18 août 1746. — Dot 17 juin 1747.

Constance-Mélanie Le Hure de Boscdroit-Cernières-Saint-Aignan, née et baptisée, le 6 octobre 1734, à Saint-Pierre de Cernières (Eure), fille de Jean-Baptiste Le Hure et de Françoise Caillet. — Pr. 25 avril 1745. B. S. 28 septembre 1754. — Dot 12 juillet 1757.

Jeanne-Charlotte-Suzanne d'Hurtebize, née 5, baptisée 6 septembre 1743, à (Saint-Montain) la Fère (Aisne), fille de Bernard-François d'Hurtebize (ou Urtubie) et de Marie-Suzanne Edouin. — Pr. 2 septembre 1755. B. S. 3 novembre 1763. — Dot 3 juin 1767.

Marie-Louise-Claude d'Ideghen-Watou, née et baptisée 23 janvier 1696, à (Cathédrale-Saint-Martin) Ypres (Belgique), fille de Charles d'Ideghen et de Marie-Florence-Lamorale Blondel. — Pr. 15 juillet 1704. B. S. 24 janvier 1716. Chanoinesse de Saint-Waudru. Elle testa, le 17 décembre 1755 (Goethals). — Dot 4 septembre 1716.

Catherine-Françoise d'Ideghen-Watou, née 18 février 1700, à (Saint-Martin) Ypres (Belgique), fille de Charles-Philippe d'Ideghen et de Marie-Florence-Lamorale Blondel. — Pr. juin 1711. B. S. 2 avril 1720. — Dot 25 avril 1720. Comtesse de Watou. Elle mourut, le 27 février 1769 (Goethals : Dict. des fam. nobles de Belgique).

Marthe Igonin de Ribagnac, née 7, baptisée 12 mars 1749, à Saint-Martin-Terressus (Haute-Vienne), diocèse de Limoges, fille de François Igonin et d'Anne-Philippes de Saint-Viance. — Pr. 6 mars 1761. B. S. 20 février 1769. — Dot 14 septembre 1769.

Marie-Jeanne Imbaut de Marigni, née et baptisée le 17 octobre 1692, à (Saint-Gérent) le Palais (Belle-Ile-en-mer) (Morbihan), diocèse de Vannes fille de Charles Imbaut et de Jeanne du Bois. — Pr. 26 avril 1701. B. S. 20 octobre 1712. — Dot 20 mai 1713.

Marie-Geneviève-Dorothée d'Imbleval, née 11, baptisée 12 mai 1774, à Bacqueville-en-Caux (Seine-Inférieure), fille de Louis-François d'Imbleval et de Marie-Geneviève Painthibault. Entrée, selon l'Inv., 17 août (Pr. 15 août) 1783. Sortie 15 septembre 1792 (Crécy).

Catherine Irland de Beaumont, née 28, baptisée 29 janvier 1770, à (Saint-Hilaire) Poitiers, fille de Gabriel Irland et de Renée du Pont du Moulin. — Pr. 23 novembre 1779. B. S. 17 février 1790. — Dot 22 décembre 1790. Pens. pour infirmités : 30 mai 1783-19 décembre 1787. Pens. alim. pour maladie: 17 février 1790.

Anne-Madeleine Isle de Beauchaine-Balade, née 1er, à Pons, baptisée 16 juin 1709, au Bois (Bois) (Charente-Inférieure), canton de Saint-Denis-de Saintonge, diocèse de Saintes, fille d'Abraham Isle et de Marie de la Chapelle. — Pr. 23 mars 1720. B. S. 1er juin 1729. — Dot 23 décembre 1730. Elle mourut, en 1779 (Communic. de Mme la vicomtesse de Beauchaine) le 22 juillet, à Pons (Communic. de M. le sec. de la m. de Pons).

Marie-Anne-Angélique Isle de Beauchaine, née 16, baptisée 17 août 1713, à (Saint-Martin) Pons (Charente-Inférieure), diocèse de Saintes, fille d'Abraham Isle et de Marie de la Chapelle. — Pr. 30 juin 1724. Pens. pour infirm. (1733). B. S. 19 septembre 1733. — Dot 30 août 1735. Elle mourut, sans alliance, en 1765 (communic. de Mme la vicomtesse de Beauchaine), le 14 septembre, à Pons (communic. de M. le sec. de la m. de Pons).

Marie-Barbe d'Izarn-Villefort, née 22, baptisée 23 mai 1698, à Ruesnes en Hainaut (Nord), diocèse de Cambrai, fille de Jacques-Joseph d'Izarn et de Marie-Suzanne de Vélicourt. — Pr. 8 novembre 1707. B. S. 6 octobre 1718. Vivante 1723. Elle épousa Abraham de la Fitte-Pelleporc († avant 1723). Dot 3 août 1720.

Marie-Louise-Armande d'Isarn-Villefort, née 6, baptisée 12 septembre 1720, à (Saint-Côme) Paris, fille de Louis-Françoise d'Isarn et de Marguerite-Louise Billouard. — Pr. 21 octobre 1728. — Dot 20 juillet 1741.

Marguerite-Jacqueline d'Izarn-Cornus, née 16, baptisée 17 novembre
1729, à Cornus (Aveyron) diocèse de Vabres, fille de Pierre d'Izarn et de
Marie-Eléonore de Bonald. — Pr. 18 mai 1740. B. S. 5 septembre 1749.
— Dot 13 novembre 1750.

Marie-Louise-Armande-Bonne d'Isarn-Villefort, née 1er, ondoyée 3 mai
1738, à (Saint-Germain-l'Auxerrois), Paris, baptisée le 24 avril 1750, à
Saint-Cyr-lès-Versailles (Seine-et-Oise), fille de Louis-François d'Isarn et
de Louise de Billouard-Kervesegaud.

Marie-Julie-Paule d'Isarn-Villefort-Cornus, née et baptisée 8 septembre
1751, aux îles Sainte-Marguerite (Alpes-Maritimes) fille de Pierre d'Isarn
et de Louise-Antoinette de Méchaugué. — Pr. 3 juin 1763, novice (1er août
1771) devant Madame, relig. (1er août 1773) à Saint-Cyr, devant Madame
et Madame Elisabeth. Sortie 1793.

Marie-Cécile d'Isarn-Cornus, née 2, baptisée 4 décembre 1761, à Millau
(Aveyron), fille de Michel-Etienne d'Isarn et de Jeanne de Mazeran. — Pr.
14 juin 1771. B. S. 30 novembre 1781. — Dot 21 janvier 1783.

Louise-Antoinette d'Izarn-Villefort, née 4, baptisée 5 juin 1773, à (Saint-
Louis) Versailles (Seine-et-Oise) (Registre, Mairie de Versailles. Par.
Saint-Louis. Baptêmes. Année 1773, p. 35), fille de Charles-Marie-
Auguste d'Izarn-Villefort et de Henriette-Emilie Martin de Saint-Lieu.
Entrée, selon l'Inv., le 3 décembre 1782. Sortie 20 septembre 1792
(Crécy).

Marie-Louise-Julie d'Isarn-Villefort, née et baptisée 3 juillet 1774, à
(Saint-Louis) Versailles (Seine-et-Oise) diocèse de Paris, fille de Charles-
Marie-Auguste d'Isarn et de Henriette-Amélie Martin de Saint-Lieu. —
Pr. 29 novembre 1781. Morte, le 19 juin 1786, à Saint-Cyr (Mairie de
Saint-Cyr).

Marguerite-Françoise Jacques de Chiré, née 8, baptisée 11 janvier 1699,
à (Saint-Jean) Chiré en Montreuil (Vienne), fille de Nicolas-Jacques de
Chiré et de Françoise-Thérèse Guinon. — Pr. 8 novembre 1706. B. S.
29 décembre 1718. — Dot 20 février 1720. Elle épousa (1722) Louis-
Samuel de Goulaine-Laudouinière, puis (26 mars 1737) Jacques-Charles-
Laurent d'Escars-Loges (mort en 1777). Elle vivait encore, le 31 janvier
1765 et mourut en 1770 ou 1771. (Renseignements fournis par M. le
général marquis de Moulins-Rochefort.)

Gasparine-Xavière-Aimée de Jacquot d'Andelarre, née et ondoyée le 22 mars 1766, à Rosey en Franche-Comté (Haute-Saône), baptisée 18 mai 1768, fille de Claude-Antoine-François de Jacquot et de Catherine de Brunet. — Pr. 29 novembre 1777. Morte, le 18 avril 1781, à Saint-Cyr. (Mairie de Saint-Cyr).

Avoye-Thérèse Jaillart de la Maronnière, née et baptisée 28 juillet 1678, à Aizenay (Vendée), fille de François Jaillart et de Jacquette de Soligné. — 24 juin 1688.

Jeanne de la Jaille-Molant, née et baptisée 12 juillet 1737, à Saint-Pierre de Maillé (Vienne), diocèse de Poitiers, fille de Jacques de la Jaille et de Marie Ardoin. — Pr. 12 juin 1749. B. S. 17 mai 1758. — Dot 17 juin 1763.

Françoise-Thérèse de Jambon-Saint-Cyr-Estrancourt, née 12, baptisée 13 février 1729, à Saint-Cyr-d'Estrancourt (commune d'Avernes-Saint-Gorgon, Orne), diocèse de Lisieux, fille de Cyr-Yves de Jambon et de Marie-Louise de la Haye. — Pr. 6 juin 1739. B. S. 20 décembre 1748. Dot 5 janvier 1750. Novice aux Carmélites déchaussées de la rue de Grenelle.

Catherine-Agathe-Gabrielle de Jambon-Saint-Cyr, née 29 avril, baptisée 5 mai 1733, à Saint-Martin-de-la-Lieue (Calvados), diocèse de Lisieux, fille d'Yves-Cyr de Jambon et de Louise de la Haye. B. S. 27 avril 1753. — Dot 17 février 1755.

Marie-Louise de Jambourg-Montrelais, née 21, baptisée 24 avril 1695, à Mory (Oise), diocèse de Beauvais, fille d'Antoine de Jambourg et de Marie Sentier. — Pr. 17 mai 1706. B. S. 20 avril 1715. — Dot 4 octobre 1715.

Florence de James des Fregnaudies, née et baptisée 12 avril 1721, à Saint-Laurent-de-Céris (Charente), diocèse d'Angoulême, fille d'Elie de James et de Jeanne de Pons. — Pr. 5 juin 1731. B. S. 18 mars 1741. — Dot 16 novembre 1745. Elle épousa (30 décembre 1745) Charles de Mascureau (rens. fourni par M. le marquis de Mascureau).

Marie de James-Longeville, née et baptisés 3 juin 1751, à (Saint-Vincent) la Rochefoucault (Charente), fille de Jean de James et de Marie-Elisabeth de Volvire. — Pr. 24 septembre 1761. Morte, le 15 février 1765 à Saint-Cyr (Mairie de Saint-Cyr).

Marie de Janailhac-Saint-Fief, baptisée 2 février 1714, à Hiesse (Charente), diocèse de Poitiers, fille de Jean-François de Janailhac et de Marie-Anne de la Tour. — Pr. 1ᵉʳ juillet 1722. B S 26 février 1734. — Dot 15 octobre 1736. Religieuse à Tusson.

Marguerite de Janailhac-Saint-Fief, née et baptisée 27 mars 1722, à à Hiesse (Charente), diocèse de Poitiers, fille de Jean-François de Janailhac et de Marie-Anne de la Tour. B. S. 13 avril 1742. — Dot 10 septembre 1744. Religieuse, à l'Hotel-Dieu de Vernon (sœur Sainte-Eléonore). Morte, à Vernon, le 8 février 1787 (mairie de Vernon).

Hélène de Janin-Gabriac, née 27, baptisée 29 novembre 1728, à Cadalen (Tarn), diocèse d'Albi, fille de Jean-Louis de Janin et de Claire de Martin. — Pr. 10 août 1739. B. S. s. d. Voy. 7 septembre 1748. — Dot 9 janvier 1750.

Marie de Jarnage-Saubrun, née 22, baptisée 27 août 1688, à Villentrois (Indre, diocèse de Bourges), fille de François de Jarnage et de Marguerite Renard de Rilly. — Pr. 28 janvier 1696. B. S. 30 juin 1708. — Dot 30 juin 1708. — Bénédictine.

Jeanne-Bonne de Jarnage-la-Fontaine, née et baptisée le 21 mars 1724, à (Saint-Georges) Villentrois (Indre), diocèse de Bourges, fille de François de Jarnage et de Bonne de Quinemont. — Pr. 14 août 1735. B. S. 6 avril 1744. — Dot 23 janvier 1747.

Radegonde-Angélique de Jarry du Parc, née 4, baptisée 5 octobre 1745, à Saint-Ange-en-Torçait et Thimerais (Eure-et-Loir), diocèse de Chartres, fille d'Alexandre de Jarry et de Catherine-Charlotte-Cécile-Félicité Jaheu. — Pr. 7 septembre 1757. B. S. 4 octobre 1765. — Dot 25 octobre 1766. Vivante 28 janvier 1772.

Marie-Charlotte-Luce de Jarry-du-Parc, baptisée 9 janvier 1760, à Fontaine-les-Ribouts (Eure-et-Loir), diocèse de Chartres, fille de François-Alexandre de Jarry et de Jeanne-Charlotte de Moucheron. B. S. 8 décembre 1779. — Dot 12 juin 1780. Chanoinesse de Troarn (7 décembre 1787).

Marie-Aglaé-Antoinette de Jarry, baptisée 8 décembre 1774, à Fontaine-les-Ribouts (Eure-et-Loir), fille de François-Allexandre de Jarry et de Jeanne-Charlotte de Moucheron. — Pr. 18 septembre 1793. Sortie 30 mars 1793 (Crécy).

Gabrielle de Jas-Saint-Géran, baptisée 10 février 1669, à Saint-Géran-le-Puy (Allier), diocèse de Clermont-Ferrand, fille de Charles de Jas et de Marie de la Geneste. — Pr. 31 janvier 1686. Novice (7 décembre 1692) religieuse (1er janvier 1694) à Saint-Cyr. Y morte, le 7 juillet 1712 (mairie de Saint-Cyr).

Gilberte de Jas-Saint-Bonnet, baptisée 9 mai 1708, à (Saint-Pierre-des-Ménestreaux) Moulins (Allier), fille de François-Gabriel de Jas et de Marie Lutereau. Pr. 27 février 1717. B. S. 27 avril 1728. — Dot 3 septembre 1728.

Anne-Elisabeth de Jaucourt, née 31 août, baptisée 25 octobre 1676, à Châtillon-sur-Loire (Loiret), comme huguenote, fille de Philippe de Jaucourt et de Marie Courant. — Pr. 10 juillet 1691.

Elisabeth de Jay-Beaufort, née 2, baptisée 3 avril 1748, à (Saint-Front) Périgueux, fille de Pierre de Jay et d'Elisabeth du Puy. — 18 mars 1760. B. S. 24 mars 1772. — Dot 27 mai 1769. Sortie pour cause d'infirmité, le 13 octobre 1762. Pens. pour infirmité (13 octobre 1762-19 mai 1768).

Jeanne-Dorothée-Eléonore Le Jay de Massuère, née et baptisée, le 22 janvier 1753, à (Saint-Etienne) Mortagne-sur-Gironde (Charente-Inférieure), fille de Jean-Martin le Jay et de Marie-Madeleine-Marguerite de Raymond. Pr. 11 juillet 1763. B. S. 29 janvier 1773. — Dot 15 mars 1773.

Louis-Frédérique du Jay-l'Epine-aux-Bois, née 24, baptisée 25 août 1766, à l'Epine-au-Bois (Aisne), diocèse de Soissons, fille de Louis du Jay et de Claude-Bonne-Suzanne de Cordemoy. — Pr. 8 avril 1775. B. S. 7 septembre 1786. — Dot 27 février 1787.

Elisabeth-Fidèle-Rosalie du Jay-l'Epine-aux-Bois, née 20, baptisée 21 octobre 1761, à l'Epine-aux-Bois (Aisne), diocèse de Soissons, fille de Louis du Jay et de Claudine-Bonne-Suzanne de Cordemoy. Morte, le 13 février 1785, à Saint-Cyr (mairie de Saint-Cyr).

Charlotte-Françoise de Joigny-Blondel-Bellebrune, née 24, baptisée 27 décembre 1684, à (Saint-Nicolas) Beauvoir en Lihons (Seine-Inférieure), diocèse de Rouen, fille d'Antoine de Joigny et de Louise Le Chevalier. — Pr. 10 mai 1692. — B. S. 28 décembre 1704. — Dot 29 décembre 1704. — Ursuline.

Marie-Anne de Joigny-Blondel-Bellebrune, baptisée 3 avril 1686, à Beauvoir en Lihons (Seine-Inférieure) (communic. de M. Labruyère, sec. de la m. de Beauvoir), fille d'Antoine de Joigny et de Louise Le Chevalier. B. S. 7 avril 1706. — Dot 7 avril 1706. Elle épousa Alexandre de Montel du Rat.

Marie-Françoise-Geneviève de Joigny-Blondel-Bellebrune, née 6, baptisée 9 juin 1691, à Magny (Magny-en-Vexin, Seine-et-Oise), diocèse de Rouen, fille de François de Joigny et de Marie-Geneviève de la Chault. — Pr. 12 décembre 1701. B. S. 10 juillet 1711. — Dot 14 octobre 1711. — Religieuse.

Charlotte de Joigny-Blondel-Bellebrune, née 20, ondoyée 22 mars 1702, baptisée 23 avril 1711, (à Saint-Quentin) Nucourt-en-Vexin (Seine-et-Oise), diocèse de Rouen, fille de François de Joigny-Blondel et de Marie-Geneviève de La Chault. — Pr. juillet 1712. B. S. 18 mars 1722. Dot 10 juillet 1723.

Marie-Marguerite de Joigny-Blondel-Bellebrune, née et baptisée 22 octobre 1704, à (Saint-Quentin) Nucourt-en-Vexin (Seine-et Oise) diocèse de Rouen, fille de François de Joigny-Blondel et de Marie-Geneviève de La Chault. — Pr. 16 février 1715. B. S. 11 mai 1725. — Dot 3 octobre 1724.

Marguerite de Josset-Pommiers-Breuil, née et baptisée 6 août 1779, à (Notre-Dame) Cissac (Gironde), diocèse de Bordeaux, fille de Simon-Joseph de Josset et de Catherine d'Audebar-Ferrussac. Entrée, selon l'Inv., le 23 mai 1789. Sortie 31 mars 1793 (Crécy).

Céleste-Pélagie Joubert des Herbiers, née et baptisée le 18 septembre 1742, à (Notre-Dame) les Herbiers (Vendée), diocèse de Luçon, fille de Louis-Pierre Joubert et de Marie-Anne-Françoise Théronneau. — Pr. 23 décembre 1752. B. S. 11 janvier 1765. Novice visitandine rue Saint-Antoine, à Paris (1765). Professe (27 janvier 1765), encore vivante, le 21 novembre 1791 (Arch. nat. LL. 1714, fol. 214).

Marie-Renée de Jouenne, née et baptisée, le 29 juillet 1754, à (Saint-Eloi) Dreslincourt (Oise), fille de Jean-François-René de Jouenne et de Marie-Catherine-Françoise de Bertin. — Pr. 8 juillet 1766. B. S. 16 juillet 1774. — Dot 7 septembre 1774.

Louise-Madeleine de Jouffrei-Bardonenche, née 29 août, baptisée 21 septembre 1697, à Eygliers (Hautes-Alpes), diocèse d'Embrun, fille de

Paul de Jouffrei et de Louise-Marguerite de Cabassole. — Pr. 2 août 1706. Sortie, en 1710, pour raisons de famille.

Louise-Eulalie de Jouffrey, née et baptisée le 3 mars 1773, à (Saint-Martin) Troo (Loir-et-Cher), diocèse du Mans, fille de Paul de Jouffrey et de Marie-Jacqueline-Renée Launay de Cohardon. Entrée 7 novembre 1788. (Inventaire). Sortie 30 octobre 1792 (Crécy).

Sophie-Françoise Jouslard d'Airon, née 8, baptisée 9 janvier 1731, à (Saint-Michel) Poitiers, fille de Jean-Baptiste Jouslard et de Marie-Madeleine-Françoise de Baraudin. — Pr. 21 mars 1741. Morte, à Saint-Cyr, le 29 août 1742 (mairie de Saint-Cyr).

Julie-Jacqueline de Jouslard-Airon-Vergnais, née et baptisée le 23 mai 1742, à (Saint-Médard) Magné (Vienne), diocèse de Poitiers, fille de Jean-Baptiste de Jouslard et de Marie-Françoise de Baraudin. B. S. 4 novembre 1763. — Dot 25 octobre 1766. Visitandine. Vivante 28 janvier 1772.

Geneviève-Renée-Catherine de Jousserand, née 22, baptisée 23 mai 1754, à (Saint-Hilaire), Linazay (Vienne), diocèse de Poitiers, fille de Charles-Olivier de Jousserand et Anne-Françoise Robin. — Pr. 16 septembre 1763. B. S. 5 mai 1774. Dot 21 novembre 1774. — Religieuse.

Léonarde Joussineau du Fayat-la-Valade, née 15 avril, baptisée 18 mai 1722, à Saint-Martin-Sepert (Corrèze), diocèse de Limoges, fille de Pierre-François Joussineau et de Catherine de Veyny-Marsillac. — Pr. 10 novembre 1733. Morte, à Saint-Cyr, le 22 juin 1740 (mairie de Saint-Cyr).

Marie-Justine Joussineau du Fayat, née et baptisée 26 septembre 1765, à (Saint-Pierre-du-Queyroix) Limoges, fille de Gilbert-Marie Joussineau et de Marie-Anne Garat. — Pr. 1er avril 1773. B. S. 21 août 1785. — Dot 2 octobre 1786.

Marthe-Marie-Félicité de Juglart du Plessis, baptisée 6 novembre 1763, à Beaumont-la-Chartre, en Touraine (Sarthe), fille d'Antoine de Juglart et de Louise de Cullon. — Pr. 15 septembre 1775. B. S. 9 décembre 1783. — Dot 10 mars 1785.

Louise de Juglard-Limerac, née et baptisée 9 mai 1775, à (Saint-Martin) Salles (Charente), fille de Jean de Juglard et d'Adélaïde de Solière, — Pr.

9 octobre 1783. Entrée, d'après l'Inv., 14 octobre 1783. Sortie 1er décembre 1792 (Crécy).

Adélaïde de Juglard-Limerac, née 3, baptisée 4 avril 1779, à (Saint-Martin) Salles (Charente), fille de Jean de Juglard et d'Adélaïde Solière. Entrée, selon l'Inv., le 17 octobre 1788. Sortie, 1er décembre 1792 (Crécy). Elle épousa (28 août 1813) Mathurin-Henri Rambaud de la Brunelière (né 1757 mort 12 avril 1822) puis (21 juillet 1828) Philippe de Saint-Gresse (Tricoire : le Château de Maillou, pp. 70-74). Les aimables et obligeantes recherches entreprises, à notre demande, par M. l'abbé Tricoire, l'ont amené à découvrir, la date du décès d'Adélaïde de Juglart, le 20 mars 1865, à Angoulême (registres de la paroisse Saint-Antoine).

Marie-Renée-Perrine de Juigné, née 18, baptisée 19 octobre 1762, à Châtelais (Maine-et-Loire) diocèse d'Angers, fille de René-Jacques de Juigné et de Marie-Augustine d'Estiau. — Pr. 5 août 1774. B. S. 23 octobre 1782. Dot 8 octobre 1783.

Marie-Angélique de Julien-Vinezac, née 21, baptisée 22 mars 1732, à Vinezac (Ardèche), diocèse de Viviers, fille de Louis de Julien et de Claudine Plantier. — Pr. 6 septembre 1740. B. S. 2 février 1752. — Dot 30 mai 1754. Morte sans alliance (R. Le Sourd, Revue de Vivarais, 1903).

Marie-Jeanne-Thérèse de Juliotte-Saussay, baptisée le 8 avril 1752, à la Trinité-sur-Avre (comm. de Beaulieu (Orne), diocèse de Chartres, fille de Robert de Juliotte et de Catherine-Mathurine-Thérèse de Clinchamp. — Pr. 8 mars 1762. B. S. 22 mars 1772. — Dot 15 octobre 1772.

Désirée de Jumont-la-Chevardière, née 11, baptisée 14 décembre 1679, à (Saint-Christophe) Rocquigny (Ardennes), diocèse de Reims, fille d'Hughes de Jumont et d'Elisabeth de la Felonnière. — Pr. 15 mars 1687. B. S. 15 avril 1700. — Dot 7 mars 1700.

Marie-Jeanne-Françoise de Kerlech-Chastel, baptisée 18 septembre 1681, à Ploudalmézeau (Finistère), diocèse de Léon, fille de Pierre-Claude de Kerlech et de Louise de Kersulguen. — Pr. 1er septembre 1693. B. S. 6 septembre 1701. — Dot 7 septembre 1701. — Ursuline.

Louise de Kerlech, née 2 novembre 1683, à Ploudalmézeau (Finistère), baptisée en avril 1686, fille de Pierre-Claude de Kerlech et de Louise de

Kersulguen. — Pr. juin 1694. B. S. 10 juillet 1704. — Dot 18 juillet 1704.
— Ursuline.

Rose-Marguerite de Kérouallan-Barach, née 16, baptisée 17 janvier
1740, à Ploërdut (Morbihan), évêché de Vannes, fille de Pierre-Ignace de
Kérouallan et de Françoise Marguerite de Richebourg. — Pr. 13 février
1750. Morte, le 11 janvier 1757, à Saint-Cyr (mairie de Saint-Cyr).

Marie-Geneviève de Klasten-Cohorn, née 16 novembre 1720, baptisée
2 janvier 1721, à Alençon (Notre-Dame) Orne, diocèse de Séez, fille de
Jean-Gilbert de Klasten et de Madeleine Darot, novice (26 avril 1739)
religieuse (3 mars 1741) à Saint-Cyr. Morte, le 9 décembre 1774 (mairie
de Saint-Cyr). — Pr. 4 août 1728.

Antoinette-Marie-Anne-Christine-Frédérique de Kulha-Linange, baptisée 7 mai 1748, à Manheim (Allemagne, Bas-Palatinat), fille de Chris-
tian-Adolphe de Kulha et de Sophie de Linange. — Pr. 14 avril 1760.
B. S. 4 avril 1768. Visitandine à Vienne (Autriche). — Dot 27 juin 1768.

Marie-Josèphe de Laas-Gestedde, née et baptisée le 19 mars 1746, à
Orthevielle (Landes), diocèse de Dax, fille de Gratien de Laas et d'Elisabeth de Siets. — Pr. 27 février 1758. B. S. 31 mars 1767. — Dot
31 juillet 1767. Vivante 28 janvier 1772.

Louise de Laas-Gestedde, née et baptisée, le 16 décembre 1768, à
Orthevielle (Landes), diocèse de Dax, fille de Dominique-Nicolas de Laas
et de Madeleine-Louise-Henriette-Sophie de Savary. — Pr. 2 décembre
1776. Morte, à Saint-Cyr, le 22 avril 1781 (mairie de Saint-Cyr).

Madeleine-Charlotte Labbé des Authieux, née 27, baptisée 29 septembre 1697, à (Saint-Marc) les Authieux, diocèse de Lisieux (les
Authieux-sur-Calonne) (Calvados), fille de Charles Labbé et de Marie-
Françoise du Four. — Pr. 20 mars 1705. B. S. 30 septembre 1717. — Dot
29 septembre 1717.

Françoise-Thérèse Labbé des Authieux, baptisée 2 juin 1729, à (Saint-
Martin) les Authieux, diocèse de Lisieux (les Authieux-sur-Calonne)
(Calvados), fille de Charles Labbé et de Marie-Louise d'Avesgo. — Pr.
15 avril 1740. B. S. 1er juin 1749. — Dot 16 juillet 1750.

Lucrèce du Lac-Montvert, née 2, baptisée 29 janvier 1675, à (Notre-
Dame de la Plate) Castres (Tarn), fille de Melchior du Lac et de Louise

Le Roy de Sionac. — Pr. 1ᵉʳ décembre 1686. Morte, religieuse Augustine, à Paris. On trouve (B. N. Fr. 32594, fol. 594), sur les registres obituaires de Saint-Sulpice, mention du décès de Lucrèce du Lac, âgée de trente-cinq ans, le 9 mars 1714, à la Communauté de l'Instruction chrétienne, rue du Gindre. Est-ce d'elle qu'il s'agit ?

Jeanne de Lageard, née 29, baptisée 30 mai 1729, à Tourtirac (commune de Gardegan-Tourtirac) (Gironde), juridiction de Castillon en Bordelais, fille de François de Lageard et d'Anne de Lageard. — Pr. 16 avril 1740. B. S. 8 mars 1749. Dot 1ᵉʳ septembre 1751.

Marie-Anne-Josèphe de Lageard-Cherval, née et baptisée 19 mars 1737, à (Saint-Laurent) Pont-à-Mousson (Meurthe-et-Moselle), diocèse de Toul, fille de Raphaël de Lageard et de Marthe Ragot. — Pr. 26 mars 1745. B. S. 28 mars 1757. Dot 30 juillet 1763.

Anne-Nicole de Lageard-Cherval, née et baptisée, le 19 mars 1747, à (Saint-Laurent) Pont-à-Mousson (Meurthe-et-Moselle), diocèse de Toul, fille de Raphaël de Lageard et de Marthe-Louise Ragot. B. S. 7 mars 1767. — Dot 7 août 1768. — Bénédictine.

Marie-Anne-Raphaël de Lageard-Cherval, née et baptisée le 26 février 1758, à (Saint-Laurent) Pont-à-Mousson (Meurthe-et-Moselle), fille de Raphaël de Lageard et de Marthe-Louise Ragot. B. S. 26 janvier 1778. — Dot 24 novembre 1778.

Louise de Laizer-Brion, née le 11 octobre 1711, à Chidrac (Puy-de-Dôme), diocèse de Clermont-Ferrand, fille de François de Laizer et de Thérèse-Philippine Bequet. — Pr. 5 août 1721. B. S. 20 août 1731. — Dot 7 février 1732. — Religieuse (21 novembre 1753), à Brioude (Renseignement fourni par M. le comte de Laizer).

Gilberte de Laizer-Brion, née 29, baptisée 30 décembre 1709, à Chidrac (Puy-de-Dôme), diocèse de Clermont-Ferrand, fille de François de Laizer et de Thérèse-Philippine Bequet. — Pr. 11 mars 1719. B. S. 4 novembre 1729. Dot 18 juillet 1730.

Marie-Anne de Lallier-Prasville, née et baptisée, le 8 septembre 1697, à Prasville (Eure-et-Loir), diocèse de Chartres, fille de Pierre de Lallier et de Catherine de Meaucé. Pr. 26 octobre 1705. B. S. 15 septembre 1717. — Dot 15 septembre 1717.

Jeanne-Renée de Lallier-Prasville, née 23, baptisée 25 août 1706, à Prasville (Eure-et-Loir) diocèse de Chartres, fille de Pierre de Lallier et de Catherine de Meaucé. B. S. 25 août 1726. — Dot 2 décembre 1729. Religieuse à N.-D. de Chateaudun.

Marie-Angélique-Charlotte Lambert du Londe, baptisée le 29 août 1677, à (Saint-Martin) Daubeuf-en-Vexin (Daubeuf près Vateville (Eure), fille de Louis Lambert et de Marie Le Monnier. — Pr. 1ᵉʳ décembre 1685. Novice (20 mai 1697) (pris l'habit des mains de Bossuet), religieuse (24 février 1700). Morte, religieuse à Saint-Cyr, le 17 août 1734 (mairie de Saint-Cyr).

Marie-Geneviève-Louise Lambert d'Argence, née et baptisée le 14 mars 1708, à (Saint-Germain) Lisieux (Calvados), fille de Jean-Baptiste Lambert et de Geneviève de Houlai. — Pr. 26 août 1718. B. S. 4 mars 1728. — Dot 19 mars 1728. Elle épousa Jean-François du Tellier-la-Haute-Roque, avant 1735. Les dispenses sont des 2 et 17 avril 1733 (Insin. de Lisieux III. 6.267). Vivante 1735 (communic. de M. H. Le Court).

Antoinette de Lambertie, née 27, à Lanmary, baptisée 28 octobre 1760, à Saint-Sornin (Charente, canton de Montbron), fille de Jean-François de Lambertie et de Marie-Philippe Thibeaud. B. S. 1ᵉʳ obtobre 1780. — Dot 7 mars 1781. — Chanoinesse.

Elisabeth-Madeleine de Lancelin-la-Rolière, née 4, baptisée 5 mars 1738, à (Saint-Apollinaire) Valence (Drôme), fille d'Alexandre de Lancelin et de Marie-Madeleine d'Allard. — Pr. 1ᵉʳ octobre 1748. B. S. 21 mars 1758. — Dot 20 juin 1763. Religieuse bénédictine à Saint-Jean-Baptiste-de-Soyons (professe, le 7 juillet 1760). Encore religieuse, le 22 janvier 1791 (Anonyme : *l'Abbaye de Saint-Jean-Baptiste-de-Soyons*. Valence 1882 in-8°).

Marie-Gabrielle de Lancelin-la-Rolière, baptisée, le 17 mars 1740, à Valence (Drôme) (communic. de M. le sec. de la m. de Valence), fille d'Alexandre de Lancelin et de Marie-Madeleine d'Allard. B. S. 5 février 1760. Elle mourut, le 18 janvier 1762, à Valence (Arch. de S.-et-O. 196). — La dot fut versée, le 7 septembre 1767, aux héritiers.

Elisabeth de Lancry-Pronleroy, née et baptisée 27 juillet 1687, à Pronleroy (Oise), diocèse de Beauvais, fille d'Isaac de Lancry et de Marie d'Abancourt. — Pr. 20 août 1695. Capucine à Paris (1707).

Thérèse-Josèphe de Landas-Mortagne, née **8**, baptisée 12 décembre 1709, à (Saint-Pierre) Conchy-sur-Canche (Pas-de-Calais), diocèse d'Amiens, fille de Robert-Charles-Joseph de Landas et d'Anne-Josèphe de Tournay-Assigny. — Pr. 13 août 1721. Pens. alim. 27 février 1731-6 mars 1732. B. S. 22 octobre 1729. — Dot 3 août 1733. Chanoinesse à Messines (1770).

Marie-Angélique Landault de Beaufort, née et baptisée 12 novembre 1726, à la Neufville-Champdoisel (Seine-Inférieure), diocèse de Rouen, fille de Robert Landault et de Marie Bailleul. — Pr. 25 février 1738. B. S. 14 septembre 1746. — Dot 29 octobre 1748. Bernardine à Fontaine-Guérard (professe en 1747). Morte. le 7 novembre 1771 (Arch. de l'Eure. H. 1292).

Marie-Anne de la Lande-Saint-Etienne-Lavau, baptisée 5 août 1673, à Bussières-Poitevine (Haute-Vienne) en Basse-Marche, fille de Jean de la Lande et de Françoise Fileau. — Pr. 10 juillet 1688. Visitandine.

Jeanne de la Lande-Saint-Etienne-Lavau, baptisée le 29 mai 1678, à Bussière-Poitevine (Haute-Vienne) en Basse-Marche, fille de Jean de la Lande et de Françoise Fileau. — Pr. 10 juillet 1688. Visitandine à Blois.

Renée de la Lande-Lavau-Saint-Etienne, baptisée 18 avril 1680, à Saint-Etienne-la-Cigogne (Deux-Sèvres) diocèse de Poitiers, fille de Gaspard de la Lande et de Gabrielle Girardon. — Pr. 15 mai 1688. Morte, à Saint-Cyr, le 10 septembre 1691 (mairie de Saint-Cyr).

Marie-Anne de la Lande-Vernon-la-Pommeraye, née et baptisée 28 novembre 1703, à (Saint-Michel) Poitiers, fille de Louis de la Lande et d'Anne-Charlotte Varin. Pr. 3 novembre 1714. B. S. 26 novembre 1727. Religieuse à N.-D. de Poitiers (1728). — Dot 24 mai 1729. Voy. 28 novembre 1725.

Jacquette-Françoise de la Lande-Saint-Etienne-Lavau, née 18 octobre 1708, baptisée 1er novembre 1708, à Bussière-Poitevine (Haute-Vienne), diocèse de Poitiers, fille de Nicolas-Sylvain de la Lande et de Félicité-Marie-Hutin. Pr. 8 juillet 1716. B. S. 24 août 1728. — Dot 26 septembre 1730. Morte sans postérité.

Marie-Thérèse de la Lande-Vernon, née 22 octobre 1709, à (Saint-Christophe) Vernon (Vienne), diocèse de Poitiers, fille de Jean-François

de la Lande et de Marie Varin. — Pr. 24 mars 1721. B. S. 3 mai 1731.
Visitandine à Poitiers. — Dot 4 novembre 1732.

Marie-Hélène de la Lande-Caland-Chateaugouello, née 14, baptisée
16 septembre 1726, à Pordic (diocèse de Saint-Brieuc) (Côtes du Nord),
fille de Jean-Jullien de la Lande et de Marie Uzille. — Pr. 9 mars 1736.
B. S. 28 avril 1746. Dot 22 octobre 1748.

Suzanne-Françoise-Marie de la Lande-Entremont, née 16, baptisée
17 mars 1742, à (Saint-Pierre) Montilli (Orne), diocèse de Bayeux, fille
de Jean-Jacques de la Lande et de Marie-Françoise du Rozel. — Pr.
5 février 1752. B. S. 4 novembre 1763. — Dot 25 octobre 1766. Elle
épousa, avant 28 janvier 1772, Jacques Couppel (vivant 28 janvier 1766).

Marie de la Lande-Vieilleguerre, née 18, baptisée 25 juillet 1742, à
Soulangis (Cher), diocèse de Bourges, fille de Jean de la Lande et de
Catherine d'Argent. — Pr. 24 décembre 1752. Morte, à Saint-Cyr, le
18 juillet 1755 (mairie de Saint-Cyr).

Marie-Louise-Henriette-Jeanne Jacqueline de la Lande-Nagelles, née
et baptisée le 25 décembre 1756, au Fidelaire (Eure), diocèse d'Evreux,
fille de Pierre de la Lande et de Françoise-Charlotte de la Haye. — Pr.
2 septembre 1768. Morte, le 21 septembre 1772, à Saint-Cyr (mairie de
Saint-Cyr).

Marthe-Françoise de la Landelle-Lagrue, née et baptisée le 29 avril
1727, à Baulon (Ille-et-Vilaine), diocèse de Saint-Malo, fille de Joseph-
Cyprien de la Landelle et de Marie-Judith de Brûlon. — Pr. 6 août 1737.
Novice (8 février 1747), religieuse (17 février 1749) à Saint-Cyr. Vivante
1793.

Louise-Marie de la Landelle-Kerescant, née 24, baptisée 25 novembre
1745, à Peillac (Morbihan) évêché de Vannes, fille de François-Mathurin
de la Landelle et de Marie-Anne Heslo. — Pr. 7 juin 1757. B. S.
22 décembre 1766. — Dot 25 octobre 1766. Vivante 28 janvier 1772.

Louise de Lange, baptisée 20 juillet 1683, à Cuire (Rhône), diocèse de
Lyon (née 5 septembre 1678), fille d'Humbert de Lange et d'Anne de
Scève. — Pr. 6 septembre 1687. Vivante 1704.

Elisabeth-Catherine de Lange-Villemenant, née et baptisée 16 novembre 1711, à Guérigny (Nièvre), diocèse de Nevers, fille de Hyacinthe de Lange et de Marie Bertier. — Pr. 9 août 1721. B. S. 12 novembre 1731. — Dot 15 janvier 1732.

Henriette de Lange-Villemenant, baptisée 10 décembre 1716, à Guérigny (Nièvre), diocèse de Nevers, fille de Hyacinthe de Lange et de Marie-Françoise Bertier. B. S. 30 novembre 1736. — Dot 12 août 1741. Vivante 1749.

Françoise-Adélaïde de Langlade, née 22, baptisée 25 avril 1763, à (Saint-Castor) Nîmes, fille d'Antoine de Langlade et de Jeanne-Marie Boissière. — Pr. 25 mai 1775. B. S. 25 avril 1783. — Dot 4 juin 1784.

Elisabeth-Marie-Claire de Langlois, née et baptisée à Colmar (Alsace), le 31 juillet 1778, fille de Louis-Olivier-Michel de Langlois et de Anne-Marie-Claire Guillier. — Pr. 25 septembre 1787. Entrée selon l'Inv. 6 octobre 1787. Sortie 24 mars 1793 (Crécy).

Marguerite-Sophie de Languedoue, née 26, baptisée 27 février 1743, à (Saint-Nicolas) Bapaume (Pas-de-Calais), diocèse d'Arras, fille d'Adrien-Baptiste de Languedoue et de Marie-Elisabeth Boniface. — Pr. 27 décembre 1754. B. S. 6 novembre 1763. — Dot 25 octobre 1766. Elle épousa (octobre 1775) François de Prudhomme du Roc. Vivante 5 novembre 1776.

Madeleine-Philippe-Henriette de Languedoue-la-Villeneuve, née et baptisée, le 16 juin 1734, à (Saint-Jean) Luigny (Eure-et-Loir), diocèse de Chartres, fille de Henri-Chrétien de Languedoue et de Marie-Anne-Henriette de Fouchais. — Pr. 14 janvier 1744. Morte, à Saint-Cyr, 18 novembre 1745 (mairie de Saint-Cyr).

Anne de Lapelin-Barbignat, née 15, baptisée 16 juin 1738, à (Saint-Martin) Bellenaves (Allier), diocèse de Bourges, fille de Nicolas de Lapelin et de Gilberte de Buisson. Relig. à l'Hôtel-Dieu de Mantes (sœur Saint-Augustin. Entrée en septembre 1759. Morte, le 18 novembre 1785, à Mantes (mairie de Mantes). B. S. 24 mai 1758. — Dot 16 septembre 1759.

Marie-Françoise-Emilie Larcher de la Touraille, née 27, baptisée 28 avril 1742, à Augan (Morbihan), évêché de Saint-Malo, fille de Jean-Chrysostome Larcher et de Jeanne-Françoise Le Douarain. — Pr. 23 avril 1754. Morte, le 4 octobre 1756, à Saint-Cyr (mairie de Saint-Cyr).

Victoire-Angélique-Marthe-Césarie de Lardière, née et baptisée
3 décembre 1760, à (Saint-Jean) Courtalain (Eure-et-Loir), fille de Fran-
çois-César-Jacques de Lardière et de Michelle-Jeanne Le Vavasseur de
Pontigny. B. S. 1er décembre 1780. — Dot 31 janvier 1782.

Marie-Anne de Las-Cases, baptisée 2 juin 1727, à (Saint-André) Couf-
final (commune de Revel, Haute-Garonne), diocèse de Lavaur, fille de
Jean de Las-Cases et de Marie Talon. — Pr. 26 décembre 1738. Pens.
pour infirm. 1745-28 avril 1747. B. S. 17 février 1750. — Dot 6 février
1750. Elle fut religieuse *maltaise* ou de l'École chrétienne, à Cahors, où
elle mourut, le 2 février 1769 (communic. de la m. de Cahors). C'était la
tante de l'auteur du *Mémorial de Sainte-Hélène*.

Marie-Angélique-Louise-Françoise de Lasteyrie du Saillant, née et
baptisée 29 avril 1752, à (Saint-Martin) Brives (Corrèze), diocèse de
Limoges, fille de Pierre-Charles de Lasteyrie et de Marie-Anne-Elisabeth
Baudiron. — Pr. 29 mai 1761. B. S. 2 juin 1772. — Dot 1er septembre 1772.

Marie-Jeanne de Lastic-Saint-Jal-Montbrun, née 20, baptisée 24 mars
1723, au château de Montbrun, paroisse de Pierrefitte (Corrèze), diocèse
de Limoges, fille de Jean-Jacques de Lastic et de Marie Chauveau de
Rochefort, novice (2 octobre 1743) religieuse (15 octobre 1745) à Saint-
Cyr. Y morte, le 1er août 1792 (mairie de Saint-Cyr). Econome à Saint-Cyr
(1780). — Pr. 10 novembre 1733. Entrée 20 décembre 1733 (Arch. du
marquis de Lastic-Saint-Jal. Communic. de M. le Dr de Ribier).

Marie-Valentine de Lastic-Belmur, née 18, au château de Vigouroux,
baptisée 20 juillet 1733, à Saint-Martin-sous-Vigouroux (Cantal), diocèse
de Clermont-Ferrand, fille d'Annet de Lastic et d'Anne-Marguerite Coste.
— Pr. 16 novembre 1741. Pens. pour infirmités (1744, 2 juin). Religieuse
à Chaudesaigues. Morte, en octobre 1786, au château de Vigouroux (Arch.
marq. de Lastic, à Lille. Communic. de M. le Dr de Ribier).

Marie-Claude de Lastic-Lescure, née 19, baptisée 20 mai 1752 (com-
munic. de M. Guéry, sec. de la m. de Saint-Martin-sous-Vigouroux) à
Saint-Martin-sous-Vigouroux (Cantal), diocèse de Saint-Flour, fille de
Hughes de Lastic et de Marie-Suzanne de Beauclair. — Pr. 9 juin 1762.
B. S. 15 mai 1772. — Dot 20 mai 1772. Elle épousa (20 mars 1774) Marc-
Antoine-Emmanuel de la Grange-Gourdon-Floirac, et mourut, à Lescure,
le 27 juillet 1785 (Arch. du marquis de Lastic, à Lille. Communiq. par
M. le Dr de Ribier).

Marie-Gabrielle-Louise de Lastic-Saint-Jal, née 10, baptisée 11 août 1781, à Saint-Antonin (Tarn-et-Garonne), diocèse de Rodez, fille de Claude-Marie de Lastic et d'Henriette de la Capelle-Cos. — Pr. 26 mars 1789. Entrée selon Inv., 23 mars 1789. Sortie 23 avril 1793 (Crécy) (Arch. m^is de Lastic, à Lille. Communic. due à l'obl. de M. le Dr de Ribier).

Claudine-Césarie-Marie du Lau, née 28, baptisée 29 septembre 1756, à (Saint-Pierre-ès-Liens) Eymoutiers-Ferrier (Charente), diocèse de Limoges, fille d'Arnaud-Joseph du Lau et de Marie-Madeleine-Marguerite-Suzanne-Charlotte de Lesmerie. — Pr. 12 septembre 1769. B. S. 17 juillet 1776. — Dot 2 juin 1778. Elle épousa (1783) Joseph-J.-B. d'Elva (communic. de M. le Comte Olivier d'Elva, arrière-petit-fils de Mlle du Lau, dont il possède un grand portrait).

Isabeau de Laugier-Beaucouse, née 14, ondoyée 15 février 1715, à Thoard (Basses-Alpes), baptisée 8 septembre 1718, à Moustiers (Basses-Alpes), diocèse de Riez, fille de Louis-François de Laugier et d'Isabeau de Bertet. — Pr. 5 février 1724. Voyage 9 janvier 1735. Novice (11 novembre 1735), religieuse (30 novembre 1737) à Saint-Cyr. Y morte, le 31 décembre 1787 (mairie de Saint-Cyr).

Madeleine de Laugier-Beaucouse, née et baptisée le 25 octobre 1717, à Thoard (Basses-Alpes), diocèse de Digne, fille de Louis de Laugier et d'Isabeau de Bertet. Novice à Saint-Cyr (24 février 1738). Morte, le 3 octobre 1738, à Saint-Cyr (mairie de Saint-Cyr).

Françoise-Charlotte Laugier de Remoncourt, née 25, baptisée 26 avril 1722, à (Saint-Simplice) Metz, fille de Charles de Laugier et de Marguerite de Bry d'Arcy. — Pr. 22 avril 1733. B. S. 29 juin 1742. — Dot 6 septembre 1743. Dame d'honneur de la duchesse de Wurtemberg.

Françoise-Marthe Laugier de Beaucouse, baptisée 30 juillet 1725, à Thoard (Basses-Alpes) (comm. de M. Tourniaire, sec. de la m. de Thoard), fille de Louis Laugier et d'Elisabeth de Bertet. Morte, le 30 août 1740, à Saint-Cyr (mairie de Saint-Cyr).

Anne-Marguerite de Launay-la-Cadière, baptisée 1er avril 1715, à Ecorcei (Orne), diocèse d'Evreux, fille de François de Launay et de Louise-Michelle d'Aspres. — Pr. 27 septembre 1725. B. S. 18 mars 1735 — Dot 16 mars 1737.

Marguerite-Victoire de Launay-la-Cadière, née 18, baptisée 19 mars
1722, à Ecorcei (Orne), fille de François de Launay et de Michelle
d'Aspres, novice (29 avril 1742), religieuse (20 juillet 1744) à Saint-Cyr.
Sortie à la suppression. Morte en 1802 (Lavallée).

Marie-Gabrielle-Yvonne de Launoy-Pencrech, née 31 décembre 1690,
baptisée 2 janvier 1691, à Pleubian, près Tréguier (Côtes-du-Nord),
diocèse de Tréguier, fille de Jean-Yves de Launoy et de Fiacre de Montfort. — Pr. 27 mars 1702. Novice à Saint-Cyr (12 juillet 1711). Religieuse
bernardine à la Présentation de Senlis (9 mars 1714). B. S. 31 août 1712.
— Dot 9 mars 1714.

Marie-Anne de Launoy-Pencrech, née 23, baptisée 25 avril 1693, à
Pleubian (Côtes-du-Nord), diocèse de Tréguier, fille de Jean-Yves de
Launoy et de Fiacre de Montfort. — Pr. 15 décembre 1702. B. S. 1715.
— Dot 21 juin 1715. Ursuline à Chartres (10 février 1714, 18 juillet
1715).

Françoise-Emilie de Laurencin-Avenas, née 25, ondoyée 28 juin, baptisée 3 juillet 1776, à Lyon (Saint-Martin-d'Ainay), fille de Pierre-Laurent
de Laurencin et de Claudine de la Font-Rolle. Preuves 17 novembre
1784. Entrée, selon l'Inv. 24 novembre 1784. Sortie 13 avril 1793
(Crécy).

Françoise-Hélène de Laurencin-Persanges, née 17, baptisée 18 septembre 1777, à (Sainte-Chapelle) Vincennes (Seine), fille de François-Alexis
de Laurencin et de Louise-Catherine de Meynier-la-Salle. Entrée selon
Inv. 9 octobre 1787. Sortie 13 mars 1793 (Crécy).

Françoise-Louise de Laurens-Lolive, née 21, baptisée 22 décembre 1696,
à (Saint Eustache) Paris, fille de Charles de Laurens et de Jeanne Bon-
vallet. — Pr. 1er août 1707. B. S. 30 décembre 1716. — Dot 17 février
1717.

Rose-Josèphe de Laurens-Montsercin, née 28, baptisée 29 mars 1737,
à Saint-Sulpice (Paris), fille de Louis-François de Laurens et de Louise-
Françoise de Laurens.— Pr. 19 août 1746. Morte. à Saint-Cyr, le 2 août
1751 (mairie de Saint-Cyr).

Gabrielle-Charlotte de Laurens, née 1er, baptisée 2 février 1776, à Pugi-
nier, en Languedoc (Aude), fille de Grégoire-Alexandre de Laurens et de

Elisabeth-Georgette de Loubens-Verdalle. — Pr. 3 janvier 1785. Entrée, selon l'Inv., 3o décembre 1785. Sortie 17 avril 1793 (Crécy).

Marie-Jeanne-Aimée-Françoise de Lauthonye, née et baptisée le 13 août 1781, à (Saint-Léger) la Garde (Corrèze), diocèse de Tulle, fille de Jean-Joseph de Lauthonye et de Perronnelle de Courtoux. Entrée, selon l'Inv., le 12 août 1791. Sortie 15 octobre 1792 (Crécy).

Marie-Thérèse du Laux-Cellettes, née 27 juin, baptisée 1er juillet 1704, à (Saint-Saturnin) Cellettes (Charente), diocèse d'Angoulême, fille d'Henri de Lau et d'Elisabeth de Cladier. — Pr. 16 décembre 1715. B. S. 3o juin 1724. — Dot 3o juin 1724.

Anne-Catherine de Lauzon-la-Poupardière, née 4, baptisée 5 janvier 1713, à (Saint-Hilaire-de-la-Celle) Poitiers, fille de Philippe de Lauzon et d'Anne-Louise d'Escoubleau-Sourdis. — Pr. 16 septembre 1721. B. S. 3 janvier 1733. — Dot 23 mars 1734. — Religieuse.

Marguerite-Françoise de Lavier, née et ondoyée 22 février 1727, baptisée le 21 juillet 1728, à Calmoutier (Haute-Saône), diocèse de Besançon, fille de Claude-François de Lavier et de Marie-Louise de la Bazinière. B. S. 9 avril 1749. — Dot 1er juillet 1750.

Marie-Claire de Lavier-Calmoutier, née et ondoyée 9 avril, baptisée 10 septembre 1737, à Calmoutier (Haute-Saône), diocèse de Besançon, fille de Claude-François de Lavier et de Marie-Louise de la Bazinière. B. S. 29 mars 1757. — Dot 3o décembre 1762.

Marie-Madeleine de Légret-Maisonneuve, née et baptisée 3 février 1739, à (Sainte-Marie-Madeleine) Vaudeurs (Yonne), diocèse de Sens, fille de Charles de Légret et de Cécile-Catherine de Liège. — Pr. 9 octobre 1748. B. S. 3 février 1759. — Dot 2 mai 1761. Bénédictine à Montreuil.

Marie-Aimée-Honorine Lenfant de Louzil, née 5, baptisée 6 décembre 1767, à (Saint-André) Verdun (Meuse), fille de Louis-Nicolas Lenfant et de Marie-Catherine Henrion. — Pr. 28 novembre 1776. B. S. 16 décembre 1787. — Dot 13 mai 1789.

Marie de Lenfernat-la-Motte-Gurgy, née et baptisée 13 octobre 1695, à (Saint-Pierre-en-Château) Auxerre, fille [de Edme de Lenfernat et de

Marie Murot. — Pr. 3 novembre 1703. B. S. 16 octobre 1715. — Dot 16 octobre 1715.

Jeanne-Catherine-Françoise de Lenfernat-Souvilliers-la-Mothe, née 11, baptisée, le 12 novembre 1696 (communic. de M. Jaluzot, sec. de la m. de Gurgy), à Gurgy (Yonne), fille d'Edme de Lenfermat et de Marie Murot. B. S. 11 novembre 1716. — Dot 17 février 1717. Elle épousa (12 janvier 1725) Gabriel Berthier de la Forge (Rens. de M. le comte de Lenferna).

Odette-Constance de Lenfernat, née 4, baptisée 5 février 1740, à (Notre-Dame) Montigny-la-Resle (Yonne) (diocèse d'Auxerre), fille de Gabriel-André de Lenfernat et d'Antoinette-Constance de Massol-Serville. — Pr. 26 novembre 1750. B. S. 18 février 1760. — Dot 13 juin 1764. Novice visitandine rue Saint-Antoine, à Paris, puis visitandine à Vienne (Autriche). (Sœur Anne-Lucie-Constance, prof. 20 juin 1764) (Partie 25 avril 1764) (Arch. Nat. LL. 1718). Elle mourut, supérieure de la Visitation de Vienne (élue 2 juin 1808), le 14 mars 1810 (Renseignement de M. de Lenferna, confirmé, par lettre de sœur Françoise de Sales-Michel, de la Visitation de Vienne).

Marie-Anne de Lenfernat-la-Resle, née 2, baptisée 5 juin 1742, à (Notre-Dame), Montigny-la-Resle (Yonne), diocèse d'Auxerre, fille de Gabriel-André de Lenfernat-la-Resle et d'Antoinette-Constance de Massol-Serville. B. S. 4 novembre 1763. — Dot 24 septembre 1766. Novice à Saint-Pierre de Blesle (5 août 1766). Chanoinesse à Blesle. Vivait encore, le 16 mai 1789 (Comte de Saint-Poncy : *Notice sur Blesle*, le Puy, 1869, in-8°, p. 98. Elle est dite : *Anne de la Reille*).

Eugénie-Sophie-Georgette de Lenfernat, née et baptisée, le 13 octobre 1778, à Montigny-la-Resle (Yonne), diocèse d'Auxerre, fille de Georges-Odot de Lenfernat et de Louise-Marie d'Avigneau. — Pr. 16 juillet 1788. Entrée, selon l'Inv., 20 juillet 1788. Sortie 24 septembre 1792 (Crécy).

Gabrielle-Thérèse de Lentilhac-Sadières, née 2, baptisée 7 juillet 1698, à (Saint-Jean) Coudert, diocèse de Tulle (Coudert, commune de Clergoux, Corrèze), fille de François-Mathieu de Lentilhac et de Charlotte Coustin du Masnadau. — Pr. 8 juin 1709. Morte, à Saint-Cyr, le 9 septembre 1711 (mairie de Saint-Cyr).

Marie-Anne de Lentilhac-Gimel, née 22 octobre, baptisée 7 novembre 1710, à la Rochette (Creuse), par le curé de Saint-Pierre-le-Bost

(Creuse), fille de Claude-François de Lentilhac et de Françoise de Saint-Julien. — Pr. 3 février 1720. — Dot 9 juin 1731. B. S. 4 mai 1731. Chanoinesse de Remiremont (16 août 1738). Elle épousa François-Joseph de Clermont-Tonnerre et mourut, le 28 novembre 1776, à Champlâtreux, près Corbeil (E. Creuzet : *Histoire de Saintry*. p. 123. Paris, 1907, in-8°. Cf. aussi *Gazette* de France n° 23 décembre 1776).

Marie-Constance de Lentilhac-Ginel, née 1er, baptisée 6 février 1713, à Saint-Amand-la-Chaussade (Creuse), fille de Claude-François de Lentilhac et de Françoise-Geneviève de Saint-Julien. — Pr. 2 janvier 1723. — Dot 28 avril 1739. B. S. 1er février 1733. Ch. de Remiremont (28 avril 1739-1er mars 1738).

Catherine de Lentilhac-Gimel, née 4, baptisée 5 mars 1718 à Saint-Maixent-en-Marche (Creuse), diocèse de Limoges (communic. de M. le sec. de la m. de Saint-Amand-la-Chaussade), fille de Claude-François de Lentilhac et de Françoise-Geneviève de Saint-Julien. — Pr. 31 août 1728, B. S. 28 avril 1739. B. S. 1er mars 1738. Chanoinesse de Remiremont (2 avril 1737).

Marie-Anne de Lentilhac-Gimel, née 18, baptisée 19 août 1722, à Saint-Amant, annexe de Saint-Maixent-en-Marche, diocèse de Limoges (Saint-Amand-la-Chaussade (Creuse) fille de Claude de Lentilhac et de Françoise de Saint-Julien. — Pr. 3 février 1732. B. S. 9 juillet 1742. — Dot 31 mars 1745. Chanoinesse de Remiremont (17 août 1738)? Novice bernardine à la Règle, à Limoges, professe (22 novembre 1744). Abbesse de Préaux (21 février 1769-15 mai 1770) près Lisieux. Pens. alim. (28 avril 1743).

Marie-Elisabeth-Françoise de Lentzbourg, née 23, baptisée 24 août 1780, à (Saint-Jacques) Besinghen, diocèse de Lausanne (Bösingen près Laupen, arrondissement Tafers, canton de Fribourg), fille de Simon-Pierre-Nicolas de Lentzbourg et de Alexandrine-Bonaventure de Belot. — Pr. 9 avril 1790. Sortie 16 septembre 1792.

Louise-Françoise-Adélaïde de Lescale, née 25, baptisée 26 mai 1773, à Villotte devant Louppy (Meuse), diocèse de Toul, fille d'Antoine de Lescale et de Catherine Brigeat de Lambert. — Pr. 24 octobre 1782. Entrée, selon l'Inv., le 25 octobre 1782. Sortie 17 octobre 1792 (Crécy). Elle épousa (11 fructidor an IV) Henri-Augustin Ulry (né à Bar, le 31 août 1772, mort à Villotte, le 13 mars 1847). Elle mourut, à Villotte, le

4 octobre 1850 (Baron de Dumast. *Ch. des C. de Bar.* pp. 378-379 et communic. de M. Epinger, sec. de la m. de Villotte).

Marie-Anne-Julie de Lescault-Macuzey, née en 1772. Entrée, selon l'Inv., 21 mars 1783. Sortie 15 mars 1793 (Crécy).

Geneviève-Françoise de Lescours-Oradour, née et baptisée 4 janvier 1721, à (Saint-Martin) Oradour-sur-Glane (Haute-Vienne), diocèse de Limoges, fille de François-Louis de Lescours, et de Marie-Thérèse de Verthamon. — Pr. 12 juillet 1732. B. S. 4 mars 1741. — Dot 9 août 1741.

Marie-Anne-Julie de Lescours, née et baptisée 18 avril 1773, à Saint-Jean-d'Angely (Charente-Inférieure), fille de Joseph-Louis de Lescours et de Marie-Anne Estourneau de la Touche. — Pr. 7 mai 1783. Sortie 15 mars 1793 (Crécy).

Renée-Catherine Lescuyer de la Papotière, baptisée 23 juin 1681, à Saint-Germain) Coulonges-au-Perche (Coulonges-les-Sablons)(Orne), diocèse de Chartres, fille de René Lescuyer et de Marie-Madeleine de Nicolaï. — Pr. 24 décembre 1692. Morte, à Saint-Cyr, le 2 mai 1696 (mairie de Saint-Cyr).

Françoise-Louise Lescuyer de la Papotière, née 20, baptisée 21 octobre 1727, à la Papotière près Coulonges-en-Perche (Coulonges-les-Sablons, Orne), diocèse de Chartres, fille de Denis Lescuyer et de Geneviève Le Coutet, novice (8 février 1747), religieuse (19 février 1749) à Saint-Cyr. Morte, le 30 octobre 1790, à Saint-Cyr (mairie de Saint-Cyr). — Pr. 19 octobre 1739.

Marie-Marguerite de Lescuyer-Montigny, née 9, baptisée 12 juin 1732, à (Saint-Brice) Montigny-sur-Vance près Poix (Montigny-sur-Vence) (Ardennes), diocèse de Reims, fille de Charles de Lescuyer et de Marie-Anne du Han-Crevecœur. — Pr. 4 juillet 1740. Morte, à Saint-Cyr, le 10 juin 1742 (mairie de Saint-Cyr).

Marie-Marguerite-Jacqueline Lescuyer de la Papotière, née 23, baptisée 24 août 1735, à Coulonges-les-Sablons (Orne), fille de Denis Lescuyer et de Geneviève Le Coutet. — Dot. 5 février 1759. B. S. 28 juin 1755.

Charlotte-Louise Lescuyer de Montigny, baptisée 10 novembre 1737, à (Saint-Brice) Montigny-sur-Vence (Ardennes), diocèse de Reims, fille de

Charles Lescuyer et de Marie-Antoinette du Han. Morte, le 5 septembre 1752, à Saint-Cyr (mairie de Saint-Cyr).

Françoise-Michelle Lescuyer de la Papotière, née et baptisée 18 octobre 1746, à Coulonges-en-Perche (Coulonges-les-Sablons)(Orne), diocèse de Chartres, fille de Michel Lescuyer et de Jeanne-Françoise Le Cointre. — Pr. 5 octobre 1758. B. S. 23 septembre 1766. — Dot 23 juin 1767. — Chanoinesse.

Hélène-Marie-Françoise Lescuyer de la Papotière, née et baptisée 7 mai 1781, à Coulonges (Orne), diocèse de Chartres, fille de Denis-Michel Lescuyer et de Victoire Boucher de la Tour du Roch. — Pr. 22 juin 1790. Entrée, selon l'Inv., le 24 juin 1790. Sortie 1er octobre 1792 (Crécy). Elle mourut, sans alliance, le 21 août 1844, à 4 heures du matin, à Nogent-le-Rotrou (Eure-et-Loir) (Indication de Mme de la Charie. Communic. de M. le sec. de la m. de Nogent-le-Rotrou).

Elisabeth de Lesnier, baptisée 12 octobre 1760, à (Saint-Pierre) Bors-en-Angoumois (Bors) (Charente), fille de Louis de Lesnier et d'Elisabeth de Malet. — Pr. 29 janvier 1772. Morte, le 24 septembre 1773, à Saint-Cyr (mairie de Saint-Cyr).

Marie-Rose-Alexandrine de Lespine, née 28, baptisée 31 mars 1778, à Malaucène (Vaucluse), diocèse de Vaison, fille de Guillaume de Lespine et de Marie-Françoise de Fallot. — Pr. 14 février 1788. Entrée, selon l'Inv., le 20 février 1788. Sortie 25 mars 1793 (Crécy).

Marie-Gilonne de Lesquen-Kermenet, née 5 mai, baptisée 11 mai 1705, à Saint-Servant (Morbihan), diocèse de Vannes, fille de Barthélemy-Louis de Lesquen et de Jacquemine-Agnès Cheverier. — Pr. 4 septembre 1715. B. S. 1723. Religieuse à Saint-Georges-en-Bretagne. Morte, le 20 avril 1782, bénédictine au Mont-Cassin, près Josselin (Rosmorduc : *Preuves des demoiselles bretonnes reçues à Saint-Cyr*).

Gabrielle-Anne de Lesquen, née 21, baptisée 22 septembre 1774, à Pontchâteau (Loire-Inférieure), diocèse de Nantes, fille d'Alexandre-René de Lesquen et de Gabrielle-Julienne de Nourquer. — Pr. 2 mai 1784. Entrée, selon l'Inv., 14 mai 1784. Sortie 26 mars 1793 (Crécy). Elle mourut, sans alliance, à Josselin (Morbihan), le 1er mars 1811 (Indic. de M. de Lesquen. Communic. de la mairie de Josselin).

Angélique de l'Estang-Rulles, baptisée 17 avril 1677, à (Saint-Martin) Sigogne (Charente), diocèse de Saintes, fille de François de l'Estang et d'Anne de Couvidou. — Pr. 12 avril 1687. — Ursuline à Saint-Jean-d'Angély. Pensionnée en 1698, par Saint-Cyr.

Marie-Julie de Lestang, baptisée 9 août 1759, à Saint-Gervais-en-Angoumois (Charente), fille de Jean-Charles-César de Lestang et d'Anne-Julie de Couvidou. — Pr. 2 octobre 1770. B. S. 22 juin 1779. — Dot 14 février 1780.

Anne-Rosalie de Lestang, née et baptisée 31 août 1769, à Saint-Gervais (Charente) en Angoumois, fille de César-Charles de Lestang et d'Anne-Julie de Couvidou. B. S. 7 septembre 1789. — Dot 10 décembre 1789.

Marie-Hélène de Lestang-Rulles, née en 1781 (probablement en janvier ou février), fille de Jean-César de Lestang et d'Elisabeth de Magne. Entrée, selon l'Invent., le 31 décembre 1790. Sortie 19 mars 1793 (Crécy). Elle épousa (3 août 1803), Joseph-Simon de Curzay (Nadaud).

Marguerite de Lestenou la Gaudetrie, baptisée 23 juillet 1754, à la Celle-Guévand en Touraine (Indre-et-Loire), fille de Joseph de Lestenon et de Louise-Thérèse du Verdier la Chapelle. — Pr. 21 mai 1764. B. S. 21 juillet 1774. — Dot 23 août 1777. Novice ursuline à Tours.

Louise-Françoise de Lestrange, née et baptisée 18 mai 1761, à Colombier-le-Vieux (Ardèche) (diocèse de Viviers), fille de Louis de Lestrange et de Jeanne-Pierette de la Lor. — Pr. 1er juin 1771. Voyage (17 décembre 1779).

Marie de Leymarie-la Roche, née et baptisée le 4 avril 1733, à Beaulieu en Périgord, diocèse de Périgueux, (Annesse-Beaulieu) (Dordogne), fille de Jean de Leymarie et de Marguerite de Sanzillon. — Pr. 8 avril 1741. Voy. 29 janvier 1753. — Dot 17 janvier 1756.

Marie de Leymarie-la Roche, née 13, baptisée 14 février 1738, à Annesse (Dordogne), diocèse de Périgueux, fille de Jean de Leymarie et de Marguerite de Sanzillon. — Pr. 3 février 1750. B. S. 12 mars 1758. — Dot 2 juillet 1763.

Bertrande de Leymarie-la Roche, née 13, baptisée 18 mars 1756, à (Sainte-Marie) Razac (canton de Saint-Astier) (Dordogne), diocèse de Périgueux, fille de Jean de Leymarie et de Marie de Belcyer. — Pr. 8 mars 1766. Novice (20 septembre 1776) puis (21 septembre 1778), religieuse à Saint-Cyr. Sortie 1793.

Edmée-Marie Léziart du Désertseul, née 24, baptisée 27 mai 1732, à Livré (Ille-et-Vilaine), diocèse de Rennes, fille de Charles-Louis Léziart et de Marie Frey de Neuville. — Pr. 15 février 1744. B. S. 21 mai 1752. — Dot 6 août 1755. Religieuse hospitalière à Vitré (18 août 1755).

Marie-Marguerite-Eugénie Léziart, née 2, baptisée 3 avril 1745, à (Notre-Dame) Vitré (Ille-et-Vilaine), fille de Charles-Louis Léziart et de Marie Frey. Morte, le 19 août 1761, à Saint-Cyr (Mairie de Saint-Cyr).

Marie-Renée-Jacqueline Lhermitte de Saint-Denis, née 25, baptisée 26 juillet 1750, à (Notre-Dame) Montagne-en-Perche (Orne), diocèse de Séez, fille de Hughes-Etienne Lhermitte et de Jacqueline-Marie-Charlotte d'Erard. — Pr. 22 février 1760. B. S. 31 juillet 1770. — Dot 14 septembre 1770.

Louise-Françoise de Liée-Tonnencourt, née 17, baptisée 19 avril 1673, à (Saint-Pierre) Tonnencourt (commune de Chiffreville-Tonnencourt) (Calvados), diocèse de Lisieux, fille de Jacques de Liée et de Louise-Léonore de Bellan. — Pr. 18 novembre 1687. Morte, à Saint-Cyr, le 27 janvier 1689 (mairie de Saint-Cyr).

Louise-Elisabeth-Aimée de Liée-Tonnencourt, née 11, baptisée 12 octobre 1738, à (Saint-Pierre) Tonnencourt (commune de Chiffreville-Tonnencourt) (Calvados), diocèse de Lisieux; fille d'Antoine-César de Liée et de Marie-Anne-Elisabeth-Charlotte de Karuel. — Pr. 27 mars 1749. B. S. 23 septembre 1758. — Dot 26 avril 1765. Elle épousa Alexandre de Carel-Mercei (communic. de M. Henri le Court).

Anne-Reine du Liège-Saint-Mars, née et baptisée 12 novembre 1742, à (Sainte-Marie-Madeleine) Vaudeurs (Yonne), diocèse de Sens, fille de Dominique-François du Liège et de Colombe de Chicaut-Milly-Montaudouard. — Pr. 31 octobre 1754. B. S. 3 novembre 1763. — Dot 25 octobre 1766. Vivante 28 janvier 1772.

Françoise-Julie Le Lieur de Ville-sur-Arce, née et baptisée le 23 février 1774, à Ville-sur-Arce (Aube), fille de Jean-Louis le Lieur et de Marguerite-Julie Chappron. — Pr. 30 novembre 1783. Entrée, selon l'Inv., le 6 décembre 1783. — Sortie 24 avril 1793 (Crécy).

Marie-Anne-Thérèse des Ligneris-Beauvais, née 7, baptisée 8 mai 1712, à (Saint-Lazare) Lèves (Eure-et-Loir), diocèse de Chartres, fille de Jean-

Baptiste des Ligneris et de Marie-Anne Beurier. — Pr. 15 mars 1724.
B. S. 15 juin 1732. — Dot 11 septembre 1733. Elle mourut, le 21 nivôse
an XI (11 janvier 1803) (communic. de M. le commandant H. le Court.
Archives de Lierremont).

Claire-Ursule de Ligniville-Autricourt, née et baptisée le 26 octobre 1737, à (Saint-Sébastien) Nancy, fille de Jean-Jacques de Ligniville
et d'Elisabeth Soreau. — Pr. 21 août 1745. B. S. 12 octobre 1757. —
Dot 30 janvier 1765. Elle épousa Alexandre de Lilien. C'était la belle-
sœur d'Helvétius.

Elisabeth-Madeleine du Ligondès-Rochefort, née 14, baptisée 15 juin
1698, à (Cathédrale) Toulon (Var), fille de Charles-Gabriel du Ligondès
et de Gabrielle de Cuers. — Pr. 18 octobre 1708. Morte, à Saint-Cyr,
le 17 juin 1712 (Mairie de Saint-Cyr).

Marie-Anne du Ligondès-Saint-Domet, ondoyée 27 mars 1708, à
Peschereau (Indre), diocèse de Bourges, baptisée 28 octobre 1709, à
Thenay (Indre), diocèse de Bourges, fille de Robert-Alexis de Ligondès et
de Marie-Thérèse d'Orsannes. — Pr. 20 janvier 1718. B. S. 2 avril 1728.
— Dot 3 avril 1734. Vivante 16 mars 1743.

Catherine du Ligondès-Rochefort, née et baptisée 10 mai 1731, à
Saint-Bonnet-de-Rochefort (Allier) (diocèse de Clermont-Ferrand), fille
de Claude du Ligondès et d'Antoinette du Ligondès des Forges. Novice
(13 avril 1750), religieuse (4 mai 1751) à Saint-Cyr, devant Madame
Louise de France. Sortie 1793. Morte, à Versailles le 12 février 1794
(24 pluviôse an II) (Versailles. Etat-Civil. Décès an II. fol. 24 v°). — Pr.
16 mars 1743.

Catherine-Antoinette du Ligondès-Avrilly, née et baptisée le 4 septem-
bre 1736, à (Saint-Nicaise) Châlons-sur-Marne, fille de François du
Ligondès et de Marie-Anne Taverne de Morvilliers. — Pr. 7 juin 1746.
B. S. 18 juin 1756. — Dot 11 janvier 1763.

Marie-Elisabeth-Catherine du Ligondès-Rochefort, baptisée le 29 décembre 1741, à Saint-Bonnet de Rochefort (Allier) (communic. de
M. Autissier, sec. de la mairie de Saint-Bonnet), fille de Claude-François
du Ligondès et d'Antoinette du Ligondès. Elle reçoit, en 1763, sa
première année de pension, sa dot, le 4 octobre 1766, étant pensionnaire
chez les religieuses de l'Avenue, à Brévent. B. S. 3 septembre 1763.

Marie-Elisabeth de Limoges-Saint-Just, née et baptisée 12 novembre
1692, au Tronquey (Eure), diocèse de Rouen, fille de Jean de Limoges et
de Marie Le Blanc. — Pr. 23 juin 1702. B. S. 5 septembre 1714. — Dot
5 septembre 1714. Religieuse à l'Abbaye-aux-Bois (1713). Maîtresse des
novices (31 décembre 1737-2 août 1759). (Arch. nat. LL. 1594).

Barbe-Christine-Marguerite de Limosin-Alheim, née 10, baptisée 11 juillet 1752, à Boulay (auj. Bolchen, chef-lieu de canton, arrondissement de
Metz, Lorraine allemande), près Metz, fille de Jean-Baptiste de Limosin
et de Marie-Madeleine de Limpack. — Pr. novembre 1763. B. S. 16 juin
1773. — Dot 17 mars 1773.

Marguerite-Angélique de Liniers, baptisée le 30 mai 1672, à la Peyratte
(Deux-Sèvres), diocèse de Poitiers, fille d'Isaac de Liniers et de Suzanne
Richer. — Pr. 1er décembre 1689. — Feuillantine.

Marie-Thérèse de Liniers du Breuil, née et baptisée, le 6 novembre 1763,
à (Notre-Dame) Niort, fille de Jacques-Joseph-Louis de Liniers et d'Hen-
riette-Thérèse de Brémond. — Pr. 25 avril 1771. B. S. 21 octobre 1783.
Pension pour infirmités 1782-83. — Dot 27 février 1784. Chanoinesse de
Troarn (21 février 1788). Morte, à Niort, le 9 juin 1814 (Indication de
M. de Liniers et communic. de la m. de Niort).

Marie-Éléonore de Liniers du Breuil, née et baptisée 14 février 1765, à
(Notre-Dame), Niort, fille de Joseph de Liniers et d'Henriette-Thérèse de
Brémond. Pension pour infirmité (16 juillet 1782). B. S. 27 octobre 1784.
— Dot 13 août 1785. Visitandine à Poitiers. Y mourut, le 26 mars 1824
(Etat-civil de Poitiers, année 1824, n° 128, communic. m. de Poitiers).

Marie-Angélique-Charlotte du Lion-Colagnies, baptisée 4 février 1712,
à Colagnies-le-Bas (commune de Mureaumont, (Oise), diocèse de Beauvais,
fille de Michel-François du Lion et d'Angélique-Joséphine de Fay. — Pr.
9 novembre 1720. B. S. 28 janvier 1732. — Dot 19 juin 1734. — Religieuse.

Marie-Catherine du Lion-Colagnies, née et baptisée 12 novembre 1716,
à Colagnies-le-Bas (commune de Mureaumont (Oise), diocèse de Beauvais,
fille de François-Michel du Lion et d'Angélique-Joséphine du Faï-Gauri.
B. S. 12 novembre 1736. — Dot 12 septembre 1738. Novice (4 septembre
1737). Professe (18 septembre 1738) à Saint-Louis de Poissy. Vivante
3 novembre 1790 (Arch. Seine-et-Oise, fonds Saint-Louis de Poissy).

Angélique de Livenne-Verdilles, baptisée 23 juin 1678 (née 18), à Ville-Jésus (Charente), diocèse de Poitiers, fille de Louis de Livenne et d'Angélique Audouin de Balan. — Pr. 20 mai 1687. Morte, à Saint-Cyr, le 13 octobre 1691 (mairie de Saint-Cyr).

Marie de Livenne-Verdille, née 4, baptisée 7 septembre 1689, à Ville-Jésus (Charente), diocèse de Poitiers, fille de Louis de Livenne et de Marie-Françoise Chastré. — Pr. juin 1697. B. S. 5 septembre 1709. — Dot 18 janvier 1710.

Marie de Livron-Maine-Gruyer, née 3, baptisée 6 janvier 1707, à Chadurie (Charente) diocèse d'Angoulême, fille de Simon de Livron et de Jeanne Sarrazin. — Pr. 25 janvier 1716. B. S. 17 janvier 1727. — Dot 22 juillet 1728. Hospitalière, rue Royale, à Paris (Charité Notre-Dame).

Marie-Anne Loiseau de Villars, née et baptisée 3 octobre 1700, à Sainte-Colombe-des-Bois (Nièvre), diocèse d'Auxerre, fille de Paul de Loiseau et d'Anne de Sapa. — Pr. 4 juin 1708. Morte, à Saint-Cyr, le 8 janvier 1711 (mairie de Saint-Cyr).

Henriette-Suzanne de Loisy-Franclieu, née et baptisée le 25 juillet 1694, à (Sainte-Marie-Madeleine) Lixy (Yonne), diocèse de Sens, fille d'Henri-Charles de Loisy et de Charlotte de Masclari. — Pr. 18 juin 1706. B. S. 21 juillet 1714. Vivante 2 mai 1723. — Dot 19 février 1715. Elle épousa (24 mai 1717) Claude Le Charron, veuf de Marie Moreau (communic. de M. Jacquin, sec. de la m. de Lixy). Fille à Saint-Cyr.

Louise-Marthe de Loisy-Franclieu, baptisée le 2 février 1700, à Lixy (Yonne) (communic. de M. Jacquin, sec. de la m. de Lixy) fille d'Henri Charles de Loisy et de Charlotte de Masclari. B. S. 3 février 1720. — Dot 31 mars 1720. Elle vivait, le 22 février 1724 (Archiv. de la m. de Lixy, communic. de M. Jacquin).

Marie de Lombard-Combles, née 14, baptisée 15 juin 1780, à (Notre-Dame) Combles (Meuse), diocèse de Toul, fille de Jean-François-Henri de Lombard et de Marie Simonnet. — Pr. 3 mai 1790. Entrée, selon Inv., 12 mai 1790. Sortie 15 mars 1793 (Crécy).

Madeleine-Charlotte de Longaunay-Franqueville, née 9, baptisée 12 juillet 1676, à (Saint-Sauveur) Bayeux (Calvados), fille d'Hervé de Longaunay et de Suzanne Davy de Sertoville. — Pr. 25 avril 1687. Mariée en Normandie, avant 1704 (Arch. de Seine-et-Oise, D. 183).

Jeanne-Hélène de Longecombe-Thoys, née et baptisée 5 juillet 1732, à (Saint-Laurent) Belley-en-Bugey (Ain), fille de Joseph de Longecombe et de Marguerite-Antoinette de Moissard-Bévier. — Pr. 20 décembre 1743. B. S. 22 mai 1752. — Dot 4 avril 1755.

Marie-Claudine de Longecombe-Thoys, née 4, baptisée 5 octobre 1768, à Arbignieu-en-Bugey (Ain), fille de Joseph de Longecombe et de Suzanne de Monchat. — Pr. 29 décembre 1775. B. S. 14 octobre 1788. — Dot 20 novembre 1790. — Bénédictine.

Antoinette-Anne de Longeville d'Aulnay, née 24, baptisée 26 mars 1689, à Aulnay-sur-Ravet (Aube), diocèse de Troyes, fille de Pierre de Longeville et d'Elisabeth de Mauger. — Pr. 23 septembre 1698. B. S. 28 mars 1709. — Dot 28 mars 1709.

Claire-Renée de Longueval-Haraucourt, née et baptisée, le 5 août 1773, à Bret-en-Maine (Sarthe), fille de Joseph-Guy-François de Longueval et d'Agathe des Montis. — Pr. 12 juillet 1783. Entrée, selon l'Inv., 14 juillet 1783. Sortie 12 mars 1793 (Crécy).

Alphonsine-Louise-Madeleine de Longueville-la-Maison-Blanche, baptisée 11 juin 1708, à (Saint-Hilaire) Challement (Nièvre), diocèse de Nevers, fille de Philippe de Longueville et de Jeanne de Meung-la-Ferté. — Pr. 26 septembre 1715. B. S. 27 avril 1728. — Dot 6 mai-17 juillet 1728. — Religieuse.

Marie-Françoise de Lonlay-Villepail, née et baptisée le 11 mars 1742, à Saint-Aignan-de-Couptrain (aujourd'hui Saint-Aignan-de-Lassay) (Mayenne), diocèse du Mans, fille de Jacques de Lonlay et de Marie Le Clerc. — Pr. 3 juin 1752. B. S. 1er novembre 1763. — Dot 25 octobre 1766. Elle épousa (26 septembre 1785) François-Henri Sallet de Haut-Eclair.

Jeanne-Henriette de Lonlay-Villepail, née 8, baptisée 9 août 1751, à (Notre-Dame) Versailles, fille d'Henri-Emmanuel de Lonlay-Villepail et de Laure-Renée-Pulchérie Gamme de Cazeau. — Pr. 3 octobre 1761. B. S. 28 août 1771. — Dot 29 octobre 1773. Visitandine à Paris, rue Saint-Antoine (sœur Marie-Rosalie). Professe 7 novembre 1773 (Arch. nat. LL. 1718). Elle mourut, à Versailles, le 17 frimaire an VIII. (Etat-Civil de Versailles. Décès, an VIII, fol. 26 recto).

Louise-Charlotte de Lonlay-la Bretonnière, née et baptisée 3 septembre 1776, à (Saint-Gervais) Séez (Orne), fille de Jacques-Louis de Lonlay et

de Marie-Madeleine du Frou. — Pr. 26 juin 1786. Entrée, selon l'Inv.,
28 juin 1786. Sortie 6 mars 1793 (Crécy).

Marie-Marcelle-Siffreine-Françoise de Lopis-la-Fare-Saint-Privast, née
9, ondoyée 10 juin 1722, baptisée 1er septembre 1726, à (Saint-Siffrein)
Carpentras (Vaucluse), fille d'Antoine-Gabriel de Lopis et de Jeanne-
Catherine Tonduti. — Pr. 2 novembre 1730. B. S. 7 mai 1742. — Dot 12
août 1743. Elle épousa, avant 12 août 1743, Joseph de Pélissier (vivant
12 août 1743).

Louise-Elisabeth de Lopis-la-Fare, née 14 mars 1725 et baptisée, à
(Saint-Siffrein) Carpentras (Vaucluse), fille d'Antoine-Gabriel de Lopis et
de Jeanne-Catherine Tonduti. — Pr. 7 août 1734. B. S. 18 février 1745.
— Dot 2 mai 1745.

Marie-Françoise de Loras-Jaillonnas, née 24, baptisée 26 décembre
1681, à (Notre-Dame de la Vie) Vienne (Isère), fille de Scipion de Loras
et d'Henriette de Favrès. — Pr. 15 janvier 1689. B. S. 25 décembre 1701.
— Dot 26 février 1702. Bernardine.

Louise-Catherine de Loras-Jaillonnas, née et baptisée le 25 juillet 1729,
à (Saint-Jean) Crémieu (Isère), diocèse de Vienne, fille de Jean-François
de Loras et de Suzanne Mugnier de Bonlieu. — Pr. 20 février 1741. B. S.
18 avril 1749. — Dot 29 juillet 1750.

Marie-Louise-Geneviève de Lorgeril, née 3, baptisée 4 janvier 1749, à
(Saint-Sauveur) Dinan (Côtes-du-Nord), évêché de Saint-Malo, fille de
Louis-François-Nicolas de Lorgeril et de Louise-Julienne de Saint-Germain. — Pr. 17 juillet 1760. B. S. 26 novembre 1768. — Dotée 16 janvier
1770.

Jeanne-Madeleine de Lort-Saint-Victor, née 18, baptisée 19 janvier
1735, à (Saint-Louis de la Citadelle) Strasbourg, fille de Frédéric de Lort
et de Marie-Anne-Rose Brunck. — Pr. 27 janvier 1744. B. S. 6 février
1755. — Dot 16 décembre 1757. Visitandine.

Marie de Lostanges, née 18, baptisée 20 octobre 1733, à Jarnioux
(Rhône), fille de Jean-Laurent de Lostanges et de Jeanne-Françoise Humbert de Marest. — Pr. 20 mai 1744. B. S. 16 octobre 1753. — Dot 29 juillet 1757. Elle vivait, non mariée, en 1790 (Paul de Varax : *la Seigneurie
de Jarnieux*, p. 43, Lyon, 1883. in 8°).

Ursule de Lostanges-Cazal, née 22, baptisée 23 septembre 1748, à (Notre-Dame du Puy) Figeac (Lot), fille de Hughes de Lostanges et de Catherine Foy de Caussanel. — Pr. 4 janvier 1759. B. S. 17 septembre 1768. Dot 19 juillet 1770. Novice (1770), puis prieure de Lissac, en Haut-Quercy.

Marianne Louail de la Saudrais, baptisée 27 septembre 1704, à Saint-Grégoire (Ille-et-Vilaine), diocèse de Rennes, fille de Claude Louail et de Marie-Prudence de Cornulier. — Pr. 22 mai 1715. B. S. 31 août 1724. — Dot 30 décembre 1726. Religieuse.

Elisabeth-Marguerite de Louan-Fontariol, née 1er, baptisée 2 juin 1714, à (Saint-Pierre) Yzeure-lès Moulins (Allier), fille d'André de Louan et de Marguerite Renaud. — Pr. 27 juillet 1722. B. S. 6 août 1734. — Dot 2 octobre 1735.

Louise-Michelle de Loubert-Nantilly, née 8, baptisée 9 novembre 1684, à (Saint-Pierre) Nantilly (comm. de la Chaussée d'Ivry) (Eure-et-Loir), diocèse de Chartres, fille de Jean de Loubert et de Madeleine de Noinville. — Pr. 7 novembre 1695. B. S. 8 novembre 1704. — Dot 10 novembre 1704.

Marie-Louise-Olympe de Loubert-Ardé, née et ondoyée 24 août 1715, baptisée 28 mars 1716, à Cailly (Eure), diocèse d'Evreux, fille d'Adrien-Alexandre de Loubert et de Marguerite des Plas. — Pr. 9 juillet 1727. Reprise par sa famille en 1731.

Anne-Françoise-Marie de Loubert-Ardé, née et baptisée le 19 novembre 1719, à (Saint-Remy) Cailly (Eure), diocèse d'Evreux, fille d'Adrien-Alexandre de Loubert et de Marguerite des Plas. — Pr. 9 septembre 1731. Morte, le 10 juillet 1736, à Saint-Cyr (mairie de Saint-Cyr).

Marie-Catherine de Loucelles-Rouxeville, née 5, baptisée 10 avril 1689, à Rouxeville (Manche), diocèse de Bayeux, fille de Jacques de Loucelles et de Catherine Thibout. — Pr. 24 février 1700. B. S. 21 avril 1709. — Dot 21 avril 1709.

Brigitte-Suzanne Le Loureux-de-Vigny, née 24, baptisée 27 mars 1709, à Saint-Pierre-des-Loges (Orne), diocèse de Lisieux, fille de Louis Loureux et de Louise de Vantigny. — Pr. 17 janvier 1718. B. S. 18 mars 1829. — Dot 10 juillet 1732. Religieuse à Poissy. Professe (18 juillet 1732).

Novice (27 juin 1731). Vivante encore, le 3 novembre 1790. (Arch. S. et O. fonds Saint-Louis-de-Poissy).

Barbe-Agnès Le Loureux-Marnières, née et baptisée 21 janvier 1765, à (Saint-Denis) Marnières (anc. par. voisine de Bois-Anzeray (Eure), diocèse d'Evreux, fille de Louis-Auguste Le Loureux et de Barbe Le Nourry. — Pr. 3 juillet 1776. B. S. 29 janvier 1785. — Dot 11 février 1786.

Barbe-Charlotte de Louterel-Saint-Aubin, née 19, baptisée 21 avril 1714, à Saint-Aubin-sur-Risle (commune d'Ajou) (Eure), diocèse d'Evreux fille de Louis de Louterel et de Barbe de Malleville. — Pr. 21 avril 1721. B. S. 2 mai 1734. — Dot 24 novembre 1736. Le 3 juin 1736, elle est pensionnaire au couvent d'Harcourt.

Marie-Léonore de Louterel des Jardins, née 12, baptisée 14 juin 1724, à Beauche (Eure-et-Loir), fille de Nicolas Le Louterel et de Louise Marguerite. — Pr. 17 septembre 1734. B. S. 16 avril 1744. Religieuse à Saint-Sauveur-d'Evreux (2 août 1746-29 juillet 1762). Pens. aliment. pendant ce laps.

Renée Louvel de Contrières, née 7 mai, baptisée 4 novembre 1676, à Contrières (Manche), diocèse de Coutances, fille de Jean Louvel et de Renée de Sainte-Marie. — Pr. 21 juin 1686. Elle épousa Gédéon de la Bazonnière.

Marie-Marguerite-Claude de Loyac-la-Bachellerie, née et baptisée 11 novembre 1731, à Chaudon (Eure-et-Loir), diocèse de Chartres, fille de Jean-Baptiste-Antoine de Loyac et de Marie-Claude Grenet. — Pr. 4 janvier 1741. B. S. décembre 1751. — Dot 8 janvier 1756.

Jeanne-Baptiste-Philippe-Auguste de Loyac, née et baptisée le 10 décembre 1732, à Chaudon (Eure-et-Loir), diocèse de Chartres, fille de Jean-Baptiste-Antoine de Loyac et de Marie-Claude Grenet. B. S. 5 décembre 1752. — Dot 8 janvier 1756.

Anne-Geneviève-Julie de Loyac-la-Bachellerie, née et ondoyée le 10, baptisée le 11 octobre 1734, à Chaudon (Eure-et-Loir), diocèse de Chartres, fille de Jean-Baptiste-Antoine de Loyac et de Marie-Claude Grenet de Châtillon. B. S. s. d. — Dot 4 janvier 1758. Novice à Saint-Cyr (26 juillet 1754). Elle épousa Louis-René de Montigny-Sours.

Marie-Thérèse Loys de Boussens, baptisée 24 juin 1681 (née 11 février 1679), à (Notre-Dame) Versailles (Seine-et-Oise), fille d'Hélie Loys de Boussens et de Marie Lavau. — Pr. 15 juillet 1691.

Louise-Armande Loys de Boussens, née 6 décembre 1681, baptisée 18 mars 1682, à Saint-Germain-en-Laye (Seine-et-Oise), fille d'Hélie Loys de Boussens et de Marie Lavau. — Pr. 15 juillet 1691.

Jeanne de Lubersac-Chabrignac, née 24 décembre 1694, baptisée 28 octobre 1695, à Chabrignac (Corrèze), diocèse de Limoges, fille de François de Lubersac et de Denise d'Estourneau. — Pr. 30 octobre 1705. Morte, à Saint-Cyr, le 23 avril 1709 (mairie de Saint-Cyr).

Marthe-Françoise de Lubersac-Livron, née 7, baptisée 8 juin, à (Saint-Martin) Brives (Corrèze), diocèse de Limoges, fille de Joseph de Lubersac et de Claire de Bonnie. — Pr. 7 septembre 1721. B. S. 31 mai 1731. — Dot 29 juillet 1732. Elle épousa (12 mai 1732) Hélie-Pascal de Savignac-Priézac. (Vivant 29 juillet 1732).

Marie de Lubersac-Chabrignac-la-Mase, née 3, baptisée 4 août 1742, à Chabrignac (Corrèze), diocèse de Limoges, fille de Pierre de Lubersac et de Jeanne-Julie Chapelle de Jumilhac. — Pr. 22 juillet 1750. B. S. 10 novembre 1763. — Dot 18 juillet 1766. Epousa (16 octobre 1762) Jean Pradel de la Masse (vivant 28 janvier 1772). Vivante en 1805. Morte vers 1816.

Sophie-Angélique de Luchet-la-Motte, née 16, baptisée 17 mai 1748, à (Saint-Pierre) Saintes (Charente-Inférieure), fille de Louis de Luchet et de Marie-Anne Réveillaud. — Pr. 4 avril 1760. Novice (29 avril 1768)· Religieuse (29 avril 1770) à Saint-Cyr. Sortie en 1793.

Françoise-Geneviève Luillier du Plessis, née en 1682 (probablement en mai ou juin), fille de René Luillier et de Marie Huet. B. S. 21 mai 1702. — Dot 24 mai 1702.

Louise Luillier du Plessis, née 1er septembre 1678, baptisée 2 septembre 1686, à Moitron (Sarthe), diocèse du Mans, fille de René Luillier et de Marie Huet. — Pr. 2 mars 1687.

Catherine-Elisabeth Luillier de Bellefosse, née 29 août, baptisée 6 septembre 1691, à (Saint-Vincent) Angoulême (Charente), fille de Louis Luillier et d'Elisabeth Montagne. — Pr. 6 septembre 1702. B. S. 20 octobre 1711. — Dot 29 octobre 1711.

Sophie-Radegonde-Adélaïde de Luillier, née et endoyée le 20, baptisée
le 30 novembre 1780, à Saint-Germain-de-Montbron (Charente) (communic. de M. Vicard, sec. de la m.), fille de François de Luillier et d'Adélaïde Le Mercier. Entrée, selon le Catalogue, le 5 novembre 1790. Sortie
2 avril 1793 (Grécy).

Marguerite-Agathe de Luppé-la-Motte, née et baptisée 5 février 1730,
à (Saint-Martin) Pouillon (Landes), diocèse de Dax, fille de Gabriel de
Lupé et de Jeanne du Livier. — Pr. 15 juillet 1739. B. S. 4 octobre 1749.
— Dot 14 juillet 1753.

Marguerite de Lupé-Besmaux, née et ondoyée 28 novembre, baptisée
6 décembre 1757, à (Sainte-Marie) Auch, fille de Louis-François de Lupé
et de Françoise-Marie-Madeleine de Morlan. — Pr. 20 avril 1768. B. S.
4 septembre 1777. — Dot 2 juin 1778. Elle mourut, à Auch, le 3 ventôse,
an XI (Indic. de M. de Luppé et communic. de M. Paul Lavergne, de la
mairie d'Auch).

Suzanne-Louise de Lux-Ventelet, née 23 février, baptisée 14 mars
1695, à (Saint-Martin) Piney en Barrois (Aube), diocèse de Troyes, fille
de Jacques de Lux et d'Antoinette de Ballidart. — Pr. 7 novembre 1705.
Morte, à Saint-Cyr, le 12 septembre 1707 (mairie de Saint-Cyr).

Madeleine de Luzy-Pélissac, née 13, baptisée 14 novembre 1710, à
Tence (Haute-Loire), diocèse du Puy, fille de Jean de Luzy et de Claudine
Baillard. — Pr. 28 novembre 1718. B. S. 17 septembre 1730. — Dot
12 novembre 1731. Ursuline.

Blanche-Hermine de Lys, née et baptisée, le 26 octobre 1766, à Maxent
(Ille-et-Vilaine), évêché de Saint-Malo, fille de Gabriel du Lys et d'Anne-
Renée-Marie Hardouin. — Pr. 3 août 1775. B. S. n. d. Voy. 4 octobre 1786.
— Dot 16 avril 1787. Elle épousa (1801) Casimir-Jean-Nicolas de la
Fruglaye.

Elisabeth-Marguerite de Lyver-Breuvanne, née et baptisée le 10 octobre
1760, à (Saint-Rémy) Breuvannes (Haute-Marne), diocèse de Langres,
fille de Charles-François de Lyver et de Claude-Gertrude de Courageot. —
Pr. 26 mai 1771. B. S. 19 octobre 1780. — Dot 21 décembre 1780. Elle
épousa (11 février 1783) Jean-Félix de Simony et mourut, à Langres, le
17 décembre 1844 (Borel d'Hauterive : *Annuaire de la noblesse*, 1890, et
communic. de la m. de Langres).

Marie-Louise de Machault, née et baptisée à (Saint-Pierre-Ensentelée) Orléans, le 25 février 1744, fille de Louis-Alexandre de Machault et de Louise Blot, novice à Saint-Cyr (5 juin 1764) devant Madame et Madame Louise, religieuse (8 juin 1766) devant Madame. Sortie 1793. — Pr. 16 décembre 1751.

Marie-Alexandrine de Machault, née et ondoyée 22, baptisée 23 février 1753, à (Saint-Pierre) Orléans, fille de Louis-Alexandre de Machault et de Louise Blot. B. S. 3 février 1773. — Dot 17 mars 1773. Religieuse.

Anne-Emmanuelle de Macon-la-Martre, née 5, baptisée 6 février 1711, à (Sainte-Croix) Champeix (Puy-de-Dôme), diocèse de Clermont-Ferrand, fille d'Emmanuel de Macon et de Marguerite de la Salle du Teillet. — Pr. 17 janvier 1720. B. S. 1er octobre 1730. — Dot 5 février 1733. Religieuse à la Veine (diocèse de Clermont).

Marie-Catherine-Louise de Maillé-Brézé-Bénéhars, née 10, baptisée 15 juillet 1725, à (Saint-Hilaire) Fresnes (Loir-et-Cher), diocèse de Blois, fille de Louis de Maillé et de Marie Catherine Le Fuzelier de Cormeray. — Pr. 27 juin 1737. B. S. 19 mai 1745. — Dot 30 mai 1747. Epousa Charles-Noël Pellegrin de l'Estang.

Catherine-Bonne de Maillé-Brézé, née 28 décembre 1735, baptisée 1er janvier 1736, à (Saint-Hilaire) Fresnes (Loir-et-Cher), diocèse de Blois, fille de Louis de Maillé et de Françoise-Bonne de Rochefort. — Pr. 16 avril 1746. B. S. 17 février 1756. — Dot 21 février 1759. Elle épousa Sylvain-Claude de Boislinards.

Marie-Françoise de Maillé-Brézé, née 19, baptisée 21 février 1739, à Fresnes (Loir-et-Cher) (comm. de M. Lablanchy, sec. mairie de Fresnes), fille de Louis de Maillé et de Françoise-Bonne de Rochefort. B. S. 19 février 1759. — Dot 13 mai 1763. Elle épousa Charles-François-Elie de Val-Villemandy.

Marie-Louise Elisabeth de Maillé-Kerman, née et baptisée 11 février 1742, à (Saint-Martin) Laigny (Aisne), diocèse de Laon, fille de Donatien de Maillé et de Marie-Elisabeth d'Anglebermer. — Pr. 22 mars 1749. — Dot 29 avril 1767. B. S. 14 septembre 1763. Elle épousa (1763) Henri-François de Rosières-Sorans (mort avant 1778). Morte à Paris, 56, rue de Sèves (Xe arrondissement), le 27 mars 1812, inhumée le 31 mars 1812, à Chamarande (communic. de M. le sec. de la m. de Chamarande). Elle fut dame de Mme Elisabeth. Cf. sur elle, une intéressante note de

M. le comte Fleury (*Angélique de Mackau*, p. 53). Seulement, M. le comte Fleury dit que c'était « une charmante petite vieille », en 1778. Or elle avait tout juste alors *trente-six ans*. Elle était, paraît-il, très appréciée dans le monde des lettres et La Harpe, son admirateur, l'avait surnommée la *Mère des amours*.

Marie-Anne de Maillé-Brézé, née 16, baptisée 18 septembre 1745, à (Saint-Cyr et Sainte-Juliette) Coutres (Loir-et-Cher), fille de Louis de Maillé et de Françoise-Bonne de Rochefort. B. S. 25 mai 1765. — Dot 25 octobre 1766. Vivante 28 janvier 1772.

Marie de Maillet-Villotte, née et baptisée le 31 décembre 1740, à (Notre-Dame) Bar-le-Duc (Meuse), diocèse de Toul, fille de Claude de Maillet et d'Anne de Massart. — Pr. 8 avril 1749. B. S. 26 novembre 1763. — Dot 18 août 1764. Visitandine à Pont-à-Mousson.

Marie-Anne de Maintenant-Rochefort-Levremont, née et baptisée, le 18 janvier 1671, à (Saint-Nicolas) Plainval (Oise), diocèse de Beauvais, fille de Jacques de Maintenant et de Louise de Valon. — Pr. 30 janvier 1686. Elle épousa Adrien-Emery Simon de Gondreville (vivant 1er juin 1709) et mourut, à Gondreville, par Vaumoise (Oise), le 13 avril 1705 (communic. de M. Pavy, sec. de la m. de Gondreville).

Marie-Madeleine de Maintenant-Rochefort, née et baptisée 2 avril 1672 à (Saint-Nicolas) Plainval (Oise), diocèse de Beauvais, fille de Jacques de Maintenant et de Louise de Valon. — Pr. 30 janvier 1686. — Bénédictine.

Thérèse-Françoise-Anne Le Maire du Charmoy, née et baptisée, le 19 mars 1764, à (Saint-Nicolas) Villemoutiers (Loiret), fille de Charles-Claude Le Maire et de Marie-Anne Quarré de Rougemont. — Pr. 4 février 1775. B. S. 10 mars 1784. — Dot 7 mai 1784.

Marguerite-Thérèse-Gabrielle-Henriette des Maisons du Pallant, née 15, baptisée 16 juin 1773, à Peyrat-le-Château (Haute-Vienne), fille de Joseph-Guillaume des Maisons et de Marguerite-Louise de Barbançois. — Pr. 28 mai 1783. Entrée, selon l'Inv., le 27 mai 1783. Sortie 10 mars 1793 (Crécy). Elle épousa (6 juin 1803) Charles-Paul-Nicolas-Claude, comte de Maumigny, et mourut, à Nevers, le 25 septembre 1856 (Borel d'Hauterive : *Annuaire de la noblesse*, 1856. Communic. de la m. de Nevers).

Anne-Marie de Maizières-Maisoncelles, née et ondoyée 3 mai 1726, baptisée 5 mai 1726, à Grauves (Marne) (Notre-Dame), diocèse de Châlons en Champagne, fille de Claude de Maizières et de Catherine Linage. — Pr. 21 août 1734. B. S. 21 mai 1746. — Dot 23 septembre 1749. Bernardine à Sainte-Marie-de-Châlons (novice 8 avril 1750).

Marie-Hyacinthe-Jeanne de Maizières-Maisoncelles-Çonnentray, née et baptisée 25 septembre 1738, à Grauves (Marne), fille de Claude de Maizières et de Catherine de Linage. B. S. 6 octobre 1758. — Dot 19 mars 1764. Elle vivait le 18 février 1769 et épousa, avant le 18 février 1769, Pierre de Monchy, bourgeois (vivant 18 février 1769).

Marie-Jeanne-Charlotte de Maizières, née et baptisée 13 novembre 1777, à (Saint-Maur) Fleury-la-Rivière (Marne), fille de Claude-François-Armand de Maizières et de Marie-Louise Doulcet de Ludes. — Pr. 1er septembre 1787. Entrée, selon l'Inv., le 22 septembre 1787. Sortie 6 mars 1793 (Crécy).

Marie-Anne de la Maladière-Quincieu, née et baptisée 13 août 1694, à Panossas, dans l'île de Crémieu (Isère), diocèse de Vienne, fille de Benoît de la Maladière et de Jeanne Sarrouel de Ligny. — Pr. 13 septembre 1702. B. S. 9 mai 1714. — Dot 16 août 1714.

Marie-Marguerite de la Maladière-Quincieu, née et baptisée 13 août 1694, à Panossas, dans l'île de Crémieu (Isère), diocèse de Vienne, fille de Benoît de la Maladière et de Jeanne Sarrouel de Ligny. — Pr. 13 septembre 1702. B. S. 9 mai 1714. — Dot 16 août 1714.

Jeanne-Louise Malart de Saint-Louis, née et baptisée 19 mars 1675, à Nocé (Orne), diocèse de Séez, fille de Jean Malart et de Louise de Barville. — Pr. 7 novembre 1687. Morte, le 25 octobre 1691, à Saint-Cyr (mairie de Saint-Cyr).

Charlotte-Angélique de Malart-Falandre, baptisée le 30 avril 1682, à Nocé (Orne) (communic. de M. l'abbé Tripied, curé de Nocé), fille de Jean Malart et de Louise de Barville. B. S. 21 avril 1702. Vivante 23 décembre 1709. — Dot 30 avril 1702.

Marie-Louise de Malart, baptisée 14 juillet 1699, à (Saint-Piat), Tournay-en-Flandre, fille d'André-Louis Malart et de Marie-Catherine Malaubert. — Pr. 29 avril 1711. B. S. 15 juillet 1719. — Dot 27 juin 1719.

Marie-Jeanne-Madeleine Malart du Fay, baptisée 28 novembre 1722, à (Saint-Jean) Laigle (Orne), fille de Claude-Antoine Malart et de Marie-

Jeanne Le Bœuf. — Pr. 31 mars 1733. B. S. 14 novembre 1742. — Dot 24 novembre 1744.

Anne-Marguerite de Malespine, née 13, baptisée 15 juin 1716, à (Saint-Sulpice) Paris, fille d'Esprit-Jean de Malespine et d'Agnès-Angélique Boisselet. — Pr. 14 février 1724. — Dot 30 mai 1739. B. S. 9 juin 1736. Elle épousa, avant 6 août 1746, Joseph-Maurice-Dorothée de Camaret (vivant 6 août 1746). Vivante 6 août 1746.

Françoise-Madeleine de Malherbe-la-Boisselière, baptisée 15 mars 1675, à Sept-Vents (Calvados), diocèse de Bayeux, fille de Julien de Malherbe et de Gilette Piton. — Pr. 10 octobre 1686.

Gabrielle de Malleret-la-Nouzière, née 19, baptisée 20 avril 1750, à Lussac (Lussat) (Puy-de-Dôme) les Nones-en-Bourbonnais, fille de Joseph de Malleret et de Marie-Françoise Barthon. — Pr. 13 janvier 1762. B. S. 15 mai 1770. — Dot 24 septembre 1772. Religieuse à Préaux (15 mai 1770).

Françoise de Mallevoue, née 6 février 1695, à Saint-Germain-d'Aunay (Orne), baptisée 12 février 1695, à Notre-Dame-d'Aunay (même commune), diocèse de Lisieux, fille de Joseph de Mallevoue et de Madeleine de Nocei. — Pr. 4 novembre 1705. Novice (29 mars 1713), religieuse (29 mars 1715) à Saint-Cyr. — Morte, le 3 janvier 1716, à Saint-Cyr (mairie de Saint-Cyr).

Madeleine-Françoise de Malortie-des-Roys, baptisée 9 septembre 1679, à (Saint-Nicaise) Rouen, fille de Jean-Jacques de Malortie et de Marianne Jubert. — Pr. 15 décembre 1686. Morte, à Saint-Cyr, le 7 avril 1688 (mairie de Saint-Cyr).

Marie-Françoise de Malortie-des-Roys, née et baptisée 24 mars 1704, à (Sainte-Marie-Madeleine) la Ville-Evêque, à Paris, fille de Jacques de Malortie et de Marie-Anne Jubert. — Pr. 4 juin 1712. Morte, le 19 juillet 1721, à Saint-Cyr (mairie de Saint-Cyr).

Suzanne-Françoise-Frédérique de Maltzem, née et baptisée le 19 mars 1742, à (Saint-Martin) Colmar, diocèse de Bâle (Alsace), fille de Jean-Lambert de Maltzem et de Marie-Anne de Valtcourt. — Pr. 31 août 1753. B. S. 4 novembre 1763. — Dot 25 octobre 1766. Vivante 28 janvier 1772. Elle épousa, avant 28 janvier 1772, Léopold-Eberhard de Rathsamhausen-Emenreyer (vivant 28 janvier 1772).

Marie-Elisabeth-Jeanne de la Mamie-Clairac, née 6, baptisée 12 novembre 1720, à (Saint-Etienne) Toulouse, fille d'Etienne de la Mamie et de Marie de la Mamie. — Pr. 9 mars 1731. B. S. 29 octobre 1740. — Dot 29 novembre 1741. — Religieuse.

Cécile de la Mamie-Clairac-Sainte-Thérèse, née 20, baptisée 22 juillet 1732, à (Saint-Jacques) Montauban (Tarn-et-Garonne), fille de Jean de la Mamie et de Marguerite Durel. — Pr. 11 janvier 1743. B. S. 23 juin 1752. — Dot 9 octobre 1757. Ursuline à Argenteuil.

Marie-Marguerite de la Mamie-Clairac, née et baptisée, le 16 janvier 1744, à (Saint-André) Busséol (Puy-de-Dôme), diocèse de Clermont-Ferrand, fille de Jean-Etienne de la Mamie et de Catherine Eustier de Logni. — Pr. 2 juin 1753. Morte, le 12 août 1753, à Saint-Cyr (mairie de Saint-Cyr).

Angélique-Elisabeth de la Mamie-Clairac, née et baptisée le 11 novembre 1747, à Busséol (Puy-de-Dôme) (communic. de M. Binartin, sec. de la m. de Busséol), fille de Jean-Etienne de la Mamie et de Catherine Eustier de Lagny. B. S. 24 novembre 1767. — Dot : 31 mars 1768.

Marie-Josèphe de Maniquet-Pelafort, baptisée 27 juin 1717, à (Saint-Sauveur) Lille (Nord), fille d'Hercules-Félicien de Maniquet et de Marie-Catherine van Reminghe. — Pr. 23 juin 1727. B. S. 4 mai 1737. — Dot 6 octobre 1738.

Marie-Angélique-Clotilde de Mannay-Camps, née 1er, baptisée 3 janvier 1708, à (Notre-Dame) Tailly (Somme), diocèse d'Amiens, fille de Marc-Antoine de Mannay et de Marie-Angélique Le Fournier. — Pr. 15 janvier 1716. B. S. 11 juin 1728. — Dot 12 avril 1729.

Marie-Angélique-Françoise-Thérèse de Mannay-Camps, née 25, baptisée 27 septembre 1712, à (Notre-Dame) Tailly (Somme), diocèse d'Amiens, fille de Augustin de Mannay et de Marie-Angélique Le Fournier. — Pr. décembre 1719. B. S. 25 septembre 1732. — Dot 22 mai 1734.

Madeleine de Marans, baptisée 6 août 1676, à Saint-Calais (Sarthe), diocèse du Mans, fille de Maximilien de Marans et d'Hélène Dain. — Pr. 26 juin 1686. Morte, le 12 octobre 1691, à Saint-Cyr (mairie de Saint-Cyr).

Thérèse de Marans, baptisée 6 août 1676, à Saint-Calais (diocèse du Mans) (Sarthe), fille de Maximilien de Marans et d'Hélène Dain. — Pr. 26 juin 1686. Religieuse à Bonlieu (5 novembre 1704-28 juillet 1748). (Archives Seine-et-Oise. Fonds Saint-Cyr. D. 192). Pension alimentaire (5 novembre 1704-28 juillet 1748).

Elisabeth-Charlotte de Marans, née 13, ondoyée 14 avril 1678, à Saint-Calais (Sarthe) (communic. de M. le sec. de la m. de Saint-Calais), fille de Maximilien de Marans et d'Hélène Dain. B. S. 8 juillet 1699. — Dot 25 juillet 1699.

Françoise-Louise Le Marant de Pénanvern, née et baptisée à Morlaix (Finistère), le 1er mars 1688, fille de Guillaume Le Marant et d'Anne de Kérérault. — Pr. 15 août 1699. Novice à Saint-Cyr (8 septembre 1706). Le quitta en 1708. — Dot 1er janvier 1709. B. S. 1er janvier 1709. Capucine.

Marie-Josèphe Le Marant de Pénanvern, née et ondoyée le 19 juillet 1729, à (Saint-Mathieu) Morlaix (Côtes-du-Nord), baptisée le 31 mai 1730, fille de Gillet-Julien Le Marant et de Gabrielle-Françoise de Gouzvenneur. — Pr. 20 septembre 1738. — Voyage 6 avril 1749. — Dot : 15 octobre 1748.

Marie-Françoise Le Marant-Kerdaniel, née 15, baptisée 16 mai 1738, à (Notre-Dame) Paimpol près Plounez (Côtes-du-Nord), évêché de Saint-Brieuc, fille de Pierre-Joseph Le Marant et de Marie-Jeanne Clémansin. — Pr. 25 septembre 1745. B. S. 30 avril 1758. — Dot 6 septembre 1759. Religieuse, puis supérieure à l'Hôtel-Dieu de Mantes (Sœur Sainte-Cécile), y morte, le 1er mars 1779 (m. de Mantes).

Marie-Jeanne Le Marant de Kerdaniel, née et ondoyée en novembre 1741, à Landivisiau (Finistère), baptisée le 19 juillet 1752, à (Notre-Dame) Paimpol (Côtes-du-Nord), fille de Pierre-Joseph Le Marant et de Marie-Jeanne de Clémansin. B. S. 4 novembre 1763. — Dot 25 octobre 1766. Vivante 28 janvier 1772.

Madeleine de Marcelanges-Arson, née 3, baptisée 4 février 1675, à Vicq (Allier) (communic. de M. Martinat, sec. de la m. de Vicq), fille de Louis de Marcelanges et de Madeleine de Saint-Hilaire. — Pr. 28 août 1686. Morte, le 5 mars 1689, à Saint-Cyr (mairie de Saint-Cyr).

Procule de Marcellanges-Arson, baptisée 28 janvier 1680, à Vicq (Allier) (communic. de M. Martinat, sec. de la m. de Vicq), fille de Louis de Marcellanges et de Madeleine de Saint-Hilaire, sortie avant 1704. Elle mourut avant le 25 juin 1734.

Marie-Anne Le Marchant de Charmont, baptisée 2 avril 1682, à Fiennes (Pas-de-Calais) en Boulonnais, diocèse de Boulogne, fille de Georges Le Marchant et de Catherine Le Marchant. — Pr. 8 octobre 1687. B. S. 14 avril 1700. — Dot 28 avril 1700.

Françoise Le Marchant de Charmont-Beaucornet, baptisé 14 juillet 1682, à (Saint-Martin) Longchamps près Gisors (Eure), fille de Louis Le Marchant et de Marie Brochant. — Pr. 30 novembre 1690. B. S. 14 juillet 1702. — Dot 19 décembre 1702.

Madeleine-Pauline-Hortense de la Marche, née 9, baptisée 12 novembre 1740, à Dun Le Poelier (Indre), diocèse de Bourges, fille d'Henri de la Marche et de Marie-Anne-Marguerite de la Nux. — Pr. 8 mars 1751. B. S. 25 octobre 1763. — Dot 25 octobre 1766. Vivante 28 janvier 1772. Elle épousa, avant 28 janvier 1772, François-Auguste Cugnot de Farcy (vivant 28 janvier 1772).

Charlotte-Elisabeth de Marconnay-Chateauneuf, née et baptisée 20 mai 1705, à Marconnay, diocèse de Poitiers (Marconnay, commune de Verger-sur-Dive (Vienne), fille de Louis de Marconnay et de Catherine du Chesneau. — Pr. 15 mai 1714. B. S. 21 mai 1725. — Dot 19 mai 1725. Elle épousa (26 avril 1729), Louis de Fouchier-Châteauneuf.

Anne-Claire de la Mare-Cavigny, née et baptisée 26 avril 1711, à Valognes (Manche), fille de Pierre de La Mare et de Marie Le Cauf. — Pr. le 26 septembre 1718. Morte, le 24 août 1719, à Saint-Cyr (mairie de Saint-Cyr).

Marie Mareschal de Franchesse, baptisée 7 septembre 1675, à Ingrandes (Indre), diocèse de Bourges, fille de Louis Mareschal et de Charlotte de Chambord. — Pr. 15 juin 1686. Pension alimentaire (11 septembre 1705-10 janvier 1756).

Anne Mareschal de Franchesse, née et baptisée, le 20 décembre 1677, à Ingrandes (Indre), fille de Louis Mareschal et de Charlotte de Chambord. Elle était mariée en 1704 (Archives Seine-et-Oise).

Marie-Jeanne Maréchal de Franchesse, née 15, baptisée 23 mai 1719, à Ingrandes (Indre), diocèse de Bourges, fille de Michel Maréchal et d'Anne-Antoinette Aunnier. — Pr. 13 août 1730. B. S. 4 mai 1739. — Dot 12 août 1741.

Françoise-Catherine-Thérèse de Marescot, née 27, baptisée 28 août 1764, à Mazamet (Tarn), diocèse de Lavaur, fille de Philippe-Louis-François de Marescot et de Françoise-Catherine d'Amerval. Voyage en 1783.

Louise-Philippes-Marie de Marguerie, née 4, baptisée 5 juillet 1761, à (Saint-Nicolas) Villers-Cotterets (Aisne), fille de Jacques-Auguste de Marguerie et d'Eléonore-Madeleine Verrier. Morte, à Saint-Cyr, le 16 novembre 1770 (mairie de Saint-Cyr).

Jeanne-Agnès-Louise-Charlotte de Marguerie-Hyeville née et baptisée 10 mars 1764, à (Saint-Sauveur) Bayeux (Calvados), fille de Jacques-Charles de Marguerie et d'Agnès-Françoise Subtil. B. S. 7 mars 1784. — — Dot 14 avril 1785.

Geneviève de Marle-Antigny, née 5, baptisée 8 juin 1721, à (Saint-Martin) Marseille, fille de Charles de Marle et de Désirée Olivier. — Pr. 31 octobre 1731. B. S. 2 avril 1741. — Dot 30 août 1743.

Barbe-Catherine-Antoinette de Marle-la-Martinière, née 7, baptisée le 26 février 1724 à (Notre-Dame) Villeneuve-le-Comte (Seine-et-Marne), diocèse de Sens *(sic)*[1] fille de François-Auguste de Marle et de Barbe-Perrette Thomier. — Pr. 30 juillet 1735. B. S. 30 janvier 1744. — Dot 2 août 1746.

Marie-Thérèse de Marolles-la-Bourelière, née 8, baptisée 12 décembre 1712, à (Notre-Dame) Versailles (Seine-et-Oise), diocèse de Paris, fille de Joseph de Marolles et de Marie-Dorothée Kimpfen. — Pr. 7 octobre 1721. B. S. 8 décembre 1732. — Dot 17 février 1735. Novice à la Congrégation Notre-Dame, à Château-Thierry.

Marie-Françoise de Marolles-du-Rabry, née 13, baptisée 15 mai 1719, à (Saint-Martin) Heugnes (Indre), diocèse de Bourges, fille de Claude de

[1] Grâce à l'obligeance de MM. les abbés Bruneteau, curé de Villeneuve-le-Comte actuel, et de M. l'abbé Chenu, curé de Villeneuve-les-Bordes actuel (Seine-et-Marne), nous avons acquis la certitude, par la copie de l'acte de baptême de B. C. A. de Marle, faite sur place par M. l'abbé Chenu, que c'est à *Villeneuve-les-Bordes* et non à Villeneuve-le-Comte, qui ne dépendait pas de Sens, qu'eut lieu le baptême.

Marolles et de Françoise d'Ardéan. Novice (23 décembre 1739), religieuse (28 janvier 1742) à Saint-Cyr. — Pr. 10 août 1728. Morte, à Saint-Cyr, le 5 mai 1768 (mairie de Saint-Cyr). Voyage 25 mars 1739.

Jeanne-Marie-Antoinette de la Marque-Marca, née 24, baptisée 25 novembre 1728, à Mont-d'Astarac (Gers), diocèse d'Auch, fille de Jean-François de la Marque et d'Antoinette-Marie-Anne-Jeanne de Mainard. — Pr. 27 mai 1738. Morte, à Saint-Cyr, le 18 septembre 1746 (mairie de Saint-Cyr).

Marguerite de Marquessac-Crozès, née 3, baptisée 5 septembre 1710, à Sarrazac (Lot), diocèse de Cahors, fille de Pierre de Marquessac et de Marie de Malden. — Pr. 8 juin 1722. Morte, à Saint-Cyr, le 4 août 1729 (mairie de Saint-Cyr).

Charlotte-Catherine-Henriette de Mars-Baleines, née 14, baptisée 15 juin 1731, à Cusset (Allier) fille de Joseph de Mars et de Marguerite de Laizer. — Pr. 29 décembre 1742. B. S. 31 mai 1751. Bénédictine à Notre-Dame-des-Anges, à Saint-Cyr. Elle semble avoir été (14 mai 1767-28 avril 1789) prieure de Sainte-Marie de Villarceaux (Arch. Seine-et-Oise, fonds Sainte-Marie de Villarceaux). — Dot 25 août 1752.

Marie de Marsanges, née 15, baptisée 16 septembre 1767, à (Saint-Sauveur) Bellac (Haute-Vienne), fille de Antoine de Marsanges et de Jeanne du Teil. — Pr. 25 avril 1778. B. S. 24 septembre 1787. — Dot 6 octobre 1788. Elle épousa Joseph Badoux.

Marie de Marsanges, née et baptisée 8 septembre 1776, à (Saint-Sauveur) Bellac (Haute-Vienne), fille de Léonard de Marsanges et d'Anne de Marsanges. — Pr. 8 avril 1786. Entrée selon l'Inv. le 1er mai 1786. Sortie 24 septembre 1792 (Crécy). Morte sans alliance.

Josèphe-Henriette de Marsanne, née 20, baptisée 22 décembre 1745, à (Sainte-Croix) Montélimar, diocèse de Valence, fille de Jean-Louis de Marsanne et de Justine de la Coste. — Pr. 29 octobre 1757. B. S. 3 novembre 1765. — Dot 25 octobre 1766. Vivante 28 janvier 1772.

Marie-Victoire de Marsanne, née 27, baptisée 29 juillet 1752, à (Sainte-Croix) Montélimar (Drôme) fille de Jean-Louis de Marsanne et de Justine de la Coste. B. S. 8 août 1772. — Dot 1er août 1774. — Visitandine.

Marie-Marthe-Bernarde de Martainville-Marsilly, ondoyée 7 septembre 1720, baptisée 12 mars 1731, à la Flèche (Sarthe), diocèse d'Angers, fille de Louis de Martainville et de Geneviève Buisson. — Pr. 9 juillet 1732. Novice (26 avril 1739), religieuse (3 mai 1741) à Saint-Cyr. Sortie à la suppression. Morte 1797.

Geneviève de Martainville-Marsilly, née et baptisée 19 juillet 1724, fille de Louis de Martainville et de Geneviève Buisson. — Pr. mai 1732. B. S. 17 juillet 1744. — Dot 12 avril 1747.

Suzanne-Marie de la Marthonie-Gaignon, née à Gaignon, près Saintes, le 31 juillet, baptisée le 18 août 1716, à (Saint-Vivien) Pons (Charente-Inférieure) diocèse de Saintes, fille de Léon de la Marthonie et de Suzanne de Galateau. — Pr. 9 juillet 1728. Novice (9 juin 1736). Religieuse (18 juillet 1738) à Saint-Cyr, en présence de la Reine et du Dauphin. Morte, à Saint-Cyr, le 2 juin 1789 (mairie de Saint-Cyr).

Marie-Elisabeth de la Marthonie, née 6, baptisée 7 novembre 1747, à (Saint-Hilaire) Paillet-sur-Garonne (Gironde), fille de François-Marguerite-Léon de la Marthonie et de Marie-Anne de la Vierne. — Pr. 12 décembre 1758. Morte, à Saint-Cyr, le 8 novembre 1765 (mairie de Saint-Cyr).

Jeanne-Jacquine-Louise-Charlotte de Martigné-Villenoble, née et baptisée, 9 janvier 1694 (supplément de baptême 3 juillet 1699), à (Saint-Maurille) Angers (Maine-et-Loire), fille d'Henri de Martigné et d'Elisabeth de Saint-Ouen. — Pr. 17 juillet 1702. Morte, le 1er juillet 1705, à Saint-Cyr (mairie de Saint-Cyr).

Brigitte-Apolline-Augustine de Martimprey-Choisimont, née et baptisée, le 14 octobre 1779, à (Notre-Dame du Chaage) Meaux (Seine-et-Marne), fille de François de Paule-Augustin de Martimprey et de Marie-Apolline Potier. — Pr. 7 août 1789. Entrée, selon l'Inv., le 14 août 1789. Sortie 20 mars 1793 (Crécy). Elle épousa N. Buffault (Renseignement fourni par M. le lieutenant-colonel de Martimprey).

Marie Martin de Chateauroy, née 4, baptisée 5 janvier 1742, à Orival (Charente), fille de François de Martin et de Marie Bonnet. Novice carmélite à Saintes (29 avril 1763). B. S. 11 novembre 1761. — Dot 29 avril 1763.

Marie-Louise du Mas-la-Touche-la-Ruffinière, baptisée 7 septembre 1738, à (Notre-Dame) Leigné-les-Bois (Creuse), diocèse de Poitiers, fille de Michel du Mas et de Marie-Anne Jacquet. — Pr. 18 août 1849. — Dot 22 octobre 1767. Vivante 28 janvier 1772. B. S. 6 octobre 1758.

Françoise Mascureau de Plainbeau, née et baptisée 21 septembre 1723, à (Saint-Cybard) la Rochefoucauld (Charente), diocèse d'Angoulême, fille de Charles de Mascureau et de Marie de Couhé. — Pr. 12 juin 1773. B. S. 29 octobre 1743. Religieuse à la Règle (14 janvier 1746-22 septembre 1774). Pendant ce laps, elle reçoit une pension alimentaire[1].

Madeleine-Françoise de Massip-la-Motte, baptisée 14 juillet 1730, à Saint-Sulpice-d'Izon-Entre-Deux-Mers-Bernac (aujourd'hui Saint-Sulpice-d'Izon-Cameyrac) (Gironde), diocèse de Bordeaux, fille de Louis-Guillaume de Massip et de Françoise-Thérèse de Louppes. — Pr. 3 mai 1741. B. S. 18 octobre 1749. — Dot 15 juillet 1752.

Aglaé-Hortense-Félicie-Madeleine Le Mastin, née et baptisée 25 novembre 1760, à (Saint-Pierre-Lentin) Orléans, fille de Pierre-Auguste-Anne-César Le Mastin et de Marie-Madeleine Le Franc des Essars. Morte, à Saint-Cyr, le 10 octobre 1770 (mairie de Saint-Cyr).

Marie-Catherine de Mathefelon-la-Cour-Coffy, née et baptisée le 23 octobre 1719, à Châteauvieux-en-Berry (Loir-et-Cher), fille de Louis-Hippolyte de Mathefelon et de Catherine de Bonafos. — Pr. 4 juillet 1739. — Dot 18 avril 1704.

Marie-Josèphe-Renée de Mathesou, née et ondoyée le 31 mars 1742, baptisée le 9 avril 1742, à Trébahu (Finistère), diocèse de Léon, fille de Tanguy-Gilles de Mathesou et de Marie-Catherine Geslin. — Pr. 2 juillet 1753. B. S. 17 novembre 1763. — Dot 26 janvier 1766.

Julie-Marie de Matra, née selon l'Obit. 7 septembre 1779, baptisée à Mariana (Corse) (Saint-Jean-Baptiste), fille de Jules de Matra et de Nicole Rigo. Morte à Saint-Cyr, le 18 octobre 1791 (mairie de Saint-Cyr).

Thérèse de Maubeuge, née 5, baptisée 6 juin 1757, à (Notre-Dame) Champvoisy (Marne), diocèse de Soissons, fille de Jean-Charles-François de Maubeuge et de Thérèse de Maubeuge. — Pr. 8 mars 1769. B. S. 1er juin 1777. — Dot 24 novembre 1778.

[1] Nadaud dit à tort qu'elle épousa Charles de Rabaine, dont elle était veuve en 1789.

Louise-Agathe-Marguerite de Mauger, née et baptisée le 23 septembre 1742, à (Saint-Pierre) Boutigny (Eure-et-Loir) diocèse de Chartres, fille de Léonard-Adrien-Jacques de Mauger et de Marguerite Bourgine. — Pr. 27 janvier 1753. B. S. 15 juillet 1763. — Dot 19 juin 1766. Elle épousa (21 janvier 1766) Louis de Bellavoine (vivant 28 janvier 1772). Vivante 28 janvier 1772.

Jeanne-Françoise de Maulai-la-Louère, née et baptisée le 5 avril 1708, à (Saint-Jean-Baptiste) Gerberoy (Oise), diocèse de Beauvais, fille de Joachim de Maulai et de Jeanne Gervais. — Pr. 7 septembre 1718. B. S. 29 mars 1728. — Dot 16 juillet 1729.

Elisabeth-Pétronille de Mauléon, baptisée le 5 avril 1768, à Nebias (Aude), diocèse d'Alet, fille de Marc-Antoine de Mauléon et de Suzanne-Jeanne-Françoise Rougier de Caraman. — Pr. 11 mai 1776. Pens. pour infirmités (4 septembre 1781-5 avril 1788). Chanoinesse de Troarn (21 février 1788). — Religieuse.

Catherine de Maurin-Pardaillan, baptisée 14 avril 1663, à Behen (Somme), diocèse d'Amiens, fille de François de Maurin et de Madeleine de Maillé. — Pr. 31 mars 1686. Epousa N. de Jouvenot.

Marie-Rose de Maussabré-Gastesouris, née 23, baptisée 25 mars 1708, à Cluis-Dessus (Indre), diocèse de Bourges, fille de Jean de Maussabré et d'Agnès-Angélique de Douhaut-Aunai. — Pr. 18 mars 1717. Morte à Saint-Cyr, le 21 juin 1718 (mairie de Saint-Cyr).

Marie-Geneviève de Maussabré, née et baptisée, le 19 novembre 1712, à Montchevrier (Indre), (communic. de M. Bonnin, sec. de la mairie de Montchevrier, fille de Jean de Maussabré et d'Agnès-Angélique de Douhaut. B. S. 19 novembre 1732. — Dot 30 septembre 1734. Elle épousa (13 janvier 1737) Edme de Préaux-Lezeaux, et mourut, à Orsennes (Indre), le 9 octobre 1742 (indic. de M. le marquis de Maussabré et communic. de M. Pichon, sec. de la m. d'Orsennes).

Marie de Maussac-Salvagnac, née 7, baptisée 8 novembre 1739, à (Saint-Pierre) Collonges (Corrèze), archiprêtre de Brives, diocèse de Limoges, fille de Jean de Maussac et de Louise de Michel-Layrac. — Pr. juillet 1751. B. S. 30 janvier 1760. — Dot 23 septembre 1766. Elle épousa (22 septembre 1773) Jean Dumas de Ganiac.

Suzanne de Maussac-Salvagnac, née et baptisée le 7 février 1741, à (Saint-Pierre) Collonges (Corrèze), archiprêtré de Brives, diocèse de Limoges, fille de Jean de Maussac et de Louise de Michel. Morte, de la petite vérole, à Saint-Cyr, le 11 octobre 1753 (mairie de Saint-Cyr).

Marguerite de May-Vieulaines, née 21, baptisée 22 juin 1710, à Vieulaines (commune de Fontaines-sur-Somme) (Somme), diocèse d'Amiens, fille de Georges de May et de Françoise de Belloy. Morte, à Saint-Cyr, le 7 juin 1725 (mairie de Saint-Cyr).

Jeanne-Françoise-Marie-Guyonne de May-Aulnay, née 19. baptisée 22 février 1721, à (Saint-Jean-Baptiste) le Déluge près Méru (Oise), fille de Charles-Salomon de May et de Marie-Madeleine-Charlotte de la Mazelière. — Pr. 16 janvier 1762. B. S. 28 octobre 1770. — Dot 7 février 1771.

Gilberte de Mayet du Colombier-la-Vilatelle, née 23, baptisée 24 décembre 1742 à (prieuré Saint-Jean) Riom (Puy-de-Dôme), diocèse de Clermont-Ferrand, fille d'Antoine de Mayet et de Marie de Mauriat-Monrozier.— Pr. 14 août 1752. B. S. 11 novembre 1763. — Dot 22 mai 1767. Religieuse à la Val-Dieu (22 mai 1767).

Marie-Elisabeth-Henriette de Mazancourt du Vivier, née 14, baptisée 15 janvier 1721, à (Notre-Dame) Vivières près Soissons (Aisne), fille d'Henri de Mazancourt et d'Elisabeth Chevalier, novice (26 avril 1739), religieuse converse (3 mars 1741) à Saint-Cyr. Y meurt, le 2 octobre 1788 (mairie de Saint-Cyr).

Françoise-Louise de Méalet-Roffiac, née 14 juillet 1677, baptisée 23 juillet 1680, à Vitrac (Cantal), diocèse de Saint-Flour, fille d'Amable de Méalet-Fargues et de Marguerite de Laparra. — Pr. juin 1687. Novice à Saint-Cyr (1er février 1697). Sortie, pour infirmités (février 1699). Visitandine à Chaillot. Morte, à Chaillot, le 29 mars 1733, à 8 heures du soir (Bibl. Nat. Impr. L⁴. 173. 2, tome 36).

Louise-Elisabeth de Méalet-Roffiac, née 22 avril 1688, fille d'Amable de Méalet et de Marguerite de Laparra. — Pr. 4 novembre 1695. B. S. 23 avril 1688. — Dot 24 janvier 1708.

Louise de Méalet-Solignac, née 16, baptisée le 23 octobre 1715. à (Saint-Martin) Boisset (Cantal, canton de Maurs), fille de Louis de Méalet

et de Françoise de Brives-Peyrusse. — Pr. 12 octobre 1727. Morte, à
Saint-Cyr, le 27 octobre 1732 (mairie de Saint-Cyr).

Renée de Meaulne-Hunon, née et baptisée 3 octobre 1685, à Noyant
(Maine-et-Loire, arrondissement de Baugé) (communic. de la m. de
Noyant), fille d'Armand de Meaulne et de Gabrielle Le Jumeau des Per-
rières.— Pr. 20 août 1694. B. S. 7 octobre 1705. — Dot 7 octobre 1705.
— Visitandine.

Louise-Marceline de Meckenheim, née 11, baptisée 12 septembre 1779,
à Raucourt (Ardennes), diocèse de Reims, fille de Jean-François de
Meckenheim et de Marguerite-Madeleine de Gentil.— Pr. 9 juillet 1788.
Entrée, selon l'Inv., le 4 août 1788. Sortie 9 avril 1793 (Crécy). Elle
épousa (8 juin 1800) Charles-Maurice de Meckenheim-Artaize (né 7 septembre 1758, mort le 24 octobre 1821, à Champigny-sur-Marne). Elle
mourut, à Vendôme, le 12 mars 1857 (communic. de la m. de Vendôme).
(D'Hozier : Registre complémentaire).

Marie-Etiennette de Médrano, née 17, baptisée 18 juin 1767, à Duffort
(Gers), diocèse d'Auch, fille de Louis de Médrano et de Marie-Anne de
Larroux. — Pr. 5 mars 1778. B. S. 5 juin 1787. — Dot 15 février 1788.
— Chanoinesse.

Marie-Eléonore-Françoise-Catherine de Mégret-Belligny, née 19 février
1756, à Lisle (Loir-et-Cher), diocèse de Blois, fille de François-Frédéric
de Mégret et de Marie-Jeanne Huet (renseignements fournis par M. de
Mégret-Belligny, président du Trib. civil de Ribérac). B. S. 10 février
1776. — Dot 18 juillet 1777. Elle épousa, le 20 avril 1779, Pierre-François de Vasconcelles. (Renseignement fourni par M. R. de Saint-Venant,
président de la Société Archéol. de Vendôme).

Elisabeth Méhée d'Anqueville, née 6, baptisée 9 février 1685, à (Saint-
André) Angoulême, fille de Renée Méhée et d'Anne Le Musnier. Elle
testa, le 15 novembre 1744, et mourut en juin 1745 (abbé Tricoire : le
Château d'Ardenne.) B. S. 15 février 1705. — Dot 23 avril 1705.

Anne-Rose Méhée d'Anqueville, née 30 janvier 1688, aux Courades,
baptisée 16 février 1688, à Vibrac (Charente) fille de René Méhée et
d'Anne Le Musnier. B. S. 18 juillet 1708. — Dot 14 juillet 1708. Elle
épousa (23 juin 1723) Jean-Louis de Terrasson la Faye. Elle mourut entre
le 1er janvier et le 24 mai 1746 (abbé Tricoire : le Château d'Ardenne.
Angoulême, 1890, in-8°, p. 167 et passim).

Adélaïde-Pauline-Benoîte de Méjanès-Veillac, née 27, baptisée 28 octobre 1762, à (Saint-Georges) Camboulas (Camboulas, comm. de Pont de Salars) (Aveyron), diocèse de Rodez, fille de Jacques de Méjanès et de Catherine de Méjanès-Puellor. — Pr. 17 octobre 1770. B. S. 1er octobre 1782. — Dot 4 mars 1784.

Catherine-Victoire de Méjanès-Puellor, née et baptisée 26 décembre 1775, à (Saint-Benoît) Carmaux (Tarn), diocèse d'Albi, fille de Joseph de Méjanès et de Françoise de Barrau. — Pr. et entrée, selon l'Inv., 29 mars 1784. Sortie 25 mars 1793 (Crécy).

Catherine de Mélet-Castelviel, née 14, baptisée 16 octobre 1702, à (Notre-Dame) Castelvieil (Gironde) comté de Bénauges, diocèse de Bazas, fille de Pierre de Mélet et de Marie-Rose Fortassis. — Pr. 9 octobre 1714. B. S. 9 janvier 1723. — Dot 9 janvier 1723. Elle épousa (22 juin 1740) Jean-Jacques de Melet-Rochemont. Elle mourut, le 18 mai 1741 (Bourrousse de Lafforre : *Nobiliaire de Guyenne*, t. II).

Thérèse de Melet-Monbalen, née et baptisée le 10 mai 1759, à Saint-Pierre de Jalzac, paroisse de Monbalen (Lot-et-Garonne), fille de Jean-Jacques de Melet et de Thérèse de Gironde. — Pr. 12 octobre 1768. B. S. 6 décembre 1778. — Dot 5 janvier 1779.

Henriette-Françoise de Mélin-Franclieu, née et baptisée 29 mai 1689, à (Saint-Eustache) Viroflay (Seine-et-Oise) diocèse de Paris, fille d'Henri de Mélin et de Madeleine Anneri. — Pr. 14 avril 1698. Morte, à Saint-Cyr, le 22 décembre 1701 (mairie de Saint-Cyr).

Louise de Menou-Billy, baptisée 15 septembre 1677, à Soisy-sur-Seine (Soisy-sous-Etiolles) (Seine-et-Oise), diocèse de Paris, fille de Louis de Menou et d'Elisabeth Mathis. — Pr. 12 mai 1687. Morte, à Saint-Cyr, le 7 septembre 1694 (mairie de Saint-Cyr).

Marguerite de Menou du Metz, née 9, baptisée 12 octobre 1691, à (Saint-Pierre) Pellevoisin-en-Touraine (Indre), diocèse de Bourges, fille d'Edmond de Menou et de Jeanne d'Assy. — Pr. 13 juin 1702. B. S. 13 octobre 1711. Elle épousa (4 novembre 1717) Edme de Préaux-Lézeaux. — Dot 13 octobre 1711.

Marguerite-Geneviève-Michelle de Mercastel-Croixdalle, née 2, baptisée 3 janvier 1730, à Croixdalle (Seine-Inférieure), diocèse de Rouen, fille de Charles de Mercastel et de Françoise de Saint-Ouen. — Pr. 26 janvier 1740. Morte, à Saint-Cyr, le 25 juin 1741 (mairie de Saint-Cyr).

Charlotte-Amélie de Mercurin-Valbonne, née et baptisée 26 avril 1750, à (Saint-Pierre-le-Jeune) Strasbourg (Alsace), fille d'Antoine de Mercurin et de Frédérique-Catherine de Dettingen. — Pr. 15 mai 1761. B. S. 29 mai 1770. — Dot 6 juillet 1770.

Marie du Merle, baptisée 21 avril 1677, à Breteuil (Eure), diocèse d'Evreux, fille de Jean du Merle et d'Esther-Marie-Louise de Chaumont. — Pr. 29 octobre 1685.

Marie-Marguerite du Merle-Blancbuisson, baptisée 16 mai 1735, à Saint-Pierre-du-Mesnil (Eure), diocèse d'Evreux, fille de Charles du Merle et de Marie-Madeleine de Gouhier. — Pr. 10 avril 1745. Morte, à Saint-Cyr, le 2 novembre 1745 (mairie de Saint-Cyr).

Marie-Henriette des Merliers-Longueville, née 18, baptisée 19 octobre 1723, à Mouais (Loire-Inférieure), diocèse de Nantes, fille de Henri-Emmanuel des Merliers et d'Yvonne Gautier. — Pr. 24 janvier 1733. Novice (2 octobre 1743). Religieuse (15 octobre 1745) à Saint-Cyr. Sortie à la suppression. Elle mourut, à Rennes, le 19 nivôse an X (Etat-civil de Rennes).

Marie-Madeleine de Mesgrigny-Villebertin, née et baptisée 2 novembre 1696, à Saint-Pouange (Aube), diocèse de Troyes, fille de François de Mesgrigny et de Madeleine-Denise Nevelet. — Pr. 19 avril 1708. B. S. 28 novembre 1716. — Dot 31 août 1717. — Religieuse.

Marie-Claude-Florence Mesnard, née 14, baptisée 15 juillet 1766, à (Notre-Dame) Fontenay-le-Comte (Vendée), fille de Louis de Mesnard et de Louise-Catherine Bernot de Monchy. — Pr. 18 juillet 1778. Pens. pour infirmités (1er mars 1780 à 8 janvier 1788). B. S. 7 décembre 1787. — Dot 9 juin 1787. — Religieuse.

Jeanne-Gabrielle de Mesnil-Bérard-la Chaise, née 18, baptisée 24 novembre 1686 à Saint-Pierre de Coutances (Manche), fille de Thomas du Mesnil et de Gabrielle Guéroult. — Pr. 1er décembre 1696. Morte, le 4 avril 1700, à Saint-Cyr (mairie de Saint-Cyr).

Françoise du Mesnil-Simon-Paray, née 27 février, baptisée 2 mars 1688, à (Sainte-Anne) Feux (Cher), diocèse de Bourges, fille de Jean du Mesnil-Simon et de Marie Faron. — Pr. 8 août 1695. Capucine à Amiens (1710).

Suzanne-Françoise du Mesnil-Adelée-Dracqueville-Sainte-Croix, née 17, baptisée 19 octobre 1704[1], à Dracqueville (commune de Mesnil-Villement) (Manche), diocèse de Coutances, fille de Jean-Baptiste du Mesnil et de Suzanne-Françoise Davy. — Pr. 22 novembre 1718. B. S. 13 août 1726. — Dot 7 mars 1727.

Catherine-Ursule du Mesnil-Fiennes, née 4, baptisée 5 septembre 1742, à Ochancourt en Picardie (Somme), fille de François du Mesnil et d'Elisabeth-Thérèse de Belloy. — Pr. 8 juin 1751. B. S. 1er novembre 1763. — Dot 25 octobre 1766. Vivante 21 janvier 1772.

Marie-Anne-Elisabeth du Mesnil-Fiennes, née 25, baptisée 26 juillet 1745, à Ochancourt (Somme), fille de François du Mesnil et de Marie-Elisabeth-Thérèse du Belloy (communic. de M. Forestier, sec. de la mairie d'Ochancourt). B. S. 4 janvier 1765. — Dot 25 octobre 1766. Vivante 28 janvier 1772.

Honorine-Louise du Mesnil-Saint-Valéry, née et baptisée 27 février 1750, à Vieux-Conches en Normandie (Eure, commune de Conches), fille de Noël-Jean-Baptiste du Mesnil et de Suzanne-Françoise de Chambon. — Pr. 24 septembre 1761. Morte, à Saint-Cyr, le 5 janvier 1769 (mairie de Saint-Cyr).

Marie-Anne du Mesnil-Simon, née 28, baptisée 29 septembre 1761, à (Saint-Pierre) Saintes (Charente-Inférieure), fille de Pierre du Mesnil-Simon et de Charlotte Pissonnet de Bellefonds. — Pr. 27 avril 1772. B. S. 29 septembre 1781. — Dot 15 mai 1782.

Madeleine du Mesnil-Simon, née et baptisée, le 3 avril 1774, à Plassay (Charente-Inférieure) diocèse de Saintes, fille de Pierre du Mesnil-Simon et de Charlotte Pissonnet de Bellefonds. Entrée, selon l'Inv., le 6 janvier 1784. Sortie 14 avril 1793 (Crécy).

Marie-Jeanne-Françoise de Messey, ondoyée 15 octobre 1746, baptisée 7 novembre 1747, à (Saint-Antoine) Braux (Haute-Marne), diocèse de Langres, fille de Gabriel de Messey et de Jeanne de Balidart. — Pr. 28 septembre 1758. B. S. 7 septembre 1766. — Dot 15 décembre 1767. Chanoinesse. Vivante 28 janvier 1772.

[1] Les listes Lavallée lui donnent, pour l'année de naissance : 1706, ce qui est plus en rapport avec la date du billet de sortie. Toutefois les pièces des *Preuves* et des dossiers généalogiques *(Carrés Hozier, Cabinet Hozier)* portent toutes 1704. Nous avons écrit au Mesnil-Villement, pour essayer d'éclaircir le problème. Par malheur, M. le Secrétaire de la mairie nous a répondu que l'état-civil de la section de Dracqueville ne remontait pas au-delà de 1726.

Anne-Marie-Marguerite Le Métayer de la Haye, baptisée le 26 mars 1674, à la Haye-le-Comte (Eure), diocèse d'Evreux, fille de Léonor Le Métayer et de Françoise de Saint-Laurent, novice (12 mai 1693), puis (23 novembre 1695) religieuse à Saint-Cyr. Morte, à Saint-Cyr, le 17 mars 1706 (mairie de Saint-Cyr).

Marie-Anne-Thérèse Le Métayer de la Haye, née et baptisée le 17 juillet 1705, à (Notre-Dame) la Haye-le-Comte (Eure), fille de Jean Le Métayer et d'Hélène d'Erneville. — Pr. 3 avril 1716. B. S. 1728. — Dot 3 août 1729. Bénédictine à Saint-Jean-Baptiste d'Andely.

Marie-Hélène-Charlotte Le Métayer de la Haye-le-Comte, née et baptisée le 21 avril 1704, à la Haye-le-Comte (Eure), diocèse d'Evreux, fille de Jean Le Métayer et d'Hélène d'Erneville. — Pr. 30 avril 1712. B. S. 21 avril 1724. — Dot 1er mai 1724.

Françoise de la Meusnière-la-Monie, née 26, baptisée 28 septembre 1707, à (Saint-Denis) Crépy en Valois (Oise), diocèse de Senlis, fille de Philippe de la Meusnière et de Françoise Duport. — Pr. 5 janvier 1719. B. S. 23 août 1727. — Dot 10 mars 1729.

Louise-Jeanne-Gabrielle-Marianne-Elisabeth Meynier de la Salle, née et ondoyée 15 avril, baptisée 8 juillet 1753, à (Saint-Nicolas), Publy au comté de Bourgogne (Jura), fille d'Antoine-Ignace-Joseph de Meynier et de Catherine-Jeanne-Charlotte de Manse. — Pr. 20 juin 1763. B. S. 30 mars 1773. — Dot 5 juillet 1773.

Anne de Mézières-Socquence, baptisée le 12 juillet 1672, à Faverolles-les-Mares (Eure), diocèse de Lisieux, fille de Louis de Mézières et de Charlotte Hallé. — Pr. 18 juillet 1686. Religieuse hospitalière.

Françoise-Félicité de Michaut-Montespin, née le 17 octobre 1782, à Toulon (Var) (Renseignement fourni par M. Bourrilly, professeur au Lycée de Toulon), fille de Jean-François Michaut de Montespin et de Françoise Lorraine. Entrée le 9 août 1792. Sortie le 9 avril 1793 (Crécy). C'est la dernière élève de Saint-Cyr.

Marguerite-Roberte Michel de Carpont-Kerveny, née 7, baptisée 8 novembre 1698, à (Notre-Dame de Recouvrance) Brest, diocèse de Léon, fille de François Michel et d'Ursule Pallu. — Pr. 17 janvier 1706. B. S. 12 octobre 1718. — Dot 30 août 1720.

Claude Michel du Carpont-Kerveny, née 25 janvier, baptisée 1ᵉʳ février
1701, à Brest (Finistère), diocèse de Léon, fille de François Michel et
d'Ursule Pallu. B. S. 20-27 juin 1721. — Dot 18 février 1721.

Antoinette-Eulalie Michel de Montuchon, née 1ᵉʳ, baptisée 2 mars
1756, à Saint-Nicolas de Coutances (Manche), fille de Jacques-Henri-
Sébastien Michel de Montuchon et de Louise-Charlotte Le Poupinel de
Quettreville. — Pr. 19 août 1767. B. S. 4 mars 1776. Chanoinesse de
Troarn (3 août 1788). — Dot 2 juin 1778. Elle mourut, célibataire, à Coutance. (Indic. de M. Michel de Monthuchon), le 23 janvier 1829
et fut enterrée à Monthuchon. (Indic. de M. Michel de Monthuchon et
communic. de M. Guesnon, sec. de la mairie de Monthuchon.)

Françoise Le Michel de la Chapelle, née 10, baptisée 11 octobre 1693,
à Notre-Dame de Courson (Calvados), diocèse d'Evreux (sic), fille de
Gabriel Le Michel et d'Anne Labé. — Pr. 22 octobre 1702. B. S. 9 octobre 1713. — Dot 23 septembre 1715.

Marguerite-Anne des Michels-Champorçin, née et baptisée 30 mars
1736, à (Sainte-Madeleine) Aix-en-Provence (communic. de M. Molard,
chef de bureau de l'Etat-civil, mairie d'Aix), fille d'Henri des Michels et
de Thérèse Bronchier. — Pr. 26 mars 1748. B. S. 27 mars 1756. —
Dot 11 mars 1762. Elle épousa (10 août 1766) Louis-Antoine de Laugier-
Villars, et mourut à Gagny (Seine-et-Oise) le 15 avril 1817 (communic.
de la m. de Gagny). Elle fut emprisonnée sous la Terreur et sauvée par
le 9 thermidor.

Henriette-Louise des Michels-Champorçin, née et baptisée 9 janvier
1755, à (Sainte-Madeleine) Aix en Provence (Bouches-du-Rhône), fille
de Pierre-Honoré-Thomas-Michel des Michels et de Charlotte-Hélène-
Catherine de Gresillemont. — Pr. 30 juin 1763. B. S. 14 décembre
1775. — Dot 1ᵉʳ septembre 1775.

Adélaïde de Milly, baptisée 7 octobre 1675, à Saint-Omer-en-Chaussée
(Oise), diocèse de Beauvais, fille de François de Milly et de Françoise de
Trécesson. — Pr. 10 novembre 1686. Les listes de M. Lavallée la portent
comme morte, à Saint-Cyr. C'est peut-être, la personne désignée dans
l'Obituaire de Saint-Cyr, sous le nom de Mˡˡᵉ de Tilly-Cabos, et qui
mourut, le 29 janvier 1689 (mairie de Saint-Cyr).

Barbe-Philippine Minette de Beaujeu, née 6, baptisée 7 octobre 1744,
à (SS. Pierre et Paul) Langres (Haute-Marne), fille d'Edme-Philippe de

Minette et de Marie-Nicole de Plusbel. — Pr. 5 mai 1753. B. S. 13 août 1764. — Dot 26 mars 1767.

Toussainte-Thérèse Le Mintier de la Motte-Basse, ondoyée au Gouray (Côtes-du-Nord), le 1er mars 1742, baptisée le 17 février 1747, fille d'Antoine-François Le Mintier et de Renée de la Motte-Vauvert. — Pr. 3 avril 1751. B. S. 4 novembre 1763. — Dot 25 octobre 1766. Morte sans alliance. (Rens. fourni par M. le marquis Le Mintier de la Motte-Basse.) Vivante 28 janvier 1772.

Françoise-Elisabeth Le Mintier du Chesnay-la-Motte-Basse, née 27, baptisée 28 septembre 1748, au Gouray (Côte-du-Nord), diocèse de Saint-Brieuc, fille d'Antoine-Françoise Le Mintier et de Renée de la Motte-Vauvert. B. S. 26 avril-30 septembre 1768. — Dot 1er juillet 1769. Elle épousa son neveu, N. de la Ville-Hulin.

Agathe-Renée-Marguerite Le Mintier de la Motte-Basse, ondoyée 2 avril 1770, baptisée 17 septembre 1771, à (Saint-Etienne) Rennes, fille d'Antoine-Paul Le Mintier et de Victoire-Geneviève de la Villéon. Novice à Saint-Cyr (28 novembre 1789). Sortie en 1793.

Jeanne-Charlotte de Mitry-Mesnil, née et baptisée 21 mars 1738, au Mesnil devant Bayon (aujourd'hui Mesnil-Mitry) (Meurthe-et-Moselle), fille de Jean-Hyacinthe de Mitry et de Jeanne de Franquemont. — Pr. 28 mai 1745. B. S. 18 mars 1758. — Dot 29 mars 1764. Chanoinesse à Poussay, en 1789 (Emile Gaspard : *l'Abbaye et le Chapitre de Poussay*. Nancy, 1871, in 8°).

Marie-Madeleine-Charlotte Le Moine d'Aubermesnil, née et baptisée le 24 février 1768, à (Saint-Amant) Verdun-sur-Meuse (Meuse), fille de Jacques-Nicolas Le Moine et de Suzanne d'Arbon. — Pr. 17 janvier 1778. B. S. 1er mars 1788. — Dot 27 mai 1788.

Charlotte-Bonaventure de Moiria-Maillat, née 7, baptisée 8 juin 1723, à (Saint-Irénée) Maillat (Ain) fille de Etienne-Joseph-Marie de Moiria et de Thérèse-Prospère de Falletans. Pr. 5 octobre 1733. B. S. 15 mai 1743. Religieuse à Saint-Pierre de Lyon (29 avril 1745-3 mars 1790). Pens. alim. durant ce laps..

Marie-Anne-Philippes de Moiria-Maillat, née et ondoyée 8 mai, baptisée 11 septembre 1724, à Maillat (Ain), fille d'Etienne-Joseph de Moiria

et de Marie-Thérèse-Prospère de Falletans. B. S. 8 mai 1744. — Dot
29 mars 1747.

Marguerite-Antoinette de Moissard du Planet, née 17, baptisée
18 décembre 1701, à (Saint-Pierre) Mâcon (Saône-et-Loire), fille d'Hubert-
Renée de Moissard et de Jacqueline d'Enghien. — Pr. 4 mai 1709. B. S.
5 janvier 1722. — Dct 18 février 1721. Elle épousa (19 avril 1726)
Joseph de Longecombe-Thoys. Vivante 5 juillet 1732. Fille à Saint-Cyr.

Gabrielle-Marguerite Moisson de Précorbin, née 25, baptisée 26 juillet
1715, à Sainte-Marie-Laumont (Calvados), diocèse de Coutances, fille de
Charles-François Moisson et de Gabrielle d'Aurai. — Pr. 11 août 1725.
B. S. 24 juin 1736. — Dot 31 mars 1738. Visitandine à Ste-Marie de Caen.

Marguerite-Sophie Moisson de Précorbin, née 11, baptisée 14 décembre 1758, à (Saint-Étienne) Caen (Calvados), fille de Charles Moisson et
de Marie-Catherine-Gabrielle-Olive l'Évêque. — Pr. 12 septembre 1768.
B. S. 6 décembre 1778. — Dot 27 janvier 1780. Elle épousa Charles-
Eugène de la Maugerie.

Angélique-Maximilienne de Molen-la-Vernède-Eiry, née 29, baptisée
30 juillet 1738, à Mareugheol-Lembron (Puy-de-Dôme), diocèse de Clermont-Ferrand, fille de Gabriel de Molen et de Louise de Strada. — Pr.
29 juillet 1745. B. S. 27 août 1758. — Dot 16 avril 1764.

Marie-Joséphine-Gabrielle de Molen-la-Vernède-Saint-Poncy, née et
baptisée le 16 décembre 1758, à Saint-Flour (Cantal), fille d'Amable de
Molen et de Marie-Agnès Nozan. — Pr. 29 mai 1767. B. S. 6 décembre
1778. — Dot 4 janvier 1781. Visitandine à Saint-Flour.

Anne-Suzanne de Molières, née 15, baptisée 18 juin 1744, à (Saint-
Jacques) Montauban (Tarn-et-Garonne), fille de Jacques de Molières et
d'Anne de Garrisson. — Pr. 30 décembre 1755. B. S. 14 juin 1764. —
Dot 25 octobre 1766. Vivante 28 janvier 1772.

Marie-Madeleine de Molin-la-Grange, née 5, baptisée 12 octobre 1691,
à Limoges-en-Brie (Limoges-Fourches) (Seine-et-Marne), diocèse de Paris,
fille de Philippe de Molin et de Marie-Elisabeth Petit. — Pr. 28 juin
1702. B. S. 12 octobre 1711. — Dot 12 octobre 1711.

Louise-Eléonore de Molitart, née et baptisée 7 novembre 1705, à
Blandainville (Eure-et-Loir), diocèse de Chartres, fille de Louis-Charles

de Molitart et de Jeanne-Geneviève-Mauricette Egrot. — Pr. 17 février 1713. — B. S. 21 octobre 1725. — Dot 17 juin 1729. — Religieuse à Saint-Avit-en-Dunois. Abbesse de Saint-Cyr (5 mai 1751-17 août 1755).

Angélique-Ursule Monami du Theil, baptisée 22 juin 1677, à (Sainte-Madeleine), Paris, fille de Michel de Monami et de Marguerite de la Rouère. — Pr. 7 septembre 1686.

Suzanne-Catherine-Françoise du Moncel-Martinvast, baptisée 5 août 1702, à Saint-Cyr (cant. de Montebourg) (Manche), diocèse de Coutances, fille de Hervé-Henri du Moncel et de Suzanne de Monnier. — Pr. 3 octobre 1713. Morte, à Saint-Cyr, le 9 juin 1719 (mairie de Saint-Cyr).

Marguerite de Monchy-Vismes, née 19, baptisée 20 juillet 1678, à Sailly, diocèse d'Amiens (Sailly-le-Sec (Somme), canton de Nouvion en Ponthieu), fille de François de Monchy et d'Isabelle de Saint-Blimont. Pr. 10 avril 1687. Vivante 20 avril 1699.

Marguerite-Anne de Monchy-Vismes, née 20, baptisée 26 avril 1679, à Amiens (Saint-Rémy), fille de Georges de Monchy et de Marguerite de Saint-Lô. — Pr. 10 juin 1686. B. S. 23 mai 1699. Vivante 5 août 1713. Morte sans alliance.

Marie-Madeleine-Antoinette de Monchy-Vismes, née 27, baptisée 28 janvier 1750 à (Notre-Dame) Cantigny (Somme), diocèse d'Amiens, fille de Louis-Pierre de Monchy et de Marie-Antoinette de Formé. — Pr. 10 novembre 1761. B. S. 23 février 1770. — Dot 23 mars 1770.

Madeleine-Marguerite-Charlotte-Thérèse de Mondion-Artigny, baptisée 28 juin 1725, à (Notre-Dame) Céaux près Loudun [1] (Vienne), diocèse de Poitiers, fille de Charles-César de Mondion et de Marie-Marguerite-Françoise de Marans. — Pr. 29 mars 1736. Morte, à Saint-Cyr, le 5 juillet 1742 (mairie de Saint-Cyr).

Henriette-Agathe-Rose de Mondion, née et baptisée 1er avril 1754, à (Notre-Dame) Richelieu (Indre-et-Loire), fille de Jean-Hubert de Mondion-Falaise et de Anne-Louise de Mondion. — Pr. 28 mai 1765. B. S. 16 février 1774. — Dot 18 août 1774. Elle épousa (19 juin 1780) Pierre-Stanislas Foäche (Renseignement fourni par M. le comte de Mondion).

---

[1] Le Céaux en question n'est pas Céaux en Couhé (Vienne), mais Céaux en Loudun (Vienne). Une lettre de M. l'abbé Pasquier, curé de Céaux en Loudun, nous a communiqué l'acte de baptême de cette jeune fille, baptisée dans sa paroisse.

Marie-Madeleine de Mondion-Artigny, née et baptisée, le 14 avril 1776, à (Saint-Denis) Poitiers, fille de Joseph-Louis-Vincent de Mondion et de Marie-Henriette Berthre de Bourniseaux. — Pr. 21 février 1786. Entrée selon l'Inventaire 27 février 1786. Sortie 19 avril 1793 (Crécy). Elle mourut à Poitiers, en odeur de sainteté, le 10 janvier 1867, rue Saint-Paul, 8 (communic. de la m. de Poitiers). M. de Coursac a écrit sa *Vie* (Renseignement fourni par M. le comte de Mondion).

Henriette-Agathe-Victoire de Monet de la Marck, née 8, baptisée 11 octobre 1770, à (Notre-Dame) Bazentin (Somme), diocèse d'Amiens, fille de Louis de Monet et de Catherine-Elisabeth-Julie de Wasservas. — Pr. 3 octobre 1780. B. S. 18 avril-4 juin 1790. Voyage en 1791. — Dot 7 décembre 1790. Elle épousa Ferdinand-Evrard-François de Wasservas et mourut, à Arras, le 6 mai 1851 (Renseignements fournis par Mme de Monet de la Marck et communic. de la mairie d'Arras).

Reinette-Henriette de Mongeot-Hermonville, née et ondoyée 1er juin, baptisée 4 juin 1737, à (Saint-Sauveur) Hermonville (Marne), diocèse de Reims, fille de Jacques-Christophe de Mongeot et de Bénigne-Henriette-Angélique de Champagne. — Pr. 26 mars 1748. Morte, à Saint-Cyr, le 3 novembre 1751 (mairie de Saint-Cyr).

Anne Françoise de Monier-Castelet, née 25, baptisée 28 juin 1730, à Pignans (Var), diocèse de Fréjus, fille de Joseph-François de Monier et de Blanche de Monier-Chateauvieux. — Pr. 24 juin 1742. B. S. 18 juin 1750. — Dot. 15 janvier 1753. — Bénédictine.

Marie de Monneraud, née 9, baptisée 11 septembre 1773, à (Notre-Dame) Voulgezac en Angoumois (Charente) fille de Léonard de Monneraud et de Louise Guy. — Pr. 1er août 1782. Entrée, selon l'Inv., le 3 août 1782. Sortie 18 octobre 1792 (Crécy).

Catherine-Geneviève de Monspey-Luisandre, née et ondoyée 21 juin 1682, à Belleville-sur-Saône (Rhône) (communic. de M. Bourguignon, sec. de la m. de Belleville), baptisée le 27 avril 1690, à (Sainte-Croix) Lyon, fille d'Etienne de Monspey et de Marie d'Ervieu. — Pr. 20 décembre 1690. B. S. 21 juin 1702. — Dot 24 juin 1702. Morte, au château de Vallière, près Saint-Georges de Reneins (Rhône), sans alliance, le 6 décembre 1762 (inhumée, le 7) (État-Civil de Saint-Georges de Reneins, communic. de la m.)

Jeanne de Monspey-Luisandre, née et baptisée à Saint-Trivier-sur-Moignans (Ain), le 1ᵉʳ mars 1688 (Communic. de M. Rollet, sec. de la mairie de Saint-Trivier), fille de Etienne de Monspey et de Marie d'Ervieu. B. S. et Dot 4 juin 1708. Augustine à Saint-Amour (Renseignement de M. le marquis de Monspey).

Marie-Françoise de Monsures-Hévécourt, née 18, baptisée 19 mai 1687, à Réalcamp (Seine-Inférieure), diocèse de Rouen, fille de Florimond de Monsures et de Marie-Anne de Marquette. — Pr. 16 juillet 1696. B. S. 18 mai 1707. — Dot 18 juin 1717 *(sic.* Erreur de classement : c'est 1707). Elle était religieuse à l'Abbaye au Bois (9 janvier 1715-29 décembre 1716).

Marie-Anne de Monsures-Graval, née et baptisée 22 septembre 1697, à (Saint-Michel) Amiens, fille de Léonor-Chrétien de Monsures et de Marie-Catherine Le Caron. — Pr. 23 novembre 1707. B. S. 24 septembre 1717. — Dot 12 octobre 1717.

Marie-Anne-Thérèse de Monsures-Breholle, née 28, baptisée 29 juillet 1720, à (Saint-Laurent) la Bellière (Seine-Inférieure), diocèse de Beauvais, fille d'Antoine de Monsures et de Marie Thin. — Pr. 30 mai 1732. Morte, le 30 septembre 1733, à Saint-Cyr (mairie de Saint-Cyr).

Marie-Françoise de Monsures-Forceville, baptisée le 14 décembre 1724, à (Notre-Dame) Lihus (Oise), diocèse de Beauvais, fille de Claude de Monsures et de Françoise-Suzanne Dori. — Pr. 21 août 1734. B. S. 8 septembre 1744. — Elle fut religieuse à Saint-Louis de Vernon (sœur Saint-Cyr) et y mourut, le 27 juillet 1769 (Mairie de Vernon). De 1745 à 1769, elle reçut une pension de Saint-Cyr (Arch. de Seine-et-Oise. D. *passim*). Les *Preuves* de Saint-Cyr, qui mettent, à tort, son baptistère, au 8 février 1724, à Lihus, la confondent avec sa sœur aînée, Elisabeth-Françoise, baptisée, en effet, à Lihus, à la date précitée, et qui fut religieuse, dès 1746, à l'abbaye d'Etrun, où elle vivait encore, le 26 août 1790 (cf. Lesueur de Moriamé, *Histoire de l'abbaye d'Etrun*. Arras, 1899, in-8, pp. 155, 161, 169, 172, 283). Lorsque Mˡˡᵉ de Monsures-Forceville, élève de Saint-Cyr, religieuse à Vernon, pensionnée par Saint-Cyr, mourut, elle avait, selon le registre obituaire (Mairie de Vernon) de de Saint-Louis de Vernon, « 44 ans 1/2 », ce qui concorde exactement avec le baptistère de Marie-Françoise, et non avec celui d'Elisabeth-Françoise, qui aurait eu, à la même époque, 45 ans 1/2. Nous remercions ici, M. Charpentier, sec. de la m. de Lihus, dont les recherches nous ont permis d'éclaircir le problème des deux « Françoise » de Monsures.

Denise-Françoise des Monstiers-Mérinville-Rieux, née et baptisée le 21 mai 1683, à (Saint-Roch), Paris, fille de Charles des Monstiers et de Marguerite Grave. — Pr. 26 septembre 1690. B. S. 29 janvier 1704. — Dot 10 septembre 1703. Ursuline à Nantes (1711). Supérieure à Mantes. Abbesse de N.-D. de l'Eau (25 juillet 1732). Y morte, le 30 janvier 1759. (Nadaud : *Nobiliaire de la génér. de Limoges*).

Jacquette-Henriette des Monstiers-Mérinville-la-Valette, née 14, baptisée 15 février 1703, à Nouic (Haute-Vienne), diocèse de Limoges, fille de Charles des Monstiers et de Marie Rocquart. — Pr. 16 septembre 1713. Morte, à Saint-Cyr, le 10 avril 1714 (mairie de Saint-Cyr).

Renée des Monstiers-Mérinville, née 14, baptisée 15 décembre 1739, à Nouic (Haute-Vienne), diocèse de Limoges, fille de François des Monstiers et de Catherine-Charlotte de Jousserant-Lairé. — Pr. 5 juillet 1749. B. S. 9 décembre 1759. — Dot 14 août 1765. Chanoinesse de Largentière. Elle épousa (septembre 1781) Jean-Michel de Saint-Georges. Elle mourut le 8 ventôse an IX, à Nouic (communic. de M. Bonnet. sec. de la m. de Nouic).

Catherine des Monstiers, née 9, baptisée 12 février 1747, à Nouic (Haute-Vienne), diocèse de Limoges, fille de François des Monstiers et de Catherine-Charlotte de Jousserant. Morte, le 31 août 1760, à Saint-Cyr (mairie de Saint-Cyr).

Marie-Catherine-Elisabeth du Mont-Signéville, baptisée 19 octobre 1755, à (Sainte-Madeleine) Troyes, fille de Louis du Mont et d'Elisabeth Corrard. — Pr. 2 avril 1766. B. S. 16 février 1776. — Dot 5 juillet 1776.

Catherine du Mont-Signeville, née 1er, baptisée 2 juillet 1767, à (Sainte-Madeleine) Troyes, fille de Louis du Mont et d'Elisabeth Corrard. B. S. 25 septembre 1787. — Dot 4 décembre 1787. Religieuse.

Françoise-Marie-Louise de Montagnac-Tannes, née 18, baptisée 29 octobre 1727, à (Dos Santos) Lisbonne, fille de Jacques de Montagnac et de Marie Martrin de Donos. B. S. 13 novembre 1747. — Dot 5 janvier 1750. Novice à N.-D. de Narbonne.

Marie-Gabrielle de Montagnac-Tannes, baptisée 28 octobre 1728, à (Dos-Santos) Lisbonne, fille de Jacques de Montagnac et de Marie Martin de Donos. — Pr. 9 avril 1737. B. S. 12 mai 1748. — Dot 21 juin 1750.

Marguerite de Montagnac, née 6, baptisée 8 juillet 1756, à Toulx-Sainte-Croix (Creuse) en Berry, fille de Jean de Montagnac et de Françoise Taquenet. — Pr. 15 mars 1764. B. S. 12 juin 1776. — Dot 24 novembre 1778.

Marie-Anne de Montaigu-Boisdavy, baptisée 2 janvier 1677, à (Saint-Pierre) Bressuire (Deux-Sèvres), diocèse de Poitiers, fille de François-Charles de Montaigu et de Louise Gilier. — Pr. 5 janvier 1687. Morte, le 13 avril 1689, à Saint-Cyr (mairie de Saint-Cyr).

Elisabeth de Montal-Nozières, née 21, baptisée 22 décembre 1709, à Saillans, diocèse de Clermont-Ferrand (Saillant, commune de Saint-Nectaire (Puy-de-Dôme), fille de François de Montal et de Marie-Françoise de Guillens. — Pr. 21 novembre 1718. B. S. 20 décembre 1729. — Dot 8 janvier 1731.

Anne de Montalembert, née à Cognac (Charente), baptisée le 22 janvier 1672, à Reparsac (Charente), diocèse de Saintes, fille de Pierre de Montalembert-Fontenille et d'Anne de Gaillard. — Pr. 30 décembre 1686. Novice (7 décembre 1692). Religieuse (1er janvier 1694) à Saint-Cyr (Vœux renouvelés). Novice dès 12 décembre 1687 et professe dès 29 décembre 1689 (Archives Seine-et-Oise. D. 157). Capucine.

Catherine de Montalembert-Montjaugé, baptisée 2 novembre 1674, à Reparsac (Charente), diocèse de Saintes, fille de Pierre de Montalembert-Fontenille et d'Anne de Gaillard. — Pr. 30 décembre 1686. Morte, à Saint-Cyr, le 22 février 1688 (mairie de Saint-Cyr).

Charlotte de Montalembert, née 26, baptisée 30 août 1683, à Saint-Pierre de Céris (Charente), diocèse d'Angoulême, fille de Jean de Montalembert et de Catherine de la Barrière. — Pr. 22 décembre 1694. B. S. 28 août 1703. — Dot 5 septembre 1703. Elle épousa Pierre de Nogerée-la Fillière.

Dorothée-Euphrasie de Montalembert-Cers, née 13, baptisée 14 avril 1755, à Fouquebrune en Angoumois (Charente), fille de Jean-Charles de Montalembert et de Marie-Suzanne Hinault. — Pr. 8 juillet 1766. B. S. 29 avril 1775. — Dot 14 septembre 1776.

Gabrielle-Josèphe-Euphrasie de Montarby-Dampierre, née et ondoyée 20 novembre 1772, baptisée 19 janvier 1773, à Dampierre (Haute-Marne) (communic. de M. le Sec. de la mairie de Dampierre (Haute-Marne), diocèse de Langres, fille d'Etienne-Louis de Montarby et de Gabrielle-Josèphe de Rose. — Pr. 17 septembre 1781. Sortie, selon l'Inv., le 5 février 1793. Etant à Saint-Cyr, elle se lia avec Elisa Bonaparte, qui la fit nommer lectrice de Madame Mère. Elle mourut, sans alliance, à Langres (Renseignements de M. le colonel comte de Montarby), le 9 septembre 1859 (Communic. de M. le Sec. de la m. de Langres).

Marthe de Montbel-la-Tache, née 4, baptisée 6 décembre 1707, à Mailhac (Haute-Vienne), diocèse de Limoges, fille de Jean-Gabriel de Montbel et de Marie-Thérèse de Nollet. — Pr. 22 mai 1718. B. S. 8 décembre 1727. — Dot 4 février 1728.

Marguerite-Scolastique de Montbel-la-Tache, née 9, baptisée le 12 février 1753, à (Saint-Pierre) le Dorat (Haute-Vienne), fille de François de Montbel et Jeanne-Laurent de Fontbusseau. — Pr. 22 septembre 1762. B. S. 11 mars 1773. — Dot 5 avril 1773.

Marie-Justine de Montbel-la-Tache, née 26, baptisée 27 septembre 1756, à (Saint-Pierre) Le Dorat (Haute-Vienne), diocèse de Limoges, fille de François-Xavier de Montbel et de Jeanne-Silvie Lorent de Fontbusseau. — Pr. 29 octobre 1767. Voyage 10 juillet 1776. — Dot 24 novembre 1778.

Sabine-Marie-Elisabeth de Montcalm, née 4, baptisée 5 mai 1758, à Melvieu (commune de Saint-Victor-Melvieu) (Aveyron), diocèse de Vabres, fille de Louis Jean-Pierre de Montcalm et de Marie-Elisabeth del Puech-la Bastide. — Pr. 13 février 1770. B. S. 27 avril 1778. — Dot 27 avril 1778. Chanoinesse de Troarn (doyenne 25 mai 1788). Morte le 25 janvier 1833, à Castelnaudary (Communic. de la m. de Castelnaudary).

Marie-Joséphine-Madeleine-Gabrielle de Montcalm-Saint-Véran, née et baptisée le 17 mai 1766, à Villefranche-d'Albi (Tarn), diocèse d'Albi, fille de Jean-Pierre-Louis-Joseph de Montcalm et de Marie-Elisabeth del Puech-la Bastide. B. S. 22 juin 1786. — Dot 8 juillet 1786. Elle épousa (7 octobre 1788) Jacques-Pierre-Alexandre d'Albis-Gissac.

Marthe de Montcornet-Caumont, née et baptisée, le 17 décembre 1690, à (Saint-Pierre) Toul (Meurthe-et-Moselle), fille de Louis de Montcornet et de Catherine d'Arbamont. — Pr. 22 mars 1700. B. S. 18 décembre 1710. — Dot 18 décembre 1710.

Anne-Marie de Montdor, née et baptisée le 2 février 1750, à Rillieux

(Ain), diocèse de Lyon, fille de Benoît de Montdor et d'Eléonore-Gabrielle-Michel de Villars. — Pr. 28 juin 1758. B. S. 4 février 1770. — Dot 3 août 1770. Chanoinesse de Neuville en 1775.

Marie de Montesquiou, née 8, baptisée 14 février 1675, à (Sainte-Lucie), Moncaup (Basses-Pyrénées), diocèse de Lescar, fille d'Henri de Montesquiou et de Marie-Ruth de Fortaner. — Pr. 7 octobre 1686. Elle épousa Urtse d'Altermatt, officier suisse (mort novembre 1718). Vivante 21 janvier 1739 (Chérin : *Gén. de Montesquiou.* Paris, 1784, in-4°).

Gabrielle de Montesquiou-Artagnan, née 1er, baptisée 4 avril 1679, à (Sainte-Luce) Moncaup (Basses-Pyrénées), diocèse de Lescar, fille de Henri de Montesquiou et de Ruth-Marie de Fortaner. — Pr. 7 octobre 1686. Religieuse au Val-de-Grâce, puis à Etrun-en-Artois (13 mai 1740-19 septembre 1759) (Lesueur de Moriamé : *Histoire d'Etrun.* Arras, 1899, in-8°, pp. 152, 154, 160, 202). Elle mourut, prieure d'Etrun, à 94 ans, le 12 février 1773 (Lachenaye-Desbois) *(Gazette de France,* n° du 26 février 1773) *(Mercure de France,* mars 1773).

Marguerite-Gabrielle-Françoise de Montewis-la-Cour, née 22, baptisée 24 mars 1707, à Saint-Martin) Lacres (Pas-de-Calais), près Tingry, diocèse de Boulogne, fille de Louis de Montewis et de Gabrielle-Françoise de la Cour. — Pr. 23 janvier 1715 B. S. 23 mars 1727. — Dot 21 septembre 1727.

Antoinette-Marie de Montfaucon-Rogles, née 17, baptisée 18 janvier 1728, à Arfons (Tarn), diocèse de Lavaur, fille de Charles-Emmanuel de Montfaucon et d'Anne Couttié. — Pr. 3 octobre 1736. B. S. 29 juin 1748. — Dot 12 septembre 1750. Elle épousa (19 février 1755) Jean-Philippe-Pierre-Louis de Pujols-Ronel. Pension alimentaire (15 mai 1741-10 novembre 1748).

Françoise-Marie de Montfaucon-Rogles, née et baptisée 24 mars 1754, à (Saint-Laurent) Belley (Ain), fille de Gaspard de Montfaucon et de Georgette-Victoire de Divonne. — Pr. 29 septembre 1764. B. S. 16 mars 1773 . — Dot 23 avril 1775.

Louise-Marie-Adélaïde de Montfaucon-Rogles, née 31 décembre 1774. ondoyée 2 janvier 1775, baptisée 14 mai 1778, à (Notre-Dame) Versailles (Seine-et-Oise), fille de Pierre de Montfaucon et de Marie de Bury. — Pr. 22 mars 1784. Morte, le 15 mai 1786, à Saint-Cyr (mairie de Saint-Cyr).

Marie-Jeanne de Montferrand-Gontaut-Saint-Orse, née et baptisée
21 mars 1716, à Sainte-Orse (Dordogne), diocèse de Périgueux, fille
d'Antoine de Monferrand et de Catherine de Longuechaud. — Pr. 6 septembre 1727. B. S. 22 avril 1736. — Dot 20 février 1738. Elle épousa
(25 février 1741) Elie de Fars-Terrier et vivait encore, en 1754.

Marie-Anne-Thérèse de Montferrand-Montréal, ondoyée 7, baptisée
9 juillet 1754, à Périgueux (Saint-Front), fille de Bernard-Louis de Mont-
ferrand et d'Anne de Lagut. — Pr. 19 mars 1764, B. S. 3 avril 1774.
Epousa (1786) N. de Montalembert. — Dot 13 mai 1775.

Elisabeth-Marie-Josèphe-Henriette de Monfort-Villette, née et baptisée, le 18 août 1719, à Sainte-Euphraise (Marne), diocèse de Reims, fille
de Jules-Anne de Montfort et de Marie-Madeleine Cloquet. — Pr. 13 janvier 1740. B. S. 4 novembre 1749. — Dot 6 novembre 1750.

Marie Charlotte de Montfort-Villette-Preumecy, née et baptisée
4 octobre 1741, à Sainte-Euphraise (Marne), diocèse de Reims, fille de
Jules-Anne de Montfort et de Marie-Madeleine Cloquet. B. S. 1er novembre 1763. — Dot 25 octobre 1766. Vivante 28 janvier 1772.

Apolline-Louise-Marie-Josèphe de Montfort-Sainte-Euphraise, née et
baptisée 8 février 1767, à (Saint-Silvestre) Sainte-Euphraise (Marne), diocèse de Reims, fille de Philogène-Charles de Montfort et d'Apolline-
Marie-Charlotte-Henriette-Claire de Beaurepaire. — Pr. 9 mars 1776.
Morte, le 4 décembre 1785, Saint-Cyr (mairie de Saint-Cyr).

Marguerite-Elisabeth de Monthiers-Saint-Martin, baptisée 7 octobre
1691, à (Saint-Pierre) Pontoise (Seine-et-Oise) (née 23 septembre 1685),
fille de Pierre de Monthiers et de Marie-Angélique Touzet. — Pr. novembre 1693. B. S. 24 septembre 1705.

Marie-Geneviève-Jeanne des Montiers-Condé, baptisée 1er février 1741,
à Condé-sur-Vire (Manche), fille de Nicolas des Montiers et de Françoise
Lambert. — Pr. 7 décembre 1752. Novice (5 octobre 1759), religieuse
(2 décembre 1761) à Saint-Cyr. Sortie à la suppression. Morte, le 23 juin
1796 (5 messidor an IV), à Versailles (Versailles. Etat-civil. Décès
an IV, fol. 198).

Marie-Anne-Angélique de Montigny-Violaine, baptisée 8 juin 1723, à
(Saint-Remy) Olizy-Violaine (Marne) (communic. de M. Robert, sec. de

la m. d'Olizy) fille de Roland de Montigny et d'Angélique du Chesne. — Pr. 11 décembre 1732. B. S. 9 juin 1743. — Dot 16 mars 1745. — Religieuse.

Marie Anne-Madeleine de Montigny-Souquaise, baptisée 11 février 1730, à Saint-Aubin-Châteauneuf (Yonne), diocèse de Sens, fille d'Edme-François de Montigny et de Marie-Anne-Madeleine-Geneviève Fouqueau. — Pr. 14 juillet 1738. Morte, le 22 février 1750, à Saint-Cyr (mairie de Saint-Cyr).

Philippe-Françoise de Montigny-Violaine, née et baptisée 29 avril 1731, à Olizy-Violaine (Marne) (communic. de M. Robert, sec. de la m.), diocèse de Reims, fille de Roland de Montigny et d'Angélique du Chesne. Morte, le 7 février 1746, à Saint-Cyr, (mairie Saint-Cyr).

Anne-Jacqueline-Victoire des Montis-Boisgautier, née et baptisée le 18 octobre 1748, à (Saint-Nicolas) Moulins-la-Marche (Orne), diocèse de Séez, fille de François-Jacques des Montis et de Marie-Anne de Saint Aignan. — Pr. 22 août 1760. Morte, 2 janvier 1766, à Saint-Cyr (mairie de Saint-Cyr).

Marie-Catherine des Montis-la-Mesnardière, née 22, baptisée 24 novembre 1753, à (Saint-Aignan) Ferrières-la-Verrerie (Orne), diocèse de Séez, fille d'Adrien-Pierre des Montis et d'Anne-Marie-Madeleine de Barville. — Pr. 11 octobre 1763. Pens. p. infirm. 5 avril 1766.

Catherine-Gabrielle de Montléon-Beaupré, née 18, baptisée 22 février 1691, à (Saint-Sulpice) Paris, fille de Claude de Montléon et de Marie Carteron. — Pr. 28 juin 1702. B. S. 21 février 1711. — Dot 6 mai 1711. — Religieuse.

Marthe de Montlezun, née 31 juillet, baptisée 1er août 1763, à Saint-Amadou (Ariège), diocèse de Pamiers, fille de Philibert-Antoine de Montlezun et de Madeleine-Françoise de Grimian. — Pr. juillet 1774. Morte, le 30 novembre 1779, à Saint-Cyr (mairie de Saint-Cyr).

Charlotte-Fortunée de Montlouis-Kerfandel, née et baptisée 22 janvier 1723, à Priziac (Morbihan), évêché de Vannes, fille de Louis de Montlouis et de Barbe-Thérèse Hugonnier. — Pr. 16 janvier 1734. B. S. 21 janvier 1743. — Dot 16 juillet 1745. Novice ursuline au Faouët (31 mai 1745).

Julie-Catherine-Louise de Montmorant-la-Périère, née et baptisée 26 mai 1743, à (Saint-Paul) Paris, fille de Jean-Louis de Montmorant et de Jeanne-Françoise Portier. — Pr. 21 juin 1751. Morte, à Saint-Cyr, le 27 janvier 1756 (mairie de Saint-Cyr).

Marie-Françoise-Angélique de Montmorant-la-Périère, née et baptisée à (Saint-Paul) Paris, le 23 juillet 1747 (Bibl. Nat. Fr. 32.591. Registres de Saint-Paul), fille de Jean-Louis de Montmorant et de Jeanne-Françoise Portier. B. S. 5 novembre 1763. — Dot 25 octobre 1766. (Elle toucha sa dot, sous le nom de sa sœur, Julie-Catherine-Louise, morte, le 27 janvier 1756. Ce fait était fréquent et nous en avons cinq ou six exemples). Elle mourut avant le 28 janvier 1772.

Paule-Diane-Louise de Montpezat, née et baptisée 11 janvier 1769, à Valettes-en-Agenois (Valette, commune de Montaut) (Lot-et Garonne) (l'église existe encore), fille de Pierre de Montpezat et de Suzanne Coquart. — Pr. 8 janvier 1779. B. S. 17 mai 1789. — Dot 5 mai 1791.

Catherine de Montpezat, née 4, baptisée 5 avril 1773, à Villeneuve-sur-Lot (Sainte-Catherine) (Lot-et-Garonne), fille de Bertrand de Montpezat et de Catherine Fourestié. Entrée, selon l'Inv., le 4 avril 1783. Sortie, le 21 mars 1793 (Crécy).

Jeanne-Françoise-Elisabeth de Montrichard-la-Brosse, née et ondoyée le 17 novembre 1731, à (Saint-Jean-Baptiste) Saint-Igny-de-Vers (Rhône), diocèse d'Autun, fille de François de Montrichard et d'Antoinette Guillin du Montet. — Pr. 11 février 1741. Morte, à Saint-Cyr, le 11 septembre 1742 (mairie de Saint-Cyr).

Aimée-Lucrèce de Montrichard-la-Brosse, née 17, baptisée 18 novembre 1740, à (Saint-Jean) Saint-Igny-de-Vers (Rhône), diocèse d'Autun, fille de François de Montrichard et d'Antoinette Guillin. B. S. 11 juin 1761. Vivante 28 janvier 1772. Elle sortit de Saint-Cyr, p. infirm., le 1er août 1751 et reçut une pension (30 juillet 1751-30 juillet 1760).

Marie-Charlotte de Montrichard, née en 1781 (septembre ou octobre probablement). Entrée, selon l'Inv., le 7 juillet 1792. Sortie le 1er avril 1793.

Anne-Constance-Florence-Espérance-Géronine de Montrond, née 13 septembre 1757, baptisée 4 décembre 1758, au Plan-de-Baix (Drôme), diocèse de Die, fille de Pierre-Paul-Alexandre de Montrond et de Marie-

Thérèse Bacon de la Chevalerie. — Pr. 24 mai 1769. B. S. 23 juin 1777. — Dot 2 juin 1778.

Sophie de Montrond, née 25, baptisée 27 novembre 1760, à Lorry devant Metz, diocèse de Metz (Lorry, canton de Metz, Lorraine Allemande), fille de Pierre-Alexandre de Montrond et de Marie-Françoise François. — Pr. 18 février 1771. B. S. 23 novembre 1780. — Dot 25 janvier 1781.

Marie-Julie-Elisabeth de Montrond, née 14, baptisée 15 janvier 1765, à Lorry devant Metz, diocèse de Metz (Lorry-lès-Metz, canton de Metz, Lorraine Allemande), fille de Paul de Montrond et de Marie-Albertine François. Morte, le 17 novembre 1777, à Saint-Cyr (mairie de Saint-Cyr).

Marie-Anne de Monty-Rezay, née et baptisée, le 28 janvier 1739, à (Saint-Aubin) Guérande (Loire-Inférieure), évêché de Nantes, fille de Claude-Joseph de Monty et d'Eulalie d'Anisy. — Pr. 13 novembre 1749. Morte, à Saint-Cyr, le 22 mai 1751 (mairie de Saint-Cyr).

Louise-Hectorine de Morel-la Colombe, née et baptisée 4 avril 1780, à Mailhat, diocèse de Clermont-Ferrand (Mailhat, commune de la Montgie (Puy-de-Dôme) (communic. de M. Roubille, sec. de la m. de Lamontgie), fille de Claude de Morel et de Marie-Françoise de Morel-Saint-Julien. Entrée, selon l'Inv., le 20 novembre 1789. — Pr. 12 octobre 1789. Sortie 15 mars 1793 (Crécy). Elle épousa Hilaire Hugon de Clavière, avant le 21 janvier 1804, où elle vivait, et fut marraine, par procuration, de son neveu, le futur général d'Aurelle de Paladines (Renseignement fourni par M. le Dr d'Aurelle de Paladines).

Marie-Louise de la Morélie-Puyredon, née et baptisée le 5 décembre 1772, à (Notre-Dame-du-Moutier) Saint-Yrieix-la-Perche (Haute-Vienne), fille de Jean-Baptiste de la Morélie et de Madeleine Sarlandie. Entrée 12 octobre 1782 (Inv.). Sortie le 5 novembre 1792 (Crécy). Elle mourut sans alliance (Renseignements dus à l'obligeance de MM. F. de Labroute et Marandat, curé de Saint-Yrieix).

Marie-Charlotte-Josèphe de Moreton-Chabrillan, née et baptisée le 1er juin 1747, à Bruxelles (Sainte-Marie-de-la-Chapelle), fille de Laurent-Henri de Moreton et de Catherine Quielquin de Mortier. — Pr. 12 mars 1757. B. S. 8 mai 1767. — Dot 3 novembre 1768. Elle épousa (1820) N. d'Arbaud ou d'Arnaud. Elle mourut en 1822 (probablement à Privas).

Anne-Marguerite de Morlas, née et baptisée le 22 juillet 1773, à Oletta (Corse), fille de Jérôme de Morlas et de Marie-Ursule Salicetti (communic. de M. l'abbé A. Costa, desservant d'Oletta). Entrée, selon l'Inv., le 19 octobre 1783. Sortie 27 novembre 1792, selon l'Inv.

Françoise de Mormand-Alesso, née 18, baptisée 20 octobre 1779, à Saint-Thibéry (Hérault), diocèse d'Agde, fille d'Etienne de Mormand et de Jeanne-Henriette de Nattes. — Pr. 11 juillet 1788. Entrée, selon l'Inv., le 21 juillet 1788. Sortie 26 mars 1793 (Crécy).

Françoise-Placidie de Mornay, baptisée 25 octobre 1672, à (SS. Donatien et Rogatien) Ambleville-en-Vexin (Seine-et Oise), diocèse de Rouen, fille de François de Mornay et de Marguerite de Hazeville. — Pr. 15 novembre 1688. Religieuse de Sainte Agnès. Morte, le 25 janvier 1703 (B. N. Fr. 32594, fol. 531).

Marie-Madeleine de Mornay-Ambleville, baptisée le 25 octobre 1672, à (SS. Donatien et Rogatien) Ambleville-en-Vexin (Seine-et-Oise), diocèse de Rouen, fille de François de Mornay et de Marguerite de Hazeville. — Pr. 15 novembre 1688. Religieuse hospitalière à la Roquette, faubourg Saint-Antoine (sœur Sainte Agathe) 24 mai 1705, 1er juin 1735. Ne paraît plus au Chapitre, dès le 30 mai 1738 (Arch. Nat., LL. 1695).

Marguerite-Madeleine-Christine de Mornay-Toligny, baptisée le 26 février 1673, à (SS. Donatien et Rogatien) Ambleville-en-Vexin (Seine-et-Oise), diocèse de Rouen, fille de François de Mornay et de Marguerite de Hazeville. Entrée le 18 octobre 1686. — Pr. 15 novembre 1688. Actrice d'Esther. — Bénédictine.

Bertine-Léonide-Madeleine de Mornay-Ambleville, née 9, baptisée 21 décembre 1673, à (SS. Donatien et Rogatien) Ambleville-en-Vexin (Seine-et-Oise), fille de Pierre de Mornay et de Michelle Vaucheuse. — Pr. 2 avril 1690.

Renée-Françoise-Hélène de Mornay-Ambleville, née 18 mars, baptisée 24 juillet 1675, à (SS. Donatien et Rogatien) Ambleville-en-Vexin (Seine-et-Oise, fille de Pierre de Mornay et de Michelle Vaucheuse. — Pr. 2 avril 1690. — Bénédictine.

Marguerite de Mornay-Montchevreuil, née 5, baptisée 6 septembre 1687, à Valdampierre (Oise), diocèse de Rouen, fille de Louis de Mornay et de Marie Hallé, novice à Saint-Cyr (1er mai 1706), religieuse à Saint-

Antoine. novice (21 novembre 1707). — Pr. (25 novembre 1708) (B. N. Nouv. acq. fr. 20223), abbesse du Parc-aux-Dames (3 mai 1725-20 juin 1744). Elle mourut, le 20 août 1744 *(Gallia Christiana, X. 1518)*. Greffe du Tribunal de Senlis). — Pr. 12 janvier 1696. B. S. 4 septembre 1707. — Dot 4 septembre 1707. C'est probablement elle qui reçut une pension alimentaire du 12 juin 1715 au 5 janvier 1744.

Gabrielle de Mornay-Montchevreuil, née et ondoyée 11 janvier 1697, à la Rochelle, baptisée à (Sainte-Marguerite) Paris, le 19 janvier 1707, fille de Louis de Mornay et de Marie-Jeanne Rougier des Tourrettes. — Pr. juillet 1708. Novice (13 décembre 1716) religieuse (8 janvier 1719) supérieure (19 juin 1776-8 mars 1782) à Saint-Cyr. Morte, le 8 mars 1782, à Saint-Cyr (mairie de Saint-Cyr).

Angélique-Bonne de Mornay-Montchevreuil, née et ondoyée 7 octobre 1700, à la Rochelle, baptisée (Sainte-Marguerite) à Paris, fille de Louis de Mornay et de Marie-Jeanne Rougier des Tourrettes, novice (2 septembre 1721), religieuse (14 novembre 1723). Supérieure (19 janvier 1749-13 mai 1755 et 2 mai 1761-29 mai 1767 et 21 mai 1773-11 juin 1776) à Saint-Cyr. Morte, à Saint-Cyr, le 11 juin 1776 (mairie de Saint-Cyr).

Madeleine-Suzanne de Mornay-Montchevreuil-Vaudampierre, née 12, baptisée 13 février 1706, à (Saint-Barthélemy) la Rochelle, fille de Louis de Mornay et de Marie-Jeanne Rougier des Tourrettes. B. S. 22 avril 1726. — Dot 23 octobre 1727. Religieuse au Parc-aux-Dames (prieure 18 mars 1742-13 avril 1745) (Greffe Trib. civil de Senlis). Abbesse de l'Abbaye-au-Bois (26 février 1748-15 avril 1760). Elle mourut, avant le 2 avril 1761 (Arch. Nat. LL. 1594).

Françoise-Renée de Mornay-Montchevreuil, née 28 février, baptisée 28 mars 1707, à (Saint-Barthélemy) La Rochelle, fille de Louis de Mornay et de Marie-Jeanne Rougier des Tourrettes. B. S. 17 février 1727. D'abord religieuse. Elle épousa Auguste Gobert de Chouppes.

Denise-Elisabeth-Guillemette de Mornay-Ponchon, née 4, baptisée 27 septembre 1708, à (Saint-Remy) Dieppe (Seine-Inférieure), diocèse de Rouen, fille d'Henri de Mornay et de Denise-Elisabeth-Guillemine de la Fontaine-Bitry-la-Boissière. — Pr. 16 décembre 1716. B. S. 4 septembre 1728. — Dot 30 janvier 1729. Vivante, célibataire en 1756.

Victoire-Aimée de Mornay-Ponchon, née et baptisée, le 28 avril 1714, à (Saint-Remy) Dieppe (Seine-Inférieure) (communic. de M. le sec. de la

m. de Dieppe), fille de Henri de Mornay et d'Elisabeth-Denise-Guille-
mine de la Fontaine. B. S. 2 mai 1734.— Dot 20 janvier 1736. Elle
épousa (22 juin 1741) Paul-Philippe de Crécy-Montigny (Fr. 32585,
fol. 84 v°). Elle mourut, à Seillières (Jura), le 30 octobre 1783 *(Gazette
de France,* n° du 14 novembre 1783).

Apolline-Louise de Mornay-Hangest, née 23, baptisée 24 juin 1754, à
Espaulx-Estrepilly (Epaux-Bezu et Etrepilly (Aisne), diocèse de Soissons,
fille de Louis de Mornay et de Marie-Anne Gouin de Rumilly.— Pr.
15 octobre 1764. Pension pour infirmité (21 mars 1771-27 mars 1773).

Marguerite de Morogues-Saint-Germain, née 17, baptisée 19 janvier
1677, à Saint-Germain la-Prade (Haute Loire) en Velay, diocèse du Puy,
fille de Mathieu de Morogues et d'Anne de Benoît.— Pr. 15 mars 1687.

Madeleine de Morogues-Lonfroi, née 15 juillet 1681, au château de
Fonfaye, baptisée, à la huguenote, 28 août 1681, à Chateauneuf (Chateau-
neuf-Val-de-Bargis (Nièvre). fille de Guy de Morogues et d'Edmée de Jaucourt. — Pr. 6 septembre 1688. B. S. 16 juillet 1701. — Dot 24 juillet
1701. Elle mourut, s. all., le 14 mai 1768 à Donzy (Nièvre). (Communic. de
M. Bédu, sec. de la mairie de Donzy).

Jeanne-Françoise du Mosnard-Villefavart, née 14, baptisée 15 décembre
1724, à Saint-Martial (Haute-Vienne). diocèse de Limoges, fille de François du Mosnard et de Marie-Louise Guillotin. — Pr. 15 décembre 1735.
B. S. 14 décembre 1744.— Dot 19 janvier 1748. Pens. pour infirm (28
juin 1746-24 août 1747).

Marie-Madeleine de la Motte-Saint-Loup, née 4 avril, baptisée 3 décem-
bre 1685, à Saint-Loup (Eure-et-Loir), diocèse de Chartres, fille de
Gabriel de la Motte et de Madeleine de Grimbert. — Pr. 28 avril 1692.
B. S. 3 avril 1705. — Dot 14 avril 1705.

Marie-Geneviève de la Motte-Flomont, née 3, baptisée 8 janvier 1753,
à (Saint-Vincent) Meyssac-en-Limousin (Corrèze), fille de François de la
Motte-Flomont et de Jeanne de Douhet-Auzers. — Pr. 16 mars 1763.
B. S. 26 septembre 1773. — Dot 1er septembre 1773.

Marie Charlotte Mouchet de Beaumont, née 6, baptisée 9 septembre
1703, à (Notre-Dame) Gourdon (Saône-et-Loire). diocèse de Chalon, fille
de Claude-Philibert Mouchet et de Marie Thomassin. — Pr. 1er juillet
1715. B. S. 30 août 1723. — Dot 15 décembre 1724.

Marie-Barbe-Antoinette-Louise-Françoise Mouchet de Vauzelles, ondoyée 27 octobre, baptisée 12 novembre 1707, à Andechy (Somme), diocèse d'Amiens, fille de Daniel-François Mouchet et d'Anne-Catherine Eude de Catheville. — Pr. 1er septembre 1716. — Dot 29 décembre 1728.

Suzanne du Moulin-les-Coutanceries, née et baptisée 8 mai 1764, à Notre-Dame) Bellac (Haute-Vienne), fille de René du Moulin et de Marie du Bois. B. S. 27 juin 1785. — Dot 25 juillet 1786.

Catherine du Moulin-les-Coutanceries, née et baptisée 23 juin 1765, à (Notre-Dame) Bellac (Haute-Vienne), fille de René du Moulin et de Marie du Bois. B. S. 16 mai 1786. Dot 20 juillet 1786.

Marie-Marguerite-Elisabeth de Mouricaud des Bessières, née 24, ondoyée 26 mai, baptisée 9 juillet 1738, à Meilhand (Puy-de-Dôme), diocèse de Clermont-Ferrand, fille de François de Mouricaud et de Brigitte Cousin. — Pr. 27 octobre 1749. B. S. 6 mai 1758. — Dot 26 août 1763.

Eléonore de la Mousse-Beaune, née 6, baptisée 7 mai 1715, à (Saint-Agnan) Beaune (Allier), diocèse de Clermont-Ferrand, fille de Gilbert de la Mousse et de Catherine de Montagnat. — Pr. 8 avril 1724. Morte, 6 janvier 1727, à Saint-Cyr (mairie de Saint-Cyr).

Elisabeth-Catherine-Gabrielle de Mousselard, née et ondoyée 7, baptisée 8 septembre 1754, à Courtempierre (Loiret), diocèse de Sens, fille de Louis de Mousselard et de Marie-Constance Séguier. — Pr. 29 janvier 1763. Morte, à Saint-Cyr, le 24 septembre 1768 (mairie de Saint-Cyr).

Madeleine-Elisabeth de Moussy des Granges, née 3, baptisée 4 janvier 1705, à (Notre-Dame) Yzeures (Indre-et-Loire), diocèse de Tours, fille de Claude de Moussy et de Madeleine de Montbel. — Pr. 17 janvier 1713. Morte, à Saint-Cyr, le 29 juillet 1713 (mairie de Saint-Cyr).

Adélaïde-Charlotte du Moustier-Cubry, née et ondoyée au château de Nant, le 3 septembre, baptisée le 8 octobre 1736, à Cuse (Doubs), diocèse de Besançon, fille de Philippe-Xavier du Moustier et de Louise de Bournel, novice (25 novembre 1756) devant Madame et Mme Victoire, religieuse (25 novembre 1758) à Saint-Cyr, devant Mme Adélaïde et l'Infante de Parme, chanoinesse de Neuville-en-Bresse. Sortie à la suppression. Morte, à Versailles, le 15 mars 1820. (Versailles. Etat-civil. Décès 1820, fol. 33, n° 193).

Marie-Charlotte du Moutier-Turé, née 25, baptisée 26 janvier 1676, à Courcelles (Sarthe), diocèse du Mans, fille de Mathurin du Moutier et de Madeleine du Bouchet. — Pr. 8 février 1687.

Charlotte-Françoise-Julie des Moutiers-la-Couronne, née et baptisée, le 20 avril 1766, à Cartigny-l'Epinay (Calvados), diocèse de Bayeux, fille de Charles des Moutiers et de Marie-Françoise-Suzanne de Saint-Martin. — Pr. février 1770. B. S. 11 avril 1786. — Dot 19 août 1786.

Marie-Françoise-Angélique Le Mouton de Boisdeffre, née et baptisée 13 septembre 1754, à (Saint-Germain) Vernie (Sarthe), diocèse du Mans, fille de René-Jean Le Mouton et de Geneviève-Victoire-Philippe de Saint-Nicolas. — Pr. 18 septembre 1761. B. S. 6 septembre 1774. — Dot 8 octobre 1774. Chanoinesse de Troarn (8 janvier 1788).

Elisabeth-Félicité de Moÿ-Sons, née 10 octobre 1767, à Ardeuil (Ardennes), diocèse de Reims, fille de Jean-Baptiste de Moÿ et de Marie-Louise de la Simone. — Pr. 28 décembre 1776. B. S. 11 juillet, 24 octobre 1787. Elle épousa, après 1793, Antoine de Lignieyrou. Dot 19 avril 1788.

Françoise-Elisabeth-Catherine-Louise de Moÿ-Sons, née 2 janvier 1773, au château de Brières, à Brécy-Brières (Ardennes), diocèse de Reims, fille de Jean-Baptiste de Moÿ-Sons et de Marie-Louise de la Simone. — Pr. 17 décembre 1781. Pens. aliment. (19 janvier 1787-11 juillet 1790). Elle épousa Jean-Baptiste Trécourt.

Marguerite-Marie de Moÿsen, née 28, baptisée 29 avril 1779, à Pers (Deux-Sèvres), diocèse de Poitiers, fille de Philippe de Moÿsen et de Renée-Amable Garnier. — Pr. 21 mars 1780. Morte, le 25 octobre 1783, à Saint-Cyr (mairie de Saint-Cyr).

Bernarde-Elisabeth de Mun-Sarlaboz, née 8, baptisée 9 novembre 1738, à Bize (Hautes-Pyrénées), diocèse de Comminges, fille de Pierre-Alexandre de Mun et de Marie-Michelle de Filhol-Caillavet. — Pr. 2 décembre 1745. B. S. 20 novembre 1758. — Dot 27 avril 1766. Elle épousa, pendant l'émigration, Thomas-François de Chappuys, et mourut, à Saragosse, en 1812. (Renseignements fournis par M. le comte G. de Mun). Le colonel de Chappuys avait, paraît-il, trente ans de moins que sa femme, qui était une personne fort originale. (Item.)

Anne-Cécile-Victoire de Mung-la-Ferté, née 14, baptisée 17 mars 1717, à (Saint-Pierre) Toucy (Yonne), diocèse d'Auxerre, fille de Charles Alexandre de Mung-la-Ferté et d'Anne-Catherine Le Grand. Pr. 29 avril 1724. Retirée pour inconduite (1727).

Charlotte-Catherine-Françoise de Mung-la-Ferté, née 1ᵉʳ septembre 1721, à (Saint-Pierre) Toucy (Yonne), diocèse d'Auxerre, fille de Charles-Alexandre de Mung-la-Ferté et d'Anne-Catherine Le Grand. — Pr. 9 septembre 1731. B. S. 4 septembre 1741. — Dot 27 février 1744.

Marie-Anne de Murat-Bins, née et baptisée 25 novembre 1743, à (Saint-Pierre) Vic-le-Comte (Puy-de-Dôme), fille de Vital de Murat et d'Angélique-Louise Morin. — Pr. 19 novembre 1755. B. S. 9 mars 1764. — Dot 21 octobre 1767. Epousa (2 mars 1767) François-Marie de la Chassaigne-Sereys.

Marie-Adélaïde de Murat, née 18, baptisée 19 mars 1778, à Périgny-en-Aunis (Charente-Inférieure), fille de Jean-Baptiste de Murat et de Charlotte Locquet. — Pr. 1ᵉʳ février 1788. Entrée, selon l'Inv., le 4 mars 1788. Sortie 13 octobre 1792.

Marie de Murat, née et baptisée le 2 décembre 1778, à (Saint-Pierre) Vic-le-Comte (Puy-de-Dôme), diocèse de Clermont-Ferrand, fille de Philippe de Murat et de Marie-Françoise-Philippine-Ghislaine de Cassinat. Entrée, selon l'Inv., le 4 mars 1788. Sortie le 26 mars 1793 (Crécy).

Elisabeth-Marguerite de la Mure-Chanlon, née en 1673 (probablement entre le 23 février et le 17 avril), à Saint-Pierre-d'Izeure, diocèse d'Autun, fille de Joseph de la Mure et d'Elisabeth Coulon. — Pr. 26 août 1687. Comme, à l'époque de ses preuves, elle avait quatorze ans passés, elle présenta comme sien baptistère, celui de sa sœur Jeanne-Henriette (née et baptisée, le 28 mai 1675, à Saint-Sulpice-en-Roannais (Saint-Sulpice, commune de Villerest (Loire). Elle avoua, en juin 1715, sa supercherie à d'Hozier. Elle fut novice à Saint-Cyr (7 décembre 1692), puis épousa (20 octobre 1701) Louis-Becq de la Mothe-Saint-Vincent. Elle eut deux filles à Saint-Cyr, et mourut, le 18 mars 1719 (De Jouvencel : *l'Assemblée de la noblesse de Lyon en 1789*, p. 176).

Renée de la Mure-Chanlon, baptisée, le 1ᵉʳ septembre 1688, à Saint-Sulpice-en-Roannais (Saint-Sulpice, commune de Villerest (Loire) (Communic. de la m. de Villerest), fille de Joseph de la Mure et d'Elisabeth Coulon. — Pr. 20 octobre 1694. B. S. 1707. Relig. au Val-de-Grâce (17 mars 1708).

Françoise-Florence-Amélie de Musnier-la-Converserie, née et baptisée, le 5 mai 1768 à (Saint-Sylvestre) Longueville (Pas-de-Calais), diocèse de Boulogne-sur-Mer, fille de Jean-François de Musnier et de Marie-Jacqueline Rohart. Morte, à Saint-Cyr, le 27 octobre 1786 (mairie de Saint-Cyr).

Agathe-Lucie de Musnier-la-Converserie, née et baptisée le 9 janvier 1775, à Longueville (Pas-de-Calais), diocèse de Boulogne, fille d'André-François de Musnier et de Julie-Félicité de Caboche. — Pr. 11 avril 1784. Entrée, selon l'Inv., 1er avril 1784. Sortie, 27 décembre 1793 (Crécy). Elle fut emprisonnée, à Arras, en 1794, avec sa mère (A. J., Paris, *Joseph Lebon*. Arras, 1864, in-8°. Pièces justif.).

Marie-Antoinette-Florence de Musnier, née et baptisée le 25 mai 1775, à (Saint-Polquin) Rébergues (Pas-de-Calais), diocèse de Boulogne, fille de Jean-François de Musnier et de Marie-Jacqueline Rohard. Morte, le 14 mai 1786, à Saint-Cyr (mairie de Saint-Cyr).

Marie-Françoise de Mussen-Lilette, née 9, baptisée 16 août 1715, à Saulces-Champenoises (Ardennes), diocèse de Reims, fille de Gilles-Joseph de Mussen et de Marie-Françoise de Boutteville, novice (5 mai 1737), religieuse (5 mai 1739) devant la Reine. Morte, à Saint-Cyr, le 7 juin 1790 (mairie de Saint-Cyr). — Pr. 29 juin 1727. B. S. 4 août 1736.

Marie-Madeleine de Mussen, née et baptisée, le 25 avril 1753, à (Notre-Dame) Montgon, près les Alleux (Ardennes), diocèse de Reims, fille de Nicolas de Mussen et d'Hélène-Perrette-Françoise de la Chevardière. — Pr. 11 avril 1765. B. S. 18 avril 1773. — Dot 20 mai 1773. — Hospitalière.

Marie-Madeleine de Musset-la-Bonaventure, née 30 mars, baptisée 1er avril 1693, à Mazangé (Loir-et-Cher), diocèse de Blois, fille de Charles de Musset et de Marie-Jeanne de Pathay. Elle mourut, à Saint-Cyr, le 21 avril 1711 (mairie de Saint-Cyr). — Pr. 26 juillet 1701. Mme de Maintenon l'appelait « sa petite Bonaventure ». Elle fut l'arrière-grande-tante d'Alfred de Musset.

Louise de Musset-Bonaventure, née 29 octobre, baptisée 1er novembre 1725, à (Sainte-Marie-Madeleine) Châteaudun (Eure-et-Loir), fille d'Olivier-Pierre-César de Musset et de Marie-Jeanne-Baptiste Pelsaire. — Pr. 9 août 1734. B. S. 23 septembre 1745. — Dot 26 juin 1748. Elle épousa Jérôme de Villecourt. Elle mourut, veuve, le 27 vendémiaire an V, à

Montreuil près Versailles. (Communic. de M. Henri Lavault, de la m. de Versailles.)

Madeleine de Musset-Chantoiseau, née 6, baptisée 7 mars 1731, à (Sainte-Marie-Madeleine) Châteaudun (Eure-et-Loir), fille de Pierre-Olivier-César de Musset et de Marie-Jeanne-Baptiste de Pelsaire. B. S. 15 octobre 1751. — Dot 4 mai 1753. Elle épousa Pierre-Alexandre-Victor d'Alès-Corbet. Morte, à Orléans, en 1793 (Rens. de M. Martellière, avoué à Vendôme), le 2 septembre, rue du Gros-Anneau, 11 (Rens. de M. Albert Rousselle, chef de bureau de l'État-Civil à la mairie d'Orléans).

Marie-Madeleine-Catherine de Musset-Pathay, née et baptisée 29 avril 1760, à (Saint-Martin) Lunay (Loir-et-Cher), diocèse du Mans, fille de Joseph-Alexandre de Musset et de Jeanne-Catherine de Besnard-Harville. — Pr. 31 mars 1769. B. S. 26 mars 1780. — Dot 24 juillet 1780. Chanoinesse de Troarn (1789) 13 décembre 1787. Elle mourut, à Tours, le 12 septembre 1847 (Communic. de M. S. Verna, de la mairie de Tours). Elle épousa (5 germinal an II) Paul Rodrigue (né à la Rochelle, 17 décembre 1755, prêtre oratorien défroqué). Ils divorcèrent, le 9 brumaire an X. C'était la tante d'Alfred de Musset. (Renseig. de M. Martellière, avoué à Vendôme).

Marie-Anne Muzard de Champlebon, baptisée 3 décembre 1686, à Journet (Vienne), diocèse de Poitiers, fille de Pierre Muzard et de Marie de Chassaigne. — Pr. 9 avril 1696. B. S. 28 février 1707. — Dot 1er avril 1707. Novice à Gomerfontaine (28 février 1707). — Bernardine.

Jeanne de Myon-Gombervaux, née et baptisée 22 décembre 1693, à (Saint-Laurent) Vaucouleurs (Meuse), diocèse de Toul, fille de Gabriel de Myon et de Françoise de Drouet-Sainte-Libière. — Pr. 22 septembre 1702. B. S. 20 novembre 1710. — Dot 20 novembre 1710.

Marie-Françoise de Myon-Gombervaux, née 9, baptisée le 11 mars 1740, à Vaucouleurs (Meuse), fille de Gabriel-Dominique de Myon et de Madeleine d'Huart. — Pr. 22 janvier 1752. B. S. 7 mars 1760. — Dot 19 avril 1766.

Modeste de Myre-la-Laire, née et baptisée le 16 janvier 1751, à Grisy-en-Vexin (Grisy-les-Plâtres) (Seine-et-Oise), fille de Gédéon de Myre et de Marie-Anne de Vassaut. — Pr. 29 novembre 1759. B.S. 15 janvier 1771. — Dot 4 octobre 1771. — Religieuse.

Marie-Anne de Nagles, née..., baptisée 26 avril 1773, à (Saint-Georges)
Cambrai (Nord), fille de Gérard de Nagles et d'Anne-Claudine Siviny.
— Pr. 4 janvier 1783. Entrée, selon l'Inv., le 8 février 1783. Sortie, le
18 mars 1793 (Crécy).

Marie-Catherine-Perrine de Narbonne-Aubiac, née et baptisée 26 avril
1723, à Aubiac (Lot-et-Garonne), diocèse de Condom, fille de François
de Narbonne et d'Olive-Angélique du Goust. — Pr. 16 juillet 1731. B.S.
26 avril 1743. — Dot 22 mai 1745. Elle épousa (9 février 1752) Marc-
Antoine de Montesquiou-Marsan.

Marie-Françoise-Agnès de Narbonne-Pelet, née et baptisée 4 juillet
1725, à la cathédrale de Saint-Paul-Trois-Châteaux (Drôme), fille de
Claude de Narbonne-Pelet et de Madeleine du Rocher. — Pr. 26 septembre 1736. B. S. 6 août 1745. — Dot 4 décembre 1747. Elle épousa av.
1747, Joseph de Rocher du Prat-la-Baume.

Marie-Elisabeth-Hélène-Hyacinthe de Narbonne-Pelet-Salgas, née et
baptisée le 12 avril 1732, à Vébron (Lozère), diocèse de Mende, fille de
Claude de Narbonne-Pelet et de Françoise-Hélène des Pierres.— Pr. 3 juillet 1741. B.S. 3 mai 1752.— Dot 21 août 1754. Elle épousa (16 avril 1755)
Pons-Simon-Frédéric de Pierre-Bernis. Morte à Paris, le 11 avril 1756.

Marie-Jeanne-Françoise de Nattes, née 31 janvier, baptisée 22 mars
1763, à Saint-Thibéry (Hérault), diocèse d'Agde, fille de Pierre-Henri de
Nattes et de Gabrielle de Gayon. — Pr. 25 janvier 1775. B. S. 18 avril
1783. — Dot 4 août 1783. — Chanoinesse. Elle hérita de 100.000 francs
et se maria, av. le 10 mai 1801 (Lettre de Mlle Louise du Pac à Mme de
Chassan (Marie-Th. de Boissieu). Communic. de M. Ch. de Longevialle).

Thérèse-Constance-Philippine-Pélagie de Nelle-Lottinghen, baptisée
12 décembre 1730, à Lottinghen (Pas-de-Calais), diocèse de Boulogne-
sur-Mer, fille de Georges-François de Nelle et d'Ernestine-Pélagie
d'Antin. — Pr. 17 novembre 1741. B. S. 7..... 1751. — Dot 23 février
1753.

Henriette-Adélaïde-Josèphe Nepveu de Bellefille, née et baptisée
3 juillet 1779, au château de Bellefille, commune d'Ardenay (Sarthe),
diocèse du Mans, fille de Jacques-Nicolas Nepveu et Françoise-Madeleine Le Bon. — Pr. 17 avril 1788. Entrée, selon l'Inv., le 26 avril 1788.
Sortie 9 mars 1793 (Crécy). Elle épousa Jacques-Jean-Baptiste-Louis,

marquis de Lavounières, et mourut, le 6 février 1859, à la Bruère (Sarthe) (Borel d'Hauterive : *Annuaire de la noblesse*, 1860 et communic. de la m. de la Bruère).

Marie-Renée-Philippine Le Nepveu de Dungy, née et baptisée, le 24 août 1758, à (Saint-Aignan) Trevières (Calvados), diocèse de Bayeux, fille de Jean-Baptiste Le Nepveu et de Marie-Anne Modet. — Pr. 5 décembre 1769. B. S. 1er juin 1778. — Dot 24 novembre 1778.

Marie-Madeleine de Nesmond des Etangs, née 12 septembre 1699, baptisée 24 juin 1701, à Massignac (Charente), diocèse d'Angoulême, fille d'André de Nesmond et de Marie de Gibert. — Pr. 8 mars 1708. B. S. 4 septembre 1720. — Dot 18 février 1721.

Françoise-Elisabeth de Nettancourt-Bettancourt, née 28 janvier, baptisée 1er février 1739, à Bettancourt-la-Longue (Marne), diocèse de Châlons-sur-Marne, fille de Charles-Louis de Nettancourt et d'Anne-Marie de Baillivy. — Pr. 10 avril 1749. Pens. pour infirmité (1756-1759). Elle mourut, le 21 février 1759, à l'hôpital de la Salpêtrière, à Paris (Arch. S. et O. D. 196). — La dot fut versée, le 26 juin 1766, aux héritiers.

Marie-Marguerite-Hélène Le Neuf de Tourneville, née et baptisée 18 août 1762, à Sanvic (Seine-Inférieure), diocèse de Rouen, fille de François-Jean-Augustin Le Neuf et de Marie-Marguerite-Françoise Lhomme. — Pr. 9 février 1773. B. S. 10 août 1782. — Dot 1er février 1783.

Marie-Charlotte-Emilie de Neufville Brugnobois, née et baptisée le 30 janvier 1764, à (Saint-Nicolas), Alquines (Pas-de-Calais), fille de Florent de Neufville et d'Emilie de Caboche. — Pr. 13 juillet 1774. B. S. 28 décembre 1783. — Dot 27 mars 1784.

Louise-Adélaïde de Neufville-Brugnobois, née 2, baptisé 3 novembre 1770, à (Saint-Nicolas), Alquines (Pas-de-Calais), diocèse de Boulogne-sur-Mer, fille de Florent de Neufville et d'Emilie de Caboche. B. S. 4 juin 1790. 5 janvier 1791. — Dot 6 mars 1791. Chanoinesse.

Anne-Victoire de Niceville, née et baptisée le 2 décembre 1768, à (Saint-Jacques) Lunéville (Meurthe-et-Moselle), fille de Charles-Gaspard de Niceville et de Marie-Charlotte de Jacquot. — Pr. 28 novembre 1779. B. S. 23 novembre 1788. — Dot 30 janvier 1789.

Marthe-Marie de Nicolas-la-Coste, née et baptisée le 23 mai 1753, à
Argentat (Corrèze), diocèse de Tulle, fille d'Alain de Nicolas et de Martine
de Planchard. — Pr. 30 avril 1763. Pens. pour infirmité (28 juin 1769-
1er janvier 1773). B. S. 1773.

Madeleine de Nicolas-la-Coste, née et baptisée, le 11 août 1756, à
Argentat (Corrèze), fille d'Alain de Nicolas et de Françoise de Planchard.
Pens. pour infirm. (22 décembre 1770-1er juillet 1775). B. S. 1776. —
Dot 5 décembre 1776.

Marie-Pierrette de Nicole-Aureville, née 27, baptisée 28 février 1753,
à (Saint-Ouen) Mélicourt-en-Normandie (Eure), fille de Jacques-Guillaume de Nicole d'Anne-Marie-Françoise d'Aureville. — Pr. 30 avril
1764. B. S. 13 janvier 1773. — Dot 28 mai 1774.

Jeanne de Noaillan-Pouy, née 22, baptisée 23 juillet 1714 à (Notre-
Dame) Lannesvieille et Saint-Jean-en-Cazeaux (auj. Lannes) (Lot-et-
Garonne) (communic. de la mairie de Lannes), diocèse de Condom,
fille de Louis de Noaillan et de Jeanne-Isabeau de Frère. — Pr. 18 septembre 1725. P. S. 29 juillet 1734. — Dot 24 septembre 1737.

Louise-Françoise-Yvonne de la Noë-Rohon, née 27, baptisée 28 juin
1766, à Lanvézéac (Côtes-du-Nord), fille d'Hyacinthe-Joseph de la Noë
et de Catherine-Julienne Favois. — Pr. 31 décembre 1777. Morte,
le 2 décembre 1782, à Saint-Cyr (mairie de Saint-Cyr).

Anne-Adélaïde-Renée-Louise Le Noir, née 12, baptisée 13 janvier 1775,
à (Notre-Dame) Niort (Deux-Sèvres), fille d'Archambaut-Marie-Anne Le
Noir et d'Anne-Claude Le Noir. — Pr. 26 mars 1782. Sortie 11 septembre 1792 (Crécy).

Anne-Émilie-Félicité Le Noir de la Pommeraye, née (7 h. du matin)
et baptisée, le 21 février 1779, à (Saint-André) Niort (Deux-Sèvres) (Renseignement dû à la parfaite obligeance de M. l'abbé Coutant, curé
archiprêtre de Niort), fille d'Archambault-Marie Le Noir et de Anne-
Claude Le Noir (Bibl. ville de Niort. Reg. de Saint-André). Entrée, selon
Inv., 3 novembre 1787. Sortie vers 11 avril 1793 (Inv. Arch. S.-et-O.,
Saint-Cyr, partie non classée).

Madeleine-Françoise de Nollent-Couterville, née 28 décembre 1707,
baptisée 3 janvier 1708, à Vieilles, diocèse d'Evreux (Vieilles, commune

Beaumont-le-Roger (Eure), fille de Joseph de Nollent et de Marie-Anne Goullon. — Pr. 18 janvier 1717. B. S. 17 décembre 1727. — Dot 6 juin 1729. Elle épousa (8 novembre 1738) Charles-Louis-Cyprien de Nollent-Chanday. Vivante 8 nov. 1745 (Communic. de M. H. Le Court. Arch. de Lierremont). Eut une fille à Saint-Cyr.

Madeleine-Geneviève de Nollent-Couterville, née et ondoyée 5 novembre 1728, baptisée 2 février 1730, à la Gouberge (commune d'Ormes, Eure), diocèse d'Evreux, fille de Jacques de Nollent et de Catherine-Madeleine-Elisabeth Papavoine de Canapeville. — Pr. 7 novembre 1736. B. S. 13 janvier 1749. Visitandine rue du Bac (30 janvier 1749-12 septembre 1763). — Dot 8 avril 1750.

Marie-Madeleine-Frédérique de Nollent-Chanday, née 7, baptisée 8 mai 1745, à (Notre-Dame) Chanday (Orne), élection de Verneuil, diocèse d'Evreux, fille de Charles-Cyprien de Nollent et de Madeleine-Françoise de Nollent. — Pr. 7 janvier 1753. B. S. 28 avril 1765. — Dot 22 mai 1767. Religieuse à Fontevrault et à la Chaise-Dieu (22 mai 1767).

Marguerite de Nollet, née 2, baptisée 3 septembre 1775, à (Notre-Dame du Moutier), Saint-Junien (Haute-Vienne) (le chef-lieu de canton) fille de Paul de Nollet et d'Henriette-Thérèse Feydeau. — Pr. 14 août 1785. Entrée, selon l'Inv., 18 août 1785. Sortie 16 mars 1793 (Crécy).

Claude-Anne de Nompère-Champagny-Pierrefitte, née 17, baptisée 18 mai 1734, à (Saint-Etienne) Roanne (Loire), diocèse de Lyon, fille de Jean-Baptiste de Nompère et de Claude-Marie-Mathieu de Bachelard. — Pr. 9 mai 1746. B. S. 2 avril 1754. — Dot 7 avril 1757.

Marie-Françoise-Thérèse Le Normand d'Arry, née 13, baptisée 14 octobre 1757, à Notre-Dame de Fresnay (Calvados) en Normandie, diocèse de Lisieux, fille d'Olivier-Guillaume Le Normand et de Marie-Anne-Jeanne-Françoise de Coulibœuf. — Pr. 12 juin 1769. Pens. pour infirm. (31 mai 1770-9 décembre 1777). — Dot 23 décembre 1777.

Jacquette-Anne-Gabrielle Le Normand de Lourmel, née et baptisée le 3 avril 1762, à Lamballe (Côtes-du-Nord), fille de François-Aimé Le Normand et d'Anne-Marie Le Métaer. — Pr. 1er février 1771. Morte, le 7 octobre 1777, à Saint-Cyr (mairie de Saint-Cyr).

Marie-Thérèse-Louise Le Normand de Bretteville, née et baptisée, le 7 janvier 1770, à (Notre-Dame) Orbec (Calvados), fille de Pierre-Gabriel-

Dominique Le Normand de Bretteville et de Elisabeth-Madeleine-Fran-
çoise Le Gras.—Pr. 28 décembre 1779. B. S. 7 janvier 1790. — Dot 16 septembre 1790. Elle mourut, le 6 mai 1791, à Lisieux. (Etat-civil de l'église
Saint-Denis de Lisieux.) (Communic. de M. Henri Le Court, Archives
de Lierremont).

Marguerite de Normanville-les-Iliberts, baptisée le 23 août 1676, à
(Saint-Vincent) la Forestière, diocèse de Rouen (aujourd'hui la Folle-
tière (Seine-Inférieure), canton de Pavilly, près Caudebec-en-Caux),
fille de Pierre de Normanville et de Marguerite Le Roy.—Pr. 28 août 1686.
Elle épousa (10 février 1698) Adrien de Loubert. Vivante, 19 janvier
1719. Morte avant le 11 mars 1714.

Jeanne-Claude-Pétronille de Normanville, née et baptisée, le 14 mai
1721, à (Saint-Pierre) Hermeville (Seine-Inférieure), diocèse de Rouen,
fille de Pierre-François de Normanville et d'Anne-Thérèse des Mares.—
Pr. 20 juin 1732. B. S. 9 mai 1741. — Dot 13 mai 1741.

Jeanne de Norrigier-Saint-Aulais, née 8 mars, baptisée 4 avril 1688, à
Saint-Aulais-la-Chapelle (Charente), diocèse de Saintes, fille de Jacques
de Norrigier et d'Anne de Maignac. — Pr. 28 septembre 1697. Morte, le
28 septembre 1699, à Saint-Cyr (mairie de Saint-Cyr).

Thérèse-Catherine des Nos, née 16, baptisée 24 septembre 1685, à
(Notre-Dame) Versailles (Seine-et-Oise), fille de Louis des Nos et de
Catherine de Béthencourt. — Pr. 25 septembre 1692. Elle épousa (28 avril
1710) Charles-Pierre des Nos-Daviet (né 27 septembre 1677, mort
septembre 1747). B. S. 15 septembre. 1705. — Dot 18 décembre 1705.
Vivante 5 novembre 1721. Fille à Saint-Cyr. Elle mourut, en décembre
1749. (Rens. de M. le comte d'Ozouville-des-Nos.)

Marie des Nos-Pennard, née et baptisée le 20 janvier 1706 à (la Trinité)
Laval (Mayenne), diocèse du Mans, fille de Charles des Nos et de Renée-
Marie Le Clerc. — Pr. 20 décembre 1713. B. S. 1727. — Dot 1er juin
1728. — Religieuse.

Thérèse des Nos-Pennard, née et baptisée 23 mai 1712, à Charnay-
lès-Ernée (commune d'Ernée) (Mayenne), diocèse du Mans, fille de
Charles des Nos et de Renée-Marie Le Clerc. — Pr. novembre 1721
B. S. 23 mars 1732. — Dot 21 octobre 1733. Ursuline à Rennes (1735).

Renée-Gabrielle des Nos-Daviet, née 5, baptisée 6 novembre 1721, à Charnay-Ernée (Mayenne), diocèse du Mans, fille de Charles-Pierre des Nos et de Thérèse-Catherine des Nos. — Pr. 18 juillet 1731. Morte, à Saint-Cyr, le 3 mai 1735 (mairie de Saint-Cyr).

Marie-Madeleine-Hélène des Nos des Fossés, née 6 baptisée 7 mai 1747, à Plénée-Jugon (Côtes-du-Nord), diocèse de Saint-Brieuc, fille de Toussaint des Nos et d'Henriette-Perrette de Trémaudan. — Pr. 17 mai 1758. B. S. 11 avril 1767. — Dot 12 avril 1768. Elle épousa N. de la Barre-Martigny. (Rens. du comte d'Ozouville des Nos.)

Françoise-Ursule des Nos des Fossés, née 15, baptisée 16 août 1755, à Plénée-Jugon (Côtes-du-Nord), diocèse de Saint-Brieuc, fille de Toussaint des Nos et d'Henriette-Perrette de Trémaudan. B. S. 26 juillet 1775. — Dot 15 avril 1776. Elle épousa Toussaint Le Forestier de la Mettrie.

Charlotte-Françoise de Noue-Villers, née 2, baptisée 3 juillet 1707, au château de Villers-en-Prayères (Aisne) diocèse de Laon, fille d'Antoine de Noue et de Jeanne Coulon. — Pr. 14 avril 1716. B. S. 4 juillet 1727. — Dot 6 juillet 1728. Elle épousa François-Philippe de la Felonnière-Fossoy.

Reine-Angélique de Noue-Villiers, née 5, baptisée 12 mai 1729, à (Saint-Médard) Villers-en-Prayères (Communic. de M. Oudart, sec. de la mairie de Villers-en-Prayères) (Aisne), diocèse de Laon, fille de Joseph de Noue et de Marie-Françoise de Noue. — Pr. 22 mai 1737. B. S. 26 décembre 1748. — Dot 7 août 1750. Morte le 21 novembre 1753, à Villers-en-Prayères. (D'Hozier : Registre complémentaire, et communic. de M. Oudart, sec. de la mairie de Villers-en-Prayères.)

Ursule-Philippes-Marie de la Noue-Vair, née 17, baptisée 18 juillet 1766, à Saint-Guiraud (commune de Castelnau-Barberens (Gers) annexe de Fanjeaux (commune de Bédéchan, fille de Claude-Jean-Baptiste-Joseph de la Noue et de Marie de Sadirac. — Pr. 15 octobre 1776. B. S. n. d. Voy. 15 juillet 1786. — Dot 5 septembre 1786.

Pélagie-Emilie-Antoinette-Louise de la Noue, née et baptisée, le 15 novembre 1772, à Eréac (Côtes-du-Nord) en Bretagne, fille de Jules-César-Félix de la Noue et de Rose-Emilie de Langan. — Pr. 11 septembre 1782. Morte, le 7 mai 1786, à Saint-Cyr (mairie de Saint-Cyr).

Rose-Françoise Nouël de la Ville-Hulin, née 16, baptisée 17 juin 1761, à Pordic (Côtes-du-Nord), fille de François-Jean Nouël et de Rose-Françoise Le Mintier. — Pr. 14 février 1772. B. S. 30 juin 1781. Ursuline.

Anne-Antoinette de Novion, née 18, baptisée 19 avril 1762, à Nouillonpont (Meuse), diocèse de Verdun, fille d'Henri-Antoine de Novion et de Marguerite Maillot de la Treille. — Pr. 16 juillet 1772. Morte, 15 mai 1774, à Saint-Cyr (mairie de Saint-Cyr).

Anne de Noyon-Hérouval, baptisée 13 mai 1672. à (Saint-Martin) Montjavoult (Oise) en Vexin, fille de Louis de Noyon et de Marie-Anne-Durand. — Pr. 11 mars 1686. Religieuse Bernardine. Elle reçut, en 1706, une pension de Saint-Cyr.

Marie-Thérèse O'Connor, née et baptisée 15 août 1748, à (Saint-Hilaire) Givet (Ardennes), diocèse de Liège, fille de Jean O'Connor et de Marie-Thérèse de Prat. Pr. 12 août 1760. B. S. 7 juillet 1768. — Dot 30 septembre 1769. Religieuse. Vivante 28 janvier 1772.

Marguerite Odoard de Boscroger, née et baptisée 13 novembre 1688, à Quessigny (Eure), diocèse d'Evreux, fille de François Odoard et de Madeleine de Lambert. — Pr. 4 juillet 1698. B. S. 30 octobre 1708. — Dot 8 janvier 1709. Chanoinesse de Notre-Dame.

Jeanne d'Offai-Rieux, baptisée 14 mars 1674, à Grandvilliers (Oise), diocèse d'Amiens, fille de René d'Offai et d'Anne de Queu. — Pr. 27 octobre 1687.

Antoinette d'Offai, baptisée 31 juillet 1680, à Fouquerolles (Oise), diocèse de Beauvais, fille de Renée d'Offai et d'Anne de Queu. — Pr. 27 octobre 1687.

Marie d'Offai-Rieux, baptisée 22 mai 1684, fille de Renée d'Offai et d'Anne de Queu. — Pr. 3 mai 1694. B. S. 24 mai 1704. — Dot 27 mai 1704.

Suzanne d'Offai-Rieux, née 4, baptisée 5 juillet 1715. à (Saint-Léger) Lucheux (Somme), diocèse d'Arras, fille de Pierre d'Offai et de Marie-Suzanne du Mets. — Pr. 26 avril 1727. B. S. 30 juin 1735. — Dot 12 février 1737.

Marguerite-Madeleine d'Offai-Rieux-Beaurepaire, baptisée le 21 octobre 1718, à (Saint-Gilles) Grandvilliers (Oise), diocèse d'Amiens, fille de Pierre d'Offai et de Marie-Suzanne du Metz. — Pr. 13 août 1730. B. S. 23 septembre 1738 — Dot 28 avril 1740. Pens. alim. 18 juin 1739.

Anne-Françoise d'Offai-Rieux, née 14, baptisée 15 décembre 1723, à (Saint-Léger) Marsal (Lorraine allemande), diocèse de Metz, fille de Charles d'Offai et de Marie-Elisabeth Daudet. — Pr. 29 octobre 1734. B. S. 30 septembre 1743. — Dot 1er juillet 1748.

Marguerite d'Olmières-Montamat, née 31 janvier, baptisée 5 février 1696, à (Notre-Dame) Aurillac (Cantal), diocèse de Saint-Flour, fille de François d'Olmières et de Marie Courlat. — Pr. 11 janvier 1707. B. S. 1er février 1717. — Dot 3 février 1717.

Louise d'Oradour, née 27, baptisée 28 juillet 1743, à Saint Gervazy (Puy-de-Dôme), élection d'Issoire, diocèse de Clermont, fille de Charles-Gilbert d'Oradour et de Marie de Bosredon. — Pr. 15 avril 1751. B. S. 30 juin 1763. — Dot 14 mai 1767. Novice (27 décembre 1765) à Notre-Dame de l'Eclache à Clermont-Ferrand.

Charlotte-Madeleine d'Orcisse-Louzillaye, née 1er, baptisée 4 août 1687, à Juvigné (Mayenne), diocèse du Mans, fille de Jean-Marc d'Orcisse et de Marie-Charlotte Davy. — Pr. 5 août 1694. Novice à Saint-Cyr (16 août 1707). — Bénédictine.

Jeanne-Marie-Angélique d'Orcisse, née 11, baptisée 18 décembre 1695, fille de Jean-Marc d'Orcisse et de Marie-Charlotte Davy. — Pr. 8 août 1707. Voy. 17 décembre 1715. Religieuse à Saint-Georges-en-Bretagne (1717).

Madeleine d'Orillac-Montagny, née 7, baptisée 8 mars 1678, à (Saint-Eustache) Paris, fille de Nicolas d'Orillac et d'Anne Ménager. — Pr. 29 octobre 1686. Morte, à Saint-Cyr, le 14 septembre 1697 (mairie de Saint-Cyr).

Marie-Charlotte d'Orillac-Montagny, née 27, baptisée 28 septembre 1713, à Fly, diocèse de Beauvais (Fly (commune de Saint-Germer (Oise) autrefois, Fleix-Notre-Dame), fille de Joseph d'Orillac et de Françoise-Philippe de Fouilleuse-Flavacourt. — Pr. 24 novembre 1722. B. S. 27 septembre 1733. — Dot 26 mai 1735.

Charlotte-Camille d'Orillac-Montagny, baptisée 11 septembre 1714, à,
Fly (commune de Saint-Germer (Oise) (commun. de M. le Sec. de la
m. de Saint-Germer), fille de Joseph d'Orillac et de Françoise-Philippe
de Fouilleuse-Flavacourt. B. S. — Dot 3 décembre 1735. B. S. 16 septembre 1734.

Angélique d'Orillac-Mettrai, baptisée 29 juillet 1715, à (Saint-Marc de
la Citadelle) Plaisance (Italie), fille de Pierre-Charles d'Orillac et de
Marguerite de Perceval. — Pr. 3 juillet 1725. B. S. 4 juillet 1735. — Dot
11 novembre 1736.

Marie-Catherine-Julie d'Orillac-Milly, née, ondoyée et baptisée
16 février 1717, à (Saint-Marc de la Citadelle) Plaisance (Italie), fille de
Pierre-Charles d'Orillac et de Marguerite de Perceval. — Pr. 28 avril
1728. Morte, à Saint-Cyr, le 21 janvier 1732 (mairie de Saint-Cyr).

Charlotte-Camille d'Orillac, née et baptisée 10 janvier 1746, à Saint-
Pierre-ès-Champs (Oise), diocèse de Beauvais, fille de Joseph-Florimond
d'Orillac et de Marguerite Huby. — Pr. 11 mars 1757. B. S. 18 décembre
1765. — Dot 22 mai 1767. Vivante 28 janvier 1772.

Marie-Anne-Angélique d'Oro-Léon, née 20, baptisée 21 décembre
1683, à (paroisse majeure de la ville) Dax (Landes), fille de Jean-
Bertrand-Alexandre d'Oro et de Suzanne de Saint-Martin. — Pr.
15 novembre 1695. B. S. 14 avril 1704. — Dot 15 mai 1704.

Angélique-Alexandrine d'Oro-Léon, née et baptisée 25 juillet 1685, à
(paroisse majeure de la ville) Dax (Landes), fille de Jean-Bertrand-
Alexandre d'Oro et de Suzanne de Saint-Martin. — Pr. 15 novembre
1695. B. S. 19 août 1705.

Anne-Catherine d'Orte, née 2, baptisée 3 octobre 1678, comme huguenote, à Primaut, bailliage de Sainte-Menehoult (aujourd'hui Primat)
(Ardennes), fille de Louis d'Orte-Fontaines et de Catherine de Dompierre. — Pr. 3 septembre 1687. Novice à Saint-Cyr (14 mars 1698),
sortie (mars 1700). Ursuline à Poissy.

Rose-Augustine d'Ortet-Tessan, fille de Pierre d'Ortet et de Madeleine
Bérenger de Caladon, née 26, baptisée 30 août 1766, à (Saint-Pierre) le
Vigan (Gard). — Pr. 30 juin 1777. Pension alimentaire et B. S. 3 mai
1779.

Charlotte-Catherine d'Orville-Anglure, née 18, baptisée 19 février
1721, à Saint-Victor-sur-Avre (Eure), diocèse de Chartres, fille de Charles
d'Orville et de Catherine-Françoise Novince. — Pr. 19 juin 1732. B. S.
15 décembre 1740. — Dot 6 décembre 1742. — Religieuse.

Marie-Anne-Agathe d'Orville-Anglure, née 2, baptisée 3 février
1754, à Saint-Projet en pays Chartrain (ancienne paroisse, commune de
Boutigny (Eure-et-Loir), fille de Pascal-François-Etienne d'Orville et
d'Agathe-Anne de Joannès. — Pr. 16 mars 1762. B. S. 21 janvier 1774.
— Dot 7 juin 1774.

Marie-Louise-Thérèse d'Orville, née 7, baptisée 8 juillet 1763, à
(Saint-Pierre) les Champeaux, près Vimoutiers (Orne) (communic. de
M. Delaunay, sec. de la m. des Champeaux, près Vimoutiers), fille de
Louis d'Orville et de Marie-Thérèse des Montis. — Pr. 2 mars 1775.
B. S. s. d. — Dot 20 juillet 1784.

Marie-Françoise d'Osmont-Aubri, baptisée 31 janvier 1679, à (Saint-
Germain) Aubri-le-Panthou (Orne), diocèse de Lisieux, fille de Gabriel
d'Osmont et de Marie d'Oynel. — Pr. 25 août 1686. Elle épousa David
Bouvet de Louvigné.

Anne-Gabrielle d'Osmont, baptisée 9 septembre 1680, à Aubry-le-
Panthou (Orne) (communic. de M. Boisson, Sec. de la m. d'Aubry-le-
Panthou), fille de Gabriel d'Osmont et de Marie Doynel, favorite de
Mme de Maintenon, fut sa demoiselle de compagnie. Elle épousa (10 mars
1705) François-Dominique de Cardevac-Havrincourt. B. S. 4 avril 1700. —
Dot 9 mai 1701. Morte, le 12 novembre 1761 à l'abbaye de Montreuil-
sous-Laon (Gazette de France n° 5 décembre 1761) (d'Haussonville et
Hanotaux : Souvenirs sur Mme de Maintenon (Paris in-8°, 1902-1903,
t. II, p. 197, note) (Asselin, o. c., p. 12). M. André Asselin (1875, in-8°,
Arras) a publié quelques lettres d'elle.

Renée-Gabrielle Osmont, née 3 août, baptisée le 6 août 1701, à Aubry-
le-Panthou (Orne), diocèse de Lisieux, fille de Henri-René Osmont et de
Françoise-Jeanne Osmont. — Pr. 16 novembre 1711. Novice (14 juin
1722). Religieuse (25 juin 1724) à Saint-Cyr. Y morte, le 2 juillet 1727
(mairie de Saint-Cyr).

Marie-Cécile-Henriette Osmont-d'Aubry, née et baptisée, le 3 décembre 1716, à (Saint-Germain) Aubry-le-Panthou (Orne), diocèse de Lisieux,

fille de René-Henri Osmont et de Françoise-Jeanne Osmont. — Pr. 19 janvier 1726. B. S. 13 octobre 1736. — Dot 10 mai 1738. Chanoinesse à Remiremont (1751).

Marie-Adrienne d'Ostrel-Flers, baptisée le 23 mars 1701, à Flers-en-Artois (Pas-de-Calais) (communic. de M. Simon, sec. de la m. de Flers), fille de Robert-Lamoral d'Ostrel et de Marguerite Bouquel. — Pr. 2 février 1718. Morte, le 22 mai 1715, à Saint-Cyr (mairie de Saint-Cyr).

Bonne-Marie-Claire-Josèphe d'Ostrel-Flers, née et baptisée, le 30 avril 1703, à Flers-en-Artois (Pas-de-Calais), fille de Robert-Lamoral d'Ostrel et de Marguerite Bouquel. — Pr. 26 avril 1715. B. S. 28 avril 1723. — Dot 8 mai 1723. Elle épousa (20 février 1726) Louis-Isidore-François Tranquillain de Dion, et testa le 23 janvier 1758.

Elisabeth d'Ozenx-Marinborde, née et baptisée 22 avril 1749, à Loubieucq (Basses-Pyrénées) en Béarn, fille d'Izaac d'Ozenx et de Catherine Doustoure. — Pr. 31 mars 1761. Morte, à Saint-Cyr, le 11 juillet 1763 (mairie de Saint-Cyr).

Madeleine-Françoise du Pac-Bellegarde, née 9, et baptisée 25 avril 1756[1] à Bellegarde (Aude), diocèse de Narbonne, fille de Jean-Pierre du Pac et de Marie-Thérèse de Gros. B. S. 11 avril 1776. — Dot 7 janvier 1778. Chanoinesse de Neuville-en-Bresse (19 mai 1771-2 décembre 1790).

Louise-Henriette du Pac-Bellegarde, née 29 septembre, baptisée 1er octobre 1762, à Bellegarde (Aude), diocèse de Narbonne, fille de Jean-Pierre du Pac et de Marie-Thérèse de Gros. B. S. 18 avril 1782. — Dot 29 août 1782. Chanoinesse. Vivante 10 mai 1801 (communic. de M. Charles de Longevialle), à Limoux. Elle mourut, le 12 mai 1822, à Toulouse (communic. de M. le marquis du Pac-Badens, confirmée par la mairie de Toulouse).

Louise-Françoise du Pac-Bellegarde, née le 17 juillet 1771, à Bellegarde (Aude), fille de Jean-Pierre du Pac et de Marie-Thérèse de Gros (communic. de M. Barthe, sec. de la m. de Bellegarde). Il résulte d'une

---

[1] Communic. de M. Barthe, sec. de la m. de Bellegarde. Elle mourut, des suites de la petite vérole, avant le 10 mai 1801 (Lettre de sa sœur à Mme de Chassan, communiquée par M. Charles de Longevialle, à Limoux, le 9 février 1795 (communic. de M. le marquis du Pac-Badens) 21 pluviôse an III (communic. de la m. de Limoux).

lettre de sa sœur à Mme de Chassan qu'elle fut élève à Saint-Cyr. Elle est, d'ailleurs, inscrite aux listes Lavallée. Elle épousa (11 octobre 1807) Louis-Marie-Anne du Puy-Saint-Pierre (communic. de M. le marquis du Pac-Badens).

Marie-Jeanne-Rose de Pacaroni-Osbourg, née 9, baptisée 11 janvier 1698, à Gisors (Eure), diocèse de Rouen, fille d'Adrien de Pacaroni et d'Angélique Le Febvre. — Pr. 29 avril 1706. B. S. 10 janvier 1718. — Dot 19 janvier 1718.

Françoise-Charlotte le Paige de Précy, née 26, baptisée 30 septembre 1708, à Saint-Chéron) Coulombs (Eure-et-Loir), diocèse de Chartres, fille de Louis Le Paige et de Charlotte d'Escanavin. — Pr. 21 avril 1719. B. S. 26 septembre 1728. B. S. 26 septembre 1728. — Dot 4 juin 1731.

Marie-Madeleine Le Paige de Précy, baptisée 10 janvier 1724, à Bernon (Aube), diocèse de Langres, fille de Jean Le Paige et de Marie-Madeleine Martin. — Pr. 7 juillet 1735. Morte, à Saint-Cyr, le 28 mars 1739 (mairie de Saint-Cyr).

Catherine-Madeleine de Paillart-Hardivilliers, baptisée le 7 décembre[1] 1668, à (Saint-Germain) Hardivilliers-en-Vexin (Oise), diocèse de Rouen, fille de Louis de Paillart-Trossi-Hardivilliers et de Madeleine de Cormeilles. — Pr. 24 avril 1686. — Bernardine.

Jeanne-Madeleine de Paillart-Hardivilliers-Trossi, baptisée 15 avril 1676, à (Saint-Germain) Hardivilliers-en-Vexin (Oise), diocèse de Rouen, fille de Louis de Paillart et de Madeleine de Cormeilles. — Pr. 24 avril 1686. Professe (11 novembre 1696) (Sœur Marie-Agnès) aux Visitandines de Paris. Elle y mourut, le 19 décembre 1743 (B. Nat. Impr. L^{173} D. 2).

Marie-Catherine-Adélaïde de Paillart-Hardivilliers, née 16, baptisée 17 octobre 1749, à (Saint-Pierre-au-Châtel) Rouen, fille de Pierre-Michel de Paillart et de Marie-Jeanne Digard. — Pr. 3 octobre 1761. B. S. 27 décembre 1769. — Dot 1er août 1770.

Anne-Henriette-Antoinette de Pannevère, née et baptisée le 1er février 1774, à Miremont (Puy-de-Dôme), diocèse de Clermont Ferrand, fille de Christophe de Pannevère et de Marie-Amable du Pont. — Pr. 19 août

---

[1] Le 1er, selon M. le sec. de la m. d'Hardivilliers.

1783. Entrée selon l'Inv., le 3o août 1783. Sortie, le 13 mars 1793 (Crécy).

Marie-Françoise Sophie de la Panouse, née 18, baptisée 20 décembre 1768, à Saint-Céré (Lot), diocèse de Cahors, fille de Joseph de la Panouse et de Catherine-Agathe de Turenne-Ainac. — Pr. 29 novembre 1778. B. S. 24 décembre 1788. — Dot 8 novembre 1789. Elle mourut, sans alliance, pensionnaire libre au Couvent des Visitandines, à Saint-Céré, dans le jardin duquel elle repose (communic. de M. le comte de Panouse) le 20 octobre 1855 (communic. de M. Vidaline, sec. de la m. de Saint-Céré).

Sophie-Catherine-Pierrette de Panthou, née 15 février, baptisée 16 avril 1779, à (Notre-Dame) Jurques (Calvados), diocèse de Bayeux, fille de Charles-Hubert de Panthou et de Marie-Anne de Chantepie-Sainte-Marie. — Pr. 3 octobre 1788. Entrée, selon Inv. 28 nov. 1788. Sortie 11 février 1793 (Crécy). Elle épousa N. de Chantepie (communic. de M. de Panthou).

Madeleine-Louise Paravicini, née et baptisée 16 mars 1749, à Faucoucourt (Aisne), diocèse de Laon, fille de Jean-Baptiste Paravicini et de Marie du Puget. — Pr. 3 mars 1760. B. S. 3 février 1769. — Dot 30 septembre 1769.

Marie-Madeleine de Parchappe-Vinay, née 27, baptisée 29 mai 1740, à Lunel (Hérault), diocèse de Montpellier, fille de François de Parchappe et de Marie-Elisabeth de Froment. — Pr. 21 octobre 1748. B. S. 20 février 1760. — Dot 25 octobre 1766. Vivante le 28 janvier 1772.

Charlotte-Marie Parfait de Villerault, née à Londres, en 1776 (janvier probablement). Entrée 20 avril 1748. Sortie 4 octobre 1792.

Marie-Henriette de Parfouru, née et baptisée 19 octobre 1774, à Jonveaux (Eure), fille de Marcel-Louis de Parfouru et de Marie-Catherine-Madeleine Le Prévost. — Pr. 14 juin 1784. Morte, à Saint-Cyr, le 6 avril 1790 (mairie de Saint-Cyr).

Anne-Marguerite-Victoire Le Parmentier, née 2, baptisée 3 février 1759, à (Saints Pierre-et-Paul) Thérouldeville (Seine-Inférieure), diocèse de Rouen, fille de Louis-Alexandre Le Parmentier et de Marie-Anne-Adam de Bonnemare. — Pr. 22 décembre 1768. B. S. 5 février 1779. — Dot 5 janvier 1779.

Elisabeth-Charlotte de Parthenay-Inval, née 1er juillet, baptisée 3 novembre 1693, à (Saint-Martin) Sauvillers (Somme) diocèse d'Amiens, fille de Louis de Parthenay et de Catherine de Castéja. — Pr. 3 mai 1701. B. S. 1er juillet 1713. — Dot 14 juin 1714.

Elisabeth de Parthenay-Inval, née et baptisée 18 novembre 1711, au château de Brest (Finistère), diocèse de Léon, fille de Charles de Parthenay et de Catherine Le Sueur. — Pr. 6 février 1722. B. S. 5 novembre 1731. — Dot 3 avril 1732.

Marie-Anne-Adélaïde-Elisabeth Pasquet de Salaignac, née et baptisée 24 novembre 1741,, à (Saint-Pierre) Montdidier (Somme), diocèse d'Amiens, fille de Barthélemy Pasquet et de Marie-Anne Barthélemy des Morais. — Pr. 28 septembre 1753. B. S. 1er novembre 1763. — Dot 25 octobre 1766. Vivante 28 janvier 1772.

Louise de Pasquier-Franclieu, née 14, baptisée 17 février 1740, à Las Cazères (Hautes-Pyrénées) en Armagnac, diocèse de Tarbes, fille de Jacques-Laurent-Pierre-Charles Pasquier et de Marie-Thérèse-Louise de Busca. — Pr. 21 juillet 1750. B. S. 7 janvier 1760. — Dot 20 mars 1766. Vivante 28 janvier 1772. Elle épousa (4 février 1766) Edme-Jean-Baptiste du Closier (vivant 28 janvier 1772).

Geneviève-Françoise du Passage-Caillouël, née et baptisée 26 novembre 1690, à (Saint-Gervais) Paris, fille de François du Passage-Caillouël et de Jeanne-Perrette Regnault. — Pr. 3 mai 1700. B. S. 1710. Religieuse au Paraclet de Troyes (1709). Elle y mourut, le 11 mars 1769 (Renseignement fourni par M. le comte de Riocourt).

Anne du Passage-Caillouël, née et baptisée le 22 juin 1721, à (Saint-Pierre) Caillouël (Aisne), diocèse de Noyon, fille de Claude du Passage et de Louise Pastour de Servais. — Pr. 3 décembre 1729. Morte à Saint-Cyr, le 9 février 1741 (mairie de Saint-Cyr).

Marie-Elisabeth du Passage-Plancy, née et baptisée à Bonnelles (Seine-et-Oise), diocèse de Chartres, le 25 février 1717, fille de Pierre-François du Passage et de Marie-Françoise-Josèphe de Silva. — Pr. 24 mai 1727. B. S. 11 février 1737. — Dot 16 mars 1739. Elle mourut, à Bonnelles, le 26 vendémiaire an IX (18 octobre 1800) (Renseignement fourni par M. le Comte de Riocourt et communic. de la m. de Bonnelles) à 3 heures du matin.

Marie-Louise de Pastour-Servais, née 12. baptisée 14 août 1707 à (Saint-Médard) Travecy (Aisne), diocèse de Noyon, fille de Charles-Bernard de Pastour et de Marie-Madeleine Laumosnier. — Pr. 21 novembre 1717. B. S. 22 août 1727. — Dot 22 avril 1730.

Louise Patoufleau de Laverdin, baptisée 19 janvier 1694, à Luçay-le-Mâle en Berri (Indre), fille de Louis de Patoufleau et de Jeanne Pasquier. Pr. 9 juillet 1705. B. S. 8 janvier 1714. — Dot 25 mai 1715. — Religieuse.

Marie de Patoufleau-Laverdin, née 26, baptisée 27 juin 1700, à (Saint-Martin) Argy (Indre), diocèse de Bourges, fille de Louis de Patoufleau et d'Angélique de Menou. — Pr. 7 avril 1708. Morte, à Saint-Cyr, le 12 janvier 1718 (mairie de Saint-Cyr).

Françoise-Octavie de Patras-Campagnols, née et baptisée 14 janvier 1761, à (Saint-Joseph) Boulogne-sur-Mer (Pas-de-Calais), fille de Gabriel de Patras et de Blanche-Elisabeth-Julie de Roussel. — Pr. 7 mai 1771. B. S. 27 septembre 1780. — Dot 8 mars 1781. — Chanoinesse.

Gabrielle-Corentine Patry de Nogent, née et baptisée 26 décembre 1720, à Lesneven (Finistère), fille de Jean Patry et de Françoise-Yvonne Le Garrec. B. S. 27 janvier 1741. — Dot 17 mars 1742. Novice visitandine à Caen. Morte, à Caen, le 27 nivôse an VII (communic. de la m. de Caen).

Marie-Anne-Corentine Patry de Nogent, née 19, baptisée 22 juin 1717, à (Saint-Michel) Lesneven (Finistère), diocèse de Léon, fille de Jean-François Patry et de Marie-Yvonne Le Garrec. — Pr. 30 juin 1728. B. S. 12 juillet 1737. — Dot 12 octobre 1739. Novice à la Trinité de Caen.

Marie-Gabrielle de Pavie-Fourquevaux. née 21, baptisée 24 mai 1695, à (Saint-Etienne) Toulouse (Haute-Garonne), fille de Paul-Gabriel de Beccarie-Pavie-Fourquevaux et de Marie-Bourguine de Prohenques. — Pr. 17 avril 1706. B. S. 20 mai 1715. — Dot 2 décembre 1715. Elle épousa Clément Julien de Sède-Lioux. Avant de partir pour Toulouse, à sa sortie de Saint-Cyr, elle fit un court séjour (8-26 juin 1715) dans le couvent des Nouvelles-Catholiques, à Paris (Arch. Nat. LL. 1642, p. 69).

Marguerite-Laurence-Victoire Payen de Noyan, née 28, baptisée 30 août 1773, à Orignolles (Charente-Inférieure) (communic. de la m.

d'Orignolles), fille de Louis-Roland Payen de Noyan et de Suzanne-Madeleine de Mallet. — Pr. 28 mai 1783. Morte, le 30 janvier 1784, à Saint-
Cyr (mairie de Saint-Cyr).

Claude-Edmée du Pé-Louesmes, née 18, baptisée 21 octobre 1694, à
Louesmes (Côte-d'Or), diocèse de Langres, fille d'Edme-François du Pé
et de Claude Bouchard. — Pr. 7 mars 1705. B. S. 20 novembre 1714. —
Dot 27 juillet 1715. — Religieuse.

Anatoile-Françoise de Pécauld, née 13, baptisée 14 décembre 1746, à
Arbois (Jura), diocèse de Besançon, fille de Guillaume-Gabriel de Pécauld
et de Jeanne-Gasparine Aubert. — Pr. 29 avril 1757. B. S. 9 décembre
1766. — Dot 15 décembre 1767. Vivante 28 janvier 1772.

Anne-Laurence-Thérèse de Pécauld-Larderet, née 15, baptisée 16 octobre 1763, à Arbois (Jura) (communic. de M. le sec. de la m. d'Arbois),
fille de Guillaume-Gabriel de Pécauld et de Jeanne-Gasparine Aubert.
B. S. 28 août 1783. — Dot 24 mai 1784.

Isabeau de Péguilhan-Larboust, née 23, baptisée 27 juin 1732, à Betbèze près Thermes en Magnoac (Hautes-Pyrénées), diocèse d'Auch, fille
d'Urbain de Péguilhan et d'Anne de Pilot. — Pr. 11 juillet 1741. B. S.
31 mai 1752. — Dot 4 mars 1755. Epousa (30 novembre 1754), Guy de
Mériteins-Rozé-Montagny (vivant 4 mars 1755).

Charlotte-Elisabeth de Péguilhan-Larboust, née 23, baptisée 27 septembre 1734, à Betbèze près Thermes en Magnoac (Hautes-Pyrénées) diocèse d'Auch, fille d'Urbain de Péguilhan et d'Anne de Pilot. — Pr.
février 1741. B. S. 22 septembre 1754. — Dot 26 octobre 1757.

Elisabeth de Péhu-la-Falaise, née 23, baptisée 24 mars 1683, à Bran-
court (canton d'Anizy (Aisne), diocèse de Laon, fille de François de Péhu
et d'Anne d'Avis. — Pr. 16 décembre 1693. Visitandine à Compiègne
(1704). Morte, à Compiègne, le 5 novembre 1712 (Bibl. Nat. Impr. Circul.
Visitandines, tome 42).

Marie-Clémence de Péhu, née 23, baptisée 24 août 1763 à (Saint-
Thomas) Crépy en Valois (Oise), fille de Gabriel-Charles de Péhu et de
Marie-Angélique Berthault. — Pr. 5 octobre 1774. B. S. 14 août 1783.—
Dot 12 décembre 1783.

Marguerite del Peirou-Bar, née et baptisée 18 janvier 1733, à Servières (Corrèze), diocèse de Tulle, fille de Pierre del Peirou et de Luce de Graffeuil. — Pr. 16 mai 1740. B. S. 1er janvier 1753. — Dot 11 septembre 1755.

Marguerite del Peirou-Murat, née à Ussel (Corrèze) diocèse de Limoges, le 14 décembre 1743, baptisée 30 décembre 1743, à la Tourette (Corrèze), diocèse de Limoges. fille de Jean del Peirou et de Marie-Marguerite de Font-Martin-Lespinasse. — Pr. 12 décembre 1754. Novice (16 avril 1763). Religieuse (15 juin 1765) à Saint-Cyr, devant la Reine. Sortie 1793. Morte, à Versailles, le 18 décembre 1822. (Versailles. Etat-Civil, 1822, n° 882, fol. 148).

Marie-Catherine del Peirou-Bar, baptisée 2 juillet 1769, à Argentat (Corrèze), diocèse de Tulle, fille de Joseph del Peirou et de Jeanne de Clare-Peyrissac.— Pr. 12 juin 1779. B. S. 27 juin 1789. — Dot 4 juillet 1789. — Religieuse.

Léonore du Peiroux-les-Escures-la-Coudre, baptisée 5 mars 1681, à Saint-Didier, diocèse de Clermont (Saint-Didier en Rollat (Allier), fille de Claude du Peiroux et de Marie-Anne de Rollat. — Pr. 25 mai 1688. Morte, le 16 septembre 1691, à Saint-Cyr (mairie de Saint-Cyr).

Elisabeth du Peiroux-les-Escures-la-Coudre, née en 1684 (janvier ou février, probablement) fille de Claude du Peiroux et de Marie-Anne de Rollat. B. S. 6 février 1704. — Dot 10 février 1704.

Louise-Félicité de Pélissier-les-Granges, née 13, baptisée 14 août 1760, à Simiane (Basses-Alpes), diocèse d'Apt, fille de Barthélemy-Joseph-Ignace de Pélissier et de Catherine-Louise Aguenin-Le-Duc. B. S. 1er octobre 1780. — Dot 25 janvier 1781.

Adélaïde de Pellegars-Malortie, née 4, baptisée 5 avril 1771, à Saint-Martin-aux-Chartrains (Calvados), diocèse de Lisieux, fille de Léon-Jean-Baptiste de Pellegars et d'Angélique-Elisabeth de Miré. — Pr. 10 février 1781. — Dot 5 mai 1791. Elle mourut, sans alliance, au couvent des Dames Augustines de Versailles, le 20 novembre 1856 (communic. de la m. de Versailles).

Jeanne-Julie de Pellegars-Malortie, née et baptisée le 28 janvier 1777, à Tourville-en-Auge (Calvados), fille d'Etienne-Dominique de Pellegars et

de Jeanne-Marie-Madeleine-Charlotte de Brevedent. — Pr. 10 avril 1786.
Entrée, selon l'Inv. 23 avril 1786. Sortie 9 mars 1793 (Crécy). Elle épousa
(28 juin 1808) Charles-Michel Roussel du Pré, puis (12 avril 1815) Jean-
Baptiste Couyère. Elle mourut, à Tourville, le 16 juillet 1856 (communic.
de M. le command. Le Court. Arch. de Lierremont et communic. de la
m. de Tourville).

Antoinette-Elisabeth-Charlotte Le Pelletier-Longuemare, née 14 février,
baptisée 3 mars 1675, à (Notre-Dame) les Andelys (Eure), diocèse de
Rouen, fille d'Henri Le Pelletier et de Marie-Anne de Feuguerolles. —
Pr. 17 sept. 1686. — Ursuline à Poissy (Sœur Sainte Scolastique)
(17 fév. 1729-17 déc. 1750). Elle reçut pension de St-Cyr pendant ce laps.

Catherine Le Pelletier d'Escrots-Estrées, née et baptisée 12 février
1692, à (Saint-Nicolas) Luxembourg, diocèse de Trèves, fille de Charles
d'Escrots et d'Antoinette de la Tour. — Pr. 27 décembre 1702. B. S.
14 février 1712. — Dot 14 février 1712. Elle épousa (8 janvier 1717),
Joseph-Florimond de Barat. Vivante 18 sept. 1732. — Fille à Saint-Cyr.

Louise-Eléonore de Pène-Vaubonet, née 2, ondoyée 16 novembre 1732,
à Condé, baptisée, le 13 mars 1739, à (Saint-Eustache) Paris, fille de Louis-
Timoléon de Pène et de Elisabeth-Anne Popy de Maisonrouge. — Pr.
8 novembre 1742. B. S. 24 novembre 1752. — Dot 3 février 1756. Pension
pour infirmités (18 août 1748-24 novembre 1752).

Françoise-Perrette de Pène-la-Borde-Vaubonnet, née 21, baptisée
23 février 1737, à (Saint-Georges) Cambrai (Nord), fille de Louis de Pène
et de Jeanne-Elisabeth Popy de Maison-Rouge. B. S. 8 février 1757. —
Dot 29 mars 1759.

Jeanne-Françoise Victoire de Percin-Seilh, née 14, baptisée 19 avril
1732, à Beauzelle (Haute-Garonne), diocèse de Toulouse, fille de Louis
de Percin et de Marguerite de Louvignargues. — Pr. 5 mai 1740. B. S.
2 février 1752. — Dot 6 août 1754.

Louise-Geneviève de Percy, née et baptisée 2 janvier 1755, à Amfre-
ville (Manche), diocèse de Coutances, fille de Charles-François de Percy
et d'Anne-Marie-Geneviève Richardot. — Pr. 14 décembre 1765. B. S.
16 décembre 1774. — Dot 30 janvier 1775.

Marie-Anne-Constance Le Père de Maroles, née 18, baptisée 19 décembre 1693, à (Notre-Dame-du-Paradis) Hennebont (Morbihan), diocèse de

Vannes, fille de César-Anne Le Père et de Marguerite-Constance de Boulainvilliers. — Pr. 22 juin 1705. Morte, à Saint-Cyr, le 22 août 1706
(mairie de Saint-Cyr).

Renée-Catherine Périer de la Chevalerie, baptisée, le 16 septembre
1707, à Villiers-sous-Mortagne (Orne) (communic. de M. Lagrie, sec. de
de la m. de Villiers), fille de Jean-Baptiste-Gaston Périer et de Catherine
Faguet. — Pr. 28 janvier 1717. Morte, le 5 janvier 1720, à Saint-Cyr
(mairie de Saint-Cyr).

Jeanne Périer de Villiers, baptisée, le 2 août 1734, à Villiers-en-Perche
(Villiers-sous-Mortagne) (Orne) (communic. de M. Lagrie, sec. de la m.
de Villiers-sous-Mortagne), fille de Nicolas-Jean-Baptiste Périer et de
Marie-Antoinette Fousteau. — Pr. 29 avril 1746. B. S. 30 juin 1754. —
Dot 9 février 1757.

Françoise-Elisabeth Périer du Hanoy, née et baptisée, le 25 septembre
1745, à (Saint-Sauveur) Bellême-en-Perche (Orne), fille de René
Périer et de Marie-Françoise le Breton. — Pr. 30 novembre 1755. B. S.
19 septembre 1765. — Dot 25 octobre 1766. Vivante 28 janvier 1772.

Pauline-Dorothée de Perrin-la Bessière, née et baptisée 13 août 1764, à
Bar-le-Duc (Meuse), fille de Louis de Perrin et de Jeanne de Vassart. —
Pr. 15 mai 1775. B. S. 16 juillet 1784. — Dot 14 avril 1785.

Marguerite des Perrois-Boucheau, née 7, baptisée 13 mars 1673, à
(Saint-Désir) Lisieux (Calvados), fille d'Antoine des Perrois et de
Madeleine de Guerci. — Pr. 24 janvier 1687.

Charlotte-Marguerite des Perrois-Boucheau, née 31 mars, baptisée
3 avril 1706, à Saint-Désir-de-Lisieux (Calvados, faubourg de Lisieux),
diocèse de Lisieux, fille d'Adrien des Perrois et de Charlotte Prévot. —
Pr. 2 janvier 1717. B. S. 15 septembre 1727. — Dot 18 août 1728. Religieuse à Saint-Désir de Lisieux.

Bonne-Angélique de Persil, baptisée 16 février 1677, à Loches (Indre-et-
Loire), diocèse de Tours, fille de Michel de Persil et de Marie d'Alès. —
Pr. 10 septembre 1687. — Carmélite.

Marie-Jeanne-Charlotte de la Personne-Vautelay, baptisée, le 10 mars
1748, à (Saint-Macaire) Fismes (Marne), diocèse de Reims, fille de Thomas de la Personne et de Geneviève-Cécile Moreau. — Pr. 12 novembre
1759. B. S. 23 septembre 1767. — Dot 6 août 1768.

Marie-Antoinette de la Personne, née 1ᵉʳ, baptisée 2 juin 1776, à (Saint-Côme) Paris, fille de Thomas de la Personne et de Marie-Thérèse-Charlotte de Mazin. — Pr. 4 mars 1786. Entrée, selon l'Inventaire : 11 mars 1786. Sortie, 11 mars 1793 (Crécy). Epousa N. comte de Mont-fort.

Catherine de Pesteils-Beauregard-la-Majorie, née 7, baptisée 8 juillet 1720, à Altilhac (Corrèze), diocèse de Limoges, fille de Joseph de Pesteils et de Marguerite du Fayet. — Pr. 28 mars 1731. B. S. 29 juin 1740. — Dot 13 juin 1744.

Marie-Anne de Pesteils-Beauregard-la-Majorie, baptisée le 3 octobre 1725, à Altilhac (Corrèze), fille de Joseph de Pesteils et de Marguerite du Fayet (communic. de M. Soulié, sec. de la m. d'Altilhac). B. S. 19 janvier 1746. — Dot 1ᵉʳ juillet 1748. Pens. Alim. 30 juin 1737-19 janvier 1746.

Marie-Anne-Catherine Petit de la Gayère, baptisée, 12 mai 1704, à Saint-Chéron, diocèse d'Evreux (Saint-Chéron, commune de Breuilpont (Eure), fille de Louis Petit et de Marguerite de Salnoë, — Pr. 8 juillet 1715. B. S. s. d.. — Dot 1ᵉʳ mars 1726. Pension 9 janvier 1727.

Françoise-Louise le Petit de Brauvilliers, née et baptisée, le 19 mars 1770, à (la Trinité) Châlons-sur-Marne (Marne), fille de Joseph le Petit et de Perrette-Françoise Colin de l'Isle. — Pr. 10 septembre 1779. Morte, le 24 août 1780, à Saint-Cyr (mairie de Saint-Cyr).

Jeanne-Françoise-Sabine-Thérèse de Pétremand-Valay, née 17, baptisée 18 juillet 1754, à Valay (Haute-Saône) en Franche-Comté, bailliage de Gray, fille de Philippe-Désiré de Pétremand et de Gabrielle de Seyturier. — Pr. 14 avril 1766. B. S. 30 juillet 1774. — Dot 17 décembre 1777. Visitandine faubourg Saint-Jacques.

Louise-Thérèse de Peyrolles-Soubès, née 20, ondoyée 22 janvier, baptisée 9 février 1734, à Soubès (Hérault), diocèse de Lodève, fille d'Henri de Peyrolles et d'Anne de Peyrolles-Cazillac. — Pr. 8 juillet 1741. B. S. 20 juillet 1753. — Dot 12 juin 1756. Elle épousa (20 décembre 1753) Antoine de Trémouille.

Françoise-Eloïse de Peytes-Montcabrier, née 29 mars, baptisée 3 avril 1743, à (Notre-Dame de la Daurade) Toulouse, fille de François-Henri de

Peytes et de Marie-Josèphe-Elisabeth de Babut-Nogaret. — Pr. 13 décembre
1751. B. S. 2 novembre 1763. — Dot 18 décembre 1766. Elle épousa, avant
le 8 novembre 1766, Pierre-Melchior d'Incamp-la-Salle (vivant 28 janvier 1772).

Marie-Joséphine-Louise de Philmain, née et ondoyée le 9 septembre
1781, à Noré (Eure-et-Loir), fille d'Alexandre-Louis-Ambroise de Philmain
et de Madeleine Le Barbier de la Courdonnière. Entrée (Inv.) 30 août 1791.
Sortie, 22 novembre 1792 (Crécy).

Angélique de Pichon-Cariet-Parempuire, née et baptisée, le 24 décem-
bre 1749, à (Saint-André) Bordeaux, fille de Joseph de Pichon et de
Marie de Joguet. — Pr. 1er décembre 1761. B. S. 27 décembre 1769. —
Dot 1er août 1770.

Françoise Picot d'Aiguisy, baptisée 12 juin 1687 (née 6), à (Saint-
Crespin) Aiguisy (commune de Villers-Agron-Aiguisy) (Aisne), diocèse
de Soissons, fille d'Antoine Picot et de Jeanne de France. — Pr. 4 janvier 1696. Renvoyée, en 1702, pour mauvaise conduite. Elle semble avoir
reçu un secours, le 9 juin 1732.

Marie-Elisabeth Picot d'Aiguisy, née en juin 1695. B, S. 15 juillet 1715.
— Dot 20 août 1715. Non mariée en 1732. Elle paraît avoir été fille
d'Antoine Picot et de Jeanne de France et avoir épousé (novembre 1733)
N. Boucherat.

Gabrielle-Jeanne-Eléonore de Picot d'Aiguisy, née et baptisée le
22 juin 1747, à (Saint-Nicolas) Mainbresson (Ardennes), diocèse de Reims,
fille de Jean-Antoine d'Aiguisy et de Marguerite-Louise de Saint-Vincent.
— Pr. 16 mai 1759. Morte, le 7 juin 1760, à Saint-Cyr (mairie de Saint-
Cyr).

Anne-Marie Picot de Moras, née 2, baptisée 4 avril 1782, à Montmirey-
le-Château (Jura) (communic. de M. Henri de Sailly et de M. Jacquin,
sec. de la m. de Montmirey-la-Ville), fille de François-Joseph Picot de
Moras et de Marie-Anne-Claude-Baptiste Vuillin de Thurey. Entrée, le
22 mars 1792. Sortie, le 25 mars 1793 (Crécy). Elle épousa Anne-Claude
de Belon, baron d'Albigny (Indication de M. Henri de Sailly).

Charlotte-Jeanne de Piédefer-Tourny, née 12, baptisée 13 juillet 1676,
à (Saint-Venant) Tours (Indre-et-Loire), fille de Charles de Piédefer et

de Geneviève Gouffin. — Pr. 27 novembre 1686. Morte, à Saint-Cyr, le 2 avril 1694 (mairie de Saint-Cyr).

Anne-Catherine de Pierrebuffière-Chambrette, née et baptisée le 17 avril 1696, à Saint-Marcel-les-Argenton (Indre), diocèse de Bourges, fille de Charles-Benjamin de Pierrebuffière et d'Anne-Marthe de Renard. — Pr. 29 décembre 1703. Morte, à Saint-Cyr, le 18 septembre 1711 (mairie de Saint-Cyr).

Henriette-Gabrielle-Françoise de Pierres de Narçay, ondoyée 21 mars 1750, baptisée 17 avril 1751, à Cravant (Indre-et-Loire), diocèse de Tours, fille de Daniel-François de Pierres et de Marie-Madeleine Goirand. — Pr. 10 novembre 1759. B. S. 17 mars 1770. — Dot 5 juillet 1770. Elle épousa (15 juin 1772) René Guiot de Doucé (Renseignements de Mme de Pierres et de M. de Sazilly). Elle vivait encore, le 15 juillet 1818, date de la mort de son mari, à Vicq-sur-Gartempe (Renseignement de M. Marquet, sec. de la m. de Vicq-sur-Gartempe (Vienne).

Edmée-Louise-Madeleine de Pierres, née 26, baptisée 27 mai 1772, à (Saint-Pierre) Sementron (Yonne), fille de Marie-Joseph de Pierres et de Catherine-Angélique-Geneviève Chevallier. — Pr. 23 janvier 1782. Morte, le 18 mars 1786, à Saint-Cyr (mairie de Saint-Cyr).

Marie-Dieudonnée Piétrequin de Mons, née et baptisée 28 avril 1683, à Serqueux (Haute-Marne), près Langres, diocèse de Besançon, fille de Jean de Piétrequin et de Suzanne-Frédérique de Lavau. — Pr. 30 mai 1694. B. S. 20 avril 1703. — Dot 30 avril 1703. Elle mourut, à Mont-lès-Lamarche (Haute-Marne), le 9 mai 1753 (communic. de M. Thieriet, sec. de la m. de Mont-lès-Lamarche).

Françoise-Claude de Piffaut-la-Houssaye, née 25, baptisée 28 mai 1727, à (Notre-Dame) Alençon, diocèse de Séez, fille de Claude de Piffaut et de Madeleine le Barbier. — Pr. 9 février 1738. B. S. 31 mars 1747. — Dot 10 janvier 1749.

Elisabeth-Charlotte de Pigace-la-Mare-aux-Ours, née 6, baptisée 7 juin 1687, à Mont-Ormel (Orne), diocèse de Séez, fille de Pierre de Pigace et d'Elisabeth de Pilon. — Pr. 20 janvier 1697. Morte, à Saint-Cyr, le 23 juillet 1705 (mairie de Saint-Cyr).

Françoise-Angélique-Marie de Pigace-Laubrière, née 27, baptisée 28 avril 1734, à (Saint-Pierre) la Celle, diocèse d'Evreux (la Celle, commune de Juignettes (Eure), fille de Louis de Pigace et de Françoise-Charlotte-Angélique de Goudin-la Borie. — Pr. 22 avril 1744. Morte, à Saint-Cyr, le 5 octobre 1745 (mairie de Saint-Cyr).

Angélique-Geneviève de Pillavoine du Coudray, née 1er, baptisée 4 juin 1676, à (Saint-Martial) Paris, fille de Charles de Pillavoine et de Geneviève Mareuil. — Pr. 9 mars 1686. Elle épousa (1698) Damien Le Vaillant de Loriot-la Place.

Marie-Geneviève de Pillavoine du Coudray, baptisée le 29 octobre 1678, au Coudray (Eure), fille de Charles de Pillavoine et de Geneviève Mareuil. — Pr. 9 mars 1686. Ursuline, rue Saint-Jacques, à Paris (1723).

Marie de Pillavoine-Coudray, baptisée 10 septembre 1683, à Coudray (Eure) (communic. de M. Drouet, sec. de la m. de Coudray), fille de Georges de Pillavoine et de Marie-Simone Lizard. — Pr. août 1695. B. S. 9 septembre 1703. — Dot 9 septembre 1703. Pensionnaire à Villarceaux. Vivante 1722.

Marie-Gabrielle de Pillavoine-Coudray, baptisée le 20 août 1686, au Coudray (Eure), diocèse de Rouen, fille de Georges de Pillavoine et de Marie Lizard. — Pr. juin 1694. Renvoyée.

Marie de Pillavoine-Deffend, née 22, baptisée 25 février 1697, à Chavigny (Eure), diocèse d'Evreux, fille de Guillaume de Pillavoine et d'Antoinette de Cougny. — Pr. novembre 1707. B. S. 22 février 1717. — Dot 11 avril 1718. Religieuse à Gomerfontaine (1718).

Marie du Pin-Saint-Barban-Vérinas, née 29, baptisée 30 octobre 1699, à Bussières-Boffy (Haute-Vienne), diocèse de Limoges, fille de Balthasar du Pin et d'Anne Jourdaneau. — Pr. 7 septembre 1711. Morte, à Saint-Cyr, le 30 avril 1713 (mairie de Saint-Cyr).

Renée-Françoise du Pin-Lary, baptisée 2 mars 1700 à (Saint-Etienne) Neufchâtel (Sarthe), diocèse du Mans, fille de Guy-François du Pin et d'Anne de Farci. — Pr. 15 février 1712. B. S. 24 février 1720. — Dot 18 février 1721.

Marie-Louise du Pin-les Bâtiments-Bessac,[1] baptisée 2 août 1736, à (Saint-Martin) Veyrac (Haute-Vienne), diocèse de Limoges, fille de Jean-Baptiste du Pin et de Marie-Louise de Bellivier. — Pr. 9 août 1746. B. S. 1er juillet 1756. — Dot 18 septembre 1761.

[1] Lire de Beyssat.

Jeanne-Perrine-Marie du Pin-Montméa, née 5, baptisée 6 décembre 1755, à (N.-D. des Fontaines) Pontrieux (Côtes-du-Nord), fille de François-Pierre du Pin-Montméa et d'Anne-Françoise Le Brigant. — Pr. 3 juin 1765. B. S. 25 juillet 1775. — Dot 19 novembre 1777.

Jeanne du Pin-Saint-André, née 6, baptisée 7 février 1779, à Saint-Antonin (Tarn-et-Garonne), diocèse de Rodez, fille de Jean-Baptiste du Pin et de Paule Casson. — Pr. 10 octobre 1788. Entrée, selon l'Inv., le 27 novembre 1788. Sortie 15 avril 1793 (Crécy).

Radegonde Pinart de la Ville-Auvray, née 5, baptisée 10 juin 1687, à Meslin (Côtes-du-Nord), diocèse de Saint-Brieuc, fille de Philippe Pinart et de Robine de Kerléan. — Pr. 18 juillet 1697. B. S. 20 septembre 1707. — Dot 4 janvier 1708.

Marie-Marthe de Pinel-la Salle, née 9, baptisée 15 mars 1685, à (Saint-Martin) Cadillac-sur-Garonne (Dordogne), diocèse de Bordeaux, fille de Gaspard de Pinel et de Jeanne de Pontelier. — Pr. 22 août 1694. Religieuse à Fontevrault.

Jeanne Pinel de la Salle, née 7, baptisée 9 septembre 1689, à (Saint-Martin) Cadillac-sur-Garonne (Gironde), diocèse de Bordeaux, fille de Gaspard Pinel et de Jeanne Pintelier. — Pr. 5 mars 1700. B. S. 8 septembre 1709. — Dot 3 septembre 1709.

Marie-Thérèse de Pineton-Chambrun, née 16, baptisée 18 octobre 1727, à Marvejols (Lozère), diocèse de Mende, fille d'Albert de Pineton et de Catherine de Baud. — Pr. 31 juillet 1736. Morte, à Saint-Cyr, le 11 août 1742 (mairie de Saint-Cyr).

Marie-Rosalie de Piolenc, née 3, baptisée 4 septembre 1731, à (Saint-Saturnin) Pont-Saint-Esprit (Gard), diocèse d'Uzès, fille de François de Piolenc et de Constance-Gabrielle-Thérèse Chapuis de Corgenon. — Pr. 3 septembre 1739. B. S. 11 août 1751. — Dot 29 novembre 1752. Elle épousa (9 avril 1765) Louis-François de Balazuc, et mourut, à Chomérac (Ardèche) le 20 avril 1815 (communic. de la m. de Chomérac).

Jeanne de Piscard de Travailles, baptisée 9 juin 1683, à (Notre-Dame) Travailles (commune d'Harquency (Seine-Inférieure), diocèse de Rouen, fille de Jacques de Piscard et de Renée d'Allier. — Pr. 12 mai 1692. B. S. 9 juin 1703. — Dot 11 janvier 1703.

Marie-Françoise de Piscard-Travailles, baptisée 6 septembre 1724, à (Notre-Dame), Travailles, diocèse de Rouen (Travailles, commune d'Harquency) (Seine-Inférieure), fille de Louis de Piscard et de Marie-Anne de Maleraude. — Fr. 20 juin 1733. B. S. 10 juillet 1744. — 3 juin 1747.

Nicole-Jeanne Le Piscard d'Ascourt-Ageville, née et baptisée le 25 juin 1757, à (Saint-Remy (Haute-Marne)) Dommarien, diocèse de Langres, fille de Joseph Le Piscard et de Rose Ormancey. — Pr. 6 septembre 1768. B. S. 24 avril 1777. — Dot 5 janvier 1779.

Marie-Madeleine de Pisseleu-Rosiers, née 19, baptisée 20 juillet 1700, à (Saint-Waast) Rebreuville-sur-Cauche (Pas-de-Calais), diocèse de Boulogne-sur-Mer, fille de François de Pisseleu et de Marie-Françoise Boudon. — Pr. 9 décembre 1711. Retirée par ses parents, en 1714.

Marie de la Pivardière du Bouchet, née 3, baptisée 4 novembre 1689, à Jeu-Maloches (Indre), diocèse de Bourges, fille de Louis de la Pivardière et de Marguerite-Françoise Chauvelin. — Pr. 8 avril 1700. B. S. 26 janvier 1709. — Dot 21 janvier 1709. — Bernardine.

Marie-Nicole de la Place-Bonneval, née 17, baptisée 18 janvier 1707, à (Saint-Martin) Metz, fille de Louis de la Place et de Marie-Marguerite Chavenet. — Pr. 7 août 1718. B. S. 16 avril 1727. D'abord bénédictine à Saint-Avold (20 août 1729-28 janvier 1731). Religieuse régale au Trésor (septembre 1732-1733).

Barbe-Louise de la Place-la-Tour-Garnier, née et baptisée 19 avril 1720, à Chermans (auj. Charmant) (Charente), diocèse d'Angoulême, fille de Pierre de la Place et de Catherine Jaubert. — Pr. 22 juillet 1732. B. S. 15 avril 1740. — Dot 28 mars 1743. Du 22 avril au 17 juin 1740, elle séjourna aux Nouvelles-Catholiques, en attendant l'occasion de rentrer dans son pays (Arch. Nat. LL. 1642, p. 156).

Anne-Henriette de la Place-Torsac, née et baptisée, le 5 mars 1727, à (Saint-Maurice) Fouquebrune (Charente), diocèse d'Angoulême, fille de François-Alexandre de la Place et d'Anne d'Escoublant.— Pr. 30 octobre 1738. B. S. 4 avril 1747. — Dot 3 juin 1749. Elle épousa (11 novembre 1754) Jean-Charles-René de Chouppes.

Marie-Madeleine-Félicité de Plainville-Bosc-Henry, née et baptisée, le 11 mai 1758, à Plainville (Eure), fille d'Esprit-Jean-Baptiste de Plainville-

Bosc-Henry et de Marguerite-Suzanne Bagagne de Talomey (communic.
de M. Chevallier, sec. de la m. de Plainville). — Pr. 3 novembre 1766.
Morte, le 19 avril 1776, à Saint-Cyr (mairie de Saint-Cyr).

Françoise-Catherine de la Planche-Mortières, née et baptisée le 20 mai
1727, à (Saint-Martin) Olivet (Loiret), diocèse d'Orléans, fille de Jean-
Baptiste de la Planche et de Marie-Jacquette Charrier de Miterand. —
Pr. 14 mars 1738. Morte, à Saint-Cyr, le 14 août 1745 (mairie de Saint-
Cyr).

Madeleine-Marguerite Planta de Wildenberg, née 22, baptisée 23 octo-
bre 1710, à Sartrouville (Seine-et-Oise (près Paris), diocèse de Paris, fille
de Rodolphe de Planta et de Marguerite Pommerai. — Pr. 14 mai 1722.
— Dot 23 mars 1731. B. S. 22 novembre 1730. Elle épousa Balthazar de
Planta-Wildenberg (Renseignements fournis par M. le baron de Planta-
Wildenberg).

Marie de Plas-Salgues, née 28, baptisée 29 janvier 1691, à Gramat,
diocèse de Cahors, fille de Claude de Plas et de Suzanne de la Serre. —
Pr. 19 février 1700. B. S. 4 mai 1711. — Dot 4 mai 1711.

Anne-Marguerite des Plas, née 14, baptisée 17 mars 1694, à (la Daurade), Cahors, fille de Pierre des Plas et de Françoise Couture. — Pr.
28 juillet 1702. B. S. 13 mars 1714. Vivante 19 novembre 1719. Elle
épousa (14 mars 1714) Alexandre-Adrien de Loubert-Ardé. Deux filles à
Saint-Cyr.

Françoise des Plas, née 17, baptisée 18 avril 1700, à (Saint-Géry)
Cahors (Lot), fille de Pierre des Plas et de Françoise Couture. — Pr.
mars 1711. B. S. 12 juillet 1720. — Dot 14 juillet 1720. — Religieuse.

Catherine-Victoire des Plas, née 20, baptisée 22 juillet 1706, à (Saint-
Géry) Cahors (Lot), fille de Pierre des Plas et de Françoise Couture. —
Pr. 8 juin 1714. B. S. 24 juin 1726. — Dot 22 janvier 1728. Elle épousa
(23 septembre 1726) Pierre de Galabert-Hautmont.

Anne des Plas du Buisson, née 13, baptisée 14 septembre 1707, à
(Saint-Géry) Cahors (Lot), fille de Pierre des Plas et de Françoise Couture. — Pr. 13 juin 1719. B. S. 23 août 1727. — Dot 20 mai 1729. Elle
épousa (8 janvier 1729) Georges-Timoléon de Darmis-Gigonsac.

Louise-Rose-Cyprienne des Plas, née 20, baptisée 21 mai 1767, à Paris
(Saint-Etienne-du-Mont), fille de François des Plas et de Marie-Louise de
Blacas. — Pr. 20 mars 1777. B. S. 25 juin 1787. — Dot 1ᵉʳ janvier 1788.
Chanoinesse de Troarn (4 novembre 1787).

Charlotte des Plas, née et baptisée 30 septembre 1777, à (Saint-Nicolas-
des-Champs) Paris, fille de François des Plas et de Marie-Louise-Rose de
Blacas. Entrée, selon l'Inv., le 17 décembre 1785. Sortie 11 avril 1793
(Crécy).

Marguerite-Charlotte du Plessis-Argentré, née 30 août, baptisée
1ᵉʳ septembre 1687, à Argentré, près Vitré (Ille-et-Vilaine), diocèse de
Rennes, fille d'Alexis du Plessis et de Marguerite-Anne de Tanouarn. —
Pr. 30 avril 1697. Religieuse (1706), puis (30 janvier 1741), Abbesse de
l'*Ave Maria*.

Marguerite-Charlotte du Plessis-Argentré, baptisée 25 mai 1707, à
Argentré (Ille-et-Vilaine), diocèse de Rennes, fille de Pierre d'Argentré et
de Louise Hindret. — Pr. 19 janvier 1717. B. S. 17 mai 1727. — Dot
9 novembre 1729. Elle mourut, sans alliance, à Argentré, le 23 mai 1731
(communic. de la m. d'Argentré).

Marie-Victoire du Plessis-la-Merlière, née 9, baptisée 11 octobre 1715[1]
à Cellefrouin (Charente), diocèse d'Angoulême, fille de Louis du Plessis
et de Catherine Saunière. — Pr. 8 juillet 1722. B. S. 2 octobre 1734. —
Dot 11 juillet 1736. Bénédictine à Notre-Dame des Anges, à Amissi
près Montargis (3 avril 1760).

Marie-Madeleine du Plessis-la-Merlière, née en 1717 (juillet ou août,
probablement). B. S. 16 août 1737. — Dot 12 février 1739. Novice hospitalière à Loches.

Louise-Marie-Françoise-Renée du Plessis-Argentré, née et baptisée
15 novembre 1749, à (Saint-Vénérand) Laval (Mayenne), fille de Charles-
Marie-Camille du Plessis-Argentré et de Jeanne-Marie Gougeon. — Pr.
27 septembre 1760. B. S. 17 novembre 1769. — Dot 26 mai 1770.
Vivante 20 janvier 1778. Elle épousa (16 mars 1774) Jean-César-Elisabeth
de Couasnon. Fille à Saint-Cyr.

---

[1] Les preuves disent 1714, mais l'état civil de Cellefrouin dit : 1715 (communic. de
M. Tarnaud, sec. de la m. de Cellefrouin).

Catherine-Justine du Plessis-la-Merlière, née 30 janvier, baptisée 2 février 1751, à (Saint-Nicolas) Cellefrouin (Charente), diocèse d'Angoulême, fille de Jean du Plessis et d'Elisabeth Reynaud. — Pr. 18 mai 1760. B. S. 20 mars 1771. — Dot 8 août 1772. Novice aux Annonciades de Boulogne-sur-Mer (1772).

Marie-Henriette du Plessis-la-Merlière, née et baptisée le 24 juillet 1754, à Rancogne (Charente), diocèse d'Angoulême, fille de Jean du Plessis et d'Elisabeth Reynaud. B. S. 8 juillet 1774. — Dot 19 janvier 1776. Novice Annonciade à Boulogne (1776).

Catherine-Victoire du Plessis-la-Merlière, née 21, baptisée 25 septembre 1763, à Cellefrouin (Charente), diocèse d'Angoulême, fille de Jean du Plessis et d'Elisabeth Reynaud. B. S. 13 octobre 1783. — Dot 22 mai 1784.

Barbe-Sébastienne de Plunkett, née et baptisée 1er juin 1753, à Bouschbach (Lorraine-Allemande, canton de Forbach), fille de Louis-Léopold de Plunkett et de Anne-Maurice de Plunkett-Sarrisming. — Pr. 30 juillet 1763. B. S. 5 mai 1773. — Dot 1er juillet 1773.

Catherine de Pluviers-la-Roque-Saint-Michel, baptisée 8 avril 1675, à (Sainte-Madeleine) Tournai en Hainaut (Belgique), fille de Jacques de Pluviers et de Cécile des Marets. Carmélite à Gisors (sœur Catherine-Josèphe de la Conception) religieuse (1696), sous-prieure (1728), prieure (1729-1734). Morte en 1738.

Marie-Anne-Madeleine de Pluviers, née 28, baptisée 29 janvier 1765, à (Notre-Dame de la Platière) Lyon, fille de Joseph de Pluviers et d'Anne-Elisabeth de Beaumont. — Pr. 14 février 1772. B. S. 9 février 1785. — Dot 21 février 1785. — Religieuse.

Marie de Podenas-la-Roque, née 8, baptisée 10 septembre 1729, à Pouydraguin en Armagnac (Gers), diocèse d'Auch, fille de Jean de Podenas et de Catherine de Boulouix. — Pr. 20 août 1741. B. S. 3 octobre 1749. — Dot 12 août 1751.

Catherine-Angélique-Elisabeth de Poilloüe-Bonnevaux, baptisée le 16 décembre 1724, à (Saint-Basile) Etampes (Seine-et-Oise), (communic. mairie d'Etampes) fille de Jacques-Augustin de Poilloüe et de Marie-Catherine-Thérèse Foudrier. — Pr. 8 octobre 1736. Elle sortit, de Saint-

Cyr, le 15 décembre 1737, et mourut, à Etampes, le 25 décembre 1737
(Renseignement fourni par M. le Comte de Saint-Périer et communic.
de la m. d'Etampes).

Marie-Thérèse-Charlotte de Poilloüe-Bonnevaux, née et baptisée 7 avril
1730, à Etampes (renseignement fourni par M. le comte de Saint-Périer
et confirmé par la mairie d'Etampes) fille de Jacques-Augustin de Poilloüe
et de Marie-Catherine-Thérèse Fondrier de Bonnevaux. B. S. 2 mars
1750. — Dot 30 décembre 1751. Elle mourut sans alliance (Renseignement fourni par M. le comte de Saint-Périer).

Catherine de Poilloüe-Saint-Mars, née 12, baptisée 13 mars 1738, à
(Saint-Martin) Etampes (Seine-et-Oise) (communic. de M. Laumônier,
sec. de la m. d'Etampes), fille de Louis-René de Poilloüe et d'Elisabeth de
Saint-Périer. B. S. s. d. — Dot 13 juillet 1763.

Françoise de Poilloüe-Saint-Mars-Saint-Périer, née 20, ondoyée 21 dé-
cembre 1736, baptisée 15 mai 1737, à (Saint-Martin) Etampes (Seine-et-
Oise), diocèse de Sens, fille de Louis-René de Poilloüe et d'Elisabeth de
Saint-Périer. — Pr. 30 décembre 1743. Voyage, s. d.

Marie-Jeanne Poisson du Mesnil, née 20, baptisée 21 août 1683, à (Saint-
Paul) Paris, fille de François Poisson et de Marie de Lupé. — Pr.
25 août 1690. B. S. 21 août 1703. — Dot 23 septembre 1703.

Marie Poisson d'Auville-Saussemesnil, née 18 janvier, baptisée 19 janvier 1743, à (Saint-Grégoire) Saussemesnil en Normandie (Manche), fille
d'André-François Poisson d'Auville et de Jeanne-Thérèse-Charlotte
Gigault de Bellefonds. — Pr. 16 janvier 1755. B. S. 26 août 1764 et
19 nov. 1763. — Dot 25 octobre 1766. Vivante 28 janvier 1772.

Catherine-Angélique Le Poitevin du Moutier-la Mesnardière, née 16,
baptisée 17 août 1752, à Notre-Dame de la Colombe (Calvados) (communic. de M. Julie, sec. de la m de Notre-Dame de la Colombe), fille de
Jean-Baptiste-Joseph Le Poitevin et de Catherine-Angélique de Collibert.
Morte, le 12 décembre 1763, à Saint-Cyr (mairie de Saint-Cyr).

Thérèse-Catherine-Angélique Le Poitevin du Moutier-la Ménardière,
née 10, baptisée 11 mars 1747, à Notre-Dame de la Colombe (Calvados),
(communic. de M. Julie, sec. de la m. de Notre-Dame de la Colombe),
fille de Jean-Baptiste-Joseph Le Poitevin et de Catherine-Angélique de
Collibert. — Pr. 18 août 1755. B. S. 31 mars 1767. — Dot 6 mars 1768.

Jeanne-Charlotte-Françoise du Poix-Lérette, née 23 mars 1686, baptisée, à Montrichard (Loir-et-Cher), le 6 avril 1695, (communic. du sec. de
la mairie de Montrichard, M. Cuisnet), fille de Joseph du Poix-Lérette
et de Françoise Renard. — Pr. 20 avril 1697. B. S. 30 mars 1706. — Dot
30 mars 1706. — Cordelière.

Antoinette-Elisabeth-Françoise de Pol de Lamanon née 17, baptisée
18 janvier 1775, à Salon (Bouches-du-Rhône), fille d'André-Auguste de
Pol et d'Elisabeth de Requiston-Hauteville. — Pr. 27 septembre 1785.
Entrée, d'après l'Inv. 1er octobre 1783. Sortie 15 avril 1793 (Crécy).

Françoise-Edmée de Poliart-Brinvilliers, née 31 mars, baptisée 17 avril
1695, à (Saint-Pierre) Courtenay (Loiret), diocèse de Sens, fille de Louis
de Poliart et de Catherine d'Albon. — Pr. 18 mai 1706. B. S. 2 avril
1715. — Dot 20 juin 1715. Elle épousa (24 novembre 1723) François
Fortin, entrepreneur (B. N. Fr. 32.839).

Hélène de Polignac, née 30 juin, baptisée 7 novembre 1677, à Montên-
dre (Charente-Inférieure), comme huguenote, fille de François de Polignac et d'Elisabeth Jallais. — Pr. 12 juin 1688. Morte, à Saint-Cyr, le
12 octobre 1691 (mairie de Saint-Cyr).

Marie-Jeanne-Françoise-Léonarde de la Pomélie du Jayle, baptisée
13 janvier 1774, à Chamberet (Corrèze) (communic. de M. Petit, arch.
départemental de la Corrèze), fille de Jean-Baptiste de la Pomélie et de
Jeanne de Carbonnières. Entrée 24 novembre 1782 (Renseignement dû au
baron Ch. de la Pomélie). Sortie 5 avril 1793 (Crécy). Elle épousa, avant le
5 août 1811, Pierre-Jacques Auguste Faulte de Puyparlier. (Renseignement dû au baron Ch. de la Pomélie). Elle vivait, le 5 août 1811 (naissance
de son fils) (communic. de M. le sec. de la m. de Saint-Just (Haute-
Vienne).

Françoise de Pons-la-Grange-Bélestat, née 15, baptisée 16 janvier 1717,
à Ronzières (Puy-de-Dôme), diocèse de Clermont-Ferrand, fille de Balthazar de Pons et de Marie-Jeanne de Morantbelle. — Pr. 8 août 1725. B. S.
8 février 1737. — Dot 2 septembre 1743.

Marie-Françoise de Pons-Frugières, née et baptisée 29 mai 1736, à
Saint-Flour (Cantal), fille de Pierre de Pons et de Marie-Isabelle d'Au-
reille-la-Tudière. — Pr. 2 août 1743. Morte, le 24 août 1745, à Saint-Cyr
(mairie de Saint-Cyr).

Anne-Antoinette de Ponsonailhes-Grizol-Chassan, baptisée 14 juin 1760, à Faverolles (Cantal), diocèse de Saint-Flour, fille de Jean-François de Ponsonailhes et de Gabrielle Falcon de Longevialle. B. S. 5 juin 1780. — Dot 7 août 1780.

Thérèse-Marguerite du Pont-Veilhenne, née à la Motte-en-Sologne, (La Motte-Beuvron (Loir-et-Cher), baptisée 20 octobre 1674, à (Saint-Hilaire) Lassay (Loir-et-Cher), fille de Gilles-François du Pont et de Marguerite Archambaud. — Pr. 29 mars 1687. Actrice d'Esther. Novice à Saint-Cyr, devant Racine (11 septembre 1694). — Carmélite.

Marie du Pont-la-Mothe-Veilhenne, née le 9 janvier 1676, baptisée le 1er février 1676, à (Saint-Honoré) Blois, fille de Gilles-François du Pont et de Marguerite Archambaud. — Pr. 29 mars 1687. — Bénédictine.

Françoise du Pont-la-Mothe-Lauberdière, baptisée 9 décembre 1678, à (Saint-Honoré) Blois, fille de Gilles-François du Pont et de Marguerite Archambaud. — Pr. 29 mars 1687. Morte, le 26 octobre 1690, à Saint-Cyr (mairie de Saint-Cyr).

Jeanne du Pont-Bourgneuf, baptisée 21 novembre 1702, à (Notre-Dame) Chateauvillain (Haute-Marne), diocèse de Langres, fille de Claude-Louis du Pont et de Marguerite Scoriot. — Pr. 8 juillet 1713. B. S. 22 novembre 1722. — Dot 24 avril 1723.

Anne-Marie du Pont du Vivier, née et baptisée 9 juillet 1713, à Sérignac près Chalais (Charente), diocèse de Saintes, fille de François du Pont et de Marie Mius. — Pr. 18 octobre 1724. B. S. 15 juillet 1733. — Dot 1er octobre 1734. Elle épousa (5 mars 1734) Jacques Tarade (vivant 1er octobre 1734). Vivante 1er octobre 1734.

Jeanne-Louise du Pont-Bourgneuf, née et baptisée 4 novembre 1721, à (Saint-Jean-Baptiste) Chaumont-en-Bassigny (Haute-Marne), diocèse de Langres, fille de Claude-Louis du Pont et de Jeanne d'Alichamp. — Pr. 6 août 1732. B. S. 3 octobre 1741. — Dot 1er juin 1742.

Marie-Josèphe du Pont du Vivier-Chambon, baptisée 8 juin 1722, à Fort-Dauphin (Ile Royale), fille de Louis du Pont et de Jeanne de Mius d'Entremont de Poboncoup. — Pr. 2 mai 1733. B. S. 30 mars 1742. — Dot 14 avril 1744. Vivante 26 septembre 1773. Elle épousa (6 août 1754) Joseph-Alexis de Verteuil. Filles à Saint-Cyr.

Marguerite du Pont-Vivier, née et baptisée 2 avril 1763, à (Notre-Dame) Taillebourg (Charente-Inférieure), diocèse de Saintes, fille de François du Pont et d'Anne-Madeleine de la Fitte. — Pr. 6 octobre 1774. Morte, le 1er juillet 1780 (mairie de Saint-Cyr).

Henriette du Pont-Chambon-Messillac, née en 1763 (décembre, probablement), fille de François du Pont et de Marie-Geneviève Hertel. B. S. 21 mai 1783. — Dot 23 février 1785. Novice visitandine rue du Bac.

Joséphine du Pont-Compiègne, née et baptisée 13 juillet 1777, à (Saint-Louis) Fontainebleau (Seine-et-Marne), fille de Marc-Antoine du Pont et de Louise-Elisabeth du Bois-Fréminet. — Pr. 30 juin 1786. Entrée, selon l'Inv., le 28 août 1786. Sortie 1er avril 1793 (Crécy).

Marie-Charlotte-Françoise de Pontanier du Saulon, née 9, baptisée 10 septembre 1767, à Livinhac-le-Bas (Quercy) (Aveyron, commune de Capdenac-Gare), fille de Joseph de Pontanier et de Françoise de Chazelles. — Pr. 30 juin 1778. Morte, le 16 juin 1784, à Saint-Cyr (mairie de Saint-Cyr).

Claire-Henriette-Charlotte de Pontaubevoye-Lauberdière, née 4 décembre 1757, à Bocé (Maine-et-Loire), diocèse d'Angers, fille de François-Charles-Mathieu de Pontaubevoye et de Jeanne-Claire Legros de Princé. Pr. 1er novembre 1769. B. S. 4 octobre 1777. — Dot 4 janvier 1779. Morte en 1812. Elle épousa le col. Auguste Boutier.

Elisabeth de Ponthieu-Pluviau, baptisée 7 décembre 1695, à (Saint-André) Ruffec (Charente), diocèse de Poitiers, fille de Thomas de Ponthieu et d'Elisabeth de Beauchamp. — Pr. 7 janvier 1704. B. S. 19 décembre 1715. — Dot 20 décembre 1715.

Marie-Anne de Ponthieu-Pluviau, baptisée 4 juillet 1701, à Ruffec (Charente) (communic. de M. le sec. de la m. de Ruffec), fille de Thomas de Ponthieu-Pluviau et d'Elizabeth de Beauchamp. B. S. 22 septembre 1721. —Dot 18 février 1721. Non mariée et vivante, en janvier 1741.

Pauline-Elisabeth de Ponthieu-Pluviau, née et ondoyée le 18 septembre 1731, à Rome (par. Saint-Laurent-en-Lucine), baptisée 2 septembre 1739, à Bordeaux (Saint-André), fille d'Alexandre de Ponthieu et d'Anne-Marie Aymar. — Pr. 22 mai 1742. B. S. 5 mai 1751. — Dot 25 août 1752. Novice bénédictine à Notre-Dame des Anges à Saint-Cyr (5 mai 1751).

Suzanne-Gabrielle de Ponthieu-Pluviau, née 27, ondoyée 28 août 1733, baptisée 2 septembre 1739, à (Saint-André) Bordeaux, fille d'Alexandre de Ponthieu et d'Anne-Marie Aymar de Neufville. B. S. 29 août 1753.— Dot 5 avril 1755. — Bénédictine.

Gabrille-Gotte de Ponts-Rennepont, née 16, baptisée 21 janvier 1676, à Rennepont (Haute-Marne), diocèse de Langres, fille de Pierre de Ponts et de Marguerite de Choiseul. — Pr. 20 février 1687.

Julie-Marie-Madeleine de Pontual-Villevaux, née et baptisée le 29 juillet 1781, à Dinan (Côtes-du-Nord) (Renseignement dû à l'obligeance de M. l'abbé Daniel, vicaire général de Saint-Brieuc), fille de Nicolas-Hyacinthe de Pontual et de Louise-Françoise de Pontual. Entrée (Inv.), 25 mai 1791. Sortie 12 mars 1793 (Crécy).

Elisabeth de Pontville-Druchamp, baptisée 27 mars 1678, à Saint-Laurent-des-Bois (Eure), diocèse d'Evreux, fille de Jacques de Pontville et d'Elisabeth Rouillard. — Pr. 30 juillet 1686.

Jeanne-Anselme-Blandine Poret de Berjou, née 19, baptisée 20 mars 1750, à Berjou (Orne), diocèse de Bayeux, fille de Françoise-Antoine Poret et d'Anselme-Cécile-Charlotte-Jacqueline Poret. — Pr. 5 janvier 1761. B. S. 27 février 1770. — Dot 22 mai 1770. Elle épousa Jean-Jacques-François-Antoine de Brossard-Bréveaux (communic. de M. H. Le Court. Arch. de Lierremont).

Elisabeth-Alexandrine-Henriette du Port-Mablanc, née 19, baptisée 20 septembre 1742, à Thoard (Basses-Alpes), diocèse de Digne, fille de Jean-Louis du Port et d'Henriette d'Eyssautier-Prades. Pr. 18 septembre 1754. B. S. 4 novembre 1763. Elle mourut, le 11 août 1764, à l'église de la Mère de Dieu, à Digne (Arch. de Seine et O. D. 196). La dot fut versée, en 1769, aux héritiers.

Marguerite-Josèphe du Port-Mablanc, née et baptisée le 20 janvier 1749, à Thoard (Basses-Alpes) (communic. de M. Tourniaire, sec. de la m. de Thoard), fille de Louis du Port-Mablanc et d'Henriette d'Eyssautier-Prades. B. S. 9 février 1769. — Dot 16 décembre 1769. Vivante 28 janvier 1772.

Françoise du Portail-Apremont, née 4, baptisée 5 avril 1674, à la Chapelle-Vicomtesse (Eure-et-Loir) (communic. de M. Bouvier, sec. de la m.

de la Chapelle-Vicomtesse), fille de Pierre du Portail et de Marguerite de Remilly. — Pr. 28 mai 1686.

Marie de la Porte-Lusignac, baptisée 26 janvier 1680 (née m. jour), à (Notre-Dame) Lusignac (Dordogne), diocèse de Périgueux, fille de Jean-Hélie de la Porte et de Marthe de la Touche. — Pr. 10 octobre 1688. Morte, le 4 août 1694, à Saint-Cyr (mairie de Saint-Cyr).

Marie-Anne de la Porte-des-Vaux, née 9, baptisée 14 août 1704, à Massognes (Vienne), diocèse de Poitiers, fille de Pierre de la Porte et de Louise Taveau. Pr. 13 juin 1716. B. S. 4 août 1724. Vivante 1753. Elle resta à Saint-Cyr pour son plaisir et y mourut, selon A. de la Porte (*Hist. gén. des div. maisons de la Porte,* Poitiers 1882, in-8°). — Dot 5 septembre 1729.

Marie-Thérèse de la Porte-Vezins-la-Rambourgère, née et baptisée le 15 octobre 1711, à (Saint-Laurent) Parthenay (Deux-Sèvres), diocèse de Poitiers, fille de Joseph de la Porte et de Marie-Anne de Chergé. — Pr. 4 septembre 1720. B. S. 8 octobre 1731. — Dot 26 juin 1734. Carmélite (Sœur Marie-Thérèse de Jésus), rue de Grenelle, à Paris (4 octobre 1743). Elle vivait encore, le 18 juin 1754.

Marie-Angélique-Félicité de la Porte-Vezins, née et baptisée, le 16 juin 1731, à (Saint-Laurent) Parthenay (Deux-Sèvres), fille de Joseph de la Porte-Vezins et de Marie-Anne de Chergé. — Pr. 21 août 1742. Entrée à Saint-Cyr, le 15 juin 1743. B. S. 20 avril 1751. — Dot 13 octobre 1752. Elle habita, quelque temps, chez les dames de l'Union Chrétienne, postula au Carmel de la rue de Grenelle, et se fit visitandine à Paris, où elle mourut, le 8 avril 1766 (Bibl. Nat. Impr. L. 173, D. 2, tome 106).

Marie-Marguerite de la Porte-Issertieux-Pierry, née 14, baptisée 15 décembre 1743, à Lhopital, diocèse de Bourges (Lhopital, ancienne commanderie, sise au lieu de la Commanderie, commune de Villefranche-sur-Cher (Loir-et-Cher), fille de Jean-Henri de la Porte et de Marie-Marguerite de Pouthe. — Pr. 30 septembre 1755. B. S. 6 janvier 1764. — Dot 29 décembre 1766.

Jeanne de Portebise-la-Chaise, baptisée 3 février 1676, à Beauvoir, diocèse de Tours (Beauvoir, commune de Saint-Étienne-de-Chigny (Indre-et-Loire), fille de Jacques de Portebise et de Marie Boutier. — Pr. 18 octobre 1686. Elle mourut avant 1704 (Arch. S.-et-O.)

Catherine-Louise de Portebise, fille de Jacques de Portebise et de Marie Boutier, née en 1679, morte, à Saint-Cyr, le 25 avril 1695 (mairie de Saint-Cyr).

Françoise-Virginie des Portes du Bourg, née et baptisée 28 avril 1698, à Barraux (Isère), diocèse de Grenoble, fille de François des Portes et de Jeanne Balli. — Pr. 28 juin 1709. B. S. 16 avril 1718. — Dot 2 décembre 1718.

Marie-Françoise Postel du Colombier, née 10, baptisée 11 mars 1690, à Beaubray (Eure), diocèse d'Evreux, fille d'Alexandre Postel et de Marie du Four. — Pr. 12 janvier 1699. B. S. 13 mars 1710. — Dot 13 mars 1710.

Marie-Jeanne Postel des Minières, baptisée 5 décembre 1712, à Baubray (Eure), diocèse d'Evreux, fille de Louis Postel et de Jeanne de Bonneville. — Pr. 6 juillet 1722. B. S. 5 décembre 1732. — Dot 3 septembre 1734. Elle épousa Mathieu Le Grand de la Pitière (communic. de M. Henri Le Court. Archives de Lierremont).

Louise-Félix Potin des Minières, née 28, baptisée 29 juin 1727, aux Minières (Eure), diocèse d'Evreux, fille de Gilles Potin et de Charlotte-Elisabeth Girard. — Pr. 12 mars 1739. Voy. 10 mars 1747. — Dot 16 juillet 1748.

Julie-Joséphine Poulain de Mauny, née et baptisée le 2 mars 1771, à Lamballe (Côtes-du-Nord), fille de René-Marie-Joseph Poulain de Mauny et de Marie-Victoire Arnaud. — Pr. 24 juillet 1791. — Dot 5 mai 1791. Elle épousa Jean-Baptiste-Eléonor de Courson-Kernescop.

Marie-Josèphe du Pouy-Sacère, née 14, baptisée 15 octobre 1703, à Marignac, diocèse de Comminges (Marignac près Saint-Béat) (Haute-Garonne), fille de Jean du Pouy et de Cécile de Fortisson. — Pr. 7 avril 1713. B. S. 14 octobre 1723. — Dot 30 août 1726.

Marie-Anne-Victoire de la Poype-Vertrieu, ondoyée 24 juin 1722, baptisée 24 septembre 1725, à Gonesse (Seine-et-Oise), fille de François-Louis de la Poype et de Marie-Anne Forets. — Pr. 28 juin 1731. B. S. 12 juin 1742. — Dot 13 mai 1746.

Claude-Gabrielle du Pré-Guipy, née et baptisée 4 août 1702, à (Saint-

Jean de la Grotte) Autun (Saône-et-Loire), fille de René-Joseph du Pré
et de Renée Buffet. — Pr. 5 août 1709. Morte, à Saint-Cyr, le 10 février
1714 (mairie de Saint-Cyr).

Marie-Françoise du Pré-Albouis, née 27 avril, baptisée 27 mai 1727, à
Boisson (Gard, commune d'Alègre), diocèse d'Uzès, fille de Jérémie du
Pré et de Louise de Moreton-Chabrillan. — Pr. 29 novembre 1738.
Morte, à Saint-Cyr, le 26 mai 1742 (mairie de Saint-Cyr).

Jeanne de Préault-Aubeterre, née 24, baptisée 27 février 1723, à Saint-
Pourçain-sur-Sioule (Allier) (communic. de M. le sec. de la m. de Saint-
Pourçain), fille de Gilbert de Préault et de Françoise de Bost. — Pr.
12 mars 1734. B. S. 27 février 1743. — Dot 25 juin 1744. Novice (2 juin
1743). Professe (12 mai 1744) au Parc-aux-Dames, près Crécy-en-Valois.
Y mourut, le 17 avril 1765 (Greffe du Tribunal civil de Senlis Boîte
cotée : Auger-Saint-Vincent).

Charlotte-Marie-Louise-Antoinette de Préaux, née et baptisée le 7 octo-
bre 1770, à Angecourt (Ardennes), diocèse de Reims, fille d'Antoine de
Préaux et de Marie-Louise-Charlotte du Chesne. — Pr. 14 avril 1780.
B. S. 25 septembre 1790.

Catherine-Françoise-Elisabeth de Presteval-Panilleuse, née 7, baptisée
8 novembre 1709, à (Notre-Dame) Vernon (Eure), diocèse de Rouen,
fille d'Henri-René-Charles de Presteval et d'Anne-Florence de Hallus. —
Pr. 31 octobre 1718. B. S. 27 août 1730. — Dot 7 février 1734. Dominicaine à Montargis.

Louise-Edmonde le Prestre de Themericourt, née 26, baptisée 27 mai
1775, à Themericourt (Seine-et-Oise), fille de Louis-Charles le Prestre et
de Louise-Renée le Prestre. — Pr. 6 avril 1785. Sortie 5 février 1793
(Crécy). Entrée, selon l'Inv. le 9 avril 1785.

Marthe-Madeleine de Préville du Temple, née 15, baptisée 21 décembre 1693, à (Saint-Martin) Mennetou-sur-Nahon (Indre), diocèse de
Bourges, fille de Charles-François de Préville et d'Anne-Marthe du Bois,
nommée, en 1713, pour les pensions à l'âge de vingt ans. — Pr. 1er décembre 1704. B. S. 25 février 1713. — Dot 23 juillet 1715.

Catherine Prévost de Saint-Martin, baptisée le 19 décembre 1672, à
Saint-Martin-le-Blanc (commune de Saint-Martin-Osmonville (Seine-

Inférieure), diocèse de Rouen, fille de Nicolas le Prévost et de Catherine de Miffant. — Pr. 29 novembre 1685.

Diane Prévost de Touchimbert, baptisée, comme huguenote, à Sauzé-en-Poitou *(sic)*[1], née en juin 1673, fille de Casimir Prévost et de Marie Robillard. Pr. 17 décembre 1686. Elle épousa (11 février 1705) Simon de Dreux-Aigné (mort, le 24 février 1714) puis (13 septembre 1714) Charles Tiercelin d'Appelvoisin, et mourut, en 1754.

Julie Prévost de Londigny, née en juillet 1674, baptisée, comme huguenote, à Sauzé, fille de Casimir Prévost et de Marie Robillard. — Pr. 17 décembre 1686. Elle épousa (9 janvier 1697) Jacques de Volvire-Magné, et mourut, en janvier 1703 *(Cabinet Hozier*, 378).

Esther-Silvie Prévost de Touchimbert-Liléau, née le 6 janvier 1676, baptisée à Sauzé comme huguenote, fille de Casimir Prévost et de Marie Robillard. — Pr. 17 décembre 1686. Elle mourut, à Saint-Cyr, le 27 janvier 1689 (mairie de Saint-Cyr).

Marie-Elisabeth Prévost de Touchimbert, née 21 janvier, baptisée 7 mars 1694, à Saint-Savinien-du-Fort (Charente-Inférieure), diocèse de Saintes, fille de Casimir Prévost et de Marie Coulant. — Pr. 9 juin 1704. Morte, à Saint-Cyr, le 12 juillet 1706 (mairie de Saint-Cyr).

Marie-Suzanne-Romaine le Prévost de Franclieu, née 9, baptisée 22 septembre 1702, à (Sainte-Croix) Arras (Pas-de-Calais), fille de Louis le Prévost et d'Anne-Françoise d'Aix. — Pr. 7 février 1713. B. S. 22 octobre 1722. Religieuse à Saint-Antoine de Padoue de Cambrai (21 juillet 1727). — Dot 21 juillet 1727.

Charlotte-Marie-Madeleine-Thérèse Prévost de la Bretonnière, baptisée 4 août 1725, à (Saint-Nicolas) Villemoutiers (Loiret), diocèse de Sens, fille d'Etienne Prévost et de Charlotte de Méri. — Pr. 9 septembre 1734. B. S. 18 mars 1745. — Dot 18 janvier 1749.

Marie-Marguerite Prévost de Traversay, née 6, baptisée 7 mai 1735, à (Saint-Martin) Pliboux (Deux-Sèvres), diocèse de Poitiers, fille de Jean Prévost et d'Henriette du Quesne. — Pr. 11 juillet 1744. B. S. 6 mai 1755. — Dot 1er mars 1759. Morte sans alliance.

[1] Impossible de savoir si c'est Sanzay (Vienne), Sanzay (Deux-Sèvres), Saint-Martin-de-Sanzay (Deux-Sèvres), Sansais (Deux-Sèvres), Sauzé-Vaussais (Deux-Sèvres), Sanxé (Deux-Sèvres).

Thérèse Prévost de Touchimbert-Londigny, née et ondoyée 16 août, baptisée 20 novembre 1741, à (Notre-Dame de la Payne) Angoulême (Charente), fille d'Auguste-Philippe Prévost et de Jeanne de Bussy-Lameth. — Pr. 24 août 1749. B. S. 1er novembre 1763. — Dot 13 novembre 1766. Religieuse. Elle mourut en novembre 1772.

Geneviève-Julie le Prévost d'Iray, née et baptisée le 20 mai 1764, à (Saint-Pierre) Iray (Orne), diocèse d'Evreux, fille de Jean-Jacques le Prévost et d'Anne-Françoise-Geneviève-Julie de Berment. — Pr. 13 janvier 1776. B. S. 11 mai 1784. — Dot 20 mai 1785. Chanoinesse d'Avesnes-lès-Arras. Elle émigra, avec sa sœur, Marie-Anne-Françoise (née 24 mars 1765, morte à Châteaudun, le 10 février 1847) en 1794. Déguisées en paysannes, elles rejoignirent, en Prusse, leur père, officier à l'armée de Condé, et leurs deux frères. Elles y vécurent dans les privations et rentrèrent, en 1802, à Châteaudun, où elles retrouvèrent leur mère et leurs deux autres sœurs (Rens. fournis par M. le vicomte d'Iray). Geneviève mourut, à Châteaudun, le 14 août 1829 (communic. de la m. de Châteaudun).

Marie-Félicité le Prévost d'Iray, née et baptisée 13 septembre 1778, à Iray (Orne) (communic. de M. le sec. de la m. d'Iray), fille de Jean-Jacques le Prévost et d'Anne-Françoise-Julie-Geneviève de Berment. Entrée 30 juin 1787. Sortie 22 avril 1793 (Crécy). Elle vécut à Châteaudun, avec sa sœur, Henriette-Scholastique, ancienne élève de la maison noble de Vernon. Elles y fondèrent un petit pensionnat. Leur mère (morte à Châteaudun, le 12 octobre 1815) et elles n'avaient point émigré, comme leur père (mort à Châteaudun le 27 janvier 1735), leurs deux sœurs, leurs deux frères. Marie-Félicité épousa N. le Gros de Charmey (Rens. fournis par M. le vicomte d'Iray).

Charlotte-Angélique de Prez-la-Queue, née 11, baptisée 13 octobre 1703, à (Saint-Pierre) Montfort-l'Amaury (Seine-et-Oise), diocèse de Chartres, fille de Bernard de Prez et de Louise de Maisonblanche. — Pr. 2 mai 1711. B. S. 11 octobre 1723. — Dot 29 octobre 1723.

Louise-Catherine de Prez-la-Queue, née 16, baptisée 17 juin 1709, à Galluis (Seine-et-Oise), diocèse de Chartres, fille de Bernard de Prez et de Louise de Maisonblanche (fille naturelle de Louis XIV). — Pr. 24 janvier 1717. B. S. 22 avril 1729. — Dot 5 avril 1731. Non mariée, en novembre 1741.

Adélaïde-Aimée-Marguerite de Prez-la-Queue, née et ondoyée le 21 octobre 1763, à la Queue, annexe de Gallois (Gallois-la-Queue (Seine-et-Oise), diocèse de Chartres, fille de Guillaume-Jacques des Prez et de Françoise le Beuf. B. S. 18 août 1783. — Dot 26 août 1783.

Catherine de Prohenques-Plantigny, née 15, baptisée 16 juillet 1698, à (Notre-Dame de la Platière) Lyon, fille de Louis de Prohenques et de Marguerite Vicard. — Pr. 21 mai 1707. B. S. 16 juillet 1718. — Dot 18 février 1721.

Catherine de Prohenques-Plantigny, née et baptisée 9 février 1720, à (Saint-Paul) Lyon, fille de Gabriel de Prohenques et de Madeleine Saulnier. — Pr. 9 février 1731. B. S. 9 janvier 1749. — Dot 3 décembre 1740.

Marie-Catherine de Proisy-Gondreville, née et baptisée 23 décembre 1682, à Sainte-Erme (Aisne), diocèse de Laon, fille de David de Proisy et de Marie-Thérèse de Rocquemont. B. S. s. d. — Dot 26 décembre 1702. Morte, en 1763, sans alliance, à Saint-Erme, près Laon.

Louise-Marie-Anne de Proisy-Gondreville, née 30 juillet, baptisée 7 août 1693, à Saint-Erme (Aisne), fille de David de Proisy et de Marie-Thérèse de Rocquemont. — Pr. 21 janvier 1704. Morte, le 21 janvier 1708, à Saint-Cyr (mairie de Saint-Cyr).

Angélique-Elisabeth-Françoise de Proisy-Eppes, née et baptisée 17 janvier 1751, à (Notre-Dame) Eppes-en-Soissonnais (Aisne), fille de David-Charles-Joseph de Proisy et d'Henriette-Geneviève Carpentier. — Pr. 16 juin 1762. Morte, à Saint-Cyr, le 20 octobre 1768 (mairie de Saint-Cyr).

Anne-Vincente de Proisy, née et baptisée le 20 mai 1764, à (Saint-Louis) Brest, fille de Vincent-Joseph-Marie de Proisy et de Pélagie de Goyon. — Pr. 20 octobre 1773. B. S. 16 novembre 1784. — Dot 28 décembre 1764. Pension pour infirmité (9 mars 1780-2 octobre 1783).

Marie-Anne-Adélaïde de Prunelé, née 12, baptisée 16 décembre 1724, à (Saint-Sulpice) Paris, fille de Parfait de Prunelé et de Marie des Acres-Laigle. — Pr. 12 décembre 1731. B. S. 9 décembre 1744. — Dot 8 mai 1748. Epousa (11 mars 1750) Nicolas-Balthazar-Melchior de Bizemont. Vivante 5 janvier 1763. Filles à Saint-Cyr.

Louise-Françoise-Léontine de Prunelé-Tignonville, née 27 novembre, baptisée 3 décembre 1725, à (Saint-Sulpice) Paris, fille de Parfait de Prunelé et de Marie des Acres-Laigle. B. S. 19 septembre 1745. — Dot 8 mai 1748. Elle épousa (29 août 1756) Gabriel de Morogues-Fonfaye. Elle mourut, au château de Fonfaye, près Donzy (Nièvre), le 21 mars 1806 (Renseignements fournis par Mlle de Bizemont et communic. de M. Béda, sec. de la m. de Donzy).

Marie-Henriette du Puch-Monbreton, née 29, baptisée 30 avril 1760 à (Saint-André) Pellegrue (Gironde), diocèse de Bazas, fille d'Alexandre-Henri du Puch et de Marie-Elisabeth du Puch-Estrac. — Pr. 4 avril 1772. B. S. 16 avril 1780. — Dot 13 juin 1780.

Claire del Puech-la Bastide, née 15, baptisée 16 août 1691, à Paris (Saint-Benoît), fille d'Olivier del Puech et de Marie-Madeleine de Meaux. — Pr. 5 août 1700. B. S. 15 août 1711. — Dot 15 août 1711.

Françoise del Puech-Cagnac-la Bastide, née 25, baptisée 27 mai 1695, à (Saint-Salvi) Albi (Tarn), fille de Louis del Puech et de Marguerite de Gers. — Pr. 18 août 1705. B. S. 30 mars 1715. Religieuse Abbaye-aux-Bois (8 mars 1718). — Dot 4 mars 1719.

Claude-Catherine del Puech-la Bastide, née en septembre, baptisée 24 décembre 1701, à (Saint-Médard) Paris, fille d'Olivier del Puech et de Marie-Madeleine de Meaux. — Pr. 7 août 1711. — Dot 17 juin 1728. Novice (27 mai 1725). Religieuse (2 juillet 1727), à Saint-Cyr. Morte, le 12 août 1790, à Saint-Cyr (mairie de Saint-Cyr).

Marie-Elisabeth del Puech-la Bastide, née et baptisée 27 janvier 1729, à (Saint-Barthélemy) Fabas, annexe de Villefranche, diocèse d'Albi (Fabas, communic. de Villefranche-d'Albigeois (Tarn), fille de Gabriel del Puech et d'Elisabeth del Puech. — Pr. 23 mai 1737. B. S. 30 décembre 1748. — Dot 12 avril 1749. Elle épousa (30 mars 1755) Louis-Jean-Pierre-Joseph de Montcalm. Vivante 17 mai 1766. Fille à Saint-Cyr.

Marie-Rose del Puech-la Gousonnie, née 1er avril, baptisée 2 avril 1730, à (Sainte-Marcienne) Albi, fille de Gabriel del Puech et d'Elisabeth del Puech-la Bastide. B. S. 3 avril 1750. Vivante en 1756. — Dot 14 avril 1750 Elle épousa, après 1756, Jean-Jacques de Reneaud.

Gabrielle-Elisabeth del Puech-la Gousonnie-la Bastide, née 10, baptisée 11 avril 1734, à Albi (Saint-Salvi), fille de Gabriel del Puech et d'Elisabeth del Puech-la Gousonnie. B. S. 27 avril 1754. — Dot 2 janvier 1758. Vivante 11 mars 1777. Elle épousa (29 avril 1767) Pierre-Jean Durand. Fille à Saint-Cyr.

Rose-Joséphine-Gratienne del Puech-la Bastide, née 14, baptisée 15 janvier 1769, à Saint-Antonin-en-Rouergue (Tarn-et-Garonne), fille de Charles-Joseph del Puech et de Gracieuse Perret. — Pr. 14 septembre 1778. Voy : 18 octobre 1788. B. S. 13 janvier 1789. — Dot 21 juillet 1789. Epousa, avant 13 janvier 1789, François de la Panouse (vivante 21 juillet 1789).

Jeanne-Antoinette-Cécile-Elisabeth del Puech-la Bastide, née 2, baptisée 3 novembre 1779, à Fabas (commune de Villefranche-d'Albigeois-Tarn), diocèse d'Albi, fille d'Alexandre-Victor del Puech et de Charlotte Bournhiol. — Pr. 14 octobre 1788. Sortie 25 mars 1793 (Crécy). Morte en 1798.

Anne-Charlotte Antoinette de Puisaye, née 7, baptisée 8 mars 1756, à (Saint-Pierre) Essai (Orne), diocèse de Séez, fille de Jean-Louis de Puisaye et de Jeanne-Eve de Schontelmeyer. — Pr. 16 octobre 1767. Morte, à Saint-Cyr, le 8 mai 1774 (mairie de Saint-Cyr).

Louise-Jeanne de Puisaye, née et baptisée le 16 décembre 1773, à (Saint-Pierre) Essai (Orne), diocèse de Séez, fille de Guillaume-Louis-Charles-Alexandre de Puisaye et de Catherine-Edmée Boyard de Forterre. — Pr. et entrée, selon l'Inv. 16 décembre 1783. Sortie 5 novembre 1792 (Crécy).

Catherine-Françoise-Denise de Pujol, baptisée 18 juillet 1698, à (Saint-Géri) Valenciennes (Nord), fille de Pierre de Pujol et de Marie-Philippes Rainfroi-le-Clercq. — Pr. 13 octobre 1708. Exclue pour mauvaise conduite, en 1714.

Marie-Anne-Françoise de Puniet-Pastours, née 3, baptisée 4 janvier 1773, à (Saint-Privat) Montcuq (Lot), fille de Guillaume de Puniet et de Charlotte Le Marchant. — Pr. 4 novembre 1783. Entrée, selon l'Inv., le 6 novembre 1783. Sortie le 5 avril 1793 (Crécy).

Louise-Sophie de Puttecotte-Renneville, née et baptisée le 1er octobre 1757, à (Saint-Patrice) Argences en Normandie (Calvados), fille de Louis de Puttecotte et d'Henriette-Renée de Marguerite. Preuves : 2 juillet 1767. B. S. 3 octobre 1777. — Dot 24 novembre 1778. Chanoinesse de Troarn (7 décembre 1783).

Jeanne-Henriette de Puttecotte-Renneville-Mesnil, née et baptisée le 17 juillet 1759, à (Saint-Patrice) Argences en Normandie (Calvados), fille de Louis de Puttecotte et de Renée de Marguerie. B. S. 28 mai 1779. — Dot 8 juillet 1779, Chanoinesse. Elle épousa (25 novembre 1784) Louis-Aignau de Brasdefer (Inv. des arch. du Calvados. E. Supplt. t. I. p.149, col. 1)(communic. de M. H. Le Court).

Marie-Marguerite-Joséphine du Puy d'Angre, née 3, baptisée 8 avril 1695, à Averdoingt (Pas-de-Calais) diocèse d'Arras, fille de Jacques-François du Puy et de Marie Ansart. — Pr. 12 octobre 1706. B. S. 2 avril 1715. — Dot 20 juin 1715. Elle épousa (29 janvier 1736) Jean-Jacques-François-Noël de Gosson (de Ternas : Général de Gosson).

Angèle-Françoise du Puy-Cheylade, baptisée 11 novembre 1778, à (cathédrale) Anvers (Belgique), fille de Jean-Baptiste du Puy et de Marie-Josèphe Libecq. — Pr. 18 mai 1787. Entrée selon l'Inv. le 29 juin 1787. Sortie 13 mars 1793 (Crécy).

Etiennette-Madeleine Quarré d'Aligny, née 4, baptisée 12 décembre 1732, à Magnien (Côte-d'Or), diocèse d'Autun, fille de Philippe Quarré et de Claude de Mauroy. — Pr. 29 janvier 1744. B. S. 28 décembre 1752. — Dot 23 août 1755.

Marie-Flore-Etiennette Quarré d'Aligny, née et ondoyée le 6 septembre, baptisée le 7 décembre 1744, à (Saint-Vincent) Bouze (Côte-d'Or), fille d'Etienne Quarré et de Marceline-Modeste Damoiseau. — Pr. 28 août 1756. Morte à Saint-Cyr, le 26 janvier 1762 (mairie de Saint-Cyr).

Jeanne-Hélène de Quélen, née 28, baptisée 29 octobre 1723, à Chatelaudren-Plouagat (Côtes du Nord), diocèse de Tréguier, fille de Maurille-Louis de Quélen et d'Hélène Berthon. — Pr. 14 mai 1735. Morte, le 20 avril 1740, à Saint-Cyr (mairie de Saint-Cyr).

Renée-Henriette-Vincente du Quengo-Tonquedec, née 18, baptisée 19 février 1774, à Plouigneau (Finistère), fille de Joseph-Scolastique du Quengo et de Marie-Madeleine-Claude de Calloët. — Pr. 27 octobre 1783. Entrée selon l'Inv., le 30 novembre 1783. Sortie 30 octobre 1792 (Crécy). Elle mourut sans alliance, à Morlaix, le 27 mai 1855 (Rosmorduc : Preuves des demoiselles bretonnes admises à Saint-Cyr et communic. de M. Le Goff, de la mairie de Morlaix.)

Françoise-Émilie du Quesnoy, née et baptisée 9 mai 1775, à Touffreville, diocèse de Rouen(Touffreville-sur-Eu) (Seine-Inférieure) (communic. de M. le secrét. de la m. de Touffreville-sur-Eu), fille d'Antoine-François du Quesnoy et de Madeleine Le Bourgeois.— Pr. 16 mars 1785. Entrée, selon l'Inv., le 31 mai 1785. Sortie, le 14 mars 1793 (Crécy).

Louise-Adélaïde de Queux-Saint-Hilaire, née et baptisée le 9 février 1770, à (Saint-André) Bordeaux, fille d'Alexandre-Jacques de Queux et de Charlotte-Adélaïde Le Prieur. — Pr. 5 janvier 1780. B. S. 9 août 1790. — Dot 29 janvier 1791.

Louise-Jeanne de Quincarnon-Boissy, née 28, baptisée 30 juillet 1696, au Plessis-Grohan (Eure), diocèse d'Evreux, fille de Claude de Quincarnon-Boissy et de Jeanne de Glapion. — Pr. 20 juillet 1704. B. S. 29 juillet 1716. — Dot 30 juillet 1717.

Marie-Thérèse de Quincarnon-Boissy, née 5 mai 1703, baptisée à Cissey, commune de Grossœuvre (Eure), diocèse d'Evreux, fille de Louis de Quincarnon et de Marie-Madeleine de Rouil. — Pr. 31 août 1712. B. S. 19 mai 1723. — Dot 29 août 1724. Elle épousa (24 novembre 1738) René-Claude de Glapion. Vivante 1er novembre 1743.

Marie-Anne-Sophie de Quincarnon-Boissy, née 3, baptisée 8 janvier 1728, à (Saint-Pierre et Saint-Paul) le Plessis-Grohan (Eure), diocèse d'Evreux, fille de Louis-Baptiste de Quincarnon et de Marie-Angélique de Gouhier. — Pr. 19 novembre 1736. B. S. 29 janvier 1748. — Dot 28 juin 1748.

Thérèse-Renée de Quincarnon-Boissy, née 26, baptisée 28 juin 1731, à (S. S. Pierre et Saint-Paul) Plessis-Grohan (Eure), diocèse d'Evreux, fille de Louis-Baptiste de Quincarnon et de Marie-Angélique de Gouhier. B. S. 24 juin 1751. — Dot 29 janvier 1752.

Bonne-Anne de Quinemont-Varennes, née 25, baptisée 26 juin 1717, à Varennes (Indre-et-Loire), diocèse de Tours, fille de Louis-Ours de Quinemont et de Marie Bodin des Joubardières. — Pr. 3 décembre 1725. B S. 21 mai 1738. — Dot 9 janvier 1739. Elle mourut, sans alliance, à Varennes (Indre-et-Loire) le 3 mai 1785 (Renseignement fourni par M. le marquis de Quinemont et communic. du sec. de la m. de Varennes).

Catherine de Quiqueran-Beaujeu, née et baptisée 30 janvier 1692, à (Saint-Martin) Arles (Bouches-du-Rhône), fille de Louis de Quiqueran et de Marthe de Lieutaud. — Pr. 7 août 1702. B. S. 5 février 1712. — Dot 4 février 1712. Religieuse.

Marie-Rossoline de Rabier-la-Beaume, née et baptisée 4 juillet 1741, à (Saint-Martin) Marseille, fille de Raphaël de Rabier et de Marguerite de Villeneuve.— Pr. 1ᵉʳ décembre 1751. Morte, à Saint-Cyr, le 3 janvier 1758 (Mairie de Saint-Cyr).

Marie-Félicité de Racapé-Chevigné, née et baptisée 30 décembre 1716, à (Saint-Maurille) Angers, fille de Félix de Racapé et de Marie-Perrine-Françoise de l'Estoile. — Pr. 30 juin 1728. Morte, à Saint-Cyr, le 24 août 1731 (Mairie de Saint-Cyr).

Jeanne-Louise Rado du Matz, née et baptisée à Caden (Morbihan), le 4 décembre 1756, fille de Nicolas-Gabriel Rado et de Suzanne Le Roy. B. S. 30 août 1776. — Dot 3 juin 1778. Elle épousa (1ᵉʳ juin 1782) Maurice-Emmanuel-Millon de Villeroy. Elle mourut, au Croisic (Loire-Inférieure), le 22 mars 1830 (Indication de Mˡˡᵉ de Rado du Matz et communic. de M. G. La Tour, sec. de la m. du Croisic).

Marie-Angélique Radulph de l'Estang, née 14, baptisée 17 décembre 1730, à Buais (Manche), diocèse d'Avranches, fille de Louis-Etienne Radulph et de Marie-Angélique Hubert. — Pr. 11 mars 1741. — Dot 21 juin 1752.

Marie-Antoinette-Théodore-Clédite de Raguet-Brancion, née et baptisée le 17 août 1769, au Quesnoy sur Rogeau (Nord), diocèse de Cambrai fille d'Antoine de Raguet et de Marie-Henriette-Clotilde de Polchet. — Pr. 8 juin 1779. B. S. 23 juin 1789. — Dot 7 septembre 1789. Elle épousa Frédéric-Christian-Xavier de Raguet-Brancion, son cousin-germain.

Jeanne-Agnès-Philippe de Raigecourt-Bremoncourt, née et baptisée 21 avril 1687, à Bremoncourt (Meurthe-et-Moselle), diocèse de Toul, fille de Hyacinthe-Bernard de Raigecourt et d'Antoinette de Gournay. — Pr. 22 août 1698. B. S. 7 mai 1707.— Dot 10 mai 1707. Chanoinesse de Remiremont (3 mai 1708). Elle épousa (3 mai 1708), Charles-Nicolas-Anne de Bressey (vivant 7 janvier 1722, mort au 3 février 1761). Vivante 1716, morte au 7 janvier 1722 (Fr. 32589). (Renseignements fournis par M. le marquis de Raigecourt).

Marguerite de Raimondis-Alons, née et baptisée 22 avril 1718, à Draguignan, diocèse de Fréjus (Var), fille de Joseph de Raimondis et de

Catherine Barueti. — Pr. 13 février 1726. B. S. 19 avril 1738. Elle épousa (5 juillet 1740) Jean-Joseph du Perrier-la-Garde. — Dot 31 octobre 1740.

Jeanne de la Ramière-Puycharnaud, née et baptisée le 4 août 1734, à Saint-Etienne de Droux (Dordogne), diocèse de Limoges, fille de Charles de la Ramière et de Marie Joumard Tison d'Argence. — Pr. 4 juin 1746. B. S. 28 juin 1754. — Dot 5 avril 1757. Chanoinesse de Notre-Dame.

Charlotte Lucrèce de Ramsay-Lumeau, née 6, baptisée 27 mai 1677, comme huguenote, à Bazoches en Dunois (Eure-et-Loir), diocèse de Chartres, fille de François de Ramsay et de Charlotte de la Haye. — Pr. 26 janvier 1687. Morte, à Saint-Cyr, le 28 octobre 1691 (Mairie de Saint-Cyr).

Félicité-Angélique de Rassent-Archelles, née 17 août, baptisée 16 septembre 1749, à Archelles, diocèse de Rouen (commune d'Arques, Seine-Inférieure), fille de Joseph-Alexandre de Rassent et de Françoise-Angélique Charles. — Pr. 8 juillet 1761. B. S. 25 juin 1769. — Dot 13 juillet 1770.

Mélanie de Rastel-Rocheblave, née 26, baptisée 27 mai 1728, à Savournon (Hautes-Alpes), diocèse de Gap, fille de Jean-Joseph de Rastel et de Françoise-Elisabeth-Diane de Dillon. — Pr. 11 février 1740. Pens. pour infirm., 15 mars 1745.

Marie-Marguerite-Rose de Rastel-Rocheblave, née 1er juin 1735, à Savournon (Hautes-Alpes), diocèse de Gap, fille de Jean-Joseph de Rastel et de Françoise-Elisabeth-Diane de Dillon. — Pr. 1er juin 1742. B. S. 6 mai 1755. — Dot 7 octobre 1758. Ursuline à Gap (14 août 1758).

Marie-Louise-Charlotte-Adélaïde de Raulin-Belval, née et baptisée, le 24 janvier 1756, à Belval (comm. de Trois-Veaux (Pas-de-Calais), diocèse de Boulogne-sur-mer, fille de Charles-François de Raulin et d'Anne-Josèphe Werbier. B. S. 22 octobre 1775. Dot 7 juin 1777.

Jeanne-Marguerite de Ravenel-Reignier, née 7, baptisée 11 février 1692, à (Saint-Pierre) la Trimouille (Vienne) diocèse de Poitiers, fille d'Armand de Ravenel et de Marguerite de Condé. — Pr. 13 avril 1700. Morte, à Saint-Cyr, 16 juin 1710 (mairie de Saint-Cyr.

Marie-Elisabeth Raymond des Rivières-Carlot, née 29 juin, baptisée
7 juillet 1698, à Saint-Georges-des-Coteaux (Charente-Inférieure), diocèse
de Saintes, fille de Louis de Raymond et de Marguerite-Louise Amelot.
— Pr. 14 mars 1709. B. S. 28 juin 1718. — Dot 18 février 1721. — Religieuse.

Anne-Marguerite Raymond de Vilognon, née et baptisée à (Saint-
Severin) Paris, le 6 janvier 1700, fille de François Raymond et de Marguerite Perdreau. — Pr. 7 novembre 1707. B. S. 9 février 1710. — Dot
18 février 1721.

Henriette de Raymond-Vilognon, née 23, ondoyée 24 mars, baptisée
21 mai 1705, à (Saint-Sulpice) Paris, fille de François de Raymond et de
Marie-Marguerite Perdreau. — Pr. 30 août 1712. B. S. 12 avril 1725. —
Dot 22 mars 1725.

Françoise de Raymond-Folmont-Fages, née 10, baptisée 11 février 1714,
à Saint-Arnaud-de-Serres, diocèse d'Agen (Saint-Arnaud ou Serres, toutes
deux paroisses de la commune de Bajamont (Lot-et-Garonne) fille de
Louis-François de Raymond-Folmont et de Marie de Grenier. — Pr.
1er août 1724. B. S. 10 février 1734. — Dot 24 août 1736. Elle épousa
Jean-Baptiste de Cladech.

Gabrielle-Françoise de Régnier-la-Motte-Joinville, née et baptisée, le
6 septembre 1750, à (Saint-Martin) Craonne (Aisne), diocèse de Laon,
fille de Gabriel-François de Régnier et de Marguerite-Françoise de Villelongue. — Pr. 26 août 1762. Morte, à Saint-Cyr, le 29 mars 1768 (mairie
de Saint-Cyr).

Marie-Madeleine-Louise de Régnier-Rohaut, née 10, baptisée 11 sep-
tembre 1755, à (Saint-Médard) Doeillet (Aisne) diocèse de Laon, fille de
Jacques-Charles-Hubert de Régnier et de Marie-Madeleine de Vassan. —
Pr. 6 mai 1766. B. S. 20 août 1775. Elle épousa (16 septembre 1777)
Nicolas-Thomas Ruel de Coudray-Belle-Isle. — Dot 6 novembre 1777.

Anne-Ursule de Reilhac, née 5, baptisée 10 avril 1758, à (Saint Satur-
nin) Cazes, annexe de Duravel (Lot), diocèse de Cahors (communic. de
M. le sec. de la m. de Duravel), fille de Charles-Gabriel de Reilhac et de
Marie-Marguerite Marthe de Montlesun — Pr. janvier 1769. B. S. 1778.

Marie-Marguerite de Reines, née 18, baptisée 19 mars 1730, à (Sainte-
Martianne) Albi, fille de Gérard de Reines et de Marie de Genton-Ville-

franche. — Pr. 2 mai 1737. Morte, à Saint-Cyr, le 20 novembre 1743 mairie de Saint-Cyr.

Honorée de Réméréville-Saint-Quentin, née et baptisée 9 août 1688, à (Sainte-Anne) Apt (Vaucluse), fille de Joseph-François de Réméréville et de Jeanne-Bernardine de Tomas-Gignac. — Pr. 20 octobre 1698. B. S. 9 août 1708. — Dot 9 août 1708.

Marguerite de Rémont-Radouai, baptisée 23 juillet 1674, à (Saint-Michel) Reims, fille de François de Rémont et de Marie de Berziau. — Pr. 1er octobre 1687. — Ursuline.

Gabrielle-Angélique de Rémont-Sorbon, née et baptisée le 22 avril 1722, à (Saint-Benoit) Sorbon (Ardennes), diocèse de Reims, fille d'Antoine-Charles de Rémont et de Marguerite-Louise de Chartogne. — Pr. 12 décembre 1732. B. S. 6 avril 1742. — Dot 24 décembre 1743.

Madeleine-Henriette-Elisabeth de Rémont-Saint-Loup, née et ondoyée 8 juin, baptisée 20 juillet 1765, à Vitry-le-François (Marne), fille de Philippe-François-Louis de Rémont et de Marguerite-Elisabeth Aubry d'Arencey. — Pr. 7 octobre 1775. Voyage (27 octobre 1782).

Catherine-Françoise de Renard du Marai, née 20, baptisée 23 mars 1687, à Rilly-sur-Loire en Blaisois (Loir-et-Cher), fille d'Honoré de Renard et d'Eugénie de Renard. — Pr. 9 février 1695. B. S. 20 mars 1707. — Dot 19 mai 1707. Selon la liste des dames de Saint-Cyr, elle aurait été religieuse hospitalière.

Marie-Catherine de Renart-du-Mée, baptisée 10 juin 1672, à (Sainte-Madeleine), le Mée (Eure-et-Loir) (comm. de M. le sec. de la mairie du Mée), diocèse de Chartres, fille d'Antoine de Renart et de Louise du Bois. — Pr. 6 juin 1686. — Bénédictine.

Marie de Renart-du-Mée-Courtemblay, née 14, baptisée 18 juillet 1673, à (Sainte-Madeleine), le Mée (Eure-et-Loir) (comm. de M. le sec. de la m. du Mée), diocèse de Chartres, fille d'Antoine de Renart et de Louise du Bois. — Pr. 6 juin 1686. — Ursuline.

Marie-Louise-Perrine Renouard de la Madeleine, née 17, baptisée 18 août 1717, à Beaumont-Piédebœuf (Sarthe), diocèse du Mans, fille de Isaac Renouard et de Marie-Louise de Vançay. — Pr. 12 mars 1728. Retirée par sa famille (1732).

Marguerite-Madeleine de Renty-la-Bullière, née 3o septembre, baptisée
3 octobre 1703, à (Saint-Valérien) Ruan (Loir-et-Cher) diocèse de Blois,
fille de César de Reuty et de Catherine de Salmon. — Pr. 2 mai 1713.
B. S. 4 octobre 1723. — Dot 16 octobre 1723. — Religieuse.

Ursule de Renty, née et baptisée le 15 novembre 1755, à Bois-lès-Par-
gny (Aisne), diocèse de Laon, fille de Claude-Joseph de Renty et de
Marie-Anne-Gérarde de Recourt. — Pr. 14 juin 1766. B. S. 23 octobre
1775. — Dot 2 juin 1778. — Visitandine.

Louise-Victoire de Rességuier, née et ondoyée 23 novembre, baptisée
24 novembre 1753, à (Saint-Jean) Joigny (Yonne), diocèse de Sens, fille
d'Antoine de Rességuier et de Marguerite-Louise du Croc. — Pr. 12 octobre 1764. B. S. 26 novembre 1773. — Dot 26 mars 1774. — Religieuse.

Agathe de Reynaud-Monts, née et baptisée, le 5 février 1760, à (Saint-
Robert) Montferrand (diocèse de Clermont-Ferrand (Puy-de-Dôme),
fille de Jean-Gaspard de Reynaud et de Madeleine de Montorcier. B. S.
21 janvier 1780. — Dot 18 mai 1780.

Marie-Geneviève de Reynaud, née 2, baptisée 3 mars 1772, à Saint-
Ours (Puy de Dôme), diocèse de Clermont-Ferrand, fille de François-
Dominique de Reynaud et de Jeanne-Pauline de Reynaud. — Pr. 2 mai
1781. Morte, à Saint-Cyr, le 20 avril 1789 (Mairie de Saint-Cyr).

Anne-Marie de Riberei-Boucheron, née 23, baptisée 24 septembre
1703, à Saint-Laurent sur Gorre (Haute-Vienne), diocèse de Limoges,
fille de Charles de Riberei et de Jeanne des Pousses. — Pr. 11 septembre 1715. B. S. 5 octobre 1723. — Dot 18 octobre 1723.

Marie-Madeleine de Ribier-Villebrosse, née et baptisée, le 12 janvier
1718, à (Saint-Hippolyte) Paris, fille d'Antoine de Ribier et de Marie de la
Porte. — Pr. 17 juillet 1728. B. S. 31 décembre 1737. — Dot 9 septembre 1739. Elle épousa (7 septembre 1739) Nicolas Le Hirat (vivant
9 septembre 1739), négociant.

Marie-Anne de Ribier-la-Roche, née 21, baptisée 22 janvier 1755, à
(Saint-Barthélemy) Moussages (Cantal), diocèse de Clermont, fille d'Antoine de Ribier et de Toinette de Méalet. — Pr. 10 février 1764. B. S.
22 février 1775. — Dot 18 mai 1775. Religieuse au monastère de Brageac
près Mauriac (22 octobre 1792) (Dr de Ribier: *Généalogie de la famille de*

Ribier, p. 102, Paris 1907 (in 8°) Professe (9 décembre 1776), (communic. de M. le Dr de Ribier). Cf. aussi: Basset : *le Monastère de Brageac* p. 91. Aurillac. 1904 in-8e.

Marie-Louise-Claudine Richard de Bligny, née et baptisée 4 juillet 1776, à Bligny-sous-Beaune (Côte-d'Or), fille de Jacques-Charles-Bernard Richard et de Anne d'Auquoy. — Pr. 29 avril 1786. Entrée, selon l'Inv., 6 mai 1786. Sortie 12 mars 1793 (Crécy).

Barbe-Madeleine-Herménégilde de Ridouet-Sancé, née et baptisée 13 avril 1753, à (Saint-Martin) Metz (Lorraine Allemande), fille de Jacques-Antoine de Ridouet et de Jeanne-Marthe-Madeleine Faultrier. — Pr. 3 juillet 1761. Novice (19 septembre 1773) religieuse (24 septembre 1775) à Saint-Cyr. Vivante 1793.

Marie-Anne de Riencourt-Tilloloy, née 2, baptisée 9 décembre 1687, à Vaux-en-Vimeu (Vaux-Marquenneville, (Somme), diocèse d'Amiens, fille de Ferdinand-Laurent de Riencourt et de Marie-Anne de Gaude. — Pr. 1er décembre 1695. B. S. 5 janvier 1708. — Dot 5 janvier 1708.

Madeleine-Françoise-Thérèse de Riencourt-Tilloloy, née 17, baptisée 19 juin 1695, à Vaux-Marquenneville (Somme) (communic. de M. Fourquez, sec. de la m. de Vaux), fille de Ferdinand-Laurent de Riencourt et de Marie-Anne de Gaude. B. S. 17 octobre 1715. Religieuse à Gomerfontaine. — Dot 11 octobre 1715.

Jeanne-Julie de Riencourt-Tilloloy-Andechy, née et baptisée 3 juillet 1696, à (Saint-Pierre) Andechy (Somme), diocèse d'Amiens, fille de François-Simon de Riencourt et de Jeanne-Julie de Tarnault. — Pr. 10 janvier 1707. B. S. 1er août 1716. — Dot 3 septembre 1716. Novice (9 janvier 1718) religieuse (9 janvier 1720) à Saint-Cyr. Morte, le 28 janvier 1771, à Saint-Cyr (Mairie de Saint-Cyr).

Anne-Françoise de Riencourt-Andechy, née et baptisée 27 mars 1700, à (Saint-Pierre) Andechy (Somme), diocèse d'Amiens, fille de François-Simon de Riencourt et de Jeanne-Julie Guérin de Tarnault. — Pr. mars 1712. B. S. 7 avril 1720. — 20 avril 1720. Elle épousa (5 mai 1728) Pierre Guérin de Tarnault et fut dame de l'Ordre Etoilé de Hongrie.

Elisabeth-Madeleine de Riencourt-Linières, née 1er, baptisée 4 mai 1708, à (Saint-Valeri) Linières (Linières-Hors-Foucaucourt, Somme), diocèse

d'Amiens, doyenné d'Offemont, fille de Louis de Riencourt et d'Elisabeth
d'Urre-Clanleu. — Pr. 9 juillet 1715. B. S. 27 avril 1728. — Dot 2 août
1728.

Marie-Elisabeth de Riencourt-Arleux, baptisée 30 mars 1712, à Boscgeof-
froy (Seine-Inférieure) près Foucarmont (comté d'Eu), fille de Charles-
François de Riencourt et de Marie-Madeleine de Besse. — Pr. 19 août
1720. Morte, le 4 juin 1722, à Saint-Cyr (mairie de Saint-Cyr).

Marie-Marguerite-Françoise de Riencourt-Linières, née 9 décembre
1713, baptisée 14 janvier 1714, à Lignières, doyenné d'Oisemont, diocèse
d'Amiens (Lignières-Hors-Foucaucourt, Somme), fille de Louis de Riencourt et d'Elisabeth d'Urre. — Pr. avril 1724. B. S. 9 décembre 1733. —
Dot 16 décembre 1735. Elle épousa, après le 4 février 1738, Simon Langlois.

Jeanne-Françoise-Clémentine de Riencourt-Andechy, née et baptisée
8 mai 1724, à (Saint-Pierre) Andechy, (Somme), diocèse d'Amiens, fille
de René-Léonor de Riencourt et de Jeanne de Forceville. — Pr. 10 octobre 1732. B. S. 8 mai 1744. — Dot 1er avril 1747.

Marie-Hélène de Riencourt-Tilloloy, née 18, baptisée 19 août 1724, à
(Saint-Jean) Eu (Seine-Inférieure), diocèse de Rouen, fille de Charles-
Pierre-Paul de Riencourt et de Marie-Jeanne Bonnet. — Pr. 30 juillet
1736. B. S. 12 août 1744. — Dot 1er avril 1747.

Marie-Anne de Riencourt-Tilloloy, née 13, baptisée 14 mai 1733, à
(Notre-Dame) Vaux-Marquenneville (Somme), diocèse d'Amiens, fille de
Louis-Ferdinand de Riencourt et de Marguerite de Ternisien. — Pr.
13 avril 1745, B. S. s. d. — Dot 23 décembre 1755.

Julie-Renée de Riencourt-Andechy, née et baptisée 9 août 1739, à
(Saint-Pierre) Andechy (Somme), diocèse d'Amiens, fille de René-Léonor
de Riencourt et de Jeanne de Forceville. — Pr. 29 juillet 1750. B. S.
1er septembre 1759. — Dot 22 mars 1765.

Antoinette-Renée de Riencourt-Andechy, née et baptisée 20 juin 1741,
à (Saint-Pierre) Andechy (Somme), diocèse d'Amiens, fille de René-
Léonor de Riencourt et de Jeanne de Forceville. — Pr. 18 juin 1753.
B. S. 8 mars 1763. — Dot 25 octobre 1766. Vivante 28 janvier 1772.

Emmanuelle-Marie-Bernardine de Rignac, née et baptisée 30 décembre
1743, à Barcelonnette (Basses-Alpes), fille de Félix-Honoré de Rignac et
de Marie-Jeanne de Launay. — Pr. 13 octobre 1751. Pens. pour infirmité : 6 février 1764.

Louise-Marguerite-Victoire de Rigollot, née et baptisée 27 juillet 1759,
à (Notre Dame) Bourdons (Haute-Marne), diocèse de Langres, fille d'Antoine de Rigollot et de Marie-Marguerite Contenot. B. S. 28 mai 1779.—
Dot 9 mars 1780.

Gabrielle-Madeleine de Riols-Madriac, née et baptisée 29 juillet 1714,
à Mareugheol-Lembron (Puy-de-Dôme), diocèse de Clermont-Ferrand,
fille de David de Riols et d'Antoinette de la Chassagnole. — Pr. 15 novembre 1724. — Dot 21 juillet 1734. — Dot 21 juillet 1736.

Marie de Riols, née et baptisée le 3 avril 1775, à Saint-Germain-Lem-
bron (Puy-de-Dôme), diocèse de Clermont-Ferrand, fille de Jean-Baptiste
de Riols et de Marie-Radegonde de la Rochette. — Pr. 5 février 1785.
Morte, le 5 mars 1788, à Saint-Cyr (mairie de Saint-Cyr).

Anne-Pauline-Jeanne de Rivals-Ladevèze, née 27, baptisée 28 mai 1773,
à (Saint-Michel) Castelnaudary (Aude), fille de François de Rivals et de
Marie-Anne de Baribaut. — Pr. 18 novembre 1782. Entrée selon l'Inv.,
le 29 novembre 1782. Sortie 18 avril 1793 (Crécy).

Elisabeth-Simone du Rivau, baptisée le 21 novembre 1672, à (Saint-
Étienne) Sérigny (Vienne), fille de Philippe du Rivau et de Marie de
Sazilly. — Pr. 30 août 1687.

Madeleine-Françoise de la Rivière-la-Borde, né 14, baptisé 29 septembre 1681, à (Saint-Sulpice), Paris, fille de Claude de la Rivière et d'Anne
Elian. — Pr. 25 juin 1691. B. S. 13 septembre 1701. — Dot 18 septembre
1701.

Anne-Jeanne-Angélique de la Rivière-Montigny, née 26, baptisée
27 décembre 1693, à Brèches (Indre-et-Loire), diocèse de Tours, fille
d'Honorat de la Rivière et de Marie-Madeleine de la Haye. — Pr. 28 octobre 1705. B. S. 29 décembre 1713. — Dot 13 mai 1715.

Dauphine-Octavie de la Rivière, née 28 août, baptisée 2 septembre
1696, à Pourrain (Yonne), diocèse d'Auxerre, fille de Laurent de la

Rivière et de Charlotte Massé. — Pr. 14 septembre 1706. Morte, le 25 mars 1716, à Saint-Cyr (mairie de Saint-Cyr).

Louise-Catherine-Françoise-Renée de la Rivière-la-Garde-Champlemy, née 12, baptisée 17 avril 1700, à Donzy (Nièvre), diocèse d'Auxerre, fille de Jean-Baptiste de la Rivière et de Françoise de Culon. — Pr. 10 avril 1708. B. S. 27 avril 1720. — Dot 2 mai 1720.

Françoise-Catherine de Robec des Palières, née 22, baptisé 23 juin 1680, à (Saint-Sulpice), Paris, fille de Jacques-François de Robec et de Catherine de Moncel. — Pr. 21 janvier 1690. B. S. 25 janvier 1702. Novice à Saint-Cyr (1699). Augustine. — Dot 3 mars 1702.

Elisabeth-Charlotte-Félicité de Robert du Châtelet, baptisée 10 octobre 1767, à Rimogne (Ardennes), diocèse de Reims, fille de Jean-Baptiste-Louis de Robert et de Claudine Olivier de Failly. — Pr. 25 octobre 1777. B. S. 13 septembre 1787. — Dot 12 mai 1789.

Catherine Robin de Bélair, née et baptisée 10 novembre 1707, à (Saint-Étienne) Allichamps (Bruère-Allichamps) (Cher), diocèse de Bourges, fille d'Antoine-François de Robin et de Marguerite Le Fer. — Pr. 3 mai 1717. B. S. 17 novembre 1727. — Dot 2 décembre 1728.

Marguerite-Thérèse Robin de la Tremblaye, née et baptisée 8 mai 1712, à (Saint-Pierre) Cholet en Anjou (diocèse de la Rochelle), fille de François-Joseph Robin et de Marguerite Parisot. — Pr. 26 octobre 1723. B. S. 20 octobre 1732. — Dot 19 février 1734. — Religieuse.

Catherine-Athénaïs Robin du Sauzay, née 10, baptisée 11 septembre 1745, à Allichamps (Bruère-Allichamps) (Cher), diocèse de Bourges, fille de François-Balthazar Robin et de Marie-Jeanne-Carlier. — Pr. 17 mars 1757. B. S. 2 septembre 1765. — Dot 25 octobre 1766. Vivante 28 janvier 1772.

Françoise-Pélagie Robin de la Tremblaye, née 4, baptisée 5 octobre 1746, à Saint-Christophe du Bois (Maine-et-Loire) en Bas-Poitou, diocèse de la Rochelle, fille d'Henri-René Robin et d'Anne-Marguerite de Laage. — Pr. 7 octobre 1755. Novice (30 janvier 1767), religieuse (1er avril 1769), à Saint-Cyr. Sortie à la suppression. Morte, le 8 mars 1812, à Versailles (Etat civil de Versailles. Décès, année 1812, 9 mars.)

Marie-Anne-Rose Robinault de Boisbasset, née 24, baptisée 27 février 1738, à Saint-Onen (Ille-et-Vilaine), évêché de Saint-Malo, fille de Jean-Baptiste Robinault et d'Anne Bouetin. — Pr. 23 septembre 1745. B. S. 21 février 1758. — Dot 30 juillet 1763. — Visitandine.

Henriette Robinet de la Serve-Pignefort, née 13, baptisée 14 septembre 1728, à Paussac (Dordogne), diocèse de Périgueux, fille de François Robinet et de Marie de Beaupoil-Saint-Aulaire. — Pr. 10 juillet 1738. Morte, à Saint-Cyr, le 15 septembre 1743 (mairie de Saint-Cyr).

Marie-Marguerite-Louise de Robuste-Frédilly, née 19, baptisée 20 mai 1741, à (Saint-Martin) Morlaix (Finistère), diocèse de Léon, fille de Jérôme-Jean de Robuste et de Marie-Julienne-Barbe de Keroas. — Pr. 5 avril 1753. B. S. 27 octobre 1763. — Dot 25 octobre 1766. Elle épousa, avant 28 janvier 1772, Joseph-Simon-François-Victor Merer-Wallop (vivant 28 janvier 1772). Vivante 28 janvier 1772.

Louise-Thérèse de la Roche-Aymon-Saint-Maixent, née et baptisée 26 août 1694, à Saint-Germain-en-Laye (Seine-et-Oise), fille d'Hélie de la Roche-Aymon et de Marie-Catherine Imbert. — Pr. 9 février 1703. B. S. 15 février 1715 — Dot 7 mai 1715. Elle épousa Samuel de Méhérenc-Varennes.

Marie-Anne de la Roche-Aymon-Saint-Maixent-Lespierres, née et baptisée, le 28 avril 1698, à Saint-Germain-en-Laye (Seine-et-Oise), diocèse de Paris, fille d'Hélie de la Roche et de Marie-Catherine Imbert de Lespierres. — Pr. 31 décembre 1709. B. S. 28 juin 1720. — Dot 4 mai 1720. Elle mourut, le 27 avril 1766, au couvent de Saint-Jean d'Andely (abbé d'Estrées : Gén. de la Maison de la Roche-Aymon. Paris, 1778, in-fol.).

Angélique-Marie de la Roche-Aymon-Saint-Maixent, née et baptisée le 14 avril 1700, à Saint-Germain-en-Laye (Seine-et-Oise), diocèse de Paris, fille d'Hélie de la Roche et de Marie-Catherine Imbert de Lespierres. B. S. 13 mai 1720. — Dot 15 avril 1720. Elle épousa Louis-Ferdinand-Marcel de Grimaldi (vivant 22 septembre 1722 + au 7 mars 1746) et mourut, le 7 mars 1746, au couvent de Saint-Jean-d'Andely (abbé d'Estrées : Gén. de la maison de la Roche-Aymon, Paris, 1778, in-fol.).

Antoinette de la Roche-Aymon-la-Roussie, née et baptisée 14 octobre 1748, à (Saint-Marc) Champcevinel (Dordogne), diocèse de Périgueux, fille d'Antoine de la Roche-Lambert et de Catherine d'Huar. — Pr. 2 octobre 1760. B. S. 27 septembre 1768. — Dot 28 janvier 1769. Religieuse à Notre-Dame de la Foi, à Périgueux.

Catherine de la Roche-Aymon-la-Roussie, née 4, baptisée 12 août 1750, à (Saint-Marc) Champcevinel en Périgord (Dordogne), fille d'Antoine de la Roche-Lambert et de Catherine d'Huard. B. S. 28 août 1770. — Dot 3 septembre 1770. Religieuse à Notre-Dame de la Foi, à Périgueux. (Professe, le 20 septembre 1776).

Marie-Jeanne-Louise de la Roche-la-Barthe, baptisée 9 septembre 1715, à Limé (Aisne)! diocèse de Soissons, fille de Jean de la Roche et de Louise-Françoise d'Ostat. — Pr. 10 septembre 1723. B. S. 17 juin 1737. — Dot 20 février 1738.

Marie de la Roche-Chassaincourt, née 10, baptisée 13 décembre 1689, à Contigny en Bourbonnais (Allier), diocèse de Clermont-Ferrand, fille de Charles de la Roche et de Thérèse de Jas. — Pr. 26 mars 1697. Morte, à Saint-Cyr, le 12 octobre 1702 (mairie de Saint-Cyr).

Louise-Henriette de la Roche-Chassincourt, née 18, baptisée 24 juin 1693, à Contigny (Allier), diocèse de Clermont-Ferrand (communic. de M. Jutier, sec. de la m. de Contigny), fille de Charles de la Roche-Chassincourt et de Thérèse de Jas. Morte, le 9 septembre 1702, à Saint-Cyr (mairie de Saint-Cyr).

Anne-Perrette de la Roche-Lambert, née et baptisée 15 juillet 1701, à (Saint-Denis), Crépy-en-Valois (Oise), diocèse de Senlis, fille de Joseph-Oronce de la Roche-Lambert et de Anne du Puis. — Pr. 17 décembre 1712. B. S. 8 novembre 1721. — Dot 18 février 1721.

Henriette-Perrette de la Roche-Lambert, née 6, baptisée 7 août 1746, à (Sainte-Agathe) Crépy-en-Valois (Oise), diocèse de Senlis, fille de Thomas-Nicolas-Joseph de la Roche-Lambert et d'Antoinette-Madeleine Le Clerc de Montlivot. — Pr. 2 août 1750 B. S. 29 janvier 1766. — Dot 6 février 1768.

Marguerite de la Roche-Rouzet, née et baptisée le 18 mai 1719, à (Saint-Jean) Malleret (Creuse, canton de Boussac), diocèse de Limoges, fille d'Antoine de la Roche et de Marie-Silvie du Breuil. — Pr. 22 juillet 1728. B. S. 8 juin 1739. — Dot 30 mars 1741.

Louise-Élisabeth de Rochechouart-Montigny, née 5, baptisée 19 décembre 1702, à Montigny (Loiret), diocèse d'Orléans, fille de Louis de Rochechouart et d'Élisabeth de Cugnac. — Pr. 21 août 1713. B. S. 16 décembre 1722. — Dot 17 décembre 1722. Elle épousa (10 décembre 1731) Henri-Lambert d'Erbigny-Thibouville. Elle mourut, à Montigny (Loiret), le 31 juillet 1772 *(Gazette de France*, et communic. de la m. de Montigny).

Françoise-Bonne de Rochefort-Luçay, née 15, baptisée 18 février 1704, à Luçay-le Mâle (Indre), diocèse de Bourges, fille de Dominique de Rochefort et de Jeanne du Fresne. — Pr. 20 janvier 1713. B. S. 19 avril 1724. — Dot 17 février 1724. Elle épousa (5 février 1730) Louis de Maillé-Brézé. Elle vivait, le 28 décembre 1735, et eut une fille à Saint-Cyr.

Marie-Eléonore de la Rochefoucauld-Magnac, née 29 avril, baptisée 12 mai 1675, à Maignac-sur-Touvre en Angoumois (Charente), fille de François de la Rochefoucauld et de Marie-Eléonore de Chesnel. — Pr. 5 juin 1688. Morte, à Saint-Cyr, le 14 janvier 1692 (mairie de Saint-Cyr).

Jeanne-Françoise-Antoinette de la Rochefoucauld, née 5, baptisée 14 septembre 1712, fille de Paul-Louis-Lhermite de la Rochefoucauld et de Marie-Jeanne Gruter. — Pr. 2 juillet 1720. — Dot 12 février 1734. Elle épousa (11 octobre 1731) Jean-Etienne de Blancs-Roussillon, et mourut, le 15 mai 1737 (Lachenaye-Desbois).

Marie-Anne-Joséphine-Emilie de la Rochette, née et baptisée 24 mars 1779, à Saint-Jeurs (Haute-Loire) (renseignements dûs à M. l'abbé Deleage, curé de Saint-Jeurs), fille de Louis-Joseph de la Rochette et de Françoise-Virginie-Marceline de Julien-Villeneuve. — Pr. 20 octobre 1788. Sortie 2 octobre 1792 (Crécy).

Anne-Julie de la Rocque-Champfray, née et baptisée le 11 novembre 1748, à (Notre-Dame) la Ferté-Fresnel (Orne) diocèse d'Evreux, fille de Jules-Antoine de la Rocque et d'Anne Le Comte. — Pr. 28 août 1760. B. S. 13 octobre 1768. — Dot 17 avril 1769.

Marie-Jeanne-Juliette de Rodarel-Seillac, baptisée 30 août 1761 (née et ondoyée 11 août) à Phalsbourg (Alsace), fille de Marc-Antoine de Rodarel et de Marie-Anne-Julite Sauvé. — Pr. 12 mai 1773. B. S. 16 juin 1781. — Dot 13 avril 1782.

Marie-Charlotte-Julie de Rodarel-Seillac, née et baptisée 15 mars 1764, à Phalsbourg (Alsace), fille de Marc-Antoine de Rodarel et de Marie-Anne-Julite Sauvé. — Dot 23 février 1785.

Louise-Julie Roger de Campagnolle, née 2, baptisée 3 février 1741, à Brissarthe (Maine-et-Loire), diocèse d'Angers, fille de Louis-Anne Roger et de Françoise-Claudine de Montplacé. — Pr. 25 novembre 1751. Morte, à Saint-Cyr, le 2 mai 1752 (mairie de Saint-Cyr).

Madeleine-Angélique de Rognac-Grandmaison, née 20, baptisée 23 avril 1691, à Aigonnay (Deux-Sèvres), diocèse de Poitiers, fille de Gabriel de Rognac et de Madeleine Groyer. — Pr. 8 mars 1700. B S. 4 mai 1711. — Dot 6 mai 1711.

Marie-Anne de Rohard, née 16 juillet 1679, baptisée 16 août 1680, à Bethonvilliers-en-Perche (Eure-et-Loir), diocèse de Chartres, fille de Jacques de Rohard et d'Anne Le More. — Pr. 3 septembre 1686. B. S. 12 août 1699. — Dot 4 août 1699. — Ursuline.

Jeanne-Adrienne-Lamoraldine de Roisin-Rongy, baptisée 30 septembre 1695, à (Saint-Nicaise) Tournay (Belgique), fille de François de Roisin et de Jeanne d'Elfosse. — Pr. 26 septembre 1707. B. S. 2 octobre 1715. — Dot 5 octobre 1715. Elle mourut, à Rongy, le 1er février 1736 (Du Chastel-la-Howarderie : *Généalogies tournaisiennes*. III 368).

Marie-Madeleine-Hortense-Henriette de Romans-Félines, née 12, baptisée 13 octobre 1716, à Martigné-Briand (Maine-et-Loire), diocèse d'Angers, fille de François de Romans et de Marie-Madeleine de Chavigny. — Pr. 14 août 1727. B. S. 6 septembre 1736. — Dot 12 septembre 1741. Novice à Notre-Dame des Loges.

Bonne Marie-Françoise de Romé-Fresquienne-Fages, née et ondoyée 15 août 1714, baptisée 16 mai 1715, à (Saint-Pierre-le-Portier) Rouen, fille de Nicolas Romé et de Marie-Françoise Laisné. — Pr. 24 septembre 1721. B. S. 12 avril 1734. — Dot 16 juin 1736.

Marie Françoise-Désirée de Romé-Fresquienne, née 11, ondoyée 12 mars, baptisée 21 mars 1754, à (Saint-Thomas), Fécamp (Seine-Inférieure), fille de Nicolas de Romé et de Marie-Françoise Le Chevalier de Longueuil. — Pr. 14 août 1765. B. S. 16 mars 1774. — Dot 26 août 1774. Elle épousa François-Joseph Rebut (communic. de M. Henri Le Court. Arch. de Lierremont).

Marguerite-Claude-Françoise de Rommécourt-Suzemont, née et baptisée le 8 septembre 1709, à Brousseval (Haute-Marne), bailliage de Chaumont, diocèse de Châlons-sur-Marne, fille de Charles de Rommécourt et de Françoise Galois de Rampont. — Pr. 5 mars 1721. B. S. 12 août 1729. — Dot 10 mai 1730. Elle épousa (11 décembre 1730) Charles de Bouvet et mourut, à Bar, le 23 juillet 1792 (baron de Dumast, *Ch. des C. de Bar* p. 298) (communic. de M. Vigor, chef de bureau de l'état civil, mairie de Bar-le-Duc).

Gabrielle-Catherine de Ronti, née 22 novembre 1679, baptisée 25 octobre 1680, à (Notre-Dame) Filain (Aisne), diocèse de Soissons, fille de Jacques de Ronti et de Madeleine de Cambronne. — Pr. 20 novembre 1692. B. S. 15 avril 1700. — Dot 16 décembre 1699. Novice à Amiens 16 avril 1700). Religieuse au Pont-aux-Dames.

Marie-Anne-Elisabeth de Ronti-Ourcamp, baptisée 3 janvier 1683, à (Saint-Eloi) Avricourt (Oise), diocèse de Noyon, fille de Pierre de Ronti et de Marie Trouvain. — Pr. 24 mai 1694. B. S. 20 décembre 1702. — Dot 15 janvier 1703. — Ursuline.

Marie-Françoise-Anne de Roquart-Saint-Laurent, née 16, baptisée 17 septembre 1744, à (Saint-Martin) Bollène (Vaucluse), diocèse de Saint-Paul-Trois-Châteaux, fille de Paul-Joachim de Roquart et de Marie-Gabrielle de Faucher. — Pr. 20 novembre 1755. B. S. 24 août 1764. — Dot 25 octobre 1766. Elle épousa (3 mars 1767) Gabriel de Niel, et mourut, le 13 décembre 1779, en odeur de sainteté (renseignement fourni par M. Paul de Faucher).

Marie-Marguerite Roque de Fourchaud, née 15, baptisée 17 août 1703, à Souvigny-le-Thion (commune de Chalmoux, Saône-et-Loire), diocèse d'Autun, fille de Claude Roque et de Marguerite Tridon. — Pr. 14 janvier 1714. B. S. 9 décembre 1723. — Dot 11 octobre 1723.

Marie-Sophie de la Roque-Beaunay, née et baptisée le 19 mai 1745, à (Saint-Pierre) Le Grand-Sap (Orne), diocèse de Lisieux, fille de Claude-Robert-Jacques de la Roque-Beaunay et de Marie-Madeleine de Launey. — Pr. 11 mai 1757. B. S. 10 mai 1765. — Dot 31 juillet 1767.

Catherine-Françoise de Roquefeuil-Puydebar, née 12 août 1682, baptisée 15 juin 1683, à (Saint-Marin) Vic (Lorraine), fille de Jean de Roquefeuil et d'Antoinette d'Herbeviller. — Pr. 30 octobre 1690. B. S. 26 août 1702. — Dot 30 novembre 1702.

Marie-Elisabeth de Roquigny-Bulonde-Linemare, née 12, baptisée le 14 août 1676, à Vaudreville (commune de Longueville (Seine-Inférieure), diocèse de Rouen, fille de Louis de Roquigny et de Marie Labé de Fontaine. — Pr. 22 octobre 1689. Religieuse à Eu.

Madeleine-Geneviève de Roquigny-Linemare, née en mars 1686, à Vaudreville (commune de Longueville (Seine-Inférieure), diocèse de Rouen, fille de Louis de Roquigny et de Marie Labé, novice (6 septembre 1704) professe (16 septembre 1706), supérieure (18 octobre 1729-2 juin 1735 et 15 mai 1747-4 janvier 1749) à Saint-Cyr. Morte, le 4 janvier 1749, à Saint-Cyr (mairie de Saint-Cyr).

Charlotte-Geneviève-Louise de Roquigny-Bulonde-Linemare, née et baptisée, le 22 mars 1720, à (Notre-Dame) Fontaine-le-Dun (Seine-Inférieure), diocèse de Rouen, fille de Vivien de Roquigny et de Marie-Madeleine des Mares. — Pr. 17 mars 1729. B. S. 23 mars 1740. — Dot 22 mars 1740. — Chanoinesse. Religieuse à Etrun (professe 1742) (23 novembre 1759).

Marguerite-Jeanne-Xavière de Roquigny-Roquefort, née 26, baptisée 27 décembre 1754, à (Saint-Jacques) Eu (Seine-Inférieure), diocèse de Rouen, fille de Charles-Joseph de Roquigny et d'Elisabeth-Anne de Monssures. — Pr. 5 mai 1762. B. S. 5 janvier 1775. — Dot 27 janvier 1775. Chanoinesse d'Alix (1778). Elle mourut, le 7 août 1839, à Eu (Renseignements fournis par M. le Comte de Rocquigny, et communic. de la m. d'Eu. (Etat-civil Décès. Année 1839, n° 58).

Marguerite-Charlotte de Rortais-les-Touches, née 3, baptisée 14 août 1675, à Metz, fille de Charles de Rortais et de Jeanne Lespingal de Bertoncourt. — Pr. 24 février 1687. Elle épousa (13 février 1700) Jean de Ferré-Peyroux (communic. de M. le Comte de Rorthays).

Marie-Gaetane-Jeanne de Ros-Margarit, née 16, ondoyée 17 février, baptisée 20 mars 1751, à (N. D. la Réale), Perpignan (Pyrénées-Orientales), diocèse d'Elne, fille d'Antoine de Ros et de Marie-Thérèse de Ros. — Pr. 23 avril 1761. B. S. 25 juin 1771. — Dot 14 octobre 1771.

Marguerite de Rose-Boisbénard, née et baptisée 5 novembre 1686, à Cires-lés-Mello (Oise), diocèse de Beauvais, fille de François de Rose et de Marguerite Lorrain. — Pr. 9 avril 1697. Morte, le 10 juin 1697, à Saint-Cyr (mairie de Saint-Cyr).

Rose de Rosée-Courteilles, née 30 janvier, baptisée 5 février 1680, à (Saint-Jean) Séverac du Château (Aveyron) en Rouergue, fille de Nicolas de Rosée et de Marguerite de Durand. — Pr. 27 avril 1688. B. S. 11 février 1701. — Dot 28 avril 1700. Novice à Saint-Cyr (25 janvier 1699.) — Visitandine.

Catherine-Victoire de Rosières-la-Croix, baptisée le 15 juin 1695, à la Croix-sur-Meuse, (Meuse) (née le 11, à Saint-Mihiel, selon le baron de Dumast), diocèse de Verdun, fille d'Etienne de Rosières et d'Anne Maillet. — Pr. 6 novembre 1705. B. S. 14 juin 1715. — Dot 20 juillet 1715. Elle épousa (17 janvier 1719), J.-B. d'Alençon-Bauffremont (né 26 septembre 1667, mort à Bar, le 4 avril 1746) et mourut à Bar, le 1er décembre 1763 (baron de Dumast : *la Chambre des Comptes de Bar.* pp. 38, 39, Bar-le-Duc, 1907 in-8°)

Charlotte-Françoise de Rosières-Sorans, ondoyée 14, baptisée 19 janvier 1742, à (Saint-Jean-Baptiste) Besançon, fille de Jacques-Antoine de Rosières et de Gabrielle-Ursule de Crécy. — Pr. 30 octobre 1750. B. S. 1er novembre 1763. — Dot 18 décembre 1766. Elle épousa (9 février 1766), Claude-Joseph de Bousiès-Champvaux (vivant 28 janvier 1772). Elle vivait encore, le 1er mai 1778 (Cf. *Nouv. d'Hozier*, dossier Bousies). Eut une fille à Saint-Cyr.

Louise-Félicité de Rosnyvinen-Tremelgon, née et ondoyée 4 novembre, baptisée, le 6 décembre 1734, à (Saint-Sauveur) Rennes, fille de Joachim-Gaston de Rosnyvinen et de Louise-Bertine des Fossés. — Pr. 8 mai 1745. B. S. 14 septembre 1754. — Dot 8 juillet 1757. — Visitandine.

Marie-Antoinette-Gilberte de Rostaing, née 17, baptisée 18 novembre 1749, à Veauchette près Veauche-en-Forez (Loire), diocèse de Lyon, fille de Jean-François de Rostaing et de Marie-Françoise de la Tourette. — Pr. 4 juin 1761. B. S. 1er novembre 1769. — Dot 8 février 1770.

Marie-Françoise-Antoinette de Rostaing, née et baptisée le 2 février 1754, à Veauchette-en-Forez (Loire), fille de Jean-François de Rostaing et de Marie-Françoise de la Tourette. B. S. 2 novembre 1773. — Dot 8 janvier 1775.

Jeanne-Françoise de Roucy, née et baptisée 27 octobre 1686, à (Saint-Martin), Chevières (Ardennes), diocèse de Reims, fille de Jean-Henri de Roucy et de Charlotte de Sugny. — Pr. 29 avril 1697. Novice

(23 décembre 1704). Religieuse (23 décembre 1706), à Saint-Cyr. Y morte, le 14 mai 1727 (mairie de Saint-Cyr).

Claudine-Charlotte de Roucy-Chalandry, née et baptisée 15 août 1707, à (Saint-Gontier), Chalandry en Rethelois (Ardennes), diocèse de Reims, fille de Samuel-François de Roucy et de Madeleine d'Essaux. — Pr. 4 février 1717. B. S. 18 août 1727. Elle épousa. — Dot 4 mai 1730.

Catherine-Françoise de Roucy-Manre, née et ondoyée 14 avril, baptisée 26 juillet 1749, à (Saint-Martin) Manre (Ardennes) diocèse de Reims, fille de Jacques-Antoine de Roucy et de Marie-Françoise-Isabelle de Fassin. — Pr. 6 octobre 1760. B. S. 28 décembre 1769. — Dot 18 mai 1770. Bénédictine. Elle était novice, à Juvigny, le 29 avril 1775.

Anne-Louise de Rougemont-la-Voyerie, née et baptisée le 18 juillet 1733, à (Saint-Martin) Abilly (Indre-et-Loire), diocèse de Tours, fille de Jean-Jacques de Rougemont et de Françoise-Anne de Lugné. — Pr. 18 juin 1745. B. S. 23 juillet 1753. — Dot 24 mars 1757.

Marie-Louise-Jeanne Rougier des Tourrettes, née 24, baptisée 25 mai 1728, à Saint-Xandre-en-Aunis (Charente-Inférieure) diocèse de la Rochelle, fille de Jean-Jacques Rougier et de Jeanne de la Grange. — Pr. 18 septembre 1739. B. S. 30 octobre 1747. Dot 13 mars 1751. Pens. pour infirm. 1744-1745, 17 septembre-30 octobre 1747. Vivante 16 décembre 1753. Ursuline à Niort (18 avril 1750).

Françoise-Marie-Souveraine de Rousseau-Ferrières, née 6, baptisée 7 avril 1760, à (Saint-Maurice) Montbron-en-Angoumois (Charente), fille de Louis de Rousseau et de Marie de Perry-Saint-Ovant. — Pr. 5 avril 1771. B. S. 16 avril 1780. — Dot 18 avril 1780.

Marie-Julienne-Perrine Le Rousseau de Rosencoat, née 15, ondoyée 16 avril 1779, baptisée 30 juillet 1780, à Châteauneuf-du-Faou (Finistère), diocèse de Quimper, fille de Pierre-Claude-Mathieu Le Rousseau et de Guillemette-Julienne Le Seilleux. — Pr. 10 mars 1789. Morte, le 17 avril 1791, à Saint-Cyr (mairie de Saint-Cyr).

Françoise-Charlotte de Roussel-Virolette, née et baptisée 28 septembre 1689, à Saint-Marcel (Eure) diocèse d'Evreux, fille de Charles de Roussel et de Gabrielle de la Fontaine. — Pr. 28 avril 1697. B. S. 27 septembre 1709. — Dot 27 septembre 1709. Religieuse à Saint-Louis de Vernon. Y morte, le 20 janvier 1759 (mairie de Vernon).

. Marie-Jacqueline Roussel d'Herli, baptisée 15 novembre 1702, au Pecq, près Saint-Germain (Seine-et-Oise), diocèse de Paris, fille de Jean-François Roussel et de Clémence de Belleville. — Pr. 19 juin 1714. B. S. 22 octobre 1722. — Dot 27 juillet 1725.

Marie-Thérèse de Roussel-Préville, née et baptisée 29 novembre 1731, à (par. de la Haute-Ville) Boulogne-sur-mer (Pas-de-Calais), fille de Louis-François de Roussel et de Marie-Anne de Fiennes-la-Planche. — Pr. 12 novembre 1743. B. S. 26 novembre 1751. — Dot 7 août 1754.

Catherine de la Roussière, née (selon l'Obituaire de Saint-Cyr), le 15 septembre 1685, fille de Blain de la Roussière et de Françoise de la Fare. Morte, le 15 juin 1696, à Saint-Cyr (mairie de Saint-Cyr).

Suzanne de Rouvray-Launay, baptisée 29 septembre 1698, au Coudrai Saint-Germer-de-Fly (Oise), diocèse de Beauvais, fille de Denis de Rouvray et de Françoise Chauveau d'Héraine. — Pr. 22 avril 1709. B. S. 29 septembre 1718. Gratif. en 1719. — Dot 21 août 1719.

Marie-Anne de Rouvray-Launay, née 24, baptisée 25 février 1700, à la Laudelle (Oise), fille de Denis de Rouvray-Launay et de Françoise Chauveau. Morte, le 2 avril 1714, à Saint Cyr (mairie de Saint-Cyr).

Marie-Louise de la Rouvraye du Nantier, baptisée, le 2 février 1740, à (Notre-Dame) Touquettes (Orne), diocèse de Lisieux, fille de Marc-Antoine de la Rouvraye et de Marie-Elisabeth Richard de Voussy. — Pr. 8 décembre 1749. B. S. 10 janvier 1760. — Dot 8 mars 1766.

Françoise de la Rouvraye du Châtelet, née 26 mai, baptisée 3 juin 1771, à (Notre-Dame) Touquettes (Orne), fille de Jean-Baptiste de la Rouvraye et de Marie-Anne-Françoise d'Aureville. — Pr. 27 juin 1780. — Dot 12 juillet 1791.

Sophie de la Rouvraye, née 31 mars, baptisée 1er avril 1778, à (Notre-Dame) Touquettes en Normandie (Orne), fille de Georges-Antoine de la Rouvraye et de Marie-Thérèse de Manoury. — Pr. 21 janvier 1788. — Entrée selon l'Inv. 24 janvier 1788. Sortie 13 mars 1793, selon l'Inv.

Elisabeth du Roux-Sigy-Godigny, née 26 janvier, baptisée 5 février 1696, à (Notre-Dame) Lorris (Loiret), diocèse de Sens, fille de Charles de Roux et de Catherine de Gauville. — Pr. 28 juillet 1703. B. S. 12 février 1716. — Dot 18 février 1716.

Madeleine-Rose Le Roux de Mazé, née et baptisée, le 24 septembre 1685, à Vernantes (Maine-et-Loire), diocèse' d'Angers, fille de Joseph Le Roux et de Françoise Le Vacher. — Pr. 6 novembre 1695. B. S. 23 octobre 1705. — Dot 25 octobre 1705.

Françoise Le Roux de Giberpré, née 6, baptisée 10 mai 1696, à Alleaume (Manche : commune de Valognes), diocèse de Coutances, fille d'Hervé le Roux et de Catherine Ogier. — Pr. 27 janvier 1708. B. S. 11 mai 1716. — Dot 3 juin 1716.

Jeanne-Marie de la Rouzière, née 21, baptisée 22 mars 1674, à (Sainte-Croix) Gannat (Allier), fille de Blaise de la Rouzière et de Françoise de Perrin. — Pr. 14 septembre 1690. Novice (21 novembre 1693). Religieuse (23 novembre 1695) à Saint-Cyr. Morte, le 17 novembre 1755, à Saint-Cyr (mairie de Saint-Cyr).

Marie Le Roy de Cercueil, née 15, baptisée 18 décembre 1680, au Cercueil (Orne), diocèse de Séez, fille de Guillaume Le Roy et de Madeleine des Portes. — Pr. 5 juillet 1688. B. S. 14 décembre 1700. — Dot 28 avril 1700.

Marie-Anne Le Roi d'Aquets, née 12, baptisée 13 octobre 1697, à Ciry (Ciry-Salsogne) (Aisne), diocèse de Soissons, fille Théodore Le Roi et et d'Henriette-Madeleine d'Elfaut. — Pr. 29 mars 1706. Morte, le 13 septembre 1711, à Saint-Cyr (mairie de Saint-Cyr).

Marie Le Roy d'Olibon, née 22, baptisée 23 avril 1699, à Mondreville en Gâtinais (Seine-et-Marne), diocèse de Sens, fille de Pierre Le Roy et d'Anne Voisin. — Pr. 3 mars 1708. B. S. 23 avril 1719. — Dot 18 février 1721.

Marie-Madeleine Le Roy d'Olibon, baptisée 14 mai 1701, à Mondreville (Seine-et-Marne) (communic. de M. Haye, sec. de la m. de Mondreville), fille de Pierre Le Roy d'Olibon et d'Anne Voisin. B. S. 20 mai 1721.

Marie-Anne Le Roy d'Olibon, née 27, baptisée 28 mai 1707, à Mondreville en Gâtinais (Seine-et-Marne), diocèse de Sens, fille de Pierre Le Roy et d'Anne Voisin. — Pr. février 1715. B. S. 16 juin 1727. — Dot 13 septembre 1728. Novice au Saint-Sépulcre, rue Bellechasse, à Paris (29 juin 1730) (Arch. Nat. LL. 1596).

Elisabeth-Eléonore-Gabrielle Le Roy de Jumelles, née et baptisée, le 26 novembre 1717, à (Sainte-Marie-Madeleine de la Cité) Paris, fille de Jean-Nicolas Le Roy et de Madeleine-Louise Chastelain. — Pr. 1er janvier 1729. B. S. 13 novembre 1737. — Dot 3 avril 1738.

Scolastique Le Roy du Gué, née et ondoyée 31 juillet, baptisée 1er août 1723, à (Saint-Grégoire) Stenay (Ardennes), fille d'Anne-Jean-Victoire Le Roy et d'Etiennette Coquin de la Bretonnière. — Pr. 23 juillet 1735. B. S. 16 décembre 1743. — Dot 11 janvier 1748. Pens. p. inf. 1er février 1746. 1er juin 1747.

Françoise Le Roy du Gué, née et baptisée 26 février 1732, à (Saint-Marcel) Metz, fille d'Anne-Jean-Victoire Le Roy et de Catherine Guérin. B. S. 11 février 1752. — Dot 2 août 1753. Religieuse.

Anne-Elisabeth Le Roy de la Grange, née et baptisée le 28 août 1748, à Domremy-la-Pucelle (Vosges), diocèse de Toul, fille d'Hubert Le Roy et d'Elisabeth-Françoise de Vincent. — Pr. 28 mai 1760. B. S. 6 août 1768. — Dot 11 novembre 1768. Elle épousa Joseph-Charles-Antoine Boucher de Gironcourt.

Catherine-Geneviève Le Roy de Lenchères, née 30 janvier, baptisée 6 février 1764, à Saint-Angel en Angoumois (Saint-Angeau) (Charente), fille de Jean-François Le Roy et de Marie-Madeleine Babin. — Pr. 7 mars 1775. Morte, à Saint-Cyr, le 15 septembre 1776 (mairie de Saint-Cyr).

Julie-Anne Le Roy de Lenchères, baptisée 18 août 1769, à (Saint-Pierre) Bonneuil (Charente), diocèse de Saintes, fille de François Le Roy de Lenchères et de Madeleine Babin. Morte, le 9 octobre 1783, à Saint-Cyr (mairie de Saint-Cyr).

Agathe Le Royer de la Pognardière, née 27, baptisée 28 janvier 1777, à Saint-Nazaire (Loire-Inférieure), évêché de Nantes, fille de René-François Le Royer et de Catherine-Jeanne Canuel. Entrée, selon l'Inv , le 7 novembre 1786. — Pr. 27 novembre 1786. Sortie 12 mars 1793 (Crécy).

Elisabeth-Marie-Thérèse de Royère-Peiraux, baptisée le 6 juillet 1733, à Bersac-Beauregard (Bersac est auj. un hameau de la com. de Beauregard) (Dordogne), diocèse de Perigueux, fille de Jean-Marc de Royère et de Catherine-Elisabeth de Salignac-Fénelon. — Pr. 22 janvier 1744. Morte, à Saint-Cyr, le 20 juin 1750 (mairie de Saint-Cyr).

Jeanne de Royère-Montsibre, née 23, baptisée 24 mai 1738, à (Saint-Martial) Cublac (Corrèze), diocèse de Limoges, fille d'Elie de Royère et de Toinette Vilouvier. — Pr. 16 mai 1750. B. S. 14 mai 1758. — Dot 23 février 1765.

Anne de Royère-Champvert, née 11, baptisée 12 mars 1745, à (Saint-Julien) la Porcherie (Haute-Vienne), fille d'Elie de Royère et de Marie de David-Lastours. — Pr. 4 mars 1757. B. S. 2 avril 1765. — Dot 25 octobre 1766. Elle épousa (27 septembre 1779) André Hébrard de Veyrinas.

Antoinette de Royrand-Saint-Alban, née 5, au château de Rieux, baptisée 6 octobre 1717, à Saint-Alban d'Ay (Ardèche), diocèse de Viviers, fille de Gabriel de Royrand et de Marie Palerne. — Pr. 26 août 1728. B. S. 1er octobre 1737. — Dot 29 janvier 1739. Religieuse.

Marie-Madeleine des Roys-Lédignan, baptisée 27 juin 1759, à Beaucaire (Gard), fille de Joseph-Victor des Roys et de Marie-Thérèse de Vacher. — Pr. 19 novembre 1770. B. S. 25 juin 1779. — Dot 2 juillet 1779.

Jeanne-Marie Ruault de la Bonnerie, née et ondoyée le 9 octobre 1713, baptisée le 15 juillet 1716, à Essay (Orne) diocèse de Séez, fille de Jean-Emmanuel Ruault et de Marie-Renée Guérout. — Pr. 12 juin 1725. B. S. 9 octobre 1733. — Dot 23 février 1736. Vivante 1er janvier 1741.

Charlotte-Bonaventure-Thérèse Ruault de la Haye du Val, baptisée 28 juillet 1735, à (Notre-Dame) Carville (Calvados), diocèse de Bayeux, fille de Philippe Ruault et de Charlotte Le Harivel. — Pr. 21 juin 1745. Morte, le 6 octobre 1752, à Saint-Cyr (mairie de Saint-Cyr).

Louise-Françoise Ruault, née et baptisée le 7 janvier 1750, à Essai (Orne) en Normandie, diocèse de Séez, fille de Jean-Louis-François Ruault et de Marguerite-Françoise Gaultier. — Pr. 3 avril 1761. B. S. 19 janvier 1770. — Dot 19 avril 1770.

Marguerite de la Rue-Gournay, baptisée 18 février 1678, à (Saint-Martin) Revelles (Somme), diocèse d'Amiens, fille de François de la Rue et de Marguerite de Rune. — Pr. 29 mars 1688.

Jeanne de la Rue-Gournay, baptisée 22 octobre 1679, à (Saint-Martin) Revelles (Somme), diocèse d'Amiens, fille de François de la Rue et de

Marguerite de Rune. — Pr. 29 mars 1688. B. S. 5 novembre 1699. — Dot 14 novembre 1699.

Anne-Gabrielle de la Rue-Gournay, née et baptisée 16 décembre 1682, à (Saint-Martin) Revelles (Somme) (communic. de M. Layet, sec. de la m. de Revelles), fille de François de la Rue et de Marguerite de Rune. B. S. 10 décembre 1702. — Dot 10 décembre 1702.

Françoise de la Rue-Gournay, née en 1685. B. S. 9 janvier 1705. — Dot 12 janvier 1705.

Thérèse-Victoire de la Rue-Bernières, née 19 décembre 1709, baptisée 11 septembre 1710, à Bernières (Bernières d'Ailly (Calvados), diocèse de Séez, fille de Sébastien de la Rue et d'Anne-Charlotte-Victorine d'Osmont. — Pr. 19 février 1720. Morte, à Saint-Cyr, le 30 mars 1723 (mairie de Saint-Cyr).

Marie-Madeleine de la Rue-Bernapré-Launay, baptisée 4 septembre 1711, à Illois (Seine-Inférieure), diocèse de Rouen, fille de François de la Rue et de Madeleine Protais. — Pr. 20 avril 1720. — Dot 9 novembre 1731.

Marie-Anne-Suzanne de la Rue-Launoy-Illois, baptisée le 20 septembre 1712, à Illois (Seine-Inférieure), diocèse de Rouen, fille de François de la Rue et de Madeleine Protais. Morte, le 27 septembre 1729, à Saint-Cyr (mairie de Saint-Cyr).

Marie-Barbe-Philippe de la Rue-la-Grange, baptisée le 15 août 1713, à (Saint-Pierre) Bar-sur-Aube (Aube), fille de Pierre-François de la Rue et de Françoise Palisot d'Incourt. — Pr. 6 juin 1723. B. S. 14 août 1733.— Dot 28 avril 1735.

Marie-Aimée de la Rue, née 25 novembre 1713, baptisée 24 janvier 1714, à Illois (Seine-Inférieure), diocèse de Rouen, fille de François de la Rue et de Madeleine Protais. Morte, à Saint-Cyr, le 19 octobre 1727 (mairie de Saint-Cyr).

Adélaïde-Alexandrine-Eulalie du Ruel, née 13, baptisée 14 septembre 1772, à Pierreval (Seine-Inférieure) (communic. de la m. de Pierreval), diocèse de Rouen, fille de Pierre-Joseph du Ruel et de Marie-Marguerite du Val-Varengeville. Morte, le 30 mai 1781, à Saint-Cyr (mairie de Saint-Cyr).

Marie-Anne-Sidonie de Ruis-la-Chevardière-Ambite, née et baptisée le
17 novembre 1703, à Ploemeur (Morbihan), diocèse de Vannes, fille de
Charles de Ruis et de Marie-Anne de Barilli. — Pr. 19 avril 1715. B. S.
10 décembre 1723. — Dot 7 juin 1724. — Religieuse.

Madeleine-Henriette de Rune, baptisée 11 juin 1695, à Ligny-Saint-
Flochel (Pas-de-Calais), diocèse de Boulogne-sur-Mer, fille d'Antoine de
Rune et de Madeleine de Rune. — Pr. 27 septembre 1704. B. S.
12 juin 1715. — Dot 3 décembre 1715.

Marie-Charlotte de Rune-Warsy, née et baptisée 8 juillet 1698, à
Guerbigny-Warsy (Somme), diocèse d'Amiens, fille d'Anthyme de Rune
et de Charlotte de Pingré. — Pr. 24 juillet 1710. Morte, à Saint-Cyr, le
9 juillet 1712 (mairie de Saint-Cyr).

Angélique-Louise de Rupierre-Vaufermant, baptisée 25 novembre 1702,
à Sainte-Gauburge-sur-Rille (Orne), diocèse de Séez, fille de Thomas-Philippe de Rupierre et de Charlotte de Billard. — Pr. 23 septembre 1712.
B. S. 14 décembre 1722. — Dot 12 septembre 1723. Elle épousa (23 septembre 1723) Louis de Maurey.

Marie-Louise de Rupierre-Vaufermant, née 12, baptisée 13 mars 1733,
à (Saint-Pierre) Séez (Orne), fille de Thomas-Philippe de Rupierre et de
Marie-Louise de Blanchard. — Pr. 11 mai 1743. B. S. 12 avril 1753. —
Dot 5 décembre 1754. Religieuse à Exmes (28 novembre 1754), puis à
l'abb. Saint-Etienne de Reims, bénédictine.

Marie-Sophie du Rys, née et baptisée 16 janvier 1771, à (Saint-Nicolas)
Sèvres-en-Poitou (Vienne), fille de François-Sylvain du Rys et de Rosalie
Citoys. — Pr. 13 novembre 1780. — B. S. 25 janvier 1791. — Dot 5 mai
1791.

Catherine-Hélène de Sabran-Beaudinar, née et baptisée 28 novembre
1713, à Marche-en-Famène (Belgique, province de Luxembourg), fille
d'André de Sabran et de Marie-Anne Grandfils. — Pr. 7 août 1825, B. S.
28 novembre 1733. — Dot 17 septembre 1736. Religieuse à Notre-Dame
de l'Eau, près Chartres (nommée 13 kal. février 1753), abbesse d'Origny-
Sainte-Benoîte (décembre 1753). Vivante 29 mai 1762. Morte en 1778.
Son *oraison funèbre* fut prononcée, le 13 décembre 1778, par le
R. P. Mesurolle (Saint-Quentin 1780 in-4°) (renseignements fournis par
M. le comte de Sabran-Pontevès) (Cf. aussi : Poissonnier, *l'Abb. d'Origny-Sainte-Benoîte*, Saint-Quentin 1888, in-8°).

Anne de Sabran-Beaudinar, baptisée 3 juin 1718, à (Saint-André) Bivès (Gers), diocèse de Lectoure, fille de Joseph de Sabran et de Marie de Bouzet. Expulsée pour mauvaise conduite (1731). — Pr. 6 janvier 1729.

Marie-Charlotte de Sabrevois-Villiers, née 11 janvier 1688, baptisée 14 novembre 1695, à (Saint-Sulpice) Paris, fille de Jean-Jacques de Sabrevois et de Marie-Madeleine de Poilloüe. — Pr. 13 novembre 1695. B. S. 12 janvier 1708. — Dot 12 janvier 1708.

Anne-Elisabeth de Sabrevois-Mousseaux, née 26, baptisée 28 juin 1698, à Boutigny (Eure-et-Loir), diocèse de Chartres, fille de Bonaventure de Sabrevois et d'Elisabeth-Josèphe Malet. — Pr. 15 mars 1710. B. S. 30 juin 1718. — Dot 6 décembre 1718.

Claire de Sabrevois, née 14, baptisée 16 juin 1699, à Prunay-sous-Ablis (Seine-et-Oise), diocèse de Chartres, fille de Jean-Jacques de Sabrevois et de Marie de Poilloüe. B. S. 12 janvier 1720. — Dot 18 février 1721.

Marie-Charlotte de Sabrevois-Villiers, baptisée 10 mars 1700, à Boutigny (Eure-et-Loir), diocèse de Chartres (communic. de M. Coutier, sec. de la m. de Boutigny), fille de Bonaventure de Sabrevois et de Marie-Josèphe Malet. B. S. 1720. Vivante 22 décembre 1734. Elle épousa, avant le 10 février 1730, Bertrand de Garros (vivant 10 février 1730).

Jeanne-Marie de Saconin-Pravieux, née et ondoyée 12 janvier 1693, à (Saint-André) Montbrison (Loire), baptisée à Pouilly-lès-Feurs (Loire), le 2 août 1699, fille de Camille de Saconin et de Claudine Gueimard. — Pr. 11 avril 1702. B. S. 8 avril 1706. — Dot 11 juin 1706.

Louise-Clémence de Saconin-Pravieux, née 26, baptisée 30 mai 1698, à Pouilly-lès-Feurs (Loire), diocèse de Lyon, fille de Camille de Saconin et de Marie de Gaillat. — Pr. 22 février 1706. B. S. 8 juillet 1718. Elle mourut, le 20 juillet 1718 (Arch. S.-et-O. D. 186).

Marie-Angélique de Sacquespée-Voipreux, née 2, baptisée 5 août 1688, à (Saint-Pierre) Voipreux (Marne), diocèse de Châlons, fille de Louis de Sacquespée et de Madeleine de Sacquespée. — Pr. 16 novembre 1698. B. S. 2 août 1708. — Dot 2 août 1708.

Marguerite de Sacquespée-Voipreux, née 30 juin, baptisée 4 juillet

1703, à (Saint-Pierre) Voipreux (Marne), diocèse de Châlons, fille d'Henri-Philippe de Sacquespée et de Marguerite Tronçon. — Pr. 13 juillet 1711. Voyage 26 mai 1723. Religieuse à Avenay (1724). Encore vivante, le 17 novembre 1761 (L, Paris : *Hist. de l'abb. d'Avenay*, I. 524).

Marie-Madeleine de Sacquespée-Voipreux, née 16, baptisée 18 octobre 1712, à (Saint-Pierre) Voipreux (Marne), diocèse de Châlons-sur-Marne, fille d'Henri-Philippe de Sacquespée et de Marguerite Tronçon. — Pr. février 1724. B. S. 16 octobre 1732. — Dot 8 février 1735. Novice à Notre-Dame de Château-Thierry (8 février 1735) (Sœur Sainte-Marguerite).

Jeanne-Baptiste-Dorothée de Sagey-Noisey, née et baptisée le 21 juin 1757, à Ornans-en-Bourgogne (Doubs), fille de Michel-Judith de Sagey et de Marguerite d'Arras. B. S. 24 avril 1777. — Dot 2 juin 1778. — Chanoinesse.

Guyonne-Julienne Le Saige de la Villebrune, née et baptisée le 2 octobre 1743, à (Cathédrale) Saint-Malo (Ille-et-Villaine), fille de Jacques-René Le Saige et de Marie-Jeanne de la Motte. — Pr. 13 février 1753. B. S. 3 novembre 1763. — Dot 25 octobre 1766. Elle épousa, avant le 28 janvier 1772, René-Pierre-François Gaubert de la Nourais (vivant 28 janvier 1772). Vivante 28 janvier 1772.

Françoise de Saignard-Sasselange, née 2, baptisée 3 mai 1767, à Craponne (Haute-Loire), diocèse du Puy, fille de Jean-Dominique de Saignard et de Catherine-Denise du Besset. B. S. 1ᵉʳ août 1787. — Dot 28 août 1787. — Chanoinesse à Joursay. Elle épousa (1799) N. de Vertaure.

Marie-Anne de Saillant-Herbigny-Estaing, baptisée 25 mai 1740, à (Saint-Martin) Herbigny (Ardennes), diocèse de Reims, fille de Philippe de Saillant et de Marguerite de Beuvry. — Pr. 9 juillet 1749. B. S. 31 août 1763. — Dot 19 décembre 1766. Fille de la Charité, à Saint-Sulpice, à Paris (19 décembre 1766). Vivante 28 janvier 1772.

Marthe-Thérèse de Sailly, baptisée le 8 novembre 1674, à Aigleville (Eure), fille de Henri de Sailly et d'Anne de Barbier. — Pr. 15 novembre 1686. Novice (7 décembre 1692). Religieuse (9 décembre 1694), à Saint-Cyr. Morte, le 14 avril 1730, à Saint-Cyr (mairie de Saint-Cyr).

Catherine-Marie-Madeleine de Sailly-Berval, née 23 août, baptisée le
15 septembre 1680, à Theuvy (Eure-et-Loir), diocèse de Chartres, fille de
Jean-Armand de Sailly et de Jeanne Guéry, novice à Saint-Cyr (18 novembre 1698), religieuse (12 mars 1701). Morte, le 20 septembre 1749, à
Saint-Cyr (mairie de Saint-Cyr). — Pr. 28 février 1689.

Marie de Sailly-Aigleville, née 7 août 1683, à Aigleville (Eure), fille
d'Henri de Sailly et d'Anne le Barbier. B. S. 12 avril 1702. — Dot
21 avril 1702. Novice à Saint-Cyr (28 juin 1702). Peut-être est-ce Marie
de Sailly (sœur de l'Annonciation), ursuline à Pontoise (1704), assistante
(26 février 1748-25 janvier 1754). Morte, le 23 mars 1762. (Arch. du
greffe de Pontoise).

Catherine-Angélique de Sailly-Bouglainval, née 20, baptisée 22 mai
1702, à Bouglainval (Eure-et-Loir), diocèse de Chartres, fille de Georges
de Sailly et de Marie-Catherine Jolivet. — Pr. 17 juin 1712. B. S. 17 juin
1724. Visitandine à Sainte-Marie-de-Chartres (1723). — Dot 7 juillet
1724. Elle est encore visitandine à Chartres, le 28 juillet 1731.

Marie-Elisabeth de Sailly-Pommereul-Saint-Cyr, née et baptisée, le
16 janvier 1710, à Saint-Cyr-en-Vexin (Saint-Cyr-en-Arthies, Seine-et-
Oise), fille de Gédéon-René de Sailly et de Marie-Louise de Gaudechart.
— Pr. 2 novembre 1718. B. S. 28 juillet 1731. — Dot 9 mars 1733. Religieuse à Saint-Louis-de-Vernon. (Professe 18 novembre 1740) (sœur
Saint-Cyr). Abbesse de Saint-Louis-de-Vernon (5 octobre 1742-13 août
1769). Morte, le 5 février 1781 (mairie de Vernon). Cf. *Gazette de France*,
n° du 20 février 1781).

Anne-Catherine de Sailly-Bouglainval, née 17, baptisée 20 janvier 1710,
à Bouglainval (Eure-et-Loir), diocèse de Chartres, fille de Georges de
Sailly et de Marie-Catherine Jolivet. — Pr. 28 juin 1722. B. S. 13 mai
1730. — Dot 12 septembre 1732. Visitandine à Sainte-Marie-de-Chartres
(28 juillet 1731).

Adelaïde-Madeleine de Saincton, née 15, baptisée 16 décembre 1754, à
Bar-le-Duc (Meuse), diocèse de Toul, fille de Claude de Saincton et de
Marie-Anne de Vassé. — Pr. 16 mai 1766. B. S. 6 novembre 1774. — Dot
14 janvier 1775.

Marie-Marguerite de Saint-André du Bascousse, née 19, baptisée
21 mars 1710, à Vernou (Indre-et-Loire), diocèse de Tours, fille de Victor-

Louis de Saint-André et de Marie-Jeanne d'Amiens. — Pr. 15 février 1718.
B. S. 19 mars 1730. — Dot 31 août 1733. Religieuse à l'Union Chrétienne
de Tours (26 février 1731) (14 mai 1733).

Françoise de Saint-André-Bascousse, née et baptisée le 13 mars 1716,
à Vernou (Indre-et-Loire), diocèse de Tours (communic. de M. Menou-
teau, sec. de la m. de Vernou), fille de Louis de Saint-André et de Marie-
Jeanne d'Amiens. Morte, le 27 juillet 1731, à Saint-Cyr (mairie de Saint-
Cyr).

Marie-Anne-Madeleine de Saint-Astier-la-Varenne, née 8 et baptisée
9 septembre 1702, à Saint-Ouen-l'Aumône, près Pontoise (Seine-et-Oise),
diocèse de Paris, fille de Blaise de Saint-Astier et d'Anne Lointier. —
Pr. 24 août 1714. B. S. 7 septembre 1722. — Dot 27 octobre 1722.

Anne-Madeleine de Saint-Astier-la-Varenne, née 21 avril 1705 et baptisée, à Saint-Ouen-l'Aumône (Seine-et-Oise), diocèse de Paris, fille de
Blaise de Saint-Astier et d'Anne Lointier. B. S. 10 juin 1726. — Dot
6 août 1727.

Anne-Marguerite de Saint-Astier des Bories, baptisée 1er mars 1752, à
Périgueux (Saint-Front), fille de Charles de Saint-Astier et d'Anne d'Ab-
zac-la Douze. — Pr. 24 décembre 1763. B. S. 3 mars 1772. — Dot 18 juillet 1772.

Anne-Marguerite de Saint-Astier, née 8, baptisée 11 août 1760, à (Saint-
Front) Périgueux, fille de Charles de Saint-Astier et d'Anne d'Abzac-la-
Douze (communic. de M. Paumion, sec. de la m. de Périgueux). Elle
mourut, à Saint-Cyr, le 2 février 1774 (mairie de Saint-Cyr).

Françoise-Charlotte de Saint-Aubin-l'Epine, née et baptisée 12 janvier
1703, à Phalsbourg (diocèse de Strasbourg), fille de Thomas de Saint-
Aubin et d'Elisabeth Berthomé. — Pr. 4 novembre 1710. Religieuse à
Saint-Louis-de-Poissy (Professe 27 avril 1725). Vivante 20 juin 1752.
(Arch. S.-et-O. non classées, fonds Saint-Louis-de-Poissy) encore vivante
22 février 1770 (fonds Saint-Cyr). — Dot 10 avril et 20 septembre 1725.

Marie-Françoise de Saint-Aubin-du-Pressoir, baptisée 21 mars 1724, à
(Saint-Nicolas) Besmont (Aisne), diocèse de Laon, fille de Louis-Joseph
de Saint-Aubin et d'Elisabeth de Méresse. — Pr. 16 mars 1736. Morte, à
Saint-Cyr, le 29 juin 1743 (mairie de Saint-Cyr).

Louise-Marguerite-Christophe de Saint-Belin-Bielle, née et baptisée le
1er juin 1718, à (Saint-Martin) Dammartin (Haute-Marne), diocèse de Langres, fille de François-Henri de Saint-Belin et d'Anne-Marie-Rose de
Provenchères. — Pr. 18 octobre 1729. B. S. 30 mai 1738. — Dot 7 février 1741.

Marie-Anne-Louise de Saint-Denis-la-Touche, née 5, baptisée 16 juillet
1721, à Colombiers (Orne), diocèse de Séez, fille de Daniel-François de
Saint-Denis et de Louise-Judith de Saint-Denis. — Pr. 22 mai 1733. B. S.
12 juillet 1741. — Dot 25 mars 1743.

Perrine-Anne de Saint-Denis-Vervaine, née et baptisée le 4 novembre
1728, à (Notre-Dame) Alençon, diocèse de Séez, fille de Pierre de Saint-
Denis et d'Anne Le Monnier, novice (13 avril 1750) devant la Reine et
Mesdames, religieuse (19 mai 1752) à Saint-Cyr, sortie à la suppression.
Morte, le 29 août 1793 (Lavallée). — Pr. 28 mai 1740. B. S. 13 octobre
1748.

Antoinette-Sainte de Saint-Félix-Mauremont, née 29, baptisée 30 novembre 1734, à Cordès (Tarn) diocèse d'Albi, fille d'Armand-Philippe-
Germain de Saint-Félix et de Marie Cottet. — Pr. 22 novembre 1743.
B. S. 30 décembre 1754. — Dot 10 octobre 1757. Elle vivait encore en
1831.

Anne de Saint-Georges-Suaux, née 17, baptisée 28 avril 1702, à (Saint-
Cybard) Suaux (Charente), diocèse d'Angoulême, fille de Philippe de
Saint-Georges et de Marie Rocquart. — Pr. 9 janvier 1712. B. S. 1er avril
1723. Religieuse à la Rochefoucauld (1762).

Marie-Charlotte-Joséphine-Sabine de Saint-Georges-du-Traille, née
13 février 1768, au château du Fraisse, baptisée 14 février 1768, à (Saint-
Cessateur) Berneuil (Haute-Vienne), diocèse de Limoges, fille de François
de Saint-Georges et d'Anne de Louche. — Pr. 11 février 1778. B. S.
21 février 1789. — Dot 2 octobre 1789. Morte, le 22 août 1827, à Limoges (Nadaud) à 3 heures du matin (communic. mairie de Limoges).

Rose-Françoise de Saint-Germain-Folleville, née et baptisée 12 mai
1736, à Coudray (Mayenne), diocèse du Mans, fille de René de Saint-Germain et de Marie Gascher. — Pr. 23 mai 1744. Morte, le 6 août 1745, à
Saint-Cyr (mairie de Saint-Cyr).

Marie-Louise-Victoire de Saint-Germain, née et baptisée 3 décembre 1773, à Courlans en Franche-Comté (Jura), fille de Claude-Charles de Saint-Germain et d'Elisabeth-Françoise de Badorot. Entrée 19 janvier 1782, selon l'Invent. — Pr. 13 décembre 1782. Sortie 26 octobre 1792. (Crécy.)

Anne-Thérèse de Saint-Julien-Saint-Marc-Peyrudette, née 3, baptisée 6 mai 1712, à (la cathédrale) Toulon (Var), fille de Jean de Saint-Julien et de Marie Ricaud. — Pr. 18 octobre 1723. — B. S. 1er avril 1732. — Dot 24 mars 1733.

Marie-Gabrielle de Saint-Julien-Puech, née 21 décembre 1719, baptisée 1er janvier 1720, au Puech d'Aubaïgues (Hérault), diocèse de Lodève, fille de Gaspard-Fuleraud de Saint-Julien et de Marie d'Alichoux-Sénégra. — Pr. 31 août 1731. B. S. 9 janvier 1740. — Dot 21 août 1740.

Marie-Jeanne de Saint-Julien-du-Puech, née 23, baptisée 28 avril 1734, à (Saint-Michel) le Puech d'Aubaïgues (Hérault), diocèse de Lodève, fille de Gaspard de Saint-Julien et de Marie d'Alichoux de Sénégra. B. S. 19 avril 1754. — Dot 13 juin 1757.

Marie-Marthe de Saint-Léger-Orignac, née et baptisée 3 avril 1759, à Saint-Ciers-du-Taillon (Charente-Inférieure), diocèse de Saintes, fille de Jean-Auguste de Saint-Léger et de Marie-Anne Boulanger. — Pr. 14 mars 1770. Morte, à Saint-Cyr, le 1er juin 1776 (mairie de Saint-Cyr).

Marie-Marguerite-Jeanne de Saint-Martin-Brunel, née 28 septembre, baptisée 4 octobre 1674, à (Saint-Sulpice) Paris, fille de Scipion-Louis de Saint-Martin et d'Anne-Suzanne de Lescalopier-Brunel. — Pr. 10 mai 1686. Morte, à Saint-Cyr, le 23 mars 1688 (mairie de Saint-Cyr).

Marie-Françoise de Saint-Martin-Tourempré, née 26, baptisée 27 avril 1708, à (Saint-Michel) Frethun (Pas-de-Calais), diocèse de Boulogne-sur-Mer, fille d'Amand-Jean de Saint-Martin et de Suzanne Sigart. — Pr. 27 juin 1719. B. S. 7 avril 1728. — Dot 15 juillet 1728.

Marie de Saint-Martin-Tourempré, née 10, baptisée 12 février 1711, à (Notre-Dame) Calais (Pas-de-Calais), fille de Armand-Jean de Saint-Martin et de Suzanne Sigart. — Pr. juillet 1719. B. S. 28 avril 1731. — Dot 17 avril 1733.

Jeanne-Suzanne de Saint-Martin du Mas, née 12, baptisée 13 septembre 1756, à Saint-Ambroix (Gard), fille de Pierre-Joseph de Saint-Martin et de Marie de Ginoux de Regnerie-du-Roque. B. S. 22 août 1776. — Dot 2 juin 1778.

Catherine-Renée de Saint-Méloir-Panet, née et ondoyée 28 juillet, baptisée 26 septembre 1696, à Cormes (Sarthe), diocèse du Mans, fille de Nicolas de Saint-Méloir et de Catherine de Saint-Pol. — Pr. 23 décembre 1707. B. S. 20 septembre 1716. — Dot 23 mars 1717. Religieuse.

Marie-Madeleine de Saint-Ouen, née et ondoyée 21, baptisée 22 juillet 1728, à (Notre-Dame) Cuverville (canton d'Eu, Seine-Inférieure) (communic. de M. Tellier, sec. de la mairie de Cuverville), fille de Nicolas de Saint-Ouen et d'Angélique de la Rue. — Pr. 6 juillet 1740. Morte, le 3 septembre 1740, à Saint-Cyr (mairie de Saint-Cyr).

Marie-Madeleine-Rosalie de Saint-Ouen-Pierrecourt, née 3, baptisée 4 février 1751, à Saint-Valéry-lès-Gourchelles (Oise), diocèse de Rouen, fille de François-Louis de Saint-Ouen et d'Angélique-Catherine-Geneviève-Agathe de la Potherie. — Pr. 31 mai 1762. B. S. 7 février 1771. — Dot 20 février 1771. Elle mourut[1] non pas le 1er juin (Laîné) mais à Aumale (Seine-Inférieure), le 31 mai 1820, à 11 heures du soir, rue des Quatre-Marchés (Commun. de la m. d'Aumale).

Gabrielle de Sain,-Périer, baptisée 28 décembre 1674, à (Saint-Jacques de l'Hôpital) Paris, fille de François de Saint-Périer et de Jeanne des Chaires. — Pr. 5 mai 1686. Novice (19 mars 1695). Religieuse (20 mars 1697) à Saint-Cyr. Morte, le 31 décembre 1712, à Saint-Cyr (mairie de Saint-Cyr).

Charlotte-Anne-Marie de Saint-Périer-Baudeville, née et baptisée 14 avril 1699, à (Saint-Jean de la Citadelle) Metz, fille de Jean-Baptiste de Saint-Périer et de Marie-Marguerite de Gaullier. — Pr. 8 novembre 1706. Rentrée, en 1714, par ses parents. Elle épousa (7 novembre 1718) Henri de Sabrevois (mort à Corbreuse, le 28 juillet 1764), et mourut, à Corbreuse, le 9 août 1756. (Renseig. fournis par M. le comte de Saint-Périer et communication de la mairie de Corbreuse). Cf. aussi *Gazette de France*, numéro du 4 septembre 1756 et *Mercure de France* (janvier 1757).

Jeanne-Françoise de Saint-Pern-la-Tour, baptisée 14 mai 1716, à (Saint-Germain) Rennes, fille de François de Saint-Pern et de François-Rodolphine Chereil de la Rivière. — Pr. 5 avril 1726. B. S. 19 mai 1736. — Dot 23 avril 1738. Morte, sans alliance, à la Maison-Neuve, près Saint-Pern, le 22 mars 1801. (Note fournie par M. le baron de Saint-Pern). (Cf. de Saint-Pern : *la Parenté de mes enfants*, t. I. p. 7. Bergerac, 1901, 2 vol. in-4°.)

Gilette-Jeanne-Françoise de Saint-Pern-Ligoyer-la-Tour, née et ondoyée 21 décembre 1727, à la Tour-en-Saint-Pern, baptisée 4 février 1728, à Saint-Pern (Ille-et-Villaine), évêché de Saint-Malo, fille de François de Saint-Pern et de Françoise-Rodolphine Chéreil de la Rivière. — B. S. 29 janvier 1748. Dot 12 septembre 1749. Carmélite à Paris, rue de Grenelle (Habit. 18 octobre 1751. Professe, 22 octobre 1751, Voile, noir 12 novembre 1752), prieure du Carmel de Châtillon-sur-Loire. Y morte, le 18 avril 1804. (Note fournie par M. le baron de Saint-Pern). (Cf. de Saint-Pern : *la Parenté de mes enfants*, t. I. p. 7. Bergerac, 1901. 2 vol. in-4°).

Louise-Marie-Anne de Saint-Pol-Lemondans, née 25, baptisée 27 août 1687, à (Saint-Gilles) la Briche, diocèse de Chartres, (La Briche, commune de Souzy-la-Briche (Eure-et-Loir), fille de Pierre de Saint-Pol et d'Anne de la Tranchée. — Pr. 9 novembre 1694. B. S. 25 août 1707. — Dot 29 octobre 1707. Elle épousa (14 mai 1708) François Seguier de Liancourt. Filles à Saint-Cyr. Vivante 22 octobre 1716.

Louise-Charlotte de Saint-Pol du Fail-la-Porte, née 20, baptisée 25 janvier 1695, à (Saint-Germain) Préaux (Orne), diocèse de Séez, fille de René de Saint-Pol et de Madeleine du Fresnoy. — Pr. 20 juin 1706. B. S. 23 janvier 1715. — Dot 23 janvier 1715. Religieuse.

Angélique de Saint-Pol-la-Porte, née 4, baptisée 9 septembre 1695, à (Saint-Martin), Mâle (Orne), diocèse de Chartres, fille d'Augustin-René de Saint-Pol et de Marie-Charlotte Lescuyer de la Papotière. — Pr. 6 juin 1705. B. S. 30 septembre 1715. Dot 15 octobre 1715.

Henriette-Louise-Françoise de Saint-Pol-Mâle, baptisée le 26 avril 1733, à Mâle (Orne), diocèse de Chartres, fille de François de Saint-Pol et de Marie-Henriette Védie. — Pr. 27 mars 1745. B. S. 10 avril 1753. — Dot 22 décembre 1755. Elle épousa (1762), Denis-Louis-Nicolas Dudoyer de la Porte. (Renseignement de M. de Saint-Pol, député.)

Gilette-Jeanne de Saint-Pol-Villedieu née et ondoyée 31 août 1771, baptisée 23 septembre 1771, à Saint-Anthême en Auvergne (Puy-de-Dôme), fille de Jacques de Saint-Pol et de Madeleine de Chabanoles-Breux. — Pr. 24 octobre 1786. — Dot 12 juillet 1791.

Marie-Anne-Michelle de Saint-Privé-Richebourg, née 14, baptisée 15 septembre 1720, à (Notre-Dame) Trainel (Aube), fille de Henri de Saint-Privé et de Catherine-Michelle Boutet. — Pr. 5 juillet 1729. B. S. 9 septembre 1740. Novice annonciade à Sens (2-7 septembre 1741). — Dot 25 juin 1742.

Louise-Marie de Saint-Privé-Richebourg, née et baptisée 8 avril 1729, à (Notre-Dame) Trainel (Aube), fille d'Henri de Saint-Privé et de Michelle-Catherine Boutet. B. S. 16 février 1749. — Dot 3 juin 1750. Carmélite à Paris.

Marie-Michelle-Julie de Saint-Quentin-Beine, née 14, baptisée 15 août 1744, à (Saint-Laurent) Beine (Marne), diocèse de Reims, fille de Jean-Claude de Saint-Quentin et de Marie-Anne Noizet de Bara. — Pr. 30 juillet 1755. B. S. 15 août 1764. — Dot 31 juillet 1767. Vivante 28 janvier 1772.

Adélaïde de Saint-Quentin, née et baptisée 24 septembre 1775, à Mézières (Ardennes), diocèse de Reims, fille de Marie-Claude de Saint-Quentin et de Jeanne-Marie Bourgeois. — Pr. 7 mars 1785. Entrée, selon l'Inv., le 27 août 1785. Sortie 10 décembre 1792 (Crécy).

Françoise-Marie de Sainte-Hermine-Chenon, née 20, baptisée 23 septembre 1674, à Mérignac (Charente), diocèse d'Angoulême, fille de Louis de Sainte-Hermine et de Marie de Livenne. — Pr. 15 juin 1686. Vivante 1704. Elle épousa François Marois de Mortagne.

Marie-Madeleine de Sainte-Hermine-Sireuil, née en 1679, baptisée le 23 février 1681, à Sireuil (Charente), diocèse d'Angoulême, fille de Henri-Ilélie de Sainte-Hermine et de Suzanne Guibert. — Pr. 29 mars 1690. B. S. 2 septembre 1701. — Dot 4 septembre 1701. — Bénédictine.

Marie de Sainte-Hermine-Chenon, née, selon l'obituaire de Saint-Cyr, en avril 1685, fille de Louis de Sainte-Hermine et de Marie de Livenne,

— Pr. 5 novembre 1694. Morte, à Saint-Cyr, le 28 juillet 1699 (mairie de Saint-Cyr).

Andrée de Sainte-Hermine-Saint-Laurent, née 23, ondoyée 25 février 1729, baptisée 19 mars 1729, à (Saint-Symphorien) Mosnac (Charente), diocèse d'Angoulême, fille d'Hélie de Sainte-Hermine et de Madeleine Fé de Boisragon. — Pr. 21 février 1741. B. S. 18 mars 1749. — Dot 4 septembre 1750. Novice (16 septembre 1749) religieuse (26 octobre 1750) à Saint-Louis de Poissy (Arch. Seine-et-Oise, f. Saint-Louis de Poissy.) Vivante 18 octobre 1763). Abbesse de Saint-Menoux (1764-1790). Elle mourut, à Moulins, le 26 août 1804 (abbé J.-J. Moret : *Hist. de Saint-Menoux*, p. 392. Moulins. 1907. in-8°).

Claude-Marie de Sainxe-Boissy, baptisée 2 novembre 1687 à (Saint-Fiacre) Baudreville (Eure-et-Loir), diocèse de Chartres, fille de Claude de Sainxe et de Marie Pilot. — Pr. 10 novembre 1694. B. S. 4 novembre 1707. — Dot 4 novembre 1707.

Marie-Gertrude de Sainxe-Orméville, née 16, baptisée 27 septembre 1688, à (Saint-Etienne) Fontaine-en-Beauce (Loir-et-Cher), fille d'André de Sainxe et de Marie-Marguerite de Féra. — Pr. 30 avril 1698. Morte à Saint-Cyr, le 19 juin 1699 (mairie de Saint-Cyr).

Marie-Rosalie de Sainxe-les-Carnaux, née 11, baptisée 15 novembre 1703, à Baudreville (Eure-et-Loir), diocèse de Chartres, fille de François de Sainxe et de Charlotte de Billon. — Pr. 4 décembre 1714. B. S. 28 janvier 1724. — Dot 29 octobre 1723.

Anne-Françoise de Saisseval-Maurecour, née et baptisée le 4 juillet 1687, à Feuquières-en-Vimeu (Somme), diocèse d'Amiens, fille de Claude de Saisseval et de Marie-Madeleine d'Ardres. — Pr. 8 juillet 1698. B. S. 4 juillet 1707. — Dot 4 juillet 1707.

Claudine du Saix-Mars, ondoyée 31 mars, baptisée 20 avril 1681, à Perreux-en-Beaujolais (Loire), fille de Jean du Saix et de Gabrielle du Bost. — Pr. 14 janvier 1692. Clarisse en Roannais.

Charlotte-Suzanne-Claude du Saix-Arnans, née et baptisée à (Saint-Sauveur) Verdun-sur-Meuse, le 24 mai 1740, fille d'Emmanuel-Dominique du Saix et d'Alexie-Suzanne de Trestondan. — Pr. 6 septembre 1748.

— Dot 25 octobre 1766. Elle épousa, avant 28 janvier 1772, Antoine de Volcker (vivant 28 janvier 1772). Vivante 28 janvier 1772. Voyage 26 avril 1760.

Suzanne de Salignac, née et baptisée 1er août 1759, à Saint-Jean-d'Estissac (Dordogne) en Périgord, fille de Martin de Salignac et d'Anne d'Abzac. Morte, le 13 juin 1771, à Saint-Cyr (mairie de Saint-Cyr).

Louise-Émilie de Salin du Saillant, née 3, baptisée 10 juillet 1749, à Saint-Hilaire-de-Lavit (Lozère), diocèse de Mende, fille de Philippe de Salin et de Madeleine-Julie de Verdellan. — Pr. 23 avril 1761. Morte, à Saint-Cyr, le 5 septembre 1764 (mairie de Saint-Cyr).

Blanche-Hélène de Sallayne, née 12, ondoyée 18 octobre 1740, baptisée 8 octobre 1741, à Crissé (Sarthe), diocèse du Mans, fille de René-Louis-François de Sallayne et de Marie-Renée de Vahais, novice (15 avril 1761), visitandine au Mans (Arch. de la Sarthe H. 1747). — Pr. 27 février 1749. B. S. 31 mars 1762. — Dot 5 avril 1762.

Marie-Renée de Sallayne, née et baptisée 5 mai 1744, à Fercé (Sarthe), diocèse du Mans, fille de René-Louis-François de Sallayne et de Marie-Renée de Vahais. B. S. 1er mai 1764. — Dot 22 mai 1767. Vivante 28 janvier 1772.

Françoise de la Salle-Saint-Poncy, née et baptisée 1er mars 1681, à (Saint-Cerneuf) Billom (Puy-de-Dôme), diocèse de Clermont, fille de Jacques de la Salle et d'Amable de la Fage. — Pr. 25 avril 1691. B. S. 28 février 1701. — Dot 15 janvier 1700. — Bénédictine.

Catherine-Jeanne-Marie de la Salle-Teillet-Saint-Poncy, née 12, baptisée 13 octobre 1687, à Apchat (Puy-de-Dôme), diocèse de Clermont-Ferrand, fille d'Henri de la Salle et de Marie-Antoinette de Saint-Priest. — Pr. 8 juin 1699. B. S 24 octobre 1707. — Dot 24 octobre 1707. — Visitandine.

Isabeau-Marie de la Salle-Rochemaure, née et baptisée 20 mars 1734, à Tauves (Puy-de-Dôme), diocèse de Clermont-Ferrand, fille de François de la Salle et de Hélène de Courtilhe. — Pr. 19 juin 1745. B. S. 11 avril 1754. — Dot 26 novembre 1756. Abbesse de N.-D. de Romorantin (21 janvier 1767-26 février 1791). Portrait d'elle, dans l'ouvrage de l'abbé Plat *(le Cartul. de l'abbaye du Lieu-N.-Dame).* Elle mourut, à Port-Dieu, près Bort (Corrèze), selon M. le duc de la Salle-Rochemaure.

Jeanne-Catherine de la Salle-Caillau, née 3, ondoyée 6, baptisée 9 septembre 1739, à Cameyrac-Entre-Deux-Mers (commune de Saint-Sulpice-Cameyrac) (Gironde), diocèse de Bordeaux, fille de Jean-Baptiste de la Salle et de Marie-Thérèse du Pin. — Pr. 1ᵉʳ avril 1749. B. S. 18 juin 1759 — Dot 25 juin 1765.

Marie-Jeanne-Rose de la Salle-Rochemaure, née et baptisée, le 6 septembre 1770, au Port-Dieu (Corrèze), diocèse de Clermont, fille de Guillaume de la Salle et de Françoise de Roussillon. — Pr. 14 juin 1780. B. S. 9 mai-9 juillet 1790. — Dot 22 mars 1791.

Marguerite-Adélaïde de la Salle-Viginet, née et baptisée le 2 août 1780, à Ludesse (Puy-de-Dôme), fille de Jacques-Alexis de la Salle et de Marguerite de Roquelaure. Entrée, selon l'Inv., le 7 juillet 1790. Sortie 1ᵉʳ avril 1793 (Crécy).

Marie-Ursule des Salles-Gouhécourt-Salm, née 2 novembre 1676, baptisée 2 février 1677, à Bonnet (Meuse) près Gondrecourt-le-Château, diocèse de Toul, fille de François des Salles et d'Elisabeth de Villeneuve — Pr. 8 mars 1687. Vivante en 1704 et en 1716 (Le P. Hugo : *Gén. de la fam. des Salles*, 1716. in-8°. Nancy p. 25).

Marguerite de Salnoë-Ménillet, née 29, baptisée 31 mars 1676, à Oulins (Eure-et-Loir), diocèse de Chartres, fille de Charles de Salnoë et de Jacqueline de Tiberge. — Pr. 14 août 1686. Elle épousa (25 novembre 1698) Louis Petit de la Gayère (mort au 17 février 1713) et vivait encore, le 17 février 1713. Fille à Saint-Cyr.

Marie-Elisabeth de Saluces-Champelin, née et baptisée 4 octobre 1693, à (Saint-Martin) Bonneuil-en-Valois (Oise), diocèse de Soissons, fille de Louis-Charles de Saluces et de Marie-Elisabeth de Ligny. — Pr. 19 septembre 1705. B. S. 17 novembre 1714. — Dot 9 janvier 1715. Religieuse à l'Abbaye-aux-Bois (9 janvier 1715-26 août 1717).

Marie-Anne de Saluces-Aizec, née 27, baptisée 29 mars 1702, à Aizecq (Charente), diocèse de Poitiers, fille d'André de Saluces et de Louise Preveraud. — Pr. 27 mai 1711. B. S. 18 mars 1722. — Dot 18 février 1724.

Louise-Marie de Saluces-Champelin, née au Berval, baptisée à Bonneuil, diocèse de Soissons (Bonneuil-en-Valois) (Oise), le 19 mars 1703, fille de Louis-Charles de Saluces et de Marie-Elisabeth de Ligny. — Pr. 17 février 1715. B. S. 12 mars 1723. Novice à Saint-Cyr (31 décembre 1726). — Dot 29 juillet 1725. Pension 17 octobre 1727.

Françoise de Saluces-Aizecq, baptisée 18 janvier 1708, à Aizecq (Charente), fille d'André de Saluces et de Louise Preveraud. — Pr. novembre 1715. Pens. pour infirm. 1727-1728-1729. B. S. 17 octobre 1727. — Dot 19 juin 1728. Elle se retira à l'abbaye de Saint-Amant-de-Boixe (Charente), dont son frère était abbé, y vécut trente années environ, et y mourut, pieusement, le 3 août 1774. (Comm. de M. Sylvestre, sec. de la m. de Saint-Amant-de-Boixe.)

Marie-Jeanne-Adélaïde de Saluces-Aizecq, née et baptisée le 25 septembre 1709 (Carrés Hozier. 306), fille d'André de Saluces et de Louise Preveraud. Sortie, pour cause d'infirmité, avant le 29 octobre 1728. B. S. 31 octobre 1729. — Dot (28 avril 1731). Visitandine à Poitiers (3 février-15 mars 1731).

Marie-Henriette-Françoise de Salvador, née 26, baptisée 27 janvier 1764, à Clermont-Ferrand, fille de Jean-Baptiste de Salvador et d'Anne-Marie Rutgers. — Pr. 17 mai 1775. B. S. 5 novembre 1783. — Dot 14 avril 1785.

Marie-Gilberte de Salvert-Montroignon, née et baptisée le 8 septembre 1723, à (Saint-Martin) Louroux-Bouble (Allier), diocèse de Gannat, fille de Amable de Salvert et de Gilberte de Biottière.— Pr. 21 novembre 1731. B. S. 13 septembre 1743. — Dot 10 septembre 1746.

Françoise-Madeleine de Salvert-Foranges, née 23, baptisée 25 juillet 1724, à Brout (Allier), diocèse de Clermont-Ferrand, fille de Vincent de Salvert et de Louise Giraud. — Pr. 14 mars 1734. Morte, à Saint-Cyr, le 29 mai 1741 (mairie de Saint Cyr).

Louise-Françoise-Jeanne-Charlotte de Salvert-Montroignon, née 9, baptisée 11 décembre 1757, à Corbreuse (Seine-et-Oise), diocèse de Chartres, fille de François-Marie-Henri de Salvert et de Charlotte-Henriette de Sabrevois. — Pr. 12 septembre 1768. B. S. 10 décembre 1777. Dot 2 juin 1778. Chanoinesse de Troarn (4 novembre 1787).

Marie-Marguerite de Salviac-Vielcastel, née 14, baptisée 17 novembre 1777, à Montplaisant (Dordogne), près Belvès, fille de François-Charles-Pons de Salviac et de Gabrielle-Anne de Boucher. — Pr. 11 mai 1787. Entrée selon l'Inv. (14 mai 1787). Sortie 6 avril 1793 (Crécy).

Marguerite-Antoinette-Eugénie Sanguin de Rocquencourt, née 19, baptisée 21 mai 1713, à (Saint-Etienne-du-Mont) Paris, fille de Jean-Philippe de Sanguin et de Madeleine de la Barre. — Pr. 3 juillet 1722. Expulsée pour mauvaise conduite (1731). — Religieuse.

Françoise-Mélanie Sanguin de Rocquencourt, née 15 janvier 1718, fille de Jean-Philippe Sanguin et de Madeleine de la Barre. — Pr. 6 octobre 1725. B. S. 31 janvier 1738). — Dot 5 juin 1739. Novice (23 juin 1738), professe (9 juin 1739) à Saint-Louis-de-Poissy. Vivante 3 novembre 1790 (Arch. Seine-et-Oise f. Saint-Louis-de-Poissy).

Marie-Adélaïde Sanguin de Rocquencourt, née 28, baptisée 30 septembre 1721, à Rocquencourt (Seine-et-Oise), diocèse de Paris, fille de Jean-Philippe Sanguin et de Madeleine de la Barre. B. S. 3 octobre 1741. — Dot 5 juin 1743. Novice à Yères-en-Brie. Religieuse à Yerres (décembre 1761) (Alliot : l'Abbaye d'Yères p. 268).

Françoise de Sanzillon-Mensignac, née 19, baptisée 20 novembre 1731, à (Saint-Pierre) Mensignac (Dordogne), diocèse de Périgueux, fille de Bertrand de Sanzillon et d'Antoinette de Giris-Chastenet. — Pr. 31 juillet 1742. B. S. 29 septembre 1751. Elle mourut à Mensignac, le 13 mai 1753 (Communic. de M. Gary, sec. de la m. de Mensignac). La dot fut versée, le 29 août 1753, à ses héritiers.

Léonarde de Sanzillon, née 30 avril, baptisée 1er mai 1735, à (Saint-Pierre) Mensignac (Dordogne), fille de Bertrand de Sanzillon et de Marie-Antoinette de Giris. — Pr. juillet 1746. B. S. 28 juin 1755. — Dot 18 octobre 1758. Elle épousa Pierre de Bardon-Ségonzac. Elle mourut, le 31 août 1819, à Périgueux (communic. de M. Bonhomme, chef de bureau de l'Etat-civil, mairie de Périgueux).

Françoise-Agnès de Sarcus-Sentélie, née 28 février, baptisée 3 mars 1672, à Sentélie (Somme), diocèse d'Amiens, fille de Louis de Sarcus et de Marie du Mesnil-Jourdain. — Pr. 23 août 1687. Bénédictine à l'abbaye Notre-Dame-des-Prés, à Troyes, en avril 1720 (Renseignement fourni par M. le marquis de Sarcus). Elle y mourut, le 10 septembre 1737

(Arch. de Seine-et-Oise, D. 1905.) Pension alimentaire (1ᵉʳ septembre 1717-10 septembre 1737).

Jeanne de Sarcus, née en 1680, fille de Louis de Sarcus et de Marie du Mesnil-Jourdain. Vivante 19 décembre 1721. Morte sans alliance.

Louise de Sarcus-Courcelles, née et baptisée 10 juillet 1697, à Courcelles-sous-Moyencourt (Somme), diocèse d'Amiens, fille de François-Gérard de Sarcus et de Catherine du Châtelet-Moyencourt. — Pr. 22 juillet 1704. Morte, à Saint-Cyr, le 24 juin 1705 (mairie de Saint-Cyr).

Marie-Elisabeth de Sarcus-Courcelles, née 10, baptisée 11 août 1694, fille de François-Gérard de Sarcus et de Catherine du Châtelet. — Pr. 19 septembre 1705. B. S. 11 juillet 1714. — Dot 11 mai 1715.

Marie-Françoise de Sariac-Arné, née et baptisée le 22 mars 1715, à (Saint-Jean-l'Evangéliste) Corbie (Somme), diocèse d'Amiens, fille de Jacques Nicolas de Sariac et de Marie-Françoise Grandhomme. — Pr. 12 septembre 1722. B. S. 22 mars 1735. — Dot 9 juin 1738. — Religieuse.

Gabrielle Sarrazin de Laval, née 10, baptisée 18 août 1674, à Saint-Hippolyte-Saint-Dionis-la-Courtine-la-Paigne (aujourd'hui Saint-Denis, commune de la Courtine (Creuse), diocèse de Limoges, fille de François Sarrazin et de Jeanne Mérigot. — Pr. 16 octobre 1686.

Marie de Sarrazin-Bennefont, née 4, baptisée 5 septembre 1700, à Miremont (Puy-de-Dôme), diocèse de Clermont en Auvergne, fille de Joseph de Sarrazin et de Jeanne d'Astorg. — Pr. 4 juillet 1708. B. S. 30 novembre 1720. Elle mourut, à Miremont, le 11 avril 1727 (Arch. S.-et-O. f. Saint-Cyr D. 189 et communic. de M. Boudoud, sec. de la m. de Miremont). La dot fut versée, le 17 décembre 1736.

Perronnelle de Sarrazin, née 22, baptisée 23 octobre 1701, à Miremont (Puy-de-Dôme), diocèse de Clermont-Ferrand, fille de Joseph de Sarrazin et de Jeanne d'Astorg. — Pr. novembre 1709. Morte, le 25 septembre 1711, à Saint-Cyr (mairie de Saint-Cyr).

Amable-Adrienne de Sarrazin-Bonnefond, née et baptisée le 12 décembre 1709, à (Notre-Dame) Versailles, fille de Joseph de Sarrazin et de Jeanne d'Astorg. — Pr. janvier 1717. B. S. 26 juin 1730. — Dot 18 novembre 1732. Religieuse à Notre-Dame de Gannat (1ᵉʳ janvier 1733).

Anne Sarrazin de Bassignac, née 2, baptisée 25 février 1749, à Heume-l'Eglise (Puy-de-Dôme), diocèse de Clermont-Ferrand, fille de Loup Sarrazin et de Marie d'Aubusson. — Pr. 23 janvier 1760. Morte, à Saint-Cyr, le 10 octobre 1763 (mairie de Saint-Cyr).

Marie de Sartiges-Lavandès, née 24, ondoyée 25 septembre, baptisée 23 octobre 1715, à (Saint-Martin) Champagnac (Cantal) en Auvergne, fille de Claude de Sartiges et de Marie-Françoise de Joncoux-Faugouse. Pr. 9 juin 1727. Morte, à Saint-Cyr, le 13 juillet 1732 (mairie de Saint-Cyr).

Catherine de Saulnier-Plessac, née et baptisée 29 novembre 1765, à Saint-Crespin-de-Bourdeilles (aujourd'hui Saint-Crespin de Richemont (Dordogne) en Périgord, fille de François de Saulnier et de Marie-Antoinette de la Roche-Aymon. — Pr. 12 septembre 1777. B. S. 2 octobre 1785. — Dot 8 avril 1786.

Louise-Angélique Savary de Lancosme, baptisée 24 juillet 1695, à (Saint-Etienne) Vendœuvre (Indre), diocèse de Bourges, fille de Charles-Alexandre Savary et d'Angélique-Thérèse de Préaux. — Pr. 7 septembre 1705. B. S. 24 juillet 1715. — Dot 29 août 1715. Est-ce l'abbesse du Moncel (28 janvier 1745-20 janvier 1748) ?

Marie-Anne-Radegonde Savatte de la Ressonnière, baptisée 28 février 1756, à (Saint-Porchaire), Poitiers, fille de Pierre Savatte et de Marie-Louise Le Texier. — Pr. 30 décembre 1767. B. S. 4 septembre 1775. — Dot 9 mai 1777. Elle épousa (2 juin 1778) Joseph de Joubert-Cissé, et mourut en couches, au château de Cissé (Vienne), le 19 mars 1779 (Allard de la Resnière : *Gén. des Joubert*. Paris 1782, in-12°, pp. 80-82) communic. de la m. de Cissé (Vienne).

Françoise de Savignac-Vaux, née et baptisée 9 novembre 1763, à (Saint-Maurice) la Jonchère (Haute-Vienne), diocèse de Limoges, fille de Charles de Savignac et de Marie-Françoise de Brie-Soumagnac. — Pr. 6 mai 1775. Morte, à Saint-Cyr, le 19 juillet 1775 (mairie de Saint-Cyr).

Léonore de Savonnières, née et baptisée le 3 novembre 1675, à la Chapelle des Choux (Sarthe), diocèse d'Angers, fille de Félix de Savonnières et de Françoise des Loges. — Pr. 5 juillet 1687. — Bénédictine.

Madeleine-Guye-Angélique de Scépeaux, fille de Claude de Scépeaux et de Marie-Antoinette des Hayes, née en 1712, après le 6 juin. Pens. pour infirm., 15 octobre 1726-28 juillet 1733. — Dot 26 novembre 1733.

Josèphe-Madeleine-Éléonore-Catherine de Scépeaux-Moulin-Vieux, née
et ondoyée 14 novembre 1714, à (Saint-Jean) Château-Gonthier (Mayenne),
baptisée 23 septembre 1720, à (Saint-Hilaire) Asnières (Sarthe) (Communication de M. Mézerelle, sec. de la m. d'Asnières), diocèse du Mans, fille
de Claude de Scépeaux et de Marie-Antoinette des Haies. — Pr. 21 novembre 1722. — Dot 11 mars 1737. Religieuse à Étival. Voyage 18 juin 1735.
Abbesse de Nioiseau (28 septembre 1760-1790) *(Gallia Christiana)*.

Madeleine-Françoise Scot de Coulanges, née 19, baptisée 20 mars 1721,
à (Saint-Sauveur) Blois (Loir-et-Cher), fille de Jacques Scot et de Madeleine-Françoise de Beauchesne. — Pr. 30 mai 1731. B. S. 2 avril 1741.
— Dot 16 janvier 1743.

Catherine-Thérèse-Alphonsine de Sébouville-Vignoru, née 4, baptisée
6 avril 1701, à Froidos (Meuse), diocèse de Verdun, fille de Philippe de
Sébouville et de Catherine Jourdain. — Pr. 27 février 1713. B. S.
6 avril 1721. — Dot 18 février 1721.

Marie-Anne de Sébouville-Vignoru, née 23 juillet 1705, à Froidos
(Meuse), diocèse de Verdun, fille de Philippe de Sébouville et de Catherine-Thérèse Jourdain. — Pr. mars 1713. B. S. 26 juin 1725. — Dot
23 décembre 1727. Elle épousa François d'Arbon.

Antoinette-Marie-Anne de Sébouville-des-Marets, née et baptisée
7 mars 1713, à (Saint-Charles) Sedan (Ardennes), diocèse de Reims, fille
de Louis de Sébouville et de Marie-Anne Barille. — Pr. 9 février 1724,
B. S. 7 mars 1733. — Dot 18 décembre 1734.

Louise-Pétronille de Sébouville, née et baptisée 25 août 1717, à (Saint-
Charles) Sedan (Ardennes), fille de Louis de Sébouville et de Marie-
Anne Barille de Bailly. Morte, le 1er mai 1732, à Saint-Cyr (mairie de
Saint-Cyr).

Philiberthe de Sedières, baptisée le 7 juillet 1674 (née à la Farge) à
(Saint-Pierre) Tourtoirac (Dordogne), diocèse de Limoges, fille de Jacques
de Sedières et d'Antoinette de Lentilhac. — Pr. 18 avril 1686. Novice à
Saint-Cyr (16 août 1694). Sortie 1695. — Carmélite.

Jeanne-Charlotte de Ségla-Ribaute, née 4, baptisée 5 juillet 1707, à
(Notre-Dame) Gardais-Thiron-au-Perche (Eure-et-Loir), fille de Joseph
de Ségla et de Charlotte Philippe. — Pr. 1er février 1717. B. S. 8 juillet
1727. — Dot 26 janvier 1729.

Françoise Séguier de Saint-Cyr, née et baptisée 3 septembre 1694, à Damvillers (Meuse), diocèse de Verdun, fille de Pierre-Louis Séguier et de Jeanne de Rumigny. — Pr. 8 septembre 1703. B. S. 3 septembre 1714. — Dot 6 février 1715.

Marie-Marguerite-Françoise Séguier de Liancourt-la-Verrière, née 10 août, baptisée 11 août 1712, à (Notre-Dame) Liancourt (en Vexin) (Oise), diocèse de Rouen, fille de François Séguier et de Louise-Marie-Anne de Saint-Pol. — Pr. 8 mai 1720. B. S. 5 septembre 1732. — Dot 1er juin 1736. Pens. pour infirmité (28 septembre 1733-1735).

Marie-Anne-Victoire Séguier de Liancourt-la-Verrière, née et baptisée 22 octobre 1716, à (Saint-Jean-Baptiste) Chaumont-en-Vexin (Oise), fille de François Séguier et de Louise-Marie-Anne de Saint-Pol. — Pr. 14 mai 1726. B. S. 7 octobre 1736. — Dot 17 mai 1737. Elle épousa (4 mai 1737), Jacques Conrart de Carmillon.

Reine-Félicité Séguier de Courtieux, née 10, baptisée 11 août 1723, à (Saint-Jean-Baptiste) Chaumont-en-Vexin (Oise), diocèse de Rouen, fille de Jean-Claude Séguier et de Marie-Françoise Chardin. — Pr. 31 août 1734. B. S. 19 août 1743-5 avril 1746. Novice à Gomerfontaine. Abbesse de Saint-Etienne de Reims (26 février 1787-1er mars 1790).

Madeleine de Séguin-Reyniès, née 24, baptisée 26 décembre 1720, à Reyniès (Tarn-et-Garonne), diocèse de Montauban, fille d'Etienne de Séguin et de Catherine de Molières. — Pr. 20 décembre 1732. B. S. 13 septembre 1740. Novice ursuline à Montauban, elle revint, avec la permission de ses supérieures, « prendre l'air natal » à Reyniès, et y mourut, le 28 novembre 1743 (communic. de M. Chabaud, sec. de la m. de Reyniès) (Arch. de Seine-et-Oise D. 191). La dot fut versée, le 3 décembre 1744.

Marguerite de Seguin-Reyniès-Prades, née 27, baptisée 28 juillet 1758, à Marvejols (Lozère), fille de Trophime-Etienne de Seguin et de Marie de Guy. — Pr. 2 décembre 1768. B. S. 11 juin 1778. — Dot 24 novembre 1778.

Esther-Elisabeth-Marguerite-Marie-Angélique de Ségur-Montazeau, née 30 décembre 1752, baptisée 2 janvier 1753, à (Saint-Martin) Montazeau (Dordogne), diocèse de Périgueux, fille de Charles de Ségur et d'Antoinette de Ségur. — Pr. 11 décembre 1762. B. S. 21 janvier 1773. — Dot 17 mars 1773.

Catherine-Marie-Madeleine de Ségur-Montazeau, née et baptisée, le 1ᵉʳ juillet 1763, à (Saint-Martin) Montazeau (Dordogne),diocèse de Périgueux, fille de Charles de Ségur et d'Antoinette de Ségur. B. S. 10 juin 1783. — Dot 4 août 1783.

Catherine de Ségur-la-Roquette, née 20, baptisée 27 décembre 1765, à Saint-Michel-de-Montaigne (Saint-Michel et Bonifare (Dordogne), fille de Charles-Joseph de Ségur et d'Anne Boyrié.

Catherine de Seillons-la-Barre, née et baptisée 27 avril 1681, à Grugé (Maine-et-Loire) en Anjou, fille de François de Seillons et de Jacqueline de la Barre. — Pr. 16 février 1693. B. S. 16 avril 1701. — Dot 5 novembre 1701.

Louise-Constance-Adélaïde Le Sénéchal, née et baptisée le 28 avril 1756, à (Sainte-Marie-Madeleine) Douvrend (Seine-Inférieure), diocèse de Rouen, fille de Léopold-Joseph Le Sénéchal et de Marie-Jeanne Laisnel de Bachimont. Morte, à Saint-Cyr, le 1ᵉʳ septembre 1768 (mairie de Saint-Cyr).

Françoise-Elisabeth Le Sens de Vilodon, baptisée 19 juin 1681, à Landes (Calvados), près Caen, fille de Charles Le Sens et de Françoise de Grossourdy. — Pr. 12 juillet 1692. Morte, le 5 août 1694, à Saint-Cyr (mairie de Saint-Cyr).

Marie-Catherine de Séran-Audrieu, née et baptisée 8 mars 1694, à (Notre-Dame) Audrieu (Calvados) diocèse de Bayeux, fille de Léonor de Séran et de Marie-Catherine d'Osmont. — Pr. 22 février 1702. B. S. 29 novembre 1714. — Dot 27 juillet 1715, 9 janvier 1716. Novice (28 février 1715), Religieuse (1ᵉʳ mars 1716), à Essay. Morte, à Essay, le 7 juillet 1761 (Archives de l'Orne).

Marie-Julie de Séran-Audrieu, née 8, baptisée 9 juillet 1745 (communic. mairie Audrieu), à Audrieu en Normandie (Calvados), fille de Pierre-Léonor de Séran et de Marie-Charlotte-Renée Le Marchand. — Pr. 29 décembre 1752. B. S. 3 juin 1765. — Dot 22 mai 1767. Vivante 22 janvier 1772.

Marie-Hippolyte-Angélique de Séran-Audrieu née 13, baptisée 14 janvier 1758, à la Seyne-en-Provence (Var), diocèse de Toulon, fille de Gilles-François de Séran et de Marie-Agathe de Coriolis. — Pr. 8 mars 1766. B. S. 16 janvier 1778. — Dot 24 janvier 1778.

Henriette-Angélique de Séran-Audrieu, née et baptisée 11 novembre 1761, à la Seyne (Var), fille de Gilles-François de Séran et de Marie-Agathe de Coriolis-Espinouse. B. S. 30 juillet 1781. — Dot 2 mars 1782. Logée, en 1782, aux Tuileries.

Renée-Radegonde Serin de la Cordinière, née 11, baptisée 12 janvier 1707, à la Chapelle-Saint-Laurent (Deux-Sèvres), diocèse de Poitiers, fille de René Serin et de Dorothée de Gaalon. — Pr. 28 mars 1713. B. S. 21 mars 1727. — Dot 5 avril 1727. — Religieuse.

Elisabeth de Séronne-la-Saonnière, née et baptisée, le 15 mars 1693 (supplément de baptême, 30 mars 1693), à Saint-Gervais du Perron (Orne), diocèse de Séez, fille de François de Séronne et de Suzanne Bougis. — Pr. 22 mai 1704. B. S. 14 mars 1713. — Dot 16 mars 1713.

Henriette-Claire-Isabeau de la Serre, née 11, baptisée 13 mai 1730, à (Saint-Siméon) Pinet (Hérault), diocèse d'Agde, fille d'Etienne de la Serre et de Claire de Fabre-Madières. — Pr. 11 avril 1741. B. S. 2 mai 1750. — Dot 10 février 1752.

Josèphe-Elisabeth-Julie de la Serre, née 19, baptisée 21 mars 1762, à Pézenas (Hérault), fille de Louis-César de la Serre et de Jeanne de Saint-André. — Pr. 26 mai 1772. B. S. 2 octobre 1781. — Dot 29 août 1782.

Andrée-Victoire-Louise de Sers-Aulix, né 25, baptisée 26 août 1753, à la Peyrère en Languedoc, diocèse de Rieux (Lapeyrère, Haute-Garonne), fille d'Honoré-Timoléon de Sers et de Thérèse de Lordat. — Pr. 3 décembre 1763. B. S. 6 août 1772. Elle épousa N. de la Bastide. — Dot 12 janvier 1774.

Madeleine de Sers-Aulix, née et baptisée le 22 août 1760, à Lapeyrère en Languedoc, diocèse de Rieux (Lapeyrère (Haute-Garonne), fille d'Honoré-Timoléon de Sers et de Thérèse de Lordat. B. S. 22 août 1780. — Dot 29 décembre 1780.

Marie-Louise-Josèphe de Severac-la-Tour, née 3, baptisée 4 mars 1763, à (Sainte-Madeleine) Arcomie (Lozère), fille de Jean-Baptiste de Severac et de Catherine-Agnès-Rose de Guyard-Saint-Chéron. Morte, le 31 décembre 1779, à Saint-Cyr (mairie de Saint-Cyr).

. Anne-Marguerite Sévin de Quincy-la-Corbilière, née et baptisée 17 juillet 1694, à (Sainte-Elisabeth) Cambrai (Nord), fille d'Augustin

Sevin et de Marie-Marguerite Madon. — Pr. 18 juin 1702. B. S. 18 juillet
1714. — Dot 28 décembre 1714. — Religieuse.

Marguerite-Charlotte Sévin de Quincy, née et baptisée 30 juillet 1708, à
(Saint-Paul) Orléans, fille de Thierry Sevin et de Madeleine de Givès. —
Pr. 23 mai 1720. B. S. 5 juillet 1728. — Dot 16 novembre 1728.

Marie-Madeleine Sévin de Quincy, né 26 novembre, baptisée 16 décembre 1711, à (Notre-Dame) Brouage (Charente-Inférieure), diocèse de
Saintes, fille d'Alexandre Sevin et de Jacqueline du Buisson. — Pr.
30 octobre 1723. B. S. 27 novembre 1731. — Dot 9 novembre 1732.

Marie-Louise de Seyturier, née 16, baptisée 17 septembre 1767, à
(Notre-Dame) Bourg-en-Bresse (Ain), fille de César-Alexandre de
Seyturier et de Marie-Amédée Guymard d'Andelot. — Pr. 19 mars 1778.
B. S. 28 juillet 1787. — Dot 21 décembre 1789. — Chanoinesse.

Françoise de Sibeud-Saint-Ferriol, baptisée 5 juillet 1684, à Die
(Drôme), fille de François de Sibeud et de Catherine Cati. — Pr. 20 janvier 1692. B. S. 11 août 1704. — Dot 13 août 1704.

Marie de Sibuet-Chateauvieux, née 21, baptisée 22 mai 1698, à (Saint-
Louis) Grenoble, fille de Pierre-Laurent de Sibuet et de Marguerite de
César. — Pr. 27 février 1708. B. S. 19 mai 1718. — Dot 25 mai 1719.

Marie-Victoire de Signy-la-Tour, née et baptisée le 8 septembre 1759,
à Huismes (Indre-et-Loire), diocèse de Tours, fille de Charles-Louis de
Signy et de Marie-Eléonore de Sabrevois. — Pr. 19 avril 1770. Morte, le
19 avril 1779, à Saint-Cyr (mairie de Saint-Cyr).

Anne-Louise de Sinéty-Sivergnes, née et baptisée, le 9 septembre 1721,
à (cathédrale) Apt (Vaucluse), fille de Jean-Baptiste de Sinéty et de
Louise de Sinéty. — Pr. 16 décembre 1732. B. S. 16 juin 1741. — Dot
18 juin 1743. Elle épousa François-Dominique-Bruno de Bernardi-
Sigoyer. Elle mourut, à Paris, en 1794.

Marie-Louise-Félicité de Sinéty, née 13, ondoyée 14 juin 1739, baptisée
2 juin 1740, à (Saint-Ferréol) Marseille, fille de Jean-Baptiste-Ignace de
Sinéty et de Victoire d'Escalis. — Pr. 20 juillet 1750. B. S. 11 juin 1759.
— Dot 7 janvier 1762. Novice à N.-D. de la Miséricorde, à Marseille.
Abbesse de Mont de Sion à Marseille (1783). Morte à Aix.

Marie-Catherine-Lucie de Sinéty-Puilon, née 23, baptisée 24 juin 1755. à (Saint-Ferréol) Marseille (communic. de la m. de Marseille), fille de Jean-Baptiste-Ignace-Olivier de Sinéty et de Victoire d'Escalis. B. S. 5 avril 1775. — Dot 4 septembre 1776. Elle épousa (14 avril 1777 [1]) Charles Toussaint-Joseph-François de Paule de Barentin-Montchal-Lodines. Elle vivait, le 24 juin 1780, et eut une fille à Saint-Cyr.

Marie-Jeanne de Sol-Grisolles, née et baptisée 20 octobre 1760, à (Saint Aubin) Guérande (Loire-Inférieure), fille de Louis-Athanase de Sol et de Marie-Jeanne de Sécillon. — Pr. 2 juin 1772. Voyage en 1778.

Charlotte-Sophie du Solier, née et baptisée 28 octobre 1714, à la Roche en Ardenne, duché de Luxembourg (aujourd'hui : la Roche sur Ourthe, Luxembourg Belge, Belgique), fille de Antoine du Solier et d'Albertine de Tello. — Pr. 5 juillet 1725. Morte, le 24 mai 1727, à Saint-Cyr (mairie de Saint-Cyr).

Louise de Sorci-la-Thuile, née 28, baptisée 29 août 1691, à Versailles (Seine-et-Oise), fille d'Armand-François de Sorci et de Jeanne Jabart. — Pr. 28 novembre 1701. — B. S. 4 septembre 1711. — Dot 21 août 1711.

Balthazarine-Aimée-Rose Soret du Filleul, née 28, baptisée 29 janvier 1765, à Limesy (Seine-Inférieure), doyenné de Pavilly, généralité de Rouen, fille de Guillaume-Alexandre Soret du Filleul et de Marie-Rose-Elisabeth Toustain de Richebourg. — Pr. 11 mars 1776 B. S. 9 septembre 1785. — Dot 9 juin 1786.

Marie-Rose de Suc-Saint-Affrique, née et baptisée, le 23 décembre 1744, à Saint-Affrique (Tarn), diocèse de Lavaur, fille d'Augustin de Suc et de Marie de la Béloterie. — Pr. 24 mai 1755. B. S. 31 janvier 1765. — Dot 26 juillet 1768.

Jeanne de la Sudrie-Broçard, née 21, baptisée 24 décembre 1713, à Marminiac (Lot), diocèse de Cahors, fille de François de la Sudrie et de Marguerite de Broncq. — Pr. 4 décembre 1725. B. S. 21 décembre 1733. — Dot 3 octobre 1736. Elle épousa (18 juillet 1736) Pierre Bonnefoy, médecin à Cahors (vivant 3 octobre 1736).

---

[1] Date fournie par M. le marquis de Sinéty. Elle avait une belle voix et Marie-Antoinette, quand elle venait à Saint-Cyr, demandait à l'entendre. (Rens. fournis par M. le marquis de Sinéty.)

Françoise-Marguerite Michelle de Suhard, née 3, baptisée 4 janvier 1764, à (Saint-Germain) Le Mage (Orne) en Perche, fille de Michel-Jean de Suhard et de Françoise-Michelle de Barville. — Pr. 16 octobre 1775. B. S. 28 décembre 1783. — Dot 27 février 1784.

Louise de Surville-Malleval, née 1er octobre, baptisée 11 novembre 1677, à Bourg-Saint-Andéol (Ardèche), fille de François de Surville et de Charlotte de Solignac. — P. 17 janvier 1687. Elle épousa (3 mai 1701) Jean-Baptiste de Mercoyrol, puis (20 juillet 1719) Antoine de Chalendar-Lambras.

Marie-Louise-Josèphe de Taffin de Lianne, née et baptisée le 13 février 1766, à (Saint-Jean-du-Cloître) Toul (Meurthe-et-Moselle), fille de Gérard-François de Taffin et d'Anne le Comte. Morte, à Saint-Cyr, le 1er avril 1782 (mairie de Saint-Cyr).

Fortunée-Antoinette-Jeanne-Mathurine Taffin, née 15, baptisée 16 février 1771, à (Saint-Jean-du-Cloître) Toul (Meurthe-et-Moselle), fille de Gérard-François Taffin et d'Anne Le Comte de Beaumont. B. S. 27 décembre 1790. — Dot 12 juillet 1791.

Marie-Françoise Tahureau de la Chevalerie, née 15, baptisée 17 août 1701, à Courcemont (Sarthe), diocèse du Mans, fille de Pierre Tahureau et de Marie-Françoise Hoyau. — Pr. 2 novembre 1712. B. S. 14 avril 1721. — Dot 18 février 1721.

Louise-Catherine Tahureau de la Chevalerie, née 15 août 1701 (jumelle), baptisée 20 août 1703, à Courcemont (Sarthe), diocèse du Mans, fille de Pierre Tahureau et de Marie-Françoise Hoyau. — Pr. 14 mars 1713. B. S. 14 août 1721. — Dot 18 février 1721.

Marie-Thérèse Tahureau de la Chevalerie, née le 19 juin 1712, à (Notre-Dame de la Couture) Le Mans, fille de Pierre Tahureau et de Marie-Françoise Hoyau. — Pr. 20 novembre 1723. B. S. 19 avril 1732. — Dot 11 septembre 1733. Visitandine au Mans, 4 novembre 1748 (Arch. S.-et-O. D. 192).

Anne-Suzanne de la Taille des Essars, ondoyée 29 décembre 1730, baptisée 4 janvier 1731, à (Saint-Germain) Marsainvilliers (Loiret), (communic. de la m. de Marsainvilliers), diocèse de Sens, fille de Jacques de la Taille et de Charlotte Le Beauclerc, novice (22 mai 1753) professe

(2 juin 1755) à Saint-Cyr, devant la reine. Sortie en 1793. B. S. 20 décembre 1750.

Julie-Zéphyrine de la Taille-les-Essars, née 2 avril, baptisée 3 juin 1766, à (Saint-Germain) Marsainvilliers (Loiret), diocèse de Sens, fille de Jacques-Hector de la Taille et d'Henriette-Julie Thierry. — Pr. 27 janvier 1776. B. S. 3 mai 1786. — Dot 10 mai 1786.

Agathe-Françoise de Talhouët-Severac, née à la Grationnais et baptisée, le 1er mars 1723, à Malansac (Morbihan) diocèse de Vannes, fille de Jean-François-Armand de Talhouët et de Marie Hérisson. — Pr. 7 décembre 1734. Novice (2 octobre 1743) à Saint-Cyr. Y morte, le 11 août 1745 (mairie de Saint-Cyr).

Louise-Charlotte-Suzanne de Tarragon-Omonville, née et baptisée le 5 mai 1735, à (Saint-Martin) Souville, diocèse de Sens (Souville : communic d'Yèvre-le-Chastel (Loiret), fille de Louis de Tarragon et de Marie-Anne Chevalier. Pr. 21 mai 1746. B. S. 5 mai 1755. — Dot 7 février 1759. Elle mourut, sans alliance, le 4 juillet 1761 (Renseignement fourni par M. le capitaine de Tarragon).

Marie-Victoire-Anne de Tascher-la-Pagerie, née 9, baptisée 12 septembre 1713, à Saint-Mandé (Loir-et-Cher, commune. de Viévy-le-Rayé), diocèse de Blois, fille de Gaspard de Tascher et d'Anne-Marguerite Bodin. — Pr. 31 mars 1721. B. S. 9 septembre 1733. — Dot 23 septembre 1735. Tante de l'Impératrice Joséphine (14 novembre 1734). Novice aux Dames de la Bourdillière, à Loches.

Madeleine de Tascher-la-Pagerie, née le 13 février 1724 (D'Hozier. *Armor. général*), fille de Gaspard de Tascher et d'Anne-Marguerite Bodin. — Pr. 30 août 1734. B. S. 5 juillet 1743. Pens. alim. 15 décembre 1744. — Dot 7 juillet 1744. Ursuline à Blois. Elle était la tante de l'impératrice Joséphine. Elle mourut, à Blois, le 12 mai 1795 (Richaudeau : *les Ursulines de Blois*, t. II, p. 124, et communic. de M. Lemoine, chef de bureau de l'Etat-civil à la mairie de Blois).

Marie-Anne de Tastes-Lilencourt, née 16, baptisée 17 septembre 1735, à Saint-Pierre de Clairac (Lot-et-Garonne), diocèse d'Agen, fille de Benoît de Tastes et de Suzanne Bourguès. — Pr. 7 avril 1743. Morte, à Saint-Cyr, le 23 juillet 1745 (mairie de Saint-Cyr).

Elisabeth de Tauriac-Laveneas, née 30 décembre 1712, baptisée 3 janvier 1713, à (église paroissiale) Millau-en-Rouergue (Aveyron), diocèse

de Rodez, fille de Jean de Tauriac et de Suzanne de Carbon. — Pr.
14 septembre 1721. B. S. 30 décembre 1732. — Dot 7 septembre 1734.
Religieuse à Vielmaur près Castres.

Henriette-Alexandrine-Rosalie-Josèphe Le Tellier d'Irville-Alban, née
8, baptisée 9 avril 1759, à Bérengeville (Eure), diocèse d'Evreux, fille de
Jean-Georges-Hubert Le Tellier et de Marie-Anne-Catherine de Lom-
belon-des-Essars. — Pr. 1er février 1771. B. S. 28 mai 1779. — Dot
5 janvier 1779.

Marie de Termes, née 11, baptisée 12 novembre 1726, à Cressensac
(Lot), diocèse de Cahors, fille de Pierre de Termes et de Françoise de
Castres-Tersac. — Pr. 6 décembre 1736. B. S. 8 octobre 1746. — Dot
12 avril 1749.

Madeleine-Marie-Elisabeth de Terrasson, née et baptisée 11 juillet
1764, à Saint-Simeux (Charente), diocèse d'Angoulême, fille de Cyprien-
Gabriel de Terrasson et de Thérèse-Anne Arnaud. B. S. 5 juillet 1784. —
Dot 10 mars 1785. Elle épousa (26 juillet 1790) Moïse-François du Mas-
Chebrac (mort à Scée, près Vars, le 13 novembre 1839) (abbé Tricoire :
Le Château d'Ardenne, p. 298. Angoulême 1890 in-8°).

Anne de Terrasson, née et ondoyée 14 mai, baptisée 9 juin 1766,
à Saint-Simoux (Charente), diocèse d'Angoulême, fille de Cyprien-
Gabriel de Terrasson et de Thérèse-Anne Arnaud. Morte, le 7 novembre
1777, à Saint-Cyr (mairie de Saint-Cyr).

Catherine-Françoise Tertereau de Saint-Germain, née 15, baptisée
30 décembre 1683, à Mareuil-lès-Meaux (Seine-et-Marne) (communic. de
M. Vayssières, sec. de la m. de Mareuil-lès-Meaux), fille de François de
Tertereau et d'Elisabeth de Reilhac. — Pr. 15 décembre 1692. Novice
(15 décembre 1703). Professe (12 juillet 1705), visitandine à Chaillot.
Morte, à Chaillot, le 4 janvier 1754 (Arch. Nat. LL. 1718). B. S. 15 décembre 1703. — Dot 7 février 1704.

Jeanne-Dorothée Tertereau de Berthemont, née et baptisée le 19 juin
1742, à (Saint-Sulpice) Paris, fille d'Esme-François Tertereau et de Marguerite-Anne Dangers. — Pr. 14 août 1753. B. S. 17 août 1764. Novice
bénédictine à Saint-Pierre-d'Avenay (2 mai 1767). Elle vivait encore, le
30 décembre 1790 (Sœur Saint-Benoît) et désirait se retirer à Villecresnes.
(L. Paris : *Hist. de l'Abb. d'Avenay*, 2 vol. in-8°, Paris, 1879).

Marie-Thérèse du Tertre-Beauval, née 17, baptisée 19 août 1703, à Cormont (Pas-de-Calais), diocèse de Boulogne-sur-Mer, fille d'Antoine du Tertre et de Jacqueline du Tertre. — Pr. 26 mars 1715. B. S. 18 avril 1723. — Dot 12 août 1723. Elle épousa Antoine de Bigaud-Thubeauville, puis N. de Mailly-Menty.

Renée-Catherine-Jeanne du Tertre-Sancé, née et baptisée le 3 mars 1725, à Fromentières (Mayenne), diocèse du Mans, fille de Jean-Baptiste du Tertre et de Renée-Gabrielle Trochon. — Pr. 27 mai 1733. Sortie avant le temps. Elle épousa (2 novembre 1754) Joseph-François de Paule de Préaux (*Mercure de France*, janvier 1755).

Marie-Rose-Charlotte du Tertre-Nielles, née 10, ondoyée 11 décembre 1731, baptisée 9 mai 1735, à Digne (Basses-Alpes) en Provence, fille de Timoléon du Tertre et de Marie-Catherine Chartonet. — Pr. 2 juin 1740. B. S. 3 février 1752. — Dot 12 décembre 1753. Elle fut dame de Nielles.

Catherine-Jacqueline-Suzanne du Tertre-Lacre, née et ondoyée 25 mars, baptisée 2 mai 1736, à (Saint-Nicolas) Longvilliers (Pas-de-Calais), (M. l'abbé Blond, curé de Longvilliers, nous a envoyé copie de l'acte de baptême), diocèse de Boulogne-sur-Mer, fille d'Ambroise-François-Louis du Tertre et de Marie-Françoise-Suzanne Mithon. — Pr. 18 octobre 1745. B. S. 14 avril 1756. — Dot 14 juin 1762. Elle épousa (16 février 1759) Auguste-César Le Ver de Chantraine.

Marie-Jeanne du Tertre-Beauregard-Nielles, née 8, baptisée 9 décembre 1741, à Etaples-en-Boulonnais (Pas-de-Calais), fille de Jean-Jacques du Tertre et de Marie-Anne-Barbe Dauphin de Beauregard. — Pr. 11 octobre 1753. B. S. 14 novembre 1763. — Dot 3 février 1765. Novice à Sainte-Colombe-de-Blandecques. Elle mourut, en 1792, à Saint-Pol (Renseignement de M. le comte du Tertre).

Madeleine-Eugénie du Tertre, née et baptisée 5 septembre 1769, à (Notre-Dame) Montreuil-sur-Mer (Pas-de-Calais), fille de Charles-Ambroise-Marie du Tertre et de Marie-Marguerite Acary de la Suze. — Pr. 22 juin 1779. B. S. 11-15 septembre 1790. — 11 décembre 1790. Elle épousa N. de Norville.

Marie-Antoinette du Tertre-Elmare, née et baptisée 13 novembre 1754, à Rimboval près Embry (Pas-de-Calais), diocèse de Boulogne-sur-Mer, fille d'Antoine du Tertre et de Marie-Anne Carpentier. — Pr. 16 octobre 1764. B. S. 9 octobre 1774. — Dot 11 décembre 1775. — Ursuline.

Louise-Jacqueline-Marguerite Le Tessier de Launay, née 22, baptisée 23 juillet 1780, à Marchemaisons (Orne) (Renseignement dû à M. l'abbé Gaudin, curé de Marchemaisons), fille de Jean-François Le Tessier et de Marie Roussel. Entrée selon l'Inv. 8 mai 1790. Sortie 9 mars 1793 (Crécy).

Marie-Anne-Thérèse de Tessières-la-Porte, née 19, baptisée 24 septembre 1694, à Sarrazac (Dordogne), diocèse de Périgueux, fille d'Aimar de Tessières et de Charlotte de Fayolle. — Pr. 14 mars 1706. Novice (9 janvier 1713) religieuse (11 février 1715) à Saint-Cyr. Morte, le 29 décembre 1761, à Saint-Cyr (mairie de Saint-Cyr).

Catherine de Testard-la-Caillerie-Lambertie, née 28 novembre, baptisée 4 décembre 1689, à Leguillac-de-Lauche (Dordogne), diocèse de Périgueux, fille de Joseph de Testard et de Dauphine-Marie de Grand-Belousières. — Pr. 24 juin 1700. B. S. 28 novembre 1709. — Dot 28 novembre 1709.

Dauphine de Testard-la-Caillerie, née 3, baptisée 5 juillet 1723, à Léguillac-de-Lauche (Dordogne), diocèse de Périgueux, fille de François de Testard et de Marie-Anne Chapon. — Pr. 12 septembre 1734. B. S. 5 juillet 1743. -- Dot 12 mars 1745.

Madeleine de Testard-la-Caillerie, née 16, baptisée 20 avril 1729, à (Saint-Front) Périgueux, fille de François de Testard et de Marie du Bâtiment. B. S. 22 février 1749. — Dot 21 février 1750. Elle épousa, avant 21 février 1750, François-André Guyon (vivant 21 février 1750).

Apolline-Antoinette de Testard-la-Caillerie, née 5, baptisée 6 février 1742, à (Saint-Laurent) Paris, fille de Bertrand de Testard et de Françoise-Antoinette Pesne. — Pr. 30 octobre 1750. B. S. 6 novembre 1763. — Dot 25 octobre 1766. Vivante 28 janvier 1772.

Marie-Dauphine de Testard-la-Caillerie-le-But, née 16, baptisée 18 septembre 1743, à (Saint-Front) Périgueux, fille de François de Testard et d'Anne Chapon. B. S. 3 novembre 1763. — Dot 25 octobre 1766. Vivante 28 janvier 1772.

Jeanne-Charlotte de Testu-Cuiry, née 8, baptisée 9 février 1681, à (Saint-Martin) Cuiry (Cuiry-lès-Iviers (Aisne), diocèse de Laon, fille de Charles de Testu et de Catherine de Hangest. — Pr. 18 janvier 1693. Morte, le 21 juin 1701, à Saint-Cyr, étant novice, après huit mois de maladie au lit (mairie de Saint-Cyr).

Marie-Françoise Testu de Cuiry, née 20, baptisée 23 octobre 1691, à (Saint-Martin) Cuiry-lès-Iviers (Aisne) (communic. de M. le sec. de la m. de Cuiry), diocèse de Laon, fille de Charles Testu et de Catherine de Hangest. — Pr. 13 mai 1702. B. S. 21 octobre 1711. — Dot 21 octobre 1711.

Renée-Agathe Testu de Balincourt-Pierrebasse-la-Guitterie, née et ondoyée le 16 mai 1712, baptisée 1er décembre 1714, à (Notre-Dame) Lué (Maine-et-Loire), diocèse d'Angers, fille de Charles-Erasme Testu et d'Agnès Bitault. — Pr. 29 avril 1724. B. S. 19 avril 1732. — Dot 28 décembre 1734. — Religieuse.

Marie-Françoise de Teyssières-la-Cour-Beaulieu, baptisée 29 février 1740, à Lanouaille (Dordogne) (diocèse de Périgueux), fille de François de Teyssières et de Marie de la Romagère-Roncessy. — Pr. 13 décembre 1751. B. S. 17 février 1760. — Dot 14 mars 1766. Elle épousa (9 février 1767) Jean François de Champagnac-la-Jaunie.

Marguerite de Teyssières, baptisée 25 novembre 1759, à Sarrazac-en-Périgord (Dordogne), fille de Jean de Teyssières et d'Anne Louzeau. — B. S. 6 décembre 1768. B. S. 18 septembre 1779. — Dot 5 janvier 1779. Elle mourut, sans alliance, à Braudie, le 4 novembre 1826 (Rens. partic.).

Jeanne de Teyssières-Redon-Burée, née et baptisée le 1er novembre 1762, à (Saint-Martin) Granges-d'Ans (Dordogne), diocèse de Périgueux, fille de Jean de Veyssières et de Marguerite-Hélène de Chabans-Miremont. — Pr. 7 août 1773. B. S. 28 juin 1782. — Dot 7 janvier 1783. Elle épousa (8 juin 1791) Jean de Robinet-Beaulieu. Elle mourut à Bertric-Burée (Dordogne), le 16 septembre 1829 (communic. du sec. de la m. de Bertric). Selon son acte de décès, elle serait née à Sainte-Orse. Sainte-Orse est, d'ailleurs, voisine de Grange-d'Ans.

Anne de Teyssières-Miremont, née 8, baptisée 10 octobre 1765, à (Saint-Georges) Saint-Jory-les-Bloux (Dordogne), diocèse de Périgueux, fille de Gabriel-Simon de Teyssières et de Françoise de Lestrade. — Pr. 7 août 1773. Morte, le 21 août 1778, à Saint-Cyr (mairie de Saint-Cyr).

Françoise-Julie de Teyssonnières, née 2, baptisée 3 juillet 1771, à (Notre-Dame) Dijon, fille de Joseph-Marie de Teyssonnières et de Madeleine-Louise de Champeaux. — Pr. 3 mai 1780. — Dot 12 juillet 1791.

Marie-Jeanne Thébaut de Boisgnorel, née et baptisée, le 2 juillet 1713, à (Saint-Jean-Baptiste) Préfontaines-en-Gâtinais (Loiret), diocèse de Sens, fille de Jean-François Thébaut et de Jeanne-Marthe Biet. — Pr. 29 novembre 1720. Novice (15 juillet 1734) augustine au faubourg Saint-Marcel à Paris (Hôpital S. S. Julien et Basilisse) (Sœur Saint-Louis) Supérieure (1765). Morte, le 27 octobre 1777. — B. S. 2 juillet 1733. — Dot 4 décembre 1734. Cf. sur elle : Gazier : *Une suite à l'Histoire de Port-Royal.* Paris 1906, in-8°. Elle écrivait, non pas ainsi que le prétend M. Gazier, très enthousiaste, on le sait, pour le jansénisme et ce qui y confine, « comme une Sévigné », mais assez agréablement. Elle fut novice (15 juillet 1734) professe (19 juillet 1735) (Arch. Nat. LL. 1701, p. p. 19 et 24).

Françoise-Silvie Thébaut de Boisgnorel, née 10, baptisée 12 juin 1719, à (Saint-Sulpice) Paris, fille de Jean-François Thébaut et de Jeanne-Marthe Biet. — Pr. 2 avril 1727. Hospitalière Augustine au faubourg Saint-Michel à Paris (7 décembre 1740) (Sœur Sainte-Julie). Supérieure en 1777. Elle mourut, le 13 juillet 1783. (Cf. sur elle Gazier : *Une suite à l'Histoire de Port-Royal.* Paris, 1906 in-8°). Elle fut novice (4 janvier 1740), professe (31 janvier 1741)(Arch. Nat. LL. 1701, pp. 42 et 48). B. S. 22 avril 1739. — Dot 7 décembre 1740.

Françoise-Marie Thébaut de Boisgnorel, ondoyée 8 juillet 1734, à Paris, baptisée 11 juillet 1737, fille de Jean-François Thébaut et de Jeanne-Marthe Biet. B. S. 5 juin 1754. — Dot 20 avril 1757. Religieuse à Notre-Dame de Soissons (20 avril 1757). Chan. de Notre-Dame.

Marie-Marguerite de Thesan, née 18, baptisée 21 mars 1779, à Florensac (Hérault), fille de Jean-Baptiste de Thesan et de Gabrielle de Vic. — Pr. 14 janvier 1789. Entrée, selon l'Inv., le 16 janvier 1789. Sortie 27 avril 1793 (Crécy).

Marie-Françoise de Thibaut-Guerchy, née 25 mai, baptisée 4 juin 1687, à (Saint-Martin) Guerchy-en-Nivernais (Yonne), diocèse d'Auxerre, fille de François de Thibault et de Françoise de Bar, renvoyée, en 1704, pour mauvaise conduite. — Pr. 26 septembre 1694. On essaya, sans succès, de la faire religieuse.

Anne-Claude de Thibault-Guerchy, née 18 septembre 1694, fille de François de Thibault et de Françoise de Bar. — Pr. 11 juin 1704. B. S. 29 juillet 1714. — Dot 28 janvier 1716.

Marguerite de Thibault-Guerchy, née 9 décembre 1698, fille de François de Thibault et de Françoise de Bar. — Pr. 30 juillet 1706. B. S. 28 novembre 1720. — Dot 18 janvier 1721.

Catherine Thibault d'Allery, née 5, baptisée 6 août 1777, au Vanneau (Deux-Sèvres), diocèse de la Rochelle, fille de Jean-Baptiste-Henri Thibault d'Allery et de Rose Guillemot. — Pr. 20 juin 1786. Entrée selon l'Inv., le 22 juin 1786. Sortie 29 mars 1793 (Crécy).

Marie-Françoise-Louise Thiboust du Berri-les-Aulnois, née 16, baptisée 18 novembre 1727, à (Saint-Jean) Fontenay de Bossery (Aube), diocèse de Sens, fille de François-Claude de Thiboust et de Marie-Edmée de Biencourt-Poitrincourt. — Pr. 16 août 1737. B. S. 30 septembre 1747. — Dot 1er juillet 1748.

Marie-Suzanne Thiboust du Berry-les-Aulnois, née et ondoyée 14, baptisée 15 décembre 1735 à (Saint-Jean) Fontenay de Bossery (Aube) diocèse de Sens, fille de François-Claude Thiboust et de Marie-Edmée de Biencourt-Poitrincourt. B. S. 15 décembre 1755. — Dot 17 février 1759.

Marie-Isaac Thierry de Waltz-Languimbert, née et baptisée 5 octobre 1765, à (Saint-Martin) Etain (Meuse) en Lorraine, fille de François Thierry et de Jeanne-Elisabeth Mangin. — Pr. novembre 1774. B. S. 8 août 1785. — Dot 20 juillet 1784.

Gastonne-Louise-Catherine de Thiville-Ozouer, née 3, baptisée 4 décembre 1716, à (Saint-Pierre) Orléans, fille de René de Thiville et de Jeanne-Catherine-Florence de Villeneuve. — Pr. 13 mai 1727. B. S. s. d. Voy. 21 septembre 1736. — Dot 29 mai 1739.

Madeleine-Roseline-Victoire de Thomas-Orves, née et ondoyée 20 octobre 1732, baptisée 19 janvier 1733, à Evenos (Var), diocèse de Toulon, fille de Jean-Baptiste de Thomas et de Madeleine de Catelin. — Pr. 4 octobre 1741. B. S. 11 octobre 1752. — Dot 16 mai 1755.

Marianne de Thomas-Orves, née et ondoyée 22 mars, baptisée 22 mai 1736, à (Saint-Martin) Evenos (Var), diocèse de Toulon, fille de Jean-Baptiste de Thomas et de Madeleine de Catelin. Morte, le 11 septembre 1753, à Saint-Cyr (mairie de Saint-Cyr).

Françoise-Geneviève de Thomas-Orves, née 23, baptisée 24 mars 1741, à (Saint-Martin) Evenos (Var), diocèse de Toulon, fille de Jean-Baptiste de Thomas et de Madeleine de Catelin. Morte, à Saint-Cyr, le 2 octobre (mairie de Saint-Cyr).

Louise Thomasson du Queyroy, née 24, baptisée 25 mai 1748, à Sarlande (Dordogne), diocèse de Périgueux, fille de Louis de Thomasson et de Marie-Anne de Roux-Lusson. Morte, à Sarlande, le 10 novembre 1769 (de Saint-Saud : *Gén. Périgourdines*. Fam. Thomasson, et communic. de la m. de Sarlande). — Pr. 26 mars 1760. B. S. 22 avril 1768. — Dot 27 septembre 1769.

Marie-Hyacinthe-Suzanne Thoreau, née 25, baptisée 26 mars 1746, à Poitiers (Saint-Hilaire), fille de René Thoreau et de Marie-Suzanne-Florence Babin de Bourneuil. — Pr. 19 février 1756. B. S. 31 mars 1776. — Dot 2 octobre 1770. Bénédictine à Sainte-Glossinde de Metz (1770).

Marie-Madeleine Thorel de Bocancé, née 13, baptisée le 28 octobre 1696 à (Saint-Louis) Rochefort-sur-Charente, diocèse de la Rochelle (Charente-Inférieure), fille de Jean Thorel et d'Henriette d'Auton. — Pr. 9 février 1704. B. S. 4 octobre 1716. — Dot 25 mai 1717.

Jeanne-Geneviève-Catherine de Thoury, née 15, baptisée 17 juillet 1777, à Saint-Martin-des-Roullans (Calvados), diocèse de Bayeux, fille de Jacques-Philippe de Thoury et de Geneviève Quinette. — Pr. 5 juin 1787. Entrée, selon l'Inv., 5 juillet 1787. Sortie 12 mars 1793 (Crécy).

Marie-Anne-Judith Thubert de la Vrillaye, baptisée 26 juin 1743, à (Saint-Pierre) Chaveignes (Indre-et-Loire), diocèse de Poitiers, fille de Jacques Thubert et de Marie-Jacquette Daviau. — Pr. 22 juin 1755. B. S. 3 novembre 1763. — Dot 25 octobre 1766. Vivante 28 janvier 1772.

Marie-Elisabeth de Thumery-la-Cambe, baptisée 26 mars 1665, à Fleury-sur-Chaumont en Vexin (Fleury-sur-Mesnil (Oise), fille de Hector de Thumery et de Claude de Beaufort-Belin. — Pr. 18 mars 1686. Novice à Saint-Cyr (7 novembre 1692 — 23 novembre 1693). Ursuline à Magny (1695).

Marie-Louise Tiercelin de Brosse, née 2 décembre 1691, baptisée 3 janvier 1692, à Riencourt (Somme), diocèse d'Amiens, fille de Louis Tiercelin et de Suzanne Damiette. — Pr. 23 novembre 1701. Morte, à Saint-Cyr, le 21 avril 1711 (mairie de Saint-Cyr).

Marie-Odile-Charlotte du Tillet-Montramé, née et baptisée 13 juillet
1732, à Chalautre-la-Petite (Seine-et-Marne), diocèse de Sens, fille de
Charles-Claude du Tillet et de Marie-Marguerite de Cœuret-Nesle. —
Pr. 4 juin 1742. B. S. 23 juin 1752. — Dot 20 août 1754. Elle épousa
(septembre 1766) Antoine-Charles du Tillet-la-Bussière.

Barbe de Tilly-Acon, née et baptisée le 19 juillet 1688, à (Saint-Denis)
Acon (Eure), diocèse d'Evreux, fille d'Urbain de Tilly et de Barbe de
Guillon. — Pr. 17 novembre 1696. B. S. 3 août 1708. — Dot 3 août 1708.
Elle épousa (9 juin 1716) Mathurin de Quincarnon-Morainville *(Annuaire
de l'Eure* 1862, p. 21) (communic. de M. H. Le Court).

Marie-Claude de Tilly-Blaru-Prémont, née 2, baptisée 5 août 1721, à
(Notre-Dame) Vernon (Eure), diocèse d'Evreux, fille de Louis de Tilly et
de Marguerite Chauveau. — Pr. 31 juillet 1732. B. S. 15 janvier 1741.—
Dot 25 janvier 1743.

Marie-Angélique-Françoise de Tilly-Blaru, née 29, baptisée 30 avril
1741, à (Saint-Jacques-du-Haut-Pas), Paris, fille de Hilaire de Tilly et de
Henriette-Marie-Madeleine-Anne de Roux. — Pr. 30 décembre 1750.
B. S. 12 novembre 1763. Elle mourut, à Rouen, le 27 mai 1765 (Arch.
de Seine-et-Oise, D. 196). La dot fut versée aux héritiers, le 5 juillet
1766.

Anne-Sophie de Tilly, née 15, baptisée 16 février 1756, à Vernon
(Notre-Dame) (Eure), diocèse d'Evreux, fille d'Hilaire de Tilly et d'Anne-
Frédérique de Rochefort. — Pr. 16 mars 1765. B. S. 10 décembre 1775.—
Dot 4 mars 1777. Morte en 1779.

Anne-Marie-Henriette-Françoise de Tilly, née et baptisée le 2 juillet
1771, à (Notre-Dame-des-Champs), Paris, fille de René-Louis de Tilly et
d'Anne-Perrine Champion de Quincé. — Pr. 25 septembre 1780. — Dot
12 juillet 1791. Elle épousa (5 mars 1810) Clair-Pierre-Charles de la
Touche et mourut, à Saint-Calais, le 2 mars 1838 (Renseignement fourni
par M. de Vanssay et communic. sec. de la m. de Saint-Calais. Etat-Civil
de Saint-Calais. Année 1838, n° 17).

Jeanne-Renée-Jacquine de Tilly-la-Tournerie, née 11, baptisée 12 mai
1777, à Beaumont-le-Vicomte (Sarthe), fille de Jacques de Tilly et de
Jeanne-Antoinette-Jacquette Amelon. — Pr. 7 janvier 1787. Entrée, selon
l'Inv., 25 janvier 1787. Sortie 9 mars 1793 (Crécy). Devait être chan. à
Largentière.

Renée de Tilly, née 2 septembre 1781 (Saint-Allais) à la Maulnière, fille de René-Louis de Tilly et d'Anne-Elisabeth-Perrine Champion de Quincé. Entrée, selon l'Inv. le 3 avril 1791. Sortie 9 mars 1793 (Crécy). Vivante 8 juillet 1804. Elle épousa (8 septembre 1802) Louis-Dominique du Mesnil-Saint-Denis.

Marie-Jeanne-Louise de Tiremois, née 12, baptisée 16 juillet 1775, à (Saint-Saturnin) Gentilly (Seine), fille de Jacques-François de Tiremois et de Marie-Charlotte-Geneviève Le Gendre. — Pr. 12 mai 1785. Sortie 19 mars 1793 (Crécy). Entrée, selon l'Inv., 24 mai 1785.

Marthe-Madeleine de Tiremois, née 5, baptisée 6 août 1778, à (par. du Vieux-Château) Saint-Amand-Mont-Rond (Cher), fille de René-Lomer de Tiremois et d'Anne Subert. — Pr. 8 mars 1788. Sortie 19 mars 1793 (Crécy).

. Françoise de Tisseuil-Anvaux, née et baptisée, le 12 août 1702, à Azat-sur-Vienne, diocèse de Limoges (Abzac (Charente) sur Vienne), fille de Barthélemy de Tisseuil et de Marguerite Valentin de Montbrun. — Pr. 14 juin 1714. Morte, le 10 septembre 1717, à Saint-Cyr (mairie de Saint-Cyr).

Françoise-Victoire de Tisseuil-Anvaux, née 14, baptisée 16 juillet 1766, à Azat-sur-Vienne (Abzac-sur-Vienne (Charente), diocèse de Limoges, fille de François de Tisseuil et de Françoise-Sophie Guyot du Dognon. — Pr. 7 novembre 1777. B. S. 15 juillet 1786. — Dot 26 juillet 1786.

Claude de Toisy-Torsy, née 23, baptisée 28 octobre 1677, à Saint-Léger de Fourches (Côte-d'Or) en Auxois, fille d'Edme-Joseph de Toisy et de Catherine de la Menue. — Pr. 28 avril 1688.

Jeanne-Edmée de Toisy-Torcy, née 9, baptisée 16 juillet 1679, à Torcy en Auxois (Côte-d'Or), fille de Jacques de Toisy et de Claude du Bois. — Pr. 20 mars 1688. — Bénédictine.

Elisabeth du Tot-Villefort, née et baptisée 7 août 1690, à (Saint-Léger) Soissons (Aisne), fille de Jean du Tot et de Marie-Elisabeth Charpentier. — Pr. 14 juillet 1702. B. S. 8 août 1710. — Dot 8 août 1710.

Marie du Touchet-Venoix, née et baptisée le 3 mars 1696, à (Saint-Hilaire) Bavent (Calvados), diocèse de Bayeux, fille de Guillaume de Touchet et de Marguerite Le Duc. — Pr. 10 décembre 1707. B. S.

14 mars 1716. — Dot 14 mars 1716. Religieuse à la Trinité de Caen
(1ᵉʳ juillet 1722) (Th. Courtaux : *Preuves pour servir à l'hist. de la m. de
Touchet*. Paris 1906, p. 161).

Elisabeth de Toulouse-Lautrec, née 19, baptisée 21 février 1756, à
(Notre-Dame-de-la-Plate) Castres (Tarn [1]), fille de Marc-Antoine de Tou-
louse-Lautrec et de Marie-Charlotte de Percin. — Pr. 29 août 1766.
B. S. 4 mars 1776. — Dot 24 novembre 1778.

Jacquette-Victoire de Toulouse-Lautrec, née et baptisée le 3 mars 1763,
à (Notre-Dame de la Plate) Castres (Tarn), fille de Pierre-Joseph de
Toulouse-Lautrec et d'Elisabeth du Rozier. B. S. 8 mars 1783. — Dot
22 mai 1784. Elle épousa Louis-Gabriel-Mathieu d'Alby-Genouillac.
« Je n'ai pas pu voir ici (à Limoux) Mᴵˡᵉ Lautrec, mariée à M. d'Alby :
« Elle a deux enfants et à peine du pain à leur donner : son mari est à
« Paris, sollicitant une surveillance. Sa sœur aînée a fait dans la Révo-
« lution le plus mauvais mariage... » (Lettre de Mᴵˡᵉ du Pac à Mᵐᵉ du
Chassan, 10 mai 1801 (commun. par M. Ch. de Longevialle).

Marie-Françoise de la Tour-Neuvillars-Fombiat, née 16 août, baptisée
5 septembre 1687, à (Saint-Julien) Condat (Corrèze), diocèse de Limoges,
fille d'Antoine de la Tour et de Jeanne de Bonneval. — Pr. 28 novembre
1698. B. S. 16 août 1707. — Dot 16 août 1707.

Marie de la Tour-Langle, née 11, baptisée 18 septembre 1715, à Caillac
(Lot), diocèse de Cahors, fille de Paul-Louis de la Tour-Langle et de
Marie-Madeleine de Vacquié. — Pr. 20 août 1727. Pens. pour infirmités,
1733, 1734, 1735. B. S. 27 décembre 1736. — Dot 2 août 1738.

Marie-Anne de la Tour-Langle, née 7, baptisée 8 novembre 1729, à
(Saint-Pierre) Caillac (Lot), diocèse de Cahors, fille de Louis de la
Tour et de Madeleine de Vacquié. B. S. 4 décembre 1749. — Dot
26 janvier 1751.

Marie-Anne Le Tourneur de Burbure, née 20, baptisée 21 avril 1691, à
Montravers-en-Poitou (Deux-Sèvres), diocèse de la Rochelle, fille de
Séraphin Le Tourneur et de Renée Barbot. — Pr. 20 juin 1702. B. S.
4 mai 1711. — Dot 6 mai 1711. — Religieuse.

---

[1] Communic. de la mairie de Castres.

Marie-Françoise-Marguerite Toustain de Richebourg, née et ondoyée 23 juin, baptisée 12 août 1732, à Saint-Martin-du-Manoir (Seine-Inférieure), diocèse de Rouen, fille de Marc-Antoine Toustain et de Marie-Françoise de la Houssaye. — Pr. 30 août 1741. B. S. 23 juin 1752. — Dot 9 octobre 1754. Ursuline à Argenteuil. Le 26 juin 1791, elle entra, comme pensionnaire, à l'abbaye d'Hyères, où elle était encore, le 10 octobre 1792 (abbé Alliot : *Hist. de l'abb. d'Yères*, p. 281, Paris 1899, in-8°).

Victoire de Toustain, née 20 juillet 1765, baptisée à (Saint-Salomon), Pithiviers (Loiret), fille de Louis de Toustain et de Catherine-Charlotte-Suzanne de Clinchamp. Morte, à Saint-Cyr, le 14 mai 1779 (mairie de Saint-Cyr).

Louise-Marie-Adélaïde de Toustain, née 13 mai 1775, à Ploermel, fille de Charles-Gaspard de Toustain et d'Angélique-Emilie-Perrine du Bot (au témoignage de son père, auteur d'une *Généalogie* de sa famille, Paris 1799, in-8°. Elle est, du reste, sur la liste Lavallée. Pas de traces de son passage à Saint-Cyr, aux Arch. de Seine-et-Oise). Elle épousa (21 floréal an III), François de Sales-Marin Oulry d'Ingrandes (Toustain o. c.).

Sainte Tranchant du Tret, née 27, ondoyée 30 octobre 1744, baptisée 6 juillet 1745, à Soudan (Loire-Inférieure), évêché de Nantes, fille de Joachim Tranchant et de Suzanne Béchais. — Pr. 23 novembre 1752. B. S. 5 septembre 1764. — Dot 25 octobre 1766. Vivante 28 janvier 1772.

Madeleine-Elisabeth de la Tranchée-Carneaux, baptisée 7 novembre 1684, à Etrechy (Seine-et-Oise), diocèse de Sens, fille de Pierre de la Tranchée et d'Elisabeth de Billon. — Pr. 16 février 1695. Morte, à Saint-Cyr, le 23 juin 1700 (mairie de Saint-Cyr).

Anne-Marie-Thérèse-Jeanne de la Treille-Fosières, née 13, ondoyée 15 octobre 1739, à (Saint-Sébastien), Narbonne (Aude), fille de Jean-François de la Treille et de Marie-Thérèse de Gléon. — Pr. 20 juillet 1750. B. S. 12 octobre 1759. — Dot 30 avril 1764. Novice visitandine, rue Saint-Antoine, à Paris, puis visitandine à Vienne (Autriche). Elle était, en 1798, supérieure des visitandines de Vienne (Cf. *Mém. de la marquise de la Bouletière*, Angers 1884, in-12°, p. 61 et 89. Elle l'appelle : Mme de Fussières). Professe (27 avril 1762), elle partit pour Vienne, le 10 septembre 1764 (Arch. Nat., LL. 1718 (Sœur Isabeau). Elle contribua beaucoup (16 juin 1791-1er mai 1793) à la fondation d'un couvent de visitandines à Mantoue, créé par des visitandines lyonnaises (B. N. Impr. Circulaires visitandines des couvents de Mantoue, Paris, Vienne. Détails sur son voyage et celui de ses compagnes, Mlles de la Treille et de Lenfernat, quand elles partirent pour Vienne). Il est question d'elle et de sa sœur dans une lettre de Marie-Thérèse à Mercy-Argenteau (Corresp. de Marie-Thérèse, II, 252) (Renseignement fourni par M. de Fozières). Supérieure à Vienne (1782), puis à Venise (1801), elle mourut, à Venise, le 3 février 1812 (communic. de sœur François-de-Sales Michel, de la Visitation de Vienne).

Poncie-Marie-Anne de la Treille-Fosières, née 2, ondoyée 4 décembre 1744, à (Saint-Sébastien), Narbonne (Hérault), fille de Jean-François de la Treille et de Marie-Thérèse de Gléon. Visitandine, rue Saint-Antoine, à Paris (professe 6 mai 1764) (Sœur Marie-Josèphe). Elle partit pour Vienne, avec sa sœur et Mlle de Lenfernat, le 10 septembre 1764. Elles y arrivèrent le 10 octobre (Détails sur leur voyage. B. N. Impr. L 173 D. t. 104, pp. 4 et 5 d'une des circulaires de 1765). Partie pour Venise en 1801. Elle mourut, le 19 décembre 1818 (communic. de sœur François-de-Sales Michel, de la Visitation de Vienne).

Marie-Claudine-Jeanne de Trémereuc-Meurtel, née 2, baptisée 3 février 1746, à Plevenon (Côtes-du-Nord), évêché de Saint-Brieuc, fille de François de Trémereuc et de Marie-Angélique Barbe de Lorgeril. — Pr. 2 juin 1757. B. S. 24 janvier 1768. — Dot 26 juillet 1768. Vivante 28 janvier 1772.

Françoise-Geneviève de Trémigon, née 4, baptisée 7 octobre 1736, à Brest (Finistère), diocèse de Léon, fille de François-Louis de Trémigon et de Marie-Agnès de Longueville. — Pr. 9 juillet 1746. B. S. 4 octobre 1756. — Dot 5 juillet 1763. Ursuline à Morlaix (7 juillet 1763).

Marguerite de Trémont-Boistorel, née 20, baptisée 27 juillet 1683, à Beaufai-sur-Rille (Orne), diocèse de Lisieux, fille de Gilles de Trémont et de Renée du Paisot. — Pr. 25 septembre 1690. B. S. 18 juillet 1703. — Dot 19 juillet 1703.

Angélique-Josèphe de Tressemanes-Chasteuil, née et baptisée, le 14 juillet 1722, à (Sainte-Madeleine), Aix-en-Provence (Bouches-du-Rhône), fille de Gaspard de Tressemanes et de Madeleine Raimondis. — Pr. 23 mars 1730. B. S. 15 juin 1742. — Dot 2 mai 1745.

Catherine-Henriette-Perrette de Tressemanes-Chasteuil, née 11 juillet
1723, à Gouts (Gouts-Rossignol (Dordogne), diocèse de Périgueux, fille
de Gaspard de Tressemanes et de Marguerite Raimondis. — Pr. 8 mars
1732. B. S. 5 juillet 1743. Religieuse à Saint-Barthélemy d'Aix, elle reçut,
comme *régale* et ancienne élève de Saint-Cyr, une pension, du 16 mars 1746
au 8 juillet 1788 Elle vivait encore, mais était « en ire » (folle furieuse).

Madeleine de Tressemanes-Brunet-Chasteuil, née et baptisée 17 décembre 1723, à Brunet (Basses-Alpes), diocèse de Riez, fille de Gaspard de
Tressemanes et de Madeleine de Bellier. — Pr. 28 décembre 1734. B. S.
4 octobre 1743. — Dot 12 avril 1747. Elle épousa (22 décembre 1750)
Philippe-Louis de Félix-Olières, et mourut le 23 septembre 1783 *(Gazette
de France*, n° du 10 octobre 1783).

Anne-Marie-Baptistine de Tressemanes, née 11, baptisée 13 novembre
1766, à Brunet (Basses-Alpes), diocèse de Riez, fille de Jean de Tressemanes et de Marie-Françoise-Elisabeth de Tressemanes. — Pr. 25 septembre 1777. Morte, le 10 décembre 1784, à Saint-Cyr (mairie de Saint-
Cyr).

Marie-Thérèse-Perpétue de Trestondan-Bussy, née 2, baptisée 7 février
1719, à Ranzières (Meuse), diocèse de Verdun, fille de Ferdinand de
Trestondan et d'Anne-Marie-Julienne-Etienne de Procheville. — Pr.
24 janvier 1731. B. S. 11 février 1739. — Dot 15 mai 1741.

Marguerite de Trestondan-Suaucourt, née et baptisée le 19 juillet 1730,
à Suaucourt (Haute-Saône), diocèse de Langres, fille de François de
Trestondan et de Marguerite de Vergallant. — Pr. 4 octobre 1741. B. S.
19 juillet 1750. — Dot 11 juillet 1752. Elle épousa (14 février 1759)
Jean-François-Gabriel de Barberot-Autel.

Marguerite de Trimont, née 20, baptisée 22 avril 1717, à (Notre-Dame
des Tables) Montpellier (Hérault), fille de Louis de Trimont et de Madeleine de Veissière. — Pr. 3 mai 1727. Morte, le 21 janvier 1732, à Saint-
Cyr (mairie de Saint-Cyr).

Marie-Agathe de Troplong du Halgoat, née et baptisée le 10 novembre
1772, à (Notre-Dame) Guingamp (Côtes-du-Nord), fille de René-Jean-
Marie de Troplong et de Renée-Josèphe Moysan. — Pr. 4 septembre
1782. Entrée 6 septembre 1782. Sortie 30 octobre 1792 (Crécy).

Jeanne-Françoise de Truchis-la-Motte, née et baptisée 28 juillet 1723, à (Saint-Martin) Nolay (Côte-d'Or), bailliage de Beaune, fille de Nicolas de Truchis et de Madeleine Charlent. — Pr. 12 septembre 1732. B. S. 5 juillet 1743. — Dot 26 novembre 1745. Religieuse aux Filles-Dieu à Chartres.

Marie de Truchis-la-Motte, née et baptisée 14 décembre 1727, à (Saint-Martin) Frontenard (Saône-et-Loire), diocèse de Châlon, fille de Nicolas de Truchis et de Madeleine Charlent. Morte, le 2 octobre 1740, à Saint-Cyr (mairie de Saint-Cyr).

Renée de la Tullaye-la-Jaroussaye, baptisée 2 octobre 1701, à (Saint-Pierre) Janzé (Ille-et-Vilaine), diocèse de Rennes, fille de René de la Tullaye et de Renée de la Corbinière. — Pr. 9 janvier 1711. B. S. 26 septembre 1721. — Dot 18 février 1721.

Charlotte-Marie de Tullières, née 30 mars, baptisée 1er avril 1755, à (Saint-Pierre) Dangeau (Eure-et-Loir), fille de Jean-Louis de Tullières et de Marie-Charlotte du Mouchet. — Pr. 27 mars 1766. Morte, le 31 octobre 1771, à Saint-Cyr (mairie de Saint-Cyr).

Marie-Anne-Adélaïde de Turenne-Aubepeyre-Ainac, née 13 mars, au château de Coffinhal près Montsalvy, ondoyée 15 mars, baptisée 26 avril 1764, à Montsalvy (Cantal) (communic. de la m. de Montsalvy), fille de Jean-Claude de Turenne et de Jeanne-Marie de Méalet. B. S. 11 mai 1784. — Dot 13 août 1785.

Louise-Françoise de Turin, née et ondoyée 16 juin 1672, baptisée 22 juin 1685, à (Saint-Julien) Versailles (S.-et-Oise), fille de Jean-Baptiste de Turin-Luzarches et de Marie de la Cavalerie. — Pr. 4 janvier 1686.

Félicité-Waudru d'Urre-Molans, née 14, baptisée 15 janvier 1747, à (Saint-Germain) Mons en Hainaut (Belgique), fille de Michel-André d'Urre et de Marie-Josèphe de Virgile. — Pr. 12 octobre 1757. B. S. 2 février 1767. — Dot 28 février 1769.

Marie-Françoise-Adélaïde d'Urre-Molans, née et baptisée 11 septembre 1750, à (Saint-Martin) Pas-en-Artois (Pas-de-Calais), fille de Michel-André d'Urre et de Marie-Joséphine-Claudine de Virgile. B. S. 13 septembre 1770. — Dot 25 septembre 1770. Chanoinesse de Troarne (6 décembre 1787).

Marie-Françoise-Hyacinthe Urvoy de Saint-Bédan, née 2, baptisée 3 mai 1725 à (Saint-Mélanie) Morlaix (Finistère), fille de Louis-Jean-Baptiste Urvoy et de Catherine Coroller. — Pr. 28 décembre 1736. B. S. 27 mars 1745. — Dot 1er octobre 1748.

Olive-Jacqueline Le Vacher de Doucé, née et baptisée 12 juin 1689, à Anvers-le-Hamon en Maine, fille de Jacques Le Vacher et de Radegonde de la Chapelle-Rainsouain. — Pr. 2 mars 1697. Morte, à Saint-Cyr, le 13 janvier 1698 (mairie de Saint-Cyr).

Marie Le Vaillant, née 16, baptisée 17 février 1685, à (Saint-Martin) Le Tourneur (Calvados), diocèse de Bayeux, fille de Nicolas Le Vaillant et d'Anne des Champs. — Pr. 25 juin 1694. B. S. 20 février 1705. — Dot 9 novembre 1705. Elle épousa (4 mars 1715) Jean Gautier de la Ferrière. Vivante 17 février 1717. Fille à Saint-Cyr.

Aimée-Marie Le Vaillant, née et baptisée, le 24 février 1764, à (Saint-Remy) Douvres (Calvados), diocèse de Bayeux, fille de Jean-Marc-Antoine Le Vaillant et de Cécile Planchon. — Pr. 8 février 1773. Morte, le 4 avril 1773, à Saint-Cyr (mairie de Saint-Cyr).

Geneviève-Victoire-Madeleine de la Valade, née et baptisée, le 18 juin 1774, à Saint-Georges-des-Coteaux (Charente-Inférieure), fille d'Henri-Nicolas de la Valade et de Geneviève Chaigneau. — Pr. 27 mai 1784. Entrée, selon l'Inv. : 5 juin 1784. Sortie 5 avril 1793 (Crécy).

Marie de Valbrune, née 19, baptisée 24 février 1773, à Léguilhac de Lanche (Dordogne), fille de Jean de Valbrune et de Marguerite d'Aulède. — Pr. 5 septembre 1783. Entrée, selon l'Inv., 6 septembre 1783. Sortie 14 mars 1793 (Crécy).

Marie Valentin de Montbrun, née 14 mars, baptisée 3 avril 1672, à (Saint-Pierre) Rouillac (Charente), diocèse d'Angoulême, fille de François-Valentin et de Catherine Marchais. — Pr. 4 octobre 1686.

Marguerite Valentin de Boisauroux, née 15 mars, baptisée 14 mai 1674, à (Saint-Pierre) Rouillac (Charente), diocèse d'Angoulême, fille de François-Valentin et de Catherine Marchais. — Pr. 4 octobre 1686. Elle épousa (10 juillet 1699) Barthélemy de Tisseuil. Fille à Saint-Cyr. Vivante 11 avril 1733.

Philippes-Rose Valentin de Montbrun-Boisauroux, née 20 juin, baptisée 24 novembre 1676, à (Saint-Pierre) Rouillac (Charente), diocèse
d'Angoulême, fille de François-Valentin et de Catherine Marchais. — Pr.
4 octobre 1686. Ursuline à Châtillon-sur-Seine (8 août 1704) (sœur
Sainte-Sophie). Pens. alim. (8 août 1704-10 février 1757). Y morte, le
5 juillet 1757 (Arch. S.-et-O. fonds Saint-Cyr D. 194). Elle fut supérieure (12 mars 1748-10 février 1752).

Marie-Anne de la Valette-Parisot, née 13, baptisée 15 mars 1728, à la
Capelle-Viescamp (Cantal), diocèse de Saint-Flour, fille de Louis de la
Valette et de Françoise de Bonhore. B. S. 5 mars 1748. — Dot 6 septembre
1749.

Marie-Henriette de la Valette-Parisot-Saint-Hilaire, née et baptisée, le
19 avril 1737, à Lalbenque (Lot), diocèse de Cahors, fille de Jean de la
Valette et de Marie-Benoîte de la Burgade. — Pr. 14 avril 1749. B. S.
29 avril 1757. — Dot 17 août 1762. Elle épousa (8 janvier 1762) Joseph
de Montlezun-Berau.

Anne de Valier, née à Saint-Sever (Landes) le 17, baptisée le 18 décembre 1738 (communic. de M. le sec. de la m. de Saint-Sever), fille de Louis
de Valier et de Françoise de Biaudos. — Pr. 21 novembre 1750. Novice
à Saint-Cyr (17 mai 1759), devant la Reine et l'Infante de Parme. Morte,
le 22 mai 1761, à Saint-Cyr (mairie de Saint-Cyr).

Anne-Françoise-Jacquine-Ambroisine-Louise-Céleste de Valleaux, née
22, baptisée 23 août 1778, à Astillé (Mayenne), diocèse du Mans, fille
d'Ambroise-Balthazar de Valleaux et de Jacquine-Perrine d'Osbert. —
Pr. 28 décembre 1787. Entrée, selon l'Inv., le 30 décembre 1787. Sortie,
le 26 mars 1793 (Crécy).

Cécile-Emilie de Valles du Plessis, née 12 octobre 1723, baptisée le
.... au Plessis-Mahiel (ancienne paroisse, voisine d'Eman-
ville et de Saint-Léger-le-Gautier (Eure), diocèse d'Evreux, fille d'Alexan-
dres de Valles et d'Anne Viart. — Pr. 9 février 1735. Morte à Saint-Cyr,
le 16 mai 1741 (mairie de Saint-Cyr).

Marie-Louise de Valles, née 13, baptisée 14 août 1749, à (Sainte-Marie-
Madeleine) Chateaudun (Eure-et-Loir), diocèse de Chartres, fille de
Alexandre-Marie de Valles et de Marie-Françoise Rossignol. — Pr.
11 juin 1761. B. S. 1er août 1769. — Dot 1er octobre 1769.

Françoise-Claire-Marie Le Vallois, ondoyée 29 novembre 1747, baptisée 26 février 1748, à Clécy (Calvados), diocèse de Bayeux, fille de Pierre Le Vallois et de Catherine-Antoinette Le François. — Pr. 2 août 1759. B. S. 21 novembre 1767. — Dot 5 juillet 1768.

Catherine-Julie de Valori, née 25 juin, baptisée 4 juillet 1702, à (Notre-Dame de la Citadelle) Arras, fille de Pierre-François de Valori et d'Anne-Jeanne Grégoire. — Pr. 13 juin 1714. B S. 30 juin 1722. — Dot 18 février 1721.

Marie-Renée-Angélique de Valori-la-Pommeraye, ondoyée 15 avril, baptisée 10 juillet 1713, à Fontaine-Couverte (Mayenne), diocèse d'Angers, fille de Paul-Gervais de Valori et de Renée-Clotilde du Plessis-Argentré. — Pr. 21 août 1724. Pens. pour infirm. 1731-1732. B. S. 1er juin 1733. — Dot 1er avril 1735.

Marie-Florence de Valori, née 11, baptisée 12 mai 1727, à (Notre-Dame) le Quesnoy (chef lieu de cant., arrond. Avesne, Nord), diocèse de Cambrai, fille de Guy-Louis-Henri de Valori et d'Henriette-Françoise Le Camus. — Pr. 8 mars 1736. B. S. 4 avril 1747. — Dot 8 février 1749. Elle épousa (20 décembre 1751) François-Etienne de Mazin (né 1702, mort 20 février 1786). Elle fut guillotinée, à Paris, le 5 mai 1794 (de Beauchesne (cf. Arch. Nat. W. 359, doss. 756) *M*^me^ *Elisabeth*, t. II, *pièces justificatives*). Cf. Audebert : *Gén. de la m. de Masin*. Elle fut arrêtée au château de Dampierre, emprisonnée à Nevers, transférée à la Conciergerie, condamnée comme mère d'émigré.

Louise-Marguerite de Vambez-Florimont-Fontaine-le-Pin, née 27, baptisée 28 février 1744, à Fontaine-le-Pin (Calvados), fille de Louis-Jacques-François de Vambez et de Marie-Madeleine de Ménard. — Pr. 24 février 1756. B. S. 25 février 1764. — Dot 25 octobre 1766. Chanoinesse de Troarn (13 décembre 1787). Vivante 18 janvier 1772.

Marguerite de Vançay-Conflans, née 24, baptisée 25 mai 1686, à (Saint-Maurice) Salins (Jura), diocèse de Besançon, fille de Renée de Vançay-Conflans et de Marguerite-Bonaventure Maire. — Pr. 12 août 1696. B. S. 15 août 1706. — Dot 15 août 1706.

Jeanne-Agathe de Vançay-Conflans, née et baptisée 9 février 1714, à (Notre-Dame) Alençon (Orne). fille de Charles de Vançay et de Marie-Thérèse de Chenevière. — Pr. 8 février 1724. B. S. 7 décembre 1733. — Dot 12 août 1735. — Religieuse.

Louise-Michelle de Vançay-Conflans, née et baptisée le 25 juin 1780, à (Saint-Pantaléon) Commercy (Meuse), fille de Michel-François de Vançay et de Marie de Boy. Entrée, selon l'inventaire, le 19 avril 1790. Sortie, 20 mars 1793 (Crécy).

Antoinette-Catherine-Sophie de Varanges-Lort, née 7, baptisée 8 octobre 1768, à Ligny-en-Barrois (Meuse), fille de Louis-Thomas de Varanges et de Marie-Marguerite Bourgeois. — Pr. 9 septembre 1778. B. S. 13 octobre 1788. — Dot 12 mai 1789.

Anne-Catherine-Henriette de Varanges-Lort, fille de Louis-Thomas de Varanges-Lort et de Marie-Marguerite de Bourgeois, née et baptisée à Ligny en Barrois (Meuse), le 22 décembre 1770. B. S. 8 novembre 1790.

Marie de Varennes-Gleteins, née et baptisée, le 13 mars 1749, à Jassans de Frans en Dombes (Ain), fille de Claude-Charles de Varennes et d'Antoinette-Alexandrine de Seyturier. — Pr. 5 janvier 1761. B. S. 14 février 1769. — Dot 3 août 1770. Chanoinesse de Neuville en Bresse (1770).

Anne-Marie-Rose de Varese, née 20, baptisée 31 juillet 1780, à Bastia (communic. de M. le sec. gén. mairie de Bastia), fille de Gaëtan de Varese et de Marie-Anne Giugali. Entrée, selon l'Inv. le 11 janvier 1788 et sortie 27 septembre 1792. Vivante 21 mars 1793. (Arch. S. et O. fonds Saint-Cyr non classé. Cartons de sortie.)

Françoise-Jacqueline de Vasconcellos-Lanoue, née 6, baptisée 7 octobre 1682, à Coudeau en Perche (Orne), fille de Jean de Vasconcellos et de Felice Fortin. — Pr. mai 1694. Novice (3 février 1701), religieuse (3 février 1703), à Saint-Cyr. Morte, le 6 juillet 1705 (mairie de Saint-Cyr).

Bonne-Marie-Usine de Vasconcellos, née et baptisée 9 janvier 1763, à (Saint-Thomas) Soizé (Eure-et-Loir), diocèse de Chartres, fille de François de Vasconcellos et de Marie-Louise de Laurant. — Pr. 20 avril 1771 Morte, le 5 avril 1777, à Saint-Cyr (mairie de Saint-Cyr).

Jeanne de Vassal-Baste, née et baptisée 16 août 1743, à (Saint-Jean) Fongalop (Dordogne), diocèse de Sarlat, fille de Jean de Vassal et de Jeanne de Las-Cases. — Pr. 12 décembre 1752. B. S. 3 novembre 1763. — Dot 22 mai 1767. Morte sans alliance. Vivante 28 janvier 1772.

Catherine-Louise de Vassal-Montviel, née 10, baptisée le 11 juillet 1751, à (Saint-Grégoire) Stenay (Meuse) fille de Jean-Baptiste de Vassal et d'Alexie Le Roy du Gué. — Pr. 15 septembre 1761. B. S. 24 juin 1771. — Dot 30 août 1771. Elle épousa un baron suisse.

Marie-Anne-Bertrande de Vassal-Purecet, née et baptisée le 15 juillet 1751, à Gouts (Dordogne), diocèse de Périgueux, fille de Joseph-Sicaire de Vassal et de Marguerite de Malet-Chastanet. — Pr. 23 octobre 1761. B.S. 24 juin 1771. Dot 1ᵉʳ septembre 1772. Visitandine, rue Saint-Antoine à Paris (Sœur Thérèse-Lucie). Professe (6 décembre 1772). Morte, dans ce couvent, le 25 mai 1776 (Arch. Nat. LL. 1718).

Marie-Madeleine de Vassal-Purecet, née 27, baptisée 28 juillet 1758, à Gouts en Périgord (Dordogne), fille de Joseph de Vassal et de Marguerite de Malet. — Pr. 28 janvier 1764. B. S. 19 juin 1778. — Dot 24 novembre 1778.

Marie-Thérèse de Vassal-Montviel, née 26, baptisée 27 janvier 1775, à Rions (Gironde), diocèse de Bordeaux, fille de Jacques de Vassal et de Marie-Gratienne de Raoul. — Pr. 22 novembre 1784. Entrée 25 novembre 1784 (sel. l'Inv.). Sortie 22 mars 1793 (Crécy).

Marguerite-Radegonde de Vassal du Marais, née 9 juillet 1778, à Saint-Chamassy (Dordogne), fille de Louis de Vassal et de Marie de Fayols. — Pr. 11 mai 1788. Entrée selon l'Inv. le 17 mai 1788. Sortie 6 avril 1793 (Crécy).

Antoinette-Elisabeth de Vassaut-Vareilles, née 7, baptisée 8 août 1781, à Château-Thierry (Aisne) (communiqué par M. l'abbé Rozelet, curé de Château-Thierry), fille d'Henri-François de Vassaut et d'Antoinette-Jeanne-Madeleine-Colette Warnier. Entrée 6 juin 1791 (Inv.) Sortie 1792 (s. d. préc.) (Inv.).

Madeleine Le Vasseur-Cognée, baptisée 26 septembre 1670, à (Saint-Georges) les Essarts (Loir-et-Cher), diocèse du Mans, fille de Benjamin-Emmanuel Le Vasseur et de Marie Lhermitte, relig. aux Nouvelles Catholiques. — Pr. 22 septembre 1687.

Antoinette Le Vasseur-Cognée, baptisée 25 septembre 1671, à (Saint-Georges) Les Essarts (Loir-et-Cher), diocèse du Mans, fille de Benjamin-Emmanuel Le Vasseur et de Marie Lhermitte. — Pr. 22 septembre 1687.

Françoise Le Vasseur-Saint-Osmane, baptisée le 25 septembre 1671, à (Saint-Georges) les Essarts (Loir-et-Cher), diocèse du Mans, fille de Emmanuel-Benjamin Le Vasseur et de Marie Lhermitte. — Pr. 22 septembre 1687. Elle eut une conduite déréglée, puis se fit bernardine (Lavallée p. 110).

Marie-Marguerite Le Vasseur d'Armanville, née et baptisée le 25 janvier 1701, à Agnetz (Oise), diocèse de Beauvais, fille de Charles Le Vasseur et de Françoise-Louise Pasquier. — Pr. 13 avril 1708. B. S. 28 juillet 1720. — Dot 3 octobre 1720.

Claudine-Marguerite de Vauchaussade-Chaumont, née 8, baptisée 9 mai 1738, à (Saint-Jean) La Brousse (Creuse), diocèse de Limoges, fille de François de Vauchaussade et d'Etiennette-Marthe de Chaussecourte. — Pr. 18 mai 1748. B. S. 30 avril 1758. — Dot 14 avril 1765.

Marguerite-Claudine-Hermance de Vauchaussade du Compas, née et baptisée 30 juin 1771, à (Saint-Jacques) Auzances (Creuse), diocèse de Limoges, fille de Jean-Baptiste de Vauchaussade et de Marie de Vauchaussade. — Dot 12 juillet 1791.

Charlotte-Gasparine de Vaulchier du Deschaux, née 11, baptisée 13 juin 1741, à Villiers-Robert (Jura), bailliage de Dôle, fille de François-Marie-César de Vaulchier et de Françoise-Gasparine de Poligny. — Pr. 20 avril 1751. B. S. 10 août 1764. — Dot 14 février 1766. — Chanoinesse de Lons-le-Saulnier. Elle mourut en 1767 (Rens. de M. le marquis de Vaulchier).

Marie-Elisabeth de Vaulx-Achy, née et baptisée le 23 août 1756, à Folcklingen (cant. de Forbach, Alsace-Lorraine), fille de Joseph de Vaulx et de Marie-Dorothée des Guiots. B. S. 3 juillet 1776. — Dot 24 mars 1779.

Marguerite-Françoise de Venderets-Herbouville, baptisée 1er juillet 1674, à Mannéglise (Seine-Inférieure) diocèse de Rouen, fille de François de Venderets-Herbouville et de Marguerite Eudes. — Pr. 8 mars 1686.

Marie-Anne-Charlotte de Venderets-Enitot, née 7, baptisée 11 janvier 1685, à Alliquerville (commune de Trouville, Seine-Inférieure), diocèse de Rouen, fille d'Alexandre de Venderets et de Marie de Venois. — Pr. 8 mai 1694 B. S. 7 janvier 1705. — Dot 7 janvier 1705.

Marie-Madeleine de Venderets-Cateuil, née 15, baptisée 18 juillet 1689, à Etretat (Seine-Inférieure), diocèse de Rouen, fille de Jean-Antoine de Venderets et de Charlotte de Nouri. — Pr. 17 juillet 1696. Novice (10 mars 1709) professe (15 mars 1711) à Saint-Cyr. Y morte, le 27 juillet 1758 (mairie de Saint-Cyr).

Louise-Rosalie-Françoise-Charlotte de Venderets, née et baptisée, le 20 avril 1751, à Saint-Jacques d'Aliermont (Seine-Inférieure), diocèse de Rouen, fille d'Alexandre François-Pierre de Venderets et de Louise-Henriette de Foville. — Pr. 17 juillet 1762. B. S. 24 juillet 1773. — Dot 6 septembre 1773. Ursuline. Novice à Saint-Cyr (28 juin 1771) devant la Comtesse de Provence.

Louise-Henriette de Venderets-Enitot, née 3 février 1757 à Saint-Jacques d'Aliermont (Seine-Inférieure), diocèse de Rouen, fille d'Alexandre-Pierre de Venderets et de Louise-Henriette de Foville. Novice à Saint-Cyr (27 juillet 1777). Morte, le 23 juillet 1779, à Saint-Cyr (mairie de Saint-Cyr).

Marie-Anne de Vendeuil, née 7, baptisée 12 janvier 1682, à (Saint-Sulpice) Paris, fille d'Antoine de Vendeuil et de Louise de Laloi. — Pr. 20 octobre 1689. B. S. 8 janvier 1702. — Dot 12 janvier 1702.

Marie-Charlotte de Vendeuil-Etelfay, née 16, baptisée 19 octobre 1682, à Etelfay (Somme) diocèse d'Amiens, fille de René de Vendeuil et de Catherine de Tori. — Pr. 25 mai 1694. B. S. 16 octobre 1702. — Dot 16 octobre 1702.

Madeleine-Etiennette de Vendeuil-Arquinvilliers-Converset, née 21, baptisée 23 janvier 1683, à (Saint-Sulpice) Paris (B. N. Fr. 32593. fol. 338 v°), fille d'Antoine de Vendeuil et de Louise de Laloi. B. S. 20 janvier 1703. — Dot 25 janvier 1703.

Geneviève de Vendeuil-Assonleville, née et baptisée 21 juillet 1692, à (Notre-Dame) Villers-Faucon (Somme), diocèse de Noyon, fille de Joseph-Philippe de Vendeuil et de Geneviève de Bossu. — Pr. 21 janvier 1704. B. S. 2 octobre 1712. — Dot 4 octobre 1712. Elle épousa (9 février 1729) Antoine-François de Vendeuil (Rens. fournis M. le marquis de Vendeuil). Fille à Saint-Cyr. Elle vivait encore, le 17 septembre 1733.

Madeleine-Geneviève-Françoise de Vendeuil, née et baptisée 17 septembre 1733, à (Saint-Sulpice) Paris, fille d'Antoine-François de Vendeuil et de Geneviève de Veudeuil-Assonville. — Pr. 3o juin 1742. Morte, à Saint-Cyr, le 4 août 1742 (mairie de Saint-Cyr).

Marie- Anne-Thérèse-Françoise-Claire-Henriette-Hippolyte du Venel, née 3, baptisée 4 avril 1744, à la cathédrale de Toulon en Provence (Var), fille de François-Gaspard de Venel et de Claire de Bononaud. — Pr. 3 mai 1753. Morte, à Saint-Cyr, le 16 janvier 1760 (mairie de Saint-Cyr).

Louise-Marie-Reine-Agathe Le Veneur de la Ville-Chapron, baptisée le 17 février 1711, à (Saint-Michel) Saint-Brieuc (Côtes du Nord), fille de Louis Le Veneur et de Catherine-Reine de la Lande. — Pr. 23 mai 1722. B. S. 1731. — Dot 28 novembre 1731.

Gabrielle-Louise Le Veneur de Beauvais, baptisée 21 février 1711, à (Saint-Michel) Moncontour (Côtes du Nord), évêché de Saint-Brieuc, fille de Marc-Gabriel Le Veneur et de Jeanne-Sébastienne de Boisbilly. — Pr. 25 juin 1721. B. S. 25 février 1731. — Dot 3o octobre 1733. Vivante 2o décembre 1735.

Marie-Anne de Venois-Hattenville, baptisée 13 novembre 1677, à Hattenville (Seine-Inférieure), diocèse de Rouen, fille de François de Venois et de Charlotte de Riencourt. — Pr. 18 juin 1686.

Marie-Louise-Elisabeth-Pétronille de Venois-Hattentot, née 3o, baptisée 31 mai 1740, à (Saint-Nicolas) (faubourg de) Fécamp (Seine-Inférieure), fille de Bon-Adrien-Louis de Venois et de Marie-Geneviève Martonne. — Pr. 28 février 1751. B. S. 3 novembre 1763. ·· Dot 25 octobre 1766. Vivante 28 janvier 1772.

Louise-Agnès du Verdier-la-Chapelle, née 13, baptisée 16 janvier 1737, à (S. S. Clément et Lactencin) Saint-Lactencin (Indre), diocèse de Bourges, fille de Joseph du Verdier et d'Agnès-Angélique de Savary-Lancosme. — Pr. 17 novembre 1746. Morte, le 18 décembre 1748, à Saint-Cyr (mairie de Saint-Cyr).

Agnès-Anne du Verdier-Sainte-Solange-la-Chapelle, née 1er, baptisée le 3 juillet 1741 (communic. de M. Savoie sec. de la m. de Saint-Lactencin), à (Saint-Clément) Saint-Lactencin (Indre), diocèse de Bourges, fille de Joseph du Verdier et d'Agnès-Angélique Savary de Lancosme. — Pr. juin 1751. B. S. 26 décembre 1763. — Dot 5 juin 1767. Bénédictine à Montluçon (28 janvier 1772).

Suzanne de Verdonnet, née et baptisée, le 1ᵉʳ novembre 1749, à (Saint-Pierre) Vic-le-Comte (Puy-de-Dôme), fille de François de Verdonnet et de Madeleine de Murat. — Pr. 19 août 1761. Morte, à Saint-Cyr, le 9 avril 1766 (mairie de Saint-Cyr).

Jeanne-Rosalie de Vergnette-Hardancourt, baptisée 16 mai 1741, à la Vacherie-sur-Hondouville (Eure), fille de Claude-Antoine de Vergnette et de Marguerite-Anne de la Barre. — Pr. 23 septembre 1752. B. S. 7 novembre 1763. — Dot 25 octobre 1766. Elle épousa (19 mai 1767) Marie-François Joseph-Ferdinand de Grasmane-Bonaroi (vivant 28 janvier 1772). Vivante 28 janvier 1772.

Anne du Verne-la-Varenne, baptisée le 7 octobre 1737, à Jailly (Nièvre : canton de Saint-Saulge), diocèse de Nevers, fille de François du Verne et de Claude Le Bourgoing. — Pr. 22 octobre 1746. B. S. 28 novembre 1757. — Dot 17 février 1763. Elle épousa (21 novembre 1767) Philippe de Veilhan-Cheppes et mourut, le 9 juin 1800, à Saint-Saulge (Renseignements fournis par M. Charles du Verne).

Anne-Marie-Madeleine du Verne-Presle, née 4, baptisée 5 octobre 1764, à Giverdy en Nivernais (communic. de Sainte-Marie) (Nièvre), fille de Laurent du Verne et de Catherine-Françoise Millot. — Pr. 6 mars 1776. B. S. 13 juin 1786. — Dot 25 octobre 1786. Chanoinesse. Elle habita Paris pendant la Révolution, s'y fixa et y mourut, le 4 juin 1839, 41, rue Sainte-Marguerite. (Renseignements fournis par M. Charles du Verne.)

Claudette de Verneray-Moncourt, née 19, baptisée 22 décembre 1766, à Vicq Haute-Marne), diocèse de Langres, fille de François de Verneray et de Françoise de Grasse. Pens. p. infirmité 1777 — 16 septembre 1786. B. S. 15 janvier 1787. — Dot 10 mars 1787.

Antoinette-Reine de Verneray-Moncourt, née 25, baptisée 27 juin 1774, à Vicq en Bassigny (Haute-Marne), diocèse de Langres, fille de François de Verneray et de Françoise de Grasse (communic. de M. l'abbé Degonville, curé de Vicq en Bassigny). Entrée, selon l'Inv. 16 avril 1784. S. 4 avril 1793 (Crécy).

Thérèse-Adélaïde de Verny-Grandvilliers, née 31 août, baptisée 2 septembre 1707, à Grandvilliers, diocèse de Beauvais (Grandvilliers au Bois (Oise), fille de Claude de Verny et d'Anne de Villars-Mabourg. — Pr. 15 juin 1715. B. S. 22 août 1727. — Dot 14 septembre 1729.

Marguerite-Thérèse de Verny-Grandvilliers, née 28, baptisée 29 juin 1708, à Versailles (diocèse de Paris), fille d'Aloph de Verny et de Marie-Thérèse Cuvier de la Bussière. — Pr. 17 décembre 1715. B. S. 21 mai 1728. — Dot 25 octobre 1730.

Jeanne-Marie Verron de la Borie, née et baptisée 3 septembre 1767, à Saint-Jeure de Bonas en Velay (Saint-Jeure près Tence. Haute-Loire), fille de Jean-André Verron et de Jeanne-Marie de Chalendar. — Pr. 21 mai 1779. Morte, le 30 mai 1783, à Saint-Cyr (mairie de Saint-Cyr).

Anne-Josèphe de Verteuil, née et baptisée, le 4 juillet 1761, à (Notre-Dame) Taillebourg (Charente-Inférieure), diocèse de Saintes, fille de Jacques-Alexis de Verteuil et de Marie-Josèphe du Pont. — Pr. 8 novembre 1768. B. S. 13 juin 1781. B. S. 27 septembre 1781.

Louise de Verteuil-Gourville, née et baptisée 27 novembre 1762, à (Saint-Louis) Rochefort (Charente-Inférieure), fille de Jacques-Alexis de Verteuil et de Marie-Josèphe du Pont. B. S. 16 novembre 1782. — Dot 1er avril 1783.

Jeanne de Verteuil-Maleret, née 26, baptisée 27 avril 1764, à Sainte-Croix-du-Mont (Gironde), diocèse de Bordeaux, fille de Marc-Antoine de Verteuil et d'Etiennette-Françoise de Bellot. — Pr. 20 août 1771. B. S. 1783. Novice à Saint-Cyr (1er avril 1784). Religieuse (1er avril 1786) devant Mme Elisabeth. Sortie en 1793.

Marguerite-Charlotte de Verteuil du Cros, née 13, baptisée 14 juillet 1771, à Sainte-Croix-du-Mont (Gironde), diocèse de Bordeaux, fille de Marc-Antoine de Verteuil et d'Etiennette de Belloc. — Dot 12 juillet 1791.

Marie de Veyny-Arbouze-Marcillat, née 2, baptisée 3 février 1687, à Marcillat (Allier), diocèse de Clermont, fille de Guillaume de Veyny et de Jeanne-Gabrielle de Chantelot. — Pr. 22 octobre 1698. Exclue en 1704, pour mauvaise conduite.

Suzanne de Veyny-Marcillat, née 22 avril 1693, à Marcillat (Allier) (communic. de M. Richot, sec. de la m. de Marcillat), fille de Guillaume de Veyny et de Jeanne-Gabrielle de Chantelot. — Pr. 28 novembre 1704. Religieuse au Val-de-Grâce (1714).

Marie-Anne de Vezins-Charry, née 26, baptisée 31 août 1730, à (Saint-Pierre) Rouilhac près de Montcuq (commune de Montcuq, Lot), diocèse de Cahors, fille de François de Vezins et de Marie-Elisabeth de la Fond. — Pr. 16 novembre 1741. B. S. 20 juillet 1750. — Dot 8 mars 1752. Elle épousa Antoine-Louis de Lavaur-Charry et mourut avant le 18 septembre 1783.

Anne-Michelle Viart de Pimelles, née 26 novembre 1716, à Pimelles (Yonne), diocèse de Langres, fille d'Arthur-Alexandre Viart et d'Anne-Dorothée Chambon. — Pr. 11 juin 1728. B. S. 7 août 1737. — Dot 22 août 1737. Elle mourut, le 3 mai 1766 (Lachenaye-Desbois).

Gabrielle-Antoinette-Adélaïde de Vichy, née 17, baptisée 18 janvier 1778, à (Saint-Etienne) Chanonat en Auvergne (Puy-de-Dôme), fille de François-Marie-Joseph de Vichy et de Thérèse de Langlard. — Pr. 27 mars 1787. Entrée selon l'Inv., le 16 avril 1787. Sortie le 9 avril 1793 (Crécy). Elle épousa Jean-François de Pélacot.

Julienne-Françoise-Mathurine Le Vicomte, née et ondoyée 9 mai 1743, baptisée 1er décembre 1743, à Morieux (Côtes-du-Nord), diocèse de Saint-Brieuc, fille de Melchior-Joseph Le Vicomte et de Toussaine de Forsanz. — Pr. 22 août 1753. B. S. 3 novembre 1763. — Dot 25 octobre 1766. Vivante 28 janvier 1772.

Mathurine-Jeanne Le Vicomte, née et baptisée, le 24 juin 1748, à Morieux (Côtes-du-Nord), fille de Melchior-Joseph Le Vicomte et de Toussaine de Forsanz. Morte, le 2 juin 1763, à Saint-Cyr (mairie de Saint-Cyr).

Rose-Hippolyte Le Vicomte, née et baptisée, le 14 avril 1771, à Morlaix (Finistère), fille de Thomas-Bernard-Toussaint Le Vicomte et d'Anne-Charlotte-Vincente Guihard. — Dot 7 mai 1791.

Jacquette-Aimée Le Vicomte, née et baptisée 11 février 1774, à Rennes (Saint-Germain), fille de Joseph-Agnès Le Vicomte et de Perrine-Thérèse-Aimée-Gerbier de Vologé. — Pr. 11 août 1783. Entrée selon l'Inv., 14 septembre 1783. Sortie 16 avril 1793 (Crécy).

Victoire-Toussaine Le Vicomte, née 28, ondoyée 29 mars, baptisée 30 avril 1780, à la Villegourio (commune de Morieux (Côtes-du-Nord), fille de Thomas-Toussaint Le Vicomte et d'Antoinette-Charlotte-Vincente Guihart. Entrée, selon l'Inv., le 28 février 1790. Sortie 7 novembre 1792 (Crécy).

Madeleine-Françoise de Vidal-Eserville, née et ondoyée 7 janvier, baptisée 8 avril 1725, à (Saint-Gervais), Lion-en-Beauce (Loiret), fille de Charles-André de Vidal et de Marie-Françoise de Longueau. — Pr. 27 février 1735. B. S. 9 décembre 1744. — Dot 15 mars 1748.

Marie-Anne de la Viefville-Rouvillers, née 13 mars, baptisée 28 juillet 1677, à Rouvillers (Oise), diocèse de Beauvais, fille de Louis de la Viefville et de Marie-Anne du Fayet, religieuse à la Val-Dieu (mars 1694), prieure de Gomerfontaine (31 mai 1707, 9 septembre 1715) (Archives de Seine-et-Oise. G. 148) et 26 mars 1748 (Archives Seine-et-Oise. D. 192). Nommée en 1705. Elle mourut, le 15 août 1751 *(Gallia christiana* XI. 324). — Pr. 4 juillet 1687.

Marie-Thérèse-Angélique de la Viefville-Rouvillers, née 18, baptisée 22 août 1679, à Rouvillers (Oise), fille de Louis de la Viefville et de Marie-Anne du Fayet. — Pr. 4 juillet 1687. B. S. 28 août 1699. Carmélite. — Dot 17 septembre 1699. Religieuse à Gomerfontaine. Abbesse (nommée 12 octobre, installée 14 décembre 1731) de Thorigny.

Marie-Julie de la Viefville-Rouvillers, née 11, baptisée 19 avril 1689, fille de Louis de la Viefville et de Marie-Anne du Fayet. B. S. 2 mai 1709. — Dot 2 mai 1709. — Bernardine.

Louise-Charlotte de Vieilchâtel-Hémivilliers, née et baptisée le 10 juillet 1688 à (Saint-Eloi), Petit-Rouy (Rouy-le-Petit) (Somme), fille de Jean-Baptiste-Françoise de Vieilchâtel (communic. du sec. de la m. de Rouy-le-Petit) et de Marie de Rouvroi. — Pr. 5 août 1698. B. S. 29 janvier 1709. — Dot 29 janvier 1709. Abbesse de Monsor (9 décembre 1767-1774). Le 9 décembre 1767, elle s'intéresse au miracle du cierge (Cf. Arch. Nat. LL. 1708, très curieuse page).

Louise-Geneviève de Vielzmaisons, baptisée 7 octobre 1676, à Saint-Bon (Marne), diocèse de Troyes, fille d'Antoine de Vielzmaisons et de Louise-Nicole de Warnier. — Pr. 8 octobre 1686.

Marie-Céleste de Villedon-Sansay, née et baptisée le 8 septembre 1766, à Fenioux (Deux-Sèvres), canton de Coulonges (communic. de M. Bourdeau, sec. de la m. de Fenioux), fille de Louis-Venant de Villedon et de Marie-Marguerite-Céleste de Villedon. — Pr., 25 juin 1777. Pensionnée pour infirmités (1er juin 1778-2 mai 1787.) B. S. 1787. — Dot 25 mai 1787. — Elle épousa Charles-Emmanuel Perthuis de la Salle (Renseig[t] de M. le marquis de Villedon).

Lucrèce-Rosalie de Villelongue, née et baptisée 11 avril 1734 à (Saint-Prix), Orbais (Marne), diocèse de Soissons, fille de François de Villelongue et de Madeleine-Suzanne-Rosalie du Houx. — Pr. 2 avril 1746. B. S. 27 mars 1754. — Dot 19 avril 1757. Elle vivait, le 17 avril 1774, où elle fut marraine de sa nièce (Etat-civil d'Orbais).

Gabrielle-Angélique-Antonie-Madeleine de Villelongue-Saint-Morel, née 11, baptisée 13 février 1755 à (Saint-Maurice), Saint-Morel (Ardennes), diocèse de Reims, fille de Jean-Pierre de Villelongue et de Marie-Marguerite-Josèphe de Lardenois. — Pr. 20 mars 1764. B. S. 22 février 1775. — Dot 13 mai 1775.

Marie-Catherine de Villelongue-Novion, née et baptisée 8 août 1764, à Corrobert (Marne), diocèse de Soissons, fille de Louis-Joseph-Barthélemy de Villelongue et de Marie-Catherine Girardin. — Pr. février 1775. B. S. s. d. — Dot 21 mars 1785.

Louise-Rosalie de Villelongue, née 15, baptisée 17 avril 1774, à Orbais (Marne), fille de François de Villelongue et de Louise-Marguerite-Gérarde Henry. — Pr. 31 mars 1784. Sortie 14 octobre 1792 (Crécy).

Victoire de Villemor, née en 1777 (probablement en août) probablement fille de Jean de Villemor et de Marie Jotte. Entrée selon l'Inv., le 4 novembre 1786. Sortie 11 mars 1793 (Crécy).

Marie-Austreberthe de Villeneuve-Bellincourt-Granioul, née et baptisée 8 juillet 1689, à (Notre-Dame), Le Quesnoy en Hainaut (Le Quesnoy-sur-Rogeau) (Nord), diocèse de Cambrai, fille de Paul de Villeneuve et de Catherine-Laurence de Pirmont. — Pr. 8 juillet 1698. B. S. 2 juillet 1709. — Dot 2 juillet 1709.

Marguerite de Villeneuve-Trans-Puimichel, baptisée 1er novembre 1705, à Puimichel (Basses-Alpes), diocèse de Riez, fille de Joseph de Villeneuve et de Judith Le Gouche, retirée en 1724, pour raisons de famille. — Pr. juin 1716. Elle mourut, le 11 juillet 1778, à Paris, demoiselle d'honneur de Mlle de Clermont (de Juigné-Lassigny : *Histoire de la m. de Villeneuve*).

Louise-Charlotte de Villeneuve-Lacroisille, née 26, baptisée 28 septembre 1724, à Lacroisille (Tarn), diocèse de Lavaur, fille de Gaspard de

Villeneuve et de Marie-Louise Rigaud. — Pr. 13 août 1734. B. S. 24 septembre 1747. — Dot 12 juin 1748. Elle vivait encore en 1786 (Pavillet : Gén. des Villeneuve de Languedoc, 1830, in-4°).

Thérèse-Gabrielle de Villeneuve-Tourrettes, née et ondoyée 29, baptisée 30 novembre 1748, à Toulon (Var), fille de Joseph de Villeneuve et de Marguerite de Terras. — Pr. 19 septembre 1710. B. S. 6 novembre 1768. — Dot 28 février 1769. Bénédictine. Abbesse de Notre-Dame-des-Clérets en Perche (1784-1792). Morte, le 23 octobre 1837, à Marseille (de Juigné-Lassigny : Généal. des Villeneuve de Provence).

Marguerite-Marie de la Villéon-Kergeon, née 3, baptisée 4 mars 1778, à Hillion (Côtes-du-Nord), fille de René-Jean de la Villéon et de Renée-Marie Le Normand de La Villenieu. — Pr. 5 décembre 1787. Sortie 7 novembre 1792.

Marie-Françoise de Villepoix-Ponsel, née et baptisée 16 mars 1699 (suppl. de baptême 8 février 1700), à Saint-Martin d'Août (Drôme), fille de Charles de Villepoix et de Catherine Le Fèvre de Valenglos. — Pr. 20 juin 1709. B. S. 18 mars 1719. — Pr. 1er mai 1720.

Marie-Madeleine-Charlotte de Villereau, née 23, baptisée 24 mai, 1700, à (Saint-Pierre et Saint-Jean), Mauves (Orne), diocèse de Séez, fille de Charles de Villereau et de Marie-Thérèse Félix. Pr. — 27 avril 1712. B. S. 20 mai 1720. — Dot 18 février 1721. Religieuse à Saint-Louis de Poissy (12 septembre 1738-10 septembre 1753).

Marie-Julie-Joséphine-Françoise de la Vilette-Furmeyer, née et ondoyée 24 décembre 1765, baptisée 20 juin 1766, à Veynes (Hautes-Alpes), fille de Charles-Antoine de la Vilette et de Marguerite-Thérèse-Elisabeth de Guilhermy. B. S. 25 septembre 1785. — Dot 15 février 1786. — Chanoinesse.

Louise de Villoutreys-Faye, née 16, baptisée 17 septembre 1732, à Flavignac près les Cars (Haute-Vienne), diocèse de Limoges, fille de Jean de Villoutreys et de Jeanne Morel de Fromental. — Pr. 17 juillet 1742. B. S. 29 août 1752. — Dot 15 juin 1758. Novice à la Règle. Abbesse des Alloys (dioc. de Limoges). Abbesse de Lalinque près Toulouse. Elle mourut, à Tulle, le 1er avril 1810 (Renseignements fournis par M. le comte de Villoutreys. Communic. de la m. de Tulle).

Marguerite-Elisabeth de Violaine, née 11, baptisée 12 août 1741, à Bleid en Luxembourg (Belgique. Luxembourg Belge. Arrondissement d'Arlon. Cant. de Virton), diocèse de Trèves, fille de Daniel de Violaine et de Jeanne-Gabrielle du Hautoy. — Pr. 27 juillet 1753. B. S. s. d. Dot. 4 mai 1766. Novice à Mariendhal en Luxembourg (1766).

Louise de Vion-Gaillon, née 12, baptisée 14 août 1690, à (Notre-Dame) Gaillon (Seine-et-Oise), diocèse de Rouen, fille de Jean de Vion et de Marie-Françoise du Mesnil-Jourdain. — Pr. 10 mai 1702. B. S. 17 septembre 1710. Religieuse à l'Hôtel-Dieu de Mantes. — Dot 20 août 1710.

Elisabeth-Charlotte de Vion-Gaillon, née 17 février, baptisée 4 mars 1692, à Gaillon (Seine-et-Oise) (communic. de M. Hébert, sec. de la m. de Gaillon), fille de Jean de Vion et de Marie-Françoise du Mesnil-Jourdain. Dot 4 juin 1731 (Arch. Seine-et-Oise). Elle épousa (5 juin 1731) Charles Le Cornu de Beaucamp (Fr. 32, 589 fol. 831).

Jeanne-Elisabeth-Marguerite de Vion-Grosrouvre, née 6, baptisée 7 août 1696, à Grosrouvre (Seine-et-Oise), diocèse de Chartres, fille de Jean-François de Vion et d'Elisabeth Marguerite Coupi. — Pr. 17 octobre 1705. B. S. 29 juillet 1716. — Dot 8 août 1716. Ursuline à Pontoise (sœur Saint-Jérôme), zélatrice (28 décembre 1754). Supérieure (8 mars 1756). Morte, le 16 février 1764 (Greffe de Pontoise).

Catherine-Josèphe-Rose de Virgile-Montorcier, née 21, baptisée 23 janvier 1706, à Saint-Léger, comté d'Eu et diocèse de Rouen (Saint-Léger-aux-Bois) (Seine-Inférieure), fille de Jean de Virgile et de Marie Fleury. — Pr. 31 juillet 1713. Novice (12 janvier 1726) religieuse (25 janvier 1728) à Saint-Cyr. Y morte, le 20 juillet 1779 (mairie de Saint-Cyr).

Catherine-Adélaïde de Virvent du Pech, née et baptisée 1er février 1752, à (Saint-Vincent) d'Algans en Languedoc (Tarn), fille de Louis-Jean-Baptiste de Virvent et de Guillemette de Blagnac. — Pr. 12 août 1762. B. S. 24 janvier 1772. — Dot 18 février 1772.

Catherine-Françoise de Visdelou-Bonamour née et ondoyée 30 mars, baptisée 19 juin 1719, à Quintin (Côtes-du-Nord), diocèse de Saint-Brieuc, fille de Claude de Visdelou et de Bertranne-Charlotte Alanic. — Pr. 19 juin 1731. B. S. 6 juin 1739. — Dot 6 juillet 1741. Elle épousa (6 août 1751) Auguste Jourand de Kerrès.

Marie-Thérèse de Vivans-Bagat, née 14, baptisée 15 avril 1756, à (Saint-Pierre) Bagat (Lot), diocèse de Cahors, fille de François-Joseph de Vivans et de Marthe Bonafoux de la Brugade. — Pr. 4 mai 1767. B. S. 28 avril 1776. — Dot 20 novembre 1777.

Marguerite Vivien de la Champagne, baptisée 22 février 1678, à (Notre-Dame-des-Champs) à Avranches, fille de René Vivien et d'Anne Roger. — Pr. 9 février 1687. Morte, à Saint-Cyr, le 22 octobre 1691 (mairie de Saint-Cyr).

Marie-Henriette de la Voirie-la-Roche Langon, née 23, baptisée 25 février 1700, à Hautépine (Oise), diocèse de Beauvais, fille de Jacques de la Voirie et de Claude du Puis. — Pr. 28 avril 1711. B. S. 21 février 1720. — Dot 18 avril 1720.

Françoise-Louise-Césarine de Voisines-Chancepoix, née 6, baptisée 7 juin 1731, à (Notre-Dame) Chateaulandon (Seine-et-Marne), diocèse de Sens, fille de François de Voisines et de Louise-Angélique-Elisabeth Séguier. — Pr. 7 juin 1742. B. S. 6 juin 1751. — Dot 27 février 1753.

Charlotte-Elisabeth-Constance Vollant de Berville, née 12, baptisée 13 mars 1743, à (Sainte-Croix) Arras (Pas-de-Calais), fille de Louis-François Vollant et d'Angélique-Aldegonde de Fermignac. — Pr. 9 janvier 1755. B. S. 8 novembre 1763. — Dot 27 juin 1766. — Religieuse.

Hélène-Suzanne Vollant de Berville, née 9, baptisée 10 août 1747, à (Sainte-Croix) Omissy (Aisne), (communic. de M. Agombart, sec. de la m. d'Omissy), diocèse de Noyon, fille de Gérard Vollant et d'Anne-Hélène de Chauvenet. — Pr. 13 juillet 1759. Novice (30 janvier 1767) religieuse (24 août 1769) à Saint-Cyr, devant Madame. Sortie 1793. Morte en 1795.

Françoise-Marie de Vossei-Emansois, née 22, baptisée 24 août 1716, à (Notre-Dame) Hesdin (Pas-de-Calais), diocèse de Saint-Omer, fille de François de Vossei et de Catherine-Elisabeth Barthélemy. — Pr. 23 août 1727. B. S. 5 juin 1736. — Dot 26 juin 1738.

Anne-Catherine-Laurence de Waroquier, née 24, ondoyée 25 décembre 1749, baptisée 2 février 1750, à Saint-Affrique-en-Rouergue (Aveyron) fille de Jean-Baptiste de Waroquier et de Catherine de Galtier. — Pr. 2 avril 1761. B. S. 18 décembre 1779. — Dot 16 janvier 1770. Elle épousa

(26 novembre 1775), Charles-Amans de Vigouroux-Arvieu et mourut, le 13 août 1782, au château d'Arvieu (Aveyron) *(Gén. de la m. de Waroquier*, Paris, 1789, in-8°. pp. 98-99. B. N. Impr. 4 m³ 915) *Gazette de France* n° du 27 septembre 1783).

Françoise de Waroquier, née 7, baptisée 8 avril 1755, à Saint-Affrique-en-Rouergue (Aveyron), fille de Jean-Baptiste de Waroquier et de Catherine de Galtier du Terrier, B. S. 5 avril 1775. — Dot 3 juin 1775. Elle épousa (1784) N. de Clergué-Latonier. Elle vivait, le 20 août 1792.

Madeleine-Adélaïde de Wasserwas, née 24, baptisée 25 juillet 1761, à Bapaume (Pas-de-Calais), diocèse d'Arras, fille de Philippe-François de Wasserwas et d'Anne Mousnier. — Pr. 20 juillet 1773. B. S. 9 juin 1781. — Dot 2 mars 1782.

Antoinette-Marie-Cécile du Wicquet-Rodelinghem-Saint-Martin, baptisée, le 3 juillet 1712, à (Saint-Joseph) Boulogne-sur-Mer, fille d'Antoine du Wicquet et de Louise-Marie Françoise Le Roy de Quesnel. — Pr. 2 mars 1724. — Dot 23 octobre 1733.

Marie-Catherine-Antoinette du Wicquet-Lenclos, née et baptisée 4 juin 1730, à Alincthun (Pas-de-Calais), diocèse de Boulogne-sur-mer, fille d'Antoine du Wicquet et de Marie-Catherine de Mansel. — Pr. 7 juin 1741. B. S. 15 mai 1750. Novice bénédictine à Saint-Cyr (Notre-Dame des Anges). — Dot 24 janvier 1752.

Eléonore-Cécile du Wicquet-Lenclos, née en 1735 (probablement en septembre), fille d'Antoine du Wicquet et de Marie-Catherine de Mansel. B. S. s. d. — Dot 9 novembre 1759. — Bénédictine.

Marie-Françoise du Wicquet-Lenclos, née et baptisée, le 16 octobre 1753, à Wierre-au-Bois en Boulonnais (Pas-de-Calais), fille de Charles-César-Marc-Antoine du Wicquet et de Marie-Françoise Macaux. — Pr. 15 septembre 1763. B. S. 21 novembre 1773. — Dot 28 mai 1774.

Marie-Antoinette-Thérèse du Wicquet-Sonnois-Lenclos, née 15, baptisée 16 octobre 1754, à (Saint-Pierre) Longfossé (Pas-de-Calais), diocèse de Boulogne-sur-Mer, fille de Gaspard du Wicquet et de Marie-Françoise de Berne. — Pr. 19 décembre 1764. B. S. 17 septembre 1774. — Dot 2 avril 1776.

Marie-Alvinette de Willecot, née 4, baptisée 5 mai 1779, à (Notre-Dame) Ligny-en-Barrois (Meuse), fille de François-Louis-Bertrand de Willecot et de Marie-Marguerite de Bourgeois. — Pr. 5 octobre 1788. Entrée, selon l'Inv., le 13 octobre 1788. Sortie 14 mars 1793 (Crécy).

Marie-Thérèse Witasse de Vermandovilliers-Bayancourt, née 1ᵉʳ, baptisée 2 septembre 1730, à (Saint-Martin) Vermandovilliers (Somme), diocèse de Noyons, fille de Jean-Jacques Witasse et de Marie-Jeanne de Fontaines. — Pr. 24 août 1741. B. S. 16 juin 1750. — Dot 15 janvier 1752. Annonciade à Gisors. Professe, le 22 janvier 1752 (Arch. de l'Eure, II. 1442). Discrète (1766, 1775, 1786-88, février 1790) (Renseignements fournis par M. Louis Régnier).

Marie-Joséphine-Pélagie Witasse de Vermandovillers-Bayancourt, née 21, baptisée 23 septembre 1735, à (Saint-Martin) Vermandovillers (Somme), diocèse de Noyon, fille de Jean-Jacques de Witasse et de Marie-Jeanne de Fontaines-Woincourt. — Dot 29 mars 1761. Novice visitandine, rue du Bac (1761). Religieuse (12 septembre 1763).

Marie-Agathe-Louise Witasse de Vermandovillers-Bayancourt, née 12, baptisée 16 mai 1737, à (Saint-Martin) Vermandovilliers (Somme), fille de Jean-Jacques de Witasse et de Marie-Jeanne de Fontaines-Woincourt. B. S. 10 mai 1757.

Marie-Marguerite-Adélaïde Witasse de Bussu, née et baptisée 28 juillet 1748, à Dompierre-en-Santerre (Dompierre (canton de Chaulnes) Somme) (communic. de M. le sec. de la m. de Dompierre), fille de Nicolas Witasse et d'Elisabeth-Françoise-Renée de Lignières. — Pr. 13 juin 1760. B. S. 30 août 1738. — Dot 28 juin 1769. Novice (20 juillet 1768) aux Annonciades de Roye (1769) (Sœur Saint-Joseph). Professe (24 juillet 1769) (Renseignement fourni par M. A. de Witasse).

Jeanne-Marie-Rose Witasse de Vermandovillers, née et baptisée le 24 mars 1755, à Vermandovillers (Somme) (Saint-Martin), diocèse de Noyon, fille de Joseph-Claude Witasse et de Marie-Anne-Françoise de Monet-la-Marck. — Pr. 11 décembre 1766. B. L. 23 décembre 1774. Aspirante au Chapitre de Maubeuge (renseignement fourni par M. G. de Witasse). — Dot 13 mai 1776.

Marie-Jeanne d'Y-Espinois, née et baptisée 19 janvier 1740, à (Saint-Rémy) Saint-Quentin (Aisne), diocèse de Noyon, fille de Jean d'Y et de

Jeanne-Elisabeth Meniolle. — Pr. 4 décembre 1751. Morte, à Saint-Cyr, le 7 mars 1752 (mairie de Saint-Cyr).

Marie-Gabrielle d'Y-Espinois, née et baptisée 8 septembre 1743, à (Saint-Rémy), Saint-Quentin (Aisne), diocèse de Noyon, fille de Jean d'Y et de Jeanne-Elisabeth Meniolle. Morte, à Saint-Cyr, le 5 octobre 1759 (mairie de Saint-Cyr).

Valentine-Angélique d'Y-Espinois, née 22, baptisée 24 mai 1747, à (Saint-Rémy) Saint-Quentin (Aisne), diocèse de Noyon, fille de Jean d'Y et de Jeanne-Elisabeth Meniolle. B. S. 18 mars 1767. — Dot 26 juillet 1768. Vivante 28 janvier 1772.

Marie-Marguerite Yon de Launay, baptisée 12 août 1728, à (Saint-Pierre) Coigny (Manche), diocèse de Coutances, fille de Pierre Yon et de Marguerite Leudet. — Pr. 19 mai 1738. B. S. 2 mai 1748. — Dot 27 janvier 1750.

Louise-Henriette d'Yvetot, baptisée 3 janvier 1674, à Sebeville (Manche), diocèse de Coutances, fille de Jacques d'Yvetot et de Madeleine Le Pelletier. — Pr. 27 août 1686. — Bénédictine.

Marie-Marguerite-Nicole de Zeddes-Vaux, née et baptisée le 19 avril 1727, à Thieffrain (Aube), diocèse de Langres, fille de Joseph de Zeddes et de Gabrielle de Berles. — Pr. 4 octobre 1736. B. S. 14 avril 1747. — Dot 16 novembre 1748. Visitandine au Mans (30 novembre 1748) (Arch. de la Sarthe. H. 1746).

Thérèse de Zeddes-Vaux, née et ondoyée 29 août, baptisée 5 septembre 1729, à Saint-Pierre et Saint-Paul) Vendeuvres (Aube), diocèse de Langres, fille de Joseph de Zeddes et de Gabrielle de Berles. B. S. 26 juin 1750. — Dot 18 mars 1751.

Josèphe-Geneviève-Elisabeth de Zurheim-Pfalstatt, née et baptisée, le 7 novembre 1738, à Pfastatt, diocèse de Bâle, fille de Philippe de Zurheim et de Thérèse de Toussaint. — Pr. 9 mars 1750. B. S. 3 novembre 1758. — Dot 16 février 1765. Elle épousa (21 avril 1763) Meinrad-Antoine-Fidèle-Germain de Rosé-Moultenberg (vivant 1765).

Marie-Florimonde-Anastasie-Andrée de Zurlauben-Thian-Gertalemberg, née 9, baptisée 10 mars 1751, à Schlestadt (Alsace), fille de Béat-

Jacques de Zurlauben et d'Angélique-Emmanuelle d'Heiss. — Pr. 17 septembre 1760. B. S. 18 février 1771. — Dot 28 octobre 1771.

Jeanne-Marie-Louise de Zurlauben, née et baptisée le 23 février 1758, à Phalsbourg (Alsace), fille de Jacques-Rodolphe-Béat-Antoine de Zurlauben et de Emmanuelle-Angélique d'Heiss. B. S. 3 mars 1778. — Dot 24 novembre 1778.

SAINT-CYRIENNES, MORTES A SAINT-CYR

DONT ON N'A PU ÉTABLIR L'IDENTITÉ

Mlle de Rosier, morte, le 27 février 1688. (Mairie de Saint-Cyr.)

Mlle de Riencourt, morte, le 7 mars 1688. (Mairie de Saint-Cyr.)

Anne de Gruel-Boisemont, née en 1675, fille de Jacques de Gruel et de Marie Billard, morte, le 22 septembre 1691 (Mairie de Saint-Cyr).

SAINT-CYRIENNES PROBABLES

Marie-Rose Chantal-d'Allard, née 21, baptisée 22 mars 1779, à Bourg-Saint-Andéol (Ardèche), fille de Louis-Victoire d'Allard et de Marie-Louise-Rosalie Serres de Gras. — Pr. 3 novembre 1781. Entrée, selon M. Raoul d'Allard, le 7 ou 8 novembre 1781. Sortie... Elle épousa (18 fructidor an V), Louis de Ponthriand (mort, le 14 septembre 1832, à Pierrelatte), et mourut, à Metz, le 12 juin 1864 (renseignements fournis par MM. Paul de Faucher et Raoul d'Allard).

Marie-Catherine Aprix de Morienne, fille de Louis Aprix et de Marie-Madeleine Bourgeois, née 15, baptisée 27 novembre 1702, aux Ventes d'Estaüy, doyenné d'Envermeu, diocèse de Rouen (Les Grandes-Ventes (Seine-Inférieure).

Claude-Valence d'Arlanges, née et baptisée le 29 octobre 1754, à Saint-Lubin des Cinq Fonds (ancienne paroisse, commune d'Authon (Eure-et-Loir), diocèse de Chartres, fille de René d'Arlanges et de Marguerite d'Arlanges. — Pr. 26 avril 1770.

Marie-Elisabeth d'Aubigné-Vigné, née 7 avril, baptisée 17 mai 1681, à Saint-Amand, diocèse de la Rochelle (Saint-Amand-sur-Sèvre (Deux-Sèvres), fille de Louis d'Aubigné et d'Elisabeth Petit. — Pr. 30 mars 1688. Religieuse à la Présentation Notre-Dame à Paris (16 juin 1727 (?).

Claire-Françoise d'Averton-Sainte-Marie, née 1er, baptisée 2 juin 1759, à (Notre-Dame-Saint-Laurent) Grez-sur-Loing (Seine-et-Marne), fille de Laurent d'Averton et de Madeleine Buiro de Mareuil. — Pr. 16 mars 1770.

Raymonde-Félicité d'Aymery-Viroflay, née 18, baptisée 21 janvier 1772, à Viroflay (Seine-et-Oise) (Etat-civil de Viroflay), fille de François-Gabriel-Théodore d'Aimery et de Marie-Charlotte de Paillart-Grandvillier.

N. de Bar-Grimouville, née en 1674. — Bénédictine. C'est, évidemment, une fille de Pierre de Bar et de Anne-Henriette de Launel. Est-ce Gertrude, née le 16 septembre 1673, Catherine ou Jeanne?

Louise-Antoinette de Bargeton, née 26, baptisée 29 décembre 1733, à Belfort (territoire de Belfort), fille de Mathieu-Denis de Bargeton et d'Anne-Antoinette du Faux.

Anastasie Barrin de la Galissonnière-Rullièrs, née 10, baptisée 11 janvier 1741, à Saint-Bonnet-de-Rochefort (Allier), fille de Vincent Barrin et de Marie-Madeleine Barrin. — Pr. 18 avril 1750. Morte, le 28 novembre 1828, au Plessis-Guerry-en-Monnières (Loire-Inférieure) (Renseignements fournis par M. de Saint-Pern).

Louise-Philippe-Joachime-Claudine de Beaumont-Clavy, née et baptisée le 3 décembre 1767, à (Notre-Dame) Clavy (Ardennes), diocèse de Reims, fille de Joachim-Claude de Beaumont-Clavy et de Jeanne-Madeleine de Lécuyer-Barbaise.

Marie-Adélaïde de Beaupoil-Saint-Aulaire, née 12, baptisée 13 juillet 1765, à (Notre-Dame du Moutier) Saint-Yrieix (Haute-Vienne), diocèse de Limoges, fille d'Antoine de Beaupoil et de Françoise-Justine Coquart. — Pr. 27 avril 1775.

Anne-Catherine de Beauvais, fille de Louis de Beauvais-Gentilly et d'Anne Berthelot, mariés le 13 juin 1679. Religieuse à l'Abbaye-au-Bois (9 janvier 1715-29 décembre 1716).

N. de Beauvolier-les-Malardières, née en 1684. C'est, évidemment, une fille de François de Beauvolier et de Dina de Cordouan. Est-ce Louise-Espérance, Elisabeth-Marguerite, Renée, qui épousa, avant le 20 mars 1727, Henry de Blosset-Moulins, et vivait encore, le 20 mars 1727?

Catherine de Benoist-Manoue, baptisée 25 juillet 1775, à (Saint-Martin) Coursac (Dordogne), diocèse de Périgueux, fille de Jean de Benoist et de Suzanne-Catherine de Roche. — Pr. 12 avril 1785. (Carnet de Mlle de Dax.)

Marie-Françoise de Biaudos-Castéjà, née 9, baptisée 10 septembre 1704, à (Saint-Nicolas) Furnes (Belgique), diocèse d'Ypres, fille de François-César de Biaudos et d'Anne Bervoet. — Pr. 5 avril 1712. Elle épousa Hervy Duclos (de Cauna; *Armorial des Landes*).

Jeanne-Madeleine-Gabrielle Blanchard de Saint-Bauzile, née 29, baptisée 30 mars 1689, à (Saint-Gervais) Falaise (Calvados) (communic. de M. Millard, sec. de la m. de Falaise), fille de Jean-Enguerrand de Blanchard et de Marie de Beaumais. Reçue 2 septembre 1696 (N. D'Hozier) Bénédictine.

Marie-Josèphe-Catherine de Boisgelin-Kerdu, née et baptisée 5 mai 1757, à Plélo (Côtes-du-Nord), fille de Claude-Jean-Marie de Boisgelin et de Jeanne-Renée-Emmanuelle du Hallay. — Pr. 21 avril 1769. Chanoinesse de Bouxières (20 octobre 1774-1790) (Lepage : *l'Abbaye de Bouxières*. Nancy, 1859, in-8°). Testa, le 28 janvier 1822. Mourut, le 2 février 1822, à 1 heure du matin, à Pleubian (Côtes-du-Nord) (Renseignements fournis par M. le comte Ch. de Boisgelin), au château du Launay (Etat-civil de Pleubian, année 1822, n° 12 (communic. de M. le sec. de la m. de Pleubian).

Jacqueline-Anne de Boffles, née et baptisée 20 juillet 1688, à (Saint-Léger) Morsain (Aisne), diocèse de Soissons, fille de Jean de Boffles et de Marie de Harlus. — Pr. 15 octobre 1697.

Marie-Julie de Bossancourt, née et baptisée 7 janvier 1772, à (Notre-Dame) Bossancourt (Aube), diocèse de Troyes, fille d'Edme de Bossancourt et de Madeleine Jacobé de Vienne. — Pr. 30 novembre 1780.

Claude-Françoise de Bourgoing-Sichamps, baptisée 13 février 1684, à (Saint-Blaise) Nevers, fille de François de Bourgoing et de Françoise Bernard. — Pr. 20 août 1692. Morte sans alliance (De Soultrait : *Gén. de Bourgoing*, Lyon, 1855, in-12°).

Jeanne-Françoise de Bouvet, née 21, baptisée 22 avril 1754, à Robertespagne (Meuse), diocèse de Toul, fille de Jean-François de Bouvet et d'Anne-Françoise-Charlotte Sallet d'Outrancourt. — Pr. 14 juillet 1763. Elle épousa (1er décembre 1783) Charles-Jean-Baptiste de Noirel (né à Bar, le 30 juin 1754, mort à Bar le 28 octobre 1831) et mourut à Bar, le 21 février 1832. (Baron de Dumast : *Ch. des Comptes de Bar*, p. 370) (Communic. de M. Vigor, chef de bur. état-civil, mairie Bar-le-Duc).

Anne-Marguerite de Braque du Parc, née 20, baptisée 22 janvier 1678, à (Saint-Eustache) Paris, fille de Louis de Braque et d'Antoinette-Denise de Line. — Pr. 3 mai 1687. Cordelière à Gournay (1706).

Marie-Françoise de Brunet-Neuilly, baptisée 3 octobre 1683, à (Saint-Denis), Neuilly-en-Vixin (Seine-et-Oise), fille de Jean-Charles de Brunet et d'Anne de la Salle (communic. de M. Beauval, sec. de la m. de Neuilly en Vexin).

N. de Chambray, née en 1683. Bénédictine. C'est évidemment, une fille de Nicolas de Chambray et d'Anne Le Doulx de Melleville. Est-ce Marie-Madeleine, qui fut religieuse à Caen, Françoise-Mauricette, religieuse à Saint-Sauveur d'Evreux, Marie-Anne, religieuse au même couvent?

Marie-Marthe des Champs-Marsilly, baptisée 22 mars 1679, à Villiers-la-Garenne (aujourd'hui avenue de Villiers, à Paris), diocèse de Paris, fille d'Antoine des Champs et de Marie-Anne du Blé. — Pr. 27 mai 1687. Elle épousa Nicolas de Changy.

Reine-Henriette-Claire-Céleste du Chastel, née 29 avril, baptisée 1er mai 1747, à Taden (Côtes-du-Nord), diocèse de Saint-Malo, fille de Louis-Julien-Jean du Chastel et de Françoise-Geneviève de la Vallée. — Pr. 24 mars 1757.

N. de Coigny, née en 1684.

N. Colonna d'Istria, née en 1769.

Marie-Louise de Combaut-Auteuil, née en 1699 (Cab. Hozier, 101) ou en 1700 (Lavallée), fille de Charles-Gilbert de Combaut et de Marie-Angélique Cotelle, reçue à Saint-Cyr, le 16 décembre 1707 (Cab. Hozier, 101).

Anne-Gabrielle-Marguerite-Thérèse de Coucy, ondoyée 16 juillet, baptisée 26 juillet 1764, à (Saint-Remy) Escordal (Ardennes), fille de Charles-Nicolas de Coucy et de Marie-Henriette du Bois. — Pr. 22 décembre 1772.

Marguerite de Crény-Saint-Lieu, née 14, baptisée 16 mars 1682, à (Sainte-Madeleine de la Ville-Évêque) Paris, fille de Antoine de Crény et de Marguerite Bli. — Pr. 25 janvier 1694.

Charlotte de Crény-Bailly, née en 1678, fille de Jacques de Crény et de Marguerite Auber. Reçue, selon d'Hozier, le 27 janvier 1687 (Cab. d'Hozier, 111).

Madeleine de David-Lastours, née et baptisée, le 4 mars 1771, à la
Douze (Dordogne), fille de Germain de David et de Jeanne-Marie-Apol-
lonie de Saint-Félix. — Pr. 17 juillet 1781.

Anne-Jeanne-Thérèse de Drée, fille d'Antoine de Drée et de Lucrèce-
Thérèse de Durand, née 27, baptisée 28 janvier 1745, à Toulon (Var).

Constance de Durat-Mazeau, née 25, baptisée 27 novembre 1750, à
(Saint-Pardoux) la Serre-Bussière-Vieille (Creuse), diocèse de Limoges,
fille de Jean de Durat et de Françoise de Bosredon. — Pr. 26 juin 1761.
Elle épousa (15 juin 1773) Jean-François de Durat, et mourut, le 17 septembre 1778, au château de Busserolle-en-Marche *(Gazette de France)*
et communic. de M. Gasnet, maire de la Serre-Bussière-Vieille (Creuse)
commune sur laquelle était situé le château de Busseroles.

Marguerite-Thérèse-Narcisse de Durfort-Rousines, née et baptisée
6 août 1721, à (Saint-Jean-Baptiste) Perpignan, diocèse d'Elne, fille de
Nicolas de Durfort et d'Agnès Cruzé de Bourdeville. — Pr. 16 février
1732. B. S. 23 juin 1740. Elle épousa (30 avril 1743) Gaspard Poly de
Saint-Thiébaud.

Jeanne-Marie-Nicole de Durfort-Léobard, née 31 janvier, baptisée
1er février 1756, à (Notre-Dame) Dôle (Jura), fille de Louis de Durfort et
d'Anne-Suzanne-Claire-Madeleine-Frédérique de Montréal-Sorans. — Pr.
23 juillet 1763. Chanoinesse de Neuville-en-Bresse Elle épousa (6 février
1775) Jean-Victor-Ours-Laurent-Joseph-Fidèle d'Estavayé-Molondin.

Anne-Françoise d'Estrées-Marnay, née et baptisée, le 20 avril 1682, aux
Aix d'Angillon (Cher), diocèse de Bourges, fille de François d'Estrées et
d'Anne Plumet.

Marie-Anne-Henriette du Fayet-la-Tour-Clavières-la-Bastide-la-Borie,
née 20 novembre 1704, fille de Christophe du Fayet et de Marguerite
d'Enjolie. Reçue 20 octobre 1716. Elle fut légataire de Mme de Maintenon.
Elle épousa (1729) François-Gilbert de Salvert-Montroignon (Bouillet :
Nobiliaire d'Auvergne, III, 34).

Marie-Thérèse-Claire du Fayet, baptisée le 30 janvier 1742, à Trizac
(Cantal), fille de Jean-Baptiste du Fayet et de Marie-Catherine de Framery. Novice à Notre-Dame de Salers (1766).

Sophie de Féret, née et baptisée, le 29 avril 1773, à Saint-Loup-Champagne (Ardennes), fille de Nicolas-Joseph-Henri Féret et de Marguerite d'Hermant. — Pr. 1er avril 1783.

Jeanne-Henriette-Françoise-Florimonde de Fontlebon, baptisée 25 novembre 1765, à (Saint-Sulpice) Rumigny (Ardennes), fille de Jean-Baptiste-Marie de Fontlebon et de Jeanne-Henriette de Beaufort. — Pr. 3 février 1776.

Marguerite de la Garde-Bonnecoste, née 27, ondoyée 28 janvier 1765, à Couzou (Lot), diocèse de Cahors, fille de Laurent de la Garde et de Marguerite de Rey du Peyrat.

Marguerite-Athanase de Gast-Lussant, née 4 ou 5 septembre, baptisée 15 octobre 1677, à Saint-Martin-le-Beau (Indre-et-Loire) (communic. de M. Delaunay, sec. de la m. de Saint-Martin-le-Beau), fille de Jacques de Gast et d'Elisabeth de Mézières.

Marie-Thérèse-Philippine Gautier de la Motte, née et baptisée, le 29 janvier 1764, à (Saint-Louis-de-la-Citadelle) Strasbourg, fille de Louis Gautier et de Marie-Anne Zacquelind.

Marie-Marguerite de Gogué-Moussonvilliers, née et baptisée, le 23 mars 1754, à (Saint-André) Chartres, fille de Jacques-Armand de Gogué et de Marie-Catherine Bouvard. — Pr. 27 octobre 1762.

N de Gomer, née en 1673. C'est, évidemment une fille de Gabriel de Gomer et d'Elisabeth du Plessier. Est-ce Elisabeth ou Anne (qui épousa Charles de Cacheleu) et qui vivaient, toutes deux, le 8 janvier 1703?

Renée-Marie-Angélique de Gouvets-Fontenelle, née le 29 mars, baptisée le 7 avril 1689, fille de René de Gouvets et de Jeanne Germain. Reçue en juillet 1698 (Nouveau Hozier, 161).

Reine-Renée-Pauline Goyon de la Touche, née 5, baptisée 6 août 1757, à (Saint-Sauveur) Plancoët (Côtes-du-Nord, diocèse de Saint-Brieuc, fille de Laurent-Pierre Goyon et d'Anne Scot de la Touche.

Marie-Perrine-Jeanne de la Grandière, née et baptisée 20 mai 1772, à Morlaix (Finistère), fille de Charles-Marie de la Grandière et de Françoise-

Paule·Hyacinthe Le Minihy du Refuge. — Pr. 6 mars 1782. Elle épousa
(31 juillet 1805) Pierre·Jean·Bruno de la Monneraye (né 14 novembre
1759, mort en 1832, au Clio, près Malestroit).

Alexandrine-Émilie-Victorine Gréen de Saint-Marsault, née 11, baptisée 12 septembre 1772, à (Sainte-Marie) la Jarrie (chef-lieu de canton
Charente-Inférieure) (Renseignement de M. Sicard, sec. de la m. de la
Jarrie), fille de Louis-Henri-François Gréen de Saint-Marsault et de
Marie-Charlotte de Lestang. — Pr. 26 septembre 1782. Peut-être cette
jeune fille mourut-elle jeune et son baptistère fut-il emprunté, pour
entrer à Saint-Cyr, par sa sœur ainée, Suzanne-Victoire, née en 1767,
qui épousa (6 avril 1790) Georges-Alexandre-César de Saint-Exupéry, et
mourut, à La Rochelle, le 2 décembre 1825 (Renseignements de M. le
comte de Saint-Exupéry, et de M. Pierre Boisdet, de la m. de La
Rochelle). Ce qui peut justifier cette hypothèse, c'est que M. le comte
de Saint-Exupéry n'a pu trouver trace, dans ses papiers de famille, de
Alexandrine-Émilie-Victorine, et qu'il possède les *Heures de Saint-Cyr*
de sa grand'mère, Madame de Saint-Exupéry (Suzanne-Victoire de Gréen-
Saint-Marsault).

Catherine-Edmée de Grillet-Brissac, baptisée 30 novembre 1679, à
Illiers-l'Évêque (Eure), diocèse d'Evreux, fille de François de Grillet et
d'Elisabeth des Etangs. — Pr. 18 avril 1686.

Félicité-Françoise-Pétronille de Grimouville, fille de Charles-François
de Grimouville et de Isabelle-Pétronille van Eberbrœk, née 30, baptisée
31 mai 1759, à (Saint-Thomas) Saint-Lô (Manche), diocèse de Coutances.
— Pr. 14 octobre 1768.

Marie-Elisabeth-Eléonore-Fidèle de Grivel, née le 15, baptisée le
16 septembre 1772, à Domblans (Jura) (communic. de M. Truchet, secrét.
de la m. de Domblans), fille de Claude-Joseph-Nicolas de Grivel et de
Marie-Claudine-Antoinette-Fidèle de Montjoye.

Catherine Guijon de Conyngham, baptisée le 14 mars 1719, à (Notre-
Dame) Noyers (Yonne), diocèse de Langres, fille d'André de Guijon et de
Catherine-Elisabeth de Lewiston. — Pr. 20 octobre 1730. Elle épousa
(27 novembre 1741) Artus-Alexandre de Viart-Pimelle, puis (17 avril
1750) Edme Boucher de Milly. Elle mourut, le 13 juillet 1778, au château de Carisey près Milly (Yonne) (Arch. de l'Yonne. Série E. Etat-
Civil de la commune de Milly).

Henriette de Hallot-Goussonville, baptisée le 25 février 1767, à (Saint-Denis) Goussonville (Eure-et-Loir), diocèse de Chartres, fille d'Ambroise de Hallot et de Marie-Florence-Henriette-Madeleine de Guenet.

Marie-Agnès de Harcourt-Olonde, baptisée le 22 juillet 1686, à Saint-Sauveur-le-Vicomte (Manche), fille de Jacques-de-Harcourt et de Marguerite des Maires. — Pr. 1er juillet 1688. Ursuline à Caen, Morte avant le 1er octobre 1722 (Renseignement dû à M. le marquis d'Harcourt).

Marie-Anne-Catherine de Haudoire-la-Prée-Habert, née et baptisée, le 19 octobre 1716, à Albert (Somme), diocèse d'Amiens, fille de Nicolas de Haudoire et de Antoinette-Madeleine Habert. — Pr. 24 septembre 1723. B. S. 7 septembre 1735.

Angélique-Louise des Haulles, née 5, baptisée 6 août 1755, à (Sainte-Madeleine) Verneuil (Eure), diocèse d'Evreux, fille de Louis des Haulles et de Marie-Julie-Camille de Chevilley-Roche.

Charlotte-Françoise-Julie de Helldorf, née 23, baptisée 24 juin 1750, à (Saint-Sulpice) Paris, fille de Charles-Augustin de Helldorf et de Marie-Françoise Constant. — Pr. 16 mars 1757.

N. Hibon de Bagny, née en 1691.

Thérèse-Gertrude-Joséphine Hugo de Spitzenberg, née et baptisée, le 5 juillet 1771, à Saint-Dié en Lorraine (Vosges), fille de Louis-Charles-Toussaint Hugo et d'Anne-Marie-Catherine de Bazelaire. — Pr. 2 mai 1781.

Jeanne-Marie-Elisabeth d'Ivoley, baptisée le 26 août 1762, à Bourg-en-Bresse (Ain), fille de Hughes-Victor d'Ivoley et de Marie de Négroni, vivante 25 novembre 1792 (B. d'Hauterive, *Ann. de la noblesse*. Gén. d'Ivoley).

Louise de Jas-Saint-Bonnet, née en 1672, fille de Charles de Jas et de Marie de la Geneste. Elle fut reçue, en octobre 1687, selon d'Hozier. Elle épousa Antoine d'Osches, et vivait encore, le 30 avril 1720 *(Cabinet d'Hozier*, 195. *Pièces originales*, 1572).

Catherine-Thérèse Juliotte du Saussay, née 15, baptisée 16 juillet 1761, à Francheville (Eure), diocèse d'Evreux, fille de Robert Juliotte et de Catherine-Thérèse de Clinchamp.

Marie de la Lande-Vernon, baptisée, le 28 novembre 1705, à (Saint-Michel-des-Lions) Poitiers (Communic. de la m. de Poitiers), fille de Jean-François de la Lande-Vernon et de Marie Varin.

Julie-Charlotte-Marie de Lastic-Saint-Jal, née et baptisée 2 février 1772, à (Saint-Saturnin) Saint-Maixent (Deux-Sèvres), fille de Louis-Romain de Lastic et de Anne Thoreau. — Pr. 30 janvier 1782. Morte, s. all., à Xaintray, en 1798 (Arch. du mq. de Lastic-Saint-Jal. Communic. de M. le Dr de Ribier).

N. de Lavie-Préfontaine, née en 1676.

Ferdinande de Lavier-Calmoutier, ondoyée 15 juillet, baptisée 9 octobre 1729, à Calmoutier (Haute-Saône), diocèse de Besançon, fille de Claude-François de Lavier et de Marie-Louise de la Bazinière. — Pr. 4 mai 1740.

Madeleine de Ligniville-Autricourt, née et baptisée, le 10 juillet 1745, à (Saint-Sébastien) Nancy, fille de Jean-Jacques de Ligniville et de Charlotte-Elisabeth de Soreau. Elle épousa Jean-Baptiste-Pierre de Giton-la-Ribellerie-Magny.

N. de Longueveau, née en 1760, Ursuline.

Agnès-Angélique-Joséphine de Lort, née le 19 mars 1763, baptisée 20 mars 1763, à (Saint-Louis) Strasbourg, fille de Charles-François de Lort et de Marie-Angélique-Nicole de Marchesy. — Pr. 18 août 1773.

Jeanne de Loubert-Martainville, baptisée 24 juin 1679, à Epieds (Eure), diocèse d'Evreux, fille d'Alexandre de Loubert et de Marthe de Loubert. — Pr. 2 mai 1690.

Jeanne-Marie-Madeleine de Ludres, née 16, baptisée 18 février 1679, à Nancy, fille d'Henry de Ludres et de Jeanne-Catherine-Madeleine de Savigny. — Pr. 31 octobre 1687. Elle épousa Louis de Beauvau. Elle mourut, en couches, le 8 avril 1715.

Anne-Elisabeth de Ludres, née 28 août, baptisée 20 septembre 1680, à Richardménil (Meurthe-et-Moselle), fille d'Henri de Ludres et de Jeanne-Catherine-Madeleine de Savigny. — Pr. 31 octobre 1687. Abbesse d'Epinal (24 février 1719) selon le *Gallia Christiana*. Elle semble être morte avant 1767.

Louise-Gabrielle de Maillé-Kerman, née le 28 décembre 1743, à (Saint-Martin) Laigny (Aisne), fille de Donatien de Maillé et de Marie-Elisabeth d'Anglebermer.

Perrette-Françoise-Louise de Malarmey-Roussillon, née et baptisée le 5 mai 1766, à (Saint-Maurice) Besançon, fille de Joseph de Malarmey et d'Eléonore-Antoinette de Pourcheresse. — Pr. 10 juin 1776.

N. de Malherbe-Boisselière, née en 1677. Chanoinesse de Notre-Dame.

Charlotte-Madeleine-Françoise de Marolles, née et baptisée le 13 mai 1771, à (Notre-Dame) Versailles (Etat civil de Versailles, par. N.-D. Année 1771, fol. 341), fille de Louis-Stanislas de Marolles et de Charlotte-Suzanne Costard. — Pr. 2 janvier 1779. (Carnet de Mlle de Dax). Elle fut femme de chambre de la reine et mourut, en 1837, près de Meaux, s. alliance.

N. de Mellet-Hostrau, née en 1704.

N. de Moges, née en 1742.

Jeanne de Montesquiou-Artagnan, née en 1682 (janvier, probablement), fille de Louis de Montesquiou et de Ruth de Fortaner, épousa (20 août 1719) Pierre Gaignat de Saint-Andiol et mourut, entre le 20 septembre 1723 et le 14 septembre 1731.

Luce de Montesquiou, née en 1683 (janvier, probablement), fille de Louis de Montesquiou et de Ruth de Fortaner, fut religieuse au Val-de-Grâce, puis prieure de Traisnel, au faubourg Saint-Antoine.

Marie-Madeleine de Montmorant, baptisée 14 septembre 1744, à (Saint-Paul) Paris, fille de Jean-Louis de Montmorant et de Jeanne-Françoise Potier.

Marie-Anne de la Mothe-Saint-Pierre, née 1er, baptisée 15 août 1678, à Saint-Pierre-lès-Bitry (Oise), diocèse de Soissons, fille de Charles de la Motte et d'Elisabeth de Gueldrop. — Pr. 3 avril 1687. — Bernardine.

Catherine-Adélaïde du Moulin-la-Barthète, née 8, baptisée 9 octobre 1767, à Aire (Landes), fille de Barthélemy du Moulin et d'Anne de Roquade. Elle mourut, à Paris, jeune (Renseignement de M. E. du Moulin de la Barthète), avant 1797.

Marguerite de Normanville, fille de Pierre de Normanville et de Marguerite Le Roy du Mez, née en 1680. Elle épousa (29 décembre 1701) Pierre Brunet de Chailly et mourut avant le 2 janvier 1719.

Françoise-Albertine de Patras-Campaignols, née 8, baptisée 9 avril 1770, à Echingen (Pas-de-Calais), fille de Gabriel de Patras et de Blanche-Elisabeth-Julie de Roussel (Carnet de Mlle de Dax). Le 11 novembre 1790, elle était chanoinesse à Bourbourg (E. de Coussemaker : le Cartulaire de Bourbourg. Lille 1882-91, 3 vol. in-8°.)

Marie-Charlotte Le Pelletier de Longuemare, née 4, baptisée 6 février 1676, aux Andelys (Eure) (communic. de M. Th. Guillot, sec. de la m. des Andelys), fille d'Henri Le Pelletier et de Marie-Anne de Feuquerolles. Ursuline (sœur Sainte-Scolastique) à Poissy (17 février 1729-17 décembre 1750).

Marie-Anne-Henriette de Pellissier-les-Granges, née et baptisée le 15 février 1757, à Simiane (Basses-Alpes), fille de Balthazar-Joseph-Ignace de Pellissier et de Catherine-Louise Aguenin-le-Duc.

Adélaïde-Victoire de Pélissier-les-Granges, née et baptisée le 2 février 1772, à Simiane (Basses-Alpes), diocèse d'Apt, fille de Barthélemy-Joseph-Ignace de Pélissier et de Catherine-Louise Aguenin Le Duc.

Marie-Anne Pépin de Belle-Isle, née et baptisée le 27 mars 1754, à (Sainte-Croix) (communic. de M. l'Archiviste municipal de Nantes) Nantes, fille de Julien Pépin et de Marie-Anne Fortin. — Pr. 23 janvier 1764. Elle épousa (2 décembre 1786) Jean-Charles-Julien d'Andigné.

Marie-Josèphe du Pont-du-Vivier, née et ondoyée 7, baptisée 11 mai 1716, à Fort-Dauphin (Ile Royale), fille de François du Pont et de Marie Mins. Morte en 1836 (?) à Versailles (?) (O'Gilvy : Nobiliaire de Guyenne).

Marianne du Pré-Guipy, née 15, baptisée 16 juillet 1711, à Autun (Saône-et-Loire), fille de Joseph-René du Pré et de Renée-Lazare Buffot (communic. mairie d'Autun).

Ange-Françoise du Puy-Cheylade, baptisée le 11 novembre 1777 (cathédrale), à Anvers, fille de Jean-Baptiste du Puy-Dienne-Cheylade et de Marie-Josèphe Lubecq.

Nicole-Suzanne de Raymond-Radouai, née, en 1668, à Radouai, diocèse de Laon, fille de François de Raymond et de Marie de Berzeau, novice (1er décembre 1692), religieuse (13 mars 1694), à Saint-Cyr. Morte, à Saint-Cyr, le 30 mars 1736 (mairie de Saint-Cyr).

Renée Quetier de Rosnay-Laribelière, née 20, baptisée 22 janvier 1683, à Saint-Denis-de-Coulonges, diocèse de Chartres, fille de François-René Quetier et de Claude d'Arc. — Pr. 8 février 1691.

Elisabeth-Françoise-Glossinde de Rennel, née et baptisée, le 3 décembre 1772, à (Saint-Epvre) Nancy, fille de Joseph-Balthazar de Rennel et de Marguerite-Gabrielle de Rennel.

Marie-Anne-Julite de la Rochefoucault, née 17, baptisée 18 mars 1711 à Neuilly-le-Noble (Neuilly-le-Brignon) (Indre-et-Loire), fille de Paul-Louis-Lhermite de la Rochefoucault et de Marie-Jeanne Gruter. — Pr. 19 janvier 1718.

Marie-Anne de Romecourt, née 22, baptisée 25 juin 1679, à Brousse-val (Haute-Marne), diocèse de Châlons-sur-Marne, fille de Charles de Romecourt et de Louise de Marc. — Pr. 18 août 1687.

Marie-Charlotte de Ronti-Ourcamp, née 18 mai, baptisée 1er juin 1682, à (Notre-Dame) Filain (Aisne), diocèse de Soissons, fille de Jacques de Ronti et de Madeleine de Cambronne. — Pr. 20 novembre 1692. — Béné-dictine.

N. de Rorthays, née en 1685.

Marie-Victoire Le Rousseau de Rosencoat, née 23, baptisée 24 février 1772, à Châteauneuf du Faou (Finistère), fille de Pierre-Claude-Mathieu Le Rousseau de Rosencoat et de Guillemette-Julienne Le Seilleux. — Pr. 1er janvier 1781.

Catherine Saboureux de la Bonetrie, née 16 mars, baptisée 11 juin 1680, à (Notre-Dame) Presle en Brie (Seine-et-Marne), diocèse de Paris, fille de Charles Saboureux et de Catherine Langlois. — Pr. 15 septembre 1687. — Ursuline.

Jeanne de Saint-Hilaire, née 19, baptisée 20 avril 1680, à Saint-Hilaire en Bourbonnais (Allier), diocèse de Bourges, fille d'Edme de Saint-Hilaire et de Françoise-Louise de Reugny. — Pr. 22 avril 1688. Elle épousa (27 novembre 1703) Honorat Maréchal de Franchesse (communic.

de M. Boucheron, sec. de la mairie de Saint-Hilaire (Allier), et vivait, le
24 septembre 1706 *(Item)*.

N. de Sailly, née en 1681. — Ursuline. C'est probablement la même
que Marie de Sailly-Aigleville.

N. de Sainte-Hermine-Chenon, née en 1681. Chan. de Notre-Dame.

Marie de Savonnières, née 8 juin, baptisée 30 août 1678, à la Chapelle-
aux-Choux (Sarthe), diocèse d'Angers, fille de Félix de Savonnières et de
Françoise des Loges. — Pr. 5 juillet 1687.

Marie du Terrail, née et baptisée à Saint-Barthélemy-Lestra (Loire),
le 17 octobre 1771, fille de Louis-Joseph du Terrail et de Marie-Véronique de Milly.

Jeanne-Marie-Jacqueline-Françoise Le Tessier de Launay, née 20,
baptisée 21 novembre 1775, à Marchemaisons (Orne), fille de François
Le Tessier et de Jeanne-Marie Roussel. — Pr. 8 mai 1784. (Carnet de
Mlle de Max).

Adélaïde de Tilly, née et baptisée, le 4 juin 1764, à (Notre-Dame) Vernon (Eure), diocèse d'Evreux, fille d'Hilaire de Tilly et d'Anne-Frédérique
de Rochefort.

Cécile-Elisabeth de Vigny, née 30, baptisée 31 mai 1772, à (Saint-
Médard) Chalo-Saint-Mard (Seine-et-Oise), fille de Claude-Victor-Louis
de Vigny et d'Adélaïde-Angélique-Charlotte Le Maire (Carnet de
Mlle de Dax).

Louise-Bonne-Prudence de la Villéon-Marais, née 20, baptisée 22 janvier 1764, à Couëron (Loire-Inférieure), fille de Toussaint-Hyacinthe de
la Villéon et de Prudence de Boisdavid.

SAINT-CYRIENNES QUI SONT AUX PREUVES

MAIS N'ONT PAS LAISSÉ DE TRACES AU FONDS SAINT-CYR ET NE SONT PAS SUR LES LISTES LAVALLÉE

Anne d'Abancourt, née 23 mai, baptisée 17 juillet 1674, à Saint-Martin du Tertre (Seine-et-Oise) diocèse de Beauvais, fille de François d'Abancourt et de Marie de Gouaix. — Pr. 20 mai 1686.

Marie-Antoinette-Thérèse de la Barre-Martigny, née et baptisée 25 décembre 1723, à la Chapelle sur Crécy en Brie (Seine-et-Marne), fille d'Antoine de la Barre et de Marie-Françoise Sautereau.

Charlotte-Bertrande Chapelle de Jumilhac-Cubjac, née et baptisée, le 15 juillet 1745, à (Notre-Dame) Cubjac (Dordogne), diocèse de Périgueux, fille d'Antoine-Joseph-Marie-Macon Chapelle de Jumilhac et d'Anne-Constance Bertin. — Pr. 27 juin 1755. Elle épousa (novembre 1763) Augustin-Louis Bertin.

Geneviève-Elisabeth de Culant-Ciré, née 1er septembre 1671, baptisée huguenote, le 19 avril 1672, à Sainte-Même (Charente-Inférieure) près Saintes, fille d'Isaac de Culant-Ciré et de Marie de Culant-Laudrais. — Pr. 10 juin 1686. Renvoyée pour un mal à l'œil. Elle épousa Alexandre de Chevreuil-Romefort.

Jeanne-Henriette de Jarry, née 6, baptisée 8 janvier 1754, à Fontaine-les-Ribouts (Eure-et-Loir), fille de François-Alexandre de Jarry et de Charlotte de Moucheron. — Pr. 31 mars 1764.

ADDITIONS ET CORRECTIONS

Au cours de l'impression de ce livre, il nous est parvenu beaucoup de nouveaux renseignements, et nous avons fait, nous-même, quelques découvertes. Nous profitons de l'occasion, pour ajouter à la liste de ceux à qui nous avons de vives obligations, les noms de M. et Mᵐᵉ Richefeu, de MM. de Maintenant, marquis du Pac-Badens, marquis et marquise de Monspey, marquis de Nazelles, marquis de Vignet-Vendeuil, sœur François-de-Sales Michel, visitandine à Vienne (Autriche), MM. de Saint-Pol, député, Dʳ de Brinon, Martellière, avoué à Vendôme, Albert Rousselle, chef de bureau de l'Etat-Civil à la mairie d'Orléans, baron d'Encausse-Labatut, comte Maxime de Frédy, comte Raymond de Bar, comte de Castillon, marquis d'Escayrac-Lauture, Comparot de Bercenay, de la mairie de Brives-la-Gaillarde; comte de la Fitte-Pelleporc, comte Dessoffy de Czerneck, comte de Bony de la Vergne, marquis de Bernes-Long-villiers, marquis de Cosnac, comte de Fleurieu, Antonin Régny, comte de Planta-Wildemberg, comte Maurice de Saint-Marsault, comte R. de Fontenay, vicomte A. de Couasnon, marquis de l'Espine, marquis de Villedon, vicomte de Nouël, de Guibert, G. de la Taille, marquis de Tressemanes-Simiane, M. et Mᵐᵉ B. Le Gras de Vaubercey, de Caqueray, doyen de la Faculté de droit de Rennes, marquis de Saint-Félix, de Beaujeu, Mˡˡᵉ d'Averton, L. Danzel d'Heucourt, Bonorant, pasteur de Fetan (Grisons), Peter de Planta, général de Boisdeffre, comte de Saint-Exupéry, comte de Ferrières, H. de Louän-Coursay, lieut.-col. de Caqueray, vicomte de la Lande-Calan, marquis de Lasteyrie, lieut.-col comte de Mitry, Mᵐᵉ la comtesse de la Flechère, M. Th. Rochigneux, bibliothécaire de la *Diana*, baron de Thoisy, de Jaucourt, abbé Marsanne, Broutin, marquis de Cromières et enfin, M. Paul Dufey, savant modeste et consciencieux, dont la patiente et sagace érudition nous a été du plus grand secours, nous mettant, fort souvent, sur la voie de trouvailles intéressantes, dont nous lui adressons ici nos très vifs et très sincères remercîments.

Page 9, ligne 20 : au lieu de : *Adouville*, lire : Adonville.

ligne 23, après *1703*, lire : Morte sans alliance (Renseignement de Mlle d'Adonville).

ligne 32, au lieu : de *1775*, lire : 1774.

—— 10, ligne 18, au lieu de : *1698*, lire : 1699.

— 14, ligne 26, au lieu de : *Audras*, lire : Andras.

ligne 31, au lieu de : *Vaulaville*, lire : Liteau.

ligne 34, après *Ryes*, lire : Elle mourut, à Saint-Vigor-le-Grand, près Bayeux, le 9 septembre 1868 (Renseignements de Mlle du Homme et de la mairie de Saint-Vigor).

— 19, ligne 11, après : *religieuse*, lire : visitandine à Saint-Amour (Jura) où elle mourut (Renseignement de Mme la comtesse de la Flechère).

— 21, ligne 7 : au lieu de : *Puidaufon*, lire : Puidanson.

— 22, ligne 14, après *Elle épousa*, lire : (24 avril 1714).

ligne 15, après : *Forsac*, lire : (Communic. de M. Hivert, sec. de la m. de Jaures (Dordogne).

·— 26, ligne 17 : au lieu de *1794*, lire : 1784.

— 27, ligne 11 : au lieu de : *bénédictine*, lire : Elle épousa Charles-François d'Orchennes-la-Tour et mourut à Gray (Renseignement de Mlle Mathilde d'Averton).

—— 28, ligne 30, après : *1783*, lire : Elle épousa (23 mai 1790) Louis-François de Roton.

— 29, ligne 13, au lieu de : *18 décembre*, lire : 8 décembre.

ligne 31, après : *1731* : Elle épousa (février 1732) Georges-Eusèbe Léziart de la Villorée (né 1704, mort 20 août 1782) et mourut, à Parcé (Ille-et-Vilaine), le 15 juillet 1749 (abbé Paris-Jallobert : *Anciens registres de Parcé*, Rennes, 1891, in-8°, pp. 3 et 14).

—— 31, ligne 8, après *1780*, lire : Elle mourut, à Orléans, 33, rue de la Tour-Neuve, le 15 mars 1838 (Communic. de M. Albert Rousselle, chef de bureau à la mairie d'Orléans. Etat civil d'Orléans. Année 1838, n° 313).

ligne 9, rétablir l'article, ainsi qu'il suit :

Marie-Anne de Bar-la-Condamine, baptisée, le 28 septembre 1769, à Montferrand, fille de Jean-Baptiste de Bar et d'Anne Fouchié. Entrée à Saint-Cyr, le 12 juillet 1778. Pension alimentaire (28 mai 1781-15 décembre 1785). Morte, à Montferrand, le 7 février 1786 (Renseignements de M. le Comte R. de Bar, ancien député, et de la m. de Clermont-Ferrand).

Page 32, ligne 7, au lieu de *Antel*, lire : Autel.

— 33, ligne 26, au lieu de : *1781*, lire : 1780.

— 35, ligne 6, après : *1766*, lire : Elle mourut, à Poitiers, le 3 (et
non le 4, comme le dit Beauchet-Filleau. II. 29, col. 2) septembre 1817 (Communic. de la m. de Poitiers).

ligne 25, après : *Bart*, lire : nièce de l'illustre Jean Bart.

ligne 27, après *1757*, lire : Elle mourut, selon M. Mancel (*la
Famille de Jean Bart*, p. 150. Dunkerque, 1904, in-8°), le
1ᵉʳ décembre 1777. Toutefois, il appert de lettres, à nous
aimablement communiquées par M. le comte Alphonse de
Fleurieu, que Marie de la Barthe vivait encore, le 28 décembre
1775 et qu'elle mourut, *entre le 22 septembre et le 20 novembre 1777*. (Peut-être M. Mancel a-t-il voulu imprimer : le
1ᵉʳ novembre). Les lettres de Mᵐᵉ de Roffignac-Carbonnier-
Marzac la révèlent comme une mère et une épouse accomplies,
que les siens regrettèrent profondément. ·

— 38, ligne 19, après : *Espins*, lire : née 6 avril.

— 39, ligne 25, au lieu de : *1674*, lire : 1675.

ligne 34, au lieu de *Thère*, lire : Thérèse.

— 40, ligne 14, au lieu de : *16 juin 1751*, lire : 24 janvier 1772.

— 41, ligne 5, après : *1734*, lire : Elle vivait encore, le 21 avril 1790
(Renseignement de M. de Beaujeu).

ligne 10, après : *Dieppe*, lire : (1738-1790). Elle mourut, à
Champlitte (Haute-Saône), le 25 vendémiaire an XIII (16 octobre 1799) (Renseignement de M. de Beaujeu, confirmé par la
mairie de Champlitte).

— 43, ligne 25, au lieu de : *22 mai*, lire : 12 mai.

— 44, ligne 2, après : *elle épousa*, lire : (16 avril 1776).

— 46, ligne 12, au lieu de : *1781*, lire : 1782.

ligne 19, au lieu de : *née en 1689 (probablement entre 3 juin
et 28 novembre)*, lire : née, le 13 novembre 1689, aux Haies
en Vendômois (Loir-et-Cher) (Communic. de M. Guy, sec. de
la m. des Haies).

— 47, lignes 18, 22, 27, 32, au lieu de : *Auchy*, lire : Achy.

— 48, ligne 20, après : *Poissy*, lire : Elle mourut, le 27 septembre
1806, à Poissy (Communic. de la m. de Poissy). Elle avait
prêté, le 2 octobre 1792, le serment à la Constitution. Son
signalement porte : taille 5 pieds, 1 pouce (Arch. de S.-et-O.
Dossiers des pensions ecclésiastiques).

— 49, ligne 9, après : *Fontevrault*, lire : Ce doit être celle que Beauchet-Filleau appelle Louise et qu'il dit née le 8 mars 1682 et

morte, le 22 février 1716. Toutefois, une note de d'Hozier
(Cabinet Hozier, 39) dit qu'elle a « sept ans, depuis le 15 mars
1689 », ce qui impliquerait qu'elle était née le 15 mars 1682.

Page 51, ligne 19. après *1889*, lire : (mort, le 28 novembre 1824). Elle
mourut, au Broutel, près Rue, le 11 septembre 1819. Elle
avait fait une partie de son éducation à Panthemont. Pendant
la Révolution, son mari émigra en Angleterre. Elle resta en
Picardie, divorça pour la forme et pour sauver les biens
de ses enfants (ainsi était-on souvent contraint d'agir
à cette aimable époque) et rejoignit, en 1797, son mari,
M. Loisel Le Gaucher du Broutel, en Angleterre. Ils eurent
plusieurs enfants, dont l'un, né à Montreuil, fut Mme la
Comtesse de Malet-Coupigny, grand'mère de M. le marquis de Bernes-Longvillers, auquel nous devons les détails ci-
dessus.

— 52, ligne 2, au lieu de : *1792*, lire : 1729.

— 53, ligne 13, au lieu de : *Bertraudy*, lire : Bertrandy.
ligne 17 et 19, au lieu de : *Besson*, lire : Bessou.

— 54, ligne 1, au lieu de : *Daudet*, lire : Dauvet.
ligne 3, au lieu de : *1781*, lire : 1780.
ligne 13, après : *Castéja*, lire : fille de François-César de Biaudos et de Marie-Anne Bervoet.

— 56, ligne 18, au lieu de : *Valay (Haute-Saône)*, lire : Melay (Haute-
Marne) (communic. de la m. de Malay).
ligne 19, au lieu de : *Bigot*, lire : de Bigot.

— 57, ligne 13, après : *son mari*, lire : ancien maréchal de camp.
ligne 22, au lieu de : *27 avril*, lire : 2 avril.
ligne 23, après : *baptisée*, lire : 11 avril (communic. de la m.,
de Gironville).
ligne 31, avant : *Mangin*, lire : Jean.
ligne 32, après : *Bizemont*, lire : 19 germinal an XII, à
Versailles, rue Satory (État civil de Versailles. Décès, an XII,
n° 458).

— 58, ligne 14, transporter à la fin de la ligne 19, les mots *Morte*, etc.
jusqu'à *Blaisel*.

— 59, ligne 17, après : *1714*, lire : *(Cabinet d'Hozier*, 48).

— 60, ligne 30, après *Himbraine*, lire : vivante 7 janvier 1720
(Carrés Hozier, 101).

— 61, ligne 14, après 14, lire : juillet.

— 62, ligne 12, au lieu de : *27*, lire : 23 juillet.
ligne 17, après : *1772*, lire : Elle mourut, à Poitiers, le 2 (et

non le 3, comme le dit Beauchet-Filleau, I, 591, col. 1), avril
1811 (communic. de la m. de Poitiers).

Page 63, ligne 7, après : *épousa*, lire : (9 janvier 1767) (communic. de
la m. de Boisseuilh. Cf. aussi. Arch. Nat.. M. 499, XI).

ligne 8, après : *1772*, lire : Pierre.

— 64, ligne 26, après : *chanoinesse*, lire : de Troarn (13 décembre
1787).

— 68, ligne 22, après : *Nat.*, lire LL.

ligne 45, après : *1736*, lire : Elle épousa (21 février 1773) Louis-
Honoré de Cugnac (né 1697, mort, le 31 mai 1775, à Saint-
Omer), et mourut, à Saint-Omer, paroisse de Sainte-Alde-
gonde, le 6 novembre 1790 (Renseignement de M. le comte
de Bony de la Vergne, confirmés par la mairie de Saint-Omer).

— 71, ligne 9, au lieu de : *Françoise*, lire : François.

ligne 18. Elle mourut, à Epercieux, le 13 novembre 1715 (Renseignement de M. Broutin, confirmé par la m. d'Epercieux).

— 72, ligne 20, au lieu de : *Jacques*, lire : Jeanne.

— 72, ligne 9, après : *Orsay*, lire : née 31 octobre.

ligne 16, après : *religieuse*, lire : ursuline à Semur.

— 74, ligne 27, après : *1681*, lire : baptisée à (Saint-Germain) Amiens,
le 13 avril 1681 (Communic. de M Niquet, bibliothéc. d'Amiens).

ligne 30, après : *32589*, lire : Elle mourut le 28 décembre 1714
(Renseignement de M. le général de Boisdeffre. Cf. aussi
Carrés d'Hozier, 459).

— 75, ligne 25, au lieu de : *née 12*, lire : née 2.

— 76, ligne 6, au lieu de : *Germaine*, lire : Geneviève.

ligne 27, après : *Le Beau*, lire : Pr. 3 mai 1688.

— 77, ligne 15, au lieu de : *26 avril*, lire : 27 avril.

— 78, ligne 7, au lieu de *Bonlainvilliers*, lire Boulainvilliers.

ligne 24, au lieu de *Etienne Valère*, lire : Etienne-Valère.

— 79, ligne 27, au lieu de : *19 juillet*, lire : 13 juillet.

ligne 28, après : *1714*, lire : et 6 mai 1717.

— 80, ligne 3, après : *Marie*, lire : Marguerite.

ligne 31, au lieu de : *Traguy*, lire : Tragny.

— 83, ligne 3, après *(Crécy)*, lire : Elle fut dame d'honneur de la
princesse Pauline, et épousa, à Florence, le 21 septembre
1811, le comte Minutoli (Renseignement de Mme la comtesse
du Bouzet).

— 84, ligne 12, au lieu de : *1780*, lire : 1779.

ligne 22, au lieu de : *1744*, lire : 1743.

— 86, ligne 18, après : *1761*, lire : Religieuse à N.-D. de Romoran-

tin (18 juillet 1768-8 juin 1780) (Registre des vêtures de
N.-D. de Romorantin. Greffe de Romorantin).

Page 87, ligne 2, eu lieu de : *1747*, lire : 1737.

— 88, ligne 2, après : *chanoinesse*, lire : Elle épousa (16 février 1790)
Pierre-Alexandre de Chantepie, et vivait encore, le 23 septembre 1792 (communic. de M. le Dr de Brinon). Suivant
M. le Dr de Brinon, ce serait Marie-Madeleine (cf. p. 87), qui
serait née en 1763 et aurait été inscrite, au baptême, sous les
noms de Marie-Anne, et Anne-Marie, qui serait née en
1756 (Bibl. Nat. Fr. 30363, fol. 374).

— 89, ligne 18, au lieu de : *vivante*, lire : vivant.

— 93, ligne 9, après : *elle épousa*, lire : (8 février 1779).
ligne 10, après : *Fontalard*, lire : et mourut, à Riom, le 22 mai
1808 (communic. de M. le Dr de Ribier et de M. Bachaud,
ch. de b. à l'Et. civ. de la m. de Riom).

— 95, ligne 18, au lieu de : *22 février*, lire : 23 février.
lignes 18 et 22, au lieu de : *Champéroux*, lire : Camphéroux.
ligne 30, après : *religieuse*, lire : au Paraclet (Renseignement
de M. le lieutenant-colonel de Caqueray).

— 96, ligne 10, après : *1738*, lire : Elle épousa (10 novembre 1743)
Jacques-Louis de Brossard-Ressenroy (Renseignement de
M. le lieutenant-colonel de Caqueray) et vivait encore, le
15 février 1779 (Item).
ligne 23, au lieu : *née, ondoyée et baptisée le 9 septembre*,
lire : née et ondoyée le 5, baptisée le 9 septembre.

— 97, ligne 5, après : *1766*, lire : Elle épousa N. Wasquie (Renseignement de M. le lieutenant-colonel de Caqueray).
ligne 12, au lieu de : *Auleux*, lire : Danleu (It.).
dernière ligne, au lieu de : *Louise*, lire : Jeanne.

— 101, ligne 4, après : *1684*, lire : probablement à Paris.
ligne 23, après : *1757*, lire : vivante, le 23 mai 1763 (de Cauna :
Armorial des Landes. III, 172 et 174).

— 104, ligne 10, après : *religieuse*, lire : à Oudenarde.
ligne 23, après : *religieuse*, lire : à Gomerfontaine.

— 105, ligne 28, avant : *Charlotte*, lire : Louise.
ligne 31, après : *Scarron*, lire : Pr. 23 septembre 1705.

— 107, ligne 34, au lieu de : *2 novembre 1762*, lire : 22 novembre 1763.

— 108, ligne 7, après : *La Barrère*, lire : Son mariage est du 21 bru-
maire an XIV et elle mourut, à Mézin, le 20 janvier 1842
(Indications de M. le comte de Castillon et communic. de
M. le maire de Mézin).

Page 109, ligne 32, après : *1789*, lire : Elle mourut, à Comberanche-Epeluche, sans alliance, le 6 février 1850 (Indications de Mme la comtesse de Chabans et communic. de M. Roussié, sec. de la m. de Comberanche-Epeluche).

— 110, ligne 16, aprè *1705*, lire : Elle épousa (11 décembre 1717) René-Nicolas Le Mouton de Boisdeffre (né 1650, mort, le 18 juin 1735), et mourut, à Alençon, le 12 juillet 1768 (Renseignements de M. le général de Boisdeffre, confirmés par M. Loison, chef de bureau de l'Etat civil à la m. d'Alençon).

ligne 27, après : *1762*, lire : célibataire en 1765.

— 111, ligne 25, après : *1790*, lire morte, le 8 messidor an XI, à Poissy (communic. de la m. de Poissy). Elle prêta serment à la Constitution, le 2 octobre 1792. Son signalement porte : « cinq pieds 2 pouces, front haut, menton allongé ». (Arch. de Seine-et-Oise ; dossiers des pensions ecclésiastiques.)

— 112, ligne 6, après : *Bourbonnais*, lire : (Allier).

ligne 14, au lieu de *N...*, lire : André.

même ligne, après : *la Saludie*, lire : puis Henri-Louis Maron de Villesèche.

— 113, ligne 1, au lieu de : *Jean-Baptistile*, lire : Jean-Baptiste.

ligne 13, au lieu de : *vivante*, lire vivant.

ligne 29, au lieu de : *25 septembre*, lire : 3 octobre.

ligne 30, au lieu de : *26 septembre* : lire : 6 octobre.

même ligne, au lieu de : *1er avril*, lire 5 avril.

— 116, ligne 32, au lieu de : *Maubon*, lire Maubou.

— 117, ligne 1, après : *épousa*, lire : (9 mars 1773) (communic. de M. Th. Rochigneux).

— 118, ligne 32, après : *ursuline*, lire : Elle épousa Jacques de Gislain-Bontin (Renseignement de Mme la comtesse de Guinaumont).

— 119, ligne 21, après : *1749*, lire : Elle mourut, célibataire, à Nevers, le 22 novembre 1817 (Renseignements de Mme de Sainsbut-des-Garennes et de la m. de Nevers).

ligne 35, après *1772*, lire : elle vivait, le 9 novembre 1784 Beauchet-Filleau, II, 287, col. 1).

— 120, ligne 12, après : *elle épousa*, lire : (1801) Armand-François-Joseph de Frédy (né en 1772, mort en 1859), et mourut, en 1823, à Paris (Renseignements de M. le comte Maxime de Frédy).

ligne 16, après : *1781*, lire : Elle épousa (16 janvier 1783) Louis-Sylvain Carré de Busserolle et mourut, dans les prisons de Châtellerault, sous la Révolution (Beauchet-Filleau, II,

125, col. 1), le 27 ventôse, an II (communic. de la m. de Châtellerault).

Page 121, ligne 2, après : *1756*, lire : Elle épousa (10 novembre 1758) le très célèbre conquérant des Indes, Joseph-François Dupleix (Arch. Seine-et-Oise, E 3757). Elle avait été l'amie de sa belle-fille, Jeanne Vincens, et de sa première femme, Jeanne Albert, l'héroïque *Jân Bégum* (Cf. J. Guët, *Jân Bégum*, Paris, 1892, in-8°). Claudine-Thérèse de Chastenay, après avoir vainement essayé de récupérer ce que le Trésor public devait à son mari, vécut, dans une condition assez précaire, jusqu'à la Révolution. Elle émigra alors, avec sa belle-fille, et se réfugia à Brunswick, où l'existence des deux femmes devint de plus en plus misérable, jusqu'à ce que la duchesse de Brunswick vint à leur secours. Claudine-Thérèse de Chastenay mourut à Brunswick, le 31 août 1799. M. le marquis de Vignet-Vendeuil, auquel nous devons ces détails, possède encore une curieuse bague, offerte par la duchesse à la marquise Dupleix.

lignes 20 et 22, au lieu de : *Changy*, lire : Chaugy.

— 122, ligne 26, au lieu de : *1749*, lire : 1849.

— 123, ligne 4, au lieu de : *P. R.*, lire : B. R.

ligne 27, au lieu de : *à Saint-Cyr-sur-Morin*, lire : à Saint-Cyr-en-Brie.

— 124, ligne 4, avant : *Esprit*, lire : Claude.

— 125, ligne 4, au lieu de *visitandine*, lire, vivante.

même ligne, après : *150*, lire : Elle vivait encore, à Meulan, le 12 frimaire an X (Arch. S.-et-O. Dossiers des pensions ecclésiastiques).

ligne 9, après : *la Chesnaye*, lire : le 19 frimaire an XIII (Communic. de M. Cailler, sec. de la m. de Sainte-Néomaye (Deux-Sèvres).

— 126, ligne 21, au lieu de : *Iflot*, lire : Yvetot.

— 130, ligne 3, après : *Cochin*, lire : Elle vivait, à Paris, le 9 ventôse an IX (Arch. S.-et-O. Doss. des pensions ecclés.).

— 131, ligne 5, après : *elle épousa*, lire : François d'Harenguiers (mort, le 20 juin 1809) et mourut, le 23 brumaire an XI, à Villenauxe-la-Grande (Aube) (communic. du sec. de la m. de Villenauxe).

ligne 13, après : *1751*, lire : Elle épousa (2 octobre 1752), Louis de Noé (*Mercure de France*, janvier 1753) et vivait, le 24 février 1754.

Page 132, ligne 14, au lieu de : *1763*, lire : 12-13 septembre 1763.

— 133, ligne 21, au lieu de : *Philippe*, lire : Philibert.

— 134, ligne 27, au lieu de : *de Chapellier*, lire : Le Chapellier.

ligne 28, après : *22 janvier 1750*, lire : et 20 avril 1750.

— 135, lignes 2 et 3, au lieu de : *1704*, lire : 1701.

— 136, ligne 20, au lieu de : *1751*, lire : 1748.

dernière ligne, après : *1770*, lire : à (Sainte-Croix) Mantes (Seine-et-Oise).

— 137, ligne 18, après : *Angélique*, lire : Antoinette.

ligne 28, au lieu de : *27 mai*, lire : 25 mai.

— 138, ligne 12, après : *1771*, lire : Morte, à Brives, très pauvre, sans alliance (Rens. de M. le marquis de Cosnac).

ligne 16, après (Crécy), lire : Morte, sans alliance, à Brives, donnant des leçons pour vivre, le 17 floréal an X, à 5 heures du soir (Rens. de M. le marquis de Cosnac et de M. Comparot de Bercenay, de la mairie de Brives.)

— 139, ligne 7, après : *La Bothelière*, lire : Elle mourut, le 22 mai 1843 (Rens. de M. le vicomte A. de Couasnon).

ligne 17, au lieu de : *Pusignan*, lire : Lusignan.

— 141, dernière ligne, après : *Bessières*, lire : Fille à Saint-Cyr. Elle vivait encore, le 16 octobre 1748, ainsi que son mari.

— 142, dernière ligne, après : *Nadaud*, lire : Vivante 19 avril 1737 *(Item.*, II, 444).

— 143, ligne 19, après : *chanoinesse*, lire : de Poulangy (9 janvier 1722).

ligne 23, au lieu de : *avant 12 août*, lire : 27 juillet.

ligne 24, après : *1768*, lire : Elle testa, le 4 juin 1798.

ligne 28, après : *chanoinesse*, lire : de Migette (14 février 1775).

ligne 32, après : *chanoinesse*, lire : Vivante 3 octobre 1788.

— 144, lignes 25-26, au lieu de : *François de Crest et d'Anne de Haumaire*, lire : François du Crest et Jeanne de la Menue.

— 147, ligne 11, après *Beaurepaire*, lire : Le mariage religieux est du 26 mai 1749. Elle mourut, à Louvagny, le 17 mai 1750 (Communic. de la m. de Louvagny).

dernière ligne, après : *(Crécy)*, lire : Elle épousa (27 floréal an XII) Pierre de Rouyer (Communic. de M. François de Curel).

— 149, ligne 15, au lieu de : *mercredi 24*, lire : jeudi 25.

— 150, ligne 23, après : *Ponthieu*, lire : à Abbeville, paroisse Saint-Sépulcre, 16 floréal an V (Renseignements de M. L. Danzel d'Heucourt et de la m. d'Abbeville).

ligne 27, après : *1757*, lire : Elle mourut, à Abbeville, sans

ADDITIONS ET CORRECTIONS   450

alliance, le 20 novembre 1819, paroisse Saint-Sépulcre (Renseignements de M. L. Danzel d'Heucourt, confirmés par la m. d'Abbeville).

> ligne 33, après : *1811*, lire : et mourut, le 7 octobre 1832, à Aigneville (Renseignements de M. L. Danzel d'Heucourt, confirmés par la m. d'Aigneville).

Page 151, ligne 4, après : *1787*, lire : Elle mourut, sans alliance, et fut enterrée, à Hocquélus près Aigneville, le 8 avril 1837 (Renseignements de M. L. Danzel d'Hencourt).

> ligne 10, après : *1772*, lire : Morte, le 25 mars 1797 (Beauchet-Filleau, III. 30, col. 2).

— 152, ligne 15, au lieu de : *la Pailleterie*, lire : la Pailleterie.

— 153, ligne 15, au lieu de : *Marie*, lire : Marthe.

— 155, ligne 8, article *Drapier de Montgiraud*, rétablir l'article comme suit : Marie-Louise Drappier de Montgiraud, née 23, baptisée 25 octobre 1782, à (Notre-Dame) Versailles (Registre de N.-D. Baptêmes, année 1782, fol. 101), fille de Jean-Louis Drappier et de Louise-Adélaïde Pernot. Entrée, selon l'Invent., le 11 mars 1792. Sortie 22 avril 1793. Elle mourut, célibataire, à Versailles, 3, rue Royale, le 10 juillet 1866 (Versailles. Etat civil. Décès, 1866, n° 629).

> ligne 13, après : *née*, lire : à Givrycourt.

> ligne 14, après : *Munster*, lire : (Munster et Givrycourt sont deux communes, voisines l'une de l'autre, appartenant au canton d'Albertsdorf, arrondissement de Chateau-Salins, Lorraine-Allemande).

— 158, ligne 23, après : *Paris*, lire : le 25 janvier 1828. Successivement sous-prieure, puis maîtresse des novices, elle n'émigra pas, resta à Paris, vivant aussi monastiquement que possible, et, lors du rétablissement de son couvent, en fut nommée prieure. Elle s'appelait, en religion, mère Mélanie de Saint-Jérôme. Sa piété, les qualités de son esprit, son humilité, ont laissé un profond souvenir chez ceux qui l'ont connue. Un de ses frères fut contre-amiral : un autre était beau-frère de Villèle (Renseignements de M. le baron d'Encausse).

— 160, ligne 5, après : *1748*, lire : Elle mourut, à Lauzerte, le 20 juin 1775 (Renseignement de M. le marquis d'Escayrac et communic. de la mairie de Lauzerte).

— 163, ligne 10, au lieu de : *23 mars*, lire : 28 mars.

> ligne 25, au lieu de *Hellat*, lire : Hellot.

> ligne 28, après : *Vidame*, lire : Elle épousa Augustin Rouyer et

mourut, à Dun-sur-Meuse, le 18 mars 1794 (Communic. de
M. le comte Dessoffy) 28 ventôse an II (Commun. de la m.
de Dun).

ligne 32, au lieu de : *Religieuse*, lire : Elle épousa N.
Perrin de Vilosne et vivait encore, en 1805 (Renseignements
de M. le comte Dessoffy).

Page 164, ligne 19, au lieu de : *39 juillet*, lire : 30 juillet.

ligne 28, au lieu de : *Marie-Estourneau*, lire : Marie d'Estourneau.

— 165, ligne 26, au lieu de : *16 août*, lire : 15 août.

— 166, ligne 12, au lieu de *26 juillet 1782. Entrée 1er juin 1782*, lire :
26 juin 1782. Entrée 1er juillet 1782.

— 167, ligne 16, après : *1753*, lire : Elle épousa Henri de Ligondès
et mourut avant le 6 novembre 1775 (Beauchet-Filleau, III,
330, col. 1).

— 170, ligne 27, après ; *Claire*, lire : Victoire-Françoise.

ligne 31, au lieu de : *novice à Notre-Dame de Salers*, lire : Elle
épousa (3 novembre 1766) Jean-Dominique de Montclar-
Montbrun et vivait, le 12 octobre 1768.

— 171, ligne 28, avant : *1746*, lire : 6 mai.

— 172, ligne 24, après : *la Boulaye*, lire : née 30 avril.

— 173, ligne 27, après : *1707*, lire : Elle reçoit un secours, le 2 octobre 1729 (Arch. de S. et O. D., 189).

— 174, ligne 7, après : *chanoinesse*, lire : de Salles (8 janvier 1783)
(Renseignements de M. le comte de la Fitte-Pelleport).

ligne 11, après : *ursuline*, lire : à Montargis (voile blanc :
27 septembre 1785, voile noir : 2 juillet 1787, d'après un frag-
ment de manuscrit, par nous consulté au greffe de Montargis),
puis, à Saint-Denis. Lors de la Révolution, elle se retire, à
Ferrières, près Montargis, avec sa supérieure, Mme de Vernon,
et deux autres religieuses. Elle mourut, en octobre 1796, à
Bois-des-Fossés, chez sa sœur, Gabrielle-Joséphine, belle-fille
de l'économiste Dupont de Nemours (Renseignements de
M. le comte de la Fitte-Pelleport).

lignes 12-13, supprimer : *et baptisée*.

ligne 13, après : *1688*, lire : et baptisée le 7 (Communic. de
M. Trichet, sec. de la m. de Monampteuil).

ligne 16, au lieu de : *1689*, lire : 1687 (Communic. de M. Trichet, sec. de la m. de Monampteuil).

— 175, ligne 28, après : *Bénédictine*, lire : Elle vivait, à Sucy, le 4 ventôse an IX. Son signalement porte : « 4 pieds, 9 pouces, men-

ton long, visage allongé » (Arch. de Seine-et-Oise. Doss. des pens. ecclés.).

ligne 32, après : *1704*, lire : religieuse à Saint-Sever.

Page 176, ligne 21, au lieu de : *4 août*, lire : 14 août.

ligne 32, après : *née*, lire : et baptisée.

— après : *1698*, lire : à (Notre-Dame) Versailles (Reg. N. D. Année 1698, tome II, fol. 36).

ligne 36, après : *1222*, lire : Cf. aussi : *Mercure de France*: n° de janv. 1750. Elle fut inhumée à Saint-Paul.

— 177, ligne 1 : au lieu de : *4 novembre 1701*, lire : 13, baptisée 17 novembre 1701, à (Notre-Dame) Versailles (Registres de N. D), Année 1701, t. II, fol. 51 v°).

ligne 19, au lieu de : *16 novembre*, lire : 19 novembre.

dern. ligne, après : *1731*, lire : Vivante, fille, en 1773.

— 178, ligne 5, après : *1749*, lire : Vivante, fille, en 1773.

ligne 9, après : *1749*, lire : Vivante, fille, en 1773.

— 12, au lieu de : *18 juillet*, lire : 20 juillet.

— 179, ligne 34, au lieu de : *1752*, lire : 1732.

ligne 35, après : *1733*, lire : Est-ce la religieuse, Fille de la Croix, à Brie-Comte-Robert, professe (22 juillet 1740), morte, le 21 mai 1784? (Arch. Nat. LL. 1674).

— 180, ligne 3, au lieu de : *Marguerite Philippes;* lire : Marguerite-Philippes.

ligne 18, au lieu de : *Bonrepos*, lire : Beaurepos.

— 19, après : *1781*, lire : Elle épousa François-Denis-Barthélemy de Perrochel, et mourut, le 13 juillet 1846, à Maison-Maugis en Perche (Communic. de M. le comte R. de Fontenay, confirmée par la m. de Maison-Maugis).

ligne 22, au lieu de : *Fruglaye*, lire : Fresnaye.

— 23, après : *1787*, lire : Elle épousa (14 décembre 1794) Anne-François-Gédéon de Trémault, et mourut, à Vendôme, le 15 avril 1823 (Communic. de M. le Comte de Fontenay et de M. Renard, sec. de la m. de Vendôme).

— 184, ligne 14, au lieu de *B. S*, lire : Pr. octobre 1695.

— 185, ligne 11, après : *1770*, lire : Elle épousa (20 octobre 1778) François Beugnon de la Glouère et mourut, à Saint-Maixent, le 22 janvier 1819 (Beauchet-Filleau. III. 518).

— 189, ligne 9, après : *religieuse*, lire : à N. D. de l'Eau,

— 192, ligne 22, au lieu de : *28 mai*, lire : 23 mai.

ligne 32, au lieu de : *1694*, lire : 1692.

— 193, ligne 21, au lieu de : *Mesnay*, lire : Mesmay.

Page 194, ligne 23, au lieu de : *1683*, lire : 1685.

    ligne 26, au lieu de : *104*, lire : 1704.

— 196, ligne 12, après *1707*, lire : Elle épousa (1712) Claude de Rutant.

    ligne 21, au lieu de : *1743*, lire : 1746.

— 197, ligne 15, au lieu de : *Brauville*, lire : Branville.

— 198, ligne 11, au lieu de : *1775*, lire : 1774.

— 201, ligne 14, au lieu de : *Gonhier*, lire : Gouhier.

— 202, ligne 14, au lieu de : à *N. D. de la Paine, diocèse de Limoges*, lire : à (N. D. de la Paine) Angoulême.

— 203, ligne 12, après : *Bénédictine*, lire : Elle mourut à Draqueville (commune du Mesnil-Villeman (Manche), le 10 ventôse an XII (Rens. de M. le marquis de Gourmont, confirmé par la m. de Mesnil-Villeman).

    ligne 29, après *1706*, lire : Dot : 5 août 1706. Abbesse de Moret.

— 204, ligne 17, au lieu de : *1677*, lire : 1667.

— 205, ligne 19, après : *1726*, lire : Elle épousa (18 juillet 1729) Claude d'Haranguier.

    ligne 23, après : *1784*, lire : Elle épousa (18 février 1784) Augustin-Louis Musnier de Mauroy, puis (27 avril 1792) Charles-Thomas Gibert, puis Antoine Rouyer. Elle mourut, à Paris, 85, rue du Cherche-Midi, le 3 janvier 1842 *(Gén. mss.*, dressée par M. le Comte de Vauberçey, à nous communiquée par M. et Mᵐᵉ B. Le Gras de Vauberçey).

    ligne 31, après *1686*, lire : Elle épousa (27 juillet 1695) Louis de Follet-Mézières, et mourut, à Marseille, paroisse Saint-Martin, le 31 juillet 1740 (Renseig. de M. le marquis de Grasse).

— 206, ligne 6, après : *1755*, lire : Elle épousa (20 juin 1767) Jean-Baptiste de Castellanne-Grimaud, et mourut, à Pise, le 16 mai 1796 (Communic. de M. le marquis de Grasse).

    dern. ligne, après : *1770*, lire : Elle mourut, sans alliance, à Barbezieux, le 3 août 1789 (Communic. de M. le comte Maurice de Saint-Marsault et de la m. de Barbezieux).

— 210, ligne 30, au lieu de : *20 octobre*, lire : 12 octobre.

— 211, ligne 6, après : *1783*, lire : chanoinesse de Troarn.

— 212, ligne 7, au lieu de : *7 avril*, lire : 2 avril.

— 213, ligne 13, au lieu de : *religieuse*, lire : Elle vivait, le 19 février 1781, pensionnaire chez les Bénédictines d'Évron (Rens. de M. de Guibert).

    ligne 21, après : *(Crécy)* lire : Elle épousa (16 avril 1806) Marie-

Albert Le Fèvre de Nailly (Communic. de M. Bréchat, sec. de la m. de Sermizelles). Elle mourut, à Avallon, le 19 décembre 1841, à 7 h. 1/2 du s. (Bulletin de la m. d'Avallon, à nous délivré par les bons soins de M. Bréchat).

Page 214, dern. ligne, au lieu de : *1779*, lire : 1778.

— 215, ligne 6, après : *1704*, lire : novice à Saint-Cyr (14 mars 1698).

ligne 27, après : *Poitiers*, lire : (le 1ᵉʳ décembre, selon le Bulletin de la m. de Poitiers).

ligne 28, au lieu de : *née 25 mai 1776*, lire : née et baptisée, le 22 mars 1781 (Communic. de la m. de Lesterps).

— 218, ligne 14, au lieu de : *1749*, lire : 1748.

— 220, ligne 21, après : *(Crécy)*, lire : Elle vécut, avec son oncle, de 1792 à 1796, à Fontenay-le-Fleury (Seine-et-Oise), puis habita Paris, avec son frère Charles, puis, avec son frère Alexandre, la terre de Montaut, puis, la ville de Limoux, puis, avec son frère Prosper, celle de Toulouse, où elle mourut, 15, rue Pharaon, le 20 janvier 1856 (Rensᵗ de M. Estienne Hennet de Goutel et communic. de la m. de Toulouse).

— 222, ligne 34, au lieu de : *2 novembre*, lire : 3 novembre.

— 225, ligne 17, au lieu de : *285*, lire : 235.

— 18, au lieu de : *2 novembre*, lire : 12 novembre.

— 22, au lieu de : *286*, lire : 236.

— 227, ligne 22, au lieu de : *Vessart*, lire : Vassart.

— 230, ligne 4, après : *1713*, lire : Elle reçut un secours, le 10 janvier 1731 (Arch. Seine-et-O. D. 189).

ligne 30, au lieu de : *Vélicourt*, lire : Valicourt.

ligne 31, après : *elle épousa*, lire : (3 mars 1710).

— 32, après : *1720*, lire : vivante 3 mars 1741 (Communic. de M. le comte de la Fitte-Pelleport. Cf. aussi : *Mercure de France*, octobre 1740).

ligne 35, après : *1728*, lire : B. S. 23 janvier 1740.

— 231, ligne 4, après : *1750*, lire : Elle épousa (19 mars 1754) Auguste-Jean-Baptiste de Sambucy.

ligne 13, après : *1793*, lire : Morte, à Versailles, 2, rue Mademoiselle, le 2 mars 1825 (Versailles. Etat-civil. Décès. Année 1825, n° 182).

— 232, ligne 10, après : *Poitiers*, lire : (communic. de M. Beauvais, secrét. de la m. de Saint-Pierre-de-Maillé).

ligne 32, au lieu de : *baptisés*, lire : baptisée.

— 233, ligne 32, après : *Jarry*, lire : née 11 novembre 1773, à Torçay.

Même ligne, au lieu de : *1774*, lire : 1773.

ligne 34, au lieu de : *1793*, lire : 1783.

Page 234, ligne 14, après : *du Puy*, lire : Pr.

— 21, au lieu de : *Louis*, lire : Louise.

— 26, au lieu de : *1761*, lire : 1767.

— 237, ligne 33, après : *Louise*, lire : Henriette.

ligne 34, au lieu de : *baptisée en avril 1686*, lire : ondoyée 8 novembre 1683, baptisée 3 mai 1686 (Communic. de M. Bonnin, sec. de la m. de Ploudalmézeau).

— 238, ligne 7, au lieu de : *16 novembre 1720*, lire : et.

ligne 9, après *Darot*, lire : (Communic. de M. Loison, chef de bureau état civil à la m. d'Alençon).

ligne 15, après : *1768*, lire : Professe (15 octobre 1771) (Sœur Marie-Charlotte), visitandine à Vienne (Autriche). Morte, le 13 janvier 1829 (Renseignements de sœur François-de-Sales Michel, visitandine à Vienne).

— 239, ligne 12, au lieu de : *26 mars*, lire : 23 mars.

— 240, ligne 19, au lieu : *obtobre*, lire : octobre.

— 242, ligne 6, après : *1748*, lire : Elle épousa (5 septembre 1755) François Cuillerot de la Pignonnière, maire de Morlaix (mort le 11 septembre 1762), et mourut, le 7 août 1799 (Renseignements fournis par M. vicomte Charles de la Lande-Calan).

— 243, ligne 19, au lieu de : *25 octobre*, lire : 22 octobre.

— 244, ligne 15 : après : *1772*, lire : Pendant la Révolution, elle se retira à Vendôme, puis à Saint-Denis-sur-Loire, où elle vécut, dans une haute piété, attachée à la « petite église » anti-concordataire. Elle mourut, le 1ᵉʳ ventôse an X (Renseignements de M. le marquis de Lasteyrie).

— 248, ligne 30, au lieu de : *Sadières*, lire : Sedières.

— 249, ligne 7, au lieu de : *Ginel*, lire : Gimel.

— 250, ligne 32, au lieu de : *1737*, lire : 1736.

— 251, ligne 22, après : *(Crécy)*, lire : Elle épousa, vers 1794, Jean-Joseph-Antoine d'Anglesy, et mourut, à Visan (Vaucluse) le 28 mars 1847 (Renseignements de M. le marquis de Lespine et de M. Tarjon, sec. de la m. de Visan). M. Tarjon, qui possède une lettre de M. d'Anglesy, du plus haut intérêt, qui relate les événements de la Révolution à Visan, nous a écrit que ce gentilhomme était un homme de bien, qui, en 1814, rétablit, de ses deniers, l'hospice de Visan.

— 252, ligne 17, au lieu de : *Lestenon*, lire : Lestenou.

Page 254, ligne 22, au lieu de : *1751*, lire : 1752.

— 256, dern. ligne, après : *183*, lire : Peut-être épousa-t-elle (1ᵉʳ août 1707) Charles-Antoine Le Forestier de Mobecq.

— 259, ligne 13, après : *1735*, lire : Elle vivait encore, le 15 juin 1776, et mourut, sans alliance, à Moulins, probablement (Communic. de M. H. de Loüan-Coursay).

— 261, ligne 11, après : *8 juin*, lire : 1711.

— 264, ligne 12, au lieu de : *Massart*, lire : Vassart.

— 268, ligne 32, au lieu de : *28 août*, lire : 29 août.

— 269, ligne 5, au lieu de : *1682*, lire : 1680.

— 270, ligne 4, au lieu de : *Aunnier*, lire : Aunier.

— 271, ligne 7, au lieu de : *27 mai*, lire : 27 juin.

— 273, ligne 1, au lieu de : *1849*, lire : 1749.

— 275, ligne 10, au lieu de : *1721*, lire : 1751.

ligne 31, après : *1708*, lire : Elle épousa (28 octobre 1711) Jean-André de la Ronade, et mourut, en septembre 1749 *(Revue de la Haute-Auvergne*, 1908, p. 112, communic. de M. le Dʳ de Ribier).

— 281, lignes 8-9, au lieu de : *Coutance*, lire : Coutances.

— 282, ligne 2, après : *1767*, lire : Elle fit sa première communion à Saint-Cyr, le 6 avril 1755. Elle vécut, célibataire, à Langres, dans des habitudes d'une haute piété et y mourut, le 16 mai 1827. Ses parents, qui la vénéraient, l'appelaient familièrement, « tante Saint-Cyr » (Communic. de M. de Beaujeu et de la m. de Langres).

ligne 11, au lieu de : *Françoise*, lire : François.

ligne 21, au lieu de : *28 mai*, lire : 12 juin.

ligne 23, après : *in-8°*), lire : Elle mourut, célibataire, à Nancy, le 12 décembre 1817 (Renseignement de M. le lieutenant-colonel, comte de Mitry, confirmé par la m. de Nancy).

— 286, ligne 8, au lieu de : *16 juillet*, lire : 10 juillet.

— 291, ligne 11, au lieu de : *1719*, lire : 1729.

ligne 27, après : *Condé*, lire : 31 janvier.

— 292, ligne 13, au lieu de : *Montis*, lire : Moutis.

ligne 18, au lieu de : *Montis-la-Mesnardière*, lire : Moutis-la-Morandière.

— 299, ligne 23, au lieu de : *1779*, lire : 1770.

— 301, ligne 8, au lieu de : *1793*, lire : 1792.

ligne 15, au lieu de : *1715*, lire : 1716 (Communication de M. L. Clément, sec. de la m. de Saulces-Champenoises).

— 302, ligne 24, au lieu de : *22 décembre*, lire : 28 décembre.

Page 304, ligne 1, au lieu de : *Lavounières*, lire : Savonnières.
— 307, ligne 23, au lieu de : *1719*, lire : 1709.
    ligne 34, au lieu de : *1733*, lire : 1732.
— 309, ligne 3, au lieu de : *Ursuline*, lire : Bénédictine à Saint-Geor-
    ges de Rennes. Retirée, en 1793, à la Ville-Hulin, elle fut
    dénoncée par des espions et condamnée à mort, le 28 messidor
    an II. Ses juges, eux-mêmes, avaient pitié d'elle, et on lui
    conseilla de dire, qu'au lieu de parler du Roi, elle parlait de
    son « *rouet* ». Elle répondit qu'elle ne « voulait pas devoir la
    vie au mensonge » et monta à l'échafaud, en chantant le *Salve*
    Regina, le 29 messidor an II, à Saint-Brieuc (Communic. de
    M. le vicomte de Nouël).
— 310, ligne 10, au lieu de : *1696*, lire : 1697 (Communic. de
    M. l'arch. départemental du Cantal).
— 320, ligne 7, supprimer *Charlotte*.
    ligne 10, la supprimer, depuis, et inclusivement : *ursuline*.
    ligne 11, la supprimer.
— 323, ligne 17, après : *1732*, lire : Elle épousa N. de Chavigny
    (communic. de M. Ch. de Failly).
— 327, ligne 13, au lieu de : *1689*, lire : 1688.
    ligne 14, au lieu de : *Indres*, lire : Indre.
— 328, ligne 12, supprimer *Balthasar de*.
    supprimer les lignes 13 et 14, et lire, après : *elle épousa :*
    (février 1743) Jean-Balthasar de Planta, habita successivement
    Rietberg et Fetan, dans les Grisons. Née d'un père protestant,
    converti au catholicisme, elle avait épousé un protestant, son
    parent. Comme elle était catholique et que Rietberg et Fetan
    sont lieux huguenots, elle allait à la messe à Almens ou à
    Tarasp, lieux catholiques. Elle eut deux filles, qui furent pro
    testantes. Elle mourut, le 22 novembre 1758, à Fetan, et fut
    enterrée, quoique catholique, suivant le rite protestant (Ren-
    seignements de MM. le baron et le comte de Planta-Wilden-
    berg, de M. Peter de Planta et de M. Th. Bonorant, pasteur
    de Fetan).
— 333, ligne 4, après : *1780*, lire : Elle vivait encore, le 10 juillet 1797
    (Communic. de MM. Ch. et L. de Longevialle). Peut-être
    fut-elle chanoinesse de Blesle (Bouillet, *Nobiliaire d'Auvergne*,
    tome 7).
— 341, ligne 14, au lieu de : *Sainte-Erme*, lire : Saint-Erme.
— 343, ligne 14, après : *Puisaye*, lire : Beaufossé.
    ligne 28, au lieu de : *1773*, lire : 1774.

Page 344, ligne 5, au lieu de : *Aignau*, lire : Aignan.

ligne 11, au lieu de : *1778*, lire 1777.

— 350, ligne 3, au lieu de : *Reuty*, lire : Renty.

— 360, ligne 29, au lieu de : *N. D. la Réale*, lire : Saint-Jacques.

ligne 31, au lieu de : *Ros*, lire : Delpas.

— 362, ligne 22, au lieu de : *de Rousseau*, lire : du Rousseau.

ligne 25, après : 1780, lire : Elle épousa (21 février 1789) Jean de Galard-Nadaillac, et mourut, à Angoulême, rue du Doyenné, le 27 février 1847 (Renseignem. de M. le comte de Ferrières et de la m. d'Angoulême). Femme d'une énergie supérieure, elle parvint, pendant la Révolution, à arracher sa mère à l'échafaud et le patrimoine des siens à la confiscation (Renseignements de M. de Ferrières).

ligne 27, au lieu de : *Saint-Ovant*, lire : Saint-Auvent.

— 365, ligne 7, au lieu de : *Etienette Coquin de la Bretonnière*, lire : Catherine Guérin.

— 370, lignes 24 et 25, supprimer : *Elle épousa (1799) N. de Vertaure.*

— 373, lignes 19, 20, au lieu de : *Elle vivait encore en 1831*, lire : Elle mourut, sans alliance, le 27 décembre 1829, au château de Cajarc, commune de Cabannes, près Cordes (Tarn) (Communic. de M. le marquis de Saint-Félix).

— 375, ligne 22, au lieu de : *Sain-Périer*, lire : Saint-Périer.

— 392, ligne 2, après : *1750*, lire : Elle mourut, à Pithiviers, le 7 juin 1811, au château de l'Ardoise, chez son neveu, J.-A. d'Aussy-les-Coutures (Renseignements de M. G. de la Taille et de M. Sailleau, sec. de la m. de Pithiviers.)

ligne 6, après *1786*, lire : Elle épousa (29 octobre 1788) Jean-Antoine d'Aussy-les-Coutures et mourut, à Pithiviers, faubourg d'Orléans, le 25 juillet 1839 (Renseignements de MM. G. de la Taille et Sailleau).

— 393, dernière ligne, après *1879*, lire : Elle se retira, ensuite, à Bordeaux, le 11 germinal, an VIII (Arch. de Seine-et-Oise, dossiers des pensions ecclésiastiques).

— 404, dernière ligne, après *1745*, lire : Elle épousa Joseph de Gilles-Mousse (Renseignement de M. le marquis Adrien de Tressemanes-Simiane).

— 401, ligne 28, après : *Bénédictine,* lire : à Crisenon, prieure de la Vernée (21 décembre 1724). Elle mourut, le 15 août 1761 (communic. de M. le baron de Thoisy).

— 405, ligne 6, après : *furieuse,* lire : et mourut, à Aix (Renseignement de M. de Tressemanes).

ligne 12, après : *1783*, lire : à Aix (Renseignement de M. de Tressemanes).

Page 406, ligne 33, au lieu de *Troarne*, lire : Troarn.

— 423, ligne 3, au lieu de : *4 m 3*, lire : L m³.

— 432, ligne 22, après : *épousa*, lire : (19 mai 1695).

ligne 23, après *1703*, lire : Anne mourut, au Titre, vers 1742.

QUESTIONS NON RÉSOLUES

Parmi les « billets de sortie » signés à Saint-Cyr, il en est un dont nous n'avons pu, malgré nos efforts, identifier la signataire. C'est celui de Mˡˡᵉ d'*Esmanville*, daté du 3 juin 1727.

Un autre billet, signé *de Pesteils-Beauregard* et daté du 29 octobre 1751, paraît bien se rapporter à Marie-Anne de Pesteils (p. 322), qui aurait continué à recevoir des secours, après sa majorité, comme cela arriva quelquefois, à Saint-Cyr.

Selon les listes Lavallée, Mˡˡᵉ de Béthoulat-Ranchoux, morte à Saint-Cyr (Catherine, p. 53), serait née, non en 1681, comme on peut l'inférer, de son acte de décès (Obituaire de Saint-Cyr), mais en 1682.

Mˡˡᵉ de Gruel-Boisemont, morte à Saint-Cyr (Marie-Thérèse, p. 210), serait, d'après les listes Lavallée, née, non en 1686, mais en 1683, à la fin de l'année. Selon l'obituaire de Saint-Cyr, elle serait morte à 7 ans, 1 mois, 4 jours, ce qui la ferait naître le 1ᵉʳ juin 1688. Peut-être Mˡˡᵉ de Gruel, née en 1683, est-elle distincte de Marie-Thérèse et est-elle *Anne*, mentionnée seulement au *Cab. Hozier* 176. En tout cas, les registres de Ginai sont pleins de lacunes et la question demeure impossible à résoudre.

La liste de 1684 porte deux demoiselles de Ghistelles, mortes à Saint-Cyr, toutes deux. Ce doit être une erreur de scribe, car nous n'en avons trouvé qu'une, à l'Obituaire (Marie-Anne, p. 197).

Lyon. — Imprimerie A. REY et Cⁱᵉ, 4, rue Gentil. — 47727

A·Rey et Cie.
Lyon

www.ingramcontent.com/pod-product-compliance
Lightning Source LLC
Chambersburg PA
CBHW070749030726
47504CB00003B/493